SPÓJRZ NA MNIE

Tego autora

PAMIĘTNIK
ŚLUB
LIST W BUTELCE
JESIENNA MIŁOŚĆ
NOCE W RODANTHE
NA RATUNEK
NA ZAKRĘCIE
ANIOŁ STRÓŻ
TRZY TYGODNIE Z MOIM BRATEM
PRAWDZIWY CUD
OD PIERWSZEGO WEJRZENIA
SZCZĘŚCIARZ
WYBÓR
I WCIĄŻ JĄ KOCHAM
OSTATNIA PIOSENKA
BEZPIECZNA PRZYSTAŃ
DLA CIEBIE WSZYSTKO
NAJDŁUŻSZA PODRÓŻ
SPÓJRZ NA MNIE
WE DWOJE

NICHOLAS SPARKS
SPÓJRZ NA MNIE

Z angielskiego przełożyła
MARIA GĘBICKA-FRĄC

Tytuł oryginału:
SEE ME

Copyright © Willow Holdings, Inc. 2015
All rights reserved
Polish edition copyright © Wydawnictwo Albatros Sp. z o.o. 2017
Polish translation copyright © Maria Gębicka-Frąc 2016

Redakcja: Beata Kołodziejska
Zdjęcia na okładce: © Rekha Garton/Arcangel Images (*para*),
Leeroy/Life of Pix (*łódki*)
Projekt graficzny okładki: Wydawnictwo Albatros Sp. z o.o.
Projekt graficzny serii: Andrzej Kuryłowicz
Skład: Laguna

ISBN 978-83-7985-768-5
Książka dostępna także jako e-book

Dystrybutor
Firma Księgarska Olesiejuk sp. z o.o. sp. j.
Poznańska 91, 05-850 Ożarów Mazowiecki
tel. (22) 721 30 00, faks (22) 721 30 01
www.olesiejuk.pl

Wydawca
WYDAWNICTWO ALBATROS SP. Z O.O.
(dawniej Wydawnictwo Albatros Andrzej Kuryłowicz s.c.)
Hlonda 2A/25, 02-972 Warszawa
www.wydawnictwoalbatros.com
Facebook.com/WydawnictwoAlbatros | Instagram.com/wydawnictwoalbatros

2017. Wydanie V
Druk: Abedik S.A., Poznań

Dla Jeannie Armentrout

Prolog

Już pierwszego dnia pobytu w Wilmington wiedział, że nigdy nie osiedliłby się w takim mieście na stałe. Było zbyt turystyczne i wyglądało tak, jakby się rozrastało bez żadnego planowania. W zabytkowej części, zgodnie z jego przewidywaniami, stały domy z werandami, kolumnami, drewnianą elewacją i rozłożystymi magnoliami na podwórkach, ale ta przyjemna zabudowa stopniowo ustępowała ciągom sklepów, restauracji i salonów samochodowych. Na ulicach panował duży ruch, przez co dzielnica była tym bardziej nie do zniesienia, szczególnie latem.

Tereny Uniwersytetu Karoliny Północnej w Wilmington stanowiły miłą niespodziankę. Wyobrażał sobie, że w kampusie będzie dominować brzydka architektura lat sześćdziesiątych i siedemdziesiątych. Rzeczywiście było tam kilka takich budynków, zwłaszcza na obrzeżach uniwersytetu, ale główne dziedzińce okazały się swego rodzaju oazą. Nie brakowało tam ocienionych ścieżek i wypielęgnowanych trawników, a georgiańskie kolumny i ceglane fasady gmachu Hoggarda i Khenan Halls połyskiwały w słońcu późnego popołudnia.

Podziwiał park. Stała w nim wieża zegarowa i kiedy tu przyszedł, zapatrzył się na jej odbicie w stawie. Czas przeglądał się w wodzie, na pierwszy rzut oka niemożliwy do odczytania. Dopóki miał otwarty podręcznik na kolanach, mógł tam siedzieć i obserwować toczące się życie, niemal niewidzialny dla studentów, którzy spacerowali jak w transie, pochłonięci sobą.

Było ciepło jak na późny wrzesień, studenci mieli na sobie krótkie spodenki i koszulki bez rękawów, wszędzie widział odkryte części ciała. Zastanawiał się, czy w takich strojach chodzą na zajęcia. Musiał poznać zarówno ich, jak i sam kampus. Przyszedł tu po raz trzeci w ciągu trzech dni, ale wciąż kręciło się zbyt wielu ludzi. Ktoś mógł zwrócić na niego uwagę, a przecież nie chciał być zapamiętany. Przez jakiś czas myślał, czy nie przenieść się w inne miejsce, i w końcu uznał, że nie ma ku temu powodu. O ile wiedział, nikogo nie obchodziło, że tutaj siedzi.

Dotarł blisko, bardzo blisko, ale na razie ważne było zachowanie cierpliwości. Powoli zaczerpnął tchu, przytrzymał powietrze w płucach i je wypuścił. Na ścieżce dostrzegł dwoje studentów z plecakami na ramionach, idących na zajęcia, ale o tej porze przeważali ci wcześnie rozpoczynający weekend. Stali w trzy-, czteroosobowych grupkach, rozmawiając i popijając z bidonów, w których, jak przypuszczał, był alkohol. Dwóch klonów w ubraniach marki Abercrombie rzucało frisbee, a ich dziewczyny gawędziły z boku. Zauważył sprzeczającą się parę. Dziewczyna miała zarumienioną twarz. Widział, jak pchnęła swojego chłopaka, powiększając przestrzeń między nimi. Rozbawiła go jej złość i to, że w przeciwieństwie do faceta nie musiała ukrywać uczuć. Za nimi gromadka studentów grała w łagodniejszą wersję futbolu amerykańskiego z beztroską żywiołowością ludzi, którzy nie mają prawdziwych obowiązków.

Przypuszczał, że wielu z nich planuje wyjście dzisiejszego i jutrzejszego wieczoru. Siedziby bractw. Domy korporacji studentek. Bary. Kluby. Dla wielu z nich weekend zaczynał się dzisiaj, gdyż większość grup w piątki nie miała zajęć. Był zaskoczony, kiedy się o tym dowiedział. Sądził, że przy tak wysokich kosztach edukacji studentom będzie zależało na spędzaniu czasu w salach wykładowych, a nie na trzydniowych weekendach. Jednocześnie przypuszczał, że ten układ odpowiada zarówno im, jak i profesorom. Czy w dzisiejszych czasach każdy chce mieć łatwo? Osiągać cel kosztem jak najmniejszego wysiłku? Iść na skróty?

Tak, pomyślał. Dokładnie tego uczą się tutaj studenci. Uczą się, że trudne decyzje nie są konieczne, że dokonywanie właściwego wyboru jest nieważne, szczególnie jeśli ma się wiązać z dodatkowym nakładem pracy. Po co studiować albo rzucać wyzwanie światu w piątkowe popołudnie, skoro można wyjść i cieszyć się słońcem?

Wodząc wzrokiem z lewej strony na prawą, zastanawiał się, ilu z nich myśli, jakie ma przed sobą życie. Cassie myślała. Myślała o przyszłości cały czas. Snuła plany. W wieku siedemnastu lat zaplanowała przyszłość, ale pamiętał, że mówiła o tym trochę niepewnie, i wówczas odnosił wrażenie, że niezupełnie wierzy w siebie albo w twarz, którą pokazywała światu. Z jakiego innego powodu podejmowałaby takie, a nie inne decyzje?

Próbował jej pomóc. Zrobił, co trzeba, postępował zgodnie z prawem, złożył zeznania na policji, nawet rozmawiał z zastępcą prokuratora okręgowego. I do tego momentu wierzył w zasady społeczne. Hołdował naiwnemu poglądowi, że dobro zatriumfuje nad złem, że niebezpieczeństwu można zapobiec, że wydarzenia można kontrolować. Że postępowanie według zasad uchroni człowieka przed krzywdą. Cassie też w to wierzyła – czy nie tego uczy się dzieci? Spójrz w obie strony, zanim przejdziesz przez jezdnię. Nie wsiadaj do samochodu z nieznajomym. Szoruj zęby. Jedz warzywa. Zapinaj pasy. Lista nie miała końca, lista zasad mających nas chronić.

Ale, jak się przekonał, zasady mogą również być niebezpieczne. Dostosowuje się je do średniej społeczeństwa, nie konkretnych osób, a ponieważ ludzie od dzieciństwa są uczeni akceptowania zasad, ich ślepe przestrzeganie łatwo wchodzi im w krew. Uwierz w system. Łatwiej jest nie martwić się o nieprzewidywalne sytuacje. To oznacza, że ludzie nie muszą myśleć o potencjalnych konsekwencjach i kiedy w piątkowe popołudnie świeci słońce, mogą grać we frisbee wolni od wszelkich trosk.

Doświadczenie jest najsurowszym nauczycielem. Przez prawie dwa lata myślał tylko o lekcjach, jakie mu dało. Niemal go zniszczyły, ale powoli wyłaniał się jasny obraz. Cassie wiedziała o niebezpieczeństwie. Ostrzegał ją przed tym, co może się stać. I w końcu dbała tylko o przestrzeganie zasad, ponieważ to było wygodne.

Spojrzał na zegarek i uznał, że pora iść. Zamknął podręcznik i wstał. Rozejrzał się, sprawdzając, czy nie ściągnął na siebie czyjejś uwagi. Nie. Ruszył przez park z książką pod pachą. W kieszeni miał list, więc skręcił w stronę skrzynki pocztowej tuż przed budynkiem nauk ścisłych. Wrzucił kopertę w szczelinę i czekał. Parę minut później zauważył Serenę wychodzącą przez drzwi.

Sporo już o niej wiedział. Wydawało się, że w dzisiejszych czasach każda młoda osoba ma konto na Facebooku, Twitterze, Instagramie i Snapchacie i wystawia swoje życie na pokaz każdemu, komu zależy na poskładaniu wszystkich elementów w całość. Co kto lubi, z kim się przyjaźni, gdzie spędza czas. Z postu na Facebooku już wiedział, że w tę sobotę Serena będzie z siostrą na drugim śniadaniu u rodziców. Gdy patrzył, jak idzie przed nim – miała ciemne włosy sięgające poniżej ramion – znowu stwierdził, że jest piękna. Cechował ją naturalny wdzięk i mijani faceci posyłali jej pełne uznania uśmiechy, choć zdawała się tego nie dostrzegać, pogrążona w rozmowie. Szła z niską, tęgawą blondynką, koleżanką z grupy. Razem chodziły na jakieś seminarium. Wiedział, że chce zostać nauczycielką w szkole podstawowej. Snuła plany, jak kiedyś Cassie.

Zachowywał odległość, pobudzony przez siłę, jaką odczuwał w jej obecności. Przez siłę, którą skrupulatnie gromadził od dwóch lat. Nie miała pojęcia, jak jest blisko ani co może zrobić. Nigdy nawet nie spoglądała przez ramię, ale dlaczego miałaby to robić? Był dla niej nikim, po prostu kolejną twarzą w tłumie...

Zastanawiał się, czy opowiada blondynce o swoich planach na

weekend, wymieniając miejsca, w których będzie, albo ludzi, z którymi zamierza się spotkać. Sam planował zobaczyć rodzinę na niedzielnym śniadaniu, chociaż nie jako gość. Będzie ich obserwował z pobliskiego domu zlokalizowanego w dzielnicy solidnej klasy średniej. Dom od miesiąca stał pusty, właściciele stracili go wskutek długów hipotecznych. Obciążona nieruchomość została zajęta, ale jeszcze nie wystawiono jej na sprzedaż. Zamki w drzwiach były porządne, jednak bez większego trudu wszedł przez okno z boku domu. Już wiedział, że z głównej sypialni widać tylną werandę i można stamtąd zajrzeć do kuchni. W niedzielę będzie obserwował, jak zżyta rodzina śmieje się i żartuje przy stole na werandzie.

Wiedział coś o każdym z nich. Felix Sanchez był bohaterem klasycznej opowieści o emigrancie, któremu się powiodło. Artykuł z gazety, zalaminowany i dumnie wystawiony w rodzinnej restauracji, ukazywał historię Sancheza. Felix nielegalnie przybył do kraju jako nastolatek, nie mówiąc słowa po angielsku, i zaczął pracować jako pomywacz w miejscowej restauracji. Piętnaście lat później, gdy otrzymał obywatelstwo, miał dość zaoszczędzonych pieniędzy, żeby otworzyć w galerii handlowej własny lokal – La Cocina de la Familia – serwujący potrawy sporządzane według przepisów żony Carmen. Podczas gdy ona zajmowała się gotowaniem, on robił wszystko inne, zwłaszcza w pierwszych latach istnienia firmy. Restauracja sukcesywnie się rozwijała i obecnie uważano ją za jeden z najlepszych meksykańskich lokali w mieście. Sanchezowie zatrudniali ponad piętnastu pracowników, ale wielu było krewnymi, co nadawało restauracji rodzinny charakter. Sami też wciąż tam pracowali, a Serena trzy razy w tygodniu obsługiwała gości, podobnie jak kiedyś jej starsza siostra Maria. Felix należał do izby handlowej i klubu rotariańskiego, a w każdą niedzielę o siódmej rano wraz z żoną uczestniczył w mszy w kościele pod wezwaniem Świętej Marii, gdzie służył również jako diakon. Carmen była nieco bardziej tajemnicza. Wiedział o niej tylko tyle, że w dalszym ciągu z większą swobodą mówi po hiszpańsku niż po angielsku i że jak mąż jest dumna z Marii, która pierwsza w rodzinie ukończyła uczelnię.

Co do Marii...

Jeszcze jej nie widział w Wilmington. Wyjechała z miasta na parę dni na konferencję prawników, ale znał ją najlepiej ze wszystkich. W przeszłości, kiedy mieszkała w Charlotte, widywał ją wiele razy. Rozmawiał z nią. Próbował ją przekonać, że się pomyliła. I w końcu cierpiał przez nią tak, jak nikt nigdy nie powinien cierpieć. Nienawidził jej za to, co zrobiła.

Kiedy Serena pomachała ręką, żegnając się z koleżanką, i ruszyła w kierunku parkingu, szedł dalej prosto. Nie miał powodu jej śledzić. Był zadowolony, gdyż wiedział, że w niedzielę zobaczy jej małą, ale szczęśliwą rodzinę. Szczególnie Marię. Ciemnooka, z niemal idealnymi rysami twarzy, była jeszcze piękniejsza niż siostra, choć szczerze mówiąc, obie wygrały na genetycznej loterii. Próbował wyobrazić je sobie siedzące blisko przy stole. Mimo siedmioletniej różnicy można by sądzić, że są bliźniaczkami. A jednak się różniły. Serena była towarzyska do przesady, natomiast Maria cichsza i bardziej ambitna, poważniejsza i niezwykle pracowita. Mimo to były sobie bardzo bliskie. Były nie tylko siostrami, ale również najlepszymi przyjaciółkami. Przypuszczał, że Serena dostrzega u siostry cechy charakteru, jakie chciałaby naśladować, i odwrotnie. Przebiegł go dreszcz podniecenia na myśl o weekendzie, bo wiedział, że być może po raz ostatni Sanchezowie spędzą wspólnie czas, zanim ich życie straci choćby pozory normalności. Chciał zobaczyć, jak się zachowają, zanim napięcie zatruje ich słodką szczęśliwą rodzinkę... zanim władzę przejmie strach. Zanim ich życie najpierw powoli, a później w szaleńczym tempie zamieni się w piekło.

Ostatecznie przybył tutaj w określonym celu, a cel ten miał swoją nazwę.

Zemsta.

1
Colin

Colin Hancock stał przy umywalce w łazience taniej knajpy. Podciągnął koszulę, żeby obejrzeć siniak na żebrach. Przypuszczał, że jutro rano kolor będzie bardziej intensywny, ciemnofioletowy. Nawet lekkie muśnięcie palcami sprawiło, że się skrzywił. Z doświadczenia wiedział, że ból za jakiś czas osłabnie, ale zastanawiał się, czy rankiem nie będzie miał kłopotów z oddychaniem.

Co do twarzy...

Twarz może być problemem – nie dla niego, ale dla innych. Koleżanki z grupy z pewnością będą w niego wlepiać szeroko otwarte, przestraszone oczy i szeptać o nim za plecami, chociaż wątpił, czy któraś go zapyta, co się stało. Po pierwszych tygodniach na uczelni uznał, że większość z nich jest dość sympatyczna, ale było jasne, że nie wiedzą, co o nim myśleć, i ani jedna nie próbowała go zagadnąć. Nie zależało mu na tym. Praktycznie wszystkie były sześć czy siedem lat młodsze od niego i przypuszczał, że mają niewiele wspólnego, jeśli chodzi o doświadczenie życiowe. Z czasem, jak każdy, wyciągną własne wnioski na jego temat. Szczerze mówiąc, nie warto zawracać sobie tym głowy.

Musiał jednak przyznać, że obecnie prezentuje się wyjątkowo koszmarnie. Lewe oko było opuchnięte, białko prawego krwawoczerwone. Pośrodku czoła biegła długa rana, teraz opatrzona, a na prawym policzku pod okiem widniał przypominający znamię siniak w kolorze ołowiu. Obrazu dopełniały rozcięte, obrzmiałe wargi. Powinien jak najszybciej przyłożyć do twarzy worek z lodem, jeśli chciał, żeby dziewczyny z jego grupy mogły się skupić na zajęciach. Ale wszystko po kolei. Zgłodniał i musiał wrzucić coś na ruszt. Od dwóch dni jadł niewiele i miał ochotę na szybkie, smaczne jedzenie i, o ile to możliwe, w miarę zdrowe. Niestety o tej porze większość lokali była już zamknięta, więc zawinął do przydrożnej zapuszczonej knajpki z kratami w oknach, zaciekami na ścianach, popękanym linoleum na podłodze i butelkami sklejonymi taśmą samoprzylepną. Ale miała jedną zaletę: żadnego klienta nie obchodził wygląd Colina, kiedy szedł do stolika. Ludzie, którzy późną nocą przychodzą do takich spelunek, umieją pilnować swojego nosa. Przypuszczał, że połowa z nich próbowała wytrzeźwieć po nocy ciężkiego pijaństwa, a pozostali – bez wątpienia kierowcy – też trzeźwieli, tylko odrobinę mniej pijani.

Było to miejsce, gdzie łatwo wpaść w kłopoty, i gdy skręcił na żwirowy parking, właściwie się spodziewał, że Evan, który ciągnął za nim w swoim priusie, pojedzie dalej. Ale Evan musiał mieć podobne podejrzenia co do możliwych kłopotów i właśnie z tego powodu postanowił mu towarzyszyć. Niezupełnie wtapiał się w tutejszy nocny tłumek, ubrany w różową koszulę, we wzorzystych skarpetach i ze schludnie uczesanymi włosami w kolorze piasku. Co więcej, prius niczym neon oznajmiał, że jego właściciel postawił sobie za cel dostać lanie od porządnych chłopaków w pick-upach, którzy właśnie dochodzili do wniosku, że zmarnowali większą część nocy.

Colin odkręcił kurek, zanurzył dłonie i przyłożył je do twarzy. Woda była zimna, dokładnie taka, jak chciał. Miał wrażenie, że jego skóra płonie. Żołnierz piechoty morskiej, z którym walczył, zadawał ciosy znacznie mocniejsze, niż można by się spodziewać – nie licząc tych niedozwolonych – ale kto mógłby to przewidzieć, tylko na niego patrząc? Wysoki, chudy, regulaminowa fryzura, głupawo uniesione brwi... Colin popełnił błąd, nie doceniając faceta, i obiecał sobie, że więcej do tego nie dopuści. Albo to, albo jak rok długi będzie straszył koleżanki z grupy, co po prostu może zepsuć im studiowanie. Mógł sobie wyobrazić, jak relacjonują przez telefon: „Mamo, jestem w grupie ze strasznym gościem, który ma siniaki na całej twarzy i do tego te okropne tatuaże! I muszę siedzieć sześć miejsc na prawo od niego!".

Otrząsnął ręce z wody. Wychodząc z toalety, spostrzegł Evana siedzącego w kącie boksu. W przeciwieństwie do niego, Evan idealnie pasowałby do sali wykładowej. Wciąż miał młodzieńczą twarz i podchodząc do stolika, Colin rozmyślał, ile razy w tygodniu Evan się goli.

– Sporo czasu ci to zajęło – zauważył Evan, gdy Colin wsunął się do boksu. – Już się bałem, że zabłądziłeś.

Colin zgarbił się na winylowej kanapie.

– Mam nadzieję, że się nie denerwowałeś, siedząc tu sam jak palec.

– Ha, ha.

– Mam do ciebie pytanie.

– Strzelaj.

– Ile razy w tygodniu się golisz?

Evan zamrugał.

– Spędziłeś w łazience dziesięć minut i akurat o tym myślałeś?

– Zastanawiałem się nad tym, idąc do stolika.

Evan wlepił w niego wzrok.

– Golę się codziennie rano.

– Dlaczego?

– Co to znaczy: dlaczego? Z tego samego powodu co ty.

– Ja nie golę się codziennie rano.

– Dlaczego w ogóle o tym rozmawiamy?

– Bo byłem ciekawy i zapytałem, a ty mi odpowiedziałeś – odparł Colin. Nie zważając na minę przyjaciela, wskazał menu. – Zmieniłeś zdanie i postanowiłeś coś zamówić?

Evan pokręcił głową.

– Absolutnie wykluczone.

– Nie zjesz nic?

– Nie.

– Masz zgagę? – spytał Colin.

– Prawdę mówiąc, bardziej podejrzenie, że ostatni raz inspekcja sanitarna kontrolowała tę garkuchnię za prezydentury Reagana.

– Nie jest tak źle.

– Widziałeś kucharza?

Colin zerknął w kierunku grilla za ladą. Kucharz, który stał przed środkową płytą, miał zatłuszczony fartuch opięty na wydatnym brzuchu, długi kucyk i tatuaże pokrywające prawie całe przedramiona.

– Podobają mi się jego dziary.

– Rany, też mi niespodzianka – rzucił Evan.

– To prawda.

– Wiem. Zawsze mówisz prawdę. Między innymi na tym polega twój problem.

– Dlaczego to jest problem?

– Ponieważ ludzie nie zawsze chcą słyszeć prawdę. Jak wtedy, kiedy twoja dziewczyna pyta, czy w jakimś stroju wygląda grubo. Powinieneś ją zapewnić, że wygląda pięknie.

– Nie mam dziewczyny – odparł Colin.

– Pewnie dlatego, że ostatniej powiedziałeś, że wygląda grubo, nie dodając słowa o pięknie.

– Było inaczej.

– Ale rozumiesz, o co mi chodzi. Czasami trzeba... mijać się z prawdą, żeby się dogadać.

– Dlaczego?
– Bo tak robią normalni ludzie. Tak funkcjonuje społeczeństwo. Nie możesz mówić ludziom wszystkiego, co ci przyjdzie do głowy. W ten sposób stawiasz ich w niezręcznej sytuacji albo ranisz ich uczucia. I jak wiesz, szczególnie pracodawcy tego nienawidzą.
– Okay.
– Nie wierzysz mi?
– Wierzę – powiedział Colin.
– Ale się nie przejmujesz.
– Nie.
– Bo wolisz mówić prawdę.
– Tak.
– Dlaczego?
– Ponieważ nauczyłem się, że to działa na moją korzyść.

Evan milczał przez chwilę.

– Czasami żałuję, że nie mogę być taki jak ty – odezwał się w końcu. – Wygarnąć szefowi prosto w oczy, co naprawdę o nim myślę, bez oglądania się na konsekwencje.
– Możesz. Postanowiłeś tego nie robić.
– Potrzebuję stałych dochodów.
– To wymówka.
– Może. – Evan wzruszył ramionami. – Ale nauczyłem się, że to działa na moją korzyść. Czasami kłamanie jest konieczne. Na przykład gdybym ci powiedział, że widziałem parę karaluchów pod stołem, kiedy byłeś w łazience, mógłbyś podzielić moje odczucia co do konsumpcji w tym lokalu.
– Wiesz, że nie musisz tu siedzieć? Nic mi nie będzie.
– Ty tak twierdzisz.
– Martw się o siebie, nie o mnie. Poza tym robi się późno. Nie wybierasz się jutro z Lily do Raleigh?
– Z samego rana. O jedenastej pójdziemy na nabożeństwo z moimi

rodzicami, a potem zjemy lunch. Ale w przeciwieństwie do ciebie ja nie będę miał kłopotów z porannym wstawaniem. Wyglądasz koszmarnie, nawiasem mówiąc.
– Dzięki.
– Zwłaszcza oko.
– Jutro opuchlizna będzie mniejsza.
– To drugie. Sądzę, że pękło ci kilka naczynek. Albo to, albo naprawdę jesteś wampirem.
– Zauważyłem.

Evan się wyprostował, lekko rozłożył ręce.
– Wyświadcz mi przysługę, dobrze? Jutro nie pokazuj się sąsiadom. Byłoby mi bardzo przykro, gdyby pomyśleli, że poturbowałem cię za spóźniony czynsz lub coś w tym stylu. Nie chcę mieć złej reputacji jako gospodarz.

Colin się uśmiechnął. Ważył co najmniej piętnaście kilogramów więcej niż Evan i lubił żartować, że jeśli przyjaciel kiedykolwiek postawił nogę w siłowni, to prawdopodobnie w celu przeprowadzenia tam kontroli.
– Obiecuję nie rzucać się nikomu w oczy – zapewnił.
– Dobrze. Zważywszy na moją reputację i tak dalej.

Podeszła kelnerka, postawiła na stole talerz jejecznicy z samych białek z szynką i miskę płatków. Gdy Colin przysunął miskę, spojrzał na kubek Evana.
– Co pijesz?
– Gorącą wodę z cytryną.
– Poważnie?
– Minęła północ. Gdybym wziął kawę, byłbym na nogach przez całą noc.

Colin zjadł łyżkę płatków.
– Okay.
– Co? Bez złośliwego komentarza?

– Po prostu jestem zaskoczony, że mają tu cytrynę.
– A ja jestem zaskoczony, że robią jajecznicę z białek. Prawdopodobnie jesteś pierwszą w dziejach tej knajpy osobą, która zamówiła zdrowy posiłek. – Evan sięgnął po wodę. – Jakie masz plany na jutro?
– Muszę wymienić stacyjkę w samochodzie. Później zajmę się trawnikiem, a potem skoczę do siłowni.
– Chcesz jechać z nami?
– Brunch niezupełnie mi leży.
– Nie zapraszam cię na brunch. Wątpię, czy z taką gębą wpuściliby cię do klubu. Ale w Raleigh mógłbyś się zobaczyć z rodzicami. Albo z siostrami. To po drodze do Chapel Hill.
– Nie.
– Po prostu przyszło mi na myśl, że spytam.
Colin nabrał łyżkę płatków.
– Nie.
Evan odchylił się na oparcie.
– Nawiasem mówiąc, dziś wieczorem odbyło się kilka świetnych walk. Ta po twojej była fantastyczna.
– Tak?
– Niejaki Johnny Reese wykończył gościa w pierwszej rundzie. Runął na niego jak prawdziwy samiec, wykonał duszenie i po sprawie. Facet porusza się jak kot.
– Do czego zmierzasz? – spytał Colin.
– Jest znacznie lepszy niż ty.
– Okay.
Evan bębnił palcami po stole.
– Jesteś zadowolony ze swojej walki?
– Skończyła się.
Evan czekał.
– I?

– To wszystko.
– Nadal myślisz, że to, co robisz, jest dobrym pomysłem? To znaczy... sam wiesz.

Colin nabrał jajecznicę na widelec.
– Wciąż jestem tu z tobą, prawda?

*

Pół godziny później Colin znów był na autostradzie. Chmury, które od kilku godzin zapowiadały burzę, w końcu spełniły obietnicę, przynosząc wiatr, deszcz i błyskawice z grzmotami. Evan wyszedł kilka minut wcześniej i gdy Colin siadł za kierownicę chevroleta camaro, którego remontował od kilku lat, wrócił myślą do przyjaciela.

Znał Evana, odkąd sięgał pamięcią. Kiedy był dzieckiem, jego rodzina przyjeżdżała na wakacje do domku na plaży w Wrightsville Beach, a rodzina Evana mieszkała po sąsiedzku. Spędzali długie, słoneczne dni na włóczęgach po plaży, grze w piłkę, łowieniu ryb, surfowaniu i pływaniu na deskach boogie. Często nocowali jeden u drugiego, dopóki rodzice Evana nie przenieśli się do Chapel Hill. A Colin zszedł na manowce.

Fakty były całkiem proste. Przyszedł na świat jako trzecie dziecko i jedyny syn zamożnych rodziców, którzy mieli upodobanie do zatrudniania niań i absolutnie nie pragnęli trzeciego dziecka. Był niemowlęciem ze skłonnością do kolek, a później rozsadzanym przez energię dzieciakiem z ostrym zespołem ADHD, dzieciakiem, który miewał regularne napady złości i nie umiał się skupić ani nawet usiedzieć spokojnie. W domu doprowadzał rodziców do szału i płoszył jedną nianię po drugiej, a w szkole wdawał się w niezliczone bijatyki. W trzeciej klasie miał wspaniałego nauczyciela, który postawił go do pionu, lecz w czwartej znów pojawiły się problemy. Na placu zabaw wszczynał jedną bójkę za drugą i mało brakowało, a zostałby zatrzymany. Mniej więcej w tym czasie zaczęto uważać go za trudne dziecko i rodzice, nie wiedząc, co robić, posłali go do szkoły wojskowej w nadziei, że dyscyplina wyjdzie mu na dobre. Pierwszy rok okazał się straszny. Colin wyleciał w połowie wiosennego semestru.

Wysłali go do następnej szkoły wojskowej w innym stanie i przez kilka lat zużywał nadmiar energii w sportach walki – zapasach, boksie i dżudo. Wyładowywał agresję na innych, niekiedy ze zbyt wielkim entuzjazmem, często po prostu dlatego, że tego chciał. Nie przejmował się ocenami ani dyscypliną. Po pięciu kolejnych relegacjach i pięciu różnych szkołach wojskowych w końcu z trudem zdał maturę jako pełen złości i agresji młody mężczyzna bez planów na życie i ani trochę niezainteresowany, żeby coś znaleźć. Wprowadził się do rodziców i tak upłynęło siedem paskudnych lat. Patrzył, jak matka płacze, słuchał błagań ojca, żeby się zmienił, ale ich ignorował. Pod wpływem nacisków ojca podjął pracę z terapeutą, lecz wciąż się staczał po równi pochyłej. Jego nadrzędnym celem była podświadoma autodestrukcja. Tak brzmiały słowa terapeuty, nie jego, chociaż obecnie się z nimi zgadzał. Ilekroć rodzice wyrzucali go z Raleigh, włamywał się do rodzinnego domku na plaży, gdzie cierpliwie czekał na stosowną chwilę, żeby wrócić do domu, po czym cykl się powtarzał. Kiedy miał dwadzieścia pięć lat, dostał ostatnią szansę na dokonanie zmian w swoim życiu. Niespodziewanie z niej skorzystał. I teraz był tutaj, na uczelni, mając w planach spędzenie kilku następnych dekad w sali klasowej z nadzieją, że będzie mentorem dzieci, co dla większości ludzi nie miało żadnego sensu.

Colin wiedział, że jego chęć spędzenia reszty życia w szkole – w miejscu, którego zawsze nienawidził – jest czystą ironią, ale właśnie tego pragnął. Niewiele myśli poświęcał tej ironii i zasadniczo nie roztrząsał przeszłości. Nie zawracałby sobie tym głowy, gdyby nie wzmianka Evana o odwiedzinach u rodziców. Evan wciąż nie rozumiał, że samo przebywanie w jednym pokoju z rodzicami jest stresujące zarówno dla niego, jak i dla nich, zwłaszcza jeśli wizyta nie była zaplanowana. Wiedział, że gdyby zjawił się niespodziewanie, siedzieliby skrępowani, próbując prowadzić lekką pogawędkę, podczas gdy wspomnienia wypełniałyby powietrze jak trujący gaz. Czułby, jak wzbiera w nich rozczarowanie i jak go osądzają, nieważne, czy wyraziliby to słowami, czy nie. A komu tego potrzeba? Nie jemu, i nie im. Od trzech lat starał się ograniczać swoje nieczęste wizyty do godziny, prawie zawsze w święta, i układ ten, jak się zdaje, wszystkim odpowiadał.

Jego starsze siostry, Rebecca i Andrea, próbowały go nakłonić do naprawienia stosunków z rodzicami, ale ucinał te rozmowy w taki sam sposób, jak uciął rozmowę z Evanem. Ostatecznie życie sióstr różniło się od jego życia. Były chcianymi dziećmi, on zaś pojawił się siedem lat po młodszej jako gruba rozwrzeszczana niespodzianka. Wiedział, że chciały dobrze, ale niewiele ich łączyło. Obie ukończyły studia, miały mężów i dzieci. Mieszkały na tym samym ekskluzywnym osiedlu co rodzice i w weekendy grały w tenisa. Im był starszy, tym bardziej dochodził do przekonania, że podjęte przez nie życiowe decyzje były znacznie mądrzejsze niż jego wybory. Ale one nie były „trudnymi dziećmi".

Wiedział, że rodzice, tak samo jak siostry, zasadniczo są dobrymi ludźmi. Dopiero po latach terapii pogodził się z tym, że to on był trudny, nie oni. Już nie obwiniał matki i ojca o to, co się z nim działo ani co zrobili lub czego nie zrobili. Wręcz uważał się za szczęśliwego syna dwojga niewiarygodnie cierpliwych ludzi. Co z tego, że został wychowany przez nianie? Co z tego, że jego starzy w końcu dali za wygraną i wysłali go do szkoły wojskowej? Kiedy naprawdę ich potrzebował, kiedy inni rodzice prawdopodobnie by się poddali, oni nigdy nie stracili nadziei, że zmieni swoje życie.

I przez lata tolerowali jego wybryki. Poważne wybryki. Ignorowali picie, palenie trawki i zbyt głośną muzykę przez całą dobę. Znosili imprezy, jakie urządzał, ilekroć wyjeżdżali z miasta, imprezy, po których w domu zostawał potworny bałagan. Przymykali oko na barowe bójki i liczne aresztowania. Ani razu nie powiadomili policji, kiedy się włamywał do domku na plaży, mimo że tam też wyrządzał poważne szkody. Więcej razy, niż pamiętał, wpłacali za niego kaucję i opłacali prawników, a trzy lata temu – kiedy groziła mu długa odsiadka za barową burdę w Wilmington – ojciec pociągnął za sznurki, żeby zawrzeć z sędzią układ, który mógł Colinowi zapewnić całkowicie czystą kartotekę. Oczywiście pod warunkiem, że znów nie zawali. Będąc pod nadzorem kuratorskim, spędził cztery miesiące w Arizonie, zamknięty w ośrodku terapeutycznym z programem kontrolowania agresji. Po powrocie, ponieważ rodzice nie chcieli go widzieć w swoim domu, znowu się włamał do domku na plaży, który w tym czasie został wystawiony na sprzedaż.

W ramach zawartej umowy musiał regularnie spotykać się z detektywem Pete'em Margolisem z policji w Wilmington. Człowiek pobity przez niego w barze był wieloletnim zaufanym informatorem policji, a wskutek pobicia wypadł z obiegu, co spowodowało zawalenie ważnej sprawy, nad którą pracował detektyw. W konsekwencji Margolis głęboko go nienawidził. Od samego początku był zdecydowanie przeciwny układowi, a później regularnie kontrolował Colina i nachodził go jako samozwańczy kurator.

Ostatni warunek układu stanowił, że jeśli Colin z jakiegokolwiek powodu znów zostanie aresztowany, zostaną wznowione wszystkie jego sprawy, a on automatycznie trafi do więzienia na blisko dziesięć lat.

Mimo wymogów, mimo częstych kontroli Margolisa, który wyraźnie szukał okazji, żeby go zakuć w kajdanki, był to wspaniały układ. Niewiarygodny układ, i wszystko dzięki ojcu... chociaż wtedy praktycznie ze sobą nie rozmawiali. Formalnie rzecz biorąc, obowiązywał go zakaz przestąpienia progu domu rodziców, aczkolwiek ojciec ostatnio złagodził ten szczególny warunek. Nieodwołalnie wyrzucony z domu po powrocie z Arizony, patrząc, jak nowi właściciele obejmują w posiadanie domek na plaży i koczując u kumpli w Raleigh, przenoszony z jednej kanapy na drugą, w końcu musiał przewartościować swoje życie. Stopniowo dochodził do wniosku, że jeśli niczego nie zmieni, dopełni samozniszczenia. Środowisko, w którym się obracał, nie wychodziło mu na dobre, a krąg znajomych był równie autodestrukcyjny jak on. Nie mając gdzie się podziać, pojechał do Wilmington i zaskoczył samego siebie, pojawiając się przed drzwiami Evana. Evan, który mieszkał tam po ukończeniu Uniwersytetu Stanowego Karoliny Północnej, nie krył zaskoczenia na widok starego przyjaciela. Był również nieufny i trochę zdenerwowany, ale Evan jak to Evan, w końcu stwierdził, że nie widzi powodów, żeby Colin nie zatrzymał się u niego na jakiś czas.

Zasłużenie na zaufanie przyjaciela wymagało czasu. Ich życie potoczyło się zupełnie inaczej. Evan bardziej przypominał Rebeccę i Andreę: odpowiedzialny obywatel, który zna więzienie wyłącznie z telewizji. Pracował jako księgowy i planista finansowy i zgodnie z dumnymi zasadami swojego zawodu kupił dom z mieszkaniem na parterze i osobnym wejściem na piętro, żeby dzięki wynajmowi tych pomieszczeń obniżyć opłaty hipoteczne. Mieszkanie przypadkiem stało puste, kiedy pojawił się Colin. Z początku nie zamierzał długo tam mieszkać, ale kiedy dostał pracę w barze, wprowadził się na dobre. Trzy lata później wciąż płacił czynsz najlepszemu przyjacielowi, jakiego miał.

Jak na razie wszystko układało się doskonale. Kosił trawnik, przycinał krzewy i w zamian płacił rozsądny czynsz. Miał własne lokum z osobnym wejściem i Evana pod bokiem, a właśnie takiego towarzystwa Colin potrzebował na obecnym etapie życia. Evan wkładał do pracy garnitur i krawat, utrzymywał gustownie urządzony dom w nieskazitelnym stanie i nigdy poza domem nie wypijał więcej niż dwa piwa. Był również mniej więcej najsympatyczniejszym facetem pod słońcem i zaakceptował Colina wraz z jego wadami. Co więcej – choć Bóg jeden wie, z jakiego powodu – wierzył w niego, nawet kiedy Colin wiedział, że nie zawsze na to zasługuje.

Lily, narzeczona Evana, była ulepiona z tej samej gliny. Pracowała w reklamie i miała własne mieszkanie przy plaży, kupione przez rodziców, ale spędzała u Evana tyle czasu, że siłą rzeczy stała się ważną częścią życia Colina. Nie od razu go polubiła. Kiedy się poznali, Colin miał blond irokeza i kolczyki w uszach, a ich pierwsza rozmowa koncentrowała się wokół bójki barowej w Raleigh, której drugi uczestnik wylądował w szpitalu. Przez jakiś czas po prostu nie była w stanie pojąć, jak Evan może się z nim przyjaźnić. Lily, panna z wyższych sfer Charlestonu, absolwentka uczelni Meredith, była nieco afektowana i nadzwyczaj uprzejma, a jej słownictwo stanowiło pozostałość z minionej epoki. Była również najpiękniejszą dziewczyną, jaką Colin kiedykolwiek widział, nic więc dziwnego, że w jej rękach Evan był miękki jak wosk. Blondynka o błękitnych oczach i z głosem słodkim jak miód nawet wtedy, gdy była zła, wydawała się ostatnią osobą na świecie skłonną dać szansę komuś takiemu jak on. A jednak dała. I podobnie jak Evan, w końcu postanowiła w niego uwierzyć. To ona dwa lata temu zasugerowała, żeby zaczął studiować, i to ona uczyła go wieczorami. Dwa razy Lily i Evan uchronili go przed popełnieniem impulsywnego błędu, za który mógł trafić do więzienia. Colin uwielbiał ją za wszystko, co dla niego robiła, i był zachwycony jej związkiem z Evanem. Dawno temu postanowił, że jeśli ktokolwiek w jakikolwiek sposób im zagrozi, on się tym zajmie bez względu na konsekwencje. Nawet gdyby miał resztę życia spędzić za kratkami.

Ale wszystko, co dobre, szybko się kończy. Czy nie tak się mówi? Życie, jakie wiódł od trzech lat, miało się zmienić choćby dlatego, że Evan i Lily byli zaręczeni i zamierzali się pobrać na wiosnę. Oboje go zapewniali, że po ślubie może nadal zajmować mieszkanie na dole, ale wiedział, że ubiegły weekend spędzili na nowym osiedlu bliżej Wrightsville Beach, oglądając piętrowe domy z werandą i balkonem na całą szerokość frontu, w stylu charakterystycznym dla Charlestonu. Oboje chcieli mieć dzieci, oboje chcieli mieć biały płot wokół domu i Colin nie miał wątpliwości, że w ciągu roku obecny dom Evana zostanie wystawiony na sprzedaż. Wtedy znów będzie zdany wyłącznie na siebie i choć wiedział, że nieuczciwie jest liczyć, że Evan i Lily będą się nim opiekować, czasami się zastanawiał, czy wiedzą, jak ważni stali się dla niego w ciągu ostatnich paru lat.

Na przykład tej nocy. Colin nie prosił Evana, żeby przyjechał na walkę. Przyjaciel sam wpadł na ten pomysł. Nie prosił Evana, żeby siedział z nim podczas posiłku. Ale Evan prawdopodobnie podejrzewał, że jeśli nie zrobi jednego i drugiego, Colin zamiast do restauracji pojedzie do baru i będzie się odprężał przy drinkach, nie przy śniadaniu o północy. Pracował jako barman, lecz siedzenie po drugiej stronie baru ostatnio niezbyt mu służyło.

Colin zjechał z autostrady na wiejską drogę ze stojącymi po obu stronach sosnami i czerwonymi dębami bez wyjątku porośniętymi pnączami kudzu. Zależało mu nie tyle na skróceniu czasu jazdy, ile na uniknięciu zatrzymywania się na niezliczonych światłach w drodze przez miasto. Błyskawice co chwila rozjaśniały niebo, przemieniając chmury w srebro i oświetlając otoczenie stroboskopowymi błyskami. Deszcz i wiatr przybrały na sile, wycieraczki ledwie nadążały z oczyszczaniem przedniej szyby, ale dobrze znał tę drogę. Pokonał jeden z licznych zakrętów, mając ograniczoną widoczność, i odruchowo wcisnął hamulec.

Samochód stał na skos, częściowo na jezdni, częściowo na poboczu, błyskając światłami awaryjnymi. Bagażnik był otwarty, do środka lał się deszcz. Colin zwolnił, czując, że tył lekko zarzucił, zanim opony odzyskały przyczepność. Zjechał na przeciwny pas, żeby bezpiecznie wyminąć samochód, myśląc, że facet nie mógł sobie wybrać gorszego czasu i miejsca, żeby się rozwalić. Nie dość, że burza ograniczała widoczność, to jeszcze imprezowicze, jak ci w knajpie, właśnie teraz wyruszali do domu. Nie musiał się wysilać, żeby sobie wyobrazić, jak jeden z nich za szybko pokonuje zakręt i uderza w tył stojącego auta.

Paskudnie, pomyślał. Facet zdecydowanie prosił się o wypadek, ale przecież to nie jego sprawa. Nie ma obowiązku ratowania nieznajomych, a zresztą prawdopodobnie niewiele mógłby pomóc. Znał się na silniku w swoim samochodzie, ale tylko dlatego, że camaro był starszy niż on. Nowoczesne silniki mają więcej wspólnego z komputerami. Poza tym kierowca bez wątpienia już zadzwonił po pomoc.

Gdy powoli mijał samochód, zauważył, że tylna opona jest przebita. Za klapą bagażnika przemoczona do suchej nitki kobieta w dżinsach i bluzce z krótkimi rękawami usiłowała wyciągnąć koło zapasowe. Długa seria błyskawic oświetliła jej twarz z rozmazanym makijażem. W tej chwili dostrzegł ciemne włosy i szeroko osadzone oczy. Koleżanka z grupy. Opadły mu ramiona.

Dziewczyna? Dlaczego to musi być dziewczyna? Chodzili razem na zajęcia. Raczej nie mógł udawać, że nie zauważył, że potrzebuje pomocy. Naprawdę zupełnie mu to nie pasowało, ale czy miał jakiś wybór?

Z westchnieniem zjechał na pobocze i zatrzymał się w pewnej odległości od jej auta. Włączył światła awaryjne i zabrał kurtkę z tylnej kanapy. Natychmiast przemókł, strugi deszczu zacinały, woda lała się jak z prysznica pod gołym niebem. Przegarnął ręką włosy, odetchnął głęboko i ruszył w kierunku samochodu dziewczyny, kalkulując, jak szybko może zmienić oponę i kontynuować jazdę do domu.

– Potrzebujesz pomocy?! – zawołał. Zobaczył, że to jednak nie jest ta dziewczyna ze studiów, bardzo do niej podobna, ale nie ona.

Nie odpowiedziała, co go zaskoczyło. Patrząc na niego z paniką w oczach, puściła oponę i zaczęła się powoli cofać.

2
Maria

W przeszłości, kiedy pracowała w prokuraturze okręgowej w hrabstwie Mecklenburg, Maria Sanchez widywała na sali sądowej wielu przestępców, przy czym niektórzy z nich byli oskarżeni o takie zbrodnie, że nocami nie mogła zmrużyć oka. Nękały ją koszmary dotyczące prowadzonych przez nią spraw, a co gorsza, groził jej jakiś socjopata, lecz prosty fakt był taki, że nigdy tak się nie bała jak teraz, na tym pustym odcinku drogi, gdy samochód kierowany przez tego faceta nagle zjechał na pobocze.

Nie było ważne, że miała dwadzieścia osiem lat, że ukończyła uniwersytet Chapel Hill *summa cum laude*, że studiowała prawo na uniwerku Duke'a. Nie miało znaczenia, że była wschodzącą gwiazdą w biurze prokuratora okręgowego, zanim znalazła inną pracę w jednej z najlepszych kancelarii prawnych w Wilmington, ani że do tej chwili zawsze całkiem dobrze panowała nad emocjami. Gdy tylko wysiadł z samochodu, wszystkie te prawdy przestały się liczyć i mogła myśleć jedynie o tym, że jest młodą kobietą zupełnie samą na pustkowiu. Kiedy ruszył w jej stronę, ogarnęła ją panika. Umrę tutaj, uświadomiła sobie, i nikt nigdy nie znajdzie mojego ciała.

Chwilę wcześniej, gdy samochód powoli ją mijał, widziała, że kierowca na nią patrzy – niemal wlepia w nią oczy, jakby ją szacował – i z początku pomyślała, że ma maskę, co samo w sobie było przerażające, ale o wiele mniej niż nagłe uświadomienie sobie, że w rzeczywistości widzi jego twarz. Był posiniaczony, jedno oko miał zamknięte z powodu opuchlizny, drugie podbiegnięte krwią. Widziała, że krew ścieka mu z czoła, i już nabrała powietrza, żeby krzyknąć, ale z jakiegoś powodu z jej ust nie wydobył się żaden dźwięk. Boże, błagam – przypomniała sobie, że właśnie tak pomyślała, gdy ją mijał – niech jedzie dalej. Cokolwiek robi, proszę, niech się nie zatrzyma.

Ale najwyraźniej Bóg jej nie słuchał. Dlaczego Bóg miałby interweniować, żeby ją uchronić przed marnym końcem w rowie na kompletnym odludziu? Nie musiał tego robić. Postanowił, że każe facetowi się zatrzymać, i teraz mężczyzna o zmasakrowanej twarzy szedł ku niej niczym postać z niskobudżetowego horroru. Albo z więzienia, z którego właśnie uciekł, ponieważ był wyraźnie napakowany, a czy właśnie nie to robią więźniowie? Czy przez cały czas nie podnoszą ciężarów? Miał krótkie włosy, ostrzyżone niemal po wojskowemu – czyżby znak rozpoznawczy jednego z gangów więziennych, o których słyszała? Złachmaniona czarna koszulka z nadrukiem nie poprawiała jego wizerunku, podobnie jak podarte dżinsy i to, w jaki sposób trzymał kurtkę. Dlaczego jej nie włożył, wychodząc na taką ulewę? Może ukrywał pod nią...

Nóż.

Albo, Boże uchowaj, pistolet...

Z jej gardła wyrwał się pisk. Różne możliwości przelatywały jej przez głowę, gdy próbowała wykombinować, co zrobić. Rzucić w niego kołem? Przecież nie mogła nawet wyciągnąć go z bagażnika. Wołać o pomoc? W pobliżu nie było żywego ducha, ani jeden samochód nie przejechał od dziesięciu minut, a komórkę zostawiła Bóg wie gdzie – gdyby nie to, nie próbowałaby samodzielnie zmieniać koła. Uciekać? Może, ale płynność jego ruchów sugerowała, że dopędzi ją bez trudu. Pozostało tylko jedno: wsiąść do samochodu i zamknąć drzwi, ale już był przy niej, nie zdoła go ominąć...

– Potrzebujesz pomocy?

Dźwięk jego głosu wyrwał ją z odrętwienia. Puściła koło i zaczęła się cofać. Błysnęło i wtedy zwróciła uwagę na bezmyślny wyraz jego twarzy, niemal jakby w jego osobowości brakowało czegoś podstawowego, tego elementu, który sygnalizuje, że gwałcenie i zabijanie kobiet nie jest w porządku.

– Czego ode mnie chcesz? – wykrztusiła w końcu.

– Niczego – odparł.

– W takim razie co tutaj robisz?

– Pomyślałem, że może potrzebujesz pomocy przy zmianie koła.

– Nie, nie – powiedziała. – Dam sobie radę sama.

Przeniósł spojrzenie na sflaczałą oponę, potem znowu popatrzył na nią.

– W porządku. Dobranoc – powiedział.

Odwrócił się i ruszył do swojego auta, jego sylwetka szybko malała. To było tak niespodziewane, że Maria przez sekundę stała niczym sparaliżowana. Odchodzi? Dlaczego? Była z tego zadowolona – prawdę mówiąc, rozsadzała ją radość – a jednak...

– Nie mogę wyciągnąć koła z bagażnika! – krzyknęła, słysząc panikę w swoim głosie.

Odwrócił się, już przy swoim samochodzie.

– Na to wygląda. – Sięgnął do klamki i otworzył drzwi, gotów wsiąść...

– Poczekaj!

Przyglądał się jej przez ścianę deszczu.

– Dlaczego?! – odkrzyknął.

Dlaczego? Nie była pewna, czy dobrze usłyszała. Ale cóż, przecież mu powiedziała, że nie potrzebuje pomocy. I nie potrzebowała, tyle że tak naprawdę potrzebowała, bo przecież nie mogła do nikogo

zadzwonić. Miała w głowie gonitwę myśli i następne słowa popłynęły niezależnie od jej woli.
– Masz telefon?! – zawołała.

Ruszył w jej stronę i zatrzymał się w takiej odległości, żeby go słyszała bez konieczności podnoszenia głosu do krzyku, ale niezbyt blisko. Dzięki Bogu...
– Tak – odparł.

Przestąpiła z nogi na nogę, myśląc: Co teraz?
– Zgubiłam komórkę – powiedziała. – To znaczy nie, wcale nie zgubiłam. – Wiedziała, że mówi bezładnie, ale patrzył na nią w taki sposób, że nie mogła zatrzymać potoku słów. – Jest albo w biurze, albo zostawiłam ją u rodziców, nie będę miała pewności, dopóki nie sprawdzę w laptopie.
– Okay. – Nie dodał nic więcej, po prostu stał bez ruchu, patrząc jej w oczy.
– Używam tego czegoś, co się nazywa „znajdź mój iPhone". To znaczy aplikacji. Mogę namierzyć komórkę, ponieważ jest zsynchronizowana z moim komputerem.
– Okay.
– I?
– I co?
– Możesz na minutę pożyczyć mi swoją? Chcę zadzwonić do siostry.
– Jasne – odparł. Wsunął telefon pod kurtkę i gdy szedł w jej stronę, Maria odruchowo zrobiła krok do tyłu. Położył kurtkę na masce i wskazał ją ręką.

Zawahała się. Był zdecydowanie dziwny, ale doceniała to, że się odsunął. Przyskoczyła do kurtki i znalazła iPhone'a, ten sam model co jej. Kiedy wcisnęła przycisk, ekran pojaśniał. Oczywiście, nieznajomy wyświadczał jej przysługę, ale nic z tego, jeśli nie...
– Pięć, sześć, osiem, jeden – powiedział usłużnie.

– Podajesz mi swoje hasło?

– Bez niego nie skorzystasz z telefonu – zauważył.

– Nie boisz się podawać hasła nieznajomej osobie?

– Zamierzasz ukraść mój telefon?

Zamrugała.

– Nie. Jasne, że nie.

– W takim razie nie mam się czego obawiać.

Nie miała pewności, co na to powiedzieć, ale było jej wszystko jedno. Drżącymi palcami wystukała kod, a potem numer siostry. Po trzecim sygnale usłyszała, że dodzwoniła się na pocztę głosową. Starała się panować nad narastającą frustracją, kiedy nagrywała wiadomość, wyjaśniając Serenie, co się stało z jej samochodem, i prosząc siostrę o podwiezienie. Wsunęła telefon pod kurtkę na masce i cofnęła się, obserwując mężczyznę.

– Nie dodzwoniłaś się? – zapytał.

– Już jedzie.

– W porządku. – Kiedy znowu błysnęło, wskazał tył jej samochodu. – Chcesz, żebym zmienił koło, gdy będziesz na nią czekać?

Otworzyła usta, żeby odrzucić propozycję, ale kto wie kiedy – albo czy w ogóle – Serena odsłucha wiadomość? Do tego dochodził fakt, że nigdy w życiu nie zmieniała koła. Zamiast odpowiedzieć, powoli wypuściła powietrze i próbując zapanować nad drżeniem głosu, powiedziała:

– Mogę cię o coś spytać?

– Tak.

– Co... co się stało z twoją twarzą?

– Brałem udział w walce.

Po odczekaniu kilku sekund zrozumiała, że nie zamierza dodać nic więcej. To wszystko? Bez dalszych wyjaśnień? Zachowywał się tak dziwnie, że nie była pewna, co o tym myśleć. Gdy stał, naj-

wyraźniej czekając na odpowiedź na swoje wcześniejsze pytanie, zerknęła na bagażnik z żalem, że nie ma pojęcia, jak się zmienia koło.
– Tak – odparła w końcu. – Jeśli nie masz nic przeciwko, z przyjemnością przyjmę pomoc.
– Okay. – Pokiwał głową. Patrzyła, jak sięga do tobołka na masce, chowa telefon do kieszeni i wkłada kurtkę. – Boisz się mnie – stwierdził.
– Co?
– Boisz się, że cię skrzywdzę. – Kiedy nic nie powiedziała, ciągnął: – Nie zrobię ci krzywdy, ale myśl sobie, co chcesz.
– Dlaczego mi to mówisz?
– Bo jeśli mam zmienić koło, będę musiał podejść do bagażnika. Co znaczy, że podejdę do ciebie.
– Wcale się nie boję – skłamała.
– Okay.
– Wcale.
– Okay – powtórzył i ruszył w jej stronę.
Strach ścisnął jej serce, gdy on przechodził na wyciągnięcie ręki. Zaraz potem poczuła się głupio, bo minął ją bez zwalniania. Coś odkręcił, wyjął zapasowe koło i postawił na ziemi, następnie zniknął za klapą bagażnika, bez wątpienia sięgając po podnośnik.
– Jedno z nas musi wyprowadzić auto na drogę – powiedział. – Musi stać na płaskim, bo inaczej może się ześlizgnąć z lewarka.
– Przecież złapałam gumę.
Z lewarkiem w ręce spojrzał na nią.
– Samochodowi to nie zaszkodzi, wystarczy jechać powoli.
– Zablokuję pas.
– Już blokujesz pół pasa.
Co do tego miał rację... ale...
Ale jeśli to wszystko jest częścią jego planu? Może chce odwrócić jej uwagę? Skłonić, żeby stanęła do niego plecami?

Może zaplanował to tak, żeby skorzystała z jego telefonu? I żeby poprosiła o pomoc przy wyciągnięciu koła z bagażnika?

Wytrącona z równowagi i zakłopotana, wsiadła za kierownicę i zapuściła silnik, po czym powoli, ale pewnie wjechała na drogę i zaciągnęła hamulec ręczny. Gdy otworzyła drzwi, nieznajomy już toczył koło z kluczem nasadowym w ręce.

– Jeśli chcesz, możesz zostać w samochodzie – powiedział. – To nie powinno zabrać dużo czasu.

Po chwili namysłu zamknęła drzwi i przez kilka minut obserwowała go w bocznym lusterku. Poluzował mutry i wsunął lewarek. Chwilę później poczuła, że samochód lekko się unosi, podskakując, i nieruchomieje. Patrzyła, jak nieznajomy zdejmuje nakrętki i koło, akurat gdy burza się nasiliła. Porywisty wiatr niósł płachty deszczu. Mężczyzna szybko założył koło, dokręcił mutry i nagle auto opadło. Włożył przebite koło do bagażnika wraz z lewarkiem i kluczem i delikatnie opuścił klapę. Nagle było po wszystkim, tak po prostu. Mimo to Maria lekko drgnęła, kiedy zastukał w okno. Opuściła szybę, deszcz wpadał do środka. Jego twarz kryła się w cieniu, więc ledwie widziała siniaki, opuchliznę, przekrwione oko. Ledwie, ale widziała.

– Możesz jechać – powiedział głośno, żeby usłyszała go w nawałnicy – ale powinnaś jak najszybciej naprawić oponę. Zawsze trzeba mieć zapas.

Pokiwała głową, ale nie zdążyła mu podziękować, bo odwrócił się i pobiegł do swojego samochodu. Otworzył drzwi, wsunął się za kierownicę. Dobiegł ją ryk silnika i zanim się spostrzegła, znowu została sama na drodze, chociaż w sprawnym aucie, które zawiezie ją do domu.

*

– Słyszałam telefon, ale nie rozpoznałam numeru, więc nie odebrałam i włączyła się poczta głosowa – powiedziała Serena między

łykami soku pomarańczowego. Maria siedziała obok niej przy stole na werandzie, trzymając w dłoniach kubek kawy. Poranne słońce już rozgrzewało powietrze. – Przepraszam.
– Następnym razem po prostu odbierz, dobrze?
– Nie mogę. – Serena się uśmiechnęła. – A jeśli zadzwoni jakiś wariat?
– Na tym polegał problem! Ja byłam tą wariatką i potrzebowałam twojej pomocy.
– Wcale na to nie wygląda. Facet sprawia wrażenie miłego.
Maria spojrzała na nią wściekle znad kubka.
– Nie widziałaś go. Wierz mi. Widziałam ludzi, którzy budzą przerażenie, a on bił ich wszystkich na głowę.
– Powiedział ci, że brał udział w walce...
– W tym rzecz. Najwyraźniej jest skłonny do stosowania przemocy.
– Przecież niczym ci nie zagroził. Sama powiedziałaś, że z początku nawet się nie zbliżał. A potem pożyczyłaś od niego telefon. Później zmienił ci koło, wsiadł do samochodu i odjechał.
– Nie rozumiesz.
– Czego? Że nie powinno się oceniać książki po okładce?
– Mówię poważnie!
Serena się roześmiała.
– Rany, ktoś tu jest drażliwy. Przecież wiesz, że tylko się z tobą droczę. Gdybym ja tam była, pewnie zsikałabym się w majtki ze strachu. Zepsuty samochód, pusta droga, bez telefonu, krew na twarzy nieznajomego... to jak najgorszy koszmar każdej dziewczyny.
– Otóż to.
– Znalazłaś komórkę?
– Jest w biurze. Pewnie wciąż na moim biurku.
– Chcesz powiedzieć, że leży tam od piątku? I że dopiero w sobotę w nocy zdałaś sobie sprawę, że jej nie masz?

– I co z tego?
– Przypuszczam, że niewiele osób do ciebie dzwoni, co?
– Ha, ha.
Serena pokręciła głową i sięgnęła po swój telefon.
– Nie mogę żyć bez mojej, żebyś wiedziała. – Zrobiła Marii zdjęcie.
– Po co to?
– Na Instagram.
– Serio?
Serena już pisała.
– Nie ma obawy. Będzie śmiesznie – dodała, po czym pokazała zdjęcie i podpis. – „Maria po przeżyciu Koszmaru z Ulicy Mrocznej".
– Chyba tego nie wyślesz?
– Już wysłałam. – Serena mrugnęła znacząco.
– Musisz przestać umieszczać posty na mój temat. Mówię poważnie. A jeśli znajdzie je któryś z moich klientów?
– Wtedy wina spadnie na mnie. – Wzruszyła ramionami. – Nawiasem mówiąc, gdzie jest tata?
– Wyszedł z Copo – odparła Maria.
Copo była niemal całkowicie białą suczką rasy shih tzu. Po wyprowadzce Sereny do akademika siostry pojawiły się w domu na Boże Narodzenie i odkryły, że rodzice sprawili sobie pieska. Copo praktycznie wszędzie im towarzyszyła: w restauracji – miała swoje legowisko w biurze – w supermarkecie, nawet u księgowego. Była bardziej rozpieszczana niż córki.
– Wciąż nie mogę się z tym pogodzić – mruknęła Serena. – Kochają tego psa.
– Myślisz?
– Nie widziałaś nabijanej strasem obróżki, którą kupiła mama? O mało się nie zrzygałam.
– Bądź miła.
– Jestem miła! – krzyknęła Serena. – Po prostu nigdy sobie nie

wyobrażałam, że będą mieli psa. My nie miałyśmy, chociaż błagałam o to przez lata. Nawet obiecałam, że będę się nim zajmować.
– Wiedzieli, że nie będziesz.
– Może nie przeskoczyłam klasy i nie poszłam na studia w wieku siedemnastu lat jak ty, ale jestem całkiem pewna, że poradziłabym sobie z psem. I musisz wiedzieć, że ubiegam się o stypendium Charlesa Alexandra.
– Hm, racja. – Maria sceptycznie uniosła brew.
– Poważnie. Wybrałem dwujęzyczne przedmioty kierunkowe. Złożyłam podanie, napisałam pracę, dostałam rekomendacje od dwóch profesorów i tak dalej. Stypendium jest sponsorowane przez prywatną fundację i w przyszłą sobotę mam rozmowę z prezesem. Co ty na to? – Serena skrzyżowała ręce na piersi.
– Rany. Super.
– Nie mów tacie. Chcę mu zrobić niespodziankę.
– Będzie w siódmym niebie, jeśli je dostaniesz.
– Przecież wiem. Pomyśl, ile więcej obróżek mogliby kupić Copo, gdyby nie musieli płacić czesnego.

Maria się roześmiała. Słyszały, jak matka nuci w kuchni, czuły zapach huevos rancheros płynący przez otwarte okno.
– Ale wróćmy do ubiegłej nocy – zaproponowała Serena. – Dlaczego byłaś poza domem o tak późnej porze? Zwykle znacznie wcześniej kładziesz się do łóżka.

Maria spojrzała na siostrę z grymasem niezadowolenia, ale uznała, że równie dobrze może mieć to z głowy.
– Szczerze mówiąc, byłam na randce.
– Nie gadaj.
– W czym problem?
– W niczym. Po prostu myślałam, że postanowiłaś żyć w celibacie.
– Dlaczego tak uważasz?
– Halo? Nie zapomniałaś, z kim rozmawiam?

– Przecież nie siedzę ciągle w domu.
– Może pływasz na desce, ale nie wychodzisz wieczorami. Pracujesz. Czytasz. Oglądasz głupie programy w telewizji. Już nawet nie chodzisz potańczyć i do tego przywykłaś, i jest ci z tym dobrze. Pamiętasz, jak próbowałam cię namówić, żebyś poszła ze mną do tego klubu w starym magazynie? Z salsą w sobotnie wieczory?
– O ile pamiętam, mówiłaś, że jest tam mnóstwo obleśnych facetów.
– Ale też doskonale się bawiłam, chociaż w przeciwieństwie do ciebie tańczę koszmarnie.
– Nie wszyscy studiują, wiesz, zaczynając zajęcia w południe i mając wolne piątki. Niektórzy mają obowiązki.
– Tak, tak, już to słyszałam – burknęła Serena, machając ręką. – Zakładam, że nie dopisało ci szczęście.

Maria zerknęła przez ramię w stronę uchylonego okna, sprawdzając, czy matka nie słucha.

Serena przewróciła oczami.

– Jesteś dorosła. Już nie musisz ukrywać swojego życia towarzyskiego przed mamą i tatą.
– Tak, cóż, zawsze trochę się różniłyśmy pod tym względem.
– Co? Myślisz, że ja im wszystko mówię?
– Mam nadzieję, że nie.

Serena zdusiła chichot.

– Przykro mi, że randka nie wypaliła.
– Skąd wiesz? Może wypaliła.
– Nie sądzę – powiedziała Serena, kręcąc głową. – W przeciwnym razie nie wracałabyś do domu sama.

No tak, pomyślała Maria. Serena zawsze była bystra, a co więcej, w przeciwieństwie do niej, twardo stąpała po ziemi.

– Dobra – rzuciła Serena. – Więc jak było na tej randce?
– Nie sądzę, żeby do mnie zadzwonił.

Serena udała współczucie, choć nie zdołała ukryć pełnego rozbawienia cynizmu.

– Dlaczego? Czyżbyś zabrała ze sobą komputer i przez całą randkę pracowała?

– Nie. To nie przeze mnie. Po prostu było... źle.

– Mów do mnie, starsza siostro. Opowiedz mi o wszystkim.

Maria rozejrzała się po podwórku, myśląc, że Serena jest jedyną osobą na świecie, z którą może naprawdę porozmawiać.

– W zasadzie niewiele jest do powiedzenia. Po pierwsze, wcale nie planowałam randki...

– No nie! Ty?

– Chcesz posłuchać czy nie?

– Mój błąd. – Serena uśmiechnęła się szeroko. – Mów.

– Pamiętasz Jill, prawda? Moją koleżankę z pracy?

– Superelegancka, pod czterdziestkę, marząca o zamążpójściu, szalenie zabawna? Ta, która przyszła na lunch i wzięła Copo na ręce, czym o mało nie przyprawiła taty o atak serca?

– Tak.

– Nie, nie pamiętam jej.

– W każdym razie, parę dni temu spotkałyśmy się na lunchu i namówiła mnie, żebym po powrocie z konferencji poszła z nią i jej chłopakiem Paulem na kolację. Okazało się, że bez mojej wiedzy zaprosili kolegę Paula z pracy i...

– Czekaj, wróć. Facet był seksowny?

– Na pewno przystojny. Ale problem w tym, że o tym wie. Był obcesowy i arogancki i przez cały czas flirtował z kelnerką. Myślę, że nawet dostał jej numer telefonu, podczas gdy ja siedziałam obok.

– Facet z klasą.

– Jill była równie zażenowana jak ja, chociaż, co dziwne, nie jestem pewna, czy Paul cokolwiek zauważył. Może z powodu wy-

pitego wina, ale wciąż powtarzał, że później powinniśmy wybrać się we czwórkę do klubu i jest zadowolony, że się dogadujemy. Wiedział, że będziemy do siebie idealnie pasować. Dziwne, bo normalnie taki nie jest. Zwykle jest milczący i to ja z Jill mówimy za niego.
– Może po prostu lubi swojego kolegę. A może pomyślał, że ty i jego kolega dochowacie się ślicznych dzidziusiów, a jeden z nich będzie miał imię po nim.
Maria roześmiała się wbrew sobie.
– Może. W każdym razie uważam, że nie byłam w jego typie. Jestem przekonana, że znacznie bardziej odpowiadałby mu ktoś...
Kiedy zawiesiła głos, Serena dokończyła:
– Głupszy?
– Myślałam o kimś bardziej jasnowłosym, jak kelnerka.
– No cóż, jak wiesz, to zawsze stanowiło część twojego problemu, jeśli chodzi o facetów. Jesteś za mądra. To ich onieśmiela.
– Nie wszystkich. Byłam z Luisem ponad dwa lata.
– Byłam – powtórzyła Serena z naciskiem. – To właściwe słowo. I wiesz co? Może jest szalenie seksowny, ale to totalny nieudacznik.
– Nie był taki zły.
– Nie zaczynaj się robić sentymentalna tylko dlatego, że miał jakieś dobre strony. Wspólna przyszłość nie była wam pisana i dobrze o tym wiesz.
Maria pokiwała głową, wiedząc, że Serena ma rację. Mimo to na chwilę pogrążyła się we wspomnieniach, zanim je odgoniła.
– No cóż, człowiek uczy się przez całe życie.
– Naprawdę się cieszę, że postanowiłaś znów chodzić na randki.
– Wcale nie. Jill i Paul zadecydowali za mnie.
– Wszystko jedno. Musisz być...
Gdy Serena szukała właściwego słowa, Maria zasugerowała:
– Bardziej podobna do ciebie?

– Czemu nie? Czy wychodzenie z domu, cieszenie się życiem, nawiązywanie znajomości to coś złego? Zdecydowanie lepsze od pracoholizmu.
– Co możesz o tym wiedzieć? Pracujesz tylko parę razy w tygodniu.
– Trafna uwaga. Po prostu przyjmuję założenie oparte na twoim braku życia towarzyskiego.
– Wierz mi albo nie, naprawdę lubię pracować.
– Dopilnuję, żebyś miała to wyryte na nagrobku – powiedziała Serena. – Jak w pracy, skoro o tym mowa?
Maria niespokojnie się poruszyła, zastanawiając się, co odpowiedzieć.
– W porządku.
– Przed chwilą powiedziałaś, że lubisz pracować.
– Lubię, ale...
– Niech zgadnę... konferencja, zgadza się? Ta, na której byłaś z szefem? – Kiedy Maria przytaknęła, Serena kontynuowała: – Było tak koszmarnie, jak myślałaś?
– Niezupełnie koszmarnie, tylko...
– Startował do ciebie?
– Coś w tym stylu. Ale nic, z czym nie mogłabym sobie poradzić.
– To ten, który ma żonę? I troje dzieci?
– Ten sam.
– Musisz mu powiedzieć, żeby się odczepił. Zagroź, że go oskarżysz o molestowanie seksualne albo coś w tym stylu.
– To bardziej skomplikowane. Na razie prawdopodobnie będzie lepiej, jeśli po prostu spróbuję go ignorować. – Kiedy na ustach Sereny zaigrał złośliwy uśmieszek, Maria zapytała: – O co ci chodzi?
– Właśnie sobie pomyślałam, że ty naprawdę umiesz postępować z mężczyznami. Twój ostatni chłopak cię zdradził, ten od randki flirtuje z innymi, a szef nie przestaje cię podrywać.
– Witaj w moim świecie.

– Oczywiście, nie jest aż tak źle. Wczoraj w nocy spotkałaś miłego faceta. Takiego, który śpieszy z pomocą kobiecie w chwili potrzeby, mimo szalejącej burzy...

Maria spojrzała na nią ze złością, lecz Serena tylko się roześmiała i mówiła dalej:

– Naprawdę żałuję, że nie mogłam zobaczyć twojej miny.
– Nie była ładna.
– A jednak jesteś tutaj, cała i zdrowa – przypomniała jej siostra. – I jestem z tego powodu szczęśliwa, choćby dlatego, że wciąż mogę ci dawać mądre rady.
– Naprawdę musisz popracować nad swoją samooceną – skomentowała cierpko Maria.
– Wiem, wystarczy? Ale poważnie, cieszę się, że wróciłaś do miasta. Te śniadania byłyby śmiertelnie nudne, gdyby nie ty. Dzięki tobie mama i tata martwią się nie tylko o mnie. Mają też ciebie na głowie.
– Cieszę się, że mogę ci się przydać.
– Jestem wdzięczna. A poza tym miałyśmy okazję lepiej się poznać.
– Zawsze się znałyśmy.
– Wyjechałaś na studia, kiedy miałam dziesięć lat.
– Wracałam do domu prawie na każdy weekend i spędzałam tu wszystkie wakacje.
– To prawda. Byłaś mazgajem. Przez pierwsze lata tak tęskniłaś za domem, że płakałaś przez całe weekendy.
– Ciężko było przebywać daleko od domu.
– Jak sądzisz, dlaczego tutaj kontynuuję naukę? Pod tym względem jestem prawie tak samo mądra jak ty.
– Jesteś mądra. Możesz dostać stypendium, pamiętasz?
– Nie taka mądra jak ty. Ale nie szkodzi. W końcu niska inteligencja znacznie ułatwia znalezienie faceta... co nie znaczy, że

jestem zainteresowana poważnym związkiem. Ale słuchaj, jeśli chcesz, z przyjemnością będę wypatrywać kogoś dla ciebie. Cały czas poznaję facetów.
– Masz na myśli kolegów ze studiów?
– Być może kilku z nich spodoba się starsza kobieta.
– Jesteś obłąkana.
– Nic mi o tym nie wiadomo. Z reguły mam niezły gust.
– Nawiązujesz do Steve'a?
– Tylko się spotykamy. To jeszcze nic poważnego. Ale sprawia wrażenie miłego faceta. Jest wolontariuszem w towarzystwie opieki nad zwierzętami, w niedziele zajmuje się adopcjami.
– Lubisz go?
– Chodzi ci... lubię lubię czy tylko lubię?
– Co? Czy jesteśmy w ogólniaku?
Serena parsknęła śmiechem.
– Jeszcze nie jestem pewna, co czuję. Ale jest uroczy, więc będę miała więcej czasu, żeby się dowiedzieć.
– Kiedy go poznam?
– Ha... zobaczmy, dokąd to prowadzi. Ponieważ jeśli go poznasz, wtedy mama i tata też będą chcieli go poznać, a potem stracę kontrolę nad całą sytuacją. Bez względu na to, co się stanie później, Steve uzna, że myślę o nim poważnie, a w przeciwieństwie do ciebie jestem za młoda, żeby się ustatkować.
– Ja też jeszcze nie chcę się ustatkować.
– Może. Ale zdecydowanie potrzebna ci randka.
– Mogłabyś przestać?
– Dobra, w porządku. Nie potrzebujesz randki. Potrzebujesz odrobiny szczęścia.
Kiedy Maria nie zadała sobie trudu, żeby skomentować, Serena zachichotała.
– Trafiłam w czuły punkt, co? – zaćwierkała. – Dobra, nieważne.

Co masz w planach na dzisiaj? Kiedy już stąd wyjdziemy? Znów zamierzasz pływać na desce?
– Myślałam o tym.
– Sama?
– Chyba że chcesz jeszcze raz spróbować.
– Wykluczone. Wciąż nie rozumiem, dlaczego tak bardzo to lubisz. To zupełnie co innego niż taniec. Nuda.
– To dobre ćwiczenie. I uspokaja.
– Czy właśnie nie to ci mówiłam? – zapytała Serena.

Maria się uśmiechnęła.
– A ty? Jakie masz plany?
– Zamierzam uciąć sobie rozkoszną, długą drzemkę. Później będę improwizować.
– Mam nadzieję, że coś wymyślisz. Byłoby mi przykro, gdyby minęła cię szalona niedzielna noc w bractwach studenckich.
– No, no, no... zazdrość to brzydka cecha – powiedziała Serena. Wskazała kciukiem okno. – Tata wreszcie wrócił, a ja konam z głodu. Chodźmy coś zjeść.

*

Po południu, podczas gdy Serena niewątpliwie spała jak zabita, Maria pływała z wiosłem na desce po wodach Masonboro Sound, od dawna będących jej ulubionym miejscem na spędzanie weekendowych popołudni. Czasami pływała po atlantyckiej stronie Masonboro Island, największej z wysp barierowych wzdłuż południowo-wschodniego wybrzeża stanu, ale z reguły wolała szkliste wody rozlewisk. Jak zawsze była pod wrażeniem otaczającej ją przyrody. Widziała rybołowy, pelikany i czaple i w ciągu godziny zrobiła parę zdjęć, które jej zdaniem były całkiem niezłe. W czerwcu sprezentowała sobie na urodziny profesjonalny wodoodporny aparat fotograficzny. Choć nadszarpnął jej budżet i wciąż spłacała zadłużenie na karcie, nie żałowała decyzji. Zdjęcia nie trafią do „National Geographic", ale kilka uznała za dość dobrych, żeby powiesić je na ścianach w mieszkaniu, co stanowiło oszczędną opcję luksusowego wystroju, skoro ledwie ją było stać na samo mieszkanie.

Jednak tutaj łatwo było myśleć o wszystkich tych rzeczach bez konieczności zamartwiania się. Mimo że pływała na desce dopiero od czasu przeprowadzki do Wilmington, ta forma rekreacji miała na nią dobroczynny wpływ, jak kiedyś taniec. Osiągnęła taki etap, że bez wysiłku utrzymywała równowagę, a miarowe wiosłowanie pomagało jej się odstresować. Zwykle po paru minutach na wodzie zaczynała odnosić wrażenie, że ze światem jest wszystko w porządku. Przepełniało ją przyjemne, relaksujące ciepło, rozchodzące się od karku i ramion na resztę ciała, i gdy brała prysznic po powrocie do domu, była gotowa stawić czoło kolejnemu tygodniowi w biurze. Serena nie miała racji co do pływania na desce. Wcale nie było nudne; ostatnio stało się konieczne dla zachowania zdrowia psychicznego, ponadto Maria musiała przyznać, że dobrze robi na figurę. W ubiegłym roku umięśniła miejsca, o jakich nawet nie wiedziała, że można to zrobić, i musiała oddać kostiumy do przeróbki, ponieważ zrobiły się zbyt luźne w talii i biodrach.

Nie żeby miało to jakieś znaczenie. Serena mogła się mylić co do wiosłowania, ale miała rację, gdy mówiła o złej passie w jej życiu miłosnym, począwszy od Luisa. Był pierwszym facetem, o którym Maria myślała poważnie, pierwszym facetem, którego naprawdę kochała. Przyjaźnili się prawie rok, zanim w końcu zaczęli ze sobą chodzić, i na pozór mieli wiele wspólnego. Luis, podobnie jak ona, był dzieckiem meksykańskich imigrantów i zamierzał zostać prawnikiem. Jak ona, lubił tańczyć i po paru latach związku z łatwością mogła sobie wyobrazić ich wspólną przyszłość. Jednak Luis jasno dawał jej do zrozumienia, że będzie zadowolony z chodzenia z nią – i sypiania – dopóki nie zacznie oczekiwać od niego czegoś więcej.

Nawet poruszenie tematu małżeństwa budziło w nim panikę i choć początkowo próbowała przekonać samą siebie, że to naprawdę nie ma znaczenia, w głębi duszy wiedziała, że jest inaczej.

Niemniej rozpad ich związku był dla niej niespodzianką. Pewnego wieczoru Luis zadzwonił i powiedział, że odchodzi. Pocieszała się, że oboje chcieli od życia czegoś innego i że Luis po prostu nie jest gotowy na zobowiązania, na jakich jej zależało. Ale potem? Nieco ponad rok później, zaraz po zrobieniu aplikacji, dowiedziała się o jego zaręczynach. Przez sześć tygodni była w dołku, próbując zrozumieć, dlaczego tamtą dziewczynę uznał za odpowiednią na przyszłą kandydatkę na żonę, podczas gdy z nią nawet nie mógł rozmawiać o małżeństwie. Gdzie popełniła błąd? Czy była zbyt nachalna? Zbyt nudna? A może zbyt... coś innego? Patrząc wstecz, nie miała pojęcia. Oczywiście wszystko byłoby łatwiejsze, gdyby po Luisie kogoś poznała, ale z każdym mijającym rokiem coraz częściej się zastanawiała, gdzie się podziali wszyscy porządni faceci. Albo czy jeszcze tacy istnieją. Gdzie są faceci, którzy nie liczą na pójście do łóżka po drugiej randce? Albo tacy, którzy uważają, że cmoknięcie w policzek na pierwszej randce jest zachowaniem z klasą? Bądź chociażby ci z przyzwoitą pracą i planami na przyszłość? Bóg świadkiem, że gdy Luis z nią zerwał, nie zamknęła się w czterech ścianach. Mimo długich godzin poświęcanych studiowaniu prawa i później pracy w Charlotte, w weekendy regularnie spotykała się z przyjaciółmi, tylko czy ktoś względnie przyzwoity próbował się z nią umówić?

Na chwilę przestała wiosłować i wyprostowała plecy, pozwalając desce dryfować. Szczerze mówiąc, tak, pomyślała. Ale wtedy z reguły skupiała się na wyglądzie facetów i pamiętała, jak odmawiała tym, którzy nie byli dość przystojni. Może na tym polegał problem. Może odtrąciła pana Odpowiedniego, ponieważ uznała, że jest za niski czy coś w tym stylu, i teraz – ponieważ był panem Odpowiednim – już zniknął z rynku. Ostatnio wydawało się, że panowie Odpowiedni znikają bardzo szybko, może dlatego, że byli okazami spotykanymi równie rzadko jak kalifornijskie kondory.

Przez większość czasu to jej nie przeszkadzało. Różniła się od mamy, która uważała, że dla kobiety najważniejsze jest zamążpójście. Żyła po swojemu, mogła chodzić gdzie się jej podobało i choć nie miała nikogo, kto by się o nią troszczył, nie musiała też troszczyć się o nikogo. Jednak od paru lat – zbliżała się do trzydziestki – zdarzały się chwile, kiedy myślała, że miło byłoby mieć z kim potańczyć lub popływać, bądź nawet komu się wyżalić po ciężkim dniu w pracy. Szeroki krąg znajomych, taki, jaki miała Serena, mógłby zapełnić tę pustkę, ale większość przyjaciół Marii mieszkała w Raleigh albo w Charlotte i spotkanie się z nimi prawie zawsze oznaczało długą jazdę samochodem i spanie na czyjejś kanapie. Poza najbliższą rodziną, krewnymi, Jill i paroma innymi współpracownikami – tak, nawet Paulem, mimo tamtej kolacji – znała jedynie tych, z którymi chodziła do ogólniaka, a ponieważ było to przed laty, ich drogi się rozeszły. Przypuszczała, że mogłaby spróbować odnowić kontakty, lecz zwykle po wyjściu z pracy pragnęła wyciągnąć się w wannie z kieliszkiem wina i dobrą książką. Albo, jeśli się czuła na siłach, popływać na desce. Pielęgnowanie przyjaźni wymaga energii, a ostatnio nie miała jej zbyt wiele. W konsekwencji życie Marii dalekie było od nazwania go ekscytującym, ale też gwarantowało bezpieczną przewidywalność, i właśnie tego potrzebowała. Ostatni rok w Charlotte był traumatyczny i...

Pokręciła głową, odsuwając od siebie wspomnienie tego roku. Odetchnęła powoli, żeby ochłonąć, i surowo przykazała sobie skupić uwagę na tym, co pozytywne. W jej życiu nie brakowało dobrych stron. Miała rodzinę, mieszkanie i pracę, która sprawiała jej przyjemność...

Jesteś tego pewna? – zapytał nagle wewnętrzny głos. Przecież wiesz, że to niezupełnie prawda.

Zaczęło się dość dobrze, ale czy nie jest tak zawsze? Kancelaria Martenson, Hertzberg i Holdman należała do firm średniej wielkości, a ona pracowała przede wszystkim dla głównego prawnika, Barneya Holdmana, zajmowała się sprawami ubezpieczeń. Barney, mężczyzna po sześćdziesiątce, uważany w firmie za prawdziwego cudotwórcę i geniusza w dziedzinie prawa, ubierał się w bawełniane garnitury i mówił powoli, przeciągając samogłoski w sposób typowy dla mieszkańców gór Karoliny Północnej. Jego powierzchowność sprawiała, że w oczach klientów i ławy przysięgłych wyglądał na dobrotliwego dziadunia, ale wewnątrz był twardy, przygotowany na wszystko i wymagający dla współpracowników. Pracując dla niego, Maria miała przywileje – czas, dostęp do wiedzy i pieniądze – żeby przygotować się do prowadzonych spraw, zupełnie inaczej niż w prokuraturze.

Jill była premią. Jako jedyne kobiety w kancelarii poza sekretarkami i praktykantkami, które miały własne towarzystwo, Jill i Maria od razu się zaprzyjaźniły, mimo że pracowały w różnych działach. Trzy czy cztery razy w tygodniu razem wychodziły na lunch, a Jill często wpadała do biura Marii po prostu na kilkuminutowe pogawędki. Była bystra i umiała ją rozbawić, miała przenikliwy prawniczy umysł i powszechnie uważano ją za jeden z najważniejszych atutów firmy. Nikt nie wiedział, dlaczego jeszcze nie została wspólnikiem. Maria czasami zastanawiała się, czy Jill tego pragnie, choć nigdy z nią o tym nie rozmawiała.

Prawdziwym problemem był Ken Martenson, wspólnik zarządzający, który, jak się zdaje, przy zatrudnianiu stażystek zwracał uwagę na aparycję, nie na kwalifikacje, i zbyt wiele czasu spędzał na krążeniu wokół ich biurek. Akurat tym Maria nieszczególnie się przejmowała, podobnie jak nielicującą z profesjonalizmem poufałością, z jaką traktował tę czy tamtą praktykantkę. Jill powiedziała Marii o reputacji Kena już w pierwszym tygodniu pracy, kładąc nacisk na jego zainteresowanie atrakcyjnymi stażystkami, ona jednak puściła jej słowa mimo uszu. Przypomniała sobie o nich dopiero wtedy, gdy Ken zaczął dostrzegać ją. Sytuacja, od początku nieprzyjemna, stawała się coraz bardziej skomplikowana. Czym innym było unikanie Kena w biurze, gdzie zawsze przebywali ludzie, a zupełnie czym innym ubiegłotygodniowy wyjazd do Winston-Salem na konferencję. Wtedy zrozumiała, że może być znacznie gorzej. Wprawdzie Ken nie posunął się poza odprowadzenie jej do drzwi pokoju hotelowego – dzięki ci Boże za drobne łaski – ale zmusił ją, żeby dwa razy towarzyszyła mu podczas kolacji. I co? Wygłosił gadkę w stylu „moja żona mnie nie docenia", którą przerywał częstymi pytaniami, czy Maria ma ochotę na następny kieliszek wina, mimo że ledwie tknęła pierwszy. Opowiedział o swoim domku na plaży, że to ciche, relaksujące miejsce, i nie raz zaznaczył, że zwykle nikogo tam nie ma. Gdyby chciała kiedyś skorzystać, wystarczy mu o tym wspomnieć. A czy już mówił, jak rzadko się zdarza pracować z kimś, kto jest zarówno inteligentny, jak i piękny?

Czy mężczyzna może być bardziej oczywisty? Kiedy sugerował, na czym mu zależy, udawała, że nie rozumie, i wracała do kwestii omawianych na konferencji. Działało prawie za każdym razem, ale nie okłamała Sereny, mówiąc, że to skomplikowane. Czasami żałowała, że zanim złożyła podanie na studia, nikt jej nie powiedział, że zawód prawnika niezupełnie wygląda tak, jak sobie wyobrażała. Od kilku lat wszystkie kancelarie wprowadzały oszczędności, pensje malały i obecnie o jedno wolne miejsce starało się wielu chętnych. Po odejściu z biura prokuratora okręgowego prawie pięć miesięcy szukała pracy i o ile wiedziała, żadna inna kancelaria w mieście nie potrzebowała nowych pracowników. Gdyby choć napomknęła o molestowaniu seksualnym albo zasugerowała złożenie pozwu, prawdopodobnie nie znalazłaby zatrudnienia w całym stanie. Prawnicy nikogo nie nienawidzą bardziej niż prawników, którzy mogliby wytoczyć im proces.

Miała związane ręce. Udało jej się przetrwać konferencję, ale przysięgła sobie, że już nigdy nie dopuści do takiej sytuacji. Przestanie zaglądać do pokoju socjalnego i zachowa większe środki ostrożności, zostając w pracy po godzinach, zwłaszcza kiedy będzie tam Ken. Na razie nic więcej nie mogła zrobić, poza modleniem się, żeby wziął na cel którąś z asystentek.

O tym, że życie jest trudniejsze, niż sobie wyobrażała, świadczył jeszcze inny przykład. Kiedy podjęła pierwszą poważną pracę, była idealistką: życie wydawało się przygodą. Głęboko wierzyła, że ma do odegrania znaczącą rolę w zachowaniu bezpieczeństwa na ulicach i zapewnianiu ofiarom przestępstw sprawiedliwości i zadośćuczynienia. Z czasem poczuła się znużona. Było jasne, że nawet niebezpieczni przestępcy często pozostają wolni. Zużyte tryby systemu obracały się nieprawdopodobnie powoli i liczba spraw, które trafiały na jej biurko, nigdy nie malała. Obecnie znów mieszkała w mieście, w którym się wychowała, i praktykowała prawo daleko odbiegające od tego, z którym miała do czynienia jako zastępca prokuratora okręgowego. Z początku była pewna, że wszystko się odmieni, kiedy nabierze wprawy, ale powoli dochodziła do przekonania, że stres związany z pracą ma różne odcienie i ten wcale nie był lepszy niż poprzedni.

Była tym zaskoczona, ale przecież od siedmiu lat prawie wszystko ją zaskakiwało. Może świat postrzegał ją jako młodą ambitną prawniczkę z własnym mieszkaniem, ale niekiedy czuła, że to tylko pozory. Po pierwsze, finanse – po zapłaceniu rachunków pod koniec miesiąca miała mniej pieniędzy niż wtedy, kiedy była nastolatką. Po drugie, większość koleżanek ze studiów była już po ślubie, niektóre nawet miały dzieci. Gdy z nimi rozmawiała, sprawiały wrażenie zadowolonych, jakby ich życie toczyło się zgodnie z planem, podczas gdy ona miała... co? Szefa, który był maniakiem seksualnym, mieszkanie, na które ledwie ją stać, i młodszą siostrę, która wydawała się jednocześnie mądrzejsza i bardziej beztroska niż ona. Jeśli na tym polega dorosłość, dlaczego kiedyś nie mogłam się jej doczekać, zastanawiała się.

Przez następną godzinę miarowo wiosłowała, a deska sunęła gładko. Maria usiłowała cieszyć się otoczeniem. Patrzyła na płynące powoli chmury i na drzewa przeglądające się w wodzie. Koncentrowała się na słonawym, świeżym zapachu wiatru, pławiła w cieple słońca, które grzało jej ramiona. Od czasu do czasu pstrykała zdjęcia, jedno z nich uznała za całkiem dobre – rybołów wznoszący się z rybą w szponach. Wydawało się za ciemne i zrobione ze zbyt dużej odległości, ale może wystarczy popracować nad nim w Photoshopie.

Po powrocie do domu wzięła prysznic, nalała sobie kieliszek wina i usiadła w bujanym fotelu, który ustawiła w kącie balkonu. Patrzyła na ludzi chodzących po Market Street, zastanawiając się, dla zabicia czasu, jak wygląda ich życie. Lubiła wymyślać o nich historie typu: ten pewnie wpadł z wizytą z Nowego Jorku albo: założę się, że ta mama zabiera dzieci na lody. Było to niewinne, relaksujące zakończenie weekendu, który miał dobre i złe strony.

Jak ta guma złapana na pustej drodze. To jej przypomniało, że jutro musi jechać do warsztatu. Tylko kiedy? Wiedziała, że gdy była na konferencji, Barney zapełnił jej skrzynkę odbiorczą nowymi sprawami. Zaplanowali dwa ważne spotkania z klientami na popołudnie, co oczywiście niczego nie ułatwiało. Poza tym nie miała pojęcia, jaki będzie następny ruch Kena.

Obawy nasiliły się nazajutrz rano. Gawędząc z Lynn, zmysłową, choć mniej niż kompetentną praktykantką przydzieloną do jej zespołu, zauważyła Kena rozmawiającego z Barneyem w jego gabinecie. Obaj często się spotykali przed porannym poniedziałkowym zebraniem. Niezwykłe było to, że po wyjściu z gabinetu Ken na jej widok oziębłe skinął głową i sztywno odmaszerował korytarzem.

Z jednej strony czuła ulgę, ale z drugiej to nagłe lodowate zachowanie sprawiło, że tknęły ją złe przeczucia. Niewątpliwie z jakiegoś powodu był na nią zły.

Wkrótce potem wyraźnie zawstydzona Jill wsunęła głowę przez drzwi, żeby przeprosić za zaaranżowanie randki w ciemno. Rozmawiały parę minut. Maria dowiedziała się, że przyjaciółka wyjeżdża z miasta na tydzień, aby zebrać zeznania pod przysięgą. Opowiedziała Jill o złapaniu gumy i o nieznajomym, który jej pomógł. Jill poczuła się jeszcze gorzej.

Gdy wyszła, Maria zaczęła wydzwaniać do warsztatów, próbując znaleźć najbliższy, w którym mogłaby po pracy wymienić oponę, ale się okazało, że o tej porze wszystkie będą już zamknięte. Miała tylko jedną możliwość: załatwić to w porze lunchu. W końcu po sześciu próbach umówiła się na wpół do pierwszej – godzinę przed zaplanowanym spotkaniem z klientem. Uprzedziła Barneya, że może się spóźnić kilka minut. Skrzywił się niezadowolony i odrzekł, żeby się postarała, podkreślając, jak ważna jest jej obecność. Wyszła z biura za kwadrans dwunasta, mając nadzieję, że mechanicy będą mogli zająć się kołem wcześniej.

Ale tak się nie stało. Nie zajęli się też o umówionej porze. Czekała prawie godzinę, na przemian wpadając w panikę i narastającą furię, wydzwaniając do sekretarki i praktykantki Barneya, a także na jego komórkę. Odebrała samochód dopiero po drugiej i popędziła do kancelarii. Gdy weszła do pokoju konferencyjnego, spotkanie trwało już od prawie czterdziestu pięciu minut. Lodowate spojrzenie Barneya kłóciło się z jego uprzejmym tonem, kiedy ją witał, mówiąc jak zwykle powoli i przeciągając samogłoski.

Po spotkaniu gorąco go przeprosiła. Był wyraźnie zirytowany. Dobroduszny dziadunio, jak był postrzegany przez klientów, zniknął bez śladu. Napięcie utrzymywało się przez resztę popołudnia, a nazajutrz wcale nie było lepiej. Maria odrabiała zaległości z dni pobytu na konferencji i przygotowywała dokumenty potrzebne Barneyowi do procesu, który miał się odbyć w przyszłym tygodniu. W poniedziałek i wtorek skończyła po północy, a przez cały tydzień w porze lunchu jadła dania na wynos przy biurku, bez przerywania pracy. Barney najwyraźniej tego nie zauważał albo o to nie dbał, i dopiero w czwartek lody zaczęły topnieć.

Jednak po południu – gdy kończyła z Barneyem rozmowę dotyczącą roszczenia ubezpieczeniowego, w którym, jak oboje podejrzewali, dopuszczono się oszustwa – usłyszała za sobą czyjś głos. Uniosła głowę. W drzwiach gabinetu stał Ken.

– Przepraszam – powiedział, zwracając się do obojga, ale patrząc na Barneya. – Mogę przez chwilę porozmawiać z Marią?

– Proszę bardzo – odparł przeciągle Barney. Skinął na Marię. – Zadzwoń i daj im znać, że jutro musimy odbyć telekonferencję.

– Oczywiście. Przekażę ci, co powiedzieli – odrzekła. Poczuła na sobie wzrok Kena i ścisnęło ją w piersi, kiedy na niego spojrzała.

Już szedł do wyjścia. Bez słowa poszła za nim korytarzem i przez recepcję. Nogi miała jak z ołowiu, gdy dotarło do niej, że Ken zmierza do swojego biura. Jego sekretarka odwróciła wzrok.

Ken przytrzymał Marii drzwi, po czym zamknął je za nimi. Profesjonalista w każdym calu, wszedł za biurko i gestem wskazał krzesło stojące naprzeciwko. Jakiś czas patrzył przez okno. W końcu odwrócił się w jej stronę.

– Barney wspomniał, że w poniedziałek nie przyszłaś na ważne spotkanie w klientem.

– Przyszłam. Spóźniłam się...

– Nie wezwałem cię tutaj, żeby się spierać o szczegóły – przerwał jej. – Zechcesz wyjaśnić, co się stało?

Zaskoczona, wydukała żałosną historyjkę o próbach znalezienia warsztatu i naprawie koła.

Kiedy skończyła, przez chwilę milczał.

– Rozumiesz, co tutaj robimy, prawda? I dlaczego zostałaś zatrudniona? Nasi klienci spodziewają się określonego poziomu profesjonalizmu.

– Tak, oczywiście, rozumiem. I wiem, że nasi klienci są ważni.

– Wiesz, że Barney chciał cię wyznaczyć na głównego adwokata w tej sprawie? I że zmarnowałaś szansę, ponieważ ogarnęła cię nagła, rozpaczliwa potrzeba zmiany opony w godzinach pracy?

Maria poczerwieniała i zakręciło jej się w głowie, gdy usłyszała tę rewelację.

– Nie, Barney nic mi nie mówił – wykrztusiła. – Jak powiedziałam, chciałam załatwić to po pracy, ale o tej porze warsztaty są nieczynne. Naprawdę myślałam, że zdążę. Wiedziałam, że to ryzyko, ale...

– Ryzyko, które tak skwapliwie podejmujesz – zauważył cierpko, znów wchodząc jej w zdanie.

Otworzyła usta, żeby odpowiedzieć, ale już wiedziała, że nic, co powie, go nie udobrucha. Siedziała w milczeniu, czując ucisk w żołądku, gdy Ken w końcu usiadł za biurkiem.

– Muszę stwierdzić, że jestem bardzo rozczarowany twoją postawą – oznajmił opanowanym głosem. – Zaryzykowaliśmy, przyjmując cię do firmy, i to ja między innymi stałem po twojej stronie. Jak wiesz, twoja praca w prokuraturze była mało istotna dla naszej praktyki. Mimo to uznałem, że masz potencjał. A teraz nie jestem pewien, co myśleć, i czy przypadkiem nie podjąłem złej decyzji.

– Naprawdę przepraszam. To się więcej nie powtórzy.

– Mam nadzieję. Dla twojego dobra, nie mojego.

Skurcz w żołądku przybrał na sile.

– Co mogę zrobić, żeby to naprawić?

– Na razie nic. Pogadam z Barneyem i dowiem się, co sądzi, a później powiadomimy cię o naszej decyzji.

– Czy mam zadzwonić do klientów? Może powinnam przeprosić?

– Sądzę, że na razie nie powinnaś nic robić. Powiedziałem, że omówimy to z Barneyem. Ale jeśli coś takiego się powtórzy... – Pochylił się w jej stronę, zapalając lampę na biurku.

– Nie powtórzy – szepnęła, wciąż próbując zrozumieć swoje położenie. Barney chciał ją mianować głównym adwokatem? Dlaczego jej o tym nie wspomniał? Nagle zadzwonił telefon. Ken podniósł słuchawkę, przedstawił się, skinął głową i zakrył mikrofon.

– Muszę odebrać. Dokończymy kiedy indziej.

Powiedział to w sposób, jaki nie pozostawiał wątpliwości, że rzeczywiście znowu porozmawiają. Maria stała, upokorzona i wystraszona. Wyszła z gabinetu z zamętem w głowie. Była wdzięczna, że sekretarka nie zwróciła na nią uwagi. Opuściła biuro Kena, zamknęła drzwi i przebiegła w myśli rozmowę. Wbrew sobie zaczęła się zastanawiać, jak długo tu wytrzyma. Albo czy w ogóle będzie miała jakiś wybór.

3
Colin

W poniedziałek Colin wyszedł z mieszkania i szedł do swojego starego camaro, kiedy nagle zauważył detektywa Pete'a Margolisa. Gliniarz zaparkował na ulicy przed domem i stał oparty o maskę, trzymając kubek kawy. W przeciwieństwie do większości policjantów, z którymi Colin miał do czynienia w przeszłości, Margolis spędzał w siłowni prawie tyle czasu co on. Podwinięte rękawy eksponowały bicepsy, na których napinał się materiał koszuli. Był pod czterdziestkę, ciemne włosy miał zaczesane do tyłu i pociągnięte Bóg wie czym, żeby fryzura się trzymała. Raz, czasami dwa razy w miesiącu zjawiał się bez zapowiedzi, by sprawdzić Colina w ramach zawartej z sądem ugody. Wyraźnie cieszył się władzą, jaką miał nad podopiecznym.

– Wyglądasz jak półtora nieszczęścia, Hancock – powiedział, gdy Colin podszedł bliżej. – Robisz coś, o czym powinienem wiedzieć?

– Nie – odparł Colin.

– Akurat.

Colin, zamiast się odnieść do komentarza, tylko na niego patrzył. Wiedział, że facet w końcu przejdzie do meritum.

Margolis przełożył wykałaczkę z jednego kącika ust w drugi.

– Parę minut po północy doszło do bijatyki na parkingu przy Szalonym Koniu. Banda facetów okładała się butelkami, kilka samochodów ma wgniecioną karoserię, a jeden człowiek został pobity do nieprzytomności. Świadkowie mówią, że gdy upadł, ktoś kopał go po głowie. Leży w szpitalu z pękniętą czaszką. Taki czyn kwalifikuje się jako napaść z użyciem niebezpiecznego narzędzia, wiesz, i gdy tylko o tym usłyszałem, pomyślałem sobie, że brzmi bardzo znajomo. Czy nie aresztowałem cię za coś takiego tutaj, w Wilmington, zaledwie parę lat temu? I czy od tamtej pory nie wpadałeś w tarapaty?

Margolis oczywiście znał odpowiedzi, ale Colin i tak ich udzielił.

– Tak na pierwsze. Nie na drugie.

– No tak, zgadza się. Bo interweniowali twoi przyjaciele. Głupek i seksowna blondynka, racja?

Colin nie odpowiedział. Margolis patrzył. Colin czekał. W końcu Margolis podjął:

– Właśnie dlatego tu jestem, nawiasem mówiąc.

– Okay.

– Tylko okay?

Colin milczał. Nauczył się mówić jak najmniej w obecności policji.

– Postaw się na moim miejscu – kontynuował detektyw. – Rzecz w tym, że prawie wszyscy się rozpierzchli, gdy usłyszeli radiowozy. Zostało kilku świadków, z którymi udało mi się pogadać, choć przypuszczam, że tylko straciłem czas. Znacznie łatwiej jest udać się do źródła, nie sądzisz?

Colin podciągnął plecak nieco wyżej na ramię.

– Skończyliśmy?

– Niezupełnie. Chyba nie rozumiesz, co jest grane.

– Rozumiem. Ale to nie moja sprawa. Mnie tam nie było.

– Możesz to udowodnić?

– Może pan udowodnić, że byłem?

Margolis pociągnął łyk kawy, po czym wyłowił z kieszeni następną wykałaczkę. Nieśpiesznie wsunął ją do ust.

– To brzmi niemal tak, jakbyś próbował coś ukryć.

– To było tylko pytanie.
– Zatem w porządku. Przejdźmy do pytań. Gdzie byłeś w sobotnią noc?
– W Jacksonville.
– No tak – mruknął policjant. – Walka. MMA, zgadza się? Mówiłeś mi o tym. Wygrałeś?

Nie obchodził go wynik i Colin o tym wiedział. Patrzył, jak Margolis popija kawę.

– Rzecz w tym, że świadkowie opisali parę osób i jak się okazało, facet, który kopał leżącego, miał około dwudziestu pięciu lat, był muskularny, z tatuażami na ramionach i krótkimi ciemnymi włosami ściętymi niemal na zapałkę. Co więcej, był nieźle posiniaczony jeszcze przed bijatyką. Ludzie widzieli go w barze. A ponieważ wiedziałem, że walczyłeś w Jacksonville... no tak, nie trzeba być geniuszem, żeby wydedukować, co się stało.

Colin zastanawiał się, ile, jeśli w ogóle, jest prawdy w historyjce Margolisa.

– Ma pan inne pytania?

Detektyw znowu przesunął wykałaczkę, stawiając kubek na masce.

– Byłeś w Szalonym Koniu w sobotnią noc?
– Nie.
– Nie wstąpiłeś nawet na krótko?
– Nie.
– A jeśli mam świadka, który mówi, że cię tam widział?
– To znaczy, że kłamie.
– Ale ty nie.

Colin nie odpowiedział. Nie było ku temu powodu. W głębi duszy podejrzewał, że nawet Margolis o tym wie, bo po długiej chwili skrzyżował ręce na piersi, niemal bezwiednie – choć niezupełnie – napinając mięśnie. Colin zdawał sobie sprawę, że gdyby detektyw naprawdę miał na niego haka, już zostałby aresztowany.

– W porządku – rzekł Margolis. – Odpowiedz na to: Gdzie byłeś między dwunastą a pierwszą w nocy w niedzielę?

Colin poszperał w pamięci.

– Nie patrzyłem na zegarek. Albo wychodziłem z knajpki U Treya przy autostradzie, albo jechałem do domu, albo zmieniałem koło w aucie pewnej pani podczas burzy. Byłem w domu około wpół do drugiej.

– Knajpka U Treya? Do licha, dlaczego miałbyś tam jeść?

– Może dlatego, że zgłodniałem?

– O której wyjechałeś z Jacksonville?

– Po północy. Może pięć, dziesięć minut po dwunastej, nie jestem pewien.

– Świadkowie?

– Całe mnóstwo.

– Zakładam, że w knajpce byłeś sam?

– Byłem z gościem, od którego wynajmuję mieszkanie.

Margolis parsknął.

– Z Evanem? Połową przedsiębiorczego duetu? Dobrze się składa.

Colin zacisnął szczęki, ignorując drwinę.

– Jestem pewien, że kelnerka nas zapamiętała.

– Bo wyglądasz, jakbyś przepuścił gębę przez maszynkę do mielenia mięsa?

– Nie. Bo Evan się wyróżniał.

Margolis uśmiechnął się złośliwie, ale biznes to biznes.

– Więc wyszedłeś z knajpy.

– Tak.

– Sam.

– Tak. Evan wyszedł chwilę przede mną. Jechał swoim samochodem.

– To znaczy, że nikt nie może powiedzieć, gdzie byłeś później?

– Już mówiłem, co się stało później.

– No tak, zgadza się. Zmieniałeś koło jakiejś pani.
– Tak.
– Podczas burzy?
– Tak.
– Znałeś ją?
– Nie.
– W takim razie dlaczego się zatrzymałeś?
– Bo pomyślałem, że może potrzebować pomocy?

Margolis rozważał odpowiedź, bez wątpienia myśląc, że przyłapał go na błędzie.

– Skąd mogłeś wiedzieć, że potrzebuje pomocy, dopóki się nie zatrzymałeś?
– Widziałem, że nie może wyciągnąć koła z kufra. Zatrzymałem się i wysiadłem. Zaproponowałem pomoc. Z początku odmówiła. Zapytała, czy może pożyczyć moją komórkę i zadzwonić do siostry. Pozwoliłem jej skorzystać z telefonu. Później poprosiła mnie o pomoc przy zmianie koła. Potem wsiadłem do swojego samochodu i pojechałem prosto do domu.
– Która była godzina?
– Nie wiem. Ale ta kobieta dzwoniła z mojego telefonu. Jeśli pan chce, to panu pokażę.
– Jak najbardziej.

Colin sięgnął do tylnej kieszeni po komórkę, postukał w ekran i wyświetlił rejestr połączeń, żeby potwierdzić alibi. Pokazał go Margolisowi.

Detektyw wyjął notes i skrupulatnie spisał numer. Najwyraźniej kobieta dzwoniła w czasie bijatyki, bo jego mięśnie znowu się naprężyły.

– Skąd mam wiedzieć, że to numer siostry tej pani?
– Nie wiem.
– Ale nie będziesz miał nic przeciwko, jeśli zadzwonię i sprawdzę.

– Niech pan robi, co chce. To swój czas pan marnuje.

Margolis lekko zmrużył oczy.

– Myślisz, że jesteś cwany, prawda?

– Nie.

– Tak. Ale wiesz co? Nie jesteś.

Colin milczał. Przez długą chwilę patrzyli na siebie. Margolis zabrał kubek z maski i podszedł do drzwi po stronie kierowcy.

– Zamierzam to sprawdzić. Ponieważ obaj wiemy, że ulice nie są dla ciebie odpowiednim miejscem. Facet jak ty? Ilu ludzi posłałeś do szpitala przez lata? Jesteś agresywny i choć myślisz, że możesz nad tym panować, prawda wygląda zupełnie inaczej. Kiedy powinie ci się noga, ja będę na miejscu. I ja pierwszy powiem: „A nie mówiłem?".

Chwilę później sedan odjechał. Colin patrzył za nim, dopóki nie zniknął za rogiem.

*

– O co chodziło?

Odwrócił się i zobaczył Evana na werandzie. Ubrany do pracy, zszedł na dół i ruszył chodnikiem.

– Jak zwykle.

– O co tym razem?

– O bijatykę w Szalonym Koniu.

– Kiedy?

– Kiedy byłem z tobą. Albo jechałem, albo zmieniałem koło.

– Mogę tym razem zapewnić ci alibi?

– Wątpię. On wie, że to nie ja, w przeciwnym razie zwinąłby mnie i przesłuchał na posterunku.

– Po co w takim razie to przedstawienie?

Colin wzruszył ramionami. Było to pytanie retoryczne, ponieważ obaj znali odpowiedź. Skinął głową w stronę przyjaciela.

– Czy to krawat, który Lily dała ci na urodziny?

Evan spojrzał, żeby sprawdzić. Krawat był w tureckie wzory, kalejdoskop kolorów.

– Tak, faktycznie. Masz dobrą pamięć. Co myślisz? Zbyt ekstrawagancki? – spytał.

– Nie ma znaczenia, co myślę.

– Ale ci się nie podoba.

– Uważam, że jeśli chcesz go nosić, to go noś.

Evan przez chwilę miał niezdecydowaną minę.

– Dlaczego to robisz?

– Co?

– Odmawiasz odpowiedzi na proste pytanie.

– Bo moja opinia jest bez znaczenia. Powinieneś nosić to, co chcesz.

– Po prostu mi powiedz, dobrze? – upierał się Evan.

– Nie podoba mi się twój krawat.

– Naprawdę? Dlaczego?

– Bo jest brzydki.

– Nie jest brzydki.

Colin pokiwał głową.

– Okay.

– Nie wiesz, o czym mówisz.

– Prawdopodobnie.

– Nawet nie nosisz krawatów.

– Masz rację – przyznał Colin.

– Więc dlaczego miałbym się przejmować twoim zdaniem?

– Nie mam pojęcia.

Evan ściągnął brwi.

– Rozmawianie z tobą może doprowadzić człowieka do szału, wiesz?

– Wiem. Już to mówiłeś.

– Jasne, że mówiłem! Bo to prawda! Czy właśnie nie o tym rozmawialiśmy tamtej nocy? Nie musisz mówić wszystkiego, co ci wpada do głowy.
– Przecież sam zapytałeś.
– Tylko... Och, zapomniałem. – Evan ruszył w stronę domu. – Pogadamy później, dobrze?
– Dokąd idziesz?
Evan wszedł na kilka stopni, zanim odpowiedział, nawet się nie odwracając.
– Zmienić ten cholerny krawat. I, nawiasem mówiąc, Margolis miał rację. Twoja twarz wciąż wygląda jak przepuszczona przez maszynkę do mięsa.
Colin się uśmiechnął.
– Hej, Evan!
Tym razem przyjaciel się odwrócił.
– Co?
– Dzięki.
– Za co?
– Za wszystko.
– Tak, tak. Ciesz się, że nie powtórzę Lily tego, co powiedziałeś o krawacie.
– Możesz, jeśli chcesz. Już to ode mnie słyszała.
Evan wytrzeszczył oczy.
– Jasne.

*

Colin siedział w trzecim rzędzie, robiąc notatki i próbując się skupić na wykładzie o rozwoju językowym oraz umiejętności czytania i pisania. Po kilku tygodniach zajęć nie mógł się zdecydować: z jednej strony większość z tego, co mówiła profesor, można było wydedukować na zdrowy rozum i dlatego zastanawiał się, jakie korzyści odniesie z siedzenia w sali. Z drugiej strony może jeszcze jakaś nieznana korzyść płynęła z zastosowania zdrowego rozsądku do opracowania spójnej strategii planu pracy w klasie. Dodatkowym problemem było to, że wykładowczyni – obdarzona śpiewnym głosem neurotyczka w średnim wieku – lubiła przeskakiwać z tematu na temat, co trochę utrudniało śledzenie głównego wątku.

Studiował trzeci rok, ale na uniwersytecie w Wellington był pierwszy semestr. Pierwsze dwa lata zaliczył w Cape Fear, w dwuletnim college'u, który ukończył z idealną średnią. Na razie nie mógł rozstrzygnąć, gdzie studia były trudniejsze. W końcu uznał, że zadecydują egzaminy i zadawane prace. Nie martwił się zbytnio o wyniki. Postawił sobie za cel czytanie z wyprzedzeniem wszystkiego, co możliwe, i wiedział, że Lily mu pomoże, przepytując go, kiedy będzie tego potrzebował, i poprawiając jego prace pisemne. Lubił poświęcać co najmniej dwadzieścia pięć godzin tygodniowo na naukę, poza zajęciami na uczelni, a w kampusie, ilekroć miał wolne, szedł do biblioteki. Jak na razie to się opłacało. W przeciwieństwie do wielu innych, którzy przebywali tu nie tyle dla zdobywania wiedzy, ile dla życia towarzyskiego, on studiował po to, żeby się jak najwięcej nauczyć i zdobywać jak najlepsze oceny. Burzliwe lata już miał za sobą i nie szczędził starań, żeby się od nich uwolnić.

Czuł się dobrze na tym etapie życia. Miał Evana i Lily, treningi MMA, mieszkanie, które nazywał własnym. Nie przepadał za swoją pracą – restauracja, w której stał za barem, była jak na jego gust zbyt turystyczna – ale nie było to miejsce, gdzie mógł wpaść w kłopoty. Większość ludzi, w tym mnóstwo rodzin z dziećmi, przychodziła, żeby coś przekąsić, a ci, którzy siadali przy barze, zwykle czekali na stolik albo jedli kolację. Lokal bardzo się różnił od barów, w których kiedyś bywał. W czasie swoich dzikich lat wolał bary dla zawodowców, czyli dla zaprzysięgłych alkoholików – mroczne, obskurne spelunki na uboczu, z muzyką ryczącą w tle albo bez muzyki. Tam spodziewał się problemów zaraz po przestąpieniu progu i usłużny świat szedł mu na rękę. Teraz za wszelką cenę unikał takich lokali. Wiedział, co wyzwala jego najgorsze instynkty, i znał swoje granice, i choć wiele zrobił, żeby trzymać nerwy na wodzy, zawsze istniała możliwość, że znajdzie się w sytuacji, która szybko wymknie się spod kontroli. Nie miał najmniejszych wątpliwości, że jeśli w coś się wplącze, nawet w innym stanie, Margolis błyskawicznie się o tym dowie. Wówczas następne dziesięć lat życia spędzi za kratkami, otoczony ludźmi, którzy mają takie same problemy z panowaniem nad agresją jak on.

Zdając sobie sprawę, że błądzi myślami, zmusił się do skupienia uwagi na wykładzie. Profesor mówiła, że niektórzy nauczyciele zalecają czytanie fragmentów książek odpowiednich do wieku, w przeciwieństwie do tych, które są skierowane do starszych albo młodszych odbiorców. Przez chwilę się zastanawiał, czy to zanotować – czy naprawdę będzie musiał przypominać sobie o tym w przyszłości? Wreszcie zdecydował: A co mi tam. Skoro ona uważa, że jest to na tyle ważne, żeby o tym mówić, sporządzę notatkę.

Mniej więcej w tym momencie zauważył, że spogląda na niego przez ramię ciemnowłosa dziewczyna. Oczywiście zgodnie z przewidywaniami przyciągnął spojrzenia, kiedy wszedł do sali – nawet wykładowczyni przerwała w połowie zdania i przyjrzała się mu – ale teraz oczy studentek były skierowane na katedrę.

Z wyjątkiem tej dziewczyny. Patrzyła na niego niemal badawczo. Nie miał wrażenia, że flirtuje. Było niemal tak, jakby próbowała go rozgryźć. Co nie znaczy, że jedno czy drugie miało dla niego znaczenie. Gap się albo nie. Decyzja należy do ciebie.

Kiedy kilka minut później wykład się skończył, Colin zamknął notatnik i wepchnął go do plecaka. Zarzucił plecak na ramię i skrzywił się, gdy uderzył w posiniaczone żebra. Po zajęciach planował poćwiczyć w siłowni, ale jeszcze nie był gotów do kontaktu. Zero sparingu, zero grapplingu, tylko ciężary i pół godziny ćwiczeń ze skakanką. Zrobi sobie krótką przerwę, założy słuchawki i przebiegnie z osiem kilometrów, słuchając muzyki, której zawsze nienawidzili jego rodzice, a później weźmie prysznic i przygotuje się do pracy.

Zastanawiał się, jak zareaguje na jego widok szefowa. Przypuszczał, że nie będzie zadowolona. Jego twarz niezupełnie pasowała do turystycznej atmosfery restauracji, ale czy mógł coś na to poradzić?

Mając godzinę do następnego wykładu, ruszył w kierunku biblioteki. Miał do napisania pracę, którą rozpoczął w ubiegłym tygodniu i za parę dni zamierzał ukończyć brudnopis, co nie będzie łatwe. Pracując i trenując, musiał efektywnie wykorzystywać ograniczony czas wolny.

Wciąż obolały po walce, szedł powoli, zwracając uwagę na reakcje mijających go dziewczyn. Były prawie identyczne: patrzyły na niego raz i drugi, robiły przestraszone miny, a następnie udawały, że nawet go nie zauważyły. To go rozbawiło – jedno „buuu!", a uciekłyby gdzie pieprz rośnie.

Gdy skręcił w następną alejkę, usłyszał wołanie.

– Hej, czekaj! Hej, ty tam! – Przekonany, że nie chodzi o niego, nawet nie odwrócił głowy.

– Hej ty, z pokieresowaną facjatą! Mówiłam, żebyś zaczekał!

Colin dopiero po sekundzie nabrał pewności, że się nie przesłyszał. Zatrzymał się i odwrócił. Ciemnowłosa dziewczyna machała ręką. Zerknął przez ramię. Nikt inny nie zwracał na nią uwagi. Gdy w końcu podeszła, rozpoznał w niej tę, która przyglądała mu się w sali.

– Do mnie mówisz?

– A jak myślisz? – odparła, zatrzymując się kilka kroków przed nim. – Kto inny tutaj ma pokieresowaną facjatę?

Nie był pewien, czy się obrazić czy roześmiać. Powiedziała to w taki sposób, że obrażanie się nie wchodziło w rachubę.

– Znam cię?
– Jesteśmy w tej samej grupie.
– Wiem. Widziałem, jak się na mnie gapiłaś. Ale wciąż cię nie znam.
– Racja – odrzekła. – Nie znamy się. Czy mimo to mogę cię o coś spytać?

Doskonale wiedział, co będzie dalej – sugerowały to pierwsze słowa o pokiereszowanej facjacie. Podciągnął plecak.

– Walczyłem.
– Najwyraźniej. Ale nie o to chciałam zapytać. Byłam ciekawa, ile masz lat.

Zamrugał zdumiony.

– Dwadzieścia osiem, bo co?
– Idealnie – odparła, nie odpowiadając na jego pytanie. – Dokąd idziesz?
– Do biblioteki.
– Dobrze. Ja też. Możemy pójść razem? Chyba powinniśmy pogadać.
– Dlaczego?

Uśmiechnęła się. Mgliście przypominała mu kogoś.

– Jeśli pogadamy, może się dowiesz.

4
Maria

– Dokąd się znowu wybieramy? – zapytała Maria, siedząc za kierownicą. Pół godziny temu zabrała siostrę z South Front Street, ulicy biegnącej równolegle do rzeki Cape Fear. Serena czekała przy skrzyżowaniu w dzielnicy starszych biurowców, gdzie wzdłuż brzegu znajdowały się skupiska szop i hangarów dla łodzi. Stała, nie zważając na robotników budowlanych po drugiej strony ulicy, którzy jawnie pożerali ją wzrokiem. W tej części miasta prowadzono prace rewitalizacyjne, wprawdzie powoli, ale konsekwentnie, podobnie jak na całym nabrzeżu.

– I niby dlaczego mam cię podwozić?

– Już ci mówiłam. Wybieramy się do restauracji – odparła Serena. – Podwozisz mnie, bo dzisiaj nie zamierzam prowadzić z racji tego, że może wypiję parę drinków. – Przerzuciła pasmo włosów przez ramię. – Rozmowa poszła dobrze, nawiasem mówiąc. Charles powiedział, że moje odpowiedzi były bardzo przemyślane. Dzięki, że spytałaś.

Maria przewróciła oczami.

– Jak się tu dostałaś?

– Steve mnie podrzucił. Chyba mnie lubi. Spotkamy się później.

– Musi cię lubić, skoro nie miał nic przeciwko, żeby się męczyć w takim koszmarnym ruchu. – Choć minęła pierwsza połowa

września, było gorąco jak na początku sierpnia i na nabrzeżu panował tłok. Maria już dwa razy objechała kwartał, szukając miejsca do zaparkowania.
– Kogo to obchodzi? Jesteśmy na plaży.
– W śródmieściu są lepsze lokale.
– Skąd wiesz? Byłaś w Wrightsville Beach, odkąd się tu sprowadziłaś?
– Nie.
– No właśnie. Mieszkasz w Wilmington. Musisz od czasu do czasu bywać na plaży.
– Pływam z wiosłem na desce, pamiętasz? Widuję plażę znacznie częściej niż ty.
– Chodzi mi o miejsce, gdzie są ludzie, nie tylko ptaki, żółwie i niekiedy skaczące ryby. Musisz chodzić tam, gdzie jest zabawa, piękny widok i atmosfera.
– Do Krabowego Pete'a?
– To lokalna instytucja.
– To pułapka na turystów.
– I co z tego? Nigdy tam nie byłam i chcę się dowiedzieć, skąd to wielkie halo.
Maria zacisnęła usta.
– Dlaczego mam wrażenie, że jest w tym coś więcej, niż mówisz?
– Bo jesteś prawniczką. Odnosisz się podejrzliwie do wszystkiego.
– Niewykluczone. A może po prostu chodzi o to, że coś knujesz.
– Dlaczego tak uważasz?
– Bo jest sobotni wieczór. Nigdy nie wychodzimy w sobotnie wieczory. Nigdy nie chciałaś wyjść ze mną w sobotni wieczór.
– Właśnie dlatego idziemy na wczesną kolację – odparła Serena. – W ten weekend wiele kapel gra w tutejszych barach. Steve, ja i kilku przyjaciół zamierzamy posłuchać trochę muzyki, zanim ruszymy na imprezy. Zaczynają się o dziesiątej czy jedenastej, więc jest mnóstwo czasu.

Maria wiedziała, że siostra chowa coś w zanadrzu, ale nie miała pojęcia co.

– Mam nadzieję, że się nie spodziewasz, że do was dołączę.

– Absolutnie – parsknęła Serena. – Jesteś za stara. To byłoby jak wychodzenie z rodzicami.

– Rany, dzięki.

– Nie miej do mnie żalu. Sama powiedziałaś, że jesteś za stara dla facetów w moim wieku. I co? Czyżbyś zmieniała zdanie?

– Nie.

– Właśnie dlatego idziemy tylko na kolację.

Maria zauważyła samochód zwalniający miejsce i skręciła, żeby je zająć. Co najmniej dwie przecznice dzieliły je od restauracji, ale wątpiła, czy udałoby się podjechać bliżej. Gdy zaparkowała, nie mogła się pozbyć wrażenia, że siostra jest wyjątkowo potulna, i Serena chyba zdała sobie z tego sprawę.

– Przestań się gryźć. Psujesz nastrój. Co jest złego w tym, że spędzisz trochę czasu z siostrą?

Maria się zawahała.

– Nic, po prostu dla jasności... jeśli zaplanowałaś, że jakiś facet dosiądzie się do naszego stolika albo coś równie obłędnego, nie będę zachwycona.

– Nie jestem Jill i Paulem, w porządku? Nie ciągnęłabym cię bez pytania na głupią randkę w ciemno. Ale jeżeli to poprawi ci samopoczucie, mogę zagwarantować, że żaden facet się do nas nie dosiądzie. Prawdę mówiąc, będziemy jeść przy barze. Podobno widok jest lepszy. Umowa stoi?

Maria po chwili namysłu wyłączyła silnik.

– Stoi.

*

Restauracja Krabowy Pete w Wrightsville Beach, usytuowana obok jednego z wychodzących w morze pomostów, działała w branży prawie od czterdziestu lat. Atakowana przez kolejne huragany, dawno odeszłaby w niebyt, gdyby nie liczne naprawy, lepsze i gorsze. Budynek chlubił się obłażącą farbą, przechylonym dachem i wieloma połamanymi okiennicami albo w ogóle ich brakiem.

Mimo niezbyt zachęcającego wyglądu restauracja pękała w szwach. Maria i Serena musiały przeciskać się przez tłum czekający na stoliki, gdy zmierzały ku schodom prowadzącym do baru na dachu. Idąc za siostrą, Maria zwróciła uwagę na drewniane stoły, niedobrane krzesła i graffiti na ścianach. Z sufitu zwisały przedmioty, które Pete – zmarły dwa lata temu – podobno znalazł w swoich sieciach podczas połowu: kołpaki, buty tenisowe, sflaczałe piłki do koszykówki, biustonosze, zabawki i tablice rejestracyjne z ponad dziesięciu stanów.

– Całkiem fajnie, co?! – zawołała Serena przez ramię.
– Na pewno tłoczno.
– Każde doświadczenie wzbogaca. Chodź!

Wspięły się po skrzypiących schodach na dach. Wychodząc na słońce, Maria zmrużyła oczy pod bezchmurnym niebem. W przeciwieństwie do restauracji na dole, tutaj stoliki okupowali dorośli, którzy właśnie odkręcali butelki z piwem albo mieszali drinki. Wśród nich przemykała kelnerka w szortach i czarnej koszulce na ramiączkach, sprawnie zbierając puste szkło i podając pełne. Na połowie stolików stały blaszane wiaderka z odnóżami krabów. Maria przez chwilę patrzyła, jak goście miażdżą skorupy, żeby się dostać do mięsa.

– Mamy szczęście – powiedziała Serena. – Są dwa wolne miejsca przy barze.

Bar ciągnął się po drugiej stronie, częściowo osłonięty rdzewiejącym blaszanym daszkiem, a przed nim stało dziesięć stołków. Maria poszła za Sereną, klucząc między stolikami w ostrym słońcu. W cieniu zadaszenia było chłodniej i gdy zajęły miejsca, poczuła, jak słona bryza podrywa jej długie włosy. Ponad ramieniem Sereny widziała łamiące się na brzegu fale, błękit zmieniający się nagle w biel i na odwrót. Choć zbliżała się pora kolacji, setki plażowiczów wciąż pluskały się w morzu bądź wylegiwały na ręcznikach. Na molu tłoczyli się ludzie z wędkami, którzy czekali cierpliwie, żeby coś się złapało na haczyk. Serena ogarnęła wzrokiem scenerię i spojrzała na Marię.

– Przyznaj – zagadnęła. – Właśnie tego potrzebowałaś. Powiedz, że miałam rację.

– Jest super. Miałaś rację.

– Uwielbiam, kiedy tak mówisz – zaćwierkała Serena z zachwytem. – Weźmy coś do picia. Na co masz ochotę?

– Wystarczy kieliszek wina.

– Nie, nie, nie – oświadczyła Serena, kręcąc głową. – Tu nie dostaniesz kieliszka wina. To nie jest miejsce, w którym podają kieliszek wina. Musimy zamówić coś... plażowego, jakbyśmy były na wakacjach. Piña colada, margarita, coś w tym stylu.

– Poważnie?

– Naprawdę musisz nauczyć się żyć. – Serena pochyliła się nad barem. – Hej, Colin! Możemy dostać po drinku?

Maria dotychczas nie zwróciła uwagi na barmana i teraz spojrzała tam, gdzie patrzyła siostra. Ubrany w spłowiałe dżinsy i białą koszulę, z rękawami podwiniętymi do łokci, stał w drugim końcu baru, realizując zamówienie. Odruchowo zauważyła, że jest wyjątkowo wysportowany, barczysty, szczupły w biodrach. Miał bardzo krótkie włosy. Nie zasłaniały misternie wytatuowanego bluszczu na karku. Jego sprawne ruchy, gdy przygotowywał koktajle, zrobiły na niej wrażenie, choć widziała go tylko od tyłu. Pochyliła się w stronę siostry.

– Chyba mówiłaś, że nigdy tu nie byłaś.

– Nie byłam.

– W takim razie skąd wiesz, jak ma na imię barman?

– Pracuje tu mój kolega.

W tej chwili barman się odwrócił. Cień padał na jego twarz, rysy nie były dobrze widoczne, i dopiero gdy podszedł bliżej, Maria dostrzegła blednący siniak na policzku. Nagle wszystko się ułożyło. Barman też zamarł na sekundę, bez wątpienia myśląc to, co pomyślała ona: wolne żarty. W tej krępującej chwili odniosła wrażenie, że choć nie był zachwycony niespodzianką Sereny, nie był też szczególnie zirytowany. Ruszył w ich stronę i zatrzymał się przed nimi. Pochylił się, opierając rękę o bar i eksponując kolorowy tatuaż na umięśnionym przedramieniu.

– Cześć, Sereno – powiedział. Nieśpieszny, pewny siebie głos brzmiał dokładnie tak, jak Maria go zapamiętała. – Zdecydowałaś się przyjść.

Serena zachowywała się swobodnie, jakby nie wymyśliła całego tego scenariusza.

– Pomyślałam: czemu nie? Cudny dzień! – Szeroko rozłożyła ramiona. – Miejsce super! Miałeś rację co do widoku z góry. Jest niewiarygodny. Był dzisiaj duży ruch?

– Miałem pełne ręce roboty.

– Nic dziwnego. Kto nie chciałby tu przyjść w taki dzień? Aha, przy okazji, to moja siostra Maria.

Przeniósł na nią nieodgadnione spojrzenie, z wyjątkiem śladu rozbawienia gdzieś w głębi oczu. Z bliska wyglądał zupełnie inaczej niż tamtej nocy, kiedy pomógł jej zmienić koło. Miał wysokie kości policzkowe i niebieskoszare oczy ocienione długimi rzęsami. Mogła bez trudu sobie wyobrazić, że jeśli zechce, poderwie prawie każdą kobietę.

– Cześć, Mario – powiedział, wyciągając rękę nad barem. – Jestem Colin.

Ujęła jego dłoń, czując w uścisku powściąganą siłę. Patrzyła, jak przenosi spojrzenie z niej na Serenę i z powrotem.

– Co podać? – zapytał.

Serena zerknęła na nich oboje, po czym oparła łokcie na barze.
– Co sądzisz o dwóch piña coladach?
– Już się robi – rzucił lekko. Odwrócił się i wziął shaker, a gdy się pochylił, żeby sięgnąć do lodówki, dżinsy napięły się na jego udach. Maria patrzyła, jak dodaje składniki. W końcu skierowała zmrużone oczy na siostrę.
– Serio? – wycedziła. Było to bardziej stwierdzenie niż pytanie.
– Co? – zapytała Serena, sprawiając wrażenie bardzo zadowolonej z siebie.
– Dlatego tu przyszłyśmy? Bo chciałaś, żebyśmy się poznali?
– To ty powiedziałaś, że nie miałaś okazji mu podziękować. Masz szansę.
Maria pokręciła głową, nie kryjąc zdumienia.
– Skąd...?
– Colin jest w mojej grupie. – Serena sięgnęła do wiaderka z orzeszkami ziemnymi i zgniotła łupinę. – Właściwie w dwóch, ale poznaliśmy się dopiero w tym tygodniu. Wspomniał, że tu pracuje i ma dzisiaj popołudniową zmianę. Pomyślałam że fajnie będzie wpaść i się przywitać.
– Nie wątpię.
– W czym problem? Niedługo stąd wyjdziemy, będziesz mogła wrócić do domu i zająć się dzierganiem na drutach mitenek dla kotów. Robisz z igły widły.
– Ja? Chyba ty.
– Chcesz z nim rozmawiać czy nie... – powiedziała Serena, sięgając po następny orzeszek – mnie to wisi. Twoje życie, nie moje. Poza tym, skoro już tu jesteśmy, spróbujmy się dobrze bawić, zgoda?
– Naprawdę cię za to nienawidzę...
– Na wypadek gdybyś była zainteresowana – przerwała jej Serena – Colin jest bardzo miłym facetem. I musisz przyznać, zabójczo przystojnym, jak przystało na barmana. – Ściszyła głos do szeptu. –

Myślę, że jego tatuaże są seksowne – dodała, kiwając głową w jego stronę. – Założę się, że ma więcej w miejscach, których nie widać.

Marii zabrakło słów.

– A ja myślę... – wyjąkała, próbując ułożyć sobie to wszystko, równie zdezorientowana jak w tamtą noc, kiedy spotkała Colina. – Czy nie możemy po prostu wypić drinków i wyjść?

Serena się skrzywiła.

– Jestem głodna.

Colin wrócił i postawił przed nimi pieniste napoje.

– Jeszcze coś? – zapytał.

Zanim Maria zdążyła zaprzeczyć, Serena podniosła głos, żeby ją słyszał w panującym gwarze.

– Możemy dostać menu?

*

Serena podczas całej kolacji ostentacyjnie ignorowała oczywiste skrępowanie Marii.

Jednak Maria musiała przyznać, że wcale nie jest tak bardzo zakłopotana, jak się obawiała, głównie dzięki temu, że Colin był zbyt zajęty, żeby traktować je inaczej niż zwyczajnych klientów. Nie wspomniał słowem o wymianie koła ani o zajęciach z Sereną. Tłum oblegający bar powodował, że ledwie się wyrabiał z zamówieniami. Bez przerwy przemykał z jednego końca na drugi, przyjmując zamówienia i robiąc drinki, zamykając rachunki i wydając kelnerkom to, czego potrzebowały. Godzinę później na dachu zrobiło się jeszcze tłoczniej i choć kilka minut po ich przyjściu do Colina dołączyła barmanka, ładna blondynka może rok starsza od Sereny, goście coraz dłużej czekali na drinki. Jeśli coś wskazywało, że Colin zna Serenę, to chyba tylko fakt, że ich zamówienia zostały przyjęte od razu i wkrótce potem dostały kolację oraz drugą kolejkę drinków. Colin zabrał talerze chwilę po tym, jak skończyły jeść, i przyniósł rachunek. Podszedł z terminalem, gdy tylko Maria położyła na barze kartę kredytową. Serena tymczasem prowadziła żywą pogawędkę.

Bywały takie chwile, kiedy Maria zapominała o Colinie, choć od czasu do czasu przyłapywała się na tym, że jej spojrzenie samo wędrowało w jego stronę. Serena nie powiedziała o nim nic więcej, ale Maria pomyślała, że wydaje się za stary jak na studenta. Mogłaby wypytać siostrę, jednak nie chciała jej dawać dodatkowej satysfakcji, skoro i tak ściągnęła ją tutaj podstępem.

Na przekór sobie musiała przyznać, że Serena miała rację, mówiąc, że Colin – kiedy nie stoi posiniaczony, zakrwawiony i przemoczony do suchej nitki na pustej drodze – jest naprawdę przystojny. Osobliwie elegancki, mimo tatuaży i potężnej budowy, rzucał szybki, niemal kpiący uśmiech i o ile dobrze zauważyła, trzy kelnerki się w nim durzyły. Kobiety, które przyszły dwadzieścia minut temu i siedziały w drugim końcu baru, też na niego leciały. Poznała to po ich uśmiechach, gdy przyrządzał im drinki, i po spojrzeniach, kiedy się do nich odwracał. Podobnie rzecz się miała z barmanką. Choć była równie zajęta jak on, stawała się wyraźnie rozkojarzona, kiedy sięgał obok niej po szklankę czy butelkę alkoholu.

Flirtowanie z przystojnymi barmanami jest tak powszechne, że wręcz graniczy z banałem, ale Maria była zaskoczona reakcją Colina na te subtelne i mniej subtelne sygnały. Był uprzejmy dla wszystkich i wydawał się nieświadomy zainteresowania swoich wielbicielek. Albo udawał, że tego nie zauważa. Gdy próbowała rozszyfrować pobudki, jakimi Colin się kieruje, za ladą stanął starszy barman, zasłaniając jej widok. Obok niej Serena siedziała z telefonem i pisała.

– Daję znać Steve'owi i Melissie, że prawie skończyłyśmy – powiedziała. Jej palce tańczyły po klawiaturze.

– Są tutaj?

– Już idą w tę stronę – odparła. Kiedy Maria tylko skinęła głową, dodała: – Ma dwadzieścia osiem lat, wiesz?

– Steve?
– Nie. Steve jest w moim wieku. Colin ma dwadzieścia osiem.
– I?
– Ty też masz dwadzieścia osiem.
– Tak, wiem.
Serena dopiła drinka.
– Uznałam, że mogę o tym wspomnieć, skoro przez cały wieczór strzelasz w niego oczami.
– Wcale nie strzelam.
– Mnie nie oszukasz.
Maria sięgnęła po drinka, czując, że trochę jej szumi w głowie.
– W porządku – ustąpiła – może rzuciłam okiem parę razy. Ale dwudziestoośmiolatek jest trochę za stary, żeby wciąż studiować, nie sądzisz?
– To zależy.
– Od czego?
– Od tego, kiedy zaczął. Colin zaczął kilka lat temu, więc wszystko się zgadza. Chce zostać nauczycielem w szkole podstawowej, jak ja. I jeśli jesteś ciekawa, pewnie ma lepsze oceny niż ja. Traktuje zajęcia bardzo poważnie. Siedzi z przodu sali i bez przerwy robi notatki.
– Dlaczego mi to mówisz?
– Bo to jasne, że jesteś nim zainteresowana.
– Wcale nie jestem nim zainteresowana.
– Fakt, dawałaś to do zrozumienia przez cały wieczór – zgodziła się Serena z miną niewiniątka. – Zdecydowanie nie jest typem faceta, z którym chciałabyś potańczyć. Taki przystojny facet? Daj spokój.
Maria otworzyła usta, żeby odpowiedzieć, ale je zamknęła, bo zdała sobie sprawę, że cokolwiek powie, tylko zachęci siostrę do kontynuowania tematu. Zapiszczała komórka i Serena spojrzała na ekran.
– Steve jest na dole. Gotowa do wyjścia? A może wolisz tu trochę posiedzieć?

— Dlaczego? Bo chcesz, żebym poderwała Colina?
— Już go tu nie ma.
Maria się rozejrzała. Rzeczywiście, Colin zniknął.
— Pracował na popołudniową zmianę, więc pewnie już skończył — dodała Serena, zsuwając się ze stołka. Zarzuciła torebkę na ramię. — Przy okazji, dzięki za kolację. Zejdziesz ze mną na dół?
Maria sięgnęła po torebkę.
— Czy nie mówiłaś, że nie chcesz, żebym poznała Steve'a?
— Żartowałam. Chce zostać prawnikiem, nawiasem mówiąc. Może wybijesz mu to z głowy.
— Dlaczego miałabym to robić?
— Naprawdę chcesz, żebym odpowiedziała na to pytanie po wszystkim, przez co przeszłaś?
Maria milczała. Podobnie jak rodzice, siostra wiedziała, jakie ciężkie były dla niej ostatnie lata.
— A jednak szkoda — powiedziała Serena.
— Czego?
— Wiem, że Colin był dziś zajęty, ale nie podziękowałaś mu za zmianę koła. Możesz nie chcieć z nim rozmawiać, ale ładnie się zachował tamtej nocy i mogłabyś mu to powiedzieć.
Maria znowu się nie odezwała, lecz gdy szła z Sereną do schodów, pomyślała, że siostra jak zwykle ma rację.

*

Steve był czarujący, choć trochę lalusiowaty. Miał na sobie kraciaste szorty i jasnoniebieską koszulkę polo, która pasowała do jego mokasynów. Sprawiał dość sympatyczne wrażenie, jednak po paru minutach stało się jasne, że jest znacznie bardziej zainteresowany Sereną niż ona nim, ponieważ większość czasu rozmawiała z Melissą. Maria zbeształa się za to w drodze do samochodu, ale musiała przyznać, że zazdrości młodszej siostrze luzu, z jakim ta podchodzi do każdego aspektu życia.

Tylko czy życie dwudziestojednoletniej studentki jest ciężkie? Uczelnia to klosz, który izoluje od reszty świata. Człowiek ma mnóstwo wolnego czasu, przyjaciół, którzy mieszkają albo z nim, albo po sąsiedzku, i z optymizmem patrzy w przyszłość, nie mając pojęcia o realiach. Na studiach wszyscy wierzą, że ich życie potoczy się dokładnie tak, jak zaplanowali, niosąc ich od jednego przyjemnego wspomnienia do następnego w kaskadzie beztroskich trzydniowych weekendów.

Zawahała się i zmieniła zdanie. Ha, to wszystko można odnosić do ludzi pokroju Sereny. Sama miała inne doświadczenia, ponieważ traktowała studia poważniej niż większość studentów – pamiętała, że często była za bardzo zestresowana. Patrząc wstecz, zdała sobie sprawę, że prawdopodobnie za dużo czasu spędzała na nauce i martwieniu się o egzaminy. Pamiętała, jak do białego rana ślęczała nad pracami pisemnymi, bez końca je poprawiając, aż każde słowo było dokładnie takie jak trzeba. Wtedy wydawało się to najważniejszą rzeczą na świecie, ale od kilku lat się zastanawiała, czy nie traktowała wykształcenia ze zbyt wielką powagą. Przecież Bill Gates, Steve Jobs, Michael Dell i Mark Zuckerberg rzucili studia i dobrze na tym wyszli, prawda? Intuicyjnie rozumieli, że świata nie obchodzą oceny ani dyplomy, przynajmniej nie na dłuższą metę, zwłaszcza w porównaniu z takimi cechami, jak kreatywność czy upór w dążeniu do celu. Jasne, oceny prawdopodobnie pomogły jej w otrzymaniu pracy w prokuraturze, ale czy później kogokolwiek obchodziły? Kiedy została zatrudniona przez kancelarię, pracodawców interesowało tylko jej doświadczenie zawodowe i wydawało się, że pierwsze dwadzieścia cztery lata jej życia uważają za zupełnie nieistotne. Obecnie rozmowy z Barneyem dotyczyły wyłącznie efektów jej bieżącej pracy, a zainteresowanie Kena było zupełnie innej natury.

Wracając myślami w przeszłość, żałowała, że po skończeniu studiów nie wzięła roku wolnego i nie wybrała się na włóczęgę z plecakiem po Europie albo nie zgłosiła się jako wolontariuszka do programu edukacyjnego Teach for America. Prawdę mówiąc, nie miałoby znaczenia, co by robiła, byle było to coś interesującego. Niestety tak bardzo jej zależało na tym, aby rozpocząć dorosłe życie, że taki pomysł po prostu nie wpadł jej do głowy. A teraz nie zawsze czuła, że żyje pełnią życia, i czasami żałowała podjętych decyzji. Skoro o tym mowa, czy nie była za młoda na tego rodzaju żale? Czy rozgoryczenie nie powinno pojawić się znacznie później? Chociaż jej mama i tata byli w średnim wieku, a chyba niczego nie żałowali. Serena też zachowywała się tak, jakby nie miała żadnych trosk – więc gdzie ona popełniła błąd?

Winę za melancholijne myśli zrzuciła na drinki, których skutki nadal odczuwała. Postanowiła, że da sobie jeszcze trochę czasu, zanim wsiądzie za kierownicę. Spojrzała na molo i pomyślała: czemu nie? Nadciągał zmierzch, ale do zmroku została co najmniej godzina.

Ruszyła w stronę morza, patrząc na rodziny tłumnie opuszczające plażę. Opalone dzieciaki, zmęczone i marudne, ciągnęły za równie opalonymi i równie zmęczonymi rodzicami, którzy targali deski boogie, torby-lodówki, parasole i ręczniki.

Przystanęła na plaży, żeby zdjąć sandały. Zastanawiała się, czy rozpozna kogoś z ogólniaka albo czy ktoś rozpozna ją, lecz nie dostrzegła nikogo znajomego. Przeszła przez pas piasku i weszła po schodach na molo w chwili, gdy słońce powoli chowało się za horyzontem. Patrzyła, jak pod deskami piasek ustępuje płytkiej wodzie, a później falom płynącym ku brzegowi. Amatorzy surfingu jeszcze łapali grzywacze. Podziwiając ich pełne wdzięku ruchy, mijała wędkarzy, mężczyzn i kobiety, młodych i starych, wszystkich zagubionych we własnym świecie. Przypomniała sobie, że kiedy była nastolatką, pewien chłopak namówił ją na wędkowanie. Dzień był piekielnie gorący, a zarzucanie okazało się trudniejsze, niż przypuszczała. W końcu zeszli z mola z pustymi rękami. Później zrozumiała, że chłopak podobał jej się znacznie bardziej niż łowienie ryb.

Tłumy rzedły, gdy szła coraz dalej, i na końcu mola zobaczyła samotnego wędkarza w spłowiałych dżinsach i czapce bejsbolowej, stojącego tyłem do niej. Wystarczyło jedno spojrzenie, żeby stwierdzić, że jest nieźle zbudowany. Odpędzając tę myśl, zwróciła oczy ku horyzontowi i ujrzała księżyc wynurzający się z morza. W dali po wodzie sunął katamaran. Zastanawiała się, czy zdoła namówić Serenę na weekend pod żaglami.

– Śledzisz mnie? – Dobiegł ją głos z narożnika mola.

Odwróciła się i dopiero po kilku sekundach zrozumiała, że to Colin. Wędkarz w czapce bejsbolowej. Czuła rumieniec na policzkach. Czy to też zaaranżowała Serena? Nie, przyjście tutaj było jej pomysłem. Na pewno? Serena nie mówiła o Colinie ani o molu... co oznaczało, że spotkanie jest zbiegiem okoliczności, jak tamtej nocy, kiedy się zatrzymał i pomógł jej zmienić koło. Jakie były szanse, że go tutaj spotka? Praktycznie żadne, a jednak... był tu, podobnie jak ona, i czekał na odpowiedź.

– Nie – wydukała. – Nie śledzę. Po prostu przyszłam podziwiać widoki.

Zdawało się, że analizuje jej odpowiedź.

– I?

– I co?

– Widoki. Jakie są?

Podenerwowana, musiała przetrawić pytanie, zanim odpowiedziała.

– Piękne.

– Lepsze niż z restauracji?

– Inne. Spokojniejsze.

– Też tak myślę. Dlatego tu jestem.

– I łowisz...?

– Niezupełnie. Jak ty, przyszedłem tu głównie po to, żeby podziwiać krajobraz. – Uśmiechnął się i pochylił nad poręczą. – Nie chciałem ci przeszkadzać – zapewnił. – Rozkoszuj się zachodem słońca, Mario.

Nie wiadomo dlaczego poczuła, że teraz jej imię zabrzmiało bardziej intymnie niż w barze. Z roztargnieniem patrzyła, jak Colin kręci kołowrotkiem i znowu zarzuca, żyłka się rozwijała, haczyk śmignął w powietrzu. Zastanawiała się, czy ma zostać, czy odejść. Nie naruszał jej prywatnej przestrzeni, podobnie jak w noc pierwszego spotkania. Co jej przypomniało...
– Słuchaj, Colin...
Odwrócił głowę.
– Tak?
– Powinnam ci podziękować za pomoc tamtej nocy. Naprawdę mnie uratowałeś.
– Nie ma sprawy. Pomogłem z przyjemnością. – Uśmiechnął się. – I cieszę się, że przyszłaś dziś do restauracji.
– To był pomysł Sereny.
– Domyślam się. Nie wydawałaś się uszczęśliwiona na mój widok.
– Nie, nie o to chodzi. Byłam tylko... zaskoczona.
– Ja też.

Maria czuła na sobie jego spojrzenie, zanim się w końcu odwrócił. Nie była całkiem pewna, jak zareagować, i przez chwilę po prostu stali w milczeniu. Colin sprawiał wrażenie idealnie odprężonego i opanowanego, gdy próbowała wrócić do podziwiania widoków. W dali po ciemnej wodzie płynął kuter do połowu krewetek, a nad jej ramieniem mrugały światła Krabowego Pete'a. Z którejś restauracji popłynęły ciche tony klasycznego rocka, sygnalizując początek wieczornej zabawy.

Kątem oka przyglądała się Colinowi, próbując wykombinować, dlaczego wydaje się tak inny od pozostałych mężczyzn. Z doświadczenia wiedziała, że faceci w jej wieku zazwyczaj należą do jednej z pięciu kategorii: aroganci, którzy uważają się za wybrańców Boga; życzliwi, którzy mogą zostać opiekunami, tyle że często nie są zainteresowani związkiem; nieśmiali, którzy ledwo umieją mówić;

mężczyźni, którzy z takiego czy innego powodu nie są nią wcale zainteresowani; i ci naprawdę dobrzy – prawdziwi opiekunowie – prawie zawsze zajęci.

Colin nie pasował do pierwszej kategorii i na podstawie tego, co zauważyła w barze, do drugiej i trzeciej też nie. Oczywiście to oznaczało, że należy do czwartej albo piątej. Nie był nią zainteresowany... a jednak w głębi duszy podejrzewała, że może się mylić, choć nie była pewna dlaczego. Pozostawała możliwość, że należy do piątej kategorii, ale niestety nie podjęła próby kontynuowania rozmowy, więc może jego milczenie było reakcją na jej rezerwę.

Po zmianie koła. Po miłej obsłudze w barze. Po tym, jak Serena ją zapewniła, że Colin jest sympatycznym facetem. I po tym, jak zainicjował rozmowę ledwie kilka minut temu. Opadły jej ramiona. Nic dziwnego, że spędzała weekendy samotnie.

– Colin? – Spróbowała jeszcze raz.

Wciąż opierał się o balustradę. Kiedy po chwili się odwrócił, odkryła na jego twarzy ten sam cień rozbawienia, który zauważyła w barze.

– Tak?

– Mogę cię o coś spytać?

– Tak. – Jego niebieskoszare oczy połyskiwały jak morskie szkło.

– Dlaczego lubisz wędkować?

Uniósł rękę i przesunął czapkę nieco do tyłu.

– Tak naprawdę chyba nie lubię. I nie jestem w tym dobry. Rzadko cokolwiek łapię.

Zwróciła uwagę na lekkość jego wypowiedzi.

– W takim razie dlaczego to robisz?

– To dobry sposób na odprężenie się po pracy, zwłaszcza kiedy jest duży ruch w interesie... Przyjemnie jest mieć trochę czasu dla siebie, wiesz? Przychodzę tutaj, bo panuje cisza, świat zwalnia na chwilę. Zacząłem zabierać wędkę, żeby mieć jakieś zajęcie, a nie tylko stać i gapić się na horyzont.

– Jak ja?
– Właśnie. Pożyczyć ci wędkę?

Roześmiała się cicho, a on mówił dalej:

– Poza tym myślę, że kiedy tu tak stoję i dumam, jakbym knuł jakieś bezeceństwo, to denerwuje ludzi. Parę dni temu, widząc moją posiniaczoną twarz, pewnie byliby wystraszeni.

– Pomyślałabym, że wyglądasz na osobę oddającą się kontemplacji.

– Wątpię. To ty wyglądasz na osobę, która często rozmyśla nad różnymi rzeczami. Nad życiem. Celami. Marzeniami.

Zarumieniła się, nie mogąc wykrztusić słowa. Wbrew sobie musiała zgodzić się z Sereną: Colin jest naprawdę... seksowny. Odpędziła tę myśl, nie chcąc wiedzieć, dokąd prowadzi.

– Pozwolisz? – powiedział, wskazując na nią, a potem pochylając się po skrzynkę ze sprzętem wędkarskim. – Tutaj nie dopisuje mi szczęście.

Jego propozycja ją zaskoczyła.

– Och, tak... jasne. Ale jeśli nie jesteś dobry w wędkowaniu, nie mogę obiecać, że to miejsce okaże się lepsze.

– Pewnie nie – zgodził się i podszedł bliżej. Postawił skrzynkę na pomoście, zachowując niekrępującą odległość. – Ale nie będę musiał mówić tak głośno.

W przeciwieństwie do niej wydawał się rozluźniony. Patrzyła, jak zwija żyłkę i zarzuca w nowym miejscu. Pochylił się, lekko poderwał wędkę.

– Twoja siostra ma niezły charakterek – powiedział po chwili.

– Dlaczego tak uważasz?

– Zawarcie znajomości ze mną zaczęła od słów: „Hej, ty, z pokiereszowaną facjatą".

Maria uśmiechnęła się szeroko, myśląc, że to doskonale pasuje do Sereny.

– Jest jedyna w swoim rodzaju, to pewne.

– Bardziej przyjaciółka niż siostra, prawda?

– Tak ci powiedziała?
– Nie – odparł. – Sam zauważyłem, gdy was obsługiwałem. Widać, że jesteście bardzo zżyte.
– Racja – przytaknęła Maria. – Masz rodzeństwo?
– Dwie starsze siostry.
– Jesteście sobie bliscy?
– Nie jak ty i Serena – odparł, poprawiając żyłkę. – Kocham je i zależy mi na nich, ale nasze drogi się rozeszły.
– To znaczy?
– Nieczęsto rozmawiamy. Może raz na parę miesięcy. Ostatnio się poprawia, ale to stopniowy proces.
– Szkoda.
– Jest, jak jest.
Jego słowa sugerowały, że nie chce o tym rozmawiać.
– Serena mówiła, że jesteście w jednej grupie – powiedziała Maria, wracając na bezpieczniejszy grunt.
Pokiwał głową.
– Dopędziła mnie w drodze do biblioteki. Domyślam się, że jej powiedziałaś, jak wyglądałem tamtej nocy, i dodała dwa do dwóch. Nie było to trudne, z taką twarzą i tak dalej.
– Nie wyglądałeś aż tak źle. W zasadzie niewiele o tym myślałam. – Kiedy uniósł brew, wzruszyła ramionami. – W porządku. Może trochę się bałam, jak podszedłeś.
– To zrozumiałe. Środek nocy, byłaś sama na odludziu. Między innymi dlatego się zatrzymałem.
– A jaki był inny powód?
– Byłaś dziewczyną w potrzebie.
– Uważasz, że wszystkie dziewczyny potrzebują pomocy przy zmianie koła?
– Nie wszystkie. Ale moje siostry i mama potrzebowałyby pomocy. I nie odniosłem wrażenia, że się dobrze bawisz.

Pokiwała głową.
- Jeszcze raz dziękuję.
- Już to mówiłaś.
- Wiem. Ale zasłużyłeś na powtórne podziękowanie.
- Okay.
- Tylko „okay"? – Uśmiechnęła się lekko.
- To moja sprawdzona odzywka, kiedy ktoś wygłasza stwierdzenie, zamiast zadać pytanie.

Zmarszczyła czoło.
- Przypuszczam, że to ma sens.
- Okay – powiedział, a ona na przekór sobie się roześmiała, wreszcie się rozluźniając.
- Lubisz pracę za barem? – zapytała.
- Jest w porządku – odparł. – Dzięki niej płacę rachunki i mogę się uczyć, mam sporo wolnego czasu, napiwki są niezłe. Ale mam nadzieję, że nie będę zmuszony stać za barem do emerytury. Chcę zrobić coś więcej ze swoim życiem.
- Serena mówiła, że chcesz zostać nauczycielem.
- Tak – przyznał. – Dokąd poszła, skoro o niej mowa?
- Spotkała się z przyjaciółmi. Przez jakiś czas będą krążyć po barach i słuchać muzyki, a później pewnie ruszą na jakąś imprezę.
- Dlaczego do nich nie dołączyłaś?
- Jestem trochę za stara na studenckie imprezy, nie sądzisz?
- Nie wiem. Ile masz lat?
- Dwadzieścia osiem.
- Ja mam tyle samo i nadal studiuję.

Tak, pomyślała, wiem.
- I chodzisz na studenckie imprezy?
- Nie, ale wcale nie dlatego, że uważam, że jestem za stary. Po prostu nie chodzę na imprezy. Ani do barów.
- Ale pracujesz w barze.

– To co innego.
– Dlaczego?
– Bo tam pracuję. I nawet gdybym nie pracował, nie jest to bar, w którym mógłbym wpakować się w kłopoty. Tak naprawdę to bardziej restauracja.
– W barach pakujesz się w kłopoty?
– Kiedyś się pakowałem – odparł. – Już nie.
– Powiedziałeś, że nie chodzisz do barów.
– I właśnie dlatego nie wpadam w kłopoty.
– A kluby?

Wzruszył ramionami.
– Zależy od klubu i z kim jestem. Zazwyczaj nie chodzę. Zaglądam tylko od czasu do czasu.
– Bo tam też wpadasz w kłopoty?
– Wpadałem. Czas przeszły.

Przez chwilę zastanawiała się nad jego odpowiedzią. Odwróciła głowę, patrząc na morze. Księżyc jaśniał na tle nieba, którego kolor powoli przechodził z szarości w czerń. Colin podążył za jej spojrzeniem. Oboje milczeli.
– Jakiego rodzaju kłopoty? – zapytała.

Pokręcił kołowrotkiem, nawijając żyłkę, zanim odpowiedział.
– Bójki.

Przez chwilę nie była pewna, czy dobrze go usłyszała.
– Biłeś się w barach?
– Jeszcze parę lat temu na okrągło.
– Dlaczego wdawałeś się w bijatyki?
– Faceci chodzą do barów zwykle z czterech powodów: upić się, spotkać z kolegami, poderwać dziewczynę albo się bić. Ja chodziłem ze wszystkich czterech.
– Chciałeś się bić?
– Zazwyczaj.

– Ile razy?
– Nie jestem pewien, czy rozumiem pytanie.
– Ile razy wdałeś się w bójkę?
– Dokładnie nie pamiętam. Pewnie ponad setkę.
Zamrugała.
– Brałeś udział w ponad stu barowych bijatykach?
– Tak.
Nie wiedziała, co powiedzieć.
– Dlaczego mi o tym mówisz?
– Ponieważ zapytałaś.
– A ty odpowiadasz na wszystkie pytania, jakie ci ludzie zadają?
– Nie wszystkie.
– Ale uważasz, że mówienie mi czegoś takiego jest w porządku?
– Tak.
– Dlaczego?
– Jesteś prawniczką, mam rację?
Wciągnęła powietrze, zaskoczona nagłą zmianą tematu.
– Serena ci powiedziała?
– Nie.
– W takim razie skąd wiedziałeś?
– Nie wiedziałem. Pomyślałem, że to możliwe, bo zadajesz mnóstwo pytań. Większość prawników tak robi.
– A biorąc pod uwagę te wszystkie bójki, pewnie masz duże doświadczenie z prawnikami?
– Tak.
– Wciąż nie mogę uwierzyć, że mi to mówisz.
– Dlaczego nie miałbym ci mówić?
– Ponieważ przyznawanie się do udziału w barowych burdach nie jest czymś, co ludzie normalnie robią, kiedy rozmawiają z kimś właściwie po raz pierwszy.
– Okay. Ale jak powiedziałem, już tego nie robię.

– A tamtej nocy?
– To była walka MMA. Mieszane sztuki walki. To zupełnie co innego.
– Ale się bijesz, prawda?
– To sport, jak boks czy taekwondo.
Spojrzała na niego spod przymrużonych powiek.
– MMA to walki w klatce? Gdzie wszystko wolno?
– Tak na pierwsze, nie na drugie – odparł. – Są zasady. Prawdę mówiąc, jest mnóstwo zasad, choć same walki bywają brutalne.
– A ty lubisz być brutalny?
– Wyżywam się, co dobrze mi robi.
– Dlaczego? Bo pomaga ci trzymać się z daleka od kłopotów?
– Między innymi. – Uśmiechnął się, a jej po raz pierwszy od długiego czasu zupełnie zabrakło słów.

5
Colin

Colin widywał już wcześniej takie reakcje i wiedział, że Maria się zastanawia, czy na pewno powinna tu być. Ludzie zasadniczo reagowali negatywnie, słuchając o jego przeszłości. Chociaż już nie bił się w piersi za swoje błędy, nie napawały go one dumą. Był, jaki był, ze wszystkimi przywarami, i się z tym pogodził. Teraz decyzja należała do niej.

Wiedział, że Evan pokręciłby głową, gdyby słyszał jego odpowiedzi na jej pytania, ale do chęci mówienia prawdy, czego przyjaciel nie był w stanie pojąć, dochodziła świadomość, że próba ukrywania przeszłości mija się z celem. Ludzie są w równym stopniu ciekawscy i ostrożni, wiedział, że wystarczy wpisać jego nazwisko w Google, żeby pojawiło się wiele poświęconych mu artykułów, i ani jeden pochlebny. Gdyby nie wyłożył prawdy na samym początku, Maria albo Serena mogłaby go sprawdzić w internecie, jak Victoria.

Victorię poznał w siłowni kilka lat temu i po paru miesiącach znajomości postanowili ćwiczyć razem. Myślał, że nadają na tej samej fali, i uważał ją za dobrą partnerkę treningową, gdy nagle zaczęła go unikać. Przestała odpowiadać na jego SMS-y i telefony, ćwiczyła rano, nie jak dotąd wieczorami. Kiedy w końcu miał okazję z nią porozmawiać, powiedziała, czego się o nim dowiedziała, i nalegała, żeby zrezygnował z jakichkolwiek prób nawiązania kontaktu. Nie interesowały jej tłumaczenia, a on nie miał nic do zaoferowania. Zastanawiał się tylko, dlaczego w ogóle prowadziła te poszukiwania w internecie. Przecież ze sobą nie chodzili. Nie był nawet pewien, czy osiągnęli już etap przyjaźni. Miesiąc później przestała zaglądać do siłowni i więcej jej nie zobaczył.

Nie była jedyną, która uciekła, gdy poznała prawdę. Wprawdzie Evan żartował, że Colin z własnej woli opowiada swoje dzieje każdemu, kto go tylko zapyta, ale w rzeczywistości było inaczej. Colin uważał, że zasadniczo nikt nie powinien wtykać nosa w cudze sprawy, i nikogo nie wtajemniczał w swoją przeszłość, chyba że ktoś był – albo mógł się stać – częścią jego życia. Na tym etapie nie potrafił stwierdzić, czy Maria należy do powyższej kategorii, ale Serena była koleżanką ze studiów i jeśli raz z nim rozmawiała, równie dobrze może go zagadnąć znowu. Musiał jednak przyznać, że w Marii jest coś, co go zainteresowało. Oczywiście częściowo chodziło o urodę – była bardziej dojrzałą, piękniejszą wersją Sereny, z takimi samymi ciemnymi włosami i oczami – ale w barze zauważył, że nie jest próżna. Przyciągała spojrzenia licznych mężczyzn, lecz nie zwracała na to najmniejszej uwagi, co stanowiło rzadkość. Chociaż jego pierwsze wrażenie było znacznie głębsze. W przeciwieństwie do Sereny – radosnej, rozpaplanej i niezupełnie w jego typie – Maria była cichsza, skłonna do refleksji i oczywiście inteligentniejsza.

A teraz? Obserwował Marię, gdy próbowała zdecydować, czy chce zostać, czy odejść, kontynuować rozmowę czy się pożegnać. Nic nie mówił, zapewniając jej możliwość samodzielnego podjęcia decyzji. Skupiał się na wietrze, który muskał jego skórę, i słuchał szumu fal. Spojrzał na molo. Większość wędkarzy już odeszła. Pozostali pakowali sprzęt albo czyścili złowione ryby.

Maria pochyliła się głębiej nad poręczą. Ciemne niebo pogrążyło jej twarz w cieniu, sprawiając, że wyglądała tajemniczo, intrygująco. Patrzył, jak bierze głęboki oddech.

– Jakie są inne powody? – zapytała w końcu.

Colin uśmiechnął się w duchu.

– Ćwiczenie sprawia mi przyjemność, chociaż bywa, że czasami po prostu nie jestem w nastroju. Wtedy tylko świadomość, że zbliża się pojedynek i że muszę trenować, ściąga mnie z kanapy i gna do sali treningowej.

– Codziennie?

Skinął głową.

– Zwykle zaliczam dwie albo trzy różne sesje. To zabiera sporo czasu.

– Co robisz?

– Prawie wszystko – odparł, wzruszając ramionami. – Przede wszystkim koncentruję się na zadawaniu ciosów i grapplingu. Oprócz tego podnoszenie ciężarów, ale również ćwiczenia na rowerze, joga, kajakarstwo, trening kondycyjny i siłowy, bieganie w terenie i po schodach, wspinaczka linowa, plyometria i tak dalej. Dopóki mogę oblewać się potem, jestem szczęśliwy.

– Uprawiasz jogę?

– Zwiększa elastyczność mięśni i doskonali zmysł równowagi, a także nadzwyczajnie działa na psychikę. Jak medytacja. – Skinął głową w stronę wody lśniącej złotoczerwonym blaskiem w ostatnich promieniach słońca. – Jak przychodzenie tutaj po zmianie.

Spojrzała na niego.

– Nie wyglądasz na faceta, który uprawia jogę. Faceci uprawiający jogę są...

Dokończył za nią:

– Chudzi? Brodaci? Lubią kadzidełka i paciorki?

Roześmiała się.

– Zamierzałam powiedzieć, że zwykle nie są agresywni.

– Ja też nie jestem. Już nie. Oczywiście do urazów może dojść podczas każdej walki, ale to wcale nie znaczy, że chcę kogoś skrzywdzić. Zależy mi tylko na wygranej.
– Czy to nie stoi w sprzeczności?
– Czasami, nie zawsze. Jeśli zrobisz odpowiedni chwyt kończący walkę, przeciwnik klepie ręką matę i odchodzi jak nowo narodzony.
Przekręciła bransoletkę na nadgarstku.
– Boisz się, gdy wchodzisz do klatki?
– Jeśli człowiek się boi, prawdopodobnie w ogóle nie powinien wychodzić na ring. Co do mnie, uczucie bardziej przypomina kopa, jaki powoduje zastrzyk adrenaliny. Najważniejsze jest panowanie nad adrenaliną.
Zaczął zwijać żyłkę.
– Zakładam, że jesteś całkiem dobry.
– Niezły jak na amatora, ale daleko mi do zawodowców. Niektórzy z nich byli zapaśnikami klasy NCAA albo bokserami olimpijskimi, i z nimi nie mam szans. Ale to mi nie przeszkadza. Nie marzę o przejściu na zawodowstwo. Walki są czymś, co będę robił do ukończenia studiów. Kiedy nadejdzie czas, po prostu z nich zrezygnuję.
Zamiast zarzucić, przymocował haczyk i przynętę do wędziska, potem napiął żyłkę.
– Poza tym uczenie w szkole i walki w klatce raczej nie idą w parze. Pewnie wystraszyłbym dzieci, jak tamtej nocy ciebie.
– Dzieci?
– Zamierzam uczyć trzecie klasy – wyjaśnił. Pochylił się, sięgając po skrzynkę. – Ściemnia się – dodał. – Chcesz wracać? A może wolisz tu zostać dłużej?
– Możemy iść – odparła. Gdy położył wędkę na ramieniu, spojrzała na restauracje oświetlone od wewnątrz. Przed drzwiami już ustawiały się kolejki, ciche tony muzyki niosły się w powietrzu. – Na dole robi się tłoczno.

– Właśnie dlatego poprosiłem o pracę na dziennej zmianie. Dzisiaj na dachu będzie istny dom wariatów.
– Napiwki popłyną jak woda.
– Niewarte starganych nerwów. Za dużo dzieciaków ze studiów.

Roześmiała się ciepło i melodyjnie. Ruszyli do schodów, po których weszli tu wcześniej. Żadne z nich się nie śpieszyło. W gasnącym świetle Maria wyglądała urzekająco. Widząc jej lekki uśmiech, Colin zastanawiał się, co myśli.

– Zawsze tu mieszkałaś? – zapytał, przerywając niekrępujące milczenie.
– Tu się wychowałam. Wróciłam w grudniu ubiegłego roku – odparła. – Między wyjazdem a przyjazdem zaliczyłam uniwerek, prawo i pracę w Charlotte. Nie było mnie dziesięć lat. Ty nie jesteś stąd, prawda?
– Pochodzę z Raleigh – odparł. – Spędzałem tu wakacje, kiedy byłem mały, a później koczowałem miesiąc, dwa miesiące w roku przez kilka lat po szkole średniej. Mieszkam tu na stałe od trzech lat.
– Pewnie czasami byliśmy sąsiadami i nawet o tym nie wiedzieliśmy. Ja wyjechałam na studia, zaliczyłam uniwerek stanowy i Duke'a.
– Sąsiedzi czy nie, wątpię, żebyśmy się obracali w tych samych kręgach towarzyskich.

Uśmiechnęła się.
– Więc... przyjechałeś tu, żeby studiować?
– Nie od razu. Studia przyszły później. Rodzice wyrzucili mnie z domu i nie byłem pewien, dokąd się udać. Tu mieszka mój przyjaciel Evan i teraz wynajmuję u niego mieszkanie.
– Rodzice cię wyrzucili?

Pokiwał głową.
– Potrzebowałem czegoś w rodzaju kubła zimnej wody. Oni mi go wylali na głowę.
– Aha. – Starała się zachować neutralne brzmienie głosu.

– Nie mam do nich żalu – powiedział. – Zasłużyłem na to. Sam siebie też bym wyrzucił.

– Z powodu bijatyk?

– Mam na sumieniu znacznie więcej, ale bijatyki stanowiły część problemu. Byłem trudnym dzieckiem. Później, po szkole średniej, przez jakiś czas byłem trudnym dorosłym. – Spojrzał na nią. – A ty? Mieszkasz z rodzicami?

Pokręciła głową.

– Mam mieszkanie przy Market Street. Bardzo kocham rodziców, ale nie mogłabym żyć z nimi pod jednym dachem, za nic.

– Co robią?

– Są właścicielami La Cocina de la Familia. To tutejsza restauracja.

– Słyszałem o niej, ale nigdy tam nie byłem.

– Powinieneś zajrzeć. Potrawy są naprawdę tradycyjne, moja mama wciąż gotuje i wszystkie miejsca zawsze są zajęte.

– Jeśli powiem, że cię znam, dostanę zniżkę?

– A potrzebujesz?

– Niezupełnie. Tylko się zastanawiam, jakie robimy postępy.

– Zobaczę, co da się załatwić. Jestem pewna, że zdołam pociągnąć za kilka sznurków.

Pod sobą mieli już piasek i szli do schodów. Schodził za nią, gdy z wdziękiem zbiegała po stopniach.

– Odprowadzić cię do samochodu? – zapytał, napotykając jej spojrzenie.

– Nic mi nie będzie – zapewniła. – To niedaleko.

Przełożył wędkę z jednego ramienia na drugie, z niechęcią myśląc o zakończeniu spotkania.

– Serena wyskoczyła z przyjaciółmi. Jakie są twoje plany na wieczór?

– W zasadzie żadne. Dlaczego pytasz?

– Chcesz posłuchać trochę muzyki, skoro już tu jesteśmy? Jeszcze nie jest późno.

Wydawała się zaskoczona i przez chwilę był przekonany, że odmówi. Czekając, znów pomyślał, że jest piękna. Długie, ciemne rzęsy skrywały jej myśli.

– Sądziłam, że nie chodzisz do barów.

– Nie chodzę. Możemy pospacerować po plaży, posłuchać czegoś dobrego i cieszyć się tym, że tu jesteśmy.

– Te kapele są dobre?

– Nie mam pojęcia.

Wyczytał niepewność z jej twarzy, zanim zobaczył, że przystanie na jego propozycję.

– Zgoda. Ale nie zostanę długo. Może tylko spacer po plaży, w porządku? Nie chcę być tutaj, na dole, kiedy ściągną tłumy.

Uśmiechnął się, czując w środku jakieś odprężenie. Podniósł skrzynkę.

– Tylko to podrzucę, dobrze? Wolałbym jej nie targać przez cały czas.

Wrócili do restauracji i kiedy schował swoje rzeczy na zapleczu, powędrowali po piasku. Pokazały się gwiazdy, jasne punkciki na aksamitnym niebie. Fale toczyły się monotonnie i ciepła bryza przypominała cichy wydech. Gdy się przechadzali, miał świadomość jej bliskości, wiedział, że mógłby jej dotknąć, ale odsunął od siebie tę myśl.

– Jakie prawo praktykujesz?

– Głównie zajmuję się sprawami ubezpieczeniowymi. Zbieranie materiałów i pisemnych zeznań, negocjacje, w najgorszym wypadku procesy.

– Bronisz towarzystw ubezpieczeniowych?

– W większości. Od czasu do czasu reprezentujemy powoda, ale to nie jest takie powszechne.

– Masz dużo pracy?

– Bardzo. – Pokiwała głową. – Na wszystko obowiązują zasady

i choć próbuję przewidzieć każdą możliwość, zawsze mogą zaistnieć nieprzewidziane okoliczności. Powiedzmy, że klient poślizgnął się w twoim sklepie i wniósł sprawę do sądu, albo ktoś wytoczył proces po zwolnieniu z pracy bądź urządziłeś przyjęcie urodzinowe dla syna i jeden z jego kolegów zranił się w twoim basenie. Towarzystwo ubezpieczeniowe jest zobowiązane wypłacić odszkodowanie, ale czasami decyduje się walczyć z roszczeniem. Wtedy wkraczamy. Ponieważ druga strona zawsze ma prawników.
– Chodzisz do sądu?
– Jeszcze nie byłam, przynajmniej nie tutaj. Nadal się uczę. Wspólnik, dla którego pracuję, dosyć często występuje w sądzie, ale większość naszych spraw zostaje załatwiona polubownie, więc nie dochodzi do rozprawy. Takie rozwiązanie jest tańsze i wszyscy zainteresowani mają mniej zawracania głowy.
– Założę się, że słyszysz mnóstwo kawałów o prawnikach.
– Niezbyt wiele – powiedziała. – Dlaczego tak sądzisz? A ty znasz jakiś?
Zrobił parę kroków.
– Jak śpi prawnik? – Gdy wzruszyła ramionami, powiedział: – Najpierw leży na prawym boku, potem na nieprawym.
– Ha, ha.
– Żartuję. Pierwszy jestem gotów docenić dobrych prawników. Miałem kilku genialnych
– A byli ci potrzebni?
– Tak – odparł. Wiedział, że to może sprowokować kolejne pytania, ale kontynuował, wskazując głową ocean. – Uwielbiam chodzić w nocy po plaży.
– Ponieważ?
– Jest inaczej niż za dnia, zwłaszcza kiedy świeci księżyc... Lubię myśleć, że coś może tam być, że pływa tuż pod powierzchnią.
– Przerażające.

– Dlatego jesteśmy tutaj, a nie tam.

Uśmiechnęła się na te słowa zaskakująco swobodnie. Żadne z nich nie odczuwało przymusu mówienia. Colin skupiał uwagę na wrażeniu, jakie towarzyszyło zapadaniu się stóp w miękkim piasku i owiewaniu twarzy przez ciepłą bryzę. Patrząc na włosy Marii falujące w podmuchach wiatru, uświadomił sobie, że spacer sprawia mu większą przyjemność, niż oczekiwał. Przypomniał sobie, że przecież się nie znają, ale z jakiegoś powodu niezupełnie tak to odbierał.

– Mam pytanie, choć nie wiem, czy nie jest zbyt osobiste – powiedziała.

– Strzelaj – odparł, już wiedząc, co nadchodzi.

– Powiedziałeś, że byłeś trudnym dorosłym i że brałeś udział w wielu barowych bójkach. I że miałeś kilku doskonałych prawników.

– Tak.

– Czy dlatego, że zostałeś aresztowany?

Poprawił czapkę.

– Tak.

– Więcej niż raz?

– Wiele razy – wyznał. – Można powiedzieć, że przez jakiś czas byłem na ty z wieloma gliniarzami w Raleigh i Wilmington.

– Zostałeś skazany?

– Kilka razy.

– I siedziałeś w więzieniu?

– Nie. W sumie spędziłem pewnie rok w areszcie. Nie za jednym razem, miesiąc tu, dwa miesiące tam. Nigdy nie trafiłem do więzienia. Mało brakowało, bo ostatnia bijatyka była naprawdę paskudna, ale wygrałem los na loterii i jestem tutaj.

Lekko opuściła głowę, bez wątpienia żałując, że zdecydowała się na ten spacer.

– Kiedy mówisz, że wygrałeś los na loterii...

Zrobił kilka kroków, zanim odpowiedział.

– Od trzech lat mam dozór kuratorski i pozostało jeszcze dwa lata. To część pięcioletniego układu. Jeśli przez następne dwa lata nie wpakuję się w kłopoty, wyczyszczą moją kartotekę. Co oznacza, że będę mógł uczyć w szkole, a to dla mnie ważne. Ludzie nie chcą, żeby kryminaliści uczyli ich dzieci. Natomiast jeśli zawalę, umowa przestanie obowiązywać i pójdę prosto do więzienia.
– Jak to możliwe? Całkowite wyczyszczenie kartoteki?
– Zdiagnozowano u mnie problem z agresją i zespół stresu pourazowego, co wpływało na moją świadomość szkodliwego działania. Wiesz, co to jest, prawda?
– Innymi słowy, mówisz, że nie mogłeś temu zaradzić.

Wzruszył ramionami.
– To nie moje słowa. Tak powiedzieli moi psychiatrzy, na szczęście mam na to dowody. Chodziłem na terapię prawie piętnaście lat, od czasu do czasu brałem leki i w ramach układu musiałem spędzić kilka miesięcy w szpitalu psychiatrycznym specjalizującym się w terapii zaburzeń kontrolowania gniewu.
– I... kiedy wróciłeś do Raleigh, rodzice wyrzucili cię z domu?
– Tak – potwierdził. – Ale razem wziąwszy, bijatyki i potencjalny wyrok więzienia, zawarty układ, pobyt w szpitalu i nagła konieczność, żeby stanąć na własnych nogach, doprowadziły mnie do głębokiego zastanowienia się nad sobą. Zrozumiałem, że jestem zmęczony życiem, jakie wiodłem. Zmęczyło mnie bycie takim człowiekiem. Nie chciałem uchodzić za faceta, który znany jest z tego, że skacze bitemu po głowie, chciałem być postrzegany jako... przyjaciel, ktoś, na kogo można liczyć. Albo przynajmniej jako facet, który ma przed sobą przyszłość. Dlatego przestałem imprezować i całą energię przelałem w trenowanie, naukę i pracę.
– Tak po prostu?
– Nie było tak łatwo, jak się może wydawać, ale owszem... tak po prostu.

– Ludzie zwykle się nie zmieniają.
– Nie miałem wyboru.
– Jednak...
– Tylko żebyś nie odniosła mylnego wrażenia. Nie próbuję usprawiedliwiać tego, co zrobiłem. Bez względu na to, co powiedzieli lekarze, czy mogę kontrolować swoje zachowanie, czy nie, dobrze wiem, że byłem pokręcony i ani trochę mi nie zależało, żeby cokolwiek poprawić. Paliłem trawkę, piłem, demolowałem dom rodziców, rozbijałem samochody i na okrągło lądowałem w areszcie za bójki. Przez długi czas nie obchodziło mnie nic innego poza imprezowaniem, i to na moich warunkach.
– A teraz cię obchodzi?
– Bardzo. I nie mam zamiaru wracać do dawnego życia.

Czuł na sobie jej spojrzenie i domyślał się, że próbuje pogodzić przeszłość, którą jej opisał, ze stojącym przed nią człowiekiem.

– Potrafię zrozumieć problem dotyczący kontrolowania gniewu – odezwała się – ale zespół stresu pourazowego?
– Tak.
– Co się stało?
– Naprawdę chcesz tego słuchać? To długa historia. – Kiedy skinęła głową, podjął: – Jak ci mówiłem, byłem trudnym dzieckiem i mniej więcej w wieku jedenastu lat kompletnie wymknąłem się spod kontroli. W końcu rodzice posłali mnie do szkoły wojskowej. To było naprawdę złe miejsce. Wśród uczniów starszych klas panowała dziwna mentalność rodem z *Władcy much*, zwłaszcza kiedy zjawiał się ktoś nowy. Z początku to były drobiazgi, typowe kocenie, jak zabieranie mleka czy deseru w stołówce albo zmuszanie, żebym czyścił komuś buty bądź słał łóżko, podczas gdy ktoś inny robił bajzel w moim pokoju, który musiałem doprowadzić do porządku przed inspekcją. Nic wielkiego, każdy nowy przechodzi przez coś takiego. Ale kilku z nich było innych... prawdziwi sadyści. Po

prysznicu bili mnie mokrymi ręcznikami albo zakradali się, kiedy się uczyłem, zarzucali mi koc na głowę, a potem tłukli na kwaśne jabłko. Po jakimś czasie zaczęli robić to w nocy, gdy spałem. Byłem mały jak na swój wiek i popełniłem błąd, bo płakałem, co tym bardziej ich nakręcało. W ten sposób stałem się celem. Przychodzili dwa, trzy razy w tygodniu, zawsze z kocem, zawsze z pięściami, po prostu żeby mnie bić. Mówili, że będę trupem, zanim skończy się rok. Świrowałem ze strachu, przez cały czas na granicy wytrzymałości. Starałem się nie spać, kuliłem się na dźwięk najlżejszego szmeru. Nie śpieszyli się i czekali, aż zasnę, bo w końcu zasypiałem. Ta zabawa trwała miesiącami. Wciąż dokuczają mi koszmary.

– Mówiłeś o tym komuś?

– Jasne. Mówiłem każdemu, komu mogłem. Dowódcy, nauczycielom, wychowawcy, nawet rodzicom. Nikt mi nie wierzył. Wciąż powtarzali, żebym przestał kłamać i marudzić, żebym po prostu zmężniał.

– To straszne...

– Bez dwóch zdań. Byłem tylko małym dzieciakiem, ale stwierdziłem, że muszę się stamtąd wydostać, bo inaczej pewnego dnia posuną się za daleko. W końcu wziąłem sprawy w swoje ręce. Przemyciłem trochę farby w sprayu i wyżyłem się na budynku administracyjnym. Wywalili mnie, i właśnie na tym mi zależało. – Odetchnął głęboko. – W każdym razie, parę lat później zamknęli szkołę, gdy lokalna gazeta ujawniła tamtejsze praktyki. Zmarł jakiś dzieciak. Mały, w moim wieku. Nie znalazłem się wśród uczniów, których wymieniono w artykule, ale przez jakiś czas była to sensacja na skalę krajową. Posypały się oskarżenia, sprawy karne i cywilne i tak dalej. Kilka osób trafiło do więzienia. Moi rodzice czuli się strasznie, ponieważ wcześniej mi nie uwierzyli. Myślę, że właśnie dlatego wytrzymywali ze mną tak długo po skończeniu szkoły. Wciąż czują się winni.

– Więc po tym, jak cię wyrzucili...

– Poszedłem do następnej szkoły wojskowej i przysiągłem sobie, że nigdy więcej nie pozwolę się pobić. Że to ja zadaję pierwszy cios. Dlatego nauczyłem się walczyć. Studiowałem sztuki walki, ćwiczyłem. Później, jeśli ktoś mnie tknął... po prostu wychodziłem z siebie. Było tak, jakbym znowu był dzieckiem. Wyrzucali mnie z kolejnych szkół, z trudem zdałem maturę, a potem wszystko potoczyło się lawinowo. Jak mówiłem, byłem nieźle pokręcony. – Zrobił kilka kroków w milczeniu. – W każdym razie wszystko to miało znaczenie podczas procedury sądowej.

– Jak teraz się układa między tobą i rodzicami?

– Jak z siostrami, praca w toku. Obecnie mam zakaz sądowy zbliżania się do nich.

Dostrzegł jej zszokowaną minę i postanowił wyjaśnić.

– Pokłóciłem się z rodzicami w noc przed wyjazdem do Arizony i skończyło się tym, że przycisnąłem tatę do ściany. Nie chciałem zrobić mu krzywdy i mówiłem mu to... po prostu chciałem, żeby rodzice mnie wysłuchali, jednak moje zachowanie cholernie ich wystraszyło. Nie wnieśli oskarżenia, w przeciwnym razie nie byłoby mnie tutaj, ale postarali się o zakaz. Ostatnio go nie egzekwują, chociaż wciąż obowiązuje, prawdopodobnie po to, żeby nawet na myśl mi nie przyszło z powrotem się do nich wprowadzić.

Przyglądała mu się uważnie.

– Nadal nie rozumiem, jak mogłeś tak po prostu... się zmienić. Co będzie, jeśli znów wpadniesz w złość?

– Wciąż wpadam. Każdy wpada. Ale nauczyłem się innych sposobów, jak sobie z tym radzić. Nie chodzę do barów, nie biorę narkotyków, a kiedy jestem z przyjaciółmi, nigdy nie wypijam więcej niż dwa piwa. Nauczyłem się również wielu pożytecznych rzeczy w szpitalu, różnych metod radzenia sobie z problemem. Całe doświadczenie zakończyło się jako jedna z lepszych rzeczy, jakie mnie kiedykolwiek spotkały.

– Czego się nauczyłeś?
– Głęboko oddychać, nie mieszać się, odrywać się myślami, starannie analizować emocje w nadziei na zmniejszenie ich siły... to niełatwe, ale w końcu staje się przyzwyczajeniem. Wymaga wielkiego wysiłku i wielu świadomych myśli, lecz gdybym przez cały czas tego nie robił, prawdopodobnie musiałbym wrócić do brania litu, a nienawidzę tego gówna. To dobry lek dla wielu ludzi i działa, ale ja po prostu nie czułem się sobą, kiedy go brałem. I zawsze byłem głodny, bez względu na to, ile zjadłem. Zacząłem przybierać na wadze, robiłem się gruby. Wolę trenować kilka godzin dziennie, uprawiać jogę, medytować i unikać miejsc, gdzie mogę wpaść w kłopoty.
– Działa?
– Na razie – odparł. – Po prostu żyję z dnia na dzień.
Gdy szli coraz dalej, muzyka stopniowo cichła, zagłuszana przez szum fal. Za wydmami restauracje ustąpiły domom mieszkalnym, w ich oknach płonęły światła. Księżyc wzniósł się wyżej, zalewając świat eterycznym blaskiem. Niewidoczne kraby przemykały z miejsca na miejsce, pierzchając przed nimi.
– Mówisz o tym wszystkim bardzo otwarcie – zauważyła Maria.
– Tylko odpowiadam na twoje pytania.
– I nie martwi cię, co mogę myśleć?
– Niezupełnie.
– Nie obchodzi cię, co myślą o tobie inni?
– Obchodzi, do pewnego stopnia. Każdego obchodzi. Ale jeśli zamierzasz mnie osądzać, najpierw musisz wiedzieć, jaki naprawdę jestem. Nie wystarczy tylko to, co zechcę ci powiedzieć. Wolę być uczciwy we wszystkim i pozwolić ci zadecydować, czy chcesz ze mną rozmawiać, czy nie.
– Zawsze taki byłeś? – Spojrzała na niego z nieskrywaną ciekawością.
– Co masz na myśli?
– Szczery? We... wszystkim?

– Nie – odparł. – To się zaczęło po powrocie ze szpitala, a wraz z tym nastąpiły wszystkie zmiany, które postanowiłem wprowadzić w swoim życiu.
– Jak ludzie na to reagują?
– Większość nie wie, jak to rozumieć, szczególnie z początku. Evan wciąż tego nie pojmuje. I nie sądzę, żebyś ty rozumiała. Ale jest dla mnie ważne mówienie prawdy, zwłaszcza przyjaciołom albo komuś, z kim mam nadzieję jeszcze się zobaczyć.
– Dlatego mi to powiedziałeś? Bo myślisz, że jeszcze się zobaczymy?
– Tak – odparł krótko.

Przez kilka sekund nie była pewna, co o tym myśleć.
– Jesteś interesującym człowiekiem, Colinie – powiedziała.
– Miałem interesujące życie – przyznał. – Ale ty też jesteś interesująca.
– Wierz mi, w porównaniu z tobą nie mogłabym być mniej interesująca.
– Może tak. Może nie. Ale jeszcze nie uciekłaś.
– Wciąż mogę uciec. Jesteś straszny.
– Nie, nie jestem.
– Dla dziewczyny takiej jak ja? Wierz mi, jesteś trochę straszny. Prawdopodobnie po raz pierwszy spędzam wieczór z facetem, który mówi o skakaniu ludziom po głowach podczas barowych bójek albo o przyciskaniu ojca do ściany.
– Albo że był aresztowany. Albo że przebywał w szpitalu psychiatrycznym...
– To też.
– I?

Odgarnęła z twarzy kosmyk włosów.
– Wciąż się zastanawiam. W tej chwili nie mam pojęcia, co myśleć o tym wszystkim, co powiedziałeś. Ale gdybym nagle rzuciła się do ucieczki, nie próbuj mnie gonić, dobrze?

– Zgoda.
– Mówiłeś o tym Serenie?
– Nie. W przeciwieństwie do ciebie nie pytała.
– Ale powiedziałbyś?
– Prawdopodobnie.
– Oczywiście.
– A może teraz porozmawiamy o tobie? Czy to sprawi, że poczujesz się lepiej?
Uśmiechnęła się cierpko.
– Niewiele jest do powiedzenia. Wspomniałam ci już co nieco o rodzinie. Wiesz, że tu się wychowałam, że studiowałam na uniwersytecie stanowym i Duke'a, że pracuję jako prawnik. Moja przeszłość nie jest tak... barwna jak twoja.
– To dobrze – zapewnił. Już nadając na tej samej fali, jednocześnie się odwrócili i ruszyli z powrotem.
– Racja – mruknęła, a on się roześmiał. Przystanęła na chwilę, nagle się krzywiąc. Sięgnęła do jego ramienia, żeby zachować równowagę, podniosła stopę. – Daj mi chwilkę. Te sandały mnie wykończą.
Patrzył, jak je zdejmuje. Kiedy puściła jego ramię, jeszcze przez chwilę czuł ciepło jej ręki.
– Znacznie lepiej – powiedziała. – Dzięki.
Ruszyli dalej, tym razem wolniej. Na dachu Krabowego Pete'a tłum gęstniał. Colin podejrzewał, że inne bary są równie zatłoczone. Nad nimi większość gwiazd przygasła w blasku księżyca. Gdy szli w milczeniu, które wcale im nie ciążyło, złapał się na tym, że podziwia jej twarz: zarys kości policzkowych i pełne usta, gęste rzęsy, nieskazitelną skórę.
– Jakoś zamilkłaś – zauważył.
– Po prostu próbuję przetrawić to, co mi powiedziałeś. Jest tego wiele.

— Bez dwóch zdań — zgodził się.
— Powiem ci, że jesteś inny.
— W jakim sensie?
— Zanim podjęłam tu pracę, byłam zastępcą prokuratora okręgowego w Charlotte.
— Poważnie?
— Nieco ponad trzy lata. To była moja pierwsza praca po zrobieniu aplikacji.
— Więc jesteś bardziej przyzwyczajona do oskarżania facetów takich jak ja niż do umawiania się z nimi na randki?

Skinęła głową, przyznając mu rację, i mówiła dalej:
— Chodzi mi o coś więcej. Bardzo wielu ludzi wybiera sposób, w jaki opowiada o sobie. Zawsze przedstawiają siebie w korzystnym świetle, natomiast ty... Jesteś bardzo obiektywny, niemal jakbyś opisywał kogoś innego.
— Czasami sam odnoszę takie wrażenie.
— Nie wiem, czy potrafiłabym zrobić to samo. — Zmarszczyła brwi i ciągnęła: — Prawdę powiedziawszy, nie wiem, czy chciałabym to robić, a przynajmniej nie w takim stopniu jak ty.
— Mówisz jak Evan. — Uśmiechnął się. — Podobała ci się praca w prokuraturze?
— Na początku było w porządku. Wiele się nauczyłam. Ale po jakimś czasie zrozumiałam, że jest inaczej, niż myślałam.
— Jak spacer ze mną?
— Mniej więcej... Kiedy studiowałam prawo, myślałam, że w sali sądowej będzie tak, jak pokazują w telewizji. To znaczy zdawałam sobie sprawę, że będzie inaczej, ale nie byłam przygotowana na to, jak bardzo inaczej. Miałam wrażenie, że bez końca ścigam tę samą osobę, z tą samą przeszłością. Prokurator brał ważniejsze sprawy, a podejrzani, z którymi ja miałam do czynienia, przypominali klony. Zwykle biedni i bezrobotni, zwykle tylko po podstawówce, zwykle

w grę wchodziły narkotyki i alkohol. To było po prostu... nie miało końca. Tak wiele spraw... Doszło do tego, że w poniedziałek bałam się iść do pracy, bo wiedziałam, co będzie na mnie czekać na biurku. Sama liczba spraw zmuszała mnie do szeregowania ich pod względem ważności i ciągłych negocjacji umów, które prowadziły do złagodzenia wyroku w zamian za przyznanie się oskarżonego do winy. Wszyscy wiemy, że morderstwo, próba morderstwa i przestępstwa z bronią w ręku są poważne, ale jak porządkować inne? Czy facet, który kradnie samochód, jest gorszy niż ten, który się włamał do czyjegoś domu i ukradł biżuterię? I jak porównać go z sekretarką, która zdefraudowała fundusze firmy? Ale liczba spraw na wokandzie jest ograniczona, podobnie jak miejsc w więzieniu. Społeczeństwo wierzy, że dysponujemy nieograniczonymi środkami, żeby ścigać przestępców, że mamy nowoczesne zaplecze i biegłych gotowych na każde skinienie, jednak prawda wygląda inaczej. Porównywanie próbek DNA może się ciągnąć miesiącami, chyba że chodzi o głośną zbrodnię. Świadkowie notorycznie składają sprzeczne zeznania. Dowody nie są jednoznaczne. No i spraw jest po prostu zbyt wiele... Nawet gdybym chciała wnikliwie zbadać którąś z nich, musiałabym zaniedbać wszystkie inne czekające w teczkach na moim biurku. Dlatego często najlepiej wypracować układ z obrońcą, przyznanie się oskarżonego do winy w zamian za mniejszy wyrok.

Zostawiała ślady na piasku, ciągnąc stopami.

– Wciąż byłam stawiana w sytuacjach, w których ludzie spodziewali się wyników, a ja po prostu nie byłam w stanie ich zapewnić, i skończyło się na tym, że zostałam uznana za czarny charakter. Jeśli ktoś popełni przestępstwo, powinien ponieść konsekwencje, co dla poszkodowanych prawie zawsze oznacza więzienie albo jakąś rekompensatę. Niestety to po prostu było niemożliwe. Policjanci dokonujący aresztowania nie byli zadowoleni, ofiary nie były zadowolone, i czułam się tak, jakbym ich oszukiwała. I w pewien sposób tak było. W końcu zrozumiałam, że jestem trybikiem w gigantycznej zepsutej maszynie.

Zwolniła, szczelniej otulając się swetrem.

– Tam jest tylko... zło. Nie uwierzyłbyś, jakie sprawy trafiały do naszego biura. Matka zmuszająca do prostytucji swoją sześcioletnią córkę, żeby mieć na narkotyki, mężczyzna gwałcący dziewięćdziesięcioletnią staruszkę. To wystarczy, żeby stracić wiarę w człowieczeństwo. A ponieważ najważniejsze jest ściganie wyjątkowo groźnych przestępców, to oznacza, że inni sprawcy nie otrzymują kar współmiernych do swoich czynów, i wracają na ulice. I czasami... – Pokręciła głową. – W każdym razie pod koniec prawie nie spałam. Zaczęłam mieć dziwne ataki paniki. Pewnego dnia weszłam do biura i stwierdziłam, że po prostu dłużej nie wytrzymam. Poszłam do szefa, złożyłam rezygnację. Nawet nie miałam nagranej innej posady.

– Wygląda na to, że taka praca wykańcza człowieka na wiele sposobów.

– Tak było. – Uśmiechnęła się ponuro, sprzeczne emocje walczyły na jej twarzy.

– I?

– I co?

– Chcesz o tym pogadać?

– O czym?

– O prawdziwym powodzie rezygnacji? O przyczynie ataków paniki?

Drgnęła, obróciła się w jego stronę.

– Skąd o tym wiesz?

– Nie wiem. Ale skoro tak długo wytrzymałaś w tej pracy, w pewnym momencie musiało się stać coś wyjątkowego. Coś złego, co skłoniło cię do odejścia. Przypuszczam, że dotyczyło prowadzonej przez ciebie sprawy, tak?

Zatrzymała się, stanęła przodem do wody. W księżycowej poświacie widział wyraz jej twarzy – smutek i poczucie winy, przynoszące przelotny ból, czego się nie spodziewał.

– Masz doskonałą intuicję. – Zamknęła oczy i trwała tak przez chwilę. – Nie mogę uwierzyć, że ci o tym mówię.

Colin milczał. Stali blisko miejsca, w którym zeszli na plażę, kakofonia dźwięków przebijała się przez szum fal. Skinęła w stronę wydmy.

– Możemy usiąść?

– Jasne.

Zdjęła torebkę z ramienia, położyła sandały i usiadła na piasku. Colin usadowił się obok niej.

– Cassie Manning – zaczęła. – Tak się nazywała... w zasadzie nigdy z nikim o niej nie rozmawiałam. Nie jest to coś, co lubię wspominać. – Miała napięty, kontrolowany głos. – Ta sprawa trafiła na moje biurko może trzy czy cztery miesiące po tym, jak zaczęłam pracę w prokuraturze. Na papierze sprawiała wrażenie typowej. Cassie spotykała się z facetem, doszło do kłótni, następnie do eskalacji i rękoczynów. Dziewczyna wylądowała w szpitalu posiniaczona, z podbitym okiem, pękniętą wargą i raną na policzku. Innymi słowy, to nie był jeden cios. To było pobicie. Nazywał się Gerald Laws*.

– Laws?

– Próbowałam doszukać się ironii, ale nigdy jej nie znalazłam. I nic w tej sprawie nie skończyło się typowo, ani trochę. Spotykali się przez jakieś pół roku i na początku związku Cassie uważała, że Laws jest nadzwyczaj czarujący. Umiał słuchać, otwierał przed nią drzwi jak dżentelmen. Ale po jakimś czasie zaczęła zauważać cechy, które ją niepokoiły. Im dłużej się znali, tym bardziej był zazdrosny i zaborczy. Cassie powiedziała, że wpadał w złość, jeśli natychmiast nie odbierała telefonu, gdy do niej dzwonił. Nachodził ją w pracy...

---

* Gra słów: *law* w języku angielskim oznacza prawo.

była pielęgniarką w przychodni pediatrycznej. Pewnego razu, kiedy jadła lunch z bratem, zauważyła go w restauracji, jak na nią patrzył. Wiedziała, że ją śledził, i to ją zaniepokoiło. Gdy zadzwonił następnym razem, powiedziała mu, że chce zrobić sobie przerwę. Zgodził się, ale już wkrótce zrozumiała, że ją prześladuje. Widziała go na poczcie albo gdy wychodziła z gabinetu lekarza, także podczas uprawiania joggingu, i wciąż otrzymywała głuche telefony. Pewnej nocy Laws zjawił się pod jej drzwiami, mówiąc, że chce przeprosić, i na przekór zdrowemu rozsądkowi wpuściła go do mieszkania. Próbował ją przekonać, żeby znowu byli razem. Kiedy odmówiła, szarpnął ją za ramię. Broniła się, a na koniec uderzyła go wazonem. Rzucił ją na podłogę i zaczął się do niej dobierać. Sąsiedzi usłyszeli krzyki i zadzwonili na policję. Traf chciał, że na sąsiedniej ulicy mieszkał policjant i po paru minutach zjawił się na miejscu. Laws przyciskał ją do podłogi i bił, wszędzie była krew. Później się okazało, że była to jego krew z rany na uchu po uderzeniu wazonem. Policjant użył paralizatora. W samochodzie Lawsa znaleziono taśmę samoprzylepną, sznur, dwa noże i kamerę wideo. Straszne. Kiedy rozmawiałam z Cassie, powiedziała, że facet był obłąkany i że bała się o życie. Podobnie jak jej rodzina. Rodzice i młodszy brat utrzymywali, że Laws zasługuje na maksymalny wymiar kary.

Wkręciła palce stóp w piasek.

– Ja też tak uważałam. Moim zdaniem nie było wątpliwości, że faceta należy zamknąć na długie lata. Przypadek był całkiem oczywisty. Problem w tym, że w Karolinie Północnej mógł zostać oskarżony o przestępstwo kategorii C, co oznacza zamiar zabójstwa, albo kategorii E, co oznacza brak takiego zamiaru. Rodzinie Cassie, szczególnie ojcu, zależało na kategorii C, wskutek czego Laws mógłby trafić za kartki na trzy do siedmiu lat. Policjant dokonujący aresztowania też był przekonany, że Laws jest niebezpieczny. Niestety prokurator okręgowy uznał, że nie dowiedziemy premedytacji, ponieważ nie ma dowodu, że przedmioty w samochodzie były w jakikolwiek sposób powiązane z ofiarą. Poza tym odniesione przez nią obrażenia nie zagrażały życiu. Co więcej, Cassie miała też mały problem z wiarygodnością... Większość tego, co mówiła o Lawsie, była prawdą, ale oskarżyła go również o rzeczy, których najwyraźniej nie zrobił. I jeszcze sam Laws: wyglądał jak gwiazda kina, pracował jako urzędnik w banku i nie miał przeszłości kryminalnej. Byłby koszmarem prokuratora na miejscu dla świadków. Dlatego skończyło się na ugodzie, przyznał się do napaści, za co dostał rok więzienia, i tu popełniłam błąd. Laws był wyjątkowo niebezpieczny.

Umilkła, zbierając siły do kontynuowania opowieści.

– Odsiedział tylko dziewięć miesięcy, ponieważ zaliczono mu okres trzech miesięcy trwania rozprawy. Codziennie pisał listy do Cassie, przepraszając za swoje zachowanie i błagając o jeszcze jedną szansę. Nie odpowiadała. W końcu przestała je otwierać, ale zachowała wszystkie, ponieważ się go bała. Później, kiedy je przeanalizowaliśmy, zwróciliśmy uwagę na zmianę tonu. Laws był coraz bardziej zły, że Cassie nie odpisuje. Gdyby je przeczytała i przyniosła do prokuratury...

Wbiła wzrok w piasek.

– Kiedy tylko wyszedł z więzienia, zjawił się u niej. Zatrzasnęła mu drzwi przed nosem i zadzwoniła na policję. Miał zakaz zbliżania się. Po rozmowie z policją obiecał, że więcej nie będzie jej nachodził. Wszystko to sprawiło, że stał się ostrożniejszy. Anonimowo przysyłał Cassie kwiaty. Otruł jej kota. Zostawiał na progu bukiety zwiędniętych róż. Nawet pociął opony w jej aucie.

Maria przełknęła ślinę wyraźnie wstrząśnięta. Kiedy podjęła opowieść, miała ochrypły głos.

– Pewnej nocy, gdy Cassie wybrała się do domu swojego nowego chłopaka, Laws na nią czekał. Ten chłopak widział, jak Laws zmusił, żeby wsiadła do jego samochodu, ale nie zdążył interweniować. Dwa dni później policja znalazła zwłoki w starym domku na brzegu jeziora, zajętym przez bank. Laws związał Cassie, brutalnie ją pobił, podpalił chatę i się zastrzelił. Nie stwierdzono, czy żyła, kiedy ogień... – Zamknęła oczy. – Oboje zostali zidentyfikowani na podstawie kart stomatologicznych.

Wiedząc, że Maria ponownie przeżywa wydarzenia z przeszłości i próbuje sobie z nimi poradzić, Colin zachował milczenie.

– Byłam na jej pogrzebie – podjęła w końcu. – Wiem, że prawdopodobnie nie powinnam tego robić, ale czułam, że muszę. Spóźniłam się i usiadłam z tyłu. Kościół był pełen ludzi, mimo to widziałam rodzinę. Matka nie mogła się powstrzymać od płaczu, prawie histeryzowała. Ojciec i brat byli po prostu... bladzi. Zrobiło mi się niedobrze i chciałam, żeby to się skończyło. Ale nie.

Odwróciła głowę w jego stronę.

– To... zniszczyło rodzinę. W sumie od początku wszyscy byli trochę dziwni, ale w końcu doszło do katastrofy. Kilka miesięcy po śmierci Cassie jej matka popełniła samobójstwo, później ojcu zawieszono prawo wykonywania zawodu. Zawsze uważałam, że jej brat jest lekko niezrównoważony... w każdym razie zaczęłam dostawać te okropne listy. Przychodziły do mojego mieszkania i biura, w różnych kopertach, krótkie, zwykle tylko jedno, dwa zdania. Były straszne... wyzwiska, zapytania, dlaczego nienawidziłam Cassie, dlaczego chciałam skrzywdzić jej rodzinę. Policja porozmawiała z bratem Cassie i listy przestały napływać. Przynajmniej na jakiś czas. Później znowu zaczęły przychodzić, ale były... inne. Groźniejsze. O wiele bardziej przerażające. Ponownie zainterweniowano i przypuszczam, że po prostu... pękł. Wyparł się wszystkiego, twierdził, że to ja go nękam, że policja jest ze mną w zmowie. Trafił do szpitala psychiatrycznego. Ojciec tymczasem groził, że mnie pozwie. Policja wysnuła teorię, że listy mógł wysyłać chłopak Cassie. Oczywiście, kiedy z nim pogadali, też zaprzeczył. Wtedy zaczęły się moje ataki

paniki. Miałam wrażenie, że osoba wysyłająca te listy nigdy nie zostawi mnie w spokoju, i zrozumiałam, że muszę wrócić do domu. Colin milczał. Wiedział, że nie może powiedzieć niczego, co ukazałoby w innym świetle wypadki, które opisała.
– Powinnam posłuchać rodziny Cassie. I policjanta, który aresztował Lawsa.

Colin patrzył na fale, ich szum był nieprzerwany i kojący. Kiedy nie odpowiedział, spojrzała na niego.
– Nie sądzisz?

Starannie dobierał słowa.
– Trudno odpowiedzieć na to pytanie.
– To znaczy?
– Z tego, w jaki sposób to powiedziałaś, jasno wynika, że spodziewasz się potwierdzenia, ale jeśli przytaknę, prawdopodobnie poczujesz się jeszcze gorzej. Jeśli zaprzeczę, zlekceważysz moją odpowiedź, ponieważ już zadecydowałaś, że powinna być twierdząca.

Otworzyła usta, żeby zaprotestować, po czym je zamknęła.
– Nie jestem nawet pewna, co powiedzieć.
– Nie musisz nic mówić.

Westchnęła, wspierając podbródek na kolanach.
– Powinnam naciskać na prokuratora i się upierać, że należy oskarżyć Lawsa o usiłowanie zabójstwa.
– Możliwe. Ale nawet gdybyś dopięła swego i nawet gdyby Laws siedział w więzieniu dłużej, wynik mógłby być taki sam. Miał obsesję na jej punkcie. I jeśli chcesz wiedzieć, na twoim miejscu prawdopodobnie zrobiłbym to samo.
– Wiem, ale...
– Rozmawiałaś z kimś o tym?
– Na przykład z terapeutą? Nie.

Pokiwał głową.

– Okay.
– Nie zamierzasz mi powiedzieć, że powinnam?
– Nie daję rad.
– Nigdy?

Pokręcił głową.

– W gruncie rzeczy nie potrzebujesz mojej rady. Jeśli uważasz, że terapeuta może ci pomóc, spróbuj. Jeśli nie, mogę powiedzieć tylko tyle, że z mojego doświadczenia wynika, że terapia dobrze robi.

Maria milczała. Nie mogła się zdecydować, czy podoba jej się taka odpowiedź.

– Dzięki – mruknęła po chwili.
– Za co?
– Za słuchanie – odparła. – I za to, że nie próbujesz dawać rad.

Colin pokiwał głową, wpatrzony w linię horyzontu. Pojawiło się więcej gwiazd. Na południu świeciła jasna i niezmienna Wenus. Grupa ludzi schodziła na plażę, ich śmiech niósł się w nocnym powietrzu. Siedząc obok Marii, miał wrażenie, jakby ją znał znacznie dłużej niż godzinę, którą spędzili razem. Czuł wyraźne ukłucie żalu, że wspólny wieczór niedługo się skończy.

Wiedział, że zaraz się rozstaną. Poznał to po tym, jak nagle się wyprostowała. Wzięła głęboki oddech, po czym spojrzała w stronę promenady.

– Powinnam już iść – powiedziała.
– Ja też – zgodził się, próbując ukryć rozczarowanie. – Muszę jeszcze skoczyć do siłowni.

Oboje wstali. Patrzył, jak Maria otrzepuje sandały z piasku i je wkłada. Ruszyli w kierunku wydm i restauracji, muzyka z każdym krokiem stawała się głośniejsza. Gdy opuścili plażę, chodniki były zatłoczone, ludzie cieszyli się sobotnią nocą.

Szli razem, klucząc wśród przechodniów, aż dotarli do ulicy, gdzie panował większy spokój. Maria trzymała się blisko niego, co go zaskoczyło. Ich ramiona od czasu do czasu się ocierały. Jej dotyk sprawiał mu przyjemność.

– Jakie masz plany na jutro? – zapytał.

– W niedzielę zawsze idę na drugie śniadanie do rodziców. Później pewnie wybiorę się popływać z wiosłem na desce.

– Tak?

– To zabawne. Robiłeś to kiedykolwiek?

– Nie. Zawsze chciałem spróbować, ale jeszcze się do tego nie zabrałem.

– Zbyt zajęty prawdziwymi ćwiczeniami?

– Zbyt leniwy – poprawił.

Uśmiechnęła się.

– A ty? Będziesz pracował?

– Nie – odparł. – Pobiegam, popracuję w ogrodzie, zmienię stacyjkę w samochodzie. Silnik nie zaskakuje jak trzeba.

– Może to wina akumulatora.

– Myślisz, że nie sprawdziłem?

– Nie wiem. Sprawdziłeś? – zapytała. W jej tonie usłyszał przekorę. – Co planujesz po tych męskich zajęciach?

– Skoczę do sali treningowej. W niedzielę rano spotyka się grupa, więc pewnie czeka mnie sparing i walka w parterze, trening z workami i tak dalej. Szef sali, niejaki Todd Daly, wyciska z nas siódme poty. Jest emerytowanym zawodnikiem UFC, ćwiczy nas jak sierżant na musztrze.

– Ale gdybyś musiał, pewnie mógłbyś go pokonać, prawda?

– Daly'ego? Nie ma szans.

Spodobało jej się, że się do tego przyznał.

– A potem?

– W zasadzie nic. Pewnie się pouczę.

Skręcili w następną ulicę za rogiem Krabowego Pete'a. Colin rozpoznał jej samochód z nocy, kiedy zmieniał koło. Kiedy podeszli, żadne nie wiedziało, co powiedzieć. Colin czuł na sobie jej wzrok, niemal jakby widziała go po raz pierwszy.

– Dzięki, że mnie odprowadziłeś.
– Dzięki za spacer po plaży.

Lekko uniosła głowę.

– Mam kolejne pytanie.
– Okay.
– Mówiłeś poważnie, że chcesz spróbować pływania na desce?
– Tak.

Opuściła powieki, spojrzała na niego z ukosa.

– Chciałbyś jutro do mnie dołączyć?
– Tak – odparł, czując nieoczekiwane zadowolenie. – Chciałbym. O której?
– Może o drugiej? Zajrzymy na wyspę Masonboro? Niełatwo się tam dostać, ale naprawdę warto.
– Zapowiada się super. Gdzie się spotkamy?
– Parking nie jest najlepszym miejscem. Najlepiej jechać wzdłuż Wrightsville Beach na sam koniec wyspy. Zaparkuj na ulicy. Weź trochę drobnych, bo będziesz musiał nakarmić parkometr. Tam się spotkamy.
– Mogę gdzieś wypożyczyć deskę?
– Nie musisz. Mam dwie. Możesz skorzystać z tej dla początkujących.
– Super.
– Tyle że jest wściekle różowa. Z naklejkami. Króliczki i kwiatki.
– Poważnie?

Zaśmiała się.

– Żartuję. – Po chwili dodała: – Miałam dziwnie dobry wieczór.
– Ja też – powiedział z powagą. – I nie mogę doczekać się jutra.

Gdy odblokowała zamek, otworzył drzwi i patrzył, jak wsiada. Chwilę później wycofała auto na jezdnię i odjechała. Nie ruszył się z miejsca. Mogłoby się na tym skończyć, ale nagle stanęła, opuściła szybę i wyjrzała.

– Hej, Colin?! – zawołała.

– Tak?

– Kiedy jutro będziesz miał sparing, staraj się nie oberwać po twarzy.

Uśmiechnął się, patrząc, jak odjeżdża bulwarem. Zachodził w głowę, w co się pakuje. Nie spodziewał się jej zaproszenia i gdy wracał do swojego camaro, odtwarzał w myśli przebieg wieczoru, próbując wszytko sobie poukładać. Bez względu na to, co nią kierowało, nie mógł zaprzeczyć, że był zadowolony z propozycji.

Chciał znowu ją zobaczyć.

Bez dwóch zdań.

6
Maria

– Wiedziałam, że go polubisz! – wykrzyknęła Serena. – Miałam rację czy nie?

Był niedzielny poranek i Maria jak zwykle siedziała z siostrą na werandzie z tyłu domu, podczas gdy mama kończyła szykować śniadanie. Ojciec był na spacerze z Copo, puszystą i czyściutką, z różową kokardką przy uchu.

– Nie mówiłam, że go lubię – odparła Maria. – Tylko że jest interesujący.

– Ale też powiedziałaś, że dzisiaj się z nim spotykasz. W bikini.

– Nie ubiorę się w bikini do pływania na desce.

– Dlaczego nie?

– Bo nie jestem tobą. Czułabym się skrępowana.

– Lepiej pokaż trochę ciała, bo wierz mi, będziesz chciała, żeby ściągnął koszulę. To całe zerkanie musi działać w obie strony.

– Nie chcę, żeby odniósł mylne wrażenie.

– Masz rację. Powinnaś włożyć jakiś workowaty dres albo coś w tym stylu. Nieważne, jak się ubierzesz, po prostu cieszę się, że wreszcie idziesz na randkę.

– Nie próbuj robić z tego czegoś, czym nie jest. To nie randka. Będziemy tylko pływać.

– Ho, ho. – Serena pokiwała głową. – Mów sobie, co chcesz.
– Nie wiem, dlaczego w ogóle z tobą o tym rozmawiam.
– Rozmawiasz ze mną, bo wiesz, że powiem ci prawdę. Oczywiście właśnie dlatego przypadliście sobie do gustu. Ponieważ Colin jest dokładnie taki jak ja.
– Tak, oczywiście. Masz rację. Zasadniczo wychodzę dziś z moją młodszą siostrą.
– Nie miej do mnie pretensji. To nie ja polazłam za nim na molo.
– Wcale za nim nie polazłam!
Serena zachichotała.
– Ostatnio jesteś taka drażliwa. Lecz jeśli chcesz wysłuchać mojej rady, ja włożyłabym bikini pod workowaty dres. Po prostu na wypadek, gdyby się zrobiło za gorąco. Bo zanosi się na ciepły dzień.
– Możemy porozmawiać o tobie? Jak minęła reszta wieczoru?
– Niewiele jest do powiedzenia. Pokręciliśmy się po barach, poszliśmy na imprezę. Typowa sobotnia noc, to wszystko.
– Jak ci idzie ze Steve'em?
– Trochę za bardzo przylepny, a ja nie mam pewności, czy jestem gotowa na coś takiego. Ale wracając do Colina, jest naprawdę seksowny.
– Tak, zauważyłam.
– Próbował cię pocałować na pożegnanie?
– Nie. I wcale tego nie chciałam.
– Bardzo dobrze – pochwaliła ją Serena. – Warto grać trudną do zdobycia. Faceci to lubią. – Maria się skrzywiła i Serena znowu zachichotała. – Dobrze, dobrze, przestanę. Chociaż uważam, że to cudownie. Nie tylko masz randkę... prawdziwą randkę, niezależnie od tego, jak to nazywasz... ale to ty go zaprosiłaś. Jesteś uosobieniem nowoczesnej kobiety. Oczywiście jestem okropnie zazdrosna, że go zobaczysz bez koszuli. Nie przypuszczam, żeby miał na sobie gram tłuszczu.

– Naprawdę nie mam pojęcia. Było ciemno i szedł obok mnie.
– Zrób zdjęcia. I tak zawsze zabierasz ze sobą aparat. Pstryknij parę fotek.
– Nie.
– Myślałam, że przynajmniej tyle zrobisz dla swojej siostrzyczki, która cię z nim poznała.

Maria przemyślała jej słowa.
– Dobrze, może.
– Fantastycznie. Albo jeszcze lepiej, zrób parę fotek telefonem, wyślij je mnie, a ja je umieszczę na Instagramie.
– Nie ma mowy.
– Na pewno? Będzie mi bardzo przykro powiadomić tatę, że zadajesz się z byłym kryminalistą, który obecnie ma kuratora.
– Ani mi się waż!
– Żartowałam! Wolałabym być jak najdalej stąd, kiedy rzucisz tacie tę małą bombę. Dlatego mnie uprzedź, dobrze?
– Uprzedzę.
– Mimo wszystko powinnaś przynajmniej zrobić sobie z nim selfie. Przed ogłoszeniem rewelacji. W ten sposób będziesz wiedziała, że na pewno z nim byłaś, ponieważ więcej się z nim nie spotkasz.
– Skończyłaś?

Serena się zaśmiała.
– Tak. Teraz skończyłam.

Maria spostrzegła kolibra pijącego z poidełka powieszonego przez matkę. Ptak unosił się w powietrzu w sposób, który hipnotyzował ją od czasów, kiedy była dzieckiem. Słyszała ciche podśpiewywanie mamy, czuła aromat jaj i smażonej fasoli. Zapach powinien zaostrzyć jej apetyt, ale już trochę się denerwowała, myśląc o nadchodzącym popołudniu. Zastanawiała się, czy w ogóle zdoła cokolwiek przełknąć.

– Wciąż jestem zaskoczona tym, że wszystko ci powiedział – odezwała się Serena.

– Gdybyś tam była, doznałabyś szoku. Wierz mi.

– Ale to dziwne. Nie sądzę, żebym kiedyś spotkała kogoś takiego.

– I ty mi to mówisz?

*

Dwie godziny później Maria była u siebie i zastanawiała się, w co się ubrać. W jej uchu brzmiała rada Sereny, co tym bardziej utrudniało decyzję. W normalnych okolicznościach bez namysłu włożyłaby spodenki i bluzkę wiązaną na szyi albo górę bikini, a już na pewno nie brałaby przed wyjściem prysznica, nie robiła makijażu ani nie czuła w brzuchu skurczów ze zdenerwowania. Stojąc przed komodą, zastanawiała się, jakie wrażenie chce zrobić. Śmiałej? Bezpretensjonalnej? Seksownej?

Uznała, że mężczyznom jest o wiele łatwiej. Wystarczy włożyć bawełnianą koszulkę, japonki, szorty i ruszyć do drzwi. Ona tymczasem musiała deliberować nad długością spodenek i zadecydować, jak bardzo mają być obcisłe czy spłowiałe, albo czy powinna włożyć te z seksownymi rozdarciami poniżej kieszeni, czy może coś bardziej konserwatywnego. I to tylko dół. Wybór góry był znacznie trudniejszy, zwłaszcza że nie zdecydowała, czy pod spód włożyć bikini, czy kostium jednoczęściowy. Wbrew temu, co powiedziała Serenie, wybierała się na randkę, a poza tamtym niewypałem w ubiegły weekend z Jill i Paulem ostatnio nieczęsto bywała na randkach. Do tego dochodził fakt, że przez cały ranek i noc jej myśli wciąż wracały do Colina, przez co czuła się bardziej roztrzęsiona niż kiedykolwiek.

Swoją drogą, czego się po nim spodziewała? Był facetem z rodzaju tych, których kiedyś oskarżała. Do wczoraj, gdyby ktoś choć zasugerował, że umówi się z facetem z przeszłości, parsknęłaby śmiechem albo, co bardziej prawdopodobne, poczuła się obrażona. Powinna po prostu się z nim pożegnać, kiedy wczorajszej nocy odprowadził ją do samochodu. Nawet myśl, że się dzisiaj spotkają, wydawała się niedorzeczna, ale... ale sama go zaprosiła i teraz miała kłopot z przypomnieniem sobie, jak to się stało albo co wtedy myślała.

A jednak Colin był... magnetyczny. Takie słowo wpadło jej do głowy, gdy brała prysznic, i im więcej o nim myślała, tym wydawało się trafniejsze. Jego niektóre odpowiedzi wprawiały ją w oszołomienie, lecz musiała przyznać, że zagrywka „Oto prawdziwy ja i możesz mnie zaakceptować albo nie", naprawdę była niebanalna. W dodatku wyczuwała, że nie udawał skruchy, co podkreślało, jak bardzo naprawdę się zmienił. Nie była na tyle naiwna, żeby ignorować możliwość, że być może próbował grać na jej współczuciu, chociaż ta koncepcja nie za bardzo pasowała do faceta, który pomógł jej zmienić koło, spacerował z nią po plaży i studiował w nadziei na to, że zostanie nauczycielem. Z pewnością nie próbował jej poderwać i gdyby nie zaprosiła go na wspólne pływanie, nie miała wątpliwości, że zostawiłby ją w samochodzie bez dalszych ceregieli.

Musiała też przyznać, że docenia szczerość, z jaką mówił o swojej przeszłości. Gdyby czekał do dzisiaj z ujawnieniem tych niespodzianek, poczułaby się zmanipulowana i zła, może nawet przestraszona. Silna fascynacja, którą w niej wzbudził, ulotniłaby się bez śladu, i zastanawiałaby się, w czym jeszcze skłamał. Nikt nie lubi złotych obietnic kończących się rozczarowaniem.

Prawdę powiedziawszy, nie znała wielu ludzi, którzy tak diametralnie zmienili swoje życie jak Colin. I choć nie miała pojęcia, dokąd doprowadzi ich dzisiejszy dzień – ani nawet czy to będzie jakiś początek – pomyślała: A co mi tam. Włożyła czarne bikini, potem wybrała seksowne obcisłe dżinsowe spodenki z rozdarciami poniżej kieszeni. Wciągnęła dopasowaną bluzkę z głębokim dekoltem. Ostatecznie Serena miała rację we wszystkim innym. Jeśli Colin zdejmie koszulę – a to, musiała przyznać, nie będzie jej ani trochę przeszkadzać – wtedy przynajmniej będzie mogła zrobić to samo.

*

Colin opierał się o bok samochodu, gdy zatrzymała się za nim. Pomachał do niej, a ona przez chwilę mogła tylko wbijać w niego wzrok. Miał na sobie szary T-shirt, który opinał jego muskularne ramiona i smukłą talię. Nawet z daleka widziała głęboki niebieskoszary kolor jego oczu nad wyrazistymi kośćmi policzkowymi.

Choć wydawało się to nieprawdopodobne, od razu pomyślała, że w dzień jest znacznie przystojniejszy. Kiedy odepchnął się od samochodu i posłał jej uśmiech, coś w niej podskoczyło, a cichy głos szepnął: Jeśli nie zachowam ostrożności, mogę wpakować się w poważne kłopoty z tym facetem.

Odsuwając od siebie tę myśl, pokiwała do niego z wnętrza auta, po czym odetchnęła głęboko i wyłączyła silnik. Kiedy otworzyła drzwi, uderzyła w nią fala gorąca. Na szczęście wilgotność była minimalna i lekka bryza łagodziła upał.

– Cześć! – zawołała. – Zjawiłeś się w samą porę.

Miał ze sobą plecak, małą lodówkę turystyczną i dwa ręczniki. Schylił się po plecak i zarzucił go na ramię.

– Przyjechałem wcześniej – powiedział. – Nie byłem pewien, czy zaparkowałem we właściwym miejscu. W pobliżu nie ma innych samochodów.

– Na cyplu zawsze jest spokojniej – wyjaśniła. – Ludzie nie lubią płacić za parkowanie, i dobrze, bo to oznacza, że nie musimy iść daleko. – Osłoniła oczy. – Jak poszedł sparing?

– Był nieco bardziej intensywny niż zwykle, ale obeszło się bez siniaków czy złamanych nosów.

– Widzę – powiedziała z uśmiechem. – A co z innymi facetami? Nie zrobiłeś nikomu krzywdy, prawda?

– Wszyscy są cali i zdrowi. – Zmrużył oczy przed blaskiem słońca. – Twoja kolej. Jak poszło spotkanie z rodziną?

– Też bez złamanych nosów i siniaków – zażartowała, a kiedy usłyszała jego śmiech, założyła kosmyk włosów za ucho, przypominając sobie, żeby nie dać się ponieść. – A tak poważnie, prawdopodobnie powinnam cię uprzedzić, że powiedziałam Serenie o naszej dzisiejszej wyprawie. Na wypadek gdyby dopadła cię po zajęciach i zasypała gradem osobistych pytań.

– Zrobi to?

Bez wątpienia, pomyślała.

– Możliwe.

– Dlaczego nie zapyta ciebie?

– Jestem pewna, że później do mnie zadzwoni. Uważa, że głębokie angażowanie się w moje życie osobiste jest jej obowiązkiem.

– Okay. – Wyszczerzył zęby w uśmiechu. – Wyglądasz pięknie, nawiasem mówiąc.

Poczuła gorący rumieniec na policzkach.

– Dziękuję. – Próbując zachować lekki ton, dodała: – Gotów ruszać na wodę?

– Nie mogę się doczekać.

– Będziemy mieli szczęście, jeśli nie zerwie się silny wiatr. Woda powinna być idealna.

Zaczęła rozpinać pasek mocujący deski na bagażniku. Widząc, co robi, Colin podszedł, żeby jej pomóc. Gdy mięśnie jego przedramion napinały się, tatuaże falowały. Pachniał solą i wiatrem, czysto i świeżo. Zdjął górną deskę, oparł ją o samochód, po czym zdjął drugą i oparł o pierwszą.

– Zachowujesz równowagę na desce? – zapytał.

– Całkiem nieźle. Dlaczego pytasz?

– Zabrałem małą lodówkę – wyjaśnił, wskazując ręką. – Zastanawiałem się, czy dasz radę ją wozić na swojej desce. Nie jestem pewien, czy ja od razu dałbym sobie radę.

– To wcale nie takie trudne – zapewniła. – Szybko chwycisz, jak to się robi. Ale w odpowiedzi na twoje pytanie, tak, mogę postawić lodówkę na desce i prawdę mówiąc, to doskonały pomysł, ponieważ będzie na czym położyć ręczniki. Nie cierpię mokrych ręczników.

Otworzyła drzwi, wyjęła z samochodu aparat i szelki do desek, rozmyślnie starając się na niego nie patrzeć. Rozłożyła szelki i przypięła do desek, wiedząc, że Colin ją obserwuje. Podobało jej się to, co czuła. Kiedy skończyła, chwycił swój plecak i obie deski, a ona wzięła ręczniki i lodówkę. Ruszyli w kierunku cypla.

– Co masz w lodowce? – zapytała.

– Głównie przekąski. Owoce, trochę orzechów, parę butelek wody.

– Zdrowo – skomentowała.

– Z reguły uważam na to, co jem.

– A w plecaku?

– Frisbee, piłka do zośki i balsam do opalania z filtrem. Jeśli wylądujemy na plaży.

– Nie jestem zbyt dobra we frisbee. I musisz wiedzieć, że nigdy w życiu nie tknęłam zośki.

– W takim razie oboje spróbujemy dzisiaj czegoś nowego.

Piasek na plaży połyskiwał, niemalże biały w słońcu. Poza mężczyzną rzucającym piłkę golden retrieverowi plaża w tej części wyspy była pusta. Maria wskazała ręką, w której trzymała lodówkę.

– To wyspa Masonboro – powiedziała.

– Usłyszałem o niej dopiero wczoraj, od ciebie.

– Jest niezagospodarowana, nie ma dróg ani terenów piknikowych. Latem wielu ludzi pływa tu na łódkach, ale ostatnio mam ją wyłącznie dla siebie. Jest cicho i pięknie. To cudowny sposób na rozpoczęcie tygodnia, zwłaszcza takiego jak ten, który mnie czeka. Mój szef pod koniec tygodnia ma rozprawę i prawdopodobnie będę codziennie pracować do późna, żeby zapewnić mu wszystko, czego potrzebuje. Zaczynać też będę wcześniej.

– To wiele godzin.

– Trzeba przeć do przodu – parsknęła.

– Dlaczego?

– Jeśli nie zrobię tego, co do mnie należy, zostanę zwolniona.

– Nie pytałem o sumienne wykonywanie obowiązków. To rozumiem. Zastanawiałem się, dlaczego to parcie jest dla ciebie takie ważne.

Maria zmarszczyła brwi, zdając sobie sprawę, że Colin jest pierwszą osobą, która zadała jej to pytanie. Nie wiedziała, co powiedzieć.

– Nie wiem – odrzekła w końcu. – Przypuszczam, że po prostu mam to w genach. A może to wina moich rodziców. Czy nie tak ludzie mówią na terapii?

– Czasami. I czasami to nawet prawda.

– Ty nie chcesz przeć do przodu?

– Nawet nie jestem pewien, co to znaczy. Większy dom? Lepsze samochody? Bardziej egzotyczne wakacje? Moi rodzice mają to wszystko, ale nie odnoszę wrażenia, żeby któreś z nich było naprawdę szczęśliwe. Zawsze chce się czegoś więcej, lecz gdzie to się kończy? Nie chcę tak żyć.

– A jak chcesz żyć?

– Chcę równowagi. Praca jest ważna, ponieważ muszę się utrzymać, jednak są też przyjaciele, zdrowie, cała reszta. Chcę mieć czas na robienie tego, co sprawia mi przyjemność, i niekiedy na nicnierobienie.

Lodówka lekko uderzyła ją w nogę.

– To bardzo... rozsądne podejście.

– Pewnie.

Uśmiechnęła się. Mogłam przewidzieć, że to powie.

– Oczywiście masz rację. Równowaga jest ważna, ale zawsze lubiłam uczucie towarzyszące odnoszeniu sukcesu w czymś trudnym, czy to zdobywając dobre oceny, kiedy byłam dzieckiem, czy teraz, gdy dobrze napiszę streszczenie sprawy. Dzięki wyznaczaniu sobie celów i ich osiąganiu czuję, że naprawdę żyję. Poza tym, jeśli robię coś dobrze, inni to zauważają i spotyka mnie nagroda. To też lubię.
– To ma sens.
– Ale nie dla ciebie?
– Różnimy się.
– Czy ty też nie wyznaczasz sobie celów? Jak skończenie studiów czy wygranie walki?
– Wyznaczam.
– W takim razie czym się różnimy?
– Nie interesuje mnie parcie do przodu za wszelką cenę. I zasadniczo nie obchodzi mnie, jak widzą to inni.
– Myślisz, że mnie obchodzi?
– Tak.
– Zechcesz rozwinąć?
Zrobił kilka kroków, zanim odpowiedział.
– Sądzę, że bardzo przejmujesz się tym, jak cię odbierają inni, co moim zdaniem jest błędem. W końcu jedyną osobą, którą naprawdę możesz zadowolić, jesteś ty sama. To, co czują inni, zależy od nich.
Zacisnęła usta, wiedząc, że ma rację, ale trochę zaskoczona, że powiedział to wprost. Zresztą był szczery we wszystkim innym, więc czy powinna się dziwić?
– Nauczyłeś się tego na terapii?
– Tak, choć nie od razu zrozumiałem.
– Może powinnam porozmawiać z twoim terapeutą.
– Może – zgodził się, a ona się roześmiała.

– Ale żebyś wiedział, to nie tylko moja wina. Za to, że chcę być akceptowana przez otoczenie, winę ponoszą także moi rodzice. Kiedy sceptycznie uniósł brew, żartobliwie trzepnęła go w ramię, co wypadło całkiem naturalnie.

– Mówię poważnie. Możliwe, że to u mnie wrodzone, ta determinacja, ambicja czy jak tam chcesz to nazwać, ale oni zdecydowanie podsycali tę cechę. Oboje skończyli tylko osiem klas i przez długie lata wiedli życie pełne wyrzeczeń, zanim mogli otworzyć restaurację. Musieli uczyć się od podstaw nowego języka, księgowości i tysiąca innych rzeczy, kiedy już byli dorośli, dlatego dla nich dobre wykształcenie jest najważniejsze. W domu mówiłam tylko po hiszpańsku, więc od początku musiałam pracować ciężej niż inne dzieciaki, ponieważ nie rozumiałam, co mówią nauczyciele. Chociaż moi rodzice pracowali po piętnaście godzin dziennie, nie opuścili ani jednej wywiadówki i zawsze sprawdzali, czy odrobiłam pracę domową. Pękali z dumy, kiedy przynosiłam dobre oceny. Zapraszali ciotki, wujków i kuzynów... mam w mieście mnóstwo krewnych... i pokazywali im moje świadectwa, bez końca mówiąc, jaką to jestem dobrą uczennicą. Byłam w centrum uwagi i podobało mi się to, co wtedy czułam, więc zaczęłam jeszcze bardziej się starać. Siedziałam w pierwszym rzędzie i podnosiłam rękę, ilekroć nauczyciel zadawał pytanie, do późnej nocy przygotowywałam się do testów. Można powiedzieć, że przez całą szkołę byłam dziwolągiem.

– Tak? – Znowu miał rozbawioną minę.

– No... tak – przyznała z zakłopotaniem. – W wieku ośmiu lat nosiłam okulary, te koszmarki w brązowych oprawkach, i przez trzy lata aparat korekcyjny. Byłam nieśmiała, niezdarna i naprawdę lubiłam się uczyć. Na swój pierwszy szkolny bal poszłam w ostatniej klasie ogólniaka, z grupą innych dziewczyn, które też nie miały chłopaków. Uwierz mi, wiem, kim jest dziwoląg. Byłam nim.

– A teraz?

– Wciąż jestem swego rodzaju dziwolągiem. Za dużo pracuję, nie odwiedzam przyjaciół tak często, jak powinnam, a w weekendy właściwie nie robię niczego innego poza pływaniem na desce i spędzaniem czasu z rodziną. W piątkowe wieczory zwykle można mnie zastać w łóżku z książką w ręce.
– To wcale nie czyni cię dziwolągiem. Ja też często nie wychodzę. Jeśli nie pracuję albo nie biorę udziału w zawodach, zwykle słucham muzyki, uczę się albo siedzę w domu z Evanem i Lily.
– Lily?
– To narzeczona Evana.
– Jaka jest?
– Blondynka. Mniej więcej twojego wzrostu. Fantastyczny charakter. Uosobienie damy z Południa. Pochodzi z Charlestonu.
– A Evan? Jest podobny do ciebie?
– Bardziej do ciebie, prawdę mówiąc. Ma wszystko poukładane.
– Myślisz, że ja mam wszystko poukładane?
– Tak.
– Więc dlaczego czuję, że jest zupełnie inaczej?
– Nie mam pojęcia – odparł. – Ale sądzę, że większość ludzi powiedziałoby o tobie to samo, co ja.

Spojrzała na niego spod przymrużonych powiek. Spodobało jej się, co powiedział. Dotarli na brzeg, więc zsunęła sandały, skupiając spojrzenie na wodzie.

– Okay, jest dobrze – oznajmiła. – Mamy przypływ, co ułatwia sprawę. Jeśli zamierzamy wypłynąć, to stamtąd – powiedziała, wskazując ponad jego ramieniem. – Gotowy?

– Prawie – odparł. Położył deski i ściągnął plecak, schował japonki i wyjął butelkę balsamu do opalania. Ściągnął koszulkę, po czym upchnął ją w plecaku. Pierwszą myślą Marii było to, że wygląda prawie jak wyrzeźbiony. Klatka piersiowa i brzuch przypominały krajobraz ze wzniesieniami i dolinami, każdy mięsień był wyraźnie zarysowany. Kolorowy smok wytatuowany na torsie wił się, sięgając na ramię, pomysłowo spleciony z chińską literą. Colin patrzył na wodę, gdy nacierał się balsamem.

– Tu jest fantastycznie – zauważył.
– Zgadzam się – powiedziała, próbując nie pożerać go wzrokiem.

Wycisnął trochę balsamu na dłoń i wyciągnął butelkę w jej stronę.

– Chcesz trochę?
– Może później. Już się smarowałam, choć zasadniczo nie mam skłonności do oparzeń słonecznych. Latynoska skóra, rozumiesz.

Pokiwał głową, posmarował nogi z przodu i się odwrócił.

– Posmarujesz mi plecy?

Skinęła głową. Lekko zaschło jej w ustach.

– Jasne.

Ich palce się musnęły, gdy brała balsam. Wycisnęła nieco na dłonie i powoli przeciągnęła nimi po jego plecach, czując wzajemne oddziaływanie mięśni i skóry. Próbowała ignorować swoistą intymność tej chwili. Serena z przyjemnością o tym posłucha.

– Zobaczymy delfiny albo morświny? – zapytał, najwyraźniej nieświadomy, jakie robi na niej wrażenie.

Przeciągając rękami po muskularnych plecach, odpowiedziała dopiero po chwili.

– Wątpię. O tej porze dnia zwykle znajdują się od strony oceanu. – Odgadła, że jest zawiedziony, oderwała ręce i zamknęła butelkę. – W porządku, zrobione.

– Dzięki – powiedział, chowając balsam. – Co dalej?

– Jesteśmy prawie gotowi. – Odpięła paski i podała je Colinowi, żeby wrzucił je do plecaka. Podniosła mniejszą deskę. – Weź lodówkę i ręczniki. Pokażę ci, jak się na tym staje.

Weszła do wody po kolana i położyła się na desce. Oparła wiosło o dno i trzymając je mocno, podniosła się na kolana, a następnie wstała.

– Tadam... To wszystko. Kluczem jest znalezienie optymalnego miejsca, żeby ani dziób, ani rufa nie były pod wodą. Potem uginaj kolana, to pomaga stać prosto.

– Rozumiem.

– Postaw za mną lodówkę, a na niej połóż ręczniki. Podasz mi aparat?

Colin wszedł do wody i zrobił, o co prosiła. Maria powiesiła aparat na szyi, a on chwycił swoją deskę i powtórzył jej ruchy. Kiedy wstawał, przenosząc ciężar ciała, deska zachybotała się lekko.

– Jest bardziej stabilna, niż przypuszczałem – zauważył.

– Żeby skręcić, możesz wiosłować do przodu, wtedy wejdziesz w powolny, łagodny zakręt. Gdy będziesz wiosłować do tyłu, zakręt będzie ostrzejszy. – Pokazała mu pierwszy sposób, potem drugi, w konsekwencji oddalając się od brzegu. – Gotów?

– Ruszamy – odparł. Podpłynął, kilka razy pociągając wiosłem, i ruszyli na spokojne wody rozlewiska. Nad nimi postrzępione cirrusy tonowały błękit nieba. Maria dyskretnie obserwowała, jak Colin chłonie widoki, śledząc wzrokiem brązowe pelikany, śnieżnobiałe czaple, szybującego wysoko rybołowa. Wydawało się, że nie odczuwa potrzeby przerywania milczenia i znowu pomyślała, że nigdy nie spotkała kogoś takiego jak on.

Błądząc myślami, skierowała spojrzenie na wyspę, na sękate pniaki, szare i pokryte solą, z korzeniami poskręcanymi jak wystrzępiona włóczka na luźno zwiniętym kłębku. Na porośniętych trawą wydmach biegły kręte ścieżki, skróty prowadzące nad ocean. W pobliżu brzegu leżały wyrzucone przez wodę poczerniałe kawałki drewna zniesione z rozlewisk.

– O czymś myślisz? – zapytał.

Nawet nie zauważyła, że podpłynął bliżej.

– Jak bardzo lubię tu być.

– Pływasz w każdy weekend?

– Właściwie tak – odparła, miarowo wiosłując. – Chyba że pada albo wieje porywisty wiatr. Silny wiatr sprawia, że masz wrażenie, jakbyś się wcale nie posuwał, i woda może być wzburzona. Raz popełniłam ten błąd, kiedy zabrałam ze sobą Serenę. Wytrzymała może dwadzieścia minut, potem uparła się, żeby zawrócić, i więcej się tu nie pojawiła. Jeśli chodzi o ocean, Serena należy do tych, którzy wolą wylegiwać się na słońcu albo relaksować na łodzi. Jesteśmy sobie bliskie, ale niekoniecznie do siebie podobne.

Zaciekawienie, z jakim patrzył i słuchał, skłoniło ją do kontynuowania tematu. Pociągnęła wiosłem.

– Serena zawsze była bardziej towarzyska i lubiana niż ja. Ma jednego chłopaka po drugim i miliony znajomych. Jej telefon nigdy nie przestaje dzwonić, ludzie zawsze chcą z nią spędzać czas. Ja byłam inna. Zawsze cichsza i nieśmiała, jak sądzę, i zawsze się czułam wyobcowana.

– Według mnie wcale nie jesteś nieśmiała.

– Nie? A jaka według ciebie jestem?

Przekrzywił głowę.

– Życzliwa. Inteligentna. Pełna zrozumienia dla innych. Piękna.

Mówił z takim przekonaniem – jakby czytał z przygotowanej listy – że poczuła się zakłopotana.

– Dziękuję – mruknęła. – To... miłe.

– Z pewnością już to słyszałaś.

– Niezupełnie.

– W takim razie obracasz się wśród niewłaściwych ludzi.

Przesunęła stopę na desce, starając się zamaskować podenerwowanie, przyjemnie połechtana przez jego słowa.

– Więc nie masz dziewczyny?

– Nie – odparł. – Przez jakiś czas nie byłem odpowiednim materiałem na chłopaka, a ostatnio byłem dość zajęty. A jak to wygląda u ciebie?

– Wciąż jestem singielką. Na studiach miałam chłopaka na poważnie, ale nam nie wyszło. Ostatnio chyba przyciągam niewłaściwych mężczyzn.
– Takich jak ja?
Uśmiechnęła się z zakłopotaniem.
– Nie myślałam o tobie, kiedy to mówiłam. Chodziło mi o jednego z szefów mojej firmy. Tak się składa, że facet ma żonę i dzieci. Startuje do mnie, przez co praca jest dość stresująca.
– Domyślam się.
– Ale nie masz dla mnie żadnej rady, prawda? Ponieważ nie dajesz rad?
– Nie.
– Zdajesz sobie sprawę, że do rozmawiania z tobą trzeba przywyknąć, prawda? Serena na przykład zawsze ma mnóstwo rad.
– To pomaga?
– Niezupełnie.
Jego mina świadczyła, że właśnie przyznała mu rację.
– Co się stało z twoim chłopkiem?
– Niewiele jest do powiedzenia. Chodziliśmy ze sobą parę lat i miałam wrażenie, że zmierzamy ku czemuś poważniejszemu.
– Jak małżeństwo?
Skinęła głową.
– Tak myślałam. Ale w pewnym momencie stwierdził, że mnie nie chce. Chciał kogoś innego.
– Musiało być ci ciężko.
– Byłam zdruzgotana – wyznała.
– I od tamtej pory żadnych chłopaków?
– Niezupełnie. Spotykałam się z kilkoma, ale nic z tego nie wynikło. – Milczała przez chwilę, zatopiona we wspomnieniach. – W Charlotte chodziłam z koleżankami do klubu salsy, ale większości facetów, których poznałam, zależało tylko na jednym. Dla mnie

pójście do łóżka jest następstwem zaangażowania, a wielu facetów chce po prostu zaliczyć dziewczynę.
— To ich problem.
— Wiem. Ale... — Szukała słów, żeby jak najlepiej to ująć. — Czasami to trudne. Może dlatego, że moi rodzice są tacy szczęśliwi, wszystko wydawało się łatwe. Zawsze zakładałam, że znajdę idealnego faceta bez konieczności obniżania poprzeczki. I dorastając, snułam plany... Marzyłam, że teraz, w moim wieku, będę miała męża, będziemy mieszkać w odrestaurowanym wiktoriańskim domu, rozmawiać o dzieciach. Tyle że obecnie te marzenia wydają się bardziej odległe niż wtedy, kiedy byłam małą dziewczynką. Wydają się odleglejsze niż parę lat temu.

Nie odezwał się, więc pokręciła głową.
— Nie mogę uwierzyć, że mówię ci to wszystko.
— Słucham z zainteresowaniem.
— Jasne — mruknęła lekceważąco. — To nudne nawet dla mnie.
— Wcale nie jest nudne — zaoponował. — To twoja historia i słucham jej z przyjemnością. — Po chwili zmienił temat. — Salsa?
— Tylko to usłyszałeś? Ze wszystkiego, co mówiłam? — Kiedy wzruszył ramionami, mówiła dalej, zastanawiając się, dlaczego rozmowa z nim wydaje się taka łatwa. — Chodziłam tam prawie w każdy weekend.
— Ale już nie chodzisz?
— Nie, odkąd wróciłam. Tu nie ma takich klubów, przynajmniej nie oficjalnie. Serena próbowała mnie zaciągnąć w pewne mejsce, i myślałam o tym, ale wykręciłam się w ostatniej chwili.
— Może byłoby zabawnie.
— Może. Tyle że to nawet nie jest prawdziwy klub. To opuszczony magazyn. Jestem całkiem pewna, że imprezy są nielegalne.
— Czasami takie miejsca są najlepsze.
— Zakładam, że mówisz na podstawie własnego doświadczenia?

– Tak.

Uśmiechnęła się.

– Wiesz cokolwiek o salsie?

– Jest jak tango?

– Niezupełnie. Tango jest tańcem z sali balowej, w którym krążysz po parkiecie. Salsa jest bardziej tańcem rozrywkowym, z mnóstwem obrotów i zmianą rąk, i właściwie tańczysz w miejscu. To cudowny sposób na spędzenie kilku godzin z przyjaciółmi, zwłaszcza jeśli masz dobrego partnera. Tylko wtedy czułam, że naprawdę mogę się wyluzować i być sobą.

– A teraz nie jesteś sobą?

– Jestem, oczywiście – odparła. – Jednak to zdecydowanie spokojniejsza wersja mnie, bardziej typowa. – Uniosła wiosło nad głowę, żeby się odprężyć, po czym znów zanurzyła je w wodzie. – Mam pytanie. I zastanawiałam się nad tym od chwili, gdy o tym wspomniałeś. – Kiedy odwrócił się w jej stronę, podjęła: – Dlaczego chcesz uczyć trzecie klasy? Myślałam, że większość facetów woli uczyć w szkole średniej.

Przeciągnął wiosłem po wodzie.

– Ponieważ w tym wieku dzieciaki są dość duże, żeby rozumieć większość z tego, co mówi im dorosły, ale wciąż dość małe, żeby wierzyć, że dorosły mówi prawdę. To również czas, kiedy faktycznie dają o sobie znać problemy wychowawcze. Kiedy doda się jeszcze wszystkie wymagane testy, trzecia klasa okazuje się po prostu rokiem krytycznym.

Sunęli po niemal gładkiej jak szyba wodzie.

– I? – zapytała.

– I co?

– Tak się wyraziłeś ostatniej nocy, kiedy pomyślałeś, że nie opowiedziałam ci całej historii. Więc zapytam ponownie: Jaki jest prawdziwy powód, że chcesz uczyć trzecie klasy?

– Bo to był mój ostatni dobry rok w szkole – odparł. – Nie licząc ostatnich lat, prawdę mówiąc, to był mój ostatni dobry rok życia. I wszystko dzięki panu Morrisowi. Był emerytowanym oficerem, który zajął się nauczaniem i dokładnie wiedział, czego potrzebuję. Nie bezmyślnej dyscypliny, jaką miałem później w szkole wojskowej, ale konkretnego planu przygotowanego specjalnie dla mnie. Od początku nie pozwalał sobie wciskać kitu i gdy tylko zacząłem sprawiać kłopoty, powiedział, że mam zostać po lekcjach. Myślałem, że po prostu posiedzę w klasie z książką albo będę musiał sprzątać, ale on kazał mi biegać wokół szkoły i robić pompki za każdym razem, kiedy go mijałem. I przez cały czas mówił, że świetnie się spisuję, że jestem naprawdę szybki, silny i tak dalej, więc wcale nie traktowałem tego jako kary. Nazajutrz kazał mi biegać podczas przerwy, a potem zapytał, czy mogę przychodzić wcześniej do szkoły, bo było jasne, że mam talent do biegania, że jestem silniejszy niż inne dzieciaki. Lepszy niż inne dzieciaki. Patrząc wstecz, wiem, że zrobił to z powodu mojego ADHD i innego emocjonalnego gówna, tak naprawdę chciał, żebym spalił nadmiar energii i mógł siedzieć spokojnie na lekcjach.

Jego głos złagodniał.

– Ale wtedy po raz pierwszy w życiu ktoś mnie chwalił, a ja chciałem, żeby on był ze mnie jeszcze bardziej dumny. Zacząłem się przykładać i w szkole szło mi znacznie lepiej. Nadrobiłem czytanie i matematykę, lepiej zachowywałem się w domu. A w czwartej klasie naszą wychowawczynią została pani Crandall i wszystko diabli wzięli. Była wredna, pełna złości i nienawidziła chłopców. Znowu stałem się trudnym dzieckiem. Potem rodzice wysłali mnie do szkoły wojskowej i resztę historii już znasz.

Odetchnął głęboko, zanim na nią spojrzał.

– Dlatego chcę uczyć trzecie klasy. Ponieważ może, tylko może, kiedy natknę się na dzieciaka takiego jak ja, będę wiedział, co robić.

Mam świadomość, ile taki jeden rok może znaczyć dla dziecka na dłuższą metę. Ponieważ bez pana Morrisa nigdy nie rozważałbym możliwości pójścia na studia i zostania nauczycielem.

Gdy Colin mówił, Maria nie spuszczała z niego oka.

– Wiem, nie powinnam być zaskoczona, zważywszy na wszystko inne, co mi powiedziałeś. Ale jestem.

– Dlaczego?

– To inspirujące. Mam na myśli to, że chcesz zostać nauczycielem. Ja nie mogę się pochwalić takimi historiami. W gruncie rzeczy nawet nie jestem pewna, dlaczego zostałam prawnikiem. Po prostu tak się stało.

– Jak?

– Kiedy zaczynałam studia, nie byłam pewna, co chcę robić. Myślałam o szkole biznesu, zastanawiałam się, czy nie pójść na medycynę. Samo wybranie głównego przedmiotu kierunkowego było dla mnie dostateczne trudne i na pierwszym roku nadal nie miałam pojęcia, co chcę zrobić ze swoim życiem. Moja koleżanka z pokoju była zdecydowana studiować prawo i można powiedzieć, że sobie wmówiłam, że to wspaniały pomysł. Ani się spostrzegłam, jak złożyłam podanie na prawo, trzy lata później miałam załatwioną pracę w prokuraturze i robiłam aplikację. A teraz jestem tutaj. Nie zrozum mnie źle, jestem dobra w tym, co robię, ale czasami trudno mi sobie wyobrazić, że będę to robić do końca życia.

– Kto mówi, że musisz?

– Nie mogę tak po prostu machnąć ręką na wykształcenie. Albo na ostatnie cztery lata. Co miałabym robić?

Podrapał się po szczęce.

– Sądzę – zaczął – że możesz robić, cokolwiek zechcesz. W końcu wszyscy wiedziemy życie, jakie sobie wybraliśmy.

– Co pomyśleli twoi rodzice, gdy poszedłeś na studia?

– Pewnie wciąż się zastanawiają, czy rzeczywiście się zmieniłem, czy może znów stanę się facetem, jakim byłem kiedyś.

Uśmiechnęła się. Podobało jej się, że powiedział to, co myśli, nie przejmując się jej reakcją.

– Nie wiem dlaczego, ale trudno mi wyobrazić sobie tego drugiego Colina, tego, którym byłeś.

– Na pewno byś go nie polubiła.

– Najprawdopodobniej. I najpewniej nie zatrzymałby się, żeby zmienić koło w moim samochodzie.

– Zdecydowanie nie – potwierdził.

– Co jeszcze powinnam wiedzieć o nowym Colinie? – zapytała, zapoczątkowując nieco chaotyczną rozmowę o dorastaniu w Raleigh, o jego przyjaźni z Evanem i Lily. Opowiedział jej o swoich rodzicach, starszych siostrach, i o tym, jak to było wychowywać się pod opieką różnych niań. Mówił o swoich pierwszych walkach i o szkołach. Dodał trochę szczegółów o latach po szkole średniej, choć przyznał, że w znacznej mierze wspomnienia się zatarły. Opowiadał o MMA i kiedy poprosiła, zrelacjonował kilka walk, łącznie z ostatnią, stoczoną z żołnierzem piechoty morskiej – wyszedł z niej posiniaczony i z rozciętym czołem. Wiele tych historii podkreślało jego burzliwą przeszłość, ale pasowało do tego, co już o nim wiedziała.

Fala przypływu pchała ich naprzód. Słońce powoli chyliło się ku horyzontowi, woda połyskiwała jak stare miedziaki. Cienka warstwa chmur łagodziła blask i zmieniała kolory – odcienie różu, oranżu i magenty.

– Chciałbyś zobaczyć plażę? – zapytała.

Skinął głową i zaczęli wiosłować w stronę brzegu, Maria wypatrzyła zbliżające się powoli połyskliwe ciemne grzbiety trzech morświnów. Gdy je wskazała, Colin uśmiechnął się jak chłopiec. W milczącym porozumieniu przestali wiosłować. Ku jej zaskoczeniu morświny zmieniły kurs i płynęły prosto na nich. Odruchowo sięgnęła po aparat i zaczęła robić zdjęcia, za każdym razem zmieniając kadr. Jakimś cudem uchwyciła wszystkie trzy, gdy wyskoczyły z wody, a następnie przepłynęły jeden za drugim na wyciągnięcie ręki, wyrzucając fontanny wody przez nozdrza. Maria się odwróciła, patrząc, jak odpływają w kierunku oceanu. Zastanawiała się, co je tu sprowadziło akurat teraz.

Kiedy zniknęły z pola widzenia, zauważyła, że Colin na nią patrzy. Uśmiechnął się, a ona odruchowo uniosła aparat i zrobiła mu zdjęcie, nagle przypominając sobie jego przebłysk wrażliwości sprzed kilku minut. Zrozumiała, że mimo okazywanej na zewnątrz pewności siebie, tak samo jak ona pragnie być akceptowany. Na swój sposób był równie samotny. Świadomość tego sprawiła jej ból i nagle poczuła się tak, jakby byli jedynymi ludźmi na świecie. W tej cichej, intymnej chwili zdała sobie sprawę, że chce z nim spędzić więcej takich popołudni jak to, niby zwyczajnych, lecz jednak magicznych.

7
Colin

Colin siedział na ręczniku, starając się nie zwracać uwagi na to, jak Maria wygląda w czarnym bikini. Wczoraj postrzegał ją jako intrygującą nieznajomą, dzisiaj podczas pływania na desce jako przyjaciółkę, ale teraz nie był pewien, co może być dalej. Wiedział jedynie, że czarne bikini nie pozwala mu zebrać myśli. Uznał, że Maria jest nie tylko ładna – jest oszałamiająco piękna, i choć czuł, że w ciągu dnia coś między nimi się zmieniło, nie umiał tego nazwać. Miał niewielkie doświadczenie z kobietami takimi jak ona. Te, z którymi się spotykał, zamiast dyplomów i zżytych zgodnych rodzin miały liczne kolczyki i tatuaże, twarze pełne złości i cierpiały na syndrom braku ojca. Spodziewały się, że będą źle traktowane, i pod tym względem mogły na niego liczyć. Wzajemny brak oczekiwań sprawiał, że przynosili sobie pociechę. Chorą pociechę, rzecz jasna, ale nieszczęścia chodzą parami. Co prawda tylko kilka takich związków przetrwało dłużej niż trzy miesiące, ale Colin w przeciwieństwie do Evana nigdy nie był zainteresowany tym, żeby mieć w życiu tę jedyną wyjątkową osobę. Nie leżało to w jego naturze. Polubił wolność, jaką dawało mu życie singla, bez konieczności opowiadania się drugiej stronie. Udało mu się wyjść na prostą i samo utrzymanie się na właściwym kursie było wystarczająco trudne, a co dopiero mówić o spełnianiu czyichś oczekiwań.

Przynajmniej tak zawsze uważał. Ale teraz, kiedy ukradkiem podziwiał Marię, zastanawiał się, czy zwyczajnie nie szukał wymówek. A może, tylko może, stały związek nie interesował go dlatego, że nigdy nie dał mu szans albo nie spotkał właściwej osoby? Wiedział, że buduje zamki na lodzie, ale nie mógł zaprzeczyć, że chce spędzać z Marią więcej czasu. Nie pojmował, dlaczego wciąż jest sama. Przypomniał samemu sobie, że nie ma szans, by zainteresowała się takim facetem jak on.

A jednak...

W szpitalu dużo czasu spędzał na terapii grupowej, gdzie stałym elementem była próba znalezienia odpowiedzi na pytanie, czym kierują się inni. Rozumienie innych oznacza rozumienie siebie i na odwrót. Od dawna był wyczulony na mowę ciała i ton głosu, kiedy ludzie opowiadali o swoich lękach, wadach i grzechach. Choć nie umiał dokładnie odczytać sygnałów Marii, podejrzewał, że podobnie jak on jest zmieszana tym, co się dzieje. To miało sens. Obecnie dobrze się sprawował, ale na pewno zdawała sobie sprawę, że dawny Colin na zawsze pozostanie jego nieodłączną częścią. Dla każdego byłoby to źródłem niepokoju. Do licha, przecież sam się tym przejmował. Jego gniew był uśpiony – przypominał niedźwiedzia, który zapadł w sen zimowy. Wiedział, że musi tak pokierować swoim życiem, żeby powstrzymać nadejście wiosny i przebudzenie się tego niedźwiedzia. Musi intensywnie trenować, żeby trzymać gniew na wodzy. Od czasu do czasu brać udział w walkach MMA, żeby dać upust agresji. Przykładać się do nauki i długo pracować, żeby zapełniać dni i powstrzymywać się od odwiedzania niewłaściwych miejsc. Trzymać się z daleka od narkotyków i ograniczyć alkohol. Spędzać czas z Evanem i Lily, którzy są nie tylko przykładnymi obywatelami, ale zawsze służyli mu wsparciem i troszczyli się o jego bezpieczeństwo.

W takim życiu nie było miejsca dla Marii. Nie było czasu. Nie miał siły.

A jednak...

Siedzieli razem na ustronnej plaży i znów pomyślał, że jest piekielnie seksowna. Logicznie rzecz biorąc, Maria powinna uciekać gdzie pieprz rośnie, ale wyglądało na to, że godzi się z jego przeszłością ze spokojem. Nie mógł przestać o niej myśleć.

Patrzył, jak leży w blasku niskiego słońca, podparta na łokciach. Była naturalną pięknością, jakiej nigdy jeszcze nie widział. Chcąc oderwać od niej uwagę, sięgnął po lodówkę. Uniósł wieko, wyjął dwie butelki wody i jedną podał Marii.

– Banana czy pomarańczę? – zapytał.

– Banana – odparła. Usiadła z leniwą gracją. – Od pomarańczy kleją mi się ręce.

Podał jej owoc, po czym wyjął kilka torebek mieszanych orzechów i pestek.

– Chcesz trochę?

– Jasne. Czemu nie?

Wzięła torebkę i wsypała kilka migdałów do ust.

– Właśnie tego potrzebowałam – powiedziała, mrugając żartobliwie. – Już czuję, jak spada mi cholesterol i powiększają się mięśnie.

Uśmiechnął się, obierając pomarańczę. Maria obrała banana, ugryzła kawałek i znów się położyła.

– Nigdy tego nie robię – powiedziała. – To znaczy nie wychodzę na plażę, kiedy tu jesteś. Przepływam obok, ale nie wychodzę.

– Dlaczego?

– Latem zawsze jest zbyt wielu ludzi. Czułabym się dziwnie, przychodząc tu sama.

– Dlaczego? Ja bym się nie przejmował.

– Nie wątpię. Dla ciebie to żaden problem. Ale w przypadku kobiety to zupełnie inna sprawa. Niektórzy faceci uznają coś takiego za zaproszenie. A co, jeśli dosiądzie się do mnie jakiś wariat i zacznie mnie podrywać? Na przykład ktoś, kto brał narkotyki, miał kuratora i chadzał do barów, żeby się bić z nieznajomymi i skakać ludziom po głowach... Chwileczkę! – Udała przerażenie i nagle odwróciła się do niego.

Roześmiał się.

– A gdyby powiedział, że się zmienił?
– Z początku prawdopodobnie nie dałabym mu wiary.
– A gdyby był czarujący?
– Musiałby być naprawdę, ale to naprawdę czarujący, i nawet wtedy prawdopodobnie wolałabym być sama.
– Nawet gdyby ci pomógł zmienić koło w środku nawałnicy?
– Zdecydowanie byłabym wdzięczna za pomoc, ale nie wiem, czy zrobiłoby to jakąś różnicę. Nawet wariaci raz na jakiś czas mogą zrobić coś miłego.
– Prawdopodobnie to mądra decyzja. Taki facet może być niebezpieczny i zdecydowanie nie jest kimś, z kim chciałabyś być sam na sam.
– Zdecydowanie – potwierdziła. – Oczywiście nie można wykluczyć możliwości, że naprawdę się zmienił i naprawdę jest sympatyczny, co oznaczałoby, że miałam paskudnego pecha. Ponieważ nie dałam mu szansy.
– Potrafię zrozumieć, że to może być problem.
– W każdym razie, dlatego nie chodzę sama na plażę. Co sprawia, że można uznać całą kwestię za niebyłą.
– Ma sens. Muszę jednak przyznać, że nie jestem pewien, jak się odnieść do tego, co właśnie usłyszałem.
– I dobrze – odparła, żartobliwie trącając go ramieniem. – W takim razie jesteśmy kwita. Nie miałam pojęcia, co czuć w związku z wieloma rzeczami, o których mi opowiedziałeś.

Nie był pewien, czy z nim flirtuje, ale spodobała mu się naturalność, z jaką go dotknęła i z jaką on to odebrał.

– Co sądzisz o zmianie tematu na bezpieczniejszy?

– Na przykład?
– Opowiedz mi o swojej rodzinie. Mówiłaś, że masz w mieście mnóstwo krewnych.
– Moi dziadkowie z obu stron wciąż mieszkają w Meksyku, ale w Wilmington mieszkają trzy ciotki i czterech wujów wraz z ponad dwudziestoma kuzynami. Urządzamy rodzinne imprezy.
– Brzmi super.
– I tak jest. Wielu z nich pracuje albo pracowało w La Cocina de la Familia, więc restauracja jest jak nasz drugi dom. Przypuszczam, że dorastając, spędziłam tam więcej czasu niż w domu.
– Naprawdę?
Skinęła głową.
– Kiedy byłam dzieckiem, rodzice urządzili kącik do zabawy na zapleczu, żeby mama mogła mieć mnie na oku, a kiedy poszłam do szkoły, odrabiałam lekcje w biurze. Po urodzeniu się Sereny opiekowałam się nią w tym kąciku na zapleczu, dopóki mama nie skończyła zmiany, a jak Serena podrosła, zaczęłam tam pracować. Może dziwne, ale nie pamiętam, żebym choć raz czuła się tak, jakbym była mniej ważna od restauracji albo że restauracja zdominowała moje życie. Nie tylko z takiego powodu, że przebywała w niej cała rodzina, lecz także dlatego, że moi rodzice podczas pracy w restauracji zawsze skupiali się na mnie i upewniali się, czy wszystko jest w porządku. W domu było podobnie. Zawsze otaczali nas krewni. Wielu z nich mieszkało z nami, dopóki nie zaoszczędzili dość pieniędzy, żeby się gdzieś urządzić. Dla dziecka nie ma nic lepszego. Zawsze coś się działo. Wszyscy rozmawiali, bawili się, gotowali, słuchali muzyki. Zawsze było głośno, ale to była pozytywna energia. Szczęśliwa energia.

Próbował połączyć tę opowieść z siedzącą obok niego kobietą, i odkrył, że przychodzi mu to z zaskakującą łatwością.

– Ile miałaś lat, kiedy zaczęłaś pracować w restauracji?

– Czternaście – odparła. – Pracowałam po szkole, w każde wakacje i Boże Narodzenie, dopóki nie skończyłam prawa. Rodzice uznali, że wyjdzie mi na dobre, jeśli będę zarabiała na własne wydatki.

– Mówisz, jakbyś była z nich dumna.

– A ty byś nie był? Choć muszę przyznać, że nie jestem pewna, co by sobie pomyśleli, gdyby wiedzieli, że jestem tu dziś z tobą.

– Mam całkiem dobre pojęcie, co mogliby pomyśleć.

Roześmiała się beztrosko.

– Chcesz porzucać frisbee? – zapytał.

– Spróbuję. Nie mów, że cię nie ostrzegałam.

Nie kłamała. Nie była zbyt dobra. Niemal wszystkie jej rzuty zbaczały z kursu, parę razy frisbee spadło do wody albo porwał je wiatr. Colin dzielnie lawirował, próbując łapać talerz, przy wtórze jej krzyku: „Przepraszam!". Ilekroć Marii udało się celnie rzucić albo złapać, cieszyła się niemal jak dziecko.

Cały czas prowadzili pogawędkę. Opowiedziała mu o podróżach do Meksyku, gdzie odwiedzała dziadków, i opisała niewielkie domy z pustaków, w których jedni i drudzy dziadkowie spędzili całe życie. Wspomniała o latach w ogólniaku, o kilku kolegach i koleżankach, o doświadczeniach na studiach prawniczych. Podzieliła się paroma historiami z pracy w prokuraturze. Colin nie posiadał się ze zdumienia, dlaczego pierwszy chłopak Marii ją rzucił i dlaczego od tamtej pory nie miała już nikogo. Jak ktoś mógł być taki ślepy? Nie znał odpowiedzi i nie dbał o to. Z całkowitą pewnością wiedział natomiast, że spotkało go niewiarygodne szczęście, kiedy zawędrowała na molo.

Zostawił frisbee, wyjął piłkę do zośki i usłyszał głośny śmiech Marii.

– Wykluczone – powiedziała i padła na ręcznik.

Usiadł obok niej, czując przyjemne zmęczenie po aktywnym dniu na słońcu. Zauważył, że jej skóra nabrała maślanego połysku. Powoli pili wodę i patrzyli na fale.

– Chyba chciałabym zobaczyć, jak walczysz – powiedziała, odwracając się w jego stronę.
– Okay.
– Kiedy następna walka?
– Za kilka tygodni. W Domu Bluesa w North Myrtle Beach.
– Z kim?
– Jeszcze nie wiem.
– Jak możesz nie wiedzieć, z kim będziesz walczyć?
Przeciągnął palcami po piasku.
– Na amatorskich imprezach lista jest otwarta nawet do ostatniego dnia. Wszystko zależy od tego, kto jest gotów walczyć, kto ma wolny termin, no i kto faktycznie zgłosi swój udział.
– Czy ta niewiedza cię nie denerwuje?
– Niespecjalnie.
– A jeśli trafisz na jakiegoś... olbrzyma albo coś takiego?
– Są kategorie wagowe, więc nie ma obawy. Moje główne zmartwienie polega na tym, czy przeciwnik nie spanikuje i nie zacznie łamać zasad. Niektórzy uczestnicy walk amatorskich nie mają dużego doświadczenia w walkach w klatce i łatwo tracą panowanie nad sobą. Tak było podczas ostatniej walki, kiedy przeciwnik uderzył mnie głową. Musieli przerwać, żeby zatamowano mi krew, ale sędzia nie dopatrzył się niczego nieprawidłowego. Mój trener dostał szału.
– Naprawdę to cię bawi?
– Jest nieodłącznym elementem, to wszystko – odparł. – Dobra wiadomość jest taka, że w następnej rundzie chwyciłem faceta w duszenie gilotynowe i musiał odklepać. I ta część sprawiła mi przyjemność.
– Rozumiesz, że to nie jest normalne, prawda?
– Okay.
– Tak dla jasności, nie obchodzi mnie, czy wygrasz, czy przegrasz, ale nie chcę, żebyś wyszedł z tego zakrwawiony i posiniaczony.

– Zrobię, co w mojej mocy.
Zmarszczyła czoło.
– Zaraz... Dom Bluesa? Czy to nie restauracja?
– Między innymi. Ale jest tam dość miejsca. Walki amatorskie zwykle nie przyciągają wielkich tłumów.
– Jestem w szoku! Kto nie chciałby oglądać mężczyzn spuszczających sobie łomot? Społeczeństwo schodzi na psy w dzisiejszych czasach!
Wyszczerzył zęby w uśmiechu. Maria objęła kolana rękami, jak wczorajszej nocy, ale tym razem czuł, jak muska go ramieniem.
– Jak wyszły zdjęcia? – zapytał. – Te z morświnami?
Sięgnęła po aparat i włączyła wyświetlacz.
– Chyba to jest najlepsze – powiedziała. – Ale jest też parę innych. Wciskaj guzik ze strzałkami, żeby je przejrzeć.
Patrzył na zdjęcie trzech morświnów.
– Nie do wiary – powiedział. – Niemal jakby pozowały.
– Czasami dopisuje mi szczęście. I światło było dobre. – Pochyliła się ku niemu, jej ramię otarło się o jego bark. – A tu są te, które zrobiłam w zeszłym miesiącu i które też mi się podobają.
Używając przycisku, przeglądał długie serie zdjęć: pelikany i rybołowy, zbliżenie motyla, barwena w połowie skoku. Kiedy pochyliła się jeszcze bardziej, poczuł zapach polnych kwiatów w letni dzień.
Gdy skończyli oglądać, odsunęła się od niego.
– Kilka powinnaś oprawić – powiedział, oddając jej aparat.
– Tak robię. Ale wybieram te lepsze.
– Lepsze niż te?
– Mógłbyś ocenić – powiedziała. – Oczywiście najpierw musiałbyś do mnie przyjść, bo wiszą na ścianach w moim mieszkaniu.
– Chętnie, Mario.
Z lekkim uśmiechem odwróciła się w stronę wody. Wydawało się

dziwne, że znają się dopiero od wczoraj, a tyle się o niej dowiedział w tak krótkim czasie. I że chciał wiedzieć jeszcze więcej.

– Powinniśmy wracać – powiedziała z nutą żalu w głosie. – Zanim zacznie się ściemniać.

Pokiwał głową z rozczarowaniem. Pozbierali swoje rzeczy i powiosłowali do Wrightsville. Dobili do brzegu, gdy pojawiły się pierwsze gwiazdy. Colin pomógł Marii przypiąć deski i wiosła do bagażnika, po czym obrócił się w jej stronę. Patrząc, jak odgarnia włosy, czuł dziwne zdenerwowanie. Nie przypominał sobie, żeby kiedyś doświadczył czegoś takiego w obecności kobiety.

– Świetnie się dzisiaj bawiłem.

– Pływanie na desce jest świetną zabawą – zgodziła się.

– Nie mówiłem o pływaniu. – Przestąpił z nogi na nogę. Miał wrażenie, że Maria czeka, żeby dokończył. – Mówiłem o spędzaniu czasu z tobą.

– Tak? – zapytała miękkim głosem.

– Tak. – Był pewien, że jest piękniejsza od wszystkich znanych mu kobiet. – Co robisz w przyszły weekend?

– Poza niedzielnym śniadaniem nie mam niczego w planach.

– Chcesz wyskoczyć do tego magazynu, o którym mówiła Serena? W sobotę wieczorem?

– Zapraszasz mnie na tańce?

– Chciałbym poznać mniej typową Marię, tę, która może być naprawdę sobą.

– Bo spokojniejsza wersja nie jest w twoim typie?

– Nie – zaprzeczył. – Prawdę mówiąc, jest wręcz przeciwnie. I już wiem, co myśleć o tej Marii.

Świerszcze cykały na wydmach, jak orkiestra natury, grając dla nich serenady. Byli sami. Kiedy na niego spojrzała, zbliżył się do niej. Instynkt wziął nad nim górę. Zastanawiał się, czy dziewczyna odwróci się od niego i czar pryśnie, ale tak nie zrobiła. Stała, gdy podszedł i przesunął palcami po jej szyi. Przyciągnął ją bliżej, ich usta się spotkały i w tej chwili nagle zrozumiał, że pragnął tego od początku. Pragnął ją trzymać w ramionach, tak jak teraz, na zawsze.

*

Colin nie śpieszył się do domu; jechał ładniejszymi bocznymi ulicami Wilmington, pławiąc się w ciepłych wspomnieniach dnia spędzonego z Marią. Wysiadł z samochodu i szedł przez świeżo przycięty trawnik, kiedy usłyszał wołanie Lily. Stała na werandzie z telefonem komórkowym w ręce.

– Jesteś – powiedziała niemal śpiewnie. Jak zawsze była idealnie uczesana. Miała na sobie dżinsy, co stanowiło prawdziwą rzadkość. Chociaż stroju dopełniały czółenka, perłowy naszyjnik, gustowne brylantowe kolczyki i gardenia oryginalnie wpięta we włosy.

– Co tutaj robisz? – zapytał, machając do niej ręką.

– Rozmawiałam z mamą, czekając na ciebie – odparła, zbiegając w podskokach z werandy. Lily była jedyną znaną mu dziewczyną, która naprawdę podskakiwała, kiedy była szczęśliwa. Podeszła, żeby go uścisnąć. – Evan mi powiedział, że wybrałeś się na randkę i chcę posłuchać o wszystkim, zanim wejdziemy do środka.

– Gdzie jest Evan?

– Siedzi przy komputerze i szuka dla klientów jakiegoś koncernu farmaceutycznego. Wiesz, jak poważnie podchodzi do swojej pracy, chwała Bogu. Ale nie próbuj zmieniać tematu. Usiądziemy na schodach, a ty mi opowiesz o tej wyjątkowej młodej kobiecie, i nie chcę usłyszeć „nie". I niczego nie pomijaj. Chcę wiedzieć o wszystkim.

Usiadła na stopniu, klepiąc miejsce obok siebie. Colin wiedział, że nie ma innego wyjścia, i ogólnikowo opowiedział jej o spotkaniu. Lily często mu przerywała, domagając się szczegółów. Kiedy skończył, spojrzała na niego spod zmrużonych powiek wyraźnie rozczarowana.

– Naprawdę musisz popracować nad swoją umiejętnością komunikowania się, Colinie – skomentowała cierpko. – Wyrecytowałeś, co robiliście i o czym rozmawialiście, to wszystko.
– Co innego miałem ci powiedzieć?
– Głupie pytanie. Miałeś sprawić, żebym ja też się w niej zakochała.
– Dlaczego miałbym tego chcieć?
– Bo mimo że marnie opowiadasz, jest jasne, że się w niej durzysz.

Milczał.

– Colinie? Właśnie o to chodzi. Powinieneś powiedzieć mniej więcej tak: „Kiedy jestem z Marią... po prostu...", tu zawiesić głos i pokręcić głową, ponieważ słowa są zbyt płytkie, żeby wyrazić głębię twoich uczuć.

– To pasuje bardziej do ciebie niż do mnie.

– Wiem – odparła niemal ze współczuciem. – Właśnie dlatego tak kiepsko opowiadasz.

Tylko Lily umiała obrazić go tak, że brzmiało to, jakby wypowiedzenie słów było dla niej trudniejsze niż dla niego ich wysłuchanie.

– Skąd wiesz, że jestem w niej zadurzony? – zapytał.

Westchnęła.

– Gdyby wspólnie spędzony dzień nie sprawił ci przyjemności, w odpowiedzi na moje pytanie spojrzałbyś tym swoim ciężkim wzrokiem i rzucił: „Nie ma o czym gadać". Skoro tego nie zrobiłeś, nasuwa się najważniejsze pytanie: Kiedy będę miała okazję ją poznać?

– Musiałbym ją zapytać.

– I masz zamiar spędzać więcej czasu ze swoją wybranką?

Colin nie odpowiedział od razu, zastanawiając się, czy ktoś poza Lily nadal używa tego określenia.

– Mamy się spotkać w przyszły weekend.

– Nie w barze, mam nadzieję.

– Nie – odparł. Powiedział jej o magazynie.

– Myślisz, że to mądra decyzja? Zważywszy, co się stało ostatnim razem, kiedy poszedłeś do klubu z Evanem i ze mną?
– Po prostu chcę ją zabrać na tańce.
– Taniec może być bardzo romantyczny. Jednak...
– Będzie dobrze. Obiecuję.
– W takim razie trzymam cię za słowo. Oczywiście powinieneś w tygodniu zjawić się pod jej biurem i zaskoczyć ją kwiatami albo słodyczami. Kobiety uwielbiają dostawać takie prezenty, chociaż zawsze byłam zdania, że słodycze są lepsze w czasie chłodnych miesięcy. Może więc tylko kwiaty.
– To nie w moim stylu.
– Oczywiście, i właśnie stąd moja sugestia. Wierz mi, będzie zachwycona.
– Okay.
Poklepała go po ręce.
– Czy już o tym nie rozmawialiśmy? O mówieniu „okay"? Naprawdę musisz pozbyć się tego nawyku. Jest bardzo brzydki.
– Okay.
– I tak to wygląda. – Westchnęła. – Pewnego dnia zrozumiesz mądrość moich słów.

Evan otworzył drzwi i zobaczył, że Lily trzyma dłoń na ręce Colina, ale rozumiał relacje między nimi trojgiem tak samo jak jego przyjaciel.

– Niech zgadnę. Maglujesz go o randkę? – zapytał narzeczoną.
– Niczego takiego nie robię – prychnęła Lily. – Damy nie maglują. Po prostu zapytałam o randkę i choć Colin, biedactwo, z początku mało mnie nie uśpił, sądzę, że nasz przyjaciel jest zakochany.

Evan się roześmiał.
– Colin? Zakochany? Te dwie rzeczy po prostu nie idą w parze.
– Colinie, czy zechciałbyś powiadomić mojego narzeczonego, jaka jest prawda?

Colin wskazał na nią kciukiem.

– Ona myśli, że jestem zakochany.

– A nie mówiłam? – rzuciła Lily z satysfakcją w głosie. – Teraz przechodzimy do sedna sprawy. Kiedy zamierzasz zadzwonić do swojej wybranki?

– Nie myślałem o tym.

– Niczego się ode mnie nie nauczyłeś. – Pokręciła głową. – Zanim weźmiesz prysznic, musisz, bezwarunkowo musisz do niej zadzwonić. I musisz jej powiedzieć, że dzięki niej czujesz się cudownie, że byłeś zaszczycony, ciesząc się jej towarzystwem.

– Nie sądzisz, że to lekka przesada?

– Colinie... wiem, że masz kłopot – zaczęła niemal smutno Lily – kiedy chodzi o pokazanie wrażliwej strony swojej natury, i że w twoim charakterze jest skaza, na którą zawsze przymykam oko, choćby z przyjaźni. Ale zadzwonisz do niej, gdy tylko przestąpisz próg swojego mieszkania. Ponieważ dżentelmeni... prawdziwi dżentelmeni zawsze dzwonią, a ja obracam się wyłącznie w towarzystwie dżentelmenów.

Evan uniósł brwi i Colin wiedział, że nie ma wyboru.

– Okay.

8
Maria

W poniedziałek Maria uznała, że najlepiej schować się w biurze, gdzie będzie mogła w spokoju skupić się nad pracą. Barney był coraz bardziej zestresowany z powodu zbliżającej się rozprawy i wolała zejść mu z oczu, żeby nie zostać przypadkowym celem. Zamknęła drzwi, przejrzała notatki, przygotowując się do przedpołudniowego spotkania z klientami, przeprowadziła kilka rozmów telefonicznych i odpowiedziała na wszystkie e-maile, żeby nie mieć zaległości. A jednak mimo nawału pracy od czasu do czasu przyłapywała się na spoglądaniu w okno i wspominaniu weekendu.

Jej roztargnienie wynikało częściowo z tego, że Colin zadzwonił w niedzielę wieczorem. Jeśli przyjaciółki i kolorowe czasopisma mówią prawdę, faceci nie dzwonią od razu, a większość nie dzwoni wcale. Z drugiej strony niemal wszystko, co miało związek z Colinem, stanowiło niespodziankę. Po zakończeniu rozmowy obejrzała zdjęcie, które mu zrobiła, i zobaczyła zarówno Colina, którego poznała, jak i Colina nieznanego. Miał łagodny wyraz twarzy, ale jego ciało było mapą blizn i tatuaży. Choć obiecała Serenie, że pokaże jej zdjęcie, postanowiła zachować je wyłącznie dla siebie.

– Ktoś jest w dobrym nastroju.

W drzwiach stała Jill.

– Cześć, Jill. Co się dzieje?
– Chyba ja powinnam zapytać ciebie – powiedziała, wchodząc do biura. – Byłaś zagubiona w swoim małym świecie i bujałaś w obłokach, kiedy zajrzałam. Nikt tego nie robi w poniedziałki.
– Miałam udany weekend.
– Tak? Z twojego tonu wnoszę, że poszło znacznie lepiej niż moje zbieranie zeznań w ubiegłym tygodniu. Po raz pierwszy w życiu naprawdę się modliłam o powrót do biura.
– Było tak źle?
– Koszmarnie.
– Chcesz o tym pogadać?
– Tylko jeśli chcesz umrzeć z nudów. Poza tym za parę minut mam telekonferencję. Wpadłam, żeby zapytać, czy wyskoczymy razem na lunch. Marzę o sushi i dobrym towarzystwie.
– Doskonały pomysł.
Jill poprawiła rękaw bluzki.
– Może źle odczytuję sygnały, ale mam wrażenie, że wciąż jesteś na mnie wściekła.
– Dlaczego miałabym być na ciebie wściekła?
– Może dlatego, że wkręciłam cię w najgorszą randkę w ciemno w dziejach?
– A, to – mruknęła Maria, zaskoczona, bo ledwie o tym pamiętała.
– Naprawdę przepraszam – powiedziała Jill. – Nie wyobrażasz sobie, jak paskudnie się czułam przez cały tydzień, zwłaszcza że nie miałam okazji z tobą o tym pogadać.
– Rozmawiałyśmy, pamiętasz? I już przeprosiłaś.
– To za mało.
– Daj spokój. Prawdę mówiąc, obróciło się na dobre.
– Nie wyobrażam sobie jak.
– Poznałam kogoś.
Minęło parę chwil, zanim Jill zrozumiała.

– Chyba nie mówisz o facecie, który ci pomógł zmienić koło? O tym, który był posiniaczony i śmiertelnie cię wystraszył?
– Właśnie o tym.
– Jak to w ogóle możliwe?
– Trochę trudno wyjaśnić.
Jill uśmiechnęła się znacząco.
– Ho, ho.
– Co?
– Znów się uśmiechasz.
– Tak?
– Tak. W głębi duszy mam ochotę odwołać telekonferencję i przysunąć sobie krzesło.
– Nie mogę. Za parę minut mamy z Barneyem spotkanie z klientem.
– Ale jesteśmy umówione na lunch, prawda? I wtedy mi wszystko opowiesz?
– Masz to jak w banku.

*

Dziesięć minut później zadzwoniła komórka. Kiedy Maria zobaczyła imię na ekranie, ogarnął ją niepokój. Serena nigdy nie dzwoniła przed dziesiątą. Najczęściej o tej porze jeszcze spała.
– Sereno, wszystko w porządku?
– Gdzie to jest?
– Co gdzie jest?
– Zdjęcie Colina. Nie mam go w poczcie ani na komórce.
Maria zamrugała.
– Dzwonisz do mnie do pracy w sprawie zdjęcia?
– Nie musiałabym tego robić, gdybyś je wysłała. Czy to w porządku? Tylko mi nie mów, że już z nim zerwałaś.
– Nie. Prawdę mówiąc, wychodzimy razem w sobotę wieczorem.

– Okay – powiedziała Serena. – Ale post nie zrobi odpowiedniego wrażenia bez zdjęcia. Oczywiście, jeśli nie zamierzasz go wysłać, mogę zamieścić jedną z twoich fotek z dzieciństwa...

– Do zobaczenia, Sereno.

Maria się rozłączyła. Parę minut później sięgnęła po komórkę, bardziej z niezdrowej ciekawości niż z innego powodu.

A tam, na Instagramie, było jej zdjęcie. Z czasów szkoły średniej. Aparat korekcyjny. Trądzik. Okulary. Niezgrabna sylwetka. Najgorsze zdjęcie w historii szkolnych fotografii. „Nie bądźcie zazdrośni, faceci, ale moja siostra Maria ma randkę w sobotę wieczorem!"

Maria zamknęła oczy. Miała ochotę zabić siostrę. Bez dwóch zdań. Jednak musiała przyznać, że Serena potrafi być zabawna.

*

Kilka godzin później przy sushi i sishimi Maria opowiadała Jill o popołudniu z Colinem i opowieść brzmiała niewiarygodnie nawet dla niej.

– Jejku... – szepnęła Jill.

– Myślisz, że zwariowałam? Biorąc pod uwagę jego przeszłość?

– A kim ja jestem, żeby cię osądzać? Spójrz na tę randkę w ciemno. W takich sytuacjach najlepiej jest słuchać instynktu.

– A jeśli mój instynkt się myli?

– W takim razie facet przynajmniej zmienił ci koło. I miałaś przyjemne spotkanie, co, jak mam nadzieję, całkowicie mnie rehabilituje za ten niewypał z podwójną randką.

Maria się uśmiechnęła.

– Zeznania były nudne?

– Doprowadziłyby świętego do białej gorączki, ponieważ połowa ludzi bez najmniejszych skrupułów kłamie pod przysięgą, a druga połowa mówi, że niczego nie pamięta. Straciłam cały tydzień, a i tak prawdopodobnie skończy się na ugodzie. To było do przewidzenia, nie mogę powiedzieć, że poprawia mi humor. – Jill sięgnęła po następny kawałek sushi. – Jak idzie z Barneyem?

– Lepiej.

– To znaczy?

– Ach, prawda, nie było cię tutaj. – Maria opowiedziała o swoim spóźnieniu na spotkanie, a także o pracy, którą była zmuszona wykonywać później. Wspomniała również o reprymendzie od Barneya, choć pominęła konfrontację z Kenem.

– Barney dojdzie do siebie. Zawsze jest spięty przed procesem.

– Tak, ale... – Maria poruszyła się niespokojnie. – Rzecz w tym, że podobno chciał mnie wyznaczyć na głównego adwokata w tej sprawie.

– Gdzie to słyszałaś? – Jill zamarła z pałeczkami w połowie drogi do ust. – Nie zrozum mnie źle, jesteś genialna w tym, co robisz, ale masz za małe doświadczenie, żeby Barney powierzył ci taką odpowiedzialną funkcję.

– Doszły mnie plotki.

– Nie przywiązywałabym większej wagi do plotek. Barney za bardzo lubi być w świetle reflektorów, żeby zrezygnować z kontrolowania, nie mówiąc o uznaniu, na rzecz nawet najbardziej doświadczonych pracowników. Między innymi z tego powodu przeniosłam się do działu pracy i zatrudnienia. Doszłam do wniosku, że tutaj nigdy nie awansuję ani nawet nie będę miała szans zdobyć doświadczenia na sali sądowej.

– Wciąż nie mogę uwierzyć, że udało ci się zmienić dział.

– Trafił mi się dobry moment. Mówiłam ci, że na początku przez parę lat byłam w dziale pracy i zatrudnienia, prawda? – Kiedy Maria przytaknęła, Jill mówiła dalej: – Ale z czasem przestałam być pewna, co chcę robić, więc skorzystałam z okazji i spróbowałam w ubezpieczeniach. Pracowałam z Barneyem dziewięć miesięcy i praktycznie wyprułam sobie żyły, zanim zrozumiałam, że to ślepa uliczka. Odeszłabym, ale tak się złożyło, że firma rozbudowywała dział pracy i zatrudnienia i byłam potrzebna.

– Niestety ja będę zmuszona tkwić tu, gdzie jestem. Chyba że zajmiemy się sprawami kryminalnymi.

– Zawsze możesz zmienić firmę.

– To nie takie łatwe, jak myślisz.

– Nie rozglądałaś się za pracą, co?

– W zasadzie nie. Ale zastanawiam się, czy nie powinnam zacząć.

Jill przypatrywała się jej uważnie, sięgając po szklankę.

– Wiesz, że ze mną możesz porozmawiać? O wszystkich obawach. Wprawdzie nie jestem wspólnikiem, ale kieruję działem, co daje mi pewne przywileje.

– W tej chwili mam po prostu za dużo na głowie.

– Mam nadzieję, że mówisz o Colinie.

Jego imię przywołało wspomnienia weekendu i Maria zmieniła temat.

– Co u Paula?

– Świetnie. Przez parę dni traktowałam go oziębie, chcąc go ukarać za tę randkę, ale jakoś to przetrwał. W weekend wybraliśmy się do Asheville na degustację wina.

– Brzmi fajnie.

– I tak było. Tyle że, oczywiście, jeszcze nie ma pierścionka, a zegar biologiczny tyka i czasu jest coraz mniej. Udawanie, że wszystko jest w porządku, nie zadziałało, więc może pora spróbować nowej strategii.

– To znaczy?

– Nie mam pojęcia. Jeśli znasz jakiś niezawodny plan, daj mi znać.

– Jasne.

Jill wzięła kolejną porcję sushi.

– Co masz przewidziane na popołudnie?
– To samo co zwykle. Mnóstwo pracy, żeby przygotować wszystko do rozprawy. Oczywiście jednocześnie próbując nadążać ze wszystkim innym.
– Jak mówiłam, Barney oczekuje zaangażowania od swoich współpracowników.
A Ken oczekuje czegoś innego, pomyślała Maria.
– Taka praca – powiedziała.
– Na pewno wszystko w porządku? Nawet jeśli chodzi o naszego obleśnego wspólnika zarządzającego?
– Dlaczego o to pytasz?
– Bo pojechałaś z nim na tę konferencję, a ja znam go dłużej niż ty. I pamiętaj, dokładnie wiem, jak postępuje.
– Było całkiem nieźle.
Jill rzuciła na nią okiem, po czym wzruszyła ramionami.
– Niech ci będzie – powiedziała. – Rzecz w tym, że wyczuwam, że coś cię trapi.
Maria odchrząknęła, zastanawiając się, dlaczego nagle poczuła się jak na przesłuchaniu.
– Naprawdę nie ma nic do opowiadania – odparła. – Staram się, jak mogę, to wszystko.

*

W następne dni miała zbyt wiele pracy, żeby bujać w obłokach. Barney co pół godziny wpadał do jej biura i prosił o sprawdzenie dodatkowych szczegółów albo przeprowadzenie rozmów telefonicznych, mimo że pracowała nad sprawami innych klientów. Prawie nie wychodziła zza biurka, a w środę po południu, gdy zajmowała się projektem oświadczenia wstępnego dla Barneya, nawet nie zauważyła, że słońce wpada przez okna pod coraz mniejszym kątem i że współpracownicy jeden po drugim wychodzą z kancelarii.

W skupieniu wpatrywała się w ekran macbooka, dopóki nie przestraszyło jej pukanie do drzwi. Otwierały się powoli.

Ken.

Zerknęła przez uchylone drzwi i przebiegł ją dreszcz paniki, bo nie dostrzegła Lynn za biurkiem po drugiej stronie korytarza. W gabinecie Barneya było ciemno, w kancelarii panowała cisza.

– Zauważyłem, że u ciebie wciąż się pali światło – powiedział Ken, wchodząc do biura. – Masz kilka minut?

– Właśnie kończę – zaimprowizowała, słysząc nutę niepewności w swoim tonie. – Straciłam poczucie czasu.

– Cieszę się, że cię jeszcze zastałem – powiedział gładkim, opanowanym głosem. – Chciałem dokończyć rozmowę, którą zaczęliśmy w ubiegłym tygodniu.

Czując łomotanie serca, Maria zaczęła porządkować papiery na biurku i chować je do teczek. Nie chciała przebywać z nim sam na sam. Nerwowo przełknęła ślinę.

– Czy nie moglibyśmy przełożyć tego na jutro? Już jestem spóźniona na umówioną kolację z rodzicami.

– To nie zajmie dużo czasu – powiedział, ignorując jej wymówkę. Obszedł biurko i stanął przy oknie. Maria dopiero teraz spostrzegła, że niebo za szybą pociemniało. – Rozmowa może być dla ciebie łatwiejsza tu i teraz, bez szpiegujących oczu i uszu. Nie ma powodu, żeby wszyscy wiedzieli, jak potraktowałaś klientów Barneya.

Milczała, nie wiedząc, co powiedzieć.

Spojrzał w okno, pozornie skupiony na czymś w dali.

– Lubisz pracować dla Barneya? – zapytał po dłuższej chwili.

– Wiele się od niego uczę – zaczęła, starannie dobierając słowa. – Jest mistrzem strategii, klienci mu ufają, umiejętnie wyjaśnia swój tok rozumowania.

– Więc go szanujesz.

– Oczywiście.
– To ważne w pracy z ludźmi. Ważne, że umiecie pracować w zespole. – Ken przymknął żaluzje, po czym znów je otworzył. – Uważasz się za osobę, która umie pracować w zespole? Pytanie zawisło w powietrzu. Maria odpowiedziała dopiero po dłuższej chwili.
– Staram się.

Ken odczekał moment i mówił dalej:
– W piątek znowu rozmawiałem z Barneyem o tej sytuacji i muszę powiedzieć, że byłem trochę zdziwiony, że wciąż jest zły z powodu twojego zachowania. Wiesz, dlaczego zapytałem, czy umiesz pracować w zespole? Ponieważ stanąłem w twojej obronie i sądzę, że udało mi się załagodzić sprawę. Chcę mieć pewność, że postąpiłem właściwie.

Maria znowu przełknęła ślinę, zastanawiając się, dlaczego Barney sam z nią nie porozmawiał, skoro wciąż jest taki zirytowany.
– Dziękuję – wymamrotała.

Odwrócił się od okna i zrobił krok w jej stronę.
– Zrobiłem to, bo życzę ci długiej, udanej kariery w naszej kancelarii. Przyda ci się ktoś, na kogo będziesz mogła liczyć w tego rodzaju sytuacjach, i wiedz, że zawsze chętnie ci pomogę. – Stanął tuż przy niej i poczuła jego rękę na ramieniu. Jego palce musnęły skórę pod obojczykiem. – Powinnaś uważać mnie za przyjaciela, aczkolwiek wysoko postawionego.

Wzdrygając się, nagle zrozumiała, że to wszystko – poniedziałkowa oziębłość, czwartkowa reprymenda i teraz przedstawienie typu: ty i ja przeciwko światu – stanowiło po prostu część jego najnowszego planu, żeby zaciągnąć ją do łóżka. Dlaczego wcześniej nie dostrzegła, na co się zanosi?

– Jutro powinniśmy razem wybrać się na lunch – powiedział, wciąż muskając palcami jej skórę. – Będziemy mogli porozmawiać, jak inaczej mogę ci pomóc w radzeniu sobie z detalami w biurze, zwłaszcza jeśli masz nadzieję pewnego dnia zostać wspólnikiem. Myślę, że uda nam się naprawdę dobrze ze sobą pracować. Nie sądzisz, Mario?

Dźwięk imienia sprowadził ją na ziemię, w końcu dotarł do niej sens jego słów. Nie w tym życiu, pomyślała.

– Nie mogę pójść jutro na lunch – powiedziała, starając się panować nad głosem. – Już jestem umówiona.

Po jego twarzy przemknęło rozdrażnienie.

– Z Jill?

Zwykle tak było i Ken oczywiście o tym wiedział. Bez wątpienia zasugeruje, żeby zmieniła plany. Dla własnego dobra.

– Prawdę mówiąc, wybieram się na lunch z moim chłopakiem.

Poczuła, że Ken powoli zsuwa rękę z jej ramienia.

– Masz chłopaka?

– Mówiłam ci o Colinie, prawda? Kiedy byliśmy na konferencji?

– Nie – odparł. – Nie wspomniałaś o nim.

Wyczuwając swoją szansę, Maria wstała i odsunęła się. Nadal składała dokumenty i chowała je do teczek, nie przejmując się, gdzie co trafia. Później je posortuje.

– To dziwne – zauważyła. – Myślałam, że mówiłam.

Po jego sztucznym uśmiechu poznała, że próbuje zadecydować, czy jej wierzyć, czy nie.

– Opowiedz mi o nim.

– Jest zawodnikiem MMA – odparła. – Słyszałeś o tych facetach walczących w klatkach? To wariactwo, ale jest naprawdę zaangażowany. Zapracowuje się, trenuje codziennie godzinami, i uwielbia walczyć, więc czuję, że muszę go wspierać.

Mogła sobie wyobrazić, jak trybiki obracają się w głowie Kena. Zarzuciła torebkę na ramię.

– Skoro nie możemy spotkać się podczas lunchu, może chcesz

porozmawiać jutro w moim biurze? Jestem pewna, że zdołam wygospodarować trochę czasu rano albo po południu. – Nie dodała, że wtedy wokół będzie pełno ludzi.

– Nie sądzę, żeby to było konieczne.

– Może powinnam porozmawiać z Barneyem?

Niemal niedostrzegalnie pokręcił głową.

– Chyba najlepiej będzie zapomnieć o tamtej sprawie.

Oczywiście, pomyślała. Ponieważ to był tylko podstęp i wcale nie rozmawiałeś z Barneyem.

– W porządku. W takim razie dobranoc.

Podeszła do drzwi, oddychając z ulgą, że udało jej się uciec. Zagrywka, że ma chłopaka, była genialna, ale tego asa już wyciągnęła z rękawa. Więcej nie zaskoczy Kena. Będzie przygotowany. Wątpiła, czy na dłuższą metę – a nawet na krótką – to pohamuje jego zapędy, nawet gdyby było prawdą.

Albo gdyby stało się prawdą?

Wciąż roztrzęsiona, zastanawiała się, czy chce, żeby to była prawda. Wiedziała na pewno tylko tyle, że kiedy Colin ją pocałował, poczuła coś elektryzującego, a uświadomienie sobie tego faktu było jednocześnie radosne i przerażające.

*

Choć skłamała, mówiąc Kenowi, że jest umówiona z rodzicami na kolację, nie miała ochoty samotnie spędzać wieczoru i nagle stwierdziła, że jedzie znajomymi ulicami do miejsca, gdzie się wychowała.

Na osiedlu mieszkało więcej robotników niż przedstawicieli niższej klasy średniej, niektóre domy były zaniedbane, inne wystawione na sprzedaż. Ich sąsiadami zawsze byli hydraulicy i stolarze, elektrycy i sekretarki. Było to osiedle, gdzie dzieciaki bawiły się przed domami, młode pary spacerowały po chodnikach, ludzie odbierali pocztę za tych, którzy akurat wyjechali. Choć jej rodzice nigdy o tym nie mówili, Maria słyszała plotki, że kiedy tata kupił dom, wielu sąsiadów mieszkających w tej części osiedla nie kryło zaniepokojenia. Sanchezowie byli pierwszą kolorową rodziną na tej ulicy i ludzie po cichu spekulowali o spadku wartości nieruchomości i wzroście przestępczości, jak gdyby każdy, kto się urodził w Meksyku, musiał być powiązany z kartelami narkotykowymi. Przypuszczała, że między innymi z tego powodu tata zawsze utrzymywał ogródek w nieskazitelnym stanie i regularnie przycinał krzewy. Co pięć lat odmalowywał dom, zawsze na ten sam kolor, parkował samochód w garażu zamiast na podjeździe i zawiesił amerykańską flagę na werandzie. Dekorował dom na Halloween i Boże Narodzenie, a przez pierwsze lata istnienia restauracji rozdawał kupony rabatowe wszystkim napotkanym sąsiadom. Mama szykowała tace jedzenia w weekendowe popołudnia, kiedy nie pracowała w restauracji – burritos i enchiladas, tacos albo carnitas – i częstowała dzieciaki, które grały w baseball czy piłkę nożną. Z czasem sąsiedzi ich zaakceptowali. Od tamtej pory większość okolicznych domów niejednokrotnie zmieniła właścicieli i za każdym razem jej rodzice witali nowych sąsiadów podarunkiem, w nadziei że to zapobiegnie plotkom w przyszłości.

Maria czasami nie mogła pojąć, jakie to musiało być dla nich trudne, choć przecież sama przez kilka lat była jedyną Meksykanką w szkole. Będąc grzeczną i dobrą uczennicą, wbrew obawom rodziców nie czuła się dyskryminowana, ale nawet gdyby tak było, rodzice poradziliby jej, żeby robiła to co oni. Kazaliby jej być sobą, być miłą i życzliwą dla wszystkich, i przykazaliby, żeby nigdy się nie zniżała do poziomu innych. A potem, pomyślała z uśmiechem, kazaliby mi się uczyć.

W przeciwieństwie do Sereny, która wciąż była zachwycona, że w końcu się wyrwała spod kurateli rodziców, Maria cieszyła się z powrotu do domu. Uwielbiała to miejsce: zielone i pomarańczowe ściany, wesołe kafelki w kuchni, sprzęty gospodarstwa domowego gromadzone przez matkę latami, drzwi lodówki zawsze obwieszone zdjęciami i informacjami dotyczącymi rodziny, takimi, z jakich Carmen była wyjątkowo dumna. Maria uwielbiała, jak matka nuci, gdy jest szczęśliwa, zwłaszcza przy gotowaniu. W dzieciństwie uważała to wszystko za oczywiste, ale z czasów studiów pamiętała swoją radość za każdym razem, kiedy wchodziła do domu, nawet zaledwie po kilku tygodniach nieobecności.

Wiedząc, że rodzice poczują się urażeni, jeśli zapuka, weszła do domu, a potem przez salon do kuchni. Położyła torebkę na blacie.

– Mamo? Tato?! Gdzie jesteście?! – zawołała.

Jak zawsze, w domu mówiła po hiszpańsku, przejście z angielskiego było proste jak oddychanie i równie nieświadome.

– Tutaj! – Usłyszała odpowiedź mamy.

Maria poszła na werandę z tyłu domu. Rodzice właśnie wstawali od stołu. Uszczęśliwieni jej wizytą, wzięli ją w objęcia i mówili jednocześnie:

– Nie wiedzieliśmy, że się zjawisz...
– Wyglądasz cudownie...
– Ależ ty schudłaś...
– Chcesz coś zjeść?

Maria przywitała się z mamą, potem z tatą, potem znowu z mamą, i jeszcze raz z tatą. Dla nich zawsze będzie małą dziewczynką. Kiedyś się tego wstydziła – zwłaszcza gdy publicznie okazywali swoje uczucia – ale ostatnio doszła do wniosku, że to się jej podoba.

– Nie, dziękuję. Może później coś przekąszę.
– Coś ci przyrządzę – oświadczyła zdecydowanie mama, już idąc w stronę lodówki. Tata patrzył za nią z wyraźną przyjemnością. Zawsze był niepoprawnym romantykiem.

Był po pięćdziesiątce, ani chudy, ani gruby. Miał niewiele siwizny we włosach, ale Maria często zwracała uwagę na jego niemal chroniczne zmęczenie, następstwo wielu lat zbyt ciężkiej pracy. Dzisiaj wydawał się mniej energiczny niż zwykle.

– Kiedy robi dla ciebie kolację, czuje, że wciąż jest dla ciebie ważna – powiedział.

– Oczywiście, że jest dla mnie ważna. Dlaczego miałaby myśleć inaczej?

– Ponieważ nie potrzebujesz jej tak jak kiedyś.

– Nie jestem dzieckiem.

– Ale ona zawsze będzie twoją matką – oznajmił stanowczo. Wskazał stół na werandzie. – Chcesz posiedzieć na zewnątrz i napić się wina? Wypiliśmy z mamą po kieliszku.

– Mogę – odparła. – Pozwól, że przez chwilę porozmawiam z mamą, i zaraz potem wrócę.

Gdy tata usiadł na werandzie, wyjęła kieliszek z kredensu i nalała sobie trochę wina, po czym poszła do matki. Carmen właśnie włożyła do naczynia żaroodpornego duszone mięso, tłuczone ziemniaki, zieloną fasolkę i placki – dość kalorii na kilka dni, oszacowała Maria – i wsunęła je do piekarnika. Z jakiegoś powodu – może dlatego, że było to coś, czego nie serwowali w restauracji – tata uwielbiał pieczeń z tłuczonymi ziemniakami.

– Cieszę się, że wpadłaś – powiedziałaś mama. – Stało się coś złego?

– Nie – odparła Maria. Oparła się o blat i pociągnęła łyk wina. – Po prostu chciałam wam zrobić niespodziankę.

– Skoro tak mówisz... Ale coś musiało się stać. Nigdy nie odwiedzasz nas w środku tygodnia.

– Właśnie dlatego to niespodzianka.

Carmen przyjrzała jej się uważnie, podeszła do wyspy kuchennej i podniosła swój kieliszek.

– Chodzi o twoją siostrę?

– To znaczy?
– Odrzucili jej podanie o stypendium, prawda?
– Wiesz o stypendium?
Carmen wskazała list przypięty do drzwi lodówki.
– Ekscytujące, prawda? Powiedziała nam wczoraj wieczorem. Prezes fundacji w sobotę przychodzi na kolację.
– Naprawdę?
– Chcemy go poznać – powiedziała. – W liście jest napisane, że Serena doszła do półfinału. Ale skoro o niej mowa, to co się stało? Jeśli nie chodzi o stypendium, to musi mieć coś wspólnego z chłopakiem. Nie wpadła w żadne tarapaty, prawda?

Mama mówiła tak szybko, że nawet Maria miała kłopot ze zrozumieniem.

– O ile wiem, u Sereny wszystko w porządku.
– Aha. – Mama pokiwała głową. – To dobrze. W takim razie coś się stało u ciebie w pracy. To ty masz problem.
– W pracy jak... w pracy. Dlaczego pomyślałaś, że jest jakiś problem?
– Bo przyjechałaś prosto do nas.
– I co z tego?
– To, że zawsze tak robiłaś, gdy coś cię trapiło. Nie pamiętasz? Nawet na studiach, jeśli myślałaś, że dostaniesz złą ocenę, albo kiedy na pierwszym roku nie mogłaś dojść do porozumienia z koleżanką z pokoju, albo ilekroć pokłóciłaś się z Luisem, zawsze tu przychodziłaś. Matki pamiętają takie rzeczy.

Ha, pomyślała Maria. Nie zdawałam sobie z tego sprawy. Zmieniła temat.

– Myślę, że za bardzo się martwisz.
– A ja myślę, że znam swoją córkę.

Maria się uśmiechnęła.

– Jak tata?

– Niewiele powiedział od chwili powrotu do domu. W tym tygodniu musiał zwolnić dwie osoby.

– Co się stało?

– To co zwykle. Jeden z pomywaczy nie stawił się na kilku zmianach, a kelner wpuszczał kolegów, żeby mogli się najeść za darmo. Wiesz, jak to jest. Dla twojego ojca to nadal jest trudne. Chce każdemu ufać i zawsze jest rozczarowany, gdy ludzie go oszukują. To go męczy. Kiedy dziś wrócił do domu, uciął sobie drzemkę, zamiast wyjść z Copo na spacer.

– Może powinien pójść do lekarza.

– Właśnie o tym rozmawialiśmy, kiedy przyszłaś.

– Co mówi?

– Że pójdzie. Ale go znasz. O ile nie umówię wizyty, sam tego nie zrobi.

– Chcesz, żebym zadzwoniła za ciebie?

– Możesz?

– Oczywiście – zapewniła Maria. Mama słabo znała angielski, więc już od dawna Maria umawiała za nią wizyty. – To wciąż doktor Clark, prawda?

Carmen pokiwała głową.

– Zamów komplet badań, jeśli możesz.

– Tata na to nie pójdzie.

– Nie, ale tego potrzebuje. Od ostatnich minęły prawie trzy lata.

– Nie powinien czekać tak długo. Ma wysokie ciśnienie. A w zeszłym roku dokuczały mu bóle w piersi i nie mógł pracować przez tydzień.

– Ja wiem i ty wiesz, ale jest uparty i twierdzi, że ma serce jak dzwon. Może ty mu przemówisz do rozsądku. – Carmen otworzyła piekarnik. Zadowolona wciągnęła rękawicę i wyjęła naczynie żaroodporne, po czym nałożyła porcję na talerz.

– Za dużo – zaprotestowała Maria, próbując pohamować zapędy matki.

– Musisz jeść – przykazała jej Carmen, nakładając więcej jedzenia, kiedy Maria sięgała po sztućce. – Usiądźmy z twoim ojcem.

Na stole płonęła świeczka o zapachu cytronelli, odstraszająca komary. Wieczór był piękny, wiał delikatny wietrzyk, niebo było usiane gwiazdami. Copo drzemała na kolanach swojego pana, lekko pochrapując, gdy głaskał ją jednostajnie. Maria kroiła pieczeń na mniejsze kawałki.

– Słyszałam, co się dzisiaj stało – powiedziała, rozpoczynając rozmowę o restauracji, lokalnych wydarzeniach i najnowszych rodzinnych plotkach. W tak licznej rodzinie zawsze było jakieś wydarzenie wymagające przedyskutowania. Zanim Maria skończyła kolację – zjadła nie więcej niż ćwierć tego, co miała na talerzu – świerszcze zaczęły wieczorne muzykowanie.

– Wygląda na to, że w ostatni weekend złapałaś trochę słońca.
– Po śniadaniu pływałam na desce.
– Ze swoim nowym przyjacielem? – zaciekawiła się mama. – Tym z mola?

Widząc zaskoczoną minę córki, Carmen wzruszyła ramionami.

– Słyszałam, jak rozmawiałaś z Sereną. Twoja siostra czasami potrafi być głośna.

Serena znowu atakuje, pomyślała Maria. Nie chciała poruszać tego tematu, ale teraz nie mogła niczemu zaprzeczyć. Nawet ojciec nagle wydawał się zainteresowany rozmową.

– Ma na imię Colin. – Wiedząc, że rodzice będą domagać się więcej, ale nie chcąc, żeby wnikali zbyt głęboko, dodała: – Serena zna go z zajęć i kiedy w sobotę wybrałyśmy się na kolację, Colin stał tam za barem. Rozmawialiśmy na molu i postanowiliśmy się spotkać w niedzielę.

– Studiuje? Ile ma lat?
– Jest w moim wieku. Zaczął studia parę lat temu. Chce być nauczycielem.

– Serena mówiła, że jest bardzo przystojny – skomentowała matka z psotnym uśmiechem.

Dzięki, Sereno. Następnym razem ścisz głos.

– Zgadza się.

– Przyjemnie spędziłaś czas?

– Świetnie się bawiłam.

– Kiedy będziemy mogli go poznać?

– Nie sądzisz, że jest na to trochę za wcześnie?

– To zależy. Czy planujecie wspólne następne wyjście?

– Ech, tak... w sobotę.

– W takim razie powinniśmy go poznać. Zaproś go na niedzielne śniadanie.

Maria otworzyła usta, po czym je zamknęła. Nie ma mowy, rodzice nie byli gotowi na spotkanie z Colinem, zwłaszcza tutaj, gdzie nie byłoby szans na ucieczkę. Sama myśl, że Colin z tą swoją szczerością będzie odpowiadał na każde ich pytanie, przyprawiła ją o palpitację serca. Odrobinę zdesperowana, uśmiechnęła się do taty.

– Dlaczego czekał tak długo z podjęciem studiów? – zapytał.

Zastanawiała się, jak odpowiedzieć bez rozmijania się z prawdą.

– Dopiero parę lat temu stwierdził, że chce być nauczycielem.

Z obojga rodziców tata zawsze był lepszy w czytaniu między wierszami i podejrzewała, że zacznie pytać szczegółowo o przeszłość Colina. Przeszkodził mu cichy, ale wyraźny dzwonek telefonu w kuchni.

– To moja komórka – powiedziała, dziękując Bogu za odroczenie wyroku. – Odbiorę.

Wstała od stołu i pośpieszyła do kuchni. Wyjęła aparat z torebki. Dzwonił Colin. Poczuła się jak nastolatka, kiedy wcisnęła guzik i uniosła telefon do ucha.

– Cześć – powiedziała. – Właśnie o tobie rozmawiałam. – Krążyła po salonie, rozmawiając o tym, jak spędzili dzień. Był uważnym słuchaczem i wyczuł nerwowość w jej głosie, więc powiedziała mu o incydencie z Kenem. Słuchał bez słowa, a kiedy zaproponowała wspólny lunch, zadowolony zapytał, o której ma ją zabrać z biura.

Uśmiechnęła się, bo to oznaczało, że jeszcze bardziej uwiarygodni swoją historyjkę sprzedaną Kenowi, i w skrytości ducha była podekscytowana tak szybkim spotkaniem z Colinem. Kiedy zakończyła rozmowę, miała wrażenie, że na przekór temu, co niewątpliwie myśleli rodzice, znajomość z Colinem jest dokładnie tym, czego potrzebuje na obecnym etapie życia.

Wróciła na werandę, gdzie rodzice wciąż siedzieli przy stole.

– Przepraszam – powiedziała, sięgając po kieliszek wina. – Dzwonił Colin.

– Tylko po to, żeby się przywitać?

Maria pokiwała głową.

– Jutro idziemy na lunch.

Natychmiast pożałowała tych słów. Mama nie zrozumie, dlaczego ktoś miałby pójść gdzie indziej niż do rodzinnej restauracji.

– Cudownie – powiedziała Carmen. – Przyrządzę dla was coś wyjątkowego.

9
Colin

– Naprawdę? – zawołał Evan, pochylając się nad balustradą werandy, gdy Colin szedł przez podwórko. – Znowu poszedłeś biegać? Colin wciąż dyszał, kiedy skręcił w stronę werandy i wreszcie zwolnił. Podciągnął koszulkę, żeby wytrzeć twarz, zanim spojrzał na przyjaciela.
– Wcześniej nie biegałem.
– Trenowałeś dziś po południu. I rano.
– Ale w siłowni.
– I co z tego?
– To nie to samo – odparł, wiedząc, że Evana tak naprawdę nie obchodzi ani jedno, ani drugie. Skinął głową w kierunku drzwi frontowych. – Dlaczego nie jesteś w środku z Lily?
– Bo w moim domu śmierdzi.
– Co to ma wspólnego ze mną?
– A to, że czuję smród twoich ubrań wydobywający się z otworów wentylacyjnych niczym zielona, trująca mgła? Zamiast biegać, powinieneś zrobić pranie. Albo jeszcze lepiej, codziennie palić ciuchy, w których ćwiczysz. Lily myślała, że w spiżarni jest zdechła mysz. Lub że kanalizacja się zatkała.
Colin się uśmiechnął.

– Zaraz się tym zajmę.
– Pośpiesz się. A potem wróć tutaj. Lily chce z tobą pogadać.
– Dlaczego?
– Nie mam pojęcia. Nie chciała mi powiedzieć. Ale gdybym miał zgadywać, chodzi o twoją dziewczynę.
– Nie mam dziewczyny.
– Jak uważasz. Rzecz w tym, że chce z tobą pogadać.
– Dlaczego?
– Bo Lily to Lily – odparł Evan z irytacją. – Pewnie chce zapytać, czy wykaligrafowałeś kartkę do Marii. Albo zaproponuje ci pomoc w wyborze idealnej jedwabnej apaszki na jej urodziny. A może chce mieć pewność, że będziesz używać właściwej łyżki do zupy, gdy zabierzesz ją do country clubu. Wiesz, jaka ona jest. Poza tym przyniosła do domu jakąś torbę i nie chciała mi pokazać, co w niej jest.
– Dlaczego?
– Przestań zadawać mi pytania, na które nie mogę odpowiedzieć! – Evan westchnął. – Wiem tylko tyle, że za każdym razem, jak robiłem podchody do małego bara-bara, mówiła mi, że muszę poczekać. Z twojego powodu. I wiesz co? Nie jestem tym zachwycony. Naprawdę czekałem na dzisiejszy wieczór. Potrzebowałem tego wieczoru. Miałem gówniany dzień.
– Okay.
Evan ściągnął brwi, słysząc taką odpowiedź.
– Dlaczego gówniany, pytasz? – powiedział, parodiując przyjaciela. – Rany, Colin, dzięki, że spytałeś. Jestem ci wdzięczny za okazane zainteresowanie. Najwyraźniej moje dobro leży ci na sercu. – Spojrzał na niego. – Okazało się, że rano opublikowano straszny raport dotyczący zatrudnienia i ceny akcji gwałtownie spadły. Nie mam nad tym żadnej kontroli, ale przez całe popołudnie musiałem rozmawiać przez telefon ze zdenerwowanymi klientami. Po powrocie

z pracy stwierdziłem, że w domu cuchnie jak w szatni, a teraz muszę czekać, aż Lily z tobą pogada, zanim mój wieczór naprawdę się zacznie.

– Daj mi się najpierw przebrać. Wrócę za parę minut.

– Mam nadzieję, że nie – powiedziała Lily, wychodząc na werandę w nowej żółtej sukience na ramiączkach. Wsunęła dłoń w rękę narzeczonego i słodko się do niego uśmiechnęła. – Chyba nie zamierzasz, Evanie, wpuścić go do nas bez szansy na wzięcie prysznica, prawda? Biedak jest niemal skąpany w pocie. Możemy zaczekać kilka minut. Pozwolenie na to, żeby się przebrał bez wzięcia prysznica, byłoby niestosowne.

Kiedy Evan nie skomentował, Colin odchrząknął.

– Ona ma rację, Evan. To byłoby niestosowne.

Evan spiorunował go wzrokiem.

– Świetnie. Idź pod prysznic. I nastaw pranie. Potem przyjdź.

– Nie bądź dla niego taki okrutny – zbeształa go Lily. – To nie jego wina, że zainwestowałeś pieniądze klientów w niewłaściwe firmy.

Ukradkiem puściła oko do Colina.

– Wcale nie zainwestowałem w niewłaściwe firmy! To nie była moja wina! Dzisiaj wszystko się posypało.

– Tylko się z tobą drażnię, cukiereczku – powiedziała, przeciągając samogłoski. – Wiem, że miałeś straszny dzień i że to nie twoja wina. Że wredna stara Pani Giełda po prostu cię wykorzystała, prawda?

– Wcale mi nie pomagasz – zauważył Evan.

Lily skierowała uwagę na Colina.

– Rozmawiałeś dziś ze swoją wybranką? – zapytała.

– Zanim wyszedłem biegać.

– Zaniosłeś jej kwiaty do biura, jak radziłam?

– Nie.

– Słodycze?

– Nie.

– I co ja mam z tobą zrobić?
– Nie wiem.
Uśmiechnęła się i pociągnęła Evana za rękę.
– Do zobaczenia za kilka minut, tak?
Colin patrzył za nimi, jak wchodzą do domu, zanim poszedł do siebie. Rozebrał się w drodze do łazienki i rzucił ubrania na stos do prania, przy okazji stwierdzając, że Evan miał rację. Stos cuchnął. Załadował rzeczy do pralki i wskoczył pod prysznic. Później wciągnął dżinsy i bawełnianą koszulkę i ruszył do Evana.
Evan i Lily siedzieli obok siebie na kanapie. Było jasne, że z nich dwojga tylko Lily jest zadowolona z jego obecności.
– Colinie! Tak się cieszę, że mogłeś do nas dołączyć – powiedziała, najwyraźniej ignorując fakt, że przecież niedawno rozmawiali. Wstała. – Napijesz się czegoś?
– Poproszę wodę.
– Evanie? Zechcesz dać Colinowi trochę wody?
– Dlaczego? – burknął Evan, odchylając się i kładąc ramię na oparciu kanapy. – Przecież wie, gdzie jest. Sam może sobie przynieść.
Lily odwróciła się w jego stronę.
– To twój dom. I ty jesteś gospodarzem.
– Nie prosiłem go, żeby przychodził. Ty tego chciałaś.
– Evanie...
Wypowiedziała jego imię w taki sposób, że nie miał wyboru. Jej spojrzenie też nie zachęcało do dyskusji.
– Super – mruknął, podnosząc się z kanapy. – Przyniosę mu szklankę wody.
Poczłapał do kuchni.
– Z lodem, jeśli można! – zawołał za nim Colin.
Evan rzucił mu miażdżące spojrzenie przez ramię. Colin rozsiadł się w fotelu naprzeciwko Lily.
– Jak się masz? – zapytała.

– Okay.
– A Maria?

Wcześniej, gdy w rozmowie przez telefon Maria powiedziała mu o incydencie z szefem, czuł, jak zaciskają mu się szczęki. Chociaż panował nad głosem, fantazjował, jak ucina sobie małą pogawędkę z Kenem Martensonem i wyjaśnia mu, że zostawienie Marii w spokoju leży w jego interesie. Nie przyznał się Marii do swoich myśli, ale kiedy po zakończeniu rozmowy odkrył, że zgrzyta zębami, wskoczył w strój treningowy i poszedł biegać. Dopiero po biegu znów poczuł się normalnie.

Lily jednak nie o to go pytała.

– Niedawno z nią rozmawiałem.
– I wszystko dobrze?

Pomyślał o problemach Marii w pracy, ale nie miał prawa dzielić się tymi informacjami. To było jej życie, nie jego.

– Chyba się ucieszyła, że się odezwałem – powiedział zgodnie z prawdą.
– Kiedy do niej dzwoniłeś?
– Zadzwoniłem w niedzielę wieczorem. Po rozmowie z tobą i Evanem.
– Ale w poniedziałek ani we wtorek nie?
– Pracowałem.
– Mogłeś zadzwonić w drodze do albo z pracy. Albo podczas przerwy. Albo w drodze na zajęcia czy do siłowni.
– Tak.
– Jednak nie zadzwoniłeś.
– Nie. Ale jutro idziemy na lunch.
– Naprawdę? Mam nadzieję, że do jakiegoś wyjątkowego lokalu.
– W zasadzie o tym nie myślałem.

Lily nawet nie próbowała ukryć rozczarowania. Evan wrócił do pokoju z dużą szklanką wody z lodem. Podał ją Colinowi.

– Dzięki, Evan – powiedział Colin. – Nie musiałeś tego robić. Sam mogłem sobie przynieść.
– Ha, ha – parsknął Evan, siadając. – Zwrócił się do Lily: – O czym chciałaś z nim pogadać?
– Rozmawialiśmy o jutrzejszej randce w porze lunchu. Ale wybiera się też z Marią na kolację.
– Chcesz posłuchać mojej rady? Sprawdź, czy możesz odpalić swoje auto – powiedział Evan.
Lily skarciła go wzrokiem.
– Moją nadrzędną troską jest jego weekendowa randka i chciałam z nim to omówić.
– Dlaczego? – zapytał Evan.
– Ponieważ pierwszy prawdziwy wieczór spędzony przez dwoje ludzi ma decydujące znaczenie w każdym związku – odparła, jakby to było oczywiste. – Gdyby Colin po prostu zaprosił Marię na kolację albo może na spacer po deptaku w centrum miasta, nie miałabym powodu do zmartwień. Albo gdyby zasugerował, że wybierzemy się dokądś we czwórkę, bo jestem pewna, że rozmowa byłaby tak wciągająca, że Maria bawiłaby się cudownie. Niestety Colin postanowił działać na własną rękę i zabiera Marię do jakiegoś klubu, chociaż jestem pewna, że ta kwestia już została kiedyś omówiona.
Evan uniósł brew. Colin milczał.
Lily znów skupiła uwagę na Colinie.
– Poprosiłam, żebyś nas dzisiaj odwiedził, ponieważ byłam ciekawa, czy umiesz tańczyć salsę lub czy w ogóle masz pojęcie o tym tańcu.
– Nie.
– W takim razie nie wiesz, że salsę tańczy się w parach.
– Chyba na tym polega taniec – wtrącił Evan.
Lily zignorowała narzeczonego.

– Tańczenie salsy może sprawiać dużą przyjemność, jeśli para razem ćwiczy – wyjaśniła. – Ale skoro w tej sytuacji nie jest to możliwe, będziesz się musiał przyłożyć. Jest parę rzeczy, które musisz wiedzieć. Jak poruszać stopami, jak obrócić partnerkę, jak ją poprowadzić, żeby wykonała kilka kroków sama i żeby wyglądało to na figurę taneczną. Jeśli się tego nie nauczysz, prawie na pewno nie zrobisz na niej wrażenia.

Evan parsknął śmiechem.

– A kto mówi, że chce wywrzeć na niej wrażenie? Colina nie obchodzi, co ktoś sobie o nim myśli...

– Mów dalej, Lily – przerwał mu Colin.

Evan z zaskoczeniem pochylił się w jego stronę, a Lily jeszcze bardziej się wyprostowała.

– Miło mi, że rozumiesz, na czym polega problem. Próbuję ci powiedzieć, że musisz opanować podstawy – powiedziała.

Przez chwilę obaj się nie odzywali.

– A niby jak ma się nauczyć podstaw? – zapytał w końcu Evan. – Mieszkamy w Wilmington. Szczerze wątpię, czy są tu instruktorzy salsy, którzy w ciągu paru dni znajdą czas, żeby mój przyjaciel nie musiał się wstydzić na parkiecie.

Lily sięgnęła po niewielką torbę, która stała obok kanapy, i wyjęła kilka płyt CD.

– To albumy z salsą i musisz je przesłuchać. Zadzwoniłam do swojej dawnej nauczycielki tańca, a ona z radością podesłała mi parę płyt. Są stare, ale to nieważne. W salsie chodzi przede wszystkim o tempo i o rytm, nie o melodię. A co do instruktora, chętnie pomogę Colinowi nauczyć się tego, co powinien wiedzieć.

– Umiesz tańczyć salsę? – spytał Evan.

– Oczywiście – odparła. – Tańczyłam prawie dwanaście lat i bywało, że koncentrowaliśmy się na tańcach alternatywnych.

– Alternatywnych? – powtórzył Evan.

– Wychowałam się w Charlestonie. Tam wszystkie tańce poza shagiem czy walcem uważane są za alternatywne – powiedziała, jakby było to coś, o czym powinien wiedzieć każdy cywilizowany mieszkaniec Południa. – Ale doprawdy, Evanie, musisz pozwolić, żeby to Colin zadawał pytania. Dotąd prawie nie miał okazji powiedzieć jednego słowa. – Zwróciła się do Colina: – Pozwolisz, że przez parę dni będę twoją instruktorką tańca?

– Ile czasu muszę na to poświęcić?

– Dzisiaj pokażę ci podstawowe kroki, figury i obroty i jak obracać partnerkę. Żebyś wiedział, co masz ćwiczyć. Następnie trzy godziny jutro wieczorem i trzy w piątek. Po mojej pracy i kiedy się przebiorę, więc zaczniemy około szóstej. I oczywiście powinieneś ćwiczyć w wolnym czasie.

– To wystarczy?

– Za mało, żeby być dobrym albo nawet średnim. Trzeba lat, żeby stać się naprawdę dobrym w danym tańca. Ale jeśli się skupisz i będziesz robić dokładnie to, co ci powiem, może wystarczy na sobotnią randkę.

Colin napił się wody i nie od razu odpowiedział.

– Nie mów mi, że traktujesz tę propozycję poważnie – zwrócił się do niego Evan.

– Oczywiście, że traktuje ją poważnie. Wie, że mam rację.

Colin postawił szklankę na kolanie.

– Okay – powiedział. – Muszę tylko znaleźć kogoś, kto zastąpi mnie za barem w piątek wieczorem.

– Cudownie. – Lily się uśmiechnęła.

– Chwileczkę – zaczął Evan, zwracając się do niej. – Myślałem, że w piątek wychodzimy.

– Jest mi bardzo przykro, ale zamierzam to odwołać. Przyjaciel potrzebuje mojej pomocy i naprawdę nie mogę odmówić. Był taki słodki, gdy o to prosił.

– Poważnie? Czy ja nie mam nic do powiedzenia?
– Ależ masz – odparła Lily. – Ty też tu wtedy będziesz. Podobnie zresztą jak dzisiaj.
– Tutaj?
– A gdzie by indziej?
– Nie wiem. Może w studiu tańca?
– Nie bądź głuptasem. Nie ma takiej potrzeby. Ale chciałabym, żebyście przestawili meble w salonie. Masz rację, musimy mieć miejsce do pracy. Ty weźmiesz na siebie muzykę, będziesz na mój znak przewijać do przodu albo do tyłu, puszczać utwór od początku i tak dalej. Naprawdę musimy wykorzystać nasz czas do maksimum. Będziesz moim małym pomocnikiem.
– Małym pomocnikiem?
Uśmiechnęła się do niego.
– Czy wspomniałam, że tańczenie salsy może sprawić, że kobieta czuje się... zmysłowo? I że ten stan może się utrzymywać przez długie godziny?
Evan przełknął ślinę, pożerając ją wzrokiem.
– Z przyjemnością ci pomogę.

*

– Nagle zmieniłeś front – skomentował Colin.
Przestawiał z Evanem kanapę pod ścianą, podczas gdy Lily poszła do sypialni, żeby się przebrać i włożyć buty na odpowiednio wysokim obcasie. Lily nigdy nie robiła niczego na pół gwizdka.
– Czego się nie robi, żeby pomóc przyjacielowi.
Colin się uśmiechnął.
– Okay.
– I nie poprosisz o pozostanie dłużej, żeby poćwiczyć. Wypadasz stąd o dziewiątej.
– Okay.

Usiedli na kanapie.
– Nie wiem, jak ona mnie skłania do takich rzeczy.
Colin wzruszył ramionami.
– Chyba mam o tym całkiem dobre pojęcie.

*

Kiedy meble zostały przestawione, a dywan był zwinięty, Lily wyciągnęła Colina na środek pokoju. Evan z ponurą miną siedział na kanapie, mając obok siebie książki, lampę i trochę bibelotów. Lily włożyła obcisłe białe dżinsy, czerwoną jedwabną bluzkę i buty na obcasie. Colin uznał, że te buty prawdopodobnie kosztowały więcej, niż on zarabiał przez tydzień. Chociaż była jego przyjaciółką i narzeczoną Evana, był świadom, że dosłownie ocieka seksapilem.
– Nie zbliżaj się za bardzo, Colin – przestrzegł Evan.
– A teraz cicho – przykazała Lily, skupiona na czekającym ją zadaniu. – Być może się zastanawiasz, dlaczego się przebrałam – odezwała się do Colina.
– Niezupełnie – odparł.
– Przebrałam się, żebyś mógł widzieć, co robią moje nogi. Jak wspomniałam, pokażę ci podstawowe kroki salsy. Takie, na których możesz zawsze polegać, niezależnie od tego, co zrobi Maria. Czy to ma sens?
– Tak.
– Zanim zaczniemy, muszę założyć, że Maria umie tańczyć salsę.
– Mówiła mi, że kiedyś często tańczyła.
– Doskonale. – Lily stanęła obok niego, oboje patrzyli w stronę okna, pozwalając Evanowi, by obserwował ich z boku. – To znaczy, że da się prowadzić. Jesteś gotowy?
– Tak.
– W takim razie patrz, co robię, i rób dokładnie to samo – poleciła. – Lewa noga do przodu... to raz, przenieś ciężar ciała na palce

prawej stopy... to dwa, teraz lewa noga wraca do punktu wyjścia... trzy, i pauza... to cztery. – Zademonstrowała i Colin zrobił to samo. – Teraz prawa noga do tyłu... pięć, przenieś ciężar ciała na palce lewej stopy... sześć, prawa noga do przodu do pozycji wyjściowej... siedem i znowu pauza. To osiem. I gotowe.

Colin powtórzył jej kroki.

– Tak?

Pokiwała głową.

– Jeszcze raz, dobrze?

Potem jeszcze raz. Powtórzyli kroki, podczas gdy Lily liczyła od jednego do ośmiu, później jeszcze kilka razy, później coraz szybciej, i w końcu bez liczenia. Zrobili przerwę, a następnie zaczęli od początku, stopniowo przyśpieszając. Kiedy Colin poczuł, że wie, o co chodzi, Lily przystanęła i patrzyła, jak kontynuuje bez niej.

– Świetnie – pochwaliła go, kiwając głową. – Znasz już kroki, ale najważniejsze jest to, żeby nie podskakiwać. Teraz wyglądasz jak zbój maszerujący przez bagno. Musisz poruszać się bardziej płynnie, jak powoli rozchylające się płatki kwiatu. Przez cały czas ramiona mają być na tej samej wysokości.

– Jak mam to robić?

– Pracuj biodrami. W ten sposób. – Gdy zademonstrowała, płynnie kołysząc biodrami, zrozumiał, że miała rację, kiedy mówiła, że taniec czyni kobietę zmysłową. Kątem oka spostrzegł, że Evan się prostuje i wlepia w nią oczy, czego ona jakby nie zauważała.

– Zróbmy dokładnie to samo przy muzyce. Skoncentruj się na płynności ruchów. – Zwróciła się do Evana: – Cukiereczku? Puścisz jeszcze raz tę piosenkę?

Evan pokręcił głową jak człowiek próbujący zbudzić się ze snu.

– Co? Coś mówiłaś?

*

Tańczyli nieco ponad dwie godziny. Poza podstawowym krokiem Colin nauczył się obracać i wtedy zaczęli tańczyć razem. Lily mu pokazała, gdzie kłaść prawą rękę (wysoko na plecach, tuż poniżej ramienia, przypominał sobie), i jak dawać nieznaczne sygnały lewą ręką, żeby partnerka wykonała jeden z trzech różnych obrotów, co wymagało od niego zrobienia trzech nieco innych kroków przed powrotem do tych podstawowych.

Przez cały czas przypominała mu o płynności ruchów i poruszaniu biodrami, o zachowaniu kontaktu wzrokowego, o trzymaniu rytmu, o uśmiechu i o tym, żeby nie liczyć na głos. Wymagało to większej koncentracji, niż sobie wyobrażał. W końcu przesunęli meble z powrotem na miejsce i Colin zebrał się do wyjścia. Gdy wychodził na werandę, Lily wzięła Evana za rękę.

– Bardzo dobrze się spisałeś – pochwaliła Colina. – Masz wrodzone poczucie rytmu, jeśli chodzi o taniec.

– To trochę jak boks – zauważył.

– Mam nadzieję, że nie – powiedziała niemal z oburzeniem.

Uśmiechnął się.

– Jutro wieczorem, zgadza się?

– Punktualnie o szóstej. – Podała mu płytę CD. – To dla ciebie. Jutro, gdy będziesz miał trochę czasu, przećwicz kroki i obroty i udawaj, że obracasz partnerkę. Koncentruj się na sygnałach przekazywanych dłonią i staraj się poruszać płynnie. Byłoby stratą czasu, gdybyśmy musieli zaczynać od początku.

– Okay – powiedział. – I, Lily...

– Tak?

– Dziękuję.

– Nie ma za co, Colinie. – Uśmiechnęła się. – Byłoby jednak niedbalstwem z mojej strony, gdybym nie skorzystała z okazji i nie poruszyła kolejnej sprawy, która niedawno przyszła mi na myśl.

Colin czekał.

– Jeśli chodzi o twoją jutrzejszą randkę z Marią, chyba nie muszę ci przypominać, że spotkasz się z nią w miejscu publicznym, co wymaga bardziej formalnego stroju. Ani, mam nadzieję, nie muszę ci przypominać, że choć bardzo kochasz swój samochód, nie ma niczego bardziej zniechęcającego niż zagracone wnętrze albo auto, które nie chce zapalić. Czy nie mam racji?

Próbowałem naprawić wóz z innych powodów, pomyślał, ale teraz, gdy o tym mówisz...

– Tak – odparł.

– Cieszę się – powiedziała, kiwając głową. – Bądź co bądź kobieta ma pewne oczekiwania, kiedy chodzi o zaloty. A teraz kwiaty... zadecydowałeś jakie? Wiesz, że różne bukiety mogą mieć różne znaczenia?

Lily powiedziała to z taką powagą, że Colinowi trudno było powstrzymać się od śmiechu.

– Co radzisz?

Uniosła wypielęgnowaną dłoń do podbródka.

– Biorąc pod uwagę, że wciąż jesteście na etapie wzajemnego poznawania się i że chodzi tylko o spotkanie przy lunchu, bukiet róż jest zbyt formalny, a lilie, choć piękne, bardziej pasują do wiosny. Oczywiście goździki nie wyrażają niczego poza tym, że są niedrogie, więc ta opcja po prostu odpada.

Colin pokiwał głową.

– Dla mnie ma sens.

– Może zatem skromny jesienny bukiet? Żółte różyczki, pomarańczowe margaretki i może gałązka owoców dziurawca barwierskiego? – Z zadumą pokiwała głową. – Tak, według mnie to idealny bukiet na tę okazję. Będziesz musiał poprosić o kwiaty w wazonie, żeby mogła postawić je w biurze, ale to dobry wybór na tę okazję, nie sądzisz?

– Niewątpliwie.

– I pamiętaj, żeby je zamówić w kwiaciarni Michaela. Jest prawdziwym artystą w układaniu bukietów. Zadzwoń do niego jutro z samego rana i powołaj się na mnie. Będzie wiedział, co zrobić.

Evan uśmiechał się ironicznie, przysłuchując się rozmowie. Prawdopodobnie podejrzewał, że Colin okaże się podobny do niego, jeśli chodzi o Lily i spełnianie jej próśb. I ponieważ Evan znał go lepiej niż ktokolwiek inny, Colin pokiwał głową.

– Okay.

*

Nazajutrz Colin wstał wcześnie i z zadowoleniem stwierdził, że stare camaro odpaliło za pierwszym razem. Przeprowadził intensywny trening w siłowni – plyometria, sztanga, skakanka, długie ćwiczenia z ciężkim workiem i gruszką. W drodze powrotnej do mieszkania przystanął przy kontenerze na śmieci i wyrzucił niepotrzebne rupiecie z samochodu. W domu, mając wciąż rozgrzane, elastyczne mięśnie, przez pół godziny ćwiczył kroki salsy przy muzyce z jednej z płyt Lily, zdumiony, że niczego nie zapomniał i że taniec wymaga takiej koncentracji.

Wypił proteinowy koktajl mleczny, po czym włożył ciemne spodnie, mokasyny i koszulę pozostałe z dni, które spędzał w sali sądowej. Od tamtej pory zwiększył masę mięśniową, więc koszula była za ciasna w klatce piersiowej i ramionach, ale nie miał innej. Stojąc przed lustrem, pomyślał, że poza trochę obcisłą koszulą, Evan ubrałby go równie dobrze. Uznał, że strój jest niedorzeczny, zwłaszcza że od paru lat obracał się wśród studentów, którzy z reguły nosili japonki i szorty. Choć wiedział, że Lily nie pochwaliłaby tego, podwinął rękawy, odsłaniając przedramiona. Lepiej. I wygodniej.

Koleżanki z grupy albo nie zwróciły uwagi na jego ubranie, albo ich to nie obchodziło, a on słuchał wykładu i robił notatki jak zwykle. Dzisiaj nie widział Sereny, bo wspólne zajęcia mieli tylko w poniedziałki i środy. W wolnej chwili zadzwonił do kwiaciarni i zamówił jesienny bukiet, czymkolwiek, u licha, to było. Następnie podreptał na zajęcia z zarządzania klasą, mając świadomość, że jest w ciągłym ruchu, odkąd w jego głowie zrodził się niepokój, zakłócając mu porządek dnia.

Skończył zajęcia za piętnaście dwunasta. Słońce świeciło wysoko na niebie, wciąż trwało babie lato. Szedł do samochodu powoli, żeby się nie spocić. W drodze pod wskazany przez Marię adres wstąpił do kwiaciarni i wtedy los zaczął mu płatać figle. Musiał dwa razy przekręcić kluczyk i naciskać pedał gazu, żeby zapuścić silnik. Pozostało mu tylko trzymać kciuki.

Kancelaria Martenson, Hertzberg i Holdman mieściła się we względnie nowoczesnym budynku z parkingami po obu stronach, kilka przecznic od rzeki Cape Fear, w samym środku zabytkowej dzielnicy. Po przeciwnej stronie ulicy stały przylegające do siebie kamienice, jeden odcień cegły ustępował innemu, markizy ocieniały wystawy sklepowe. Zaparkował kilka miejsc od samochodu Marii, obok lśniącego czerwonego chevroleta corvette.

Zabrał wazon z kwiatami – pamiętając o „pewnych oczekiwaniach", o których wspomniała Lily – a potem pomyślał o Kenie i problemach, które stwarzał. Zastanawiał się, czy facet jest gdzieś w pobliżu. Chciał dopasować twarz do nazwiska. Gdy zamykał samochód, nagle uświadomił sobie, że całe przedpołudnie było odliczaniem czasu do spotkania z Marią.

Ku własnemu zaskoczeniu zrozumiał, że za nią tęsknił.

10
Maria

Barney zaszył się w swoim gabinecie, zajęty przygotowaniami do procesu, dlatego też Maria miała więcej obowiązków. Spędziła ranek na rozmowach z klientami, starając się, żeby każdy z nich odniósł wrażenie, że jego sprawa jest najważniejsza. Mniej więcej co pół godziny praktykantka Lynn przychodziła z kolejnymi dokumentami albo formularzami do wypełnienia. Maria robiła wszystko, żeby nie dopuścić do powstania zaległości. Bezustanna praca miała tę zaletę, że nie było czasu na martwienie się o randkę, ściślej rzecz biorąc, o reakcję rodziców na Colina. Po pierwsze – i w przeciwieństwie do Luisa – Colin był gringo, i choć dla ludzi z jej pokolenia nie miało to większego znaczenia, rodzice zapewne będą zaskoczeni. Przedstawienie im Colina oznaczało, że to coś poważnego, a prawdopodobnie zawsze zakładali, że ich córka na poważnie będzie się spotykać tylko z Meksykaninem. Wszyscy w rodzinie – nawet powinowaci – byli Meksykanami, dochodziły też różnice kulturowe. Urządzali tłumne rodzinne spotkania, z piniatą dla dzieci, słuchali mariachi, obsesyjnie oglądali telenowele i między sobą mówili tylko po hiszpańsku. Niektórzy spośród jej ciotek i wujów nie znali angielskiego. Wiedziała, że dla rodziców będzie to wielki problem, ale prawdopodobnie zastanowi ich, dlaczego nie powiedziała o pochodzeniu Colina. Opinie reszty rodziny będą uzależnione od wieku. Ci młodsi nie dostrzegą żadnego problemu. Jednak nie miała wątpliwości, że jej znajomość z Colinem będzie tematem rozmów rodziny w restauracji jeszcze długo po tym, jak oboje się pożegnają i wyjdą.

Z tym mogła sobie poradzić, natomiast nie była pewna, czy da sobie radę z rozmową o przeszłości Colina. Wiedziała, że to nieuniknione. Temat wypłynie wcześniej czy później, ale jeśli mama albo tata zaczną go wypytywać już dzisiaj? Zakładała, że będzie w stanie uciąć pytania, mówiąc, że są tylko przyjaciółmi, i zmieniając temat, ale jak długo zdoła udawać? Jeśli ich znajomość nie zakończy się po sobotnim spotkaniu – przyznawała, że tego nie chce – przeszłość Colina wypłynie prędzej czy później. Co powiedziała Serena? „Wolałabym być jak najdalej stąd, kiedy rzucisz tacie tę małą bombę". Dla rodziców nie będzie miało znaczenia, że jest dorosłą kobietą. Okażą swoje niezadowolenie i będą przekonani, że postępują właściwie, skoro ich córka nie ma pojęcia, w co się pakuje.

I najgorsze jest to, że rodzice prawdopodobnie będą mieli rację.

*

– Masz gościa – powiadomiła ją Jill.

Maria rozmawiała przez telefon z recepcjonistką Gwen, która przekazywała jej tę samą wiadomość, kiedy Jill stanęła w drzwiach z torebką na ramieniu.

– Słyszałam – odparła. Było piętnaście po dwunastej. – Jak ten czas leci. Mam wrażenie, jakbym dopiero co tu weszła.

Jill się uśmiechnęła.

– Zakładam, że wychodzisz z Colinem?

– Taki mam zamiar – potwierdziła Maria. – Przepraszam, nie miałam okazji wcześniej ci powiedzieć o swoich planach. Przez całe przedpołudnie siedziałam w biurze. Nie miałam chwili oddechu.

– Nie przejmuj się – powiedziała Jill, machając ręką. – Pamiętam ten reżim: pracuj, dopóki nie padniesz, kiedy Barney przygotowywał się do procesu. Prawdę mówiąc, wpadłam ci powiedzieć, że chcę zrobić niespodziankę Paulowi. Wybieram się do niego do biura, żeby mnie zabrał na lunch.

– Na pewno nie masz mi za złe?

– Nie, jeśli chodzi o lunch. Ale żałuję, że mnie nie uprzedziłaś o przyjściu Colina. Ściągnęłabym Paula, żeby mógł na własne oczy zobaczyć, jak właściwa dieta i ćwiczenia wpływają na mężczyznę.

– Paul jest w doskonałej formie.

– Łatwo ci mówić. Spójrz na tego, który czeka na ciebie w holu. Paul flaczeje i wcale się tym nie przejmuje. Wiem, że o to nie dba, rzuciłam mu parę tekstów na temat poprawy kondycji, typu: odłóż to ciasto, na litość boską, i wskocz na bieżnię.

– Nie mów, że tak powiedziałaś.

– Nie, ale pomyślałam. Na jedno wychodzi.

Maria roześmiała się, zabierając swoje rzeczy.

– Chcesz wyjść ze mną?

– Dlatego wciąż czekam. Poza tym chcę widzieć twoją minę, kiedy to odkryjesz.

– Co?

– Zaraz się przekonasz.

– O czym ty mówisz?

– Chodź już – ponagliła ją Jill. – I nie zapomnij nas sobie przedstawić. Chcę opowiedzieć o tym Paulowi, zwłaszcza jeśli twój amant będzie ze mną flirtować.

– Colin nie jest typem flirciarza.

– A kogo to obchodzi? Prawda jest taka, że po prostu chcę mu się przyjrzeć. Oczywiście, żeby sprawdzić, czy jest dla ciebie dość dobry.

– To bardzo miło z twojej strony.

– Od czego są przyjaciele?

Gdy ruszyły w głąb korytarza, Maria wzięła głęboki wdech, czując, jak powracają zmartwienia. Na szczęście Jill niczego nie zauważyła; błądziła gdzieś myślami.

– Zaczekaj chwilkę – powiedziała.

Maria patrzyła, jak sięga do torebki. Wyjęła szminkę, musnęła usta i schowała ją z powrotem.

– W porządku – oznajmiła Jill. – Teraz możemy iść.

Maria wlepiła w nią oczy.

– Poważnie?

Jill puściła oko.

– Co mogę powiedzieć? Pierwsze wrażenie jest najważniejsze.

Maria zobaczyła dwie praktykantki wyłaniające się zza rogu, które szeptały podniecone jak licealistki. Jill skinęła głową w ich stronę.

– Teraz rozumiesz, o co mi chodziło? A ty nie dopuściłaś mnie do tajemnicy. To olśniewający mężczyzna.

– Wcale nie jest taki przystojny.

– Ech... tak. Jest. Chodź. Masz randkę i nie powinnaś się spóźnić.

Gdy tylko Maria dostrzegła go w holu, jej żołądek zrobił małego fikołka. Colin patrzył w inną stronę. Uświadomiła sobie, że czeka na nią. Z tyłu mógł uchodzić za młodego prawnika, choć wyjątkowo atletycznie zbudowanego i z tatuażami. Maria zerknęła na recepcjonistkę i zauważyła, że Gwen dokłada wszelkich starań, żeby nie gapić się na Colina, rozmawiając przez telefon.

Musiał wyczuć obecność Marii, bo się odwrócił. Ujrzała piękny bukiet kwiatów, oranże i żółcie z plamą czerwieni pośrodku. Lekko rozchyliła usta.

– Niespodzianka – szepnęła Jill, ale Maria była zbyt zszokowana, żeby ją usłyszeć.

– Och, cześć – powiedziała w końcu. Podchodząc do niego, miała mgliste pojęcie, że Jill została z tyłu. Z bliska jego świeży zapach mieszał się z wonią kwiatów. – Nowe ubranie?

– Strój wolności – odparł. – Prawdopodobnie uchronił mnie przed więzieniem.

Uśmiechnęła się, rozbawiona. A w następnej chwili pomyślała: Nie mogę uwierzyć, że jego odpowiedź mnie nie martwi. Ale nie chciała o tym myśleć. Wskazała na kwiaty.

– Dla mnie?
– Tak – odparł, podając jej bukiet. – Jesienna kompozycja.
– Są piękne. Dziękuję.
– Nie ma za co.
– Zaniosę je do biura. Zaraz wrócę i będziemy mogli pójść.
– Okay.

Usłyszała za plecami chrząknięcie Jill i odwróciła się.
– To moja przyjaciółka Jill. Też jest prawnikiem.

Jill podeszła. Colin ujął jej rękę.
– Cześć, Jill.
– Cześć, Colin. – Życzliwie, ale profesjonalnie uścisnęła jego dłoń. – Miło cię poznać.

Maria zostawiła ich i pośpieszyła do biura. Zauważyła, że obie praktykantki zmierzyły ją pełnym zazdrości wzrokiem, gdy je mijała. Próbowała sobie przypomnieć, kiedy ostatni raz ktoś podarował jej kwiaty. Poza jedną różą od Luisa na walentynki po roku związku nie pamiętała ani jednego razu.

Ustawiła wazon w widocznym miejscu, po czym wróciła do holu na końcówkę rozmowy Jill i Colina.

Jill się odwróciła.

– Właśnie się dowiedziałam, że jesteś znacznie lepszym fotografem, niż mówisz. Colin powiedział, że zrobiłaś fantastyczne zdjęcia morświnów.

– Jest zbyt uprzejmy – skomentowała Maria. – Od czas do czasu dopisuje mi szczęście.

– Mimo wszystko chciałabym je zobaczyć.

– Wyślę ci e-mailem – powiedziała i zapytała Colina: – Gotów?

Skinął głową i po pożegnaniu się z Jill ruszyli na parking.

– Miła ta twoja przyjaciółka – zauważył.

– Jest cudowna – zgodziła się Maria. – Gdyby nie ona, jadłabym lunch samotnie przy biurku, odkąd tu jestem.

– Do dzisiaj – zaznaczył z uśmiechem. – Jak w pracy?

– Jestem zarobiona po uszy, ale mam nadzieję, że w końcu się uspokoi. Dziś po południu i jutro szefa nie będzie w kancelarii.

– Jeśli tak, nie polecam urządzania masowej imprezy i demolowania biura w czasie jego nieobecności. Przekonałem się, że to wkurza ludzi.

– Będę o tym pamiętać – powiedziała, gdy otworzył jej drzwi samochodu.

Wsiadła do camaro. Colin zajął miejsce za kółkiem i pochylił się ku niej z kluczykami w ręce.

– Pomyślałem, że moglibyśmy pojechać do którejś restauracji w centrum. Może dostaniemy stolik na zewnątrz z ładnym widokiem.

O tak, pomyślała. Mniej więcej. Zapięła pas, zastanawiając się, jak to najlepiej wyjaśnić.

– Brzmi cudownie – zaryzykowała – i zgodziłabym się z przyjemnością, ale jest pewien problem. Wczoraj wieczorem byłam u rodziców i przypadkiem wspomniałam, że wybieramy się na lunch, i... – Wypuściła powietrze, decydując się na powiedzenie mu wprost. – Spodziewają się nas w swojej restauracji.

Colin stuknął kluczykami o siedzenie.

– Chcesz mnie poznać ze swoimi rodzicami?

Niezupełnie. Przynajmniej jeszcze nie. Ale... Zmarszczyła nos, niepewna, jak zareaguje. Miała nadzieję, że się nie rozzłości.

– Można tak powiedzieć.

Wsunął kluczyk do stacyjki.

– Okay – powiedział.

– Serio? Nie przeszkadza ci to? Mimo że dopiero się poznaliśmy?
– Nie.
– Jak zapewne wiesz, niewielu facetów byłoby zachwyconych.
– Okay.
– To... dobrze – podsumowała.
Przez chwilę nic nie mówił.
– Jesteś zdenerwowana – powiedział w końcu.
– Nie znają cię tak jak ja. – Powoli wciągnęła powietrze, myśląc: teraz trudniejsza część. – Kiedy ich poznasz, zrozumiesz, że są staroświeccy. Tata zawsze był opiekuńczy, a mama ciągle się martwiła. Obawiam się, że jeśli zaczną zadawać pytania...
Kiedy zawiesiła głos, Colin dokończył za nią.
– Martwisz się, co im powiem. I jak zareagują.
Nie musiała odpowiadać. Już wiedział, że o to chodzi.
– Nie okłamię ich – oznajmił.
– Wiem – odparła. W tym problem. – I nie proszę cię, żebyś kłamał. Nie chcę, żebyś kłamał, ale mimo to się denerwuję.
– Z powodu mojej przeszłości.
– Przykro mi, ale wolałabym, żeby cię nie wypytywali. Logicznie rzecz biorąc, jestem dorosła i mam prawo umawiać się, z kim chcę, i nie powinno mieć dla mnie znaczenia, co o tym myślą rodzice. Jednak ma. Ponieważ wciąż mi zależy na ich przyzwoleniu. I wierz mi, zdaję sobie sprawę, jak okropnie to brzmi.
– Wcale nie. Brzmi normalnie.
– Ty nie potrzebujesz przyzwolenia.
– Evan prawdopodobnie powiedziałby, że jestem nienormalny.
Pomimo napięcia roześmiała się i znowu ucichła.
– Jesteś na mnie zły?
– Nie – odparł.
– Ale pewnie czujesz się urażony.
– Nie – powtórzył.

– Co w takim razie czujesz?
Nie odpowiedział od razu.
– Czuję, że mi pochlebiasz.
Zamrugała.
– Ja ci pochlebiam? Do licha, w jaki sposób?
– To skomplikowane.
– Mimo wszystko chcę posłuchać.
Wzruszył ramionami.
– Ponieważ powiedziałaś, co czujesz, chociaż podejrzewałaś, że możesz mnie zranić. I ponieważ powiedziałaś prawdę. Zrobiłaś to, bo jesteś wrażliwa, martwisz się i chcesz, żeby mnie polubili. Ponieważ ci na mnie zależy. To mi schlebia.
Uśmiechnęła się, trochę z zaskoczenia, trochę dlatego, że miał rację.
– Chyba zrezygnuję z jakichkolwiek prób przewidywania twojego zachowania.
– Okay – powiedział. Przekręcił klucz i silnik zawarczał. Zanim wrzucił bieg, odwrócił się w jej stronę. – Więc co chcesz zrobić?
– Iść na lunch? W nadziei na najlepsze?
– Wygląda to na dobry plan.

*

Restauracja La Cocina de la Familia mieściła się w mającym już swoje lata centrum handlowym, kilka przecznic od Market Street, ale cieszyła się popularnością, o czym świadczył zapełniony parking. Gdy szli do drzwi, Colin sprawiał wrażenie spokojnego jak zwykle, co powodowało tym większe podenerwowanie Marii. Kiedy sięgnął po jej rękę, w odpowiedzi mocno ścisnęła jego dłoń, jak człowiek chwytający koło ratunkowe na tonącym statku.
– Zapomniałam spytać, czy lubisz meksykańskie jedzenie.
– Pamiętam, że kiedyś się nim opychałem.

– Ale teraz już nie jesz? Bo jest niezdrowe, prawda?
– Zawsze znajdzie się coś do zamówienia.
Ściskała jego rękę, zadowolona z tego, co czuje.
– Mama zapowiedziała, że przyrządzi dla nas coś specjalnego. A to oznacza, że możesz nie mieć wyboru. Uprzedziłam ją, że lubisz zdrową żywność.
– Będzie dobrze.
– Czy ty kiedykolwiek się czymś przejmujesz?
– Staram się tego nie robić.
– Po lunchu zaczniesz dawać mi lekcje, dobrze? Bo ostatnio mam wrażenie, jakbym się tylko przejmowała.

Otworzył drzwi i weszła do środka. Natychmiast podszedł do nich wuj Tito i zagadnął po hiszpańsku, wyraźnie podekscytowany jej wizytą. Pocałował ją na powitanie, chwycił Colina za rękę, sięgnął po menu i zaprowadził ich do boksu w kącie. Był to jedyny wolny stolik w lokalu, co oznaczało, że rodzice go zarezerwowali.

Gdy usiedli, kuzynka Anna przyniosła szklanki wody, koszyk z nachos i salsę. Maria pogawędziła z nią krótko i po raz drugi przedstawiła Colina. Kiedy Anna odeszła, pochyliła się nad stolikiem.
– Wybacz – powiedziała. – Nie przychodzę tu tak często, jak powinnam. Pewnie są równie podekscytowani jak moi rodzice.
– Ilu twoich krewnych tu pracuje?
– Obecnie? – Rozejrzała się, dostrzegając drugiego wuja za barem i dwie ciotki obsługujące stoliki. – Przypuszczam, że pięcioro albo sześcioro. Ale dla pewności muszę zapytać rodziców.

Też się rozejrzał.
– Duży ruch.
– Jak zawsze. Od otwarcia restauracji trzy razy ją powiększaliśmy. Na początku było tylko osiem stolików. – Zobaczyła rodziców wychodzących z kuchni i wyprostowała się. – Aha, idą. Moi rodzice.

Kiedy podeszli do stołu, Maria pocałowała matkę, potem ojca, cały czas mając nadzieję, że nie urządzą widowiska.

– To mój przyjaciel Colin – powiedziała. – To moi rodzice, Felix i Carmen.

– Witamy – przywitali się Felix i Carmen niemal jednocześnie, poddając go szybkiej lustracji.

– Miło mi państwa poznać – zwrócił się do nich Colin.

– Maria mówi, że studiujesz – rzekł Felix, od razu przechodząc do konkretów. – I że pracujesz jako barman.

– Tak – odparł Colin. – Chodzę na zajęcia z Sereną. Pracuję w barze Krabowy Pete, na plaży. – Potem, niewątpliwie mając na względzie obawy Marii i nie chcąc dać się wciągnąć w długą rozmowę o swojej przeszłości, gestem ogarnął wnętrze. – Stworzyli państwo fantastyczny lokal. Ile lat to zajęło?

– Trzydzieści jeden – odparł Felix z nutą dumy w głosie.

– Maria mówiła, że musieli państwo go powiększyć. Robi wrażenie.

– Dopisało nam szczęście – zgodził się Felix. – Byłeś tu wcześniej?

– Nie – odparł Colin. – Ale Maria mówi, że pańska żona jest nadzwyczajnym szefem kuchni.

Felix lekko się wyprostował.

– Jest najlepsza – oznajmił, zerkając na Carmen. – Oczywiście z tego powodu czasami wierzy, że jest szefem restauracji.

– Jestem szefem – powiedziała Carmen, lekko kalecząc angielski.

Colin się uśmiechnął. Po krótkiej pogawędce Maria spostrzegła, że tata bierze mamę pod rękę.

– Chodźmy. Powinniśmy zostawić ich samych – powiedział.

Pożegnali się. Maria odprowadziła ich wzrokiem, gdy szli do kuchni.

– Wiesz, zaraz zaczną o tobie mówić z Titem, Anną i całą resztą. Z wyjątkiem Luisa jesteś jedynym facetem, którego tu przyprowadziłam.

– Czuję się zaszczycony.
Odniosła wrażenie, że powiedział to szczerze.
– Nie było tak źle, jak się obawiałam – dodała.
– Są uprzejmi.
– Tak, ale wciąż jestem ich córką. Poza tym nie zadawali żadnych trudnych pytań.
– Może nie chcieli.
– W końcu zechcą. Chyba że, oczywiście, więcej się nie zobaczymy.
– Czy tego chcesz?
Maria na chwilę spuściła wzrok.
– Nie – odparła. – Cieszę się, że tu jestem. I jestem szczęśliwa, że spędzimy trochę czasu razem w ten weekend.
– To znaczy?
– Że następnym razem, kiedy tu będziemy... zakładając, że będzie następny raz... będę jeszcze bardziej zdenerwowana.

*

Parę minut później Carmen i dwie kuzynki Marii zaczęły wnosić jedzenie: talerze tacos, burritos, mole poblano i enchilada, tamales, carne asada, chile relleno, tilapia Veracruz oraz sałatka. Gdy Carmen stawiała dania na stole, Maria pomachała rękami.
– Mamo, to o wiele za dużo – zaprotestowała.
Nawet Colin wydawał się zaskoczony liczbą talerzy.
– Jedzcie, ile chcecie – odparła Carmen po hiszpańsku. – Resztę zabierzemy na zaplecze i rozdamy. Ludzie zjedzą.
– Ale...
Carmen zerknęła na Colina, potem na córkę.
– Twoja siostra miała rację. Jest bardzo przystojny.
– Mamo!
– Co? On mnie nie rozumie.
– Nie o to chodzi!

– Po prostu dobrze jest widzieć, że jesteś szczęśliwa. Martwiliśmy się z tatą. Dotychczas miałaś tylko pracę. – Uśmiechnęła się i popatrzyła na Colina. – Colin? To irlandzkie imię?

– Nie mam pojęcia.

– Jest katolikiem?

– Nie pytałam go.

– O czym rozmawiacie?

Nie masz pojęcia, pomyślała Maria. I nie chcesz wiedzieć.

– Niegrzecznie jest tak przy nim rozmawiać, wiesz.

– Oczywiście – powiedziała mama, wciskając ostatni talerz między szklanki z wodą. – Masz absolutną rację. – Uśmiechnęła się do Colina, przechodząc na angielski: – Smacznego.

– Dziękujemy.

Chwilę później zostali sami z górą jedzenia.

– Pachnie rozkosznie – powiedział Colin.

– Żartujesz? To niedorzeczne! Kto, u licha, mógłby tyle zjeść?

– Jesteś zdenerwowana.

– Oczywiście, że jestem. Powinniśmy zamówić z karty, ale zamiast tego mama musiała zrobić po swojemu.

– Dlaczego?

– Wciąż próbuję to rozgryźć. Żeby zrobić na tobie wrażenie? Żeby sprawić, że poczujesz się mile widziany?

– To dobre rzeczy.

– Wiem, ale ma skłonności do przesady.

Patrzyła, jak Colin przenosi spojrzenie z jednego talerza na drugi, i wskazała tilapię.

– Chyba to zrobiła specjalnie dla ciebie. To pieczona ryba z pomidorami, oliwkami i rodzynkami. Śmiało, bierz.

Wziął kilka kawałków ryby i trochę sałatki. Maria wzięła jeden kawałek, sałatkę i pół enchilady. Reszta pozostała nietknięta. Colin spróbował rybę i postukał widelcem w talerz.

– Rewelacyjna – powiedział. – Nic dziwnego, że twoja mama jest szefem kuchni.

– Jest w tym dobra.

– Umiesz tak gotować?

Pokręciła głową.

– Chciałabym. Daleko mi do mamy, ale pracowałam w kuchni i nauczyłam się podstaw. Gotowanie sprawiało mi przyjemność, lecz po jakimś czasie rodzice uznali, że będzie lepiej, gdy będę obsługiwała stoliki. Stwierdzili, że konieczność rozmawiania z nieznajomymi pomoże mi pokonać nieśmiałość.

– Znowu zaczynasz z tą nieśmiałością?

– Skoro tak mówisz, najwyraźniej metoda zadziałała. I jeśli chcesz wiedzieć, jestem doskonałą kelnerką.

Roześmiał się. Przez godzinę przeskakiwali z tematu na temat – rozmawiali o ulubionych filmach i miejscach, które pewnego dnia chcieliby odwiedzić. Colin opowiedział jej o swojej rodzinie, a ona jemu o swojej. Ilekroć mówiła, słuchał skupiony, patrząc jej w oczy. Rozmowa była lekka, niewymuszona, ale Maria czuła, że Colina naprawdę interesuje wszystko, o czym mu mówi. Mimo obecności rodziny i gwaru rozmów prowadzonych przy innych stolikach ich wspólny lunch wydawał się osobliwie intymny. Gdy rodzice po raz drugi zjawili się przy stoliku – chociaż Carmen była rozczarowana, że zjedli tak mało – Maria czuła się dziwnie odprężona i zadowolona.

Po szeregu pożegnań pojechali do biura Marii. Stare camaro spisywało się doskonale. Colin odprowadził ją do wejścia, trzymając za rękę, a ona pomyślała, że to wypadło całkowicie naturalnie. Przed drzwiami lekko ją pociągnął, chcąc, żeby się zatrzymała.

– O której w sobotę? – zapytała, patrząc na niego.

– Od czwartej do szóstej mam trening, więc może wstąpię po ciebie około wpół do ósmej? Najpierw zjemy kolację, a potem wyruszymy na tańce?

– Świetnie – odparła. – Jaki trening?
– Uderzenia i walka w parterze – odparł. – To coś jak zapasy.
– Można popatrzeć?
– Chyba tak. Jestem pewien, że właściciel sali nie będzie miał nic przeciwko, ale wolę zapytać.
– Zapytasz?
– Chcesz przyjść?
– Skoro wybieramy się na tańce, pomyślałam, że równie dobrze mogę popatrzeć na coś, co ty lubisz robić.

Nie krył zaskoczenia.

– Okay – powiedział. – Ale potem musiałbym skoczyć do domu, żeby się doprowadzić do porządku przed wyjściem. A wracając do treningu, możemy się spotkać przy sali? – Kiedy pokiwała głową, podał jej nazwę sali treningowej, a ona zapisała mu swój adres domowy na odwrocie wizytówki.

Wsunął wizytówkę do kieszeni i zanim uświadomiła sobie, o co chodzi, pochylił się i ich usta się spotkały. Pocałunek był delikatny i mimo że nie tak elektryzujący jak ten w niedzielę, miał w sobie coś ciepłego, krzepiącego. Nagle przestało mieć znaczenie, co pomyślą rodzice. Tu i teraz liczył się tylko Colin. Kiedy się odsunął, już żałowała, że pocałunek nie trwał dłużej. W tej chwili dostrzegła kątem oka jakiś ruch. Kiedy spojrzała w tamtą stronę, zobaczyła Kena, który wyszedł zza rogu – bez wątpienia zaparkował auto na tyłach budynku – i zastygł w bezruchu, patrząc na nich z daleka. Zesztywniała i Colin spojrzał w tamtą stronę.

– To on? – zapytał cicho. – Ken?
– Tak – odparła, widząc, że jego twarz tężeje. Nie odsunął się od niej, ale skupił uwagę na Kenie. Choć nie zacisnął ręki, czuła napięcie, głęboko zakorzenioną złość, z trudnością trzymaną w ryzach. Nie bała się, ale nagle zrozumiała, że jej szef zdecydowanie powinien mieć powody do obaw.

Ken wciąż na nich patrzył. Była to sytuacja patowa, bo Colin też nie spuszczał z niego oka. Oderwał od niego wzrok dopiero wtedy, kiedy Ken się odwrócił. Pocałował ją ponownie, ale tym razem z większą stanowczością.

– Nie przejmuj się nim. Nie jest tego wart – powiedziała.
– Czepia się ciebie.
– Dam sobie radę.
– Mimo wszystko go nie lubię.
– Dlatego mnie pocałowałeś?
– Nie.
– W takim razie dlaczego?
– Bo cię lubię – odparł.

Jego słowa – bezpośrednie, szczere – sprawiły, że jej żołądek znów fiknął koziołka. Robiła wszystko, co mogła, żeby nie szczerzyć zębów jak głupek.

– Co robisz dzisiaj i w piątek wieczorem?
– Jestem umówiony z Evanem i Lily.
– W oba wieczory?
– Tak.
– Co będziecie robić?
– Nie mogę ci powiedzieć.
– Dlaczego?
– Tego też nie mogę ci powiedzieć.

Ścisnęła jego rękę.

– Wiem, że nie kłamiesz, ale właściwie nic mi nie mówisz. Czy powinnam się martwić? Wychodzisz gdzieś z kimś innym?
– Nie – odparł, kręcąc głową. – To nie jest powód do zmartwień. Dzisiaj doskonale się bawiłem. Z przyjemnością poznałem twoich rodziców.
– Miło mi.

Uśmiechnął się i zrobił krok do tyłu.

– Pewnie już czas, żebyś wróciła do pracy.
– Wiem.
– On wciąż nas obserwuje?
Spojrzała i pokręciła głową.
– Myślę, że poszedł do tylnego wejścia.
– Wkurzył się tym, co zobaczył?
Zastanowiła się.
– Prawdopodobnie. Ale teraz wie, że cię nie wymyśliłam, i dobrze. Jeśli znów mnie zaczepi, po prostu dam mu do zrozumienia, że jesteś zazdrośnikiem.
– Nie jestem – powiedział. Niebieskoszare oczy miał skupione i jednocześnie łagodne. – Ale wciąż go nie lubię.

11
Colin

W sobotę Colin wstał wcześnie. Słońce dopiero wschodziło, gdy wybrał się na przejażdżkę rowerową. Jego rower – rdzewiejący gruchot, który kupił za pół darmo w lombardzie – miał co najmniej dziesięć lat, ale był na chodzie. Colin porządnie się napocił, zanim dotarł do sali. Tam zafundował sobie trening ogólnorozwojowy, przez godzinę wymachiwał ciężkimi linami, rzucał piłkami lekarskimi i ćwiczył na różnych urządzeniach. Po treningu ciężkim krokiem podszedł do roweru i wrócił do domu. Skosił trawnik i przystrzygł krzewy, pogrążony w zadumie. Maria chodziła mu po głowie od pierwszego spotkania, ale tamte myśli były niczym w porównaniu z obecnymi, niemal obsesyjnymi. Nawet Evan to zauważył. Wcześniej, kiedy wyszedł na werandę, uśmiechnął się kpiarsko i Colin zrozumiał, że przyjaciel doskonale zdaje sobie sprawę z wpływu, jaki wywiera na niego Maria. W czwartek i piątek wieczorem Evan tryskał energią. Colin podejrzewał, że miało to coś wspólnego ze zmysłowością salsy, ale przecież nie mógł go ciągnąć za język.

Lily też zauważyła, że Colin darzy Marię coraz głębszym uczuciem, ale koncentrowała się głównie na lekcjach tańca. Z małym wyjątkiem, kiedy poleciła mu restaurację w centrum, dwa razy przypominając o zrobieniu rezerwacji. Nauczyła go tańczyć lepiej, niż uważał za możliwe, lecz mimo to wciąż nie bardzo wierzył w swoje umiejętności. Wolał nie myśleć, jak bardzo musiałby improwizować, gdyby nie jej pomoc.

Po pracy w ogrodzie wypił drugi tego dnia koktajl proteinowy, doprowadził do porządku mieszkanie, a później usiadł do napisania pracy na temat zarządzania klasą. Miała liczyć tylko pięć stron, ale był zbyt rozkojarzony, żeby zrobić coś więcej poza ogólnym zarysem. W końcu dał sobie spokój.

Ponownie przebrał się w strój treningowy, zabrał torbę sportową i ruszył do drzwi. Choć ostatnio camaro sprawiało się niezawodnie, dziś silnik kasłał i prychał, co oznaczało, że problemem nie jest ani stacyjka, ani alternator. Powinien poszukać rozwiązania, ale złapał się na tym, że zamiast tego rozmyśla o Marii, przejęty tym, żeby randka się udała. Dzwonił do Marii w czwartek i piątek po pracy, co było dla niego czymś zupełnie nowym. Nie przypominał sobie, żeby kiedykolwiek tak długo rozmawiał z kimś przez telefon. Do czasu poznania tej dziewczyny nawet sobie nie wyobrażał, że ktokolwiek mógłby znieść taką długą rozmowę. Ale dzięki Marii rozmowa była przyjemna i niejeden raz uśmiechnął się bezwiednie, gdy jej słuchał. Napomknęła, że Ken trzyma się od niej z daleka, a kiedy zrelacjonowała przebieg randki w ciemno tamtego wieczoru, kiedy pomógł jej zmienić koło, głośno się roześmiał. Po skończonej rozmowie trudno mu było zasnąć. Zwykle padał na łóżko i oczy same mu się zamykały.

Po raz pierwszy od długiego czasu pomyślał o telefonie do rodziców. Nie był pewien, skąd się wzięła ta chęć, ale założył, że miała coś wspólnego z opowieścią Marii o jej rodzicach i o tym, jak dobrze się rozumieli. Zastanawiał się, jak mogłoby potoczyć się jego życie, gdyby został wychowany w rodzinie takiej jak jej. Oczywiście nie musiałoby być inne – był trudnym dzieckiem, jeszcze zanim nauczył się chodzić – ale jeśli wpływ rodziny odgrywał nawet małą rolę, jego życie obrało kierunek, który niezupełnie zależał od niego. Był zadowolony ze swojej obecnej drogi, która do niedawna była pełna wybojów i kamieni. Maria o tym wiedziała i jej wyrozumiałość wciąż stanowiła dla niego niespodziankę, przyjemną niespodziankę, tym większą, że sama miała za sobą nieskazitelną przeszłość.

Podjeżdżając pod salę, zauważył Marię stojącą przed wejściem, ubraną w krótkie spodenki i bawełnianą koszulkę. Znów pomyślał, że jest jedną z najpiękniejszych kobiet, jakie spotkał.

– Cześć – rzuciła na powitanie, gdy się zbliżył. – Gotów stłuc paru osiłków?

– To tylko ćwiczenia.

– Na pewno mogę tam wejść i popatrzeć?

Sięgnął do klamki, kiwając głową.

– Dziś rano rozmawiałem z właścicielem, nie ma nic przeciwko. Obiecał, że nawet nie każe ci podpisać zrzeczenia się ewentualnych roszczeń, dopóki nie postanowisz wejść do klatki.

– Jesteś niezłym negocjatorem.

– Staram się – odparł. Przytrzymał drzwi, mierząc ją wzrokiem, gdy wchodziła. Patrzył, jak się rozgląda. W przeciwieństwie do wielu komercyjnych sal treningowych, ta bardziej przypominała magazyn. Mijali półki pełne hantli i innego sprzętu do ćwiczeń, zmierzając do właściwej sali treningowej w głębi budynku. Przez kolejne drzwi weszli do przestronnego pomieszczenia ze ścianami obitymi gąbką, wysłanego dużymi matami, ze sprzętem w każdym kącie, z ringiem w klatce po lewej stronie. Kilku partnerów treningowych Colina rozciągało się albo robiło inną rozgrzewkę. Położył torbę i powitał ich skinieniem głowy. Maria zmarszczyła nos.

– Ale tu pachnie.

– Będzie jeszcze gorzej – zapowiedział.

– Gdzie mam usiąść?

Colin wskazał kąt, w którym stały skrzynie z rękawicami bokserskimi, matami, ekspanderami, skakankami i pudła do ćwiczeń plyometrycznych.

– Jak chcesz, możesz usiąść na pudle – powiedział. – Zwykle nie korzystamy z tej części sali.

– A gdzie ty będziesz?

– Najpewniej wszędzie.

– Ilu facetów tu przyjdzie?

– Może ośmiu albo dziesięciu. Soboty zawsze są trochę luźniejsze. W tygodniu jest nas piętnastu, szesnastu.

– Innymi słowy, są tu tylko ci najbardziej gorliwi?

– Prędzej maniacy ćwiczeń albo faceci, którzy niedawno zaczęli i próbują trenować, ile tylko mogą. W soboty wielu poważnych zawodników wyjeżdża z miasta na imprezy sportowe.

– To dobrze. Miałam na myśli to, że skoro wychodzimy, nie chciałabym, żebyś był pokiereszowany i posiniaczony jak wtedy, kiedy pierwszy raz cię zobaczyłam.

– Czy kiedyś o tym zapomnisz?

– Nie sądzę – odparła, stając na palcach, żeby go pocałować w policzek. – Ten widok na zawsze wrył się w mój mózg.

Colin zrobił szybką rozgrzewkę: wymachy rękami i nogami, parę minut ze skakanką. W tym czasie zjawili się Todd Daly, główny instruktor i emerytowany zawodnik UFC, amerykańskiej organizacji mieszanych sztuk walki, oraz Jared Moore, który walczył zawodowo, choć niezupełnie na poziomie UFC. Daly poprowadził rozgrzewkę całej grupy.

Czekając na swoją kolej sparingu w klatce, Colin ćwiczył walkę w parterze: trzymania rękami i nogami, wykończenia. Większość technik wywodziła się ze sztuk walki i zapasów, przy czym szybkość, instynkt i równowaga miały dużo większe znaczenie niż siła. Jak zwykle w soboty, Daly najpierw zademonstrował ruchy – od czasu do czasu z Colinem jako partnerem – a następnie podzielił trenujących na dwie grupy. Każda miała okazję przećwiczyć dany ruch, powtarzając go dziesięć lub dwanaście razy, zanim zamieniła się miejscami z drugą grupą. Następnie przeszli do innego zestawu ćwiczeń. Po dziesięciu minutach Colin ciężko dyszał. Po półgodzinie miał mokrą koszulkę. Przez cały czas Daly udzielał wskazówek – gdzie postawić stopę, żeby mieć lepszy punkt podparcia, jak skuteczniej chwycić przeciwnika nogami, niezliczone wnikliwie przeanalizowane warianty.

Ludzie jeden po drugim zmieniali się w klatce i po godzinie przyszła kolej na Colina. Włożył kask bokserski i cięższe rękawice i walczył z partnerem, podczas gdy Moore – dawny champion Złotych Rękawic w Orlando – wykrzykiwał podpowiedzi. Colin przeszedł przez siedem dwuminutowych rund. Podskakiwał i krążył, wykorzystując otwarcia, żeby uderzać lub kopać, starając się przez cały czas osłaniać. Miał przewagę, chociaż nie tyle dzięki własnym umiejętnościom, ile z powodu ich braku u przeciwnika. Facet był nowicjuszem, zupełnie bez formy, miał za sobą tylko jedną walkę, zresztą przegraną.

Znowu wrócili na maty, gdzie ćwiczyli rzuty z pozycji stojącej, z partnerem opartym o ścianę. Później zamienili się miejscami. Pod koniec treningu mięśnie drżały mu ze zmęczenia.

Przez cały czas jego oczy wędrowały ku Marii. Spodziewał się, że będzie znudzona, ale bezustannie śledziła go wzrokiem, co sprawiało, że sesja była trudniejsza niż zwykle. Koncentrowanie uwagi na przeciwniku zazwyczaj przychodziło mu bez trudu, ale jej obecność sprawiała, że czuł się skrępowany. Podczas pojedynku taki brak koncentracji wpędziłby go w nie lada kłopoty. Pod koniec treningu czuł się tak, jakby mentalnie cofnął się o dwa kroki, i wiedział, że będzie musiał ciężko pracować, żeby odzyskać grunt pod nogami. Bądź co bądź w tym sporcie umysł jest równie ważny jak ciało, chociaż większość ludzi nie zdaje sobie z tego sprawy.

Po ćwiczeniach podszedł do torby, włożył do niej swój sprzęt i zarzucił ją na ramię. Maria zbliżyła się do niego.
– Co sądzisz? – zapytał, poprawiając pasek.
– Trening wyglądał na ciężki. Wyciska z ludzi siódme poty.
– Właśnie o to chodzi, skoro o tym mowa.
– A jak poszło według ciebie?
– Okay – odparł. – Chociaż byłem zdekoncentrowany.
– Przeze mnie?
– Tak.
– Przepraszam.
– Nie przepraszaj. – Uśmiechnął się, podciągając koszulkę. – Dasz mi kilka minut na opłukanie się i przebranie? Muszę się pozbyć tych rzeczy, bo inaczej cały samochód przejdzie tym zapachem, zanim dotrę do domu.
Maria skrzywiła nos.
– To... strach pomyśleć.
– To znaczy tak czy nie?
– Oczywiście, że tak – odparła. – Zaczekam na zewnątrz.

Kiedy Colin wreszcie wyszedł z szatni, stała przed drzwiami, rozmawiając przez telefon. W okularach przeciwsłonecznych przypominała olśniewającą gwiazdę filmową z lat pięćdziesiątych. Rozłączyła się, jak tylko podszedł.
– Dzwoniła Serena.
– Co u niej?
– Prezes fundacji stypendialnej przychodzi dzisiaj na kolację, więc jest trochę zdenerwowana, ale poza tym w porządku. – Wzruszyła ramionami. – Lepiej się czujesz?
– Na pewno czuję się czystszy. Przynajmniej w tej chwili. Nadal się pocę.
Dotknęła jego ramienia.
– Cieszę się, że tu przyszłam. Było ciekawiej, niż myślałam.

– Spotykamy się o wpół do ósmej?
– Mam nadzieję – odparła. – Ale uprzedzam, skoro idziemy tańczyć, że mogłam trochę wyjść z wprawy.
– Ja bym się tym nie przejmował. To będzie mój pierwszy raz. Mario?
– Tak?
– Dzięki, że tu przyszłaś. To wiele dla mnie znaczy.

*

Gdy tylko Colin wysiadł z samochodu, Evan wyszedł na werandę, trzymając w ręce foliową torbę na zakupy.
– Proszę – powiedział, wyciągając ją w jego stronę. – To dla ciebie. Jesteś mi winien trochę kasy.
Colin zatrzymał się przed werandą.
– Za co?
– Lily pomyślała, że może będziesz chciał coś na siebie włożyć.
– Mam się w co ubrać.
– Nie miej do mnie pretensji. Powiedziałem jej dokładnie to samo. Ale Lily to Lily, przeciągnęła mnie po sklepach i, jak powiedziałem, jesteś mi winien kasę. Paragony są w torbie.
– Co kupiła?
– Naprawdę nie jest tak źle, jak mogłoby się wydawać. Już się bałem, że wybierze coś z frędzlami albo dzwoneczkami, ale na szczęście nie. Czarne spodnie, czerwona koszula i czarne buty.
– Skąd znała mój rozmiar?
– Bo kupowała ci ubrania na ostatnie Boże Narodzenie.
– I pamiętała?
– Lily to Lily. Pamięta takie rzeczy. Weźmiesz tę torbę? Ręka mi drętwieje.
Colin podszedł, żeby ją wziąć.
– Co się stanie, jeśli tego nie włożę?

– Po pierwsze, niezależnie od wszystkiego musisz mi zapłacić. Po drugie, zranisz jej uczucia, co jest ostatnią rzeczą, jaką mógłbyś zrobić po wszystkich tych lekcjach tańca. I oczywiście będziesz musiał się przed nią wytłumaczyć, dlaczego nie włożyłeś tych rzeczy.
– Skąd będzie wiedziała, czy włożyłem czy nie?
– Stąd, że tu jest. I nalega, żebyś wstąpił przed wyjściem. Chce z tobą pogadać.

Colin stał bez słowa, nie wiedząc, co począć.

– Po prostu włóż te cholerne ciuchy, dobrze?

Kiedy Colin wciąż milczał, Evan lekko zmrużył oczy.

– Jesteś mi winien kasę.

*

Colin stał w łazience przed lustrem, przyznając, że mogło być znacznie gorzej. Koszula w rzeczywistości była bardziej w kolorze burgunda niż czerwona, choć sam by takiej nie wybrał. Wiedział, że nie będzie się w niej wyróżniać. Wyglądał całkiem nieźle, zwłaszcza kiedy podwinął rękawy. Od początku zamierzał włożyć czarne spodnie – kolejna rzecz z czasów sal sądowych – a buty okazały się bardzo podobne do tych, które miał, a które były już trochę zdarte, więc i tak musiałby kupić nowe. Nie miał pojęcia, skąd Lily i o tym wiedziała, ale jej zachowanie już dawno temu przestało go dziwić.

W kuchni wypisał czek dla Evana, zabrał kluczyki i w drodze do wyjścia pogasił światła. Obszedł dom i wszedł po schodach. Zauważył, że drzwi są uchylone. Pchnął je. Lily i Evan byli w kuchni, oboje trzymali kieliszki wina. Lily z uśmiechem odstawiła swój na blat.

– Czy nie jesteś przystojny? – zapytała, gdy poszedł. Pocałowała go w policzek. – W tym kolorze jest ci do twarzy i Maria z pewnością uzna, że wyglądasz szykownie.

– Dziękuję – powiedział.

– Cała przyjemność po mojej stronie. Mam nadzieję, że pamiętasz wszystko, co ćwiczyliśmy. Zakładam, że powtórzyłeś dziś kroki?
– Nie.
– Do licha, co w takim razie robiłeś?
– Poszedłem potrenować.
– Oczywiście – mruknęła, nie kryjąc rozczarowania. – Naprawdę musisz się nauczyć ustalać priorytety, a ja po prostu nie mogę cię puścić, dopóki nie zyskam pewności, że pamiętasz o wszystkim.
– Dam sobie radę. Poza tym muszę ją odebrać za parę minut.
– W takim razie uwiniemy się szybko. Evanie?! – zawołała. – Włączysz muzykę?
– Jasne – odparł jej narzeczony. Podniósł telefon, wcisnął kilka przycisków i podszedł. – Przypadkiem mam tu piosenkę.

Oczywiście Lily zaplanowała wszystko od początku. Sięgnęła po rękę Colina.
– Przećwiczymy każdy krok, dobrze? W maksymalnym tempie.

Colin w końcu uległ i zatańczyli.
– Może być?
– Będzie oszołomiona. – Lily puściła do niego oko. – Jak wcześniej kwiatami.
– Wiesz, czym jeszcze ją oszołomić? – zapytał Evan. Kiedy Colin odwrócił się w jego stronę, poznał, że myśli przyjaciela biegną zupełnie innym torem. – Najpierw uruchom swój samochód, a później dopilnuj, żebyś nie został aresztowany.

*

Colin ledwie zapukał, gdy Maria otworzyła drzwi. Przez długą chwilę mógł tylko na nią patrzeć. Bluzka i spódniczka sięgająca do połowy uda podkreślały krągłości jej ciała. W sandałkach na wysokim obcasie prawie dorównywała mu wzrostem. Z delikatnie pomalowanymi rzęsami i odrobiną szminki na ustach w niczym nie przypominała prawniczki, z którą przed kilkoma dniami jadł lunch, ani opalonej kobiety z wiosłem na desce. Gdy tak stał i na nią patrzył, nie miał pewności, która wersja Marii podoba mu się najbardziej, choć ta, musiał przyznać, była naprawdę oszałamiająca.

– Przyszedłeś punktualnie – powiedziała, całując go w policzek. – Jestem pod wrażeniem.

Odruchowo położył ręce na jej biodrach.

– Wyglądasz pięknie – mruknął. Z bliska czuł zapach jej perfum, kwiatowy i subtelny. Idealny.

– Dziękuję. – Poklepała go w pierś. – Podoba mi się ta koszula.

– Jest nowa.

– Tak? Specjalnie na dzisiejszy wieczór?

– Można tak powiedzieć.

– Czuję się wyjątkowa – powiedziała. – I muszę przyznać, że wyglądasz elegancko.

– Czasami to mi się zdarza. Gotowa do wyjścia?

– Tylko wezmę torebkę. Dokąd idziemy?

– Do Sterówki.

– Rany... Uwielbiam ten lokal. Jedzenie jest fantastyczne.

– Tak słyszałem. Lily go polecała.

Do restauracji nie było daleko, więc Colin jechał nieśpiesznie, z opuszczonymi szybami. Oboje z przyjemnością patrzyli na gwiazdy mrugające nad horyzontem, ciesząc się podmuchami wiatru łagodzącymi utrzymujący się upał.

Blisko rzeki Colin zjechał z Market Street i skręcił na parking przy restauracji. Obszedł maskę, otworzył drzwi po stronie Marii, sięgnął po jej rękę i poprowadził ją do wejścia. Z zaskoczeniem stwierdził, że wnętrze jest mniej pretensjonalne, niż się spodziewał – schludny, niewymyślny lokal z białymi stolikami i widokiem za milion dolarów. Panował tłok, w pobliżu baru stali ludzie oczekujący na stolik wewnątrz i na zewnątrz. Zgłosił rezerwację u hostessy, po czym udali się za nią do stolika w kącie, skąd roztaczał się zapierający dech w piersi widok na rzekę Cape Fear. Księżycowa poświata rozlewała się na pofalowaną powierzchnię wody, tworząc nastrojową smugę światła między czarnymi jak węgiel brzegami. Gdy Maria obróciła głowę w stronę rzeki, Colin przyglądał się jej profilowi, patrzył, jak wiatr porusza jej włosami. Jakim cudem tak szybko stała się dla niego ważna?

Jakby odgadując jego myśli, napotkała jego spojrzenie i lekko się uśmiechnęła, po czym wyciągnęła ku niemu ręce przez stolik. Ujął je zaskoczony ich miękkością i ciepłem.

– Cudowna noc, nie sądzisz? – zapytała.

– Fantastyczna – zgodził się, chociaż w rzeczywistości mówił o niej. Siedząc naprzeciwko Marii, miał dziwne uczucie, że żyje szczęśliwym życiem kogoś innego, kogoś, kto bardziej na nie zasługiwał. Pod koniec kolacji, gdy uprzątnięto talerze, kieliszki stały puste, a świece przygasały, zaświtało mu w głowie, że całe życie spędził na poszukiwaniu Marii i tylko dzięki łutowi szczęścia niedawno ją znalazł.

12
Maria

Magazyn stał w podupadłej dzielnicy na obrzeżach miasta. Jedynym znakiem świadczącym, że służy innemu celowi niż każdy inny porzucony magazyn w okolicy, były dziesiątki samochodów chaotycznie zaparkowanych po drugiej stronie budynku, niewidocznych z głównej drogi.

Może wyglądał podejrzanie, ale to nie odstraszało chętnych. Poza tłumem wewnątrz, przed wejściem stała długa kolejka samych mężczyzn. Wielu miało lodówki turystyczne, oczywiście pełne alkoholu, inni pili piwo albo sączyli coś z plastikowych kubków, powoli przesuwając się ku wejściu w hałasie ryczącej muzyki. Dziewczyny, jeśli nie były z chłopakami, nie musiały czekać w kolejce. Maria patrzyła, jak radośnie zmierzają do drzwi, ubrane w obcisłe bluzeczki na ramiączkach, krótkie spodenki i szpilki, nie zwracając uwagi na śmieci wokół, gwizdy i okrzyki.

Colin był jedynym białym mężczyzną w kolejce, ale wyglądał na rozluźnionego i przyglądał się wszystkiemu z zaciekawieniem. Dotarli do wejścia, gdzie stał krępy bramkarz w okularach przeciwsłonecznych, pobierający opłatę. Zmierzył Colina od stóp do głów – zapewne próbując zgadnąć, czy nie jest z policji – następnie przyjrzał się Marii, w końcu niechętnie wziął banknoty i ruchem głowy wskazał drzwi.

Wewnątrz natknęli się na istny mur rozkołysanych ciał. Dudniła muzyka i zdawało się, że magazyn wibruje od ledwie powstrzymywanej energii. Zdawało się, że nikomu nie przeszkadza poplamiona olejem betonowa podłoga ani oświetlenie przemysłowe. Faceci stali w grupach wokół lodówek, pijąc, przekrzykując muzykę i próbując przyciągnąć uwagę każdej przechodzącej dziewczyny. Jak w wielu klubach nocnych, mężczyzn było znacznie więcej niż kobiet. Większość miała po dwadzieścia, trzydzieści kilka lat. Maria przypuszczała, że przeważają wśród nich robotnicy, którzy przyszli się zabawić w sobotnią noc. Wypatrzyła paru naprawdę przerażających typów, z tatuażami i bandanami różnych gangów, w workowatych spodniach, w których łatwo jest ukryć broń. Zaniepokoiłaby się, gdyby nie atmosfera wskazująca na to, że większość obecnych skupia się wyłącznie na dobrej zabawie. Mimo wszystko rozejrzała się w poszukiwaniu wyjść na wypadek, gdyby doszło do kłopotów.

Stojący obok niej Colin też się rozglądał. Pochylił się i z ustami przy jej uchu zapytał:

– Chcesz podejść bliżej parkietu?

Skinęła głową i ruszyli w głąb sali. Przebijali się przez tłum, uważając, żeby nikogo za mocno nie potrącić, i powoli zbliżali się do parkietu, muzyka grała coraz głośniej. Mijani mężczyźni próbowali przyciągnąć uwagę Marii – pytali ją o imię, komplementowali jej urodę, nawet próbowali ją podszczypywać. A ona, obawiając się, że przypadkiem da Colinowi powód do konfrontacji, tylko piorunowała ich wzrokiem.

Prowizoryczna barierka z kantówek zbitych gwoździami i przymocowanych do metalowych beczek oddzielała parkiet od reszty sali. Na wprost nich, na paletach spiętrzonych pod ścianą, zobaczyli didżeja. Na składanym stole stał sprzęt z głośnikami wielkości lodówek po obu stronach. Muzyka była tak donośna, że Marii dudniło w piersi. Na parkiecie tańczyły pary, co wywołało falę wspomnień z czasów, kiedy życie wydawało się bardziej beztroskie. Pochylając się do Colina, poczuła zapach jego wody kolońskiej.

– Na pewno tego chcesz?

– Tak – odparł, przechodząc za barierkę.

Zanim się spostrzegła, otoczyły ich inne pary. Już miała mu powiedzieć, co powinien robić, kiedy lewą ręką ujął jej dłoń, a prawą położył na jej łopatce. Prowadził ją, jego kroki idealnie zgrywały się z jej krokami. Szeroko otworzyła oczy, a kiedy umiejętnie ją obrócił i zaraz potem zrobił to po raz drugi, ze zdumienia odjęło jej mowę. Colin tylko z rozbawieniem uniósł brwi. Maria głośno się roześmiała. Z każdym krokiem, z każdą kolejną piosenką czuła, że zatraca się w muzyce... i w nim.

*

Minęła północ, kiedy wreszcie wyszli z zatłoczonego magazynu i pojechali do jej mieszkania. W drodze, klucząc cichymi ulicami, niewiele rozmawiali, rozgrzani i lekko zarumienieni. Colin trzymał jej rękę, delikatnie gładząc skórę, co przyprawiało ją o elektryzujący dreszczyk.

Gdy zbliżali się do jej domu, wyobraziła sobie, co może się stać, jeśli zaprosi Colina na górę, i te myśli jednocześnie ją przerażały i podniecały. Znali się od niedawna i nie była pewna, czy jest gotowa... a jednak musiała przyznać, że chce go zabrać do siebie. Chciała kontynuować wspólny wieczór. Chciała, żeby znów ją pocałował i wziął w ramiona. Targana sprzecznymi uczuciami, skierowała go na parking za budynkiem.

Colin zamknął samochód i milcząc, razem poszli na górę. Przed drzwiami niezdarnie wyciągnęła klucze, ręce lekko jej drżały, gdy otwierała drzwi. Przeszła przez pokój i zapaliła lampę przy kanapie, a kiedy się odwróciła, zobaczyła, że Colin zatrzymał się w progu.

Chyba wyczuł jej skrępowanie i dawał jej szansę na zakończenie wieczoru teraz, zanim będzie za późno. Ale coś w nią wstąpiło i tylko się uśmiechnęła, zakładając za ucho zbłąkany kosmyk włosów.

– Wejdź – powiedziała głosem, który zabrzmiał ochryple i obco w jej uszach. Colin po cichu zamknął za sobą drzwi. Podejrzewała, że prawdopodobnie nie zwrócił na to uwagi, ale nagle się ucieszyła, że cały ranek poświęciła na sprzątanie, włącznie ze spulchnianiem poduszek na kanapie.

– Ładnie tu – powiedział, rozglądając się po niewielkim mieszkaniu z podłogą z ciemnych sosnowych desek i listwami przysufitowymi.

– Dziękuję.

Podchodząc bliżej, żeby obejrzeć oprawione zdjęcia wiszące nad kanapą, zapytał:

– Ty je zrobiłaś?

Pokiwała głową.

– Na początku lata.

Przyglądał się zdjęciom w milczeniu, zwłaszcza rybołowowi z łupem w szponach, otoczonemu kropelkami wody.

– Naprawdę jesteś bardzo dobra – powiedział. Wyraźnie był pod wrażeniem.

– Nie wiem, ile złych zdjęć przypada na te lepsze, ale dziękuję. – Stojąc blisko niego, poczuła ciepło, które wciąż biło z jego ciała. – Chcesz się czegoś napić? Mam w lodówce butelkę wina.

– Może pół kieliszka. Wybacz, nigdy nie przepadałem za winem. Jeśli masz trochę wody, to w zupełności wystarczy.

Zostawiła go, poszła do kuchni i wyjęła z szafki kieliszki. W lodówce stała butelka, którą otworzyła wczoraj wieczorem. Napełniła kieliszki, pociągnęła łyczek z jednego i sięgnęła po szklankę.

– Chcesz z lodem?

– Jasne, jeśli to nie kłopot.

– Chyba dam radę.
Podała mu wodę i patrzyła, jak pije. Wzięła od niego pustą szklankę i postawiła ją na barku.
– Wyjdziemy na balkon? Mam ochotę zaczerpnąć świeżego powietrza.
– Dobrze – zgodził się, sięgając po swój kieliszek.
Powietrze chłodziło jej skórę, mgła unosiła się na wietrze. Ruch na ulicy był niewielki, chodniki świeciły pustkami. Latarnie rzucały żółty blask, a z baru na rogu dobiegały ciche tony muzyki pop z lat osiemdziesiątych.
Colin wskazał bujane fotele ustawione z boku.
– Często tu siedzisz?
– Niedostatecznie często. To trochę smutne, ponieważ kupiłam to mieszkanie między innymi z uwagi na balkon. Chyba myślałam, że będę się tu relaksować po pracy, ale zwykle jest inaczej. W większość wieczorów jem szybką kolację i siadam z macbookiem przy stole w jadalni albo za biurkiem w pokoju gościnnym. – Wzruszyła ramionami. – Ciągle to samo, przeć naprzód, żeby nie zostać w tyle, ale o tym już rozmawialiśmy, prawda?
– Rozmawialiśmy o wielu rzeczach.
– Czy to znaczy, że już zaczynam cię nudzić?
Odwrócił się w jej stronę, w jego oczach odbijało się wieczorne światło.
– Nie.
– Wiesz, co uważam w tobie za interesujące? – zapytała.
Colin czekał, nic nie mówiąc.
– Nie czujesz potrzeby, żeby wyjaśniać tok swojego rozumowania, kiedy odpowiadasz na pytania. Przechodzisz prosto do rzeczy. Wnikasz w szczegóły tylko wtedy, kiedy ktoś cię o to poprosi. Jesteś człowiekiem kilku słów.
– Okay.
– Właśnie o to mi chodziło! – rzuciła, drocząc się z nim. – Ale

w porządku, zaciekawiłeś mnie. Dlaczego nie wchodzisz w szczegóły, dopóki nie zostaniesz o to poproszony?
– Ponieważ tak jest łatwiej. I wymaga mniej czasu.
– Nie sądzisz, że włączanie innych do swojego procesu myślenia pomoże im lepiej cię zrozumieć?
– Przy założeniu, że tego chcą. Jeśli tak, poproszą mnie o wyjaśnienie i wtedy go udzielę.
– A jeśli nie poproszą?
– Wtedy prawdopodobnie wcale ich nie obchodzi moje rozumowanie. Po prostu chcą znać odpowiedź. Wiem, że tak jest w moim wypadku. Jeśli pytam kogoś, która godzina, nie muszę znać historii zegarka i nie obchodzi mnie, od kogo go ma, ile kosztuje, czy dostał go w prezencie na Gwiazdkę. Chcę tylko wiedzieć, która godzina.
– Nie o tym mówię. Mówię o próbie poznania drugiej osoby. O prowadzeniu rozmowy.
– Ja też. Ale nie każdy potrzebuje czy w ogóle chce wiedzieć, dlaczego w związku z tym czujesz to albo co innego. Niektóre sprawy powinny pozostać osobiste.
– Słucham? Czy to nie ty opowiedziałeś mi historię swojego życia w ten pierwszy wieczór na plaży?
– Zadawałaś pytania, a ja odpowiadałem.
– I myślisz, że to działa?
– U nas tak. Nie mamy problemów z prowadzeniem rozmowy.
– Ale tylko dlatego, że zadaję mnóstwo pytań.
– Tak.
– To znaczy, że dobrze robię. W przeciwnym razie skończyłoby się tak, jak z tymi starszymi parami, które widuję w kawiarni. Siedzą i nie odzywają się do siebie podczas całego śniadania. Oczywiście dla ciebie to prawdopodobnie idealny układ. Mogę bez trudu sobie wyobrazić, jak przez cały dzień nie mówisz do nikogo ani słowa.
– Czasami tak jest.
– To nienormalne.

– Okay.

Wypiła łyk wina i pomachała do niego ręką.

– Więcej szczegółów proszę.

– Nie wiem, co naprawdę oznacza normalność. Myślę, że każdy ma własną definicję i jest ona ukształtowana przez kulturę, rodzinę i przyjaciół, przez charakter i doświadczenie, przez wydarzenia i tysiące innych rzeczy. To, co jest normalne dla jednej osoby, nie musi być normalne dla drugiej. Dla niektórych ludzi skakanie ze spadochronem jest szaleństwem. Inni uważają, że nie warto bez tego żyć.

Pokiwała głową, przyznając mu rację. A jednak...

– W porządku. Chcę, żebyś bez pytania powiedział, co naprawdę w związku z czymś czujesz. O czymś niespodziewanym i całkowicie niezwiązanym z tematem. Coś, czego nie będę się spodziewać. A potem dodaj szczegóły, znów bez pytania z mojej strony.

– Dlaczego?

– Rozśmiesz mnie – odparła, trącając go łokciem. – Po prostu dla zabawy.

Obrócił kieliszek w palcach, po czym spojrzał jej w oczy.

– Jesteś niesamowita. Jesteś inteligentna i piękna, i powinnaś bez trudu znaleźć sobie kogoś, kto nie ma takiej przeszłości jak ja, kto nie popełnił takich błędów jak ja... Szczerze mówiąc, to sprawia, że się zastanawiam, co ja tu robię, dlaczego w ogóle mnie zaprosiłaś. W głębi duszy wiem, że wszystko to jest zbyt piękne, żeby mogło być prawdziwe, i że nie przetrwa, ale jeśli nawet tak będzie, to nie zmieni faktu, że już coś wniosłaś do mojego życia, coś, czego w nim brakowało, chociaż dotąd nie zdawałem sobie sprawy, że czegoś w nim brakuje. – Umilkł. Po chwili podjął cichszym głosem: – Znaczysz dla mnie więcej, niż sobie wyobrażasz. Zanim się pojawiłaś, miałem Evana i Lily i myślałem, że to mi wystarczy. Ale nie wystarcza. Już nie. Nie od ubiegłego tygodnia. Bycie z tobą sprawia, że znowu się czuję bezbronny, a nie czułem się bezbronny od czasów dzieciństwa. Nie mogę powiedzieć, że ten stan zawsze mi się podoba, ale dokonanie innego wyboru byłoby gorsze, ponieważ oznaczałoby, że więcej cię nie zobaczę.

Maria uświadomiła sobie, że wstrzymuje oddech. Gdy skończył, niemal kręciło jej się w głowie. Przytłoczna jego odpowiedzią, próbowała się uspokoić.

Colin natomiast emanował pewnością siebie i to, bardziej niż cokolwiek innego, pozwoliło jej odzyskać równowagę.

– Nie jestem pewna, co powiedzieć – wyznała.

– Nie musisz nic mówić. Nie mówiłem tego po to, żeby usłyszeć odpowiedź. Powiedziałem, bo chciałem.

Wzięła kieliszek w obie ręce.

– Mogę cię coś spytać? – odezwała się nieśmiało. – O coś zupełnego innego?

– Oczywiście.

– Dlaczego zachowywałeś się tak, jakbyś nie miał pojęcia o salsie?

– Kiedy o tym rozmawialiśmy, nie miałem. Lily przez tydzień dawała mi lekcje. Właśnie tym się zajmowałem w czwartkowy i piątkowy wieczór.

– Dla mnie nauczyłeś się tańczyć?

– Tak.

Odwróciła się i pociągnęła łyk wina, próbując zamaskować zdumienie.

– Dziękuję. I przypuszczam, że powinnam podziękować też Lily.

Błysnął szybki uśmiech.

– Mogę sobie dolać wody? Wciąż chce mi się pić.

– Oczywiście.

Wszedł do pokoju. Maria kręciła głową, zastanawiając się, kiedy, o ile w ogóle, przestanie ją zaskakiwać.

Luis nigdy nie mówił do niej tak jak Colin. Pochyliła się nad balustradą i nagle stwierdziła, że właściwie nie pamięta, co widziała w Luisie. Na pierwszy rzut oka wydawał się atrakcyjny i inteligentny, ale tak naprawdę był arogancki i próżny. Często starała się usprawiedliwiać jego zachowanie i jeśli ktoś kwestionował jej uczucia, reagowała bez emocji. Wracając do niego myślą, musiała przyznać, że rozpaczliwie potrzebowała jego aprobaty i że on nie tylko to wyczuł, ale także często wykorzystywał. To nie był zdrowy związek, wiedziała, a kiedy spróbowała wyobrazić sobie, że Luis zachowuje się jak Colin – dzwoni do niej, przynosi kwiaty, dla niej uczy się tańca – okazało się to niemożliwe. A jednak kiedyś kochała tak mocno, że czasami wciąż to czuła.

Wcześniej, gdy tańczyła z Colinem, przyłapała się na myśleniu, że ten wieczór nie mógłby być lepszy. A później stał się jeszcze lepszy. Kiedy słuchała, jak Colin wyraża swoje uczucia bez lęku czy żalu, dosłownie odjęło jej mowę. Zastanawiała się, czy sama byłaby zdolna do czegoś takiego. Prawdopodobnie nie, ale przecież Colin nie był taki jak większość ludzi. Akceptował siebie, swoje wady, wszystko, i wybaczył sobie popełnione błędy. Co więcej, wydawało się, że żyje chwilą, nie zważając na przeszłość ani na przyszłość.

Największym odkryciem było to, jak głęboko przeżywa swoje emocje, może nawet głębiej niż ona. Obserwując go podczas kolacji i na parkiecie, i przed chwilą, gdy go słuchała, zrozumiała, że jeśli jeszcze się w niej nie zakochał, to jest tego bliski. Jak ona, był chętny poddać się temu, co nieuchronne, i na tę myśl zadrżały jej ręce. Gdy Colin wrócił na balkon, odetchnęła głęboko, rozkoszując się narastającą falą pożądania. Oparł się o poręcz obok niej, a gdy ich oddechy wpadły w miarowy rytm, napiła się wina. Ciepło spłynęło do środka i rozeszło się po całym ciele. Przyglądając się profilowi Colina, znowu pomyślała o tym, jak jego zewnętrzny spokój maskuje emocje. Nagle wyobraziła sobie, jak unosi się nad nią nagi, delikatnie muskając wargami jej usta, kiedy się sobie oddają. Ścisnęło ją w żołądku i poczuła, jak kąciki ust unoszą się w lekkim uśmiechu.

– Mówiłeś poważnie?

Nie odpowiedział od razu. Spuścił głowę, po chwili na nią spojrzał.

– Co do słowa.

Czując kaskadę emocji, przysunęła się i delikatnie pocałowała go w usta. Były miękkie i ciepłe, a gdy się odsunęła, zobaczyła na jego twarzy coś zbliżonego do nadziei. Pocałowała go po raz drugi i jej skóra ożyła, gdy ją objął. Przyciągnął ją łagodnie, ich ciała się zetknęły, i w tej chwili się w nim zatraciła. Czuła jego silny tors, otaczające ją ramiona, ciepły niecierpliwy język, i już była pewna, że go pragnie, całego. Całowali się pod mglistym, rozgwieżdżonym niebem, aż w końcu sięgnęła po jego rękę. Ich palce się splotły, gdy wtulił usta w dołeczek nad jej obojczykiem. To było podniecające. Zadrżała, czerpiąc przyjemność z tego doznania, po czym bez słowa zaprowadziła go do sypialni.

*

Chwilę po przebudzeniu Maria poczuła na skórze łagodne ciepło słońca wczesnej jesieni i opadły ją wspomnienia nocy. Przekręciła się i zobaczyła, że Colin leży na boku, do połowy okryty prześcieradłem. Już nie spał, był czujny.

– Dzień dobry – szepnął.

– Dzień dobry – powiedziała. – Długo nie śpisz?

– Jakąś godzinę.

– Nie chciało ci się spać?

– Nie byłem zmęczony. Poza tym patrzenie na ciebie sprawiało mi przyjemność.

– Wiesz, że to brzmi trochę tak, jakbyś był podglądaczem.

– Okay.

Uśmiechnęła się.

– Mam nadzieję, że nie zrobiłam czegoś, czego musiałabym się wstydzić, ani nie wydawałam żadnych dziwnych dźwięków.

– Nie. Po prostu spałaś i wyglądałaś niesamowicie seksownie.

– Mam rozczochrane włosy i muszę wymyć zęby.

– Teraz?

– A co? Coś ci chodzi po głowie?

Sięgnął po nią, przeciągnął palcem po jej obojczyku i słowa nie były potrzebne.

*

Razem wzięli prysznic i ubrali się. Gdy Maria suszyła włosy, a potem się malowała, Colin stał oparty o blat w łazience, trzymając kubek kawy.
– Wybieramy się gdzieś? – zapytał.
– Na drugie śniadanie. Do moich rodziców.
– Brzmi nieźle. Ale najpierw muszę się przebrać. Na którą jesteśmy umówieni?
– Na jedenastą.
– Zakładam, że pojedziemy osobno.
– To chyba dobry pomysł. Samo przygotowanie ich do twojej wizyty będzie dostatecznie trudne. Ponieważ tym razem zasypią cię pytaniami.
– Okay.
Maria odłożyła tusz do rzęs i wzięła Colina za rękę.
– Czy to cię martwi? Przeraża?
– Nie.
– Bo mnie tak – wyznała i wróciła do robienia makijażu. – Prawdę mówiąc, wszystko jest straszne.
Wypił łyk kawy.
– Co im o mnie powiesz?
– Przy odrobinie szczęścia jak najmniej. Każdy szczegół sprowokuje kolejne pytania, na które ty powinieneś odpowiadać, nie ja.
– Na co masz nadzieję?
– Że moja mama przeżyje to bez płaczu, a tata nie wyrzuci cię z domu.
– To niezbyt wysoka poprzeczka.
– Wierz mi, wyższa, niż sądzisz – powiedziała.

13
Colin

Colin podjechał pod dom rodziców Marii tuż przed jedenastą. Nie miał pojęcia, jak przebiegnie rozmowa. Wysiadając z samochodu, doszedł do wniosku, że nie ma co łamać sobie nad tym głowy, ponieważ niebawem i tak się dowie.

Chciał zapytać Lily, co powinien wziąć na rodzinne śniadanie, ale gdy wrócił do domu, ona akurat była z Evanem w kościele. Zresztą prawdopodobnie jej rada niewiele by dała. Jak wszyscy inni, rodzice Marii sami wyrobią sobie zdanie na jego temat i pudełko muffinek niczego nie zmieni.

Jednak w drodze do drzwi miał nadzieję, że z Marią wszystko w porządku. Wcześniej, wracając do domu, myślał o niej właściwie bez przerwy, jedne obrazy ustępowały miejsca innym, każdy bardziej zachwycający niż poprzedni. To było dla niego nowe, Maria stała się najważniejsza. Odetchnął głęboko, przypominając sobie, że chociaż nie będzie się wzbraniać przed żadnymi pytaniami, może odpowiadać na wiele sposobów, wcale nie rozmijając się z prawdą.

Zapukał do drzwi. Otworzyły się prawie natychmiast. Stanęła w nich Serena. Znowu zwrócił uwagę, jak bardzo jest podobna do starszej siostry, choć dziś wydawała się podenerwowana, co raczej nie wróżyło niczego dobrego.

- Cześć, Colin - powiedziała, odsuwając się, żeby go wpuścić. - Widziałam, jak idziesz. Wejdź.
- Dziękuję. Jak wczorajsza kolacja?
- Super - odparła. - Ale to ja powinnam zadawać pytania.
- Dobrze się bawiliśmy.
- Nie wątpię. - Serena mrugnęła znacząco. - Maria jest w kuchni z mamą - dodała, zamykając za nim drzwi. - Dziwię się, że zdołałeś ją namówić na tańce.
- Dlaczego?
- Jeśli jeszcze tego nie wiesz, myślę, że powinieneś spędzać z nią więcej czasu - odparła. - I dam ci dobrą radę... Nie wchodziłabym w szczegóły, opowiadając o wczorajszej nocy, a już na pewno nie mówiłabym o tym, co mogło się stać po tańcach. Atmosfera już jest trochę napięta. Mam przeczucie, że moi rodzice uważają cię za terrorystę.
- Okay.
- Może przesadzam, ale kto wie? - paplała. - Przyszłam tutaj dopiero wtedy, gdy kończyli rozmawiać, i ledwie raczyli mnie przywitać. Wiem tylko tyle, że tata się nie uśmiecha, a mama bez przerwy się żegna, chociaż kolacja z prezesem fundacji była naprawdę udana... co nie znaczy, że moje drobne sprawy mają teraz jakieś znaczenie. W każdym razie pomyślałam, że będzie najlepiej, jeśli zaczekam tu na ciebie i uprzedzę, jak się sprawy mają.

Weszli do kuchni. Maria stała przy skwierczącej patelni, a jej mama wyciągała brytfankę z piekarnika. W powietrzu unosił się zapach boczku i cynamonu.

- Przyszedł Colin! - krzyknęła Serena.

Maria się odwróciła. Miała na sobie fartuszek.

- Cześć, Colin - rzuciła z napięciem w głosie. - Pamiętasz moją mamę, prawda?

Carmen zmusiła się do uśmiechu. Colin uznał, że być może się myli, ale wydawała się bledsza niż parę dni temu.

– Dzień dobry, pani Sanchez – powiedział, doszedłszy do wniosku, że odrobina grzeczności nie zaszkodzi.

– Dzień dobry. – Skinęła głową. Wyraźnie skrępowana, skierowała uwagę na brytfankę, którą postawiła na metalowej podstawce na blacie.

Serena pochyliła się w jego stronę.

– Mama postanowiła zrobić amerykańskie śniadanie, specjalnie dla ciebie – szepnęła. – Jajka na bekonie, tost, bułeczki cynamonowe. Oczywiście wpadła na ten pomysł, zanim Maria opowiedziała jej o tobie.

Maria wyjęła z brytfanny kilka pasków boczku i położyła je na nakrytym serwetką talerzu.

– Sereno, możesz mnie na chwilę zastąpić?

– Z przyjemnością – ćwierknęła Serena. – Ale pod warunkiem, że dostanę ten odjazdowy fartuch.

Maria ruszyła w ich stronę, zdejmując fartuszek. Podała go siostrze, jakby zamienianie się miejscami było dla nich czymś najzupełniej normalnym. Colin przypuszczał, że w tej kuchni tak jest. Serena włożyła fartuch i zaczęła rozmawiać z mamą po hiszpańsku.

Podchodząc bliżej, Colin zauważył, że ruchy Marii są pełne napięcia. Cmoknęła go w policzek, pilnując, żeby zachować odległość między nimi.

– Trafiłeś bez problemów?

– Sprawdziłem w Google'u – odparł. Zerknął przez ramię i nie uszło jego uwadze, że Carmen ściągnęła brwi. Wiedział wystarczająco dużo. Nie musiał pytać, jak poszła rozmowa, więc zachował milczenie.

– Miałbyś coś przeciwko, żeby przed jedzeniem pomówić z moim tatą? – zapytała Maria cicho, z troską wyrytą na twarzy.

– Nie.

– I, hm... – Ściszyła głos.
– To twój ojciec – powiedział. – Nie zapomniałem.
Prawie niedostrzegalnie skinęła głową.
– Zostanę i pomogę mamie w kuchni – powiedziała. – Tata jest na werandzie od strony podwórka. Chcesz kawy?
– Nie, dzięki.
– Wody?
– Nie, dzięki – powtórzył.
– Okay... – Zrobiła krok do tyłu. – W takim razie wracam do kuchni.

Colin patrzył, jak się cofa obok lodówki obwieszonej zdjęciami, listami i innymi pamiątkami. Po chwili ruszył w stronę werandy. Gdy otworzył drzwi, Felix odwrócił głowę. Jego twarz wyrażała mniej złości, niż się spodziewał, chociaż wyczytał na niej szok i niezadowolenie, a także niechęć. Na jego kolanach spał biały piesek.

Colin zamknął drzwi i podszedł do stołu, patrząc spokojnie na ojca Marii. Wyciągnął do niego rękę.

– Dzień dobry, panie Sanchez. Maria powiedziała, że chce pan ze mną porozmawiać.

Felix spojrzał na wyciągniętą rękę, po czym niechętnie ją uścisnął. Colin stał, czekając, aż gospodarz zaprosi go do stołu. Wreszcie Felix wskazał mu krzesło. Colin usiadł, splótł palce i położył ręce na stole. Czekał w milczeniu. Zaczynanie beztroskiej pogawędki albo udawanie, że nie wie, o czym ojciec Marii chce z nim rozmawiać, nie miało sensu.

Felix nie kwapił się do rozmowy. Długo mu się przyglądał.

– Maria powiedziała, że miałeś kłopoty z prawem – odezwał się w końcu. – To prawda?

– Tak.

Przez pół godziny opowiadał o sobie, jak Marii tamtej nocy na plaży. Nie wybielał swojej przeszłości ani nie próbował zwodzić Felixa. Był innym człowiekiem niż kiedyś. Podobnie jak Maria, Felix nie krył, że jest zszokowany, i od czasu do czasu prosił o wyjaśnienia. Podczas opowieści o tym, co się działo w pierwszej szkole wojskowej, Colin miał wrażenie, że dostrzegł w oczach mężczyzny cień zrozumienia. Gdy skończył, Felix był mniej zdenerwowany niż na początku rozmowy, ale oczywiście potrzebował czasu na przemyślenie tego, czego się dowiedział. Colin nie mógł się temu dziwić. Maria była jego córką, stąd ta nieufność.

– Mówisz, że się zmieniłeś, i chciałbym ci wierzyć, ale nie jestem pewien, czy zdołam.

– Okay. – Colin pokiwał głową.

– A jeśli znów zostaniesz aresztowany?

– Nie mam tego w planach.

– Na tym polega problem. Ludzie rzadko planują coś takiego.

Colin nic na to nie powiedział. Naprawdę nie było nic do powiedzenia.

Felix pogłaskał białego pieska, po czym podjął:

– Co się stanie, jeśli zostaniesz aresztowany?

– Więcej jej nie zobaczę. To będzie koniec. Najgorszą rzeczą dla niej byłoby przekonanie, że powinna czekać.

Po chwili Felix lekko skinął głową, zadowolony z odpowiedzi, ale wciąż niepewny, czy wierzyć w jej szczerość.

– Jeśli skrzywdzisz moją córkę albo narazisz ją na niebezpieczeństwo...

Nie dokończył, nie musiał. Colin wiedział, co Felix chce usłyszeć, a ponieważ nie musiał kłamać, nie miał kłopotu z mówieniem.

– Nic takiego się nie stanie.

– Trzymam cię za słowo.

– Okay.

Maria wyjrzała zza drzwi, wyraźnie zdenerwowana, ale również odczuwając ulgę, że nie słyszała żadnych krzyków.

– Skończyliście? Śniadanie gotowe.

Felix wypuścił powietrze.

– Skończyliśmy – powiedział. – Chodźmy jeść.

*

Po śniadaniu Serena i rodzice uprzątali naczynia. Maria została z Colinem przy stole.

– Co mu powiedziałeś? – zapytała.

– Prawdę – odparł.

– Całą?

– Tak.

Była zbita w tropu.

– W takim razie poszło znacznie lepiej, niż myślałam.

Miała rację – śniadanie minęło stosunkowo przyjemnie, Serena paplała o stypendium, Stevie, wypadach z licznymi znajomymi. Felix i Carmen od czasu do czasu zadawali pytania, nawet Colinowi, choć tylko o pracę albo o szkołę. Kiedy wspomniał o turniejach MMA, Carmen jakby lekko pobladła.

– Bądź co bądź... – zaczęła Maria. – Przypuszczam, że miałeś rację. Najlepiej jest powiedzieć wszystko na początku.

Czasami, pomyślał Colin. Nie zawsze. Felix był uprzejmy, ale nie okazał mu sympatii ani zaufania – obie rzeczy wymagały czasu, o ile w ogóle były możliwe. Podszedł do drzwi.

– Chcesz później popływać? – zapytał.

– Może tym razem zrobimy coś innego? Na przykład... skuter wodny. Możemy wypożyczyć na plaży. Podoba ci się ten pomysł?

Wyobraził ją sobie w bikini.

– Prawdę mówiąc, bardzo.

*

Po południu spotkali się w Wrightsville Beach i przez parę godzin jeździli na skuterach wodnych. Colin wrócił do domu, żeby trochę poćwiczyć, a później pojechał do Marii. Zjedli kolację i przez następne kilka godzin cieszyli się sobą.

Poniedziałkowy poranek nadszedł zbyt szybko, ale w tygodniu spędzali ze sobą wszystkie wolne chwile. Dwa razy spotkali się podczas lunchu, a w środę wieczorem Maria wybrała się do Krabowego Pete'a, gdzie popijała dietetyczną pepsi i pracowała nad sprawozdaniem dla Barneya z laptopem na barze. Poza pracą, zajęciami na uczelni i paroma godzinami ćwiczeń spędzali razem prawie każdą chwilę. Zajrzeli na targ warzywny i do oceanarium, w którym Colin był po raz pierwszy.

Przez cały ten czas starał się przyjąć swoje uczucia do Marii jako coś normalnego. Nie myślał o nich, nie martwił się nimi, nie próbował ich zrozumieć. Cieszył się tym, co czuł, ilekroć się śmiała, i tym, jaka jest seksowna, kiedy w skupieniu marszczy brwi. Uwielbiał trzymać ją za rękę, gdy szli i rozmawiali, przeskakując z poważnych tematów na błahe.

W niedzielną noc, kiedy skończyli się kochać, Maria leżała na brzuchu ze zgiętymi w kolanach nogami, skubiąc winogrona. Colin nie mógł oderwać od niej oczu i pożerał ją wzrokiem, dopóki nie rzuciła w niego winogronem.

– Przestań się gapić. To mnie krępuje.

Sięgnął po winogrono i wrzucił je do ust.

– Dlaczego?

– Może dlatego, że jestem katoliczką i nie jesteśmy po ślubie.

Zaśmiał się.

– Twoja mama pytała, czy jesteś katolikiem, prawda? Gdy po raz pierwszy byliśmy na lunchu.

– Znasz hiszpański?

– Nie za bardzo. Uczyłem się w szkole średniej, ale ledwo zdałem. Po prostu usłyszałem swoje imię i słowo *católico*. Nietrudno zrozumieć. Ale tak, wychowano mnie jako katolika. Zostałem ochrzczony, nawet bierzmowany i tak dalej. Przestałem chodzić do kościoła, gdy rodzice wysłali mnie do szkoły wojskowej, i nie jestem pewien, co teraz to dla mnie znaczy.

– Mimo wszystko będzie zadowolona.

– To dobrze.

– Jak to się stało, że zostałeś bierzmowany, skoro przestałeś chodzić do kościoła?

– Przypuszczam, że datki zrobiły swoje. Pewnie duże, bo w wakacje ksiądz zrobił mi przyśpieszony kurs i choć nie kiwnąłem palcem, w następnym roku dopuścili mnie do bierzmowania.

– To swego rodzaju oszustwo.

– Nie swego rodzaju. To oszustwo. Do plusów trzeba zaliczyć to, że dostałem gokarta, więc było fajnie.

– Gokarta?

– Taki był mój warunek. Niewiele mi to dało. Skasowałem go po paru tygodniach i do końca lata nie rozmawiałem z rodzicami, bo nie chcieli mi kupić nowego.

– Miło z twojej strony – skomentowała sarkastycznie.

– Nigdy nie ukrywałem, że mam problemy.

– Zdaję sobie z tego sprawę. – Uśmiechnęła się. – Ale czasami chciałabym, żebyś mnie zaskoczył w pozytywny sposób, gdy mówisz o swoim dawnym życiu.

Zastanowił się nad tym.

– Kiedyś zlałem byłego chłopaka mojej starszej siostry. Czy to się liczy? Skoro był kompletnym palantem?

– Nie, to się nie liczy.

Uśmiechnął się.

– Pójdziemy jutro na lunch?

– Przykro mi, już obiecałam Jill. Przysłała mi SMS-a. Zapomniałam ci o tym powiedzieć. Ale chętnie pójdę na późną kolację.

– Nie mogę, będę w pracy.

– To znaczy, że jutro się nie zobaczymy? Bez względu na to, co zamierzam robić?

Nie odpowiedział, może z powodu jej żartobliwego tonu albo dlatego, że długi, cudowny weekend zbliżał się do końca. Patrzył na nią, wodząc wzrokiem po zmysłowych krągłościach jej idealnego niemal pod każdym względem ciała.

– Jesteś niewiarygodnie piękna – szepnął.

Na jej wargach zaigrał lekki uśmiech, uwodzicielski i śliczny.

– Tak?

– Tak – potwierdził. Wciąż na nią patrząc, miał wrażenie, że długa podróż wreszcie dobiega do końca. Wiedział, co to oznacza, i choć miesiąc temu coś takiego byłoby nie do pomyślenia, nie miał powodu się tego wypierać. Sięgnął w jej stronę, delikatnie pogładził palcami jej włosy, rozkoszując się tym luksusem, i odetchnął głęboko.

– Kocham cię, Mario – wymruczał. Patrzył, jak jej zaskoczenie ustępuje zrozumieniu.

Nakryła dłońmi jego rękę, którą wciąż trzymał w jej włosach.

– Och, Colin – szepnęła. – Ja też cię kocham.

14
Maria

Kochali się wczesnym rankiem. Później Colin powiedział jej, że chce poćwiczyć przed zajęciami. Choć wyszedł, zanim wstało słońce, Maria przewracała się z boku na bok, nie mogąc zasnąć. W końcu wstała z postanowieniem, że odrobi zaległości w pracy.

Zaparzyła kawę, wzięła prysznic, ubrała się i pełna najlepszych chęci otworzyła macbooka, żeby popracować przez półtorej godziny przed wyjściem do biura. Jednak nie mogła się pozbyć narastającego, jakkolwiek niejasnego wrażenia, że coś jest nie w porządku. Przeanalizowała swoje uczucia, ale nie mogła doszukać się przyczyny. Przypuszczała, że ma to coś wspólnego z Colinem. Ich związek był trochę szalony, chociaż nie mogłaby powiedzieć, że czegoś żałuje. Zakochali się w sobie i nie było w tym nic złego. To normalne. Ludzie codziennie się zakochują. A biorąc pod uwagę czas, przez jaki wzajemnie się poznawali, nie było to niczym niespodziewanym.

Do licha, co w takim razie ją gryzie?

Dolała kawy do kubka i wyszła na balkon. Patrzyła, jak portowe miasto budzi się powoli. Tuż nad chodnikiem snuła się rzadka mgła, co sprawiało, że wszystkie kontury wydawały się nieostre. Sącząc kawę, wspominała, jak stała w tym samym miejscu tamtej nocy, kiedy później kochali się po raz pierwszy, i choć się uśmiechnęła, wspomnieniom towarzyszyło zaniepokojenie.

No dobrze, może jej uczucia do Colina nie były takie proste i szczere, jak chciała przed sobą udawać. Co właściwie nie dawało jej spokoju? To, że ze sobą sypiają? Słowa wymówione wczorajszej nocy? To, że rodzice go nie akceptują? Albo że miesiąc temu przez myśl jej nie przeszło, że może się zakochać w kimś takim jak on?

Tak to właśnie wygląda, pomyślała. Ale skąd ten dzisiejszy niepokój? Założenie, że proste wyznanie miłości wytrąciło ją z równowagi, byłoby niedorzeczne. Logicznie rzecz biorąc, to nie miało najmniejszego sensu. Dopiła kawę i postanowiła wcześniej pojechać do pracy, przekonana, że przesadza.

Jednak przez cały ranek niepokój nie minął, a wręcz się nasilił. O dziesiątej nawet jej żołądek się zbuntował. Im bardziej próbowała przekonać samą siebie, że zamartwianie się z powodu Colina nie ma sensu, tym większy kłopot miała ze skupieniem uwagi. Gdy zbliżała się pora lunchu, myślała już tylko o tym, że musi porozmawiać z Jill.

*

Maria opowiedziała przyjaciółce o wszystkim, łącznie ze swoimi uczuciami. Patrzyła, jak Jill przekłada z półmiska na talerz kilka kawałków sushi i zaczyna je pochłaniać. Sama wzięła jeden kawałek, zanim uświadomiła sobie, że nie zdoła niczego przełknąć. Gdy skończyła mówić, Jill pokiwała głową.

– Żebym dobrze zrozumiała – powiedziała. – Poznałaś faceta, po paru randkach poszliście do łóżka, następnie przedstawiłaś go swoim rodzicom, którzy nie uciekli gdzie pieprz rośnie, a później facet ci powiedział, że cię kocha. I dziś rano nagle zaczęłaś stawiać wszystko pod znakiem zapytania. Czy dobrze to ujęłam?

– Całkiem dobrze.

– I nie jesteś pewna dlaczego?

Maria się skrzywiła.
- Ty mi powiedz.
- To proste. Przeżywasz dorosłą wersję moralniaka.
- Słucham?
- Nie pamiętasz moralniaka ze studenckich czasów? Gdy za dużo wypiłaś na imprezie i zaszalałaś z facetem, którego uważałaś za ideał, a rankiem nie mogłaś uwierzyć w to, co się stało? A później szłaś przez kampus do swojego akademika, w tych samych ciuchach co wczoraj, zachodząc w głowę, co, do licha, zrobiłaś?
- Wiem, czym jest moralniak. To zupełnie coś innego.

Jill sięgnęła pałeczkami po ostatni kawałek sushi.

- Może nie konkretnie, ale byłabym zaskoczona, gdybyś nie miała huśtawki emocjonalnej, typowej dla większości dziewczyn po spędzeniu nocy z nieznajomym. „Czy to naprawdę się stało? Czy było tak dobrze, jak pamiętam? Co ja zrobiłam?" Zakochanie się jest straszne. Właśnie dlatego mówią „zatracić się w miłości". To jest straszne. - Ze smutkiem pokręciła głową, patrząc na talerz Marii. - Sama wszystko zjadłam i zrzucę winę na ciebie, gdy stanę na wadze.

- Innymi słowy, uważasz, że to, przez co przechodzę, jest normalne?

- Byłabym bardziej zmartwiona, gdybyś niczego nie kwestionowała. Ponieważ to by znaczyło, że jesteś obłąkana.

- Z Paulem było tak samo? Kiedy się w nim zakochałaś?

- Oczywiście. Jednego dnia mogłam myśleć tylko i wyłącznie o nim, a następnego się zastanawiałam, czy nie popełniam największego błędu w swoim życiu. Zdradzę ci sekret: to czasami wciąż się zdarza. Wiem, że go kocham, ale nie jestem pewna, czy kocham go na tyle, żeby z nim być na zawsze. Chcę wyjść za mąż i mieć dzieci. Przynajmniej jedno dziecko. I wiesz co? Jego rodzice za mną nie przepadają, co też mnie męczy.

- Dlaczego cię nie lubią?

- Uważają, że za dużo mówię. I że jestem zbyt zadufana w sobie.

– Żartujesz.
– Oczywiście.
Maria się roześmiała i znowu spoważniała.
– Myślę, że to trudne, ponieważ wszystko, co ma związek z Colinem i ze mną, wydaje się takie... obce. Z Luisem wszystko miało sens. Najpierw się przyjaźniliśmy, później umawialiśmy się na randki, ale chodziliśmy ze sobą pół roku, zanim mu powiedziałam, że go kocham. Moi rodzice go lubili. Pochodził z dobrej rodziny i w jego przeszłości nie było niczego, do czego można by się przyczepić.
– Jeśli mnie pamięć nie myli, mówiłaś, jak się zdaje, że Serena go nie lubiła. I w końcu się okazało, że jest samolubnym gnojkiem.
Tak, masz całkowitą rację, pomyślała Maria.
– Ale...
– Luis był twoją pierwszą miłością. Nie możesz porównywać tego, co było, z tym, co jest teraz.
– Właśnie to powiedziałam.
– Nie rozumiesz, o co mi chodzi. Pierwsze miłości zawsze mają sens, bo nie znasz niczego lepszego. Wszystko dzieje się po raz pierwszy i nowość zagłusza jakiekolwiek dzwonki alarmowe. Przynajmniej na początku. Teraz jesteś starsza i mądrzejsza i potrzebujesz w swoim życiu kogoś, kto też jest starszy i mądrzejszy. Chcesz kogoś, kto nie uprawia gierek. Teraz masz Colina i dostajesz to, co widzisz. Ufasz mu, lubisz z nim spędzać czas. Przynajmniej tak mi mówisz.
– I nie sądzisz, że to się dzieje zbyt szybko?
– W porównaniu z czym? To twoje życie. Radzę płynąć z prądem i nie wybiegać myślą w przyszłość. I powtarzam: to, co dzisiaj czujesz, jest najzupełniej normalne.
– Wolałabym tego nie czuć.
– A kto by nie wolał? Myślę, że poczujesz się znacznie lepiej, gdy tylko z nim porozmawiasz. Tak to zwykle bywa.
Maria obróciła na talerzu samotny kawałek sushi, wreszcie nabierając apetytu.

– Mam nadzieję, że masz rację.
– Oczywiście, że mam. Miłość wszystko komplikuje i na początku emocje zawsze szaleją, przechodząc z jednej skrajności w drugą. Ale kiedy uczucie jest prawdziwe, powinnaś się go mocno trzymać. Obie jesteśmy dość duże, żeby wiedzieć, że prawdziwa miłość nie zdarza się zbyt często.

*

Po lunchu z Jill Maria poczuła się lepiej. Może niezupełnie normalnie, ale przynajmniej odzyskała jasność umysłu i im dłużej nad tym myślała, tym bardziej była przekonana, że przyjaciółka miała rację prawie we wszystkim. Zakochanie się budzi lekkie przerażenie i sprawia, że na początku każdy jest trochę stuknięty. Od ostatniego razu minęło tyle czasu, że zapomniała, co się wtedy czuje.

Jill trafiła w dziesiątkę, kiedy ją zapewniała, że rozmowa z Colinem pomoże rozwiać wątpliwości. Zadzwonił kilka minut po czwartej, w drodze do pracy. Chociaż nie rozmawiali długo, samo słuchanie jego głosu zmniejszyło napięcie w jej karku i ramionach. Kiedy zapytał, czy ma wolny jutrzejszy wieczór i czy mogą się spotkać, zrozumiała, jak bardzo tego potrzebowała.

Myśl o spędzaniu czasu z Colinem po pracy sprawiła, że dzień minął szybciej niż zwykle. Nawet Barney – który albo wpadał do jej biura, albo wydzwaniał po aktualne dane dotyczące różnych spraw – nie zdołał jej zepsuć humoru. Gdy po południu zadzwonił telefon, odebrała mechanicznie, spodziewając się, że usłyszy głos szefa. Dzwoniła Jill.

– Teraz się popisuje – oznajmiła przyjaciółka.

Maria dopiero po sekundzie zidentyfikowała głos.

– Jill?

– Albo wczoraj się pokłóciliście i ma nadzieję, że mu wybaczysz, albo chce przyćmić innych facetów.

– O czym ty mówisz?

– O Colinie. I o bukiecie róż, który właśnie ci przysłał.
– Przysłał mi róże?
– Czy nie o tym mówię? Dostawca czeka na ciebie.
Maria spojrzała na telefon. Numer wewnętrzny.
– Dlaczego dzwonisz z telefonu Gwen?
– Bo przypadkiem z nią rozmawiałam, kiedy wszedł dostawca, i pozwoliłam sobie do ciebie zadzwonić, bo to się robi absurdalne. Wiesz, jak często Paul przysyła mi róże do pracy? Nigdy. I uprzedzam, jeśli natychmiast tu nie przyjdziesz, mogę rzucić bukiet na podłogę i go podeptać, ponieważ sprawia, że znowu się zastanawiam nad swoim związkiem. I wierz mi, nie chcesz mieć tego na sumieniu.
Maria się roześmiała.
– Bez deptania, okay? Zaraz tam będę.
Weszła do holu i zobaczyła Jill, która stała z dostawcą w czapce bejsbolowej trzymającym bukiet różowych róż. Zanim podziękowała, dostawca podał jej kwiaty i odwrócił się do wyjścia. Chwilę później zamknęły się za nim drzwi, niemal jakby go wcale nie było.
– Uroczy facet – skomentowała Jill. – Nawet nie było go stać na zwykłą pogawędkę. Ilekroć o coś spytałam, tylko powtarzał twoje imię. Ale musisz przyznać, że bukiet jest olśniewający.
Maria się z nią zgodziła. Pączki wśród gałązek gipsówki były albo zamknięte, albo dopiero zaczynały się rozwijać, i gdy schyliła głowę, żeby je powąchać, spostrzegła, że kwiaciarz pomyślał nawet o przycięciu kolców.
– Nie chce mi się wierzyć – powiedziała, wdychając delikatny zapach kwiatów.
– To prawie smutne – rzekła Jill, kręcąc głową. – Musi mieć poważne problemy z poczuciem własnej wartości. Ponieważ zawsze pragnie twojej akceptacji.
– Nie sądzę, żeby Colin miał problemy z poczuciem własnej wartości.
– W takim razie jest facetem w potrzebie. Może powinnaś z nim

zerwać, zanim ten stan się pogorszy. Potrzebujesz kogoś takiego jak Paul, faceta, który myśli przede wszystkim o sobie.

Maria łypnęła na przyjaciółkę.

– Skończyłaś?

– Czy masz wrażenie, że jestem zazdrosna?

– Tak.

– Zatem tak... Skończyłam. I zakładam, że sobie pogadaliście i że wszystko znowu jest dobrze?

– Mamy plany na wieczór. – Wyciągnęła bukiet w stronę Jill. – Możesz potrzymać kwiaty? Otworzę bilecik.

– Czemu nie? Wcale nie wygląda na to, żebyś chciała się w nich wytarzać.

Maria przewróciła oczami, odczepiła bilecik i przeczytała. Zamrugała, przeczytała po raz drugi i zmarszczyła czoło.

– Co jest? – zapytała Jill.

– Zastanawiam się, czy nie pomylili bilecików. To nie ma sensu.

– Co jest napisane?

Maria rozchyliła kartonik i pokazała go Jill.

– „Będziesz wiedziała, co się wtedy czuje" – przeczytała.

Jill zmarszczyła nos.

– To jakiś osobisty żart?

– Nie.

– W takim razie co to ma znaczyć?

– Nie mam pojęcia – odrzekła Maria, z każdą minutą coraz bardziej zaintrygowana.

Jill oddała jej bukiet.

– Dziwne, nie sądzisz?

– Zdecydowanie dziwne.

– Może powinnaś do niego zadzwonić i zapytać, o co mu chodziło.

Może, pomyślała Maria.

– Prawdopodobnie jest w siłowni.

– I co z tego? Założę się, że ma przy sobie telefon. Albo wiesz co? Może faktycznie w kwiaciarni się pomylili. Może dołączyli niewłaściwy bilecik albo coś źle zapisali.

– Całkiem możliwe – zgodziła się Maria i choć próbowała przekonać samą siebie, że to prawda, zastanawiała się, czy któraś z nich w to wierzy.

*

Wstawiła róże do tego samego wazonu, w którym wcześniej trzymała pierwszy bukiet, i przez jakiś czas przyglądała się bilecikowi. Wreszcie zdecydowała: A co mi tam? Wyjęła komórkę z torebki i zadzwoniła do Colina.

– Cześć – przywitał się. – Chyba nie dzwonisz, żeby odwołać spotkanie? – Oddychał ciężko. W tle słyszała muzykę i tupot ludzi ćwiczących na bieżni.

– Nie, nie mogę się doczekać. Złapałam cię w nieodpowiedniej chwili?

– Nie, wcale nie. O co chodzi?

– Tylko szybkie pytanie. Chciałam cię spytać o wiadomość.

– Jaką wiadomość?

– Na kartce, którą dzisiaj dostałam z różami. „Będziesz wiedziała, co się wtedy czuje". Nie jestem pewna, co przez to rozumiesz.

Słyszała jego przyśpieszony oddech.

– To nie ode mnie. Nie wysłałem ci róż. Ani kartki.

Ścierpła jej skóra na karku. „Będziesz wiedziała, co się wtedy czuje"? Dostatecznie dziwne byłoby, gdyby to napisał Colin, ale skoro liścik nie jest od niego, wydaje się...

Niepokojący. Nawet przyprawiający o gęsią skórkę.

– Co to niby ma znaczyć? – zapytał Colin.

– Nie wiem. Wciąż próbuję to rozgryźć.

– I nie wiesz, kto to przysłał?

– Kartka nie jest podpisana.

Colin milczał. Próbując ukryć zaniepokojenie, Maria zmieniła temat.

– Wiem, że musisz wrócić do ćwiczeń... a ja do pracy... ale o której dzisiaj przyjdziesz?

– Około wpół do siódmej? Pomyślałem, że może pójdziemy nad rzekę i coś wymyślimy na poczekaniu. Mam ochotę się poruszać, nie tylko siedzieć. I możemy coś przekąsić na miejscu.

– Doskonale. Od paru dni tylko siedzę, więc spacer dobrze mi zrobi.

Gdy się rozłączyli, Maria wyobraziła sobie, jak Colin wygląda w siłowni... ale chwilę później znowu spojrzała na róże i bilecik. Niepodpisany bilecik.

„Będziesz wiedziała, co się wtedy czuje".

Po raz kolejny obejrzała kartkę, zastanawiając się, czy zadzwonić do kwiaciarni z zapytaniem, kto zamówił bukiet, ale ani na kopercie, ani na bileciku nie było żadnych danych.

*

– Jesteś roztargniona – powiedział Colin, gdy trzymając się za ręce szli Riverwalk, popularną promenadą nad rzeką Cape Fear. Teraz, w środku tygodnia, panował tu niewielki ruch. Nadal było ciepło, ale północny wiatr zapowiadał rychły spadek temperatury. Po raz pierwszy od miesięcy Maria nie żałowała, że włożyła dżinsy.

Pokręciła głową.

– Cały czas się zastanawiam, kto mi przysłał te róże.

– Może masz cichego wielbiciela.

– Oprócz ciebie nikogo ostatnio nie poznałam. I nieczęsto wychodzę. Odwiedzam rodziców i pływam na desce, poza tym siedzę w domu.

– Z wyjątkiem pracy.

– Nikt z pracy by ich nie przysłał – powiedziała i w tej samej chwili przyszedł jej do głowy Ken. Ale przecież on tego nie zrobił? – Zresztą wiadomość nie sugeruje, żeby ktoś chciał, bym poczuła się wyjątkowa. Jest dokładnie na odwrót.

– Może jakiś klient?

– Całkiem możliwe – powiedziała, ale trudno jej było w to wierzyć. Colin ścisnął jej rękę.
– Tak czy inaczej, dowiesz się, kim jest ten facet.
– Myślisz, że to mężczyzna?
– A ty nie?

Skinęła głową, całkowicie pewna, chociaż nie było żadnego dowodu.

– Ta wiadomość mnie niepokoi...

Miała nadzieję, że usłyszy od niego coś, co podniesie ją na duchu. Przeszli kilka kroków w milczeniu, zanim na nią spojrzał.

– Mnie też – odparł.

*

Czas spędzony z Colinem trochę złagodził niepokój, a przynamniej powstrzymał ją od bezustannego zastanawiania się, kto przysłał kwiaty i napisał liścik. Nie miała najmniejszego pojęcia, kim jest nadawca. Poza Kenem nikt nie przychodził jej do głowy, ale nawet mimo antypatii do niego, nie mogła sobie wyobrazić, że potrafiłby zrobić coś takiego.

Spacerowała z Colinem, przeskakując z tematu na temat. Przystanęli przy budce z lodami. Colin ją zaskoczył, zamawiając też dla siebie. Jedli lody, stojąc przy balustradzie i patrząc na USS *North Carolina*, zasłużony okręt wojenny z czasów drugiej wojny światowej, obecnie muzeum, zacumowany po drugiej stronie rzeki. Maria przypomniała sobie, jak zwiedzała okręt podczas wycieczki, pamiętała ciasnotę panującą pod pokładem, wąskie korytarze i maleńkie kabiny budzące uczucie klaustrofobii. Zastanawiała się, jak marynarze byli w stanie przebywać tam miesiącami, nie odchodząc od zmysłów.

Szli promenadą, gdy zachodzące słońce powoli przemieniało rzekę w płynne złoto. Zajrzeli do paru sklepów, które przyciągnęły ich uwagę. Gdy księżyc zajaśniał nad horyzontem, poszli na kolację. Siedząc naprzeciwko Colina, Maria rozmyślała o rodzicach. Miała nadzieję, że poznali go od tej strony, która sprawiała, że czuła się odprężona i spokojna. Chciała, żeby zobaczyli, jaka jest szczęśliwa, kiedy jest z nim. Kiedy wracali, zaprosiła go na niedzielne śniadanie, mimo że nie była pewna, czy rodzice są gotowi na kolejną wizytę.

Kochali się tej nocy powoli i czule, jakby tańczyli nieśpieszny taniec. Colin poruszał się nad nią, szepcząc jej imię, mówiąc, ile dla niego znaczy. Oddała mu całą siebie, zatracając się w czasie i w nim. Zasnęła z głową na jego piersi, ukołysana miarowym biciem jego serca. Zbudziła się dwa razy – raz wkrótce po północy i drugi raz godzinę przed świtem – i patrzyła na niego w ciszy tych chwil, wciąż zdumiona, że zostali parą, i bardziej niż kiedykolwiek pewna, że każde z nich jest dokładnie tym, kogo potrzebuje to drugie.

*

Kiedy w środę rano weszła do biura, pierwsze, o czym pomyślała, to to, że musi zniszczyć bilecik. Podarła go na kawałki i wyrzuciła do kosza, potem usiadła przed komputerem. Przejrzała wiadomości, sprawdzając, czy któryś z klientów wspomniał o wysyłaniu kwiatów. Niczego nie znalazła.

Barney czekał na nią w pokoju konferencyjnym i dopiero przed południem mogła wrócić do swojego biura. W skrzynce odbiorczej znalazła kolejny plik od Barneya z adnotacją, że ma natychmiast zabrać się do pracy nad tymi dokumentami, bo na jutro potrzebne jest podsumowanie. To oznaczało, że musi wziąć lunch na wynos i zjeść go przy biurku. Spojrzała na róże i stwierdziła, że nie chce ich tu mieć. Złapała bukiet i torebkę, wyszła z budynku i skręciła za róg w stronę koszy na śmieci.

Wrzuciła bukiet do kontenera i idąc do samochodu, nagle poczuła, że ktoś ją obserwuje. Ponieważ nie zobaczyła nikogo w pobliżu, z początku zbagatelizowała to uczucie. Jednak po chwili, gdy się nasiliło, spojrzała w kierunku biurowca.

Ken stał w oknie swojego pokoju.

Spuściła wzrok, szukając kluczyków w torebce i udając, że go nie zauważyła. Co on robi i jak długo tam stoi? O ile wiedziała, ktoś był teraz w jego gabinecie, więc Ken stał tyłem do gościa. Jeśli widział, jak wychodziła, bez wątpienia widział też, jak wyrzucała róże. Niedobrze. Jeśli to on je przysłał, z pewnością się wścieknie, a jeśli nie, może pomyśleć, że rozstała się z Colinem. Tak czy siak, martwiła się, że to go zachęci do odwiedzania jej biura, aby kontynuować rozmowę o tym, czy rzeczywiście umie pracować w zespole.

Gdy otworzyła drzwi samochodu, fala żaru buchnęła z nagrzanego słońcem wnętrza. Włączyła silnik i klimatyzację. Postanowiła, że pojedzie na ekologiczny rynek, gdzie był fantastyczny bar sałatkowy. Wyjeżdżając z parkingu, spojrzała w lusterko wsteczne.

Ken wciąż stał przy oknie. Była za daleko, żeby mieć całkowitą pewność, ale nie mogła się pozbyć wrażenia, że nadal ją obserwuje.

*

Po powrocie z rynku zaparkowała na tym samym miejscu, zostawiając uchylone okno, żeby wnętrze się chłodziło. Samochód Kena zniknął z parkingu i jeśli mogła przewidywać, sądząc po wcześniejszych wyjściach szefa, nie zjawi się przed wpół do drugiej. Odetchnęła z ulgą i spróbowała popracować. Róże, liścik, a teraz Ken – wszystko to sprawiało, że miała ochotę zabrać swoje rzeczy i jechać do domu. Może uda, że ma migrenę, i wyjdzie wcześniej... Tylko co to da? Barney na nią liczy, a poza tym wiedziała, że w domu też się nie uwolni od obsesyjnego myślenia o wypadkach tego dnia. „Będziesz wiedziała, co się wtedy czuje".

Co?

Czy Ken zamierza jeszcze bardziej utrudnić jej życie w pracy, ponieważ odrzuciła jego zaloty?

Jeśli tak, co to będzie oznaczało?

Próbowała odpędzić te pytania, szukając przepisów prawnych w zakresie ochrony ludzkiego zdrowia dla klienta, który doznał obrażeń wskutek upadku i pozywał dom towarowy. To zajmie większą część popołudnia. Podczas robienia notatek zwróciła uwagę, że całe to jej środowisko zawodowe to część gigantycznej gry, której celem jest gromadzenie godzin fakturowanych, co sprawia, że jedynymi pewnymi wygranymi są prawnicy.

To cyniczne podejście, ale jak inaczej wyjaśnić, że zawsze miała nawał pracy na przekór temu, że wymiar sprawiedliwości był opieszały? Wciąż pracowała nad sprawami, które ciągnęły się latami. Ta, którą właśnie zlecił jej Barney, trafi do sądu nie wcześniej niż za półtora roku. I to tylko wtedy, jeśli wszystko pójdzie gładko, co było praktycznie niemożliwe, ponieważ nic nigdy nie szło gładko. Tak więc po co Barney chce mieć te przepisy na jutro? Dlaczego to takie pilne?

Wciąż miała przed oczami Kena obserwującego ją z okna. Nic zamierzała pozwolić, żeby znów sprawił jej niemiłą niespodziankę, przychodząc rzekomo na rozmowę o jej karierze w kancelarii. Postanowiła zostawić szeroko otwarte drzwi, chociaż wiedziała, że hałas będzie ją rozpraszać. Jeśli Ken postanowi złożyć jej wizytę, przynajmniej będzie miała parę sekund, żeby się przygotować.

Z okna widziała jego miejsce parkingowe. Zgodnie z przewidywaniami, przyjechał punktualnie o pierwszej trzydziestej. Po części spodziewała się, że przyjdzie do niej, gdy tylko pojawi się w kancelarii, ale, ku jej uldze, nie pojawił się. Później też nie, nawet nie zajrzał do praktykantek. Kiedy nie pokazał się do piątej, przykazała sobie, żeby nie zostawać do późna. Zamknęła laptopa, zabrała oryginały akt i zapakowała je do torby. Wyjrzała przez okno, potem jeszcze raz. Samochód Kena zniknął.

Mniejsza z tym. Jutrzejszy dzień z pewnością przyniesie dalsze niespodzianki.

Wyszła z biura, pożegnała się z Jill i ruszyła do samochodu. Jak zawsze, najpierw podeszła od strony pasażera, żeby położyć torbę na fotelu, i gdy otworzyła drzwi, mimo woli krzyknęła.

Bukiet róż, już więdnących w upale, leżał rozłożony na fotelu, jakby z niej szydząc.

*

Colin siedział naprzeciwko niej w salonie, z łokciami wspartymi na kolanach. Maria zadzwoniła do niego zaraz po tym, jak wyrzuciła róże do kosza. Czekał na nią pod drzwiami, gdy wróciła do domu.

– Nie rozumiem – powiedziała, wciąż zarumieniona i spanikowana. – Czego ten Ken chce?
– Wiesz, czego chce.
– I myśli, że to najlepszy sposób? Przysyłanie mi kwiatów i dziwacznej kartki bez podpisu? Wrzucanie róż do mojego samochodu i napędzanie mi strachu?
– Nie umiem na to odpowiedzieć – odparł Colin. – Myślę, że najważniejsze pytanie brzmi: co zamierzasz z tym zrobić. – Patrzył na nią, nie poruszając się, ale napięte mięśnie szczęki świadczyły, że jest równie przejęty jak ona.
– Nie wiem, czy cokolwiek mogę zrobić. List nie był podpisany. Nie widziałam, jak wkładał róże do auta. Niczego nie mogę udowodnić.
– I jesteś pewna, że to Ken?
– A któż by inny? W pobliżu nie było nikogo innego.
– Na pewno?

Otworzyła usta, żeby odpowiedzieć, ale szybko je zamknęła, bo przecież nawet nie wzięła pod uwagę innej możliwości. To, że nie widziała nikogo innego, wcale nie musiało oznaczać, że rzeczywiście nikogo nie było, ale sama myśl była zbyt przerażająca, żeby ją rozważać.

– To on – powiedziała. – To na pewno on. – Ale nawet w jej uszach słowa brzmiały niemal tak, jakby próbowała przekonać samą siebie.

15
Colin

Colin spędził noc u Marii. Chociaż go o to nie prosiła, wiedział, że tego chciała. Niemal przez cały wieczór była zdenerwowana, nie miała apetytu. Widział, że błądzi gdzieś myślami. Gdy w końcu zasnęła, leżał obok niej, patrząc w sufit i próbując dopasować do siebie elementy układanki. Powiedziała mu o Kenie tyle, że miał już wyrobione zdanie na jego temat. Walczył z chęcią złożenia mu wizyty. Do molestowania seksualnego dochodził fakt, że szef Marii był również tyranem, a Colin z doświadczenia wiedział, że tacy ludzie nie przestaną nadużywać władzy, dopóki ktoś nie zrobi z nimi porządku. Albo nie napędzi im strachu.

Maria jednak dała jasno do zrozumienia, że nie chce, żeby rozmawiał z Kenem albo nawet znalazł się w jego pobliżu, choćby tylko dla jego własnego dobra. Rozumiał to. Facet był znanym prawnikiem i wystarczyłaby wiarygodna groźba pod jego adresem, żeby posłać Colina za kratki. Nie miał wątpliwości, że Margolis i sędziowie by tego dopilnowali.

Jednak sytuacja wydawała się tym bardziej zagmatwana, im dłużej o niej rozmawiali. Bilecik i róże pozostawione w samochodzie wyglądały jak groźba. Odnosiło się wrażenie, że w grę wchodzi jakaś sprawa osobista. Wprawdzie Ken miał kłopoty z kontrolowaniem popędu seksualnego i faktem jest, że obserwował ją z okna, ale reszta nie trzymała się kupy. Dlaczego miałby przysyłać róże z liścikiem? Skąd miałby wiedzieć, że Maria postanowi je wyrzucić? Jeśli zamierzał zostawić je w samochodzie, dlaczego pozwolił, żeby zobaczyła go stojącego w oknie? Przecież musiałby założyć, że bez wątpienia przyjmie, że jest winny? Musiał wiedzieć, że strasząc Marię, zwiększy prawdopodobieństwo, że dziewczyna doniesie o jego zachowaniu. A gdyby ktoś inny z kancelarii widział, jak Ken wyciąga róże z kontenera i zostawia je w samochodzie Marii? Byłby gotów podjąć takie ryzyko? Większość biur miała okna.

Wszystko to znaczyło, że... co? Jeśliby to zrobił, równie dobrze mógłby skoczyć z gzymsu i szybować ku ziemi, najwyraźniej cierpiąc na zaćmienie umysłowe. A jeśli to nie Ken?

To pytanie niepokoiło Colina najbardziej.

Kiedy Maria się zbudziła, zaproponował, że pojedzie za nią do pracy, ale odmówiła. Dopiero w drodze do domu Evana dotarło do niego, jak bardzo jest zdenerwowany. Jak ona wczoraj. Czuł narastającą złość, więc po dotarciu na miejsce przebrał się w strój do ćwiczeń i wyszedł.

Biegał, słuchając muzyki włączonej na cały regulator, i zwiększał tempo, aż się zasapał. Kiedy w końcu poczuł, że wypocił złość, powoli zaczęło mu się przejaśniać w głowie.

Zrobi, o co prosiła Maria, i będzie się trzymał z daleka od Kena, ale to nie znaczy, że będzie siedział z założonymi rękami i czekał.

Nikt nie będzie bezkarnie straszyć Marii.

*

– Braliście pod uwagę zgłoszenie tego na policję? – zapytał Evan.

Siedzieli przy stole w jego kuchni. Colin przedstawił mu skróconą wersję wydarzeń, łącznie z tym, co zamierzał zrobić.

Colin pokręcił głową.

– Policja nic nie zrobi.

– Ale ktoś się włamał do jej samochodu.

– Samochód nie był zamknięty, szyby były opuszczone, nic nie zginęło i nie ma żadnych zniszczeń. Pierwsze, o co zapytają, to na czym polega przestępstwo? Później, kto to zrobił, i wszystko, co będzie mogła powiedzieć, to domysły.

– A co z tą wiadomością? Nie ma przepisów dotyczących nękania?

– List jest dziwny, ale nie zawiera wyraźnej groźby. I nie ma dowodu, że osoba, która przysłała bukiet, jest tą samą, która zostawiła kwiaty w samochodzie.

– Czasami zapominam, że miałeś bogate doświadczenia na tym polu. Ale wciąż nie jestem pewien, dlaczego myślisz, że akurat ty musisz się tym zająć.

– Nie muszę. Chcę.

– A jeśli Marii nie spodoba się twój plan? – Kiedy Colin nie odpowiedział, Evan machnął ręką. – Bo przecież masz zamiar jej powiedzieć, prawda? Skoro ze wszystkimi jesteś taki szczery?

– To nic wielkiego.

– Nie odpowiedziałeś na moje pytanie.

– Tak. Powiem jej.

– Kiedy?

– Dzisiaj.

– A jeśli poprosi, żebyś tego nie robił?

Kiedy Colin ponownie nie odpowiedział, Evan wyprostował ramiona.

– I tak to zrobisz. Ponieważ już podjąłeś decyzję, mam rację?

– Chcę wiedzieć, co się dzieje.

– Wiesz, że właśnie tak postępowałeś w przeszłości, prawda? Rób, co chcesz, pal diabli przyszłość?

– Podzwonię. Będę rozmawiał z ludźmi. – Colin wzruszył ramionami. – To nie jest nielegalne.

– Co do tego nie mam zastrzeżeń. Mówię o tym, co możesz zrobić później.

– Wiem, co robię.

– Na pewno?

Colin nie odpowiedział. Evan odchylił się na krześle.

– Nie mówiłem ci, że Lily chce, żebyśmy w weekend wyskoczyli gdzieś we czwórkę?

– Nie.

– Myślała o sobocie wieczorem. Chce poznać Marię.

– Okay.

– Nie powinieneś najpierw z nią tego uzgodnić?

– Pogadam z nią, ale jestem pewien, że nie będzie miała nic przeciwko. Jaki macie pomysł?

– Kolacja, a później znajdziemy jakieś miejsce, gdzie można się dobrze zabawić. Myślę, że te lekcje nastroiły ją do tańca.

– Salsa?

– Mówi, że nie mam wyczucia rytmu. Jakieś inne tańce.

– W klubie?

– Skoro ostatnim razem udało ci się uniknąć kłopotów, Lily jest zdania, że możesz to powtórzyć.

– Okay.

– Mam jeszcze jedno pytanie. – Colin czekał, a Evan patrzył na niego z drugiej strony stołu. – Co się stanie, jeśli znajdziesz faceta?

– Pogadam z nim.

– Nawet jeśli jest jej szefem? – Colin milczał, więc Evan pokręcił głową. – Wiedziałem, że mam rację.

– W związku z czym?

– Nie masz najmniejszego pojęcia, w co się pakujesz.

*

Colin rozumiał, że przyjaciel się martwi, ale nie sądził, żeby jego obawy były uzasadnione. Przecież sprawdzenie, czy to Ken przysłał róże, nie może być trudne. Wystarczy zadzwonić do paru osób, zadać kilka pytań, pokazać zdjęcie... Na miły Bóg, był przesłuchiwany wiele razy i wiedział, że uzyskanie odpowiedzi często zależy od prezencji, oczekiwań i oficjalnego tonu. Większość ludzi chce rozmawiać. Większość ludzi nie potrafi utrzymać języka za zębami, nawet kiedy leży to w ich interesie. Uznał, że jeśli dopisze mu szczęście, po południu będzie znał odpowiedź.

U siebie w kuchni włączył komputer, wpisał do wyszukiwarki nazwisko Kena Mastersona. Znalazł go bez trudu – facet miał większe powiązania, niż Colin się spodziewał – ale jeśli chodzi o zdjęcia, to się zawiódł. Było ich niewiele, w dodatku wszystkie stare i nieostre. Nawet to na stronie kancelarii musiało pochodzić sprzed dziesięciu lat – wtedy Ken nosił hiszpańską bródkę, która znacznie odmieniała jego twarz. Colin postanowił, że sam zrobi mu zdjęcie, tyle że nie miał porządnego aparatu z teleobiektywem. Wątpił, czy Evan ma taki. Byłoby mu szkoda pieniędzy.

Ale Maria miała aparat.

Zadzwonił na jej komórkę i nagrał wiadomość z pytaniem, czy ma wolne w porze lunchu. Kiedy był w sali wykładowej, odpisała mu, że mogą się spotkać o wpół do pierwszej. Gdy czytał wiadomość, słysząc w tle monotonny głos profesora, uświadomił sobie, że jest bardzo spięty.

Zmusił się, żeby oddychać głęboko i miarowo.

*

– Chcesz pożyczyć aparat?

Siedzieli na tarasie małej kawiarni, czekając na zamówione dania. Colin nie jadł od wczoraj, ale nie był głodny.

– Tak. – Pokiwał głową.

– Dlaczego?
– Potrzebne mi zdjęcie Kena.
Zamrugała.
– Słucham?
– Jedynym sposobem, żeby się dowiedzieć, kto zamówił kwiaty, jest znalezienie kwiaciarza. Pokażę mu zdjęcie i zapytam, czy to ten facet je zamówił.
– A jeśli zamówił przez telefon?
– Jeśli zapłacił kartą kredytową, będę miał nazwisko.
– Nie podadzą ci.
– Może tak. Może nie. Mimo wszystko chciałbym pożyczyć aparat.
Maria po chwili namysłu pokręciła głową.
– Nie.
– Dlaczego?
– Po pierwsze, to mój szef. Poza tym wie, jak wyglądasz, i jeśli cię zobaczy, odbije się to na mnie jeszcze bardziej. Co więcej, widziałam Kena dziś rano i mam wrażenie, że sobie odpuścił.
– Widziałaś go?
– Z samego rana przyszedł pogadać z Barneyem i ze mną o jednej z naszych spraw. Słyszał, że w końcu trafiła na wokandę.
– Nie wspomniałaś o tym, kiedy zadzwoniłem...
– Nie wiedziałam, że powinnam.
Wychwycił pierwsze nuty frustracji w jej tonie.
– Jak się zachowywał?
– W porządku – odparła. – Normalnie.
– A ty nie byłaś zaniepokojona, kiedy się pokazał?
– Pewnie, że byłam. Serce o mało nie wyskoczyło mi z piersi, ale co mogłam zrobić? Barney tam był. Ken nie próbował rozmawiać ze mną sam na sam, praktykantki też zostawił w spokoju. Był rzeczowy, to wszystko.

Colin zacisnął ręce pod stołem.
– Z aparatem czy bez, zamierzam się dowiedzieć, kto przysłał ci kwiaty.
– Nie musisz rozwiązywać moich problemów, Colin.
– Wiem.
– Zatem dlaczego wciąż o tym rozmawiamy?

Starał się zachować neutralny wyraz twarzy.
– Ponieważ wciąż nie wiesz na pewno, czy to nie Ken. Tylko przypuszczasz.
– To nie przypuszczenie.
– Co jest złego w upewnieniu się?

*

Był taki czas, kiedy miałby to gdzieś. Nie było powodu się angażować. W końcu Maria miała rację. To jej problem, a on miał dość własnych kłopotów.

Jednak uważał się za eksperta od gniewu, a przecież gniew był tu punktem wyjścia. W szpitalu poznał różnicę między jawną i ukrytą złością. W swoim życiu doskonale się zaznajomił z jednym i drugim. W barach, kiedy był w nastroju do bójki, złość była jawna, zamiary czytelne, bez ukrytych znaczeń, bez wstydu i żalu. W ciągu pierwszych tygodni w szpitalu nie mógł okazywać złości. Lekarze postawili sprawę jasno: jeśli będzie agresywny – jeśli choćby podniesie głos – trafi na oddział zamknięty do wieloosobowego pokoju pod stałą obserwację personelu medycznego i obowiązkowo będzie przyjmował lit w dawkach, po których zawsze był otępiały. Była to ostatnia rzecz, jakiej chciał. Dlatego tłumił gniew, próbując go nie manifestować, ale po jakimś czasie zrozumiał, że gniew nie przemija. Po prostu z jawnego przeszedł w ukryty. Podświadomie zaczął manipulować ludźmi. Wyczuwał, jaką strunę trącić, żeby kogoś wkurzyć, i szarpał, dopóki nie pękła. Inni pacjenci, jeden po drugim, byli przenoszeni na oddział zamknięty, podczas gdy on zgrywał niewiniątko, dopóki lekarz prowadzący nie nazwał tego, co Colin robi. Po wielu godzinach terapii w końcu zrozumiał, że złość pozostaje złością, ukryta czy jawna, i w obu postaciach jest destrukcyjna.

Właśnie to ten ktoś odczuwa, pomyślał. Złość z zamiarem manipulowania. Ktokolwiek to jest, chce grać na emocjach Marii. Colin przeczuwał, że to dopiero początek.

Jego zdaniem Ken był mało prawdopodobnym podejrzanym, ale było to jedyne nazwisko, które miał. Nie wybór, ale punkt wyjścia. Pod koniec lunchu Maria niechętnie dała mu klucz do swojego mieszkania. Pojechał tam i zabrał aparat. Włączył go, sprawdził, czy akumulatory są naładowane, i przetestował różne ustawienia. Sprawdził zoom i zrobił kilka fotek z balkonu, zanim się zorientował, jak blisko musi podejść, żeby fotografować twarze.

Schował klucz pod donicą przy drzwiach, jak prosiła Maria, a następnie pojechał na plażę, gdzie zapewne nikt nie zwróci uwagi na mężczyznę z aparatem. Przez godzinę fotografował przypadkowych ludzi z różnych odległości. W końcu uznał, że odległość nie może być większa niż piętnaście metrów. Dobrze, ale nie nadzwyczajnie. Ken może go rozpoznać. Musi znaleźć takie miejsce, z którego nie będzie widoczny.

Większość zabytkowych budynków w pobliżu biurowca, w którym mieściła się kancelaria, miała jedno albo dwa piętra i płaskie dachy. Po obu stronach ulicy stały samochody i rosły drzewa, ale ani jedno, ani drugie nie zapewniało odpowiedniej kryjówki. Na chodnikach nie brakowało przechodniów. Nie mógł się łudzić, że nie zwróci niczyjej uwagi, czając się gdzieś przez godzinę z aparatem w ręce.

Uniósł wzrok i przyjrzał się budynkom na wprost wejścia do biurowca, które właśnie minął. Odległość była dobra, kąt idealny, ale pozostawało pytanie, jak się tam dostać.

Miał nadzieję, że znajdzie schody pożarowe. W nowszych domach ich nie montowano, ale gdy wszedł w wąską uliczkę na tyłach, już wiedział, że dopisało mu szczęście. Wprawdzie budynki naprzeciwko biurowca nie miały zewnętrznych schodów na dach, lecz stojący dalej dwupiętrowy dom miał spuszczaną drabinę, wiszącą może trzy metry nad ziemią, prowadzącą na metalowy podest na piętrze. Trudno będzie się tam dostać, ale da radę. Ruszył w głąb uliczki, założył pasek na szyję, a aparat wsunął pod koszulę. Pobiegł w stronę muru, chcąc się od niego odbić, aby dosięgnąć drabiny.

Udało się. Zacisnął ręce na najniższym szczeblu. Podciągnął się, chwycił następny szczebel i powtarzał czynność, aż dotarł do podestu. Chwilę później był na dachu. Zdawało się, że nikt nie widział jego wyczynu.

Na razie szło nieźle.

Przeszedł do narożnika od strony biurowca. Murek wokół dachu był niski, miał nie więcej niż piętnaście centymetrów, ale nawet kiepska osłona jest lepsza niż żadna. Na szczęście żwir był tu wygładzony, bez dużych kamieni, chociaż nie brakowało ich na dachu. Na żwirze walały się opakowania po gumie do żucia i je odgarnął, zanim się położył. Zdumiony zobaczył Marię, pracującą za biurkiem w swoim biurze. Widział też jej samochód, a za nim kontenery na śmieci. Jej auto stało na swoim miejscu, a parę stanowisk dalej była zaparkowana corvette Kena.

Godzinę później pierwsi pracownicy zaczęli wychodzić z biura, pojedynczo i dwójkami. Praktykantki – jak mówiła Maria, rzeczywiście wszystkie atrakcyjne, paru facetów po czterdziestce i Jill. Kilka innych osób oraz Maria. Obserwując ją przez obiektyw, pomyślał, że porusza się wolniej niż zwykle. Na rogu się rozejrzała, zapewne próbując go dostrzec. Patrzył, jak marszczy czoło i rusza do samochodu.

Skupił uwagę na wejściu, ale Ken się nie pojawił. Już zaczął się martwić, że zmierzch uniemożliwi zrobienie wyraźnych zdjęć, kiedy wreszcie Ken stanął w drzwiach. Colin wstrzymał oddech i pstryknął kilkanaście fotek, zanim tamten skręcił na parking. Potem położył się na boku, żeby obejrzeć zdjęcia. Miał nadzieję, że parę będzie wystarczająco dobrych.

Były.

Zaczekał, aż Ken odjedzie, i zszedł z dachu. Nikt go nie zauważył. Gdy wsiadł do samochodu, zmierzchało. Wstąpił do drogerii, wywołał dwa zdjęcia i pojechał do Marii.

Obiecał, że odda jej aparat.

*

– Nic dziwnego, że nie mogłam cię znaleźć – powiedziała, kładąc zdjęcia na kuchennym stole. – Więc jutro...

– Zacznę dzwonić do kwiaciarni. I miejmy nadzieję, że poznamy prawdę.

– A jeśli to było zamówienie telefoniczne?

– Będę mówić prawdę. Że się zastanawiałaś, czy do przesyłki dołączono właściwy bilecik. I od kogo są kwiaty.

– Mogą nie powiedzieć.

– Zapytam tylko o nazwisko, nie o numer. Założę się, że większość ludzi nie odmówi pomocy.

– A jeśli się dowiesz, że to Ken?

To samo pytanie zadał mu Evan i od tamtej pory Colin rozmyślał nad odpowiedzią.

– Decyzja, co dalej, będzie zależała od ciebie.

Pokiwała głową, zaciskając usta, po czym wstała od stołu i podeszła do drzwi balkonowych. Stała przed nimi, długą chwilę nic nie mówiąc. Colin podszedł do niej, objął ją w talii i poczuł, że się odpręża.

– Jestem za bardzo zmęczona, żeby o tym rozmawiać. Jestem zbyt zmęczona, żeby choćby o tym myśleć.

– Chodźmy gdzieś i zróbmy coś, co pomoże ci oderwać od tego myśli.
– Na przykład?
– Co sądzisz o niespodziance?

*

Patrzyła przez okno camaro zaparkowane między dwoma minivanami, nie ruszając się z miejsca.
– To twoja niespodzianka?
– Pomyślałem, że może być zabawnie.
– Minigolf? Poważnie?
Maria z wyraźnym sceptycyzmem patrzyła na wesołe światła otaczające wejście. Za szklanymi drzwiami widziała salon gier, po lewej stronie znajdowało się miniaturowe pole golfowe z obracającymi się wiatrakami, co Colin uznał za skandynawski motyw.
– Nie taki zwykły minigolf. To minigolf świecący w mroku.
– I... nie pomyliłeś mnie z dwunastolatką?
– To dobra rozrywka. Kiedy ostatni raz grałaś?
– Właśnie ci powiedziałam. Kiedy miałam dwanaście lat. Kevin Ross miał tu przyjęcie urodzinowe. Zaprosił całą szóstą klasę. Przyszła też moja mama, więc niezupełnie była to randka.
– Ale zapadło ci w pamięć. Później, jeśli chcesz, możemy zajrzeć do labiryntu laserowego.
– Labirynt laserowy?
– Widziałem banner kilka miesięcy temu, kiedy tędy przejeżdżałem. Myślę, że to coś jak z *Dorwać Smarta* ze Steve'em Carellem, przechodzenie przez pokój bez przerywania wiązek światła. – Ponieważ nic nie powiedziała, mówił dalej: – Nie chciałbym myśleć, że boisz się, że mógłbym z tobą wygrać, i stąd to kręcenie nosem.
– Nie boję się przegranej. Jeśli mnie pamięć nie myli, byłam najlepsza w klasie.

– Czy to oznacza: tak?
– Niech ci będzie.

*

W piątek rano Colin zbudził się wcześnie i wyszedł przed świtem. Przebiegł dziesięć kilometrów i poćwiczył w siłowni, a po powrocie do domu znalazł w sieci potrzebne numery telefonów. Z zaskoczeniem stwierdził, że w Wilmington jest ponad czterdzieści kwiaciarni, nie licząc sklepów warzywnych, w których również sprzedawano kwiaty. To oznaczało, że będzie miał sporo roboty.

Miał miłe wrażenia po wczorajszym wieczorze. Maria, z początku spięta, przegrywała o kilka dołków i trafiała fuksem, ale gdy skończyli, była roześmiana i nawet zatańczyła na greenie po zaliczeniu szesnastego dołka. Ponieważ zgłodnieli, darowali sobie laserowy labirynt. Colin zabrał ją do przydrożnej budki niedaleko plaży, specjalizującej się w rybnych tacos, które popili lodowatym piwem. Zapytał, czy miałaby ochotę na wypad z Evanem i Lily – zapewniła, że tak – i kiedy pocałowała go na dobranoc, mógł powiedzieć, że wieczór był tym, czego potrzebowała.

W barze śniadaniowym zaczął wydzwaniać do kwiaciarni, mając nadzieję, że w kilka godzin upora się z listą. Dzwonił i przedstawiał swoją sprawę: być może dołączono niewłaściwy bilecik do bukietu różowych róż. Większość osób, z którymi rozmawiał, chętnie służyła pomocą. Minęło południe, gdy na liście zostało tylko kilka kwiaciarni i podejrzewał, że usłyszy to samo, co mówili inni: że to nie oni przygotowali i wysłali bukiet.

Miał rację. Zastanawiając się, co dalej, postanowił zadzwonić do kwiaciarni poza miastem, tylko pytanie, który kierunek wybrać? Wybrał północ. Zadzwonił do obu kwiaciarzy w Hampstead, a później znalazł osiemnastu w Jacksonville.

Przy szóstej kwiaciarni zwanej Kwiatowym Niebem, znajdującej się w pobliżu bazy piechoty morskiej Camp Lejeune, w końcu dopisało mu szczęście. Właściciel powiedział, że pamięta mężczyznę, który zamówił bukiet. I dodał, że zapłacił gotówką. Sklep będzie jutro otwarty i Colin zastanie właściciela w pracy.

Wieczorem, obsługując bar, pomyślał, że ktoś zadał sobie wiele trudu, próbując ukryć swoją tożsamość.

*

W piątkową noc przeszła nad miastem burza, przynosząc spadek temperatury. W sobotę rano po joggingu i pracy na podwórku Colin pojechał do Kwiatowego Nieba w Jacksonville, miasta odległego o nieco ponad godzinę drogi. W sklepie wyjął zdjęcie Kena i pokazał je właścicielowi.

– Czy przypadkiem to nie on?

Właściciel, tęgi mężczyzna po sześćdziesiątce, poprawił okulary i po sekundzie pokręcił głową.

– Ten na zdjęciu jest znacznie starszy. Facet, który kupił róże, był może pod trzydziestkę, co nie znaczy, że dobrze mu się przyjrzałem.

– Nie?

– Był dziwny, dlatego go zapamiętałem. Miał czapkę bejsbolową i wbijał wzrok w ladę, gdy mówił. W zasadzie mamrotał. Powiedział, czego chce, i wyszedł. Wrócił godzinę później, zapłacił gotówką i więcej go nie widziałem.

– Był sam?

– Nie mam pojęcia. A o co chodzi?

– Wspomniałem już o tym przez telefon, na bileciku była dziwna wiadomość.

– Nie prosił o bilecik. To też pamiętam, bo każdy zawsze chce coś napisać. Jak mówiłem, facet był dziwny.

*

Popołudniowe ćwiczenia koncentrowały się głównie na obronie i grapplingu. Daly pracował prawie wyłącznie z nim, co Colina zaskoczyło. Trener wymęczył go bardziej niż zwykle. Swego czasu Daly nie miał sobie równych, jeśli chodzi o walkę w parterze, i Colin niejeden raz nie miał możliwości manewru, czując się tak, jakby walczył o życie. Dopiero po treningu zdał sobie sprawę, że ani razu nie pomyślał o facecie w czapce bejsbolowej.

Kimkolwiek on był.

Jednak temat powrócił, gdy tylko zszedł z ringu. Daly dopędził go przed wejściem do szatni i wziął na stronę.

– Możemy pogadać parę minut?

Colin wytarł twarz mokrą koszulką.

– Co sądzisz o walce w następny weekend? W Havelock. – Zanim Colin odpowiedział, dodał: – Wiem, że miałeś trzy tygodnie przerwy, ale dostałem telefon od Billa Jensena. Znasz Billa, prawda?

– Organizator – powiedział Colin.

– Wiesz, ile przez lata zrobił dla naszych zawodników, łącznie z tobą, i jest w kropce. W każdym razie gwiazdą będzie Johnny Reese, a facet, z którym miał walczyć, kilka dni temu złamał rękę. Reese potrzebuje nowego przeciwnika.

Gdy tylko Daly podał nazwisko, Colin przypomniał sobie rozmowę z Evanem w tamtej knajpce. „Facet porusza się jak kot". Daly kontynuował:

– Jensen próbował kogoś znaleźć i wyszło na to, że w tej kategorii wagowej jesteś jedynym facetem, który może sprawić, że walka będzie interesująca. To ostatnia walka Reese'a przed przejściem na zawodowstwo i będzie chciał się pokazać z jak najlepszej strony. Były champion wrestlingu NCAA, coraz lepszy w zadawaniu ciosów, ogólnie nieustraszony. Przymierza się, żeby za rok czy dwa walczyć w galach organizowanych przez UFC. Dlatego tak twardo dzisiaj z tobą trenowałem. Chciałem wiedzieć, czy jesteś gotów do tego pojedynku.

– Nie jestem dość dobry dla Reese'a.
– Dzisiaj kilka razy zmusiłeś mnie do defensywy. Wierz mi, jesteś gotowy.
– Przegram.
– Prawdopodobnie – zgodził się Daly. – Ale to będzie jego najlepsza dotychczasowa walka, bo jesteś lepszy, niż myślisz. – Wyżął pot z dołu koszulki. – Wiem, że proszę cię o podjęcie ryzyka, ale to nam pomoże. Tobie też. Jensen jest facetem, który nigdy nie zapomina przysługi. Poza tym przyczynisz się do rozreklamowania mojej sali.

Colin wytarł twarz, po czym podjął decyzję. Do diabła, czemu nie?
– Okay – powiedział.

Po wyjściu z sali bez przerwy myślał o Johnnym Reesie, ale, co dziwne, wcale nie był podekscytowany. W połowie drogi do domu myśli o zbliżającej się walce wywietrzały mu z głowy. Znów skupiał uwagę na mężczyźnie, który wysłał róże. Skąd ktoś inny niż Ken mógł wiedzieć, że Maria je wyrzuciła?

*

– Interesujący dzień – skomentował Evan. Siedzieli na werandzie, Colin popijał wodę, a Evan piwo. – Reese, mówisz? Jest całkiem dobry.
– Dzięki za unikanie tego, co najważniejsze.
– Chodzi ci o Marię i jej prześladowcę? O tym chcesz pogadać? – Evan milczał przez chwilę. – W porządku. Brałeś pod uwagę to, że jej szef mógł wynająć faceta, żeby kupił i dostarczył róże?
– W takim razie dlaczego facet miałby je kupować w miejscu odległym o godzinę drogi?
– Może jest stamtąd.

Colin pociągnął długi łyk wody.
– Może. Ale nie sądzę.
– Dlaczego?

– Ponieważ nie sądzę, żeby Ken miał z tym cokolwiek wspólnego.

Evan zerwał etykietkę z butelki.

– Jeśli to jakaś pociecha, myślę, że masz rację. To nie jej szef. Ale całe to twoje prywatne śledztwo, zakradanie się na dach i fotografowanie w końcu się opłaciło. Co oznacza, że nie jesteś kompletnym idiotą. Nawet jeśli wciąż nie wiesz, od kogo ten bukiet.

– Dowiedziałem się czegoś jeszcze.

– Mianowicie?

– Założę się, że facet obserwował Marię z tego samego miejsca na dachu, z którego robiłem zdjęcia.

– Jak na to wpadłeś?

– Żwir był w tym miejscu wygładzony i wokół leżały opakowania po gumie do żucia, których jeszcze nie zdmuchnął wiatr. To znaczy, że ktoś był tam niedawno. Co więcej, z tego punktu obserwacyjnego mogłem zajrzeć do biura Marii. Widziałem też jej samochód i kontener na śmieci. Ktokolwiek to jest, mógł ją szpiegować godzinami. Poskładałem sobie to wszystko niedługo przed rozmową z tobą.

Evan po raz pierwszy zamilkł na dłuższy czas.

– Ha – mruknął w końcu.

– Czyli?

– Może masz rację, a może się mylisz. Nie mam pojęcia.

– A teraz dochodzi walka w przyszły weekend.

– I co z tego?

– Mam wątpliwości.

– Dlaczego?

– Z powodu tego, co się dzieje z Marią.

– Trenujesz, żeby walczyć. Lubisz walczyć. Zaproponowano ci walkę. Co to ma wspólnego z Marią?

Colin otworzył usta, żeby odpowiedzieć, ale się nie odezwał.

– Wiesz co? Przez cały czas mi wciskasz, że Lily owinęła mnie wokół małego palca, ale jest całkiem jasne, że mój związek jest znacznie bardziej poukładany niż twój. Ponieważ twoje życie sprowadza się teraz do tego, czy możesz rozwiązać problem Marii, chociaż ona ci powiedziała, że tego nie chce. Wiesz, jakie to popaprane? Mówiłeś, że chciała obejrzeć twoją walkę, prawda? Zaproś ją, później zabierz na kolację i nazwij to randką. Bum. Problem rozwiązany.

Colin lekko się uśmiechnął.

– Chcesz, żebym walczył, bo jesteś pewien, że przegram.

– I? Dobrze, przyznaję, jesteś takim upierdliwym wrzodem na tyłku, że patrzenie, jak ktoś spuszcza ci łomot, może być zabawne. – Kiedy Colin się roześmiał, Evan dodał: – Dobrze, więc to mamy ustalone. A teraz powiedz, cieszysz się na dzisiejszy wieczór?

– Dzisiejszy wieczór?

– Ty i Maria? Z Lily i ze mną? Mieliśmy plany, pamiętasz? Zarezerwowałem stolik w Caprice Bistro na wpół do ósmej, a później skoczymy do klubu, w którym puszczają muzykę z lat osiemdziesiątych.

– Z lat osiemdziesiątych?

– Czy tu jest echo? Tak, osiemdziesiątych. Lily jest fanką Madonny. Pozostałość z czasów, kiedy rzekomo była zbuntowaną nastolatką, jak mówi. Więc co, idziemy? Oczywiście, o ile Maria wciąż bierze udział w grze.

– Dlaczego miałaby nie brać?

– Może dlatego, że zepsułeś jej nastrój tym, czego się dowiedziałeś?

– Jeszcze jej nie powiedziałem.

– Panie Szczery! Jestem zszokowany.

– Zamierzałem powiedzieć jej wieczorem.

– Jeśli tak, dopilnuj, żeby nie robić z tego afery. Nie życzę sobie, żebyś psuł nam dzisiejszą zabawę. Jak wiesz, raz już się to zdarzyło i wystarczy.

– A może nie – powiedział Colin.

16
Maria

Colin milczał w czasie jazdy, co sprawiało, że Maria była podenerwowana, zwłaszcza że wiedziała, czym się zajmował przez większą część dnia. Choć nic nie mówił, nie miała watpliwości, że myśli o kwiatach. Gdy obserwowała, jak z roztargnieniem reaguje na jej próby nawiązania rozmowy, ściskało ją w dołku. Na parkingu przy restauracji nie mogła się dłużej powstrzymywać.

– Kto przysłał róże?

Wyłączył silnik i powiedział, czego udało mu się dowiedzieć. Zmarszczyła brwi, myśląc o tym.

– Jeśli to nie Ken, i jeśli nie przypuszczasz, żeby on kogoś wynajął, to kto to jest?

– Nie wiem.

Odwróciła głowę w stronę okna po swojej stronie. Patrzyła przez szybę, jak para starszych roześmianych ludzi wchodzi do restauracji. Wolnych od wszelkich trosk.

– Wczoraj znowu widziałam Kena, podczas spotkania z Barneyem – powiedziała drżącym głosem. – Może był trochę roztargniony, ale skupiał się wyłącznie na pracy. Prawdę mówiąc, ledwie mnie zauważył. Więc zaczynam myśleć, że...

To nie Ken. Po milczeniu Colina poznała, że sam dokończył jej myśl.

– Nie martwmy się tym dzisiaj, okay? – zaproponował.
Skinęła głową, czując napięcie w ramionach.
– Postaram się. Trudno się nie przejmować.
– Wiem. Powinnaś poświęcić chwilę na przygotowanie się do spotkania z Lily. Uwielbiam ją, ale mam wrażenie, że jest do tego przyzwyczajona.
Maria zmusiła się do uśmiechu.
– To dwuznaczny komplement.
– Zgadnij, od kogo się tego nauczyłem?

*

Maria sekundę po wejściu do restauracji rozpoznała Lily. Gdy tylko przestąpili próg, w ich stronę ruszyła idealnie uczesana, olśniewająca blondynka o oczach koloru turkusu. Miała stylową suknię do połowy łydki i sznur pereł na szyi. Praktycznie każdy mężczyzna w restauracji odwrócił głowę, żeby na nią spojrzeć, kiedy przechodziła. Za nią szedł Evan, elegancko ubrany, wciąż mógł uchodzić za studenta. Maria zwróciła uwagę, że roztacza wokół aurę pewności siebie. Wcale mu nie przeszkadzało, że to Lily jest w centrum uwagi.

Lily podeszła z uśmiechem i ujęła ręce Marii. Jej dłonie były wyjątkowo miękkie, jak jedwabny kocyk dla niemowlęcia.

– Jestem zachwycona, że mam dziś okazję cieszyć się twoim towarzystwem! Colin mówił o tobie tyle cudownych rzeczy. – Evan stanął przy niej. – No nie! Gdzie moje maniery? Jestem Lily, a ten przystojny mężczyzna to mój narzeczony Evan. Cudownie cię poznać, Mario!

– Cześć. – Evan powitał ją z niekłamaną serdecznością. – I proszę, nie czuj się urażona, jeśli Lily nie dopuści mnie do głosu przez resztę wieczoru.

– Cicho, Evanie – zbeształa go Lily. Skierowała spojrzenie na Marię. – Proszę, spróbuj mu wybaczyć. Jest słodki i bardziej inteligentny, niż pokazuje, ale studiował na stanowym i należał do bractwa. Wiesz, co to oznacza.

– Przynajmniej mój uniwerek był koedukacyjny – sparował Evan.

– Wiele razy go zapewniałam – zaczęła Lily, trącając łokciem Marię – że nigdy nie będę mu tego wypominać.

Chcąc nie chcąc, Maria się uśmiechnęła.

– Miło mi poznać was oboje.

Wciąż trzymając jej ręce, Lily zwróciła się do Colina:

– Colinie, musisz przyznać, że nie byłeś sprawiedliwy wobec Marii, kiedy mi o niej opowiadałeś! Ona jest oszałamiająca! – A do Marii powiedziała: – Nic dziwnego, że ostatnio mógł myśleć tylko o tobie. Musisz wiedzieć, że od kilku tygodni byłaś tematem rozmowy za każdym razem, kiedy się spotykaliśmy, i mogę zrozumieć dlaczego.

– Puściła jej ręce i pocałowała Colina w policzek. – Wyglądasz bardzo elegancko. Czy ja kupiłam ci tę koszulę?

– Dzięki – powiedział Colin. – I tak, kupiłaś.

– I to był dobry pomysł, nie sądzisz? Gdyby nie ja, pewnie miałbyś na sobie jedną z tych okropnych koszulek z napisami.

– Lubię te koszulki.

Poklepała go po ramieniu.

– Wiem, niech Bóg ma cię w swojej opiece. Może podejdziemy do stolika? Przez cały dzień siedziałam jak na szpilkach i chcę wiedzieć absolutnie wszystko o kobiecie, która już cię owinęła wokół małego palca.

– Nie jestem pewna, czy to do końca prawda – zaprotestowała Maria.

– Najprawdziwsza prawda. Colin mimo swojego stoicyzmu naprawdę ekspresyjnie wyraża emocje, kiedy się go lepiej pozna. Idziemy?

W drodze do stolika Colin wzruszył ramionami, patrząc na Marię tak, jakby chciał powiedzieć: „A nie mówiłem?". Maria znała fenomen piękności z Południa wśród należących do stowarzyszeń dziewczyn w Chapel Hill, ale Colin miał rację: dzięki Lily to określenie zyskiwało zupełnie nowy wymiar. Maria początkowo założyła, że to tylko gra, ale gdy przy kolacji rozmawiali na różne tematy, stopniowo zmieniła zdanie. Interesujące było to, że Lily nie tylko umiała mówić – a dziewczyna potrafiła mówić o wszystkim – lecz również zdobywać informacje, po prostu słuchając, kiwając głową w odpowiednich momentach, pomrukując na znak zrozumienia czy współczucia, a potem zadając trafne pytania. Maria ani razu nie odniosła wrażenia, że Lily próbuje wymyślić kolejny temat do rozmowy, gdy ona jeszcze nie skończyła, i ku własnemu zaskoczeniu opowiedziała Lily i Evanowi o bukiecie róż i o tym, co się stało później. Przy stoliku zapadła cisza. Lily spontanicznie nakryła ręką jej dłoń.

Kiedy po kolacji poszły do toalety się odświeżyć, Maria podchwyciła jej odbicie w lustrze.

– Mam wrażenie, że przez cały czas tylko ja mówiłam – powiedziała. – Przepraszam.

– Absolutnie nie masz za co przepraszać. W twoim życiu dużo się dzieje i schlebia mi, że masz do nas zaufanie.

Maria nałożyła odrobinę szminki na usta.

– Nie byłaś zaskoczona poczynaniami Colina, prawda? – Jej głos złagodniał. – Z tym fotografowaniem i dociekaniem, skąd pochodziły róże?

– Nie – odparła Lily. – Taki właśnie jest. Kiedy kogoś kocha, zrobi dla niego wszystko.

– Mam wrażenie, że przez połowę czasu wciąż próbuję go rozgryźć.

– Wcale się nie dziwię. A skoro byłaś taka szczera z Evanem i ze mną, powiem ci, że przed kolacją stałam wiernie po stronie Colina. Chciałam cię poznać, żeby się przekonać, czy na pewno jesteś taka, jak mówił.

– Naprawdę się o niego troszczysz.

– Kocham go jak brata – wyznała Lily. – Jest dla mnie bardzo ważny. I wiem, co prawdopodobnie myślisz. Nie moglibyśmy bardziej się różnić, i z początku też nie rozumiałam, co Evan w nim widzi. Wszystkie te tatuaże, wybuchy agresji w przeszłości... – Lily pokręciła głową. – Dopiero podczas czwartej czy piątej wizyty u Evana odezwałam się do Colina, i kiedy w końcu to zrobiłam, pierwsze słowa brzmiały, że powinien zamieszkać gdzieś indziej. I wiesz, co on na to?

– „Okay"? – powiedziała Maria i Lily się roześmiała.

– Przy tobie też tak mówi? Niech Bóg ma go w swojej opiece. Daremnie próbowałam oduczyć go tego nawyku, ale ostatnio doszłam do wniosku, że to do niego pasuje. Wtedy, pamiętam, czułam się urażona. Poskarżyłam się Evanowi, a on obiecał porozmawiać z Colinem, lecz pod warunkiem, że zrobię to pierwsza. Oczywiście odmówiłam dla zasady.

– Więc kto przełamał lody? Ty czy on?

– Colin. Mniej więcej w tym czasie kupiłam Evanowi telewizor na urodziny i przywiozłam go w bagażniku. Colin natknął się na mnie akurat wtedy, gdy się zmagałam z pudłem. Natychmiast zaproponował pomoc. Wniósł telewizor do środka i zapytał, czy chcę go zamontować, czy zostawić w pudle. O tym nie pomyślałam. Powiedziałam mu, że Evan to zrobi, ale parsknął śmiechem i odparł, że Evan ma do tego dwie lewe ręce. Zaraz potem wyszedł do sklepu żelaznego, a dwadzieścia minut później montował telewizor na ścianie. Przyniósł też różową wstążkę z kokardą i właśnie to, bardziej niż cokolwiek innego, skłoniło mnie do zastanowienia, czy jest w nim coś, o powoduje, że warto go lepiej poznać. Dlatego zaczęliśmy rozmawiać. Po trzydziestu sekundach zadawania mu pytań zrozumiałam, że bardzo różni się od wszystkich, których znam.

– Colin powiedział, że dzięki tobie postanowił wrócić na studia. I że pomagałaś mu w nauce.

– Ktoś musiał. Biedak od lat nie miał książki w rękach. Ale nie było to trudne, ponieważ gdy postanowił podjąć naukę, był zdecydowany pokazać się od jak najlepszej strony. Jest inteligentny i ma wiedzę, mimo że był przenoszony ze szkoły do szkoły. Po drodze czegoś się musiał nauczyć.

– I będzie drużbą Evana?

Lily wyjęła chusteczkę z torebki i przyłożyła ją do ust, kiwając głową.

– Tak. Oczywiście moi rodzice są przerażeni tym pomysłem. Uważają, że jest przyjacielem Evana, nie moim, i wciąż powtarzają, że powinnam się trzymać na dystans. Gdy tata zobaczył Colina po raz pierwszy, aż się wzdrygnął, a mama posunęła się nawet do sugestii, że nie powinniśmy go zapraszać na ślub, a co dopiero wybierać na drużbę. Nawet kiedy im powiedziałam, że jest również moim przyjacielem, udali, że mnie nie słyszą. Mają głęboko zakorzenione przekonania i zawsze będę ich ukochanym dzieckiem, niech Bóg ma ich w swojej opiece.

– Moi rodzice też nie byli zachwyceni Colinem.

– To zrozumiałe. Ale założę się, że w przeciwieństwie do moich rodziców twoi dadzą mu szansę i w końcu zmienią zdanie. Bądź co bądź ja to zrobiłam. Nawet teraz czasami mam kłopot, żeby to zrozumieć. Colin i ja nie mamy wiele wspólnego.

– Muszę się z tym zgodzić.

Lily z uśmiechem poprawiła perły i odwróciła się do Marii.

– A jednak w tej jego płynącej z serca szczerości jest coś, co w połączeniu z brakiem zainteresowania zdaniem innych na jego temat po prostu do mnie przemawia.

Maria nie mogła powstrzymać się od uśmiechu i nie przyznać jej racji.

– Musisz mi uwierzyć na słowo – dodała Lily – że jest znacznie mniej nieokrzesany niż wtedy, kiedy go poznałam. Wykonałam kawał

dobrej roboty kosztem nadzwyczajnego wysiłku. – Mrugnęła. – Ale nie ma powodu, żeby mi dziękować. Gotowa? Jestem pewna, że chłopaki już usychają z tęsknoty.
– Nie sądzę, żeby Colin usychał.
– Usycha. Może się do tego nie przyznawać, ale taka jest prawda.

*

– Nie usychałem – powiedział Colin w drodze do samochodu. Przed nimi Lily szła z Evanem do priusa. – Rozmawiałem z Evanem o mojej walce.
– O tej w Myrtle Beach?
– Nie. O tej w przyszły weekend.
– Co to za walka?
Colin jej powiedział, po czym dodał:
– Przyjdzie Evan. Ty też powinnaś przyjść.
– A Lily?
– Nie – odparł. – To nie w jej guście.
– Dziwię się, że w guście Evana.
– Zawsze przychodzi na moje walki. Dobrze się bawi.
– Poważnie? Nie wygląda na człowieka takiego pokroju.
– Jakiego pokroju?
– Ludzi podobnych do ciebie – docięła mu Maria. – Wielkie mięśnie i tatuaże, ale przede wszystkim takich, którzy nie mdleją na widok krwi.
Uśmiechnął się.
– Chcesz przyjechać?
– Jasne. Ale obowiązują te same zasady. Nie możesz dać się zbytnio pobić, w przeciwnym razie przywołasz wspomnienia z nocy naszego poznania.
– Okay.
– Teraz tak mówisz, ale z twoich słów o Johnnym Reesie wynika, że nie możesz tego zagwarantować.

– Żadnych gwarancji – zgodził się. – O czym rozmawiałaś z Lily w toalecie?

– Głównie o tobie.

– Okay.

– Żadnych pytań?

– Żadnych.

– Nie interesuje cię, co mówiłyśmy?

– Nie. Rozmawiałyście między sobą. To nie moja sprawa. Poza tym nie mogło być aż tak źle, bo inaczej nie trzymałabyś mnie za rękę.

– Do jakiego klubu się wybieramy?

– Wiem tylko tyle, że z muzyką z lat osiemdziesiątych. To jedno z dziwactw Lily. Evan mi powiedział, że słuchanie Madonny było wyrazem jej nastoletniego buntu.

– Ha. Też mi bunt...

– Nie dla ciebie czy dla mnie. Ale dla jej rodziców? Jestem pewien, że załamywali ręce przez lata. Nie za bardzo mnie lubią.

– Może powinieneś ich zaprosić na walkę – powiedziała. – Prawdopodobnie zmieniliby zdanie.

Słyszała jego śmiech, gdy otworzył dla niej drzwi i przechodził na stronę kierowcy.

*

Mimo ogłuszającej muzyki zespołu REO Speedwagon klub był zupełnie inny, niż się spodziewała. Zamiast rozwódek i łysiejących mężczyzn po czterdziestce, próbujących przeżyć drugą młodość, w klubie przeważali studenci. Maria wcale by się nie zdziwiła, gdyby zobaczyła tu Serenę z przyjaciółmi. Dziewczyny tańczyły w grupach, śpiewając albo poruszając ustami do muzyki.

Colin nachylił się do jej ucha.

– Co myślisz?

– Czuję się stara. Ale muzyka mi się podoba.

Evan wskazał bar. Colin sięgnął po jej rękę i poprowadził ją, klucząc między stolikami i grupami ludzi. Kiedy w końcu udało im się przyciągnąć uwagę barmana, zamówił wodę – tutaj nikogo to nie zdziwiło – Evan piwo, a Maria i Lily wzięły po drinku Morska Bryza. W połowie ich drinków zabrzmiała piosenka Madonny i zachwycona Lily zaklaskała, po czym pociągnęła Evana na parkiet. A co mi tam? – pomyślała Maria. Chwyciła rękę Colina i poszli za nimi.

Czas gnał jak szalony, gdy tańczyli po trzy czy cztery piosenki z rzędu, robiąc krótkie przerwy. Maria zamówiła drugiego drinka, choć jeszcze nie dopiła pierwszego, lekko szumiało jej w głowie i była zarumieniona. Po raz pierwszy w tym tygodniu naprawdę dobrze się bawiła.

O wpół do dwunastej udało im się zdobyć stolik. Zrobili sobie przerwę i debatowali, jak długo zostać, kiedy podeszła kelnerka z tacą drinków. Postawiła przed Marią kolejną Morską Bryzę.

Maria nie chciała przyjąć drinka.

– Ja tego nie zamawiałam.

– Zamówił pani przyjaciel – wyjaśniła kelnerka, podnosząc głos w panującym hałasie.

Maria pytająco spojrzała na Colina.

– Zamówiłeś mi drinka?

Kiedy pokręcił głową, popatrzyła na Evana, który wydawał się równie zaskoczony jak Colin. Lily też była skonsternowana.

– Kto to zamówił? – zapytała Maria.

– Pani przyjaciel przy barze – odparła kelnerka, wskazując głową w tamtym kierunku. – Ten w czapce bejsbolowej. – Pochyliła się. – Prosił, żebym przekazała, że było mu przykro, że nie spodobały się pani róże, które przysłał.

Maria głośno wciągnęła powietrze. Ułamek sekundy później zobaczyła nagły ruch, gdy Colin poderwał się od stołu, przewracając krzesło. W następnej chwili Maria była w stanie zarejestrować tylko serię obrazów, jak w świetle stroboskopowym.

Colin robi dwa kroki w stronę kelnerki, zaciskając zęby... doskakuje tak szybko, że ta upuszcza tacę z koktajlami...

Evan i Lily wstają od stołu, oblewając się drinkami...

Klienci przy barze odwracają się w ich stronę, słysząc zamieszanie...

Colin wypytuje kelnerkę, o kim mówiła, wściekły, powtarza pytanie...

Kelnerka cofa się przerażona...

Bramkarze ruszają w ich stronę...

Evan robi krok w stronę Colina, unosząc ręce...

Maria siedziała jak skamieniała, przyrośnięta do krzesła, słowa kelnerki dzwoniły jej w uszach. Czapka bejsbolowa... Przykro mu, że nie spodobały się jej róże...

Był tutaj. Śledził ją. Śledził ją od początku...

Miała kłopoty z oddychaniem, zalewała ją kaskada obrazów, świat się zapadał.

Bramkarze przepychają się przez tłum z przerażającą szybkością...

Colin krzyczy, pytając o mężczyznę, który zamówił drinka...

Kelnerka się cofa, wybucha płaczem...

Otaczają ich gapie...

Evan podchodzi i łapie Colina za ramię...

Lily podchodzi do Marii...

Maria poczuła, że ktoś kładzie ręce na jej ramionach i pomaga jej wstać. Nie miała siły się opierać i nagle zrozumiała, że to Lily próbuje ją postawić na nogi. Słyszała krzyczącego Colina, mimo że Evan mocno go szarpał za ramię, i kelnerkę płaczącą ze strachu, otoczonych przez gapiów. Bramkarze byli już prawie przy nich.

Nieznajomy w niebieskiej koszuli:

– Cholera, co się dzieje?

Colin do kelnerki:
– Jak wyglądał?

Nieznajomy z irokezem:
– Wyluzuj! Zostaw ją w spokoju!

Kelnerka przez łzy:
– Mówiłam panu, że nie wiem! Miał czapkę! Nie wiem!

Nieznajomy z tatuażami:
– Do diabła, co się z tobą dzieje?

Evan:
– Musimy iść!

Colin:
– Był młody czy stary?

Kelnerka:
– Nie wiem! Dwadzieścia, trzydzieści lat? Nie wiem!

Evan:
– Colin! Daj spokój!

Lily szybko poprowadziła ją od stołu i Maria kątem oka zauważyła, że Evan szarpie Colina. Colin zareagował odruchowo, błyskawicznie się uwolnił i odzyskał równowagę, unosząc ręce jakby do zadania ciosu. Twarz miał czerwoną, rysy ściągnięte, mięśnie karku napięte. Przez chwilę wydawało się, że nie rozpoznaje Evana.

– Colinie! Nie! – wrzasnęła Lily.

Evan cofnął się o krok i wybuch wściekłości Colina zgasł równie szybko, jak nastąpił.

W tym czasie dotarli do nich bramkarze. Maria patrzyła, jak Colin zakłada ręce za plecy, ściskając lewy nadgarstek prawą dłonią. Bramkarz chwycił go za ramiona tak nabuzowany jak Colin przed chwilą.

– Pójdę z wami – powiedział Colin. – Pójdę. – Potem zwrócił się do kelnerki, która wciąż płakała: – Przepraszam. Nie chciałem cię przestraszyć.

Ale ani kelnerki, ani bramkarzy to nie obchodziło. Wywlekli go na zewnątrz, a po kilku minutach przyjechał radiowóz z błyskającymi niebieskimi światłami. Niedługo potem pojawił się ciemny sedan.

*

– Kto to? – zapytała Maria, stojąc z Evanem przed klubem, z rękami skrzyżowanymi na piersi. Lily parę minut temu wróciła do klubu. Colin stał na parkingu z dwoma policjantami, bramkarzem i żującym wykałaczkę mężczyzną w podniszczonym płaszczu sportowym.

Ton Evana zdradzał zatroskanie.
– Detektyw Margolis. Nie mógł się doczekać wpadki Colina.
– Dlaczego?
– Bo uważa, że Colin powinien trafić do więzienia.
– Tak się stanie?
– Nie wiem – odparł Evan.
– Przecież nic nie zrobił – zauważyła Maria. – Nawet jej nie dotknął.
– Dzięki Bogu, bo już byłby skuty. I wciąż tak może być, chyba że pomogą czary Lily.
– Co ona robi?
– Rozwiązuje problem – odparł Evan. – To robi Lily.

Po pewnym czasie Lily wyszła z klubu i przystanęła, żeby wymienić uścisk dłoni z jednym z bramkarzy, którzy wywlekli Colina na zewnątrz. Z rozbrajającym uśmiechem podeszła do policjantów.

Maria obserwowała, jak Margolis unosi rękę, żeby ją zatrzymać. Lily go zignorowała i podeszła na tyle blisko, żeby ją słyszał. Przez niekończące się minuty Evan i Maria patrzyli na nich, zastanawiając się, co mówi Lily. W końcu jeden z policjantów poszedł z bramkarzem do klubu, a Margolis i drugi policjant zostali z Colinem. Detektyw był wściekły, ale nie próbował skuć Colina. Wypadki ostatnich trzydziestu minut sprawiły, że myśli Marii przypominały ping-ponga, a emocje burzę. Nieznajomy mężczyzna śledził ją do klubu, co oznaczało, że śledził ją od restauracji, co z kolei oznaczało, że śledził ją od domu.

Wiedział, gdzie mieszka, i przyjechał tu za nią.

Oddech uwiązł jej w piersi. Słyszała głos Evana płynący z dali:
– Dobrze się czujesz?

Skuliła ramiona. Chciała, żeby ją objął, chociaż była zła, że stracił kontrolę. A może bała się o niego? Nie była pewna.

Tamten wiedział, gdzie mieszka, i przyjechał tu za nią.
– Nie – wyznała, zdając sobie sprawę, że drży. – Nie.

Poczuła, że Evan ją obejmuje.
– Zrobiło się nieciekawie, to pewne. Na twoim miejscu byłbym zdruzgotany.
– Co będzie z Colinem?
– Nic.
– Skąd wiesz?
– Bo Lily wygląda na spokojną, a Margolis na wkurzonego.

Maria przyjrzała się obojgu i stwierdziła, że Evan ma rację. Ale poza tym wszystko poszło źle tego wieczoru.

Minutę później policjant, który wszedł do klubu, wrócił do Margolisa. Rozmawiali przez parę chwil, po czym obaj policjanci z ociąganiem skierowali się do radiowozu. Lily szybkim krokiem podeszła do Evana i Marii. Evan puścił Marię, żeby zamknąć narzeczoną w ramionach.
– Żadnych zarzutów – powiedziała. – Puszczają go.
– Co zrobiłaś? – zapytała Maria.
– Porozmawiałam z kelnerką i z kierownikiem i zwyczajnie powiedziałam im prawdę – odparła Lily. – Że ktoś cię prześladuje i że Colin przesadził, bo się przestraszyłaś, a on myślał, że coś może ci grozić. Wykazali się zaskakująco dużym zrozumieniem. Zwłaszcza gdy dałam kelnerce wysoki napiwek, zapłaciłam za rozlane drinki i zaproponowałam kierownikowi drobną sumkę za kłopot.

Maria wlepiła w nią oczy.
- Przekupiłaś ich?
- Nic takiego. Zrobiłam tylko to, co w mojej mocy, żeby rozładować atmosferę w sposób zadowalający wszystkich zainteresowanych. Gdy policjant przyszedł z nimi pomówić, oboje stali na stanowisku, żeby nie wnosić oskarżenia. Mimo wszystko przyznam, że przez chwilę nie byłam pewna, czy to się znowu uda.
- Znowu?
- To się stało nie po raz pierwszy - powiedział Evan.

*

Margolis szedł w ślad za Colinem, który się do nich zbliżał. Dla innych Colin prawdopodobnie wyglądał na równie opanowanego jak zawsze, ale Maria zauważyła na jego twarzy coś, co sugerowało, że jest bardzo bliski całkowitej utraty kontroli nad sobą. Stanął obok niej, gdy Margolis bacznie przypatrywał się ich twarzom. Colin odpowiedział niewzruszonym spojrzeniem, podobnie jak Evan i Lily.
- Ponownie przedsiębiorczy duet - rzucił drwiąco Margolis. - Ile to was kosztowało tym razem?
- Nie mam pojęcia, o czym pan mówi - skłamała słodko Lily, jak zawsze zmysłowym głosem.
- Oczywiście. Zastanawiam się, co powiedziałby kierownik i kelnerka, gdyby mieli zeznawać pod przysięgą. - Przez chwilę milczał, jakby dając im czas na przemyślenie tego, co powiedział, po czym kontynuował: - Ale przecież nie ma ku temu powodu, prawda? Po kolejnym uratowaniu waszego dobrego przyjaciela Colina.
- Nie było potrzeby go ratować - powiedziała przeciągle Lily. - Nie zrobił nic złego.
- Zabawne. Bo przypominam sobie, że coś podobnego zdarzyło się co najmniej dwa razy, kiedy z nim byliście.
Lily udała zmieszanie.

– Mówi pan o tych przypadkach, kiedy Colin był z nami, i, co więcej, nie stało się nic złego?

– Może sobie pani to powtarzać. Tylko opóźnia pani to, co nieuniknione. Colin wie, jaki jest. Proszę go spytać. Powie pani. – Zwrócił się do niego: – Czy nie mam racji, Colin? Lubisz wszystkich przekonywać, że jesteś uczciwy jak dzień długi...? Mimo że zawsze jesteś na granicy wybuchu.

Maria zobaczyła, że Colin zmrużył oczy, gdy Margolis ruchem głowy wskazał Evana.

– Musisz podziękować przyjacielowi za wyciąganie cię z tarapatów. Obaj wiemy, że gdyby choć jeden z tych facetów cię dotknął, spędzilibyśmy razem mnóstwo czasu, ty za kratkami, a ja na przekonywaniu prokuratora, żeby wyrzucił klucz.

– Colin nikogo nie tknął – wtrącił Evan.

Margolis przełożył wykałaczkę w drugi kącik ust.

– Myślałem raczej o napaści. Słyszałem, że kelnerka była przerażona, bo Colin na nią wrzeszczał, i mam mnóstwo świadków, którzy mogą to potwierdzić.

– On tylko chciał się dowiedzieć, kto zamówił drinka – zaprotestowała Maria.

Wzdrygnęła się, gdy Margolis spojrzał jej w oczy.

– A tak. Z powodu tak zwanego prześladowcy, prawda? Dopilnuję, żeby zapoznać się z pani doniesieniem.

Maria nic nie powiedziała, żałując, że się odezwała.

– Chwileczkę. Nie złożyła pani doniesienia? Czy kiedykolwiek rozmawiała pani z prawnikiem?

– Ona jest prawnikiem – powiedziała Lily.

– W takim razie sytuacja jest jeszcze dziwniejsza, nie sądzi pani? Przecież właśnie tym zajmują się prawnicy. – Teraz zwrócił się do Marii: – Ale coś pani powiem. Jeśli kiedyś dojdzie co do czego, proszę pytać o mnie, dobrze?

– Niech pan jej w to nie miesza – warknął Colin.
– Mówisz mi, co mam robić? – zapytał ostro Margolis.
– Tak – odparł Colin.
– Bo jak nie, to co? Uderzysz mnie?

Colin utkwił w nim wzrok. Po chwili sięgnął po rękę Marii.
– Idziemy – powiedział, ruszając. Evan i Lily szli tuż za nimi.
– Śmiało! – zawołał jeszcze Margolis. – Będę w pobliżu.

*

– Ile jestem ci winien? – zapytał Colin.
– O to pomartwimy się później, zgoda? – odparła Lily.

Pojechali za Evanem i Lily do domu Evana i we czwórkę zebrali się na frontowej werandzie. Jechali w milczeniu, Maria miała zbyt wielki zamęt w głowie, żeby rozmawiać, a Colin nie był w nastroju do przerywania ciszy. Nawet teraz Maria czuła się jak obserwator własnego życia.

– Cholera, co ty sobie dziś myślałeś? – zapytał Evan.
– Nie wiem – odparł Colin.
– Dobrze wiesz, co mogłoby się stać! – Evan przegarnął ręką włosy. – Dlaczego, do diabła, wciąż to robisz? Miałeś się nauczyć to kontrolować.
– Okay.
– Przestań powtarzać „okay"! – krzyknął Evan. – Jak Lily, mam dość słuchania tego przez cały czas, bo to tylko wymigiwanie się od odpowiedzi! Myślałem, że przerobiliśmy to w ubiegłym roku, kiedy facet przez przypadek oblał Lily drinkiem.
– Masz rację – powiedział Colin spokojnie. – Popełniłem błąd. Straciłem kontrolę.
– Rany, serio? – syknął Evan. Odwrócił się i ruszył do drzwi. – Jak chcesz. Teraz wy się nim zajmijcie. Ja skończyłem. – Zatrzasnął za sobą drzwi, zostawiając ich troje na werandzie.

– Wiesz, że Evan ma rację, Colinie – odezwała się Lily.
– Nie zamierzałem zrobić jej krzywdy.
– To nie ma znaczenia – powiedziała łagodnym tonem. – Jesteś duży i silny i kiedy wpadasz w złość, ludzie wyczuwają twoją agresję. Ta biedna kelnerka kuliła się i płakała, a ty nie chciałeś odpuścić, dopóki Evan cię nie odciągnął. Byłam niemal pewna, że go uderzysz.

Colin spuścił wzrok, potem powoli go uniósł i na chwilę jego pewność siebie zniknęła. W jej miejscu Maria zobaczyła wstyd i skruchę, może nawet cień bezradności.

– To się więcej się powtórzy.
– Może – powiedziała Lily, całując go w policzek. – Ostatnim razem też tak mówiłeś.

Odwróciła się do Marii i ją uścisnęła.

– Jestem absolutnie pewna, że wszystko to musi być dla ciebie przytłaczające i przerażające. Gdyby ktoś mnie w ten sposób prześladował, już byłabym w drodze do Charlestonu, żeby się ukryć u rodziców, a na ile ich znam, natychmiast wysłaliby mnie za granicę. Współczuję ci z powodu tego, przez co przechodzisz.

– Dziękuję – powiedziała Maria. Nagle wyczerpana, ledwie rozpoznała brzmienie swojego głosu.

– Wejdziesz? – zapytała Lily, odsuwając się od niej. – Jestem pewna, że Evan już ochłonął i będziemy mogli przedyskutować parę możliwości i pomysłów... albo po prostu posiedzieć i posłuchać, jeśli masz ochotę porozmawiać.

– Nawet nie wiedziałabym, co powiedzieć – odparła.

Lily rozumiała i delikatnie zamknęła za sobą drzwi. Maria i Colin zostali sami.

– Przepraszam, Mario – bąknął.
– Wiem.
– Mam cię odwieźć do ciebie?

W większości domów po obu stronach ulicy było już ciemno.
– Nie chcę tam wracać – odparła cicho. – On wie, gdzie mieszkam.
Wyciągnął rękę.
– Chodź. Możemy pójść do mnie.
Zeszli z werandy i poszli na drugą stronę domu, w kierunku wejścia na dole. Gdy weszli, Colin zapalił światła i wskazał jej drogę. Mając nadzieję, że to oderwie jej uwagę od nieprzyjemnych skurczów w żołądku, Maria rozejrzała się po mieszkaniu. Średniej wielkości, z kuchnią po prawej stronie i korytarzykiem, który prowadził zapewne do sypialni i łazienki. Zaskakująco schludny pokój, bez bałaganu na stoliku czy w kątach. Neutralny kolor mebli, żadnych zdjęć czy osobistych drobiazgów, jakby nikt tu nie mieszkał.
– To twoje mieszkanie?
Skinął głową.
– Na razie. Przynieść ci coś do picia?
– Tylko wodę.
Colin napełnił w kuchni dwie szklanki i podał jej jedną. Napiła się, nagle sobie przypominając, że była śledzona, i znowu widząc Colina, gdy wściekły, z naprężonymi mięśniami, żądał odpowiedzi od kelnerki. Jego twarz wyrażającą dzikość i niekontrolowaną furię ułamek sekundy po tym, jak został szarpnięty przez Evana.
– Jak się czujesz? – zapytał.
Próbowała odsunąć od siebie wspomnienia, ale to było niemożliwe.
– Niedobrze – odparła. – Bardzo niedobrze.

*

Zdawało się, że żadne z nich nie wie, co powiedzieć – ani w pokoju, ani później, kiedy poszli do łóżka. Spragniona bliskości, Maria położyła głowę na piersi Colina; czuła, że jego ciało wciąż jest napięte. Miała nadzieję, że tutaj, z nim, poczuje się bezpieczna.

Ale tak się nie stało. Już nie. I gdy leżała, patrząc w ciemność, zaczęła się zastanawiać, czy kiedykolwiek znów poczuje się bezpieczna.

*

Rano Colin odwiózł ją do domu i czekał w pokoju, gdy brała prysznic i przebierała się. Nie pojechał z nią na śniadanie do rodziców. Rozumiał, że teraz pragnie być sama z rodziną, ostoją trwałości i przewidywalności w życiu, które nagle tak bardzo zboczyło z kursu. Odprowadził ją do samochodu i gdy wziął ją w objęcia, lekko się przed tym broniła.

Rodzice niczego nie zauważyli, ale Serena odgadła, że coś ją gryzie, kiedy tylko weszła do domu. Wiedziała, że Maria nie chce o czymś powiedzieć rodzicom. Serena wspaniale grała, beztrosko paplając, gdy przygotowywali posiłki, a potem jedli. Zapełniała ciszę brzmieniem swojego głosu i pilnowała, żeby rozmowa nie zeszła na poważne tematy.

Później wybrały się na spacer. Gdy znalazły się w bezpiecznej odległości od domu, spojrzała na Marię i powiedziała:

– Gadaj.

Na plaży pod wiązem, którego liście przybierały już złoty kolor, Maria opowiedziała siostrze o wszystkim, co się stało, ponownie przeżywając strach ostatnich dni, a kiedy zaczęła płakać, Serena również się rozpłakała. Tak jak Maria, była zdenerwowana i przestraszona. Tak jak Maria, miała więcej pytań niż odpowiedzi. Pytań, na które siostra mogła odpowiadać, jedynie kręcąc głową.

*

Po lunchu Serena pojechała z rodzicami do domu wuja na małe spotkanie rodzinne, jak wiele razy wcześniej. Maria się wykręciła, mówiąc, że boli ją głowa i chce się zdrzemnąć. Tata przyjął wyjaśnienie bez zbędnych pytań, ale mama miała wątpliwości, choć domyślała się, że nie powinna naciskać. Wzięła córkę w objęcia i przytulając dłużej niż zwykle, zapytała, jak się układa między nią i Colinem. Na dźwięk jego imienia Maria nagle wybuchła płaczem. W drodze do samochodu pomyślała: Oficjalnie zostałam uznana za beznadziejny przypadek.

Nawet skupienie uwagi na prowadzeniu auta okazało się trudne. Mimo dużego ruchu mogła myśleć tylko o tym, że ktoś ją obserwuje, czeka na jej powrót... albo może nawet teraz ją śledzi. Pod wpływem impulsu zmieniła pas i szybko skręciła w boczną ulicę, wpatrując się w lusterko wsteczne. Skręciła znowu, potem po raz kolejny, zanim w końcu się zatrzymała. I choć chciała być silna – błagała Boga, żeby dał jej siłę – ze szlochem pochyliła się nad kierownicą.

Kto to jest i czego chce? Mężczyzna w czapce bejsbolowej, bez nazwiska, bez twarzy – dlaczego na niego nie spojrzała? Pamiętała tylko cienie, urywki, nic poza tym...

Ale było też coś, co wzmagało jej niepokój i sprawiało, że wciąż znajdowała się na skraju rozpaczy. Niewiele myśląc, wrzuciła bieg i ruszyła na cichy odcinek Carolina Beach.

Dzień był chłodny i wiatr niósł zapowiedź zimy, gdy szła po piasku. Białe i szare chmury płynęły po niebie, wróżąc deszcz. Fale toczyły się w jednostajnym rytmie, więc w końcu zaczęła się uspokajać. Mogła się skupić na tyle długo, żeby odzyskać jasność umysłu.

Była zdenerwowana nie tylko dlatego, że ktoś ją śledził. I że obawiała się o Colina, gdy stał z policjantami i jego przyszłość wisiała na włosku. Uświadomiła sobie, że bała się Colina, i choć ta myśl przyprawiła ją o mdłości, nie mogła się jej pozbyć.

*

Wiedząc, że musi porozmawiać z Colinem, Maria pojechała do niego. Kiedy otworzył drzwi mieszkania, zobaczyła, że uczył się przy małym kuchennym stole. Poprosił, żeby weszła, ale odmówiła, wnętrze nagle wydało jej się klaustrofobiczne. Poszli na werandę i gdy usiedli na bujanych fotelach, zaczęło padać.

Colin przycupnął na brzegu fotela, opierając łokcie na udach. Wyglądał na zmęczonego, najwyraźniej ostatnie dwadzieścia cztery godziny dały mu w kość. Nie próbował przerwać milczenia i przez chwilę Maria nie była pewna, jak zacząć.

– Od wczoraj jestem roztrzęsiona, więc jeśli będę mówić bez ładu i składu, to prawdopodobnie dlatego, że wciąż mam mętlik w głowie. – Odetchnęła głęboko. – To znaczy wiem, że próbowałeś mi pomóc. Ale Lily miała rację. Chociaż ci wierzę, kiedy mówisz, że nie zamierzałeś zrobić krzywdy kelnerce, twoja postawa wyrażała coś innego.

– O mało nie straciłem panowania nad sobą.

– Nie. Straciłeś panowanie.

– Nie mogę kontrolować emocji. Jedyne, co kontroluję, to swoje zachowanie. Nawet jej nie dotknąłem.

– Nie próbuj bagatelizować tego, co się stało.

– Wcale tego nie robię.

– A co będzie, jeśli zezłościsz się na mnie?

– Nigdy cię nie skrzywdzę.

– Ale mogę się przestraszyć i rozpłakać jak ta kelnerka. Jeśli kiedykolwiek tak mnie potraktujesz, więcej się do ciebie nie odezwę. I jeszcze to z Evanem...

– Nic mu nie zrobiłem.

– Ale gdyby chwycił cię ktoś inny, facet, którego nie znasz, nie byłbyś w stanie się powstrzymać, i dobrze o tym wiesz. Tak jak powiedział Margolis. – Pilnowała, żeby nie oderwać od niego wzroku. – A może zamierzasz po raz pierwszy mnie okłamać i powiedzieć, że się mylę?

– Bałem się o ciebie. Ponieważ ten facet tam był.

– Ale twój wybuch niczego nie polepszył.
– Chciałem się tylko dowiedzieć, jak wyglądał.
– Myślisz, że ja nie? – zapytała, podnosząc głos. – Powiedz mi jedno: a gdyby wciąż tam był? Po prostu siedział przy barze? Co byś wtedy zrobił? Czy naprawdę wierzysz, że byłbyś zdolny rozsądnie z nim porozmawiać? Nie. Zareagowałbyś impulsywnie i teraz byłbyś w więzieniu.
– Przepraszam.
– Już przeprosiłeś. – Zawahała się. – Wiele rozmawialiśmy o twojej przeszłości i myślałam, że cię znam. Uświadomiłam sobie, że jest inaczej. Zeszłej nocy nie byłeś facetem, w którym się zakochałam. Ani nawet facetem, z którym chciałabym się spotykać. Zobaczyłam kogoś, kogo, gdyby to było dawniej, z przyjemnością zamknęłabym w więzieniu.
– Co próbujesz powiedzieć?
– Nie wiem – odparła. – Wiem tylko, że nie mam siły, żeby się martwić, że zrobisz coś głupiego i zmarnujesz swoje życie albo że zacznę się ciebie bać, bo nagle coś się w tobie zmieni.
– Nie masz obowiązku martwić się o mnie.
Słysząc te słowa, poczerwieniała, wszystkie jej obawy, niepokój i złość wypływały na powierzchnię jak bąbelki powietrza w wodzie.
– Nie bądź hipokrytą! Do diabła, co według ciebie robiłeś wczorajszej nocy? Albo w ubiegłym tygodniu, jeśli o to chodzi? Godzinami ukrywałeś się na dachu, żeby zrobić zdjęcia mojemu szefowi, obdzwoniłeś wszystkie kwiaciarnie w mieście i jechałeś dwie godziny, żeby pokazać zdjęcie nieznajomemu! Zrobiłeś to, bo martwiłeś się o mnie. A teraz mówisz, że mnie nie wolno się martwić o ciebie? Dlaczego ty możesz, a ja...
– Mario...
– Daj mi skończyć! – zażądała. – Mówiłam ci, że to, co się dzieje, to nie twój problem! Mówiłam, żebyś dał spokój! Ale ty bez względu

na wszystko postanowiłeś zrobić to, co chciałeś... Zgadza się, w końcu dałam się przekonać i pozwoliłam ci na zrobienie tych zdjęć. Ponieważ mówiłeś tak, jakbyś wiedział, co robisz, jakbyś mógł nad tym zapanować. Ale wczorajsza noc świadczy o tym, że najwyraźniej nie możesz! O mało nie zostałeś aresztowany! A co się stało później? Masz pojęcie, jak to wpłynęło na mnie? Jak się czułam?

Przycisnęła palce do powiek i próbowała uporządkować myśli, kiedy zadzwoniła jej komórka. Wyjęła aparat z kieszeni, zobaczyła, że to Serena, i przez chwilę się zastanawiała, dlaczego dzwoni. Czy nie mówiła, że wybiera się na randkę?

Odebrała i natychmiast usłyszała panikę w głosie siostry.

– Przyjedź do domu! – Serena zaszlochała, zanim Maria zdążyła powiedzieć słowo.

Poczuła skurcz w piersi.

– Co się stało? Czy z tatą wszystko w porządku? Co się stało?
– Mama i tata! Z powodu Copo! Copo nie żyje!

17
Colin

Colin uznał, że Maria jest zbyt roztrzęsiona, żeby wsiadać za kierownicę, więc zawiózł ją do domu rodziców, próbując odgadnąć jej nastrój, gdy patrzyła przez zbryzganą deszczem szybę. Szlochająca Serena niewiele jej powiedziała – tak naprawdę wiadomo było jedynie, że Copo nie żyje. Gdy tylko zatrzymali się na podjeździe, Maria pobiegła do domu. Colin pośpieszył za nią. Przybici rodzice siedzieli przytuleni, z oczami czerwonymi od płaczu.

Felix podniósł się na widok Marii i oboje się rozpłakali. Zaraz potem cała rodzina obejmowała się, szlochając. Colin stał cicho w drzwiach.

Kiedy się uspokoili, usiedli na kanapie. Maria wciąż trzymała ojca za rękę. Rozmawiali po hiszpańsku, więc niewiele rozumiał, ale zdołał się zorientować, że nikt nie umiał znaleźć sensownej przyczyny śmierci pupilki.

*

Potem usiadł z Marią na werandzie z tyłu domu, a ona powiedziała mu, czego się dowiedziała. Nie było tego wiele. Rodzice i Serena po śniadaniu poszli do krewnych. Zazwyczaj zabierali psa, ale ponieważ miało tam być wiele dzieci, obawiali się, że Copo może czuć się zagubiona albo nawet zostać przez przypadek skrzywdzona. Serena wróciła do domu godzinę później, po komórkę, którą zostawiła ładującą się na kuchennym blacie. Zobaczyła Copo leżącą obok otwartego śmietnika za domem i uznała, że pies śpi. Przed wyjściem zawołała ją, ale suczka się nie poruszyła. Podeszła, żeby zobaczyć, co się dzieje, i stwierdziła, że Copo nie żyje. Zadzwoniła do rodziców, którzy przyjechali natychmiast, a potem powiadomiła Marię.

– Copo przed wyjazdem rodziców miała się doskonale. Zjadła i nie wyglądała na chorą. Nie dostała niczego, czym mogła się udławić, tata niczego nie znalazł w jej gardle. Nie było krwi ani wymiotów... – Odetchnęła drżąco. – Jakby zdechła bez żadnego powodu, i tata... Nigdy dotąd nie widziałam, żeby płakał. Wszędzie ją ze sobą zabierał, rzadko kiedy zostawiali ją samą. Nie zrozumiesz, jak bardzo kochali tego pieska.

– Mogę tylko sobie wyobrażać – powiedział Colin.

– Możesz, a jednak... Musisz zrozumieć, że w wiosce, z której pochodzą moi rodzice, psy pracują, pilnują stada, towarzyszą ludziom na polu, ale nie są kochane. Ojciec nigdy nie rozumiał miłości Amerykanów do psów. Obie z Sereną błagałyśmy go o psa, kiedy byłyśmy młodsze, lecz był nieustępliwy. A później, kiedy Serena i ja wyjechałyśmy z domu, w ich życiu nagle pojawiła się gigantyczna próżnia... W pewnym momencie ktoś im podpowiedział, żeby wzięli psa, i tym razem nagle jakby go olśniło. Copo była dla nich jak dziecko, ale bardziej posłuszna i oddana. – Pokręciła głową i przez chwilę milczała. – Nie miała nawet czterech lat. Chodzi o to... czy pies może umrzeć tak po prostu? Czy słyszałeś o czymś takim?

– Nie.

Wprawdzie spodziewała się takiej odpowiedzi, ale to nie pomogło. Jej myśli znów wróciły do sprawy, o jakiej musiała z nim porozmawiać.

– Colin... W związku z tym, o czym rozmawialiśmy wcześniej...

– Masz rację. We wszystkim.
Westchnęła.
– Zależy mi na tobie. Kocham cię i niczego bardziej nie pragnę, niż być z tobą, ale...
Słowo zawisło w powietrzu.
– Nie jestem taki, jak myślałaś.
– Nie – powiedziała. – Jesteś dokładnie taki, jak myślałam, i ostrzegałeś mnie od samego początku. Myślałam, że dam sobie z tym radę, ale zeszłej nocy zrozumiałam, że chyba nie mogę.
– Co to znaczy?
Zatknęła kosmyk włosów za ucho.
– Myślę, że będzie najlepiej, jeśli trochę zwolnimy tempo. Chodzi mi o nasz związek. Biorąc pod uwagę wszystko, co się dzieje... – Nie dokończyła. Nie musiała.
– Co zamierzasz zrobić w sprawie faceta, który cię śledzi?
– Nie wiem. W tej chwili trudno mi nawet o tym myśleć.
– Właśnie tego chce. Żebyś się bała i martwiła, żebyś ciągle była zdenerwowana.
Wsunęła ręce we włosy, pomasowała skronie. Kiedy się odezwała, miała ochrypły głos.
– W tej chwili czuję się tak, jakbym śniła straszny koszmar, i pragnę tylko tego, żeby się obudzić... Na dodatek muszę wesprzeć rodziców. Tata chce wieczorem pochować Copo, przez co będzie jeszcze bardziej roztrzęsiony. Mama również. I ten deszcz... Dlaczego Copo wybrała sobie akurat ten weekend, żeby umrzeć?
Colin zerknął na podwórko.
– Mogę pomóc?

*

Maria przyniosła z garażu łopatę i po krótkiej rozmowie z tatą Colin wykopał mały dół w cieniu dębu, nie bacząc na deszcz, który moczył mu koszulę. Wspominał swoją suczkę, długowłosą jamniczkę miniaturkę. Penny spała z nim w łóżku, a kiedy wyjechał do szkoły, tęsknił za nią bardziej niż za rodziną.

Pamiętał, jak kopał dla niej grób. Było to w czasie wakacji po drugiej klasie szkoły średniej. Pamiętał, jak wtedy płakał, po raz pierwszy od czasów dzieciństwa. Z każdą łopatą ziemi wspominał Penny, jak biegała po trawniku albo szczekała na motyla, i teraz chciał oszczędzić takich wspomnień Felixowi.

Poza tym to zadanie dało mu pretekst, żeby być z dala od Marii. Rozumiał jej potrzebę chwilowej rozłąki, nawet jeśli nie podobała mu się przyczyna. Wiedział, że koncertowo zawalił sprawę i że teraz Maria prawdopodobnie się zastanawia, czy warto dla niego podjąć ryzyko.

Kiedy skończył, rodzina pochowała Copo. Wszyscy płakali i obejmowali się nawzajem. Potem poszli do domu, a Colin zasypał dół. Jego myśli wróciły do prześladowcy i nękania Marii. Zastanawiał się, jaki będzie następny ruch tego typa. Nagle postanowił, że bez względu na to, czy Maria chce go w swoim życiu czy nie, będzie przy niej w każdej chwili, kiedy będzie go potrzebowała.

*

– Jesteś pewien? – zapytała Maria, stojąc z nim na frontowej werandzie. – Z przyjemnością odwiozę cię do domu. Carmen i Serena szykowały kolację. Felix, o ile Colin wiedział, wciąż siedział na werandzie od podwórka, trzymając obróżkę Copo w rękach.

– Nic mi nie będzie. I tak muszę pobiegać.

– Przecież pada.

– Już jestem przemoczony.

– Czy to nie za daleko? Osiem, dziewięć kilometrów?

– Musisz zostać z rodziną – powiedział i przez chwilę oboje milczeli. – Mogę do ciebie zadzwonić? – zapytał w końcu.

Najpierw spojrzała w stronę domu, potem na niego.
– Może ja zadzwonię do ciebie?
Skinął głową, cofnął się o krok, bez jednego słowa odwrócił się i pobiegł.

*

Maria nie zadzwoniła do końca tygodnia i po raz pierwszy w życiu zależało mu na dziewczynie na tyle, żeby się tym przejmować. A może nawet na tyle, że myślał o niej w niespodziewanych momentach albo za każdym razem, gdy zadzwonił telefon. Ale to ostatnie nie zdarzało się często.

Nie będzie do niej dzwonił. Chciał to zrobić, niejeden raz sięgał po telefon, zanim sobie przypomniał, że przcciez tego nie chciała. Decyzja należała do niej.

Nie chcąc o tym myśleć, przez cały czas próbował coś robić. Wziął w pracy dodatkową zmianę, a po zajęciach i przed pracą trenował z Dalym i Moore'em.

Byli znacznie bardziej niż on podekscytowani zbliżającą się walką. Pojedynek z kimś takim jak Reese stanowił rzadką okazję do ocenienia poziomu własnych umiejętności, niezależnie od wyniku, ale na dłuższą metę nie będzie to miało dla niego większego znaczenia. Dla Daly'ego i Moore'a dobra walka mogła oznaczać napływ gotówki do siłowni. Nic dziwnego, że w poniedziałek przez pierwsze dwie godziny oglądali nagrania z wcześniejszych walk Reese'a, analizując jego nawyki, oceniając mocne i słabe strony.

– Jest dobry, ale nie niezwyciężony – powtarzał Daly, a Moore mu przytakiwał.

Colin słuchał, próbując nie zwracać uwagi na te komentarze, które uważał za zbyt optymistyczne albo traktował jak pobożne życzenia, zwłaszcza gdy w jednym zdaniu łączyli „Reese" i „parter". W parterze Reese pożre go żywcem.

Na korzyść Colina przemawiał fakt, że, jak pokazywały filmy, miał nieco większe umiejętności zadawania ciosów. Szczególnie jeśli chodzi o kopnięcia. Do tego momentu Reese nikogo nie powalił kopniakami. Ponadto odsłaniał żebra po każdej kombinacji, o czym warto było pamiętać, planując strategię. Problem polegał na tym, że kiedy zaczyna się walka, strategie często tracą znaczenie, ale właśnie tu – według Daly'ego i Moore'a – Colin miał największą przewagę.

– Reese nigdy nie walczył z kimś, kto miał na koncie więcej niż sześć czy siedem walk, i jego przeciwnicy łatwo dawali się zdeklasować i zastraszyć. Ty się nie dasz i to wstrząśnie nim bardziej niż cokolwiek innego.

Daly i Moore mieli rację. W walce – w barach, na ulicy czy na ringu – liczą się nie tylko umiejętności, ale również pewność siebie i kontrola. Rzecz sprowadza się do czekania na właściwy moment i wykorzystania przewagi. Gdy adrenalina szumi w żyłach, liczy się doświadczenie, a Colin miał za sobą więcej walk niż Reese. Reese był sportowcem, kimś, kto po walce wymienia uścisk dłoni z przeciwnikiem. Colin był facetem, który uderzał pierwszy i na koniec rozbijał ludziom butelki od piwa na głowach. Walczył brutalnie i bezpardonowo.

Jednakże Reese był niepokonany nie bez powodu. Colin oceniał, że nawet gdy będzie w szczytowej formie, jego szanse na wygraną wyniosą nie więcej niż jeden do czterech, i to tylko pod warunkiem, że zdoła przetrwać dwie pierwsze rundy. Trenerzy nie przestawali go zapewniać, że zmęczy Reese'a kopnięciami w kolana i ciosami w żebra.

– Trzecia runda będzie należała do ciebie – obiecywali.

We wtorek, w środę i czwartek pracowali, codziennie poświęcając godzinę i piętnaście minut konkretnym ciosom. Daly wchodził na ring w mocnych ochraniaczach na nogi i kamizelce, nakazując

Colinowi kopanie w kolana, stwarzając mu okazję i zaraz potem robiąc uniki. Moore, pokrzykując z ożywieniem, instruował Colina, żeby zachowywał dystans i po każdej kombinacji ciosów Daly'ego koncentrował się na żebrach. W ciągu ostatnich czterdziestu pięciu minut Colin skupiał się na walce w parterze, doskonaląc techniki obrony. Wszyscy w pełni zdawali sobie sprawę, że Reese ma na tym polu znaczną przewagę i że Colin może mieć nadzieję tylko na przetrwanie.

Colin nigdy nie przygotowywał się do walki z konkretnym przeciwnikiem i obecny trening okazał się frustrujący. Chybiał, uderzając nogą, i zbyt wolno wyprowadzał ciosy w żebra. Pozwalał, by doszło do zwarcia, a właśnie na tym będzie zależało Reese'owi. Dopiero w czwartek zaczął rozumieć, w czym rzecz, aczkolwiek mgliście, i kiedy wyszedł z sali, żałował, że nie ma paru tygodni na przygotowanie.

Piątek był dniem odpoczynku, pierwszym dniem od ponad roku, kiedy Colin nie ćwiczył. Przerwa była mu potrzebna. Był obolały. Ponieważ nie miał zajęć na uczelni, spędził ranek i popołudnie na kończeniu dwóch prac pisemnych. W barze z powodu ochłodzenia coraz mniej gości zaglądało na dach, nawet w wieczornych godzinach szczytu. O dziewiątej prawie nie było klientów i Colin miał bar dla siebie. Oczywiście brak klientów oznaczał brak napiwków, ale miał czas na zastanowienie się nad wydarzeniami ubiegłego weekendu. Ściślej rzecz biorąc, nad pytaniem, które zadała mu Maria i które od tamtej pory go prześladowało.

„Dlaczego Copo wybrała sobie akurat ten weekend, żeby umrzeć?"

Nic nie sugerowało, że facet śledzący Marię ponosił odpowiedzialność za śmierć psa, ale też nie było powodów, żeby odrzucić ten pomysł jako nieprawdopodobny. Jeśli facet wiedział, gdzie mieszka Maria, można było założyć, że również wie, gdzie mieszkają jej rodzice. Klapa śmietnika za domem była otwarta. Copo miała się dobrze, kiedy ją zostawiali, a trzy godziny później już nie żyła i nic nie wskazywało na przyczynę śmierci. Colin wiedział, że łatwo byłoby skręcić jej kark albo ją udusić.

Z drugiej strony piesek mógł zdechnąć z przyczyn naturalnych, jakkolwiek niewyjaśnionych.

Przemyśliwał, czy Maria ma podobne straszne myśli. Jeśli tak, będzie podejrzewała, że prześladowanie osiągnęło wyższy poziom. Zastanawiał się, czy do niego zadzwoni, jeśli nie jak do kochanka, to może jak do przyjaciela, który obiecał jej wsparcie.

Sprawdził komórkę.

Nie dzwoniła.

Przez całą sobotę Colin próbował nadrobić zaległości w czytaniu, choć w południe nie był pewien, dlaczego w ogóle zawraca sobie tym głowę. Nerwy sprawiały, że nie był w stanie zapamiętać niczego ważnego. Nie był też głodny i zdołał wmusić w siebie tylko dwa koktajle proteinowe.

Zdenerwowanie przed walką było dla niego czymś nowym. Powtarzał sobie, że nie obchodzi go wynik, ale jednocześnie przyznawał, że okłamuje samego siebie. Skoro mu nie zależy na wygranej, to dlaczego tak się przejmuje tym, co je albo pije? Dlaczego trenuje dwa, trzy razy dziennie? I dlaczego zgodził się poświęcić cały tydzień na przygotowania do pojedynku z Reese'em?

Faktem było, że jeszcze ani razu nie wszedł do klatki z myślą, że przegra. Amatorzy to amatorzy. Ale Reese to zupełnie co innego. Może mu spuścić manto, jeśli tylko on wykona jeden zły ruch. Reese po prostu jest lepszy.

Chyba że moja strategia się opłaci...

Poczuł nagły, niespodziewany zastrzyk adrenaliny. Niedobrze. Za wcześnie. Będzie wykończony przed rozpoczęciem walki, musi oderwać od niej myśli. Najlepszy sposób to bieganie, nawet jeśli trener radził oszczędzać siły.

Paskudnie. Mimo to poszedł biegać. Sposób okazał się tylko częściowo skuteczny.

*

Kilka godzin później siedział sam w prowizorycznej szatni. Już był po ważeniu, miał włożone rękawice. Daly dopilnował, żeby ilość taśmy bokserskiej na jego rękach była zgodna z przepisami. Colin postanowił założyć ochraniacz na genitalia. Sędziowie sprawdzili jego buty. Do walki zostało dziesięć minut. Poprosił Daly'ego i Moore'a, żeby wyszli z szatni, chociaż wiedział, że obaj chcą z nim zostać.

Ich postawa go wkurzała. W ciągu ostatnich minut przed walką wkurzało go prawie wszystko i wszyscy, i właśnie tego chciał. Myślał o ciosach w kolana i żebra. Myślał o zaciekłym ataku i przejęciu inicjatywy w trzeciej rundzie. Adrenalina napinała mu wszystkie mięśnie, miał wyostrzone zmysły. Słyszał przebijający się przez ściany ryk widowni, w pewnej chwili bardzo nasilony. Bez wątpienia jakiś zawodnik zyskiwał przewagę, pojedynek zbliżał się do końca, przeciwnik dostawał lanie...

Colin odetchnął głęboko, powoli.

Czas na przedstawienie.

*

Chwilę później stał przed Reese'em pośrodku klatki, obaj wzajemnie mierzyli się wzrokiem, gdy sędzia podawał zasady: nie wolno gryźć, kopać w jądra i tak dalej. Kiedy patrzyli jeden na drugiego, świat jakby zaczął się kurczyć, a potem zajęli miejsca w swoich narożnikach. Daly i Moore wyrykiwali słowa zachęty, ale ich głosy dobiegały do niego jak przez mgłę. Zabrzmiał gong i ruszyli.

Colin kopnął Reese'a w kolano w dwudziestej sekundzie i zaraz potem dwa razy zrobił to samo. Reese wydawał się zaskoczony i Colin, kiedy trafił w kolano po raz czwarty, zobaczył na jego twarzy błysk gniewu. Po piątym ciosie nogą w kolano Reese zaczął zachowywać dystans, już rozgryzając część jego planu. Przez następnych parę minut wymieniali ciosy, Colin zadał trzy punktowane uderzenia w żebra i jeden mocny kopniak w kolano. Umiejętności bokserskie Reese'a były takie, jak się spodziewał, ale ciosy okazały się mocniejsze. Kiedy Reese uderzył go w skroń, zobaczył gwiazdy i wylądował na plecach. Przeciwnik przejął panowanie nad sytuacją, ale Colin zdołał się bronić do gongu. Obaj ciężko dyszeli.

Według Daly'ego runda nie była rozstrzygnięta, chociaż skłaniał się do uznania lekkiej przewagi Colina.

Druga runda przebiegała mniej więcej tak samo: Colin wyprowadził trzy kolejne kopnięcia w kolano, przy czym po ostatnim Reese wyraźnie się skrzywił, i atakował klatkę piersiową, gdy tylko nadarzała się okazja. Po dwóch trzecich rundy zeszli do parteru. Reese zadał kilka silnych ciosów, a Colin robił wszystko, żeby się bronić. W ostatnich dwudziestu sekundach Reese uderzył go łokciem w nos i popłynęła krew. Zalała mu oko, stracił koncentrację. Reese to wykorzystał, wykręcając mu nogę z taką siłą, że Colin był bliski poklepania w matę. Po powrocie do narożnika wiedział, że choć nie został zdominowany, tę rundę przegrał.

Zauważył, że Reese kuleje, idąc do swojego narożnika.

Na początku trzeciej rundy znowu zaatakował kolano, potem markował ciosy, przez cały czas wracając do kopnięć. Po ostatnim Reese skrzywił się i odruchowo pochylił, wtedy Colin mocno uderzył go w żebra. Reese dążył do zwarcia, ale Colin poderwał nogę i poczuł, że trafił go kolanem w czoło. Po raz pierwszy w czasie spotkania przeciwnik leżał na łopatkach i był w poważnych tarapatach.

Colin się nie oszczędzał, zadając ciosy pięściami i łokciami. Reese nieczęsto bywał w takim położeniu i Colin wyczuwał, że tamten panikuje. Nie przestawał go atakować, uderzając z całej siły. Reese otrzymał mocny cios w szczękę i jego ciało zwiotczało. Colin dodał trzy kolejne ciosy, które go ogłuszyły. Wykorzystywał uzyskaną przewagę i gdy runda się kończyła, Reese popełnił błąd taktyczny. Mało brakowało, a Colin zakończyłby pojedynek, zakładając dźwignię prostą na staw łokciowy, ale Reese jakoś się wywinął. Uciekły cenne sekundy, zanim Colin wmanewrował go w pozycję umożliwiającą następną dźwignię. W chwili gdy zaczął naciskać, zabrzmiał gong, sędzia przyskoczył i walka dobiegła końca.

Colin podniósł się ociężale i zobaczył, że Daly i Moore z zadowoleniem potrząsają pięściami: dla nich było jasne, kto wygrał. Reese wstał, nie patrząc mu w oczy.

Sędziowie jednak widzieli to inaczej. Kiedy wyraźnie sceptyczny arbiter uniósł rękę Reese'a na znak zwycięstwa, Colin wiedział, że przeciwnik właśnie poniósł swoją pierwszą porażkę. Uścisnął mu rękę, zaraz potem Daly i Moore wpadli na ring. Tłum buczał i gwizdał.

Colin się wyłączył, był wykończony. Wyszedł z klatki i ruszył do szatni, tylko umiarkowanie rozczarowany i niezbyt zaskoczony.

*

– Jeśli to jakaś pociecha, nie wyglądasz ani trochę tak źle jak po ostatniej walce – zauważył Evan. Zaglądanie do podejrzanych przydrożnych spelunek stawało się zwyczajem po walkach Colina. Evan patrzył, jak Colin je. – Masz rozcięty grzbiet nosa, ale w zasadzie to wszystko. Co znaczy, że nastąpiła znaczna poprawa. Zeszłym razem mógłbyś uchodzić za Rocky'ego po walce z Apollem Creedem. I tamten facet walczył nieczysto.

– Uderzył mnie z byka.

– Może oszukiwał podczas walki, ale w przeciwieństwie do dzisiejszego wieczoru decyzja tamtych sędziów była sprawiedliwa. Wiesz, że skopałeś Reese'owi dupę, prawda? Ludzie to widzieli, arbiter też. Widziałeś jego minę, kiedy ogłoszono zwycięstwo Reese'a?

– Nie.
– Nie mógł w to uwierzyć. Nawet trener Reese'a był zszokowany.
Colin odkroił kawałek naleśnika i dźgnął go widelcem.
– Okay.
– Gdyby runda trwała dwadzieścia sekund dłużej, Reese musiałby odklepać. Może dziesięć. Facet nie miał szans, żeby zapobiec tej dźwigni na łokieć. Już był ugotowany. W tym momencie niewiele mógł zrobić.
– Wiem.
– W takim razie, dlaczego się nie wkurzasz? Twoi trenerzy są wkurzeni jak wszyscy diabli. Ty też powinieneś być wkurzony.
– Nie jestem, bo się skończyło – odparł Colin. – Teraz już nic nie mogę zrobić.
– Mogłeś wnieść protest.
– Nie.
– W takim razie przynajmniej powinieneś strzelić Reese'owi z liścia, kiedy zaczął ten głupi taniec zwycięstwa po ogłoszeniu wyniku. Widziałeś to?
– Nie.
– Walka był ustawiona. Chcieli, żeby Reese skończył karierę amatorską bez porażki.
– Kto?
– Nie wiem. Sędziowie, organizator, licho wie. Powtarzam, walka była ustawiona.
– Ustawiona? Mówisz jak gość z filmu gangsterskiego.
– Mówię tylko, że bez względu na to, co byś zrobił, ogłuszył go albo zmusił do odklepania, Reese miał wygrać te walkę.
Colin wzruszył ramionami.
– Reese przechodzi na zawodowstwo. Ja byłem zawodnikiem zgłoszonym w ostatniej chwili. Lepiej dla wszystkich, żeby skończył karierę amatorską jako niepokonany.
– Żartujesz. To ważne?

– Nie oficjalnie. Ale wystawienie zawodnika, który aspiruje do UFC, jest dobre dla wszystkich.
– Mówisz tak, jakby chodziło o interesy, a nie o sport.
– Taka jest prawda.
Evan pokręcił głową.
– Doskonale. Możesz sobie podchodzić filozoficznie do tego czy czegokolwiek innego. Ale powiedz, myślisz, że wygrałeś?
Colin nabrał jajecznicę na widelec.
– Tak.
Evan po chwili znowu pokręcił głową.
– Mimo wszystko uważam, że powinieneś strzelić mu w pysk, kiedy zaczął ten taniec. Cholera, ja chciałem mu przylać.
– Okay.
Evan odchylił się w fotelu.
– W porządku. Skoro tobie to nie przeszkadza, powiem, że z przyjemnością patrzyłem, jak ci kopał dupę. Szczególnie po tamtej wpadce w ubiegły weekend.
– Okay.
– I coś jeszcze.
– Tak?
– Maria tam była.
Colin uniósł głowę, natychmiast czujny.
– Była z drugą dziewczyną, która mogłaby być jej bliźniaczką – dodał Evan. – Niezupełnie taką samą jak ona, ale bardzo podobną. Wiesz, o co mi chodzi. Stały po drugiej stronie ringu, w głębi. Ale to była ona, nie mam co do tego żadnych wątpliwości.
– Okay.
– Co się z wami dzieje?
Colin wbił na widelec kawałek kiełbasy.
– Nie wiem.

18
Maria

– Dzięki, że zgodziłaś się ze mną pojechać – powiedziała Maria do Sereny, gdy wracały do Wilmington. Padało, światła nadjeżdżających z naprzeciwka pojazdów migotały w deszczu.

– Było zabawnie – skomentowała Serena siedząca na miejscu pasażera z butelką wody sodowej między nogami. – Od dawna nie miałam takiego ciekawego sobotniego wieczoru. I chyba znam jednego z zawodników.

– Ha – powiedziała Maria. – To ty zaaranżowałaś nasze spotkanie.

– Nie mówię o Colinie. Mówię o kimś innym, chyba widziałam go w kampusie. Oczywiście nie mam pewności, bo stałyśmy daleko. Powiedz mi jeszcze raz, dlaczego nie podeszłyśmy bliżej?

– Bo nie chciałam, żeby Colin wiedział, że tam jestem.

– I jeszcze raz, dlaczego?

– Bo nie rozmawialiśmy od ostatniego weekendu. Przecież opowiedziałam ci o wszystkim.

– Wiem, wiem. Nawrzeszczał na kelnerkę, przyjechała policja i wszyscy spanikowali. Bla, bla, bla.

– Jestem wdzięczna za współczucie.

– Jestem pełna współczucia. Po prostu myślę, że popełniasz błąd.

– Nie mówisz o zeszłej niedzieli.

— Cóż, miałam okazję o tym pomyśleć. I dzięki, że wcześniej nie wspomniałaś mi słowem o tym prześladowcy.

Głos Sereny ociekał sarkazmem, ale Maria nie mogła mieć do niej pretensji.

— Do wtedy nie byłam pewna.
— A kiedy się dowiedziałaś? Colin miał rację, szukając odpowiedzi.
— Zrobił coś więcej.
— Wolałabyś spotykać się z facetem, który nie kiwnąłby palcem? Który siedziałby z założonymi rękami? Do licha, gdybym była na jego miejscu, pewnie też ryknęłabym na tę głupią kelnerkę. Jak można nie pamiętać wyglądu kogoś, kto przed paroma minutami zamówił drinka?
— Poznałam Colina od tej strony, która mi się nie spodobała.
— I co z tego? Myślisz, że mamie wszystko się podoba u taty? Albo na odwrót? Ja też widziałam u ciebie coś, co mi się nie spodobało, ale nie wyrzuciłam cię z mojego życia.
— Co takiego?
— Czy to ważne?
— Tak.
— Dobrze. Zawsze uważasz, że masz rację. To mnie wkurza.
— Nie, wcale nie.
— Właśnie potwierdzasz moje słowa.
— A ty zaczynasz mnie irytować.
— Ktoś musi cię pilnować i mówić, że się mylisz. I skoro o tym mowa, co do Colina też się mylisz. Powinnaś do niego zadzwonić. Jest dla ciebie idealnym facetem.
— Nie jestem taka pewna.
— W takim razie dlaczego tak bardzo ci zależało, żeby obejrzeć jego dzisiejszą walkę?

*

Dlaczego tego chciała? Odpowiedziała Serenie, że obiecała to Colinowi, ale siostra tylko parsknęła.

– Po prostu przyznaj, że wciąż go lubisz.

W ubiegłym tygodniu stało się dla niej jasne, że potrzebuje czasu do namysłu. Huśtawka emocjonalna – związana z prześladowcą, z Colinem – powodowała, że czuła się dziwnie wytrącona z równowagi, w dodatku z dnia na dzień coraz bardziej.

Nawet atmosfera w pracy wydawała się dziwna. Ken prawie codziennie zaglądał do biura Barneya, sprawiając wrażenie roztargnionego i zmartwionego, choć do niej nie powiedział nawet jednego słowa. Barney był równie spięty. Przez cały czwartek nie było ich w kancelarii, a kiedy Lynn nie pojawiła się w pracy ani w czwartek, ani w piątek, Maria była przekonana, że Barney zrobi piekło zaraz po powrocie, choćby dlatego, że Lynn nawet nie zadzwoniła, żeby uprzedzić o swojej nieobecności. Jednak Barney bez słowa wyjaśnienia czy komentarza po prostu przerzucił na nią obowiązki praktykantki.

Dziwne.

Rodzice też ją martwili. Tata wciąż rozpaczał po śmierci Copo, był przygnębiony do tego stopnia, że przestał chodzić do restauracji, i mama się o niego zamartwiała. Maria jadła z nimi kolację we wtorek i w czwartek, Serena w poniedziałek i środę, a w drodze na walkę Colina obie doszły do wniosku, że trzeba coś zrobić, nawet jeśli nie bardzo wiedziały co.

Walka oderwie jej uwagę od trosk, przynajmniej tak sobie wmawiała. Serena też jej to powtarzała. Ale gdy tylko Colin wszedł do klatki, poczuła silną, niemal przyprawiającą o mdłości falę zdenerwowania, połączoną z dojmującym uczuciem żalu.

Wszystko to oznaczało... co?

Rodzice wciąż rozpaczali, więc wymówienie się od niedzielnego śniadania nie wchodziło w rachubę, chociaż naprawdę nie czuła się w nastroju, żeby kogokolwiek wspierać.

*

Właśnie dlatego zaskoczył ją widok Sereny, która czekała na frontowej werandzie i niemal wibrowała od rozsadzającej ją energii. Siostra przybiegła do niej, gdy tylko Maria wjechała na podjazd.
– Co się dzieje?
– Wiem, co musimy zrobić – oznajmiła Serena. – I nie mam pojęcia, dlaczego wymyślenie tego zajęło mi tyle czasu, poza tym, że jestem idiotką! Co więcej, przecież obie musimy odzyskać nasze życie... to znaczy kocham mamę i tatę, ale nie mogę przychodzić tu na kolacje parę razy w tygodniu, nie licząc niedzielnego śniadania. Spędzam z nimi czas w restauracji i potrzebuję trochę wolnego dla siebie, rozumiesz?
– O czym ty mówisz?
– Wymyśliłam, jak pomóc mamie i tacie.
Maria wysiadła z samochodu.
– Jak się czują?
– Nieszczególnie.
– A jaki masz plan?
– Świetny, zobaczysz.

*

Wymagało to sporo zachodu, ale mimo zastrzeżeń rodzice nie mogli odmówić córkom, zwłaszcza że były jednogłośne w swoich błaganiach.

Wsiedli do SUV-a taty i pojechali do Towarzystwa Opieki nad Zwierzętami. Kiedy wjechali na parking niskiego, nijakiego budynku, Maria nie mogła nie zauważyć, że rodzice niemal powłóczą nogami, z każdym krokiem ich niechęć była bardziej widoczna.

– Za wcześnie – sprzeciwiła się mama, kiedy Serena przedstawiła jej pomysł.

– Tylko zobaczymy, co mają – zapewniła ich Serena. – Nic na siłę.
Teraz wlekli się za córkami, powoli zmierzając do drzwi.

– Nie jestem pewna, czy to dobry pomysł – szepnęła Maria, pochylając się w stronę Sereny. – A jeśli nie znajdą psa, który się im spodoba?

– Pamiętasz, jak mówiłam, że Steve pracuje tu jako wolontariusz? Gdy opowiedziałam mu o Copo, wspomniał, że jest tu pies, który może być wręcz idealny – szepnęła Serena. – Nawet zgodził się z nami spotkać.

– A nie pomyślałaś, żeby im dać drugiego shih tzu? Z tej samej hodowli, z której wzięli Copo?

– Jasne – odparła Serena. – Ale nie chciałam, żeby myśleli, że próbujemy zastąpić Copo.

– Czy właśnie nie to robimy?

– Nie, jeśli to będzie pies innej rasy.

Maria nie była równie pewna tej logiki, ale nic nie powiedziała. Steve, wyraźnie zdenerwowany, powitał ich, gdy tylko weszli. Serena go uściskała i przedstawiła rodzicom. Steve z przejęciem poprowadził ich na tyły budynku, do schroniska.

Psy natychmiast zaczęły ujadać, dźwięk odbijał się od ścian. Szli powoli, mijając pierwsze klatki – był tam mieszaniec labradora, mieszaniec pitbulla i terier. Maria zwróciła uwagę na apatię rodziców. Serena i Steve zatrzymali się przed jedną z mniejszych klatek.

– Co myślicie o tym?! – zawołała Serena.

Felix i Carmen podeszli do niej niechętnie, jakby woleli być gdzieś indziej. Maria szła za nimi.

– Co myślicie? – naciskała Serena.

Maria zobaczyła czarno-brązowego pieska z mordką pluszowego misia, który siedział grzecznie, nie robiąc hałasu. Musiała przyznać, że to najbardziej urocze stworzenie, jakie kiedykolwiek widziała.

– To shorkie-tzu – wyjaśnił Steve. – Mieszaniec shih-tzu i yorka. Jest słodki, ma jakieś dwa, trzy lata.

Otworzył klatkę, wyjął pieska i podał go Felixowi.

– Może wyniesie go pan na dwór? Pewnie z przyjemnością zaczerpnie świeżego powietrza.

Z lekką niechęcią Felix wziął zwierzaka na ręce, a Carmen pochyliła się zaciekawiona. Maria patrzyła, jak pies liże palce ojca, a potem ziewa, wydając zabawne piśnięcie.

Po paru minutach Felix był zakochany, podobnie jak Carmen. Serena stała i patrzyła na nich, trzymając Steve'a za rękę, wyraźnie z siebie zadowolona.

Maria nie mogła mieć jej tego za złe.

Nic dziwnego, że znalazła się na krótkiej liście kandydatów do stypendium. Serena czasami była absolutnie genialna.

*

Kiedy w poniedziałek Maria wróciła do pracy, w biurze panowało wręcz namacalne napięcie. Wszyscy byli podenerwowani, praktykantki szeptały między sobą nad przepierzeniami boksów, za każdym razem cichnąc, kiedy zbliżał się jakiś prawnik. Maria dowiedziała się, że wszyscy wspólnicy od rana siedzą za zamkniętymi drzwiami w pokoju konferencyjnym, co mogło oznaczać tylko jedno: działo się coś poważnego.

Lynn już trzeci dzień nie było w pracy. Nie wiedząc, co powinna zrobić – Barney nie zostawił jej żadnych wskazówek – Maria wsunęła głowę do biura Jill.

Zanim się odezwała, Jill pokręciła głową i powiedziała na tyle głośno, żeby słyszano ją w korytarzu.

– Oczywiście, jesteśmy umówione na lunch – oznajmiła. – Nie mogę się doczekać, żeby posłuchać o twoim weekendzie! Zapowiadał się niesamowicie!

*

Wspólnicy wciąż siedzieli za zamkniętymi drzwiami, kiedy Maria zajęła miejsce naprzeciwko Jill przy stoliku w pobliskiej restauracji.

– Do licha, co się dzisiaj dzieje? To coś jak strefa cienia! I o czym rozmawiają wspólnicy? Zdaje się, że nikt nie ma pojęcia.

Jill wypuściła przeciągle powietrze.

– Do tej pory wszystko było owiane tajemnicą... ale z pewnością zauważyłaś nieobecność swojej praktykantki?

– Co ona ma wspólnego z tym, co się dzieje?

– Ty mogłabyś powiedzieć – mruknęła Jill i urwała, kiedy zjawił się kelner, by przyjąć zamówienie. Zaczekała i dopiero gdy odszedł, podjęła: – Dojdziemy do tego. I w miarę możliwości odpowiem na każde pytanie. Chciałam się z tobą spotkać głównie po to, żeby pomówić o czymś w zaufaniu.

– Tak, oczywiście... – powiedziała Maria.

– Jesteś zadowolona z pracy w kancelarii?

– Mniej więcej. A co?

– Bo zastanawiałam się, czy wzięłabyś pod uwagę, żeby odejść i podjąć pracę w mojej firmie.

Maria była zbyt oszołomiona, żeby odpowiedzieć. Jill pokiwała głową.

– Wiem, że to poważna decyzja, i nie musisz odpowiadać od razu. Ale chcę, żebyś nad tym pomyślała. Zważywszy na to, co się dzieje.

– Nadal nie wiem, co się dzieje. Czekaj... odchodzisz?

– Robiłyśmy plany, jeszcze zanim dołączyłaś do kancelarii.

– O kim mówisz?

– Będę pracować z Leslie Shaw. Jest prawniczką od zatrudnienia u Scantona, Dilly'ego i Mardsena, razem studiowałyśmy. Świetnie zna prawo pracy, jest bystra, ma głowę na karku. Chciałabym, żebyś ją poznała, jeśli jesteś otwarta na ten pomysł. Polubisz ją, na pewno... ale jeśli nie chcesz odejść, wtedy, mam nadzieję, zapomnisz, co ci powiedziałam. Na razie staramy się tego nie rozgłaszać.

– Nic nie powiem – obiecała Maria, wciąż w szoku. – I oczywiście chętnie ją poznam, ale... dlaczego myślisz o odejściu?

– Ponieważ nasza firma ma kłopoty, jak *Titanic* po zderzeniu z górą lodową, i przez parę miesięcy na pewno się nie polepszy.
– To znaczy?
– Lynn pozwie naszego wspólnika zarządzającego, Kena, za molestowanie seksualne. I przypuszczam, że jeszcze dwie, może nawet trzy praktykantki zrobią to samo. O tym wspólnicy dyskutowali dzisiaj przez cały dzień. Ponieważ sprawa trafi do mediów i zrobi się paskudnie. Z tego, co słyszałam, prywatne mediacje w zeszłym tygodniu nie poszły dobrze.
– Jakie mediacje?
– W ubiegły czwartek.
– Co wyjaśnia nieobecność Lynn, Barneya i Kena... Dlaczego o niczym nie słyszałam?
– Bo Lynn nie złożyła jeszcze skargi do Komisji Równych Warunków Zatrudnienia.
– W takim razie skąd te mediacje?
– Ponieważ Ken dostał ostrzeżenie kilka tygodni temu i robił wszystko, co mógł, żeby zapobiec skandalowi. Z pewnością zauważyłaś, jak bardzo poprawiło się jego zachowanie. Jest przerażony. Zapewne się spodziewa, że firma wynegocjuje ugodę, a ja jestem przekonana, że pozostali wspólnicy są temu niechętni. Chcą, żeby Ken sam to załatwił, ale on nie ma pieniędzy.
– Jak może nie mieć pieniędzy?
– Z dwiema byłymi żonami? To się stało nie po raz pierwszy. Ken już wcześniej musiał się dogadywać. Dlatego wypytywałam cię o niego. Ponieważ jesteś młoda, atrakcyjna i pracujesz w biurze, czyli spełniasz wszystkie jego warunki. Facet myśli tym, co ma w spodniach. Oczywiście Lynn będzie twierdzić, że wspólnicy byli z nim w zmowie, ponieważ dokładnie wiedzieli, jaki jest, i nawet nie kiwnęli palcem. Firmę być może czeka zapłata wielomilionowego odszkodowania... i powiedzmy sobie szczerze, wielu klientów nie będzie

chciało mieć do czynienia z kancelarią znaną z molestowania seksualnego. Co prowadzi do mojego początkowego pytania: Czy jesteś otwarta na propozycję dołączenia do Leslie i do mnie w nowej firmie?

Maria wciąż była zszokowana.

– Nie mam doświadczenia w prawie pracy...

– Rozumiem, ale tym się nie martwię. Jesteś bystra, ambitna, i połapiesz się we wszystkim szybciej, niż sobie wyobrażasz. Jedyne zastrzeżenie jest takie, że prawdopodobnie na początku nie zdołamy ci zagwarantować takiego wynagrodzenia, jakie dostajesz tutaj, ale będziesz miała bardziej elastyczne godziny pracy i od pierwszego dnia byłabyś na dobrej drodze, żeby zostać wspólnikiem.

– Kiedy zamierzasz odejść?

– Za cztery tygodnie od piątku – odparła. – Już wynajęłyśmy i umeblowałyśmy lokal kilka przecznic stąd. Wszystkie papiery są już złożone.

– Jestem pewna, że są tu inni, którzy mają znacznie wyższe kwalifikacje. Dlaczego ja?

– Dlaczego nie? – Jill się uśmiechnęła. – Przyjaźnimy się, a jeśli w tym zawodzie czegoś się nauczyłam, to tego, że praca jest znacznie przyjemniejsza, gdy spędzasz dni z osobami swojego pokroju. Mam dość Kena i Barneya na całe życie, serdeczne dzięki.

– Czuję się... zaszczycona.

– Więc pomyślisz o tym? Zakładając, że ty i Leslie przypadniecie sobie do gustu?

– Nie widzę powodu, żeby było inaczej. Jaka ona jest?

*

Wspólnicy opuścili pokój konferencyjny około trzeciej po południu. Wszyscy mieli ponure miny. Barney natychmiast zaszył się w swoim biurze. Najwyraźniej nie był w nastroju do rozmów. Pozostali zrobili to samo. Drzwi gabinetów zamykały się jedne po drugich. Jak większość pracowników, Maria postanowiła wyjść parę minut wcześniej. Wychodząc, zwróciła uwagę, że ci, którzy pozostali, są zdenerwowani i przestraszeni.

Jill zadzwoniła do niej po rozmowie z Leslie i potwierdziła planowane spotkanie podczas lunchu w środę. Entuzjazm Jill był zaraźliwy, ale całe to zamieszanie przyprawiało Marię o dreszcze. Zmiana miejsca pracy, ponowne przekwalifikowanie się i dołączenie do nowej firmy wydawało się ryzykowne, mimo że z pozostaniem w dotychczasowej kancelarii mogło się wiązać jeszcze większe ryzyko.

Chciała porozmawiać o tym z kimś innym niż Serena czy rodzice.

Wsiadła do samochodu, przejechała obok domu Evana i sali treningowej, wypatrując samochodu Colina, a następnie pojechała do Wrightsville Beach.

Krabowy Pete świecił pustkami. Siedziała na stołku, zanim Colin w końcu ją zauważył, i patrzyła, jak jego zaskoczenie ustępuje miejsca powściągliwości.

– Cześć, Colin – powiedziała cicho. – Dobrze cię widzieć.

– Dziwi mnie, że tu jesteś.

Patrząc na niego, gdy stał za barem, pomyślała, że jest jednym z najprzystojniejszych mężczyzn, jakich znała, i poczuła takie samo ukłucie żalu jak w sobotnią noc.

Westchnęła.

– Mnie nie.

*

Bar okazał się dobrym miejscem do rozmowy. Dzieliła ich fizyczna bariera, poza tym Colin był w pracy, więc rozmowa nie mogła zbyt szybko przejść na poważne tematy. Colin powiedział jej o walce z Reese'em i o tym, że według Evana została ustawiona. Maria opowiedziała mu o psie, którego przygarnęli rodzice, a także o kryzysie w firmie i propozycji Jill.

W typowy dla niego sposób słuchał jej, nie przerywając. Potem, jak zwykle, musiała z niego wyciągać zdanie po zdaniu, co o tym sądzi, ale kiedy stwierdziła, że pora iść, poprosił kelnera, by na kilka minut go zastąpił, i odprowadził ją do samochodu.

Nie próbował jej pocałować, więc kiedy uświadomiła sobie, że on tego nie zrobi, nachyliła się i sama go pocałowała. Czując znajome ciepło jego ust, dziwiła się, dlaczego uznała za konieczne zrobić przerwę w ich związku.

Wyczerpujący dzień dał się jej we znaki i po powrocie do domu szybko zasnęła. Zbudził ją SMS od Colina, który napisał, że dziękuje jej za przyjście i że za nią tęskni.

*

We wtorek nastroje w kancelarii były jeszcze gorsze niż w poniedziałek. Wydawało się, że wspólnicy postanowili pracować normalnie, ale ukrywanie informacji wywierało negatywny wpływ na wszystkich innych. Większość pracowników wyobrażała sobie najgorsze i zaczęły krążyć plotki. Maria słyszała szepty o zwolnieniach – wielu miało rodziny i zaciągnięte kredyty hipoteczne, co oznaczało, że ich życie wkrótce może się skomplikować.

Dokładała wszelkich starań, żeby się nie wychylać i robić swoje. Barney wciąż był milczący i roztargniony. Konieczność skupienia się na pracy spowodowała, że czas płynął szybciej, i kiedy w końcu wyszła z biura, uświadomiła sobie, że ani razu nie pomyślała o prześladującym ją mężczyźnie.

To dobrze czy źle?

Środowy lunch z Leslie i Jill udał się bardziej, niż się spodziewała. Leslie pod wieloma względami była dopełnieniem jej najlepszej przyjaciółki z biura – równie energiczna i zuchwała, ale też opiekuńcza i troskliwa. Pomysł, żeby z nimi pracować, wydawał się zbyt piękny, żeby był prawdziwy. Kiedy po lunchu Jill wpadła zameldować, że Leslie jest równie zadowolona ze spotkania, Maria poczuła ogromną ulgę. Jill omówiła z nią podstawowe warunki, również wynagrodzenie. Było znacznie niższe niż obecne, ale w tym momencie Maria o to nie dbała. Po prostu dostosuje styl życia do okoliczności.

– Jestem podekscytowana – powiedziała do Jill. Myślała, czy wspomnieć o prześladującym ją facecie albo o tym, że pogodziła się z Colinem, i uświadomiła sobie, że przecież nawet się nie zająknęła o zerwaniu.

Zbyt wiele się działo.

Tymczasem czarna chmura nad kancelarią Martenson, Herzberg i Holdman gęstniała. Gdy szły do biura Jill, przyjaciółka pochyliła się w jej stronę.

– Nie bądź zaskoczona, jeśli jutro usłyszysz coś ważnego – uprzedziła.

Rzeczywiście, w czwartek rano rozeszła się wiadomość, że Lynn złożyła skargę do Komisji Równych Warunków Zatrudnienia. Ken znowu się nie pojawił. Raport miał być tajny, ale w kancelarii pełnej obrotnych prawników, gdzie każdy każdemu jest winien przysługę, Maria szybko dołączyła do wtajemniczonych i przeczytała listę zarzutów, pełną skandalicznych szczegółów. W opatrzonym licznymi cytatami raporcie Lynn opisała wiele zabiegów Kena, łącznie z jego obietnicami awansu i wyższego wynagrodzenia w zamian za konkretne usługi seksualne. Pracownicy kancelarii, gdy potwierdziły się ich najgorsze obawy, chodzili jak odurzeni.

Maria i Jill wymknęły się z biura na lunch o zwykłej porze. Podczas posiłku ustaliły, kiedy ogłosić swoje odejście z firmy. Maria skłaniała się ku temu, żeby powiadomić Barneya raczej wcześniej niż później i w ten sposób oszczędzić mu kłopotów – najlepiej za kilka dni.

– Jest wymagający, ale też uczciwy, i dużo się od niego nauczyłam – dowodziła. – Poza tym nie chcę pogarszać jego sytuacji.
– Rozumiem, ale to może przynieść odwrotny skutek. Zastanawiałam się, czy nie zaczekać, dopóki sytuacja się nie unormuje.
– Dlaczego?
– Ponieważ kiedy obie oznajmimy, że odchodzimy, to może spowodować exodus innych prawników, co zapoczątkuje istną spiralę śmierci. Najpierw odejdziemy my, później inni, później klienci, i w konsekwencji nawet ludzie skłonni tu pozostać mogą stracić pracę.
– Jestem przekonana, że wielu już rozważa taką możliwość.
– Z pewnością. Ja bym tak zrobiła. Ale to nie to samo co faktyczna rezygnacja.

W końcu poszły na kompromis i stanęło na dwóch tygodniach od piątku, co dawało Barneyowi czas na znalezienie następców. Dalej rozmowa obracała się wokół firmy, którą chciały stworzyć – o sprawach, jakie będą przyjmować, jak powiększą bazę klientów, którzy klienci mogą pójść za nimi, jaki personel pomocniczy trzeba będzie zatrudnić.

W piątek w biurze wybuchła kolejna bomba, kiedy okazało się, że Heather, praktykantka Kena, i recepcjonistka Gwen również złożyły skargi do komisji. Wspólnicy znowu zamknęli się w pokoju konferencyjnym, bez wątpienia zabijając Kena wzrokiem.

Pracownicy zaczęli opuszczać biuro trójkami lub czwórkami. Maria, wyczerpana po stresującym tygodniu, postanowiła do nich dołączyć. Miała w planach spotkanie z Colinem i potrzebowała czasu, żeby się zrelaksować.

*

– Nie wyobrażam sobie, jak ciężki musiał być dla ciebie cały ten tydzień – powiedział Colin.
– Był... koszmarny. Ludzie są źli i przestraszeni i właściwie każdy czuje się niemile zaskoczony. Nikt nie miał pojęcia, na co się zanosi. –

Siedzieli w Sterowni i choć wcześniej kilka razy rozmawiali przez telefon – oboje próbowali powoli wrócić do tego, co było – Maria widziała Colina po raz pierwszy od wizyty w barze. W dżinsach i białej koszuli z rękawami podwiniętymi do łokci wyglądał, nie do wiary, jeszcze lepiej niż w poniedziałek. Zabawne, pomyślała, co może sprawić nawet krótka rozłąka.
– A Jill?
– Istny dar niebios. Nie wiem, co bym zrobiła, gdyby nie jej propozycja. W dzisiejszych czasach trudno o pracę i prawdopodobnie byłabym kłębkiem nerwów. Jill ma rację. Skoro trzy pracownice składają skargę, jest prawie pewne, że jeśli nawet firma znajdzie sposób na przetrwanie, wszyscy wspólnicy będą zarżnięci finansowo i przez kilka następnych lat będzie kiepsko.
– Prawdopodobnie są wkurzeni.
– Wściekli, to lepsze słowo. Jestem pewna, że wszyscy marzą o tym, żeby udusić Kena.
– Czy firma nie ma ubezpieczenia na wypadek takich sytuacji?
– Nie wiem, czy ubezpieczyciel to pokryje. Ken łamał prawo, a z treści skarg wynika, że istnieją nagrania, e-maile, SMS-y. Podobno jedna z praktykantek ma nagrany film.
– Paskudnie.
– Paskudnie. Wielu niewinnych ludzi zostanie przez to skrzywdzonych. Nie umiem wyrazić, jaką jestem szczęściarą.
– Okay.
– Nie zaczynaj.
Colin się uśmiechnął.
– Okay.

*

Spędzili noc, odkrywając siebie na nowo, i zasnęli objęci. Rankiem Maria nie żałowała niczego i była zaskoczona, łapiąc się na wyobrażaniu sobie przyszłości z Colinem. Myśl była dziwnie ekscytująca. Uczucie się pogłębiło, gdy spędzili razem sobotę na puszczaniu latawców na plaży.

W sobotni wieczór spotkała się z Jill i Leslie na kolacji, podczas gdy Colin pracował. Po skończonej zmianie spotkali się u niego. Siedzieli z Evanem i Lily, rozmawiając do trzeciej w nocy. Potem zasnęli zmęczeni i kochali się dopiero rankiem.

Maria zaprosiła Colina na śniadanie do rodziców, ale podziękował, powołując się na kilka egzaminów, do których musiał się przygotować przed kolejną zmianą w pracy. Kiedy przyjechała do domu rodziców, z przyjemnością usłyszała, że Smoky – tak rodzice nazwali psa – ma wysadzaną kryształem górskim obróżkę, legowisko i zabawki, które były rozrzucone po salonie, ale najbardziej lubi się przytulać do jej ojca. Carmen bez przerwy nuciła w kuchni. Serena mówiła o Stevie więcej niż dotychczas.

– Okay, może robi się trochę poważniej – wyznała, naciskana przez matkę.

Przy stole przyszła kolej na Felixa, żeby wypytać o Steve'a, i Maria mogła się tylko uśmiechać. Biorąc pod uwagę pracę, rodzinę i teraz Colina, wszystko szło ku lepszemu. Gdy sprzątały ze stołu, ponownie zdała sobie sprawę, że chyba przestały ją prześladować myśli o mężczyźnie w czapce w besjbolowej. Częściowo dlatego, że wszystko inne szło dobrze, ale również dlatego, że ostatnio nie dawał znaku życia.

Chciała myśleć, że facet zrezygnował, że przestał się jej czepiać. Ale choć bardzo się cieszyła tą chwilą wytchnienia, jeszcze nie była gotowa uwierzyć, że to na pewno koniec.

Przecież zwykle przed burzą jest cisza.

*

Pogoda nie nadawała się do pływania z wiosłem na desce, a ponieważ Colin był zajęty, Maria resztę popołudnia i wieczór spędziła na nadrabianiu pracy biurowej. Lynn była nieobecna, a Barney pracował na pół gwizdka, dlatego świadomość, że za trzy tygodnie ma odejść, budziła w niej pewne wyrzuty sumienia. Nie na tyle duże, żeby zmieniła zdanie, ale wystarczające, żeby siedziała przed laptopem, dopóki litery na dokumentach nie zaczęły jej się rozmywać przed oczami.

Nazajutrz rano Maria zastanawiała się nad przyszłym tygodniem – jak bardzo się pogorszy atmosfera w kancelarii i czy ktoś jeszcze postanowi odejść. Większość wspólników była równie zdenerwowana jak Barney i Ken, co oznaczało, że w każdym dziale powstaną zaległości, a zatrudnienie nowych pracowników będzie trudne, jeśli wycieknie wiadomość o kłopotach firmy. Niewątpliwie to już się działo.

Na razie postanowiła sprawić, żeby jej odejście było jak najmniej bolesne dla Barneya. Zarzuciła pasek torebki na ramię, wzięła aktówkę i wyszła z mieszkania. Spojrzała pod nogi, na wycieraczkę.

Kiedy po dłuższej chwili dotarło do niej, co widzi, oddech uwiązł jej w piersi.

Zwiędła róża z czerniejącymi płatkami i liścik.

„Będziesz wiedziała, co się wtedy czuje".

Niemal jak we śnie jej stopy wrosły w próg. Wiedziała, że to nie wszystko. Na poręczy przy schodach wisiała następna zwiędła róża, zgięta pod ciężarem kolejnej kartki. Zmuszając nogi do ruchu, przestąpiła nad kwiatem na wycieraczce i podeszła bliżej, żeby przeczytać:

„Dlaczego jej nienawidziłaś?"

Parking przed blokiem był pusty, podobnie jak chodnik, nie dostrzegła nieznanych samochodów. Zaschło jej w ustach, gdy zamknęła za sobą drzwi i podniosła różę z wycieraczki. Chwyciła drugi kwiat wpleciony między pręty poręczy, zmusiła się do zejścia po schodach i spojrzała na swój samochód.

Tak jak się obawiała, opony były przebite. Na przedniej szybie pod wycieraczką tkwiła koperta.

Później była zdumiona, z jakim spokojem i jasnością umysłu poradziła sobie z tymi odkryciami. Sięgając po kopertę, myślała o odciskach palców i o tym, jak przeczytać list, żeby nie zniszczyć dowodów, więc trzymała ją za brzegi. W tym momencie nie czuła paniki. Ogarniało ją powoli uczucie rezygnacji, pogodzenia się z tym, co nieuchronne. Z jakiegoś powodu, w jakiś sposób wiedziała, że to nadchodzi.

List był wydrukowany na zwyczajnym papierze, jaki można kupić w każdym sklepie z artykułami biurowymi. Ostatnia linijka została napisana kanciastym, niemal dziecinnym charakterem pisma.

> Myślisz, że nie wiem, co zrobiłaś? MYŚLISZ, ŻE NIE WIEM, KTO ZA TYM WSZYSTKIM STOI? MYŚLISZ, że nie mogę ZAJRZEĆ DO TWOJEJ GŁOWY i nie wiem, co ZROBIŁAŚ! Przelałaś KREW NIEWINNEJ OSOBY
> Twoje SERCE JEST PEŁNE TRUCIZNY i jesteś NISZCZYCIELKĄ! TRUJESZ i NIE UJDZIE CI TO NA SUCHO! Będziesz wiedziała, co się wtedy czuje, bo teraz JA PANUJĘ NAD SYTUACJĄ.
> *Jestem żyjącym NIEWINNYM*

Przeczytała list po raz drugi i poczuła się chora. Sięgnęła po martwą różę na przedniej szybie i dołożyła ją do pozostałych. Makabryczny bukiet.

Odwróciła się i ruszyła do budynku, otępiała z przerażenia. Uświadomiła sobie, że przecież znaki były oczywiste, tylko ona je uparcie ignorowała. Nagle rozbłysły wspomnienia, jak oślepiające wizje: Gerald Laws ze schludnym przedziałkiem i białymi zębami, przesłuchiwany przez policję; Cassie Manning, jej młoda twarz wykrzywiona ze strachu; ojciec Cassie, Avery, strasznie pewny zamiarów Lawsa i podsycający w sobie to uczucie; matka Cassie, Eleanor, milcząca, nieśmiała i przede wszystkim przerażona. Na koniec Lester, obgryzający paznokcie, nerwowy brat Cassie, który po śmierci siostry przysłał Marii tyle okropnych listów. Te listy odzwierciedlały jego powoli narastającą wściekłość. Jak listy Lawsa do Cassie, gdy przebywał w więzieniu.

Pierwszy element modelu zachowania...

Gdy szła na górę, zadzwoniła komórka. Serena. Nie odebrała. Chciała najpierw porozmawiać z Colinem. Potrzebowała go, żeby się poczuć bezpiecznie, bo w tym momencie czuła się rozpaczliwie bezbronna. Drżącymi rękami wybrała jego numer, zastanawiając się, jak szybko będzie mógł przyjechać.

Wzór...

Margolis powiedział, żeby do niego przyszła, jeśli będzie miała problem, ale nie chciała tego robić bez Colina. Musi opowiedzieć Margolisowi o Geraldzie Lawsie i o jego ofierze, Cassie Manning. O rodzinie Manningów i o wszystkim, co ostatnio się jej przytrafiło. Jednak przede wszystkim chciała mu powiedzieć, że doskonale wie, kto ją prześladuje, i jak ten ktoś zamierza zakończyć tę grę.

19
Colin

Od początku studiów Colin nie opuścił ani jednego wykładu, co dopiero całego dnia zajęć. Tylko raz był tego bliski, kiedy auto nie chciało zapalić, ale pojechał do szkoły na rowerze z plecakiem pełnym podręczników i zjawił się niemal w ostatniej chwili przed rozpoczęciem wykładu.

Dzisiejszy dzień był pierwszy. Gdy tylko Maria zadzwoniła, popędził do jej mieszkania, przeczytał list i gdy rozmawiała z Margolisem, wezwał lawetę. Zrobił Marii herbatę, ale zdołała wypić parę łyków i odsunęła kubek.

Po odjeździe lawety Colin zawiózł Marię na posterunek. Podała swoje nazwisko oficerowi dyżurnemu, po czym usiedli w małej poczekalni, obserwując miarowy, lecz niespieszny rytm pracy posterunku. Maria skorzystała z okazji, żeby nagrać wiadomość dla Barneya, informując go, że nie będzie jej przez jakiś czas. Margolis niewątpliwie gdzieś tu był, prawdopodobnie zawalony papierkową robotą dotyczącą wypadków, które zdarzyły się w weekend. Jako detektyw zajmował się poważnymi przestępstwami i zapewne żałował, że zachęcił ją, aby zgłosiła się do niego. Sprawy dotyczące nękania – jeśli to, co się jej przydarzyło, nabrało takich znamion – nie wchodziły w zakres jego obowiązków, a obecność Colina niewątpliwie powodowała jeszcze większą irytację Margolisa. Kazał im czekać prawie półtorej godziny, zanim w końcu się zjawił z szarą teczką. Podał rękę Marii, ale nie przywitał się z Colinem, zresztą ten i tak nie wymieniłby z nim uścisku dłoni. Nie było powodu udawać, że się lubią.

Margolis chciał rozmawiać tylko z Marią, lecz ona upierała się, żeby Colin jej towarzyszył. Nie kryjąc niechęci, detektyw skinął głową i zaprowadził ich do jednego z pokojów przesłuchań. Colin w przeszłości był na wielu posterunkach, spędził tam sporo czasu, więc wiedział, że w pracowity ranek pokój przesłuchań jest jednym z niewielu miejsc zapewniających względną prywatność. Miło z jego strony, pomyślał, nawet jeśli ogólnie jest dupkiem. Po zamknięciu drzwi usiedli przy stole. Margolis odłożył teczkę, zadał Marii szereg standardowych pytań – nazwisko, wiek, adres i tak dalej – i zabrał się do spisywania raportu. Maria drżącym głosem, ale zaskakująco spójnie powiedziała to, co mówiła na plaży Colinowi. O Cassie Manning i Geraldzie Lawsie, a także o tym, co wydarzyło się ostatnio. Podkreśliła podobieństwa i na koniec dała Margolisowi list, który znalazła na przedniej szybie.

Detektyw powoli, w milczeniu przeczytał go, po czym zapytał, czy może zrobić kopię. Kiedy wyraziła zgodę, wstał i wyszedł.

– Oryginał dołączymy do akt, jeśli nie ma pani nic przeciwko – powiedział po powrocie. Jego twarz nie zdradzała, co myśli. Usiadł, przeczytał list po raz trzeci i zapytał: – Jest pani pewna, że napisał to Lester Manning?

– Tak – odparła Maria. – Poza tym mnie śledził.

– To brat Cassie Manning?

– Młodszy brat.

– Dlaczego pani uważa, że to on?

– Ponieważ wcześniej słyszałam, jak używał pewnych zwrotów, które są w liście.

– Kiedy?
– Po śmierci Cassie. Te same rzeczy pisał w poprzednich liścikach do mnie.
– Na przykład?
– „Krew niewinnych. Twoje serce przepełnia trucizna".
Margolis pokiwał głową i sporządził kolejną notatkę.
– W pierwszej czy w drugiej serii?
– Słucham?
– Wspomniała pani, że charakter tych liścików się zmienił, kiedy znowu zaczęły napływać. Że ich treść była groźniejsza i budziła w pani strach.
– W drugiej.
– A skąd pani wie, że to on je przysyłał?
– Kto inny mógłby to robić?
Margolis przejrzał notatki.
– Avery Manning powiedział, że mógł to być chłopak Cassie.
– To nie on.
– Skąd pani wie?
– Według policji nie był podejrzany. Był zdruzgotany śmiercią Cassie, ale mnie nie obwiniał. Twierdził, że nawet mnie nie zna.
– Rozmawiała pani z nim kiedykolwiek?
– Nie.
Margolis skreślił następną notatkę.
– Pamięta pani, jak się nazywał? Albo jak poznał Cassie?
Maria ściągnęła usta.
– Chyba Mike, może Matt albo Mark... coś takiego. Nie, nie wiem, jak poznał Cassie. Ale dlaczego w ogóle o nim rozmawiamy? To Lester mnie prześladuje! Tak samo jak w Charlotte, kiedy pisał tamte listy!
– Mówi pani, że w rozmowie z policją Lester wyparł się autorstwa tych listów.

– Oczywiście, że się wyparł.
– I nigdy nie przyszło pani do głowy, że mógł je pisać ten... Michael? Chłopak Cassie?
– Dlaczego miałby to robić? Nawet mnie nie znał. Powiedział policji, że to nie on.
– Lester powiedział to samo.
– Czy pan mnie słucha? Lester jest obłąkany. Te listy są obłąkane. Nie trzeba wiele, żeby dodać dwa do dwóch.
– Czy ma pani tamte listy?
Maria z wyraźną frustracją pokręciła głową.
– Wyrzuciłam je po przeprowadzce do Wilmington. Nie chciałam ich trzymać. Może policja w Charlotte ma kilka, ale tego nie mogę być pewna.
– Co w nich było?
– Niewiele, jedno, dwa zdania.
– Więc... coś innego niż ten list.
– Tak. Ale powtarzam, użył tych samych słów i zwrotów. I dwa krótkie listy pasowały do wzoru.
– Innymi słowy, ten list się różni.
– Najwyraźniej.
Margolis postukał piórem w raport.
– Dobrze. Powiedzmy, że to Lester. Kiedy pani mówi, że listy zawierały pogróżki, co ma pani na myśli? Czy dawał do zrozumienia, że zamierza w jakiś sposób panią skrzywdzić?
– Nie, ale było jasne, że wini mnie za śmierć siostry. Prawdę mówiąc, w końcu winiła mnie cała rodzina.
– Co to za rodzina?
– Byli... dziwni.
– To znaczy?
Colin spojrzał na Marię, uświadamiając sobie, że nic mu o tym nie wspominała.

– Avery Manning, ojciec, był psychiatrą i od samego początku uważał się za eksperta, jeśli chodzi o zachowania przestępcze. Ani razu nie pozwolił, żeby Cassie spotkała się ze mną sam na sam. Zawsze był obecny i dominował w rozmowach. Nawet w szpitalu, kiedy chciałam usłyszeć wersję wydarzeń od Cassie, odpowiadał za nią. Doszło do tego, że musiałam wyprosić go z pokoju, ale odmówił, stanął w kącie i obiecał zachować milczenie, gdy córka będzie mówiła. Mimo to miałam wrażenie, że Cassie z rozmysłem dobiera słowa, jakby starała się mówić dokładnie to, co chciał usłyszeć. Niemal jakby to przećwiczyli. Myślę, że dlatego czasami... ubarwiała swoje historie.

– To znaczy?

– Cassie powiedziała, że Laws uderzył ją wcześniej. Jeśli to prawda, miałoby to znaczenie, ponieważ wtedy moglibyśmy wysunąć poważniejsze oskarżenie. Powiedziała, że Laws uderzył ją na parkingu i że Lester był świadkiem zdarzenia. Wersje rodzeństwa brzmiały identycznie, niemal słowo w słowo, ale kiedy przeprowadziliśmy śledztwo, okazało się, że w tym czasie Lester przebywał w innym stanie, a to oznaczało, że oboje kłamali. Kiedy rozmawiałam o tym z Cassie, nie chciała wycofać zeznania. Wskutek tego ugoda obrończa stała się więcej niż konieczna. Adwokat Lawsa miałby używanie, gdyby musiała zeznawać.

– A matka?

– Eleanor. Widziałam ją tylko dwa razy i odniosłam wrażenie, że chodziła u Avery'ego na pasku. Nie jestem pewna, czy w ogóle wtedy coś powiedziała. Przez cały czas płakała.

Margolis robił notatki.

– Teraz porozmawiajmy o Lesterze. Jaki był?

– Powtarzam, spotkałam go dwukrotnie i za każdym razem sprawiał inne wrażenie. Podczas pierwszego spotkania nie zauważyłam niczego odbiegającego od normy. Wydawał się z nich wszystkich najbardziej normalny. Ale kiedy spotkałam go ponownie, po powiadomieniu ich o zarzutach przeciwko Lawsowi, zmienił się. Niemal jakby... jakby się mnie bał. Mamrotał, że nie powinno go tu być, że nikt z rodziny nie powinien się do mnie zbliżać, bo jestem niebezpieczna. Ojciec kazał mu się uciszyć, i potem tylko siedział, wiercąc się i patrząc na mnie, jakbym sprzymierzyła się z diabłem.

– Czy zna pani nazwę szpitala psychiatrycznego, do którego został skierowany?

– Nie.

– Ale listy w końcu przestały przychodzić?

– Dopiero gdy się wyprowadziłam. Ale teraz znowu to robi.

Margolis przez chwilę obracał pióro w palcach, następnie sięgnął po teczkę, którą przyniósł ze sobą do pokoju.

– Po pani telefonie zwróciłem się do policji w Charlotte o raport w sprawie śmierci Cassie Manning. Nadal czekam na raport z aresztowania Lawsa. Nie miałem okazji zagłębić się w szczegóły, ale jest jasne, że Gerald Laws zabił Cassie Manning. Co więcej, nie pani podjęła decyzję, która pozwoliła złagodzić zarzuty. Zadecydował pani szef, mam rację?

– Tak.

– W takim razie dlaczego pani myśli, że wszyscy Manningowie obwiniają panią? Albo dlaczego Lester postrzegał panią jako „niebezpieczną"?

– Ponieważ ze mną mieli do czynienia. Liczyli, że przekonam prokuratora do wysunięcia poważniejszego oskarżenia. Co do Lestera, najwyraźniej jest chory... jak mówiłam, w końcu trafił do szpitala psychiatrycznego.

Margolis pokiwał głową.

– Dobrze. Załóżmy, że ma pani rację i że Lester Manning jest rzeczywiście odpowiedzialny za wszytko, co panią spotkało. – Odchylił się w fotelu. – Mimo to nie jestem pewien, czy mogę cokolwiek zrobić.

– Dlaczego?

– Nie widziała go pani. Nikt inny go nie widział. Nie wie pani, kto kupił róże. Wie pani tylko to, że nie był to pani szef. Nikt nie widział, jak Lester zostawiał róże w pani samochodzie. Wie pani tylko tyle, że młody mężczyzna w czapce bejsbolowej postawił pani drinka. Nie rozpoznała pani faceta, który dostarczył róże. Innymi słowy, nie ma pani dowodu, że to rzeczywiście Lester.

– Mówiłam panu, że w liście są takie same zwroty!

– Takie same jak w listach, których już pani nie ma? Powtarzam, nie twierdzę, że pani się myli. Prawdę mówiąc, uważam, że jest duże prawdopodobieństwo, że ma pani rację. Ale jako były prokurator pani wie, co oznacza sformułowanie „ponad wszelką wątpliwość". W chwili obecnej nie ma podstaw do postawienia go w stan oskarżenia za prześladowanie.

– On mnie śledzi, obserwuje, kontroluje każdy mój ruch. Mam przewidziane przez prawo podstawy, żeby wnieść oskarżenie. Napisał list, w którym mi grozi. Pociął opony w moim samochodzie. To jest nękanie. Jego działania spowodowały u mnie poważne zaburzenia emocjonalne, i właśnie z tego powodu tu jestem. On mnie nęka, a to przestępstwo.

Margolis uniósł brew.

– W porządku, Pani Była Prokurator. Ale jeśli raz wyparł się autorstwa tych listów, zrobi to znowu. I co potem?

– A co z modelem zachowania? Listy, róże, śledzenie mnie, zwiędnięte kwiaty. Powtarza to, co Laws robił Cassie.

– Model jest podobny, ale nie taki sam. Laws wysyłał podpisane listy. Pani otrzymywała krótkie, anonimowe wiadomości. Laws obserwował Cassie podczas kolacji i wcale się z tym nie krył. Ktoś w klubie postawił pani drinka, anonimowo, zamawiając go u kelnerki. I nie wie pani na pewno, kto przysłał te róże.

– Prawie jestem pewna.

– W sądzie prawie robi wielką różnicę.
– Innymi słowy, ponieważ jest pan ostrożny, ujdzie mu to na sucho? Nawet pan z nim nie porozmawia?
– Proszę mnie źle nie zrozumieć. Spróbuję z nim porozmawiać.
– Spróbuje pan?
– Pani zakłada, że Lester wciąż przebywa w mieście i że mogę go znaleźć. Ale jeśli jest w Charlotte albo gdzie indziej, prawdopodobnie będę musiał przekazać sprawę tamtejszemu detektywowi.
– A co pan mu powie, jeśli go znajdziecie?
– Powiem mu, że wiem, do czego zmierza, i że zaprzestanie tych działań leży w jego interesie, bo jeśli tego nie zrobi, zajmą się nim odpowiednie organy. – Kiedy stało się jasne, że Maria nie to spodziewała się usłyszeć, Margolis dodał: – Innymi słowy, wierzę pani. Po prostu nie mogę go aresztować tylko dlatego, że według pani kupił bukiet róż. Albo że pani zdaniem postawił pani drinka. Albo dlatego, że jest pani przekonana, że wsunął list za wycieraczkę pani samochodu. Oboje wiemy, że to nie przejdzie. I w końcu, że mogłoby tylko pogorszyć pani sytuację.
– Słucham?
Margolis wzruszył ramionami.
– Wcześniej wniosła pani oskarżenie i ojciec rodziny zagroził, że pozwie panią i policję. Teraz znowu pani oskarża Lestera. Możliwe, że mógłby wnieść pozew przeciwko pani o uporczywe nękanie.
– To niedorzeczne!
– Ale możliwe.
– Co w takim razie mam robić? Jeśli pan nie zamierza w żaden sposób mi pomóc?
Pochylił się w jej stronę, składając ręce na stole.
– Przyjąłem pani zgłoszenie i raport znajdzie się w teczce. Mówiłem, że spróbuję z nim porozmawiać, oczywiście jeśli go znajdę albo jeśli zrobi to ktoś inny. Przejrzę akta z aresztowania Lawsa

i śmierci Cassie. Dowiem się, ile tylko można, o Lesterze Manningu. Porozmawiam z policją w Charlotte, niech sprawdzą, czy zachowały się jakieś stare listy. Zważywszy, że nie przedstawiła pani żadnego dowodu na to, że ktoś pani grozi, i biorąc pod uwagę pani wątpliwy gust, jeśli chodzi o wybór chłopaka, powiedziałbym, że robię więcej, niż trzeba, nie sądzi pani?

Twarz Marii była nieruchoma jak maska.

– A co z zakazem zbliżania się?

– Wszystko jest możliwe, ale oboje wiemy, że to się nie dzieje automatycznie z powodów, o jakich przed chwilą rozmawialiśmy. Jednak powiedzmy, że jakimś cudem sędzia wyda zakaz. Prawo stanowi, że zakaz będzie ważny dopiero wtedy, kiedy zostanie doręczony. Co, powtarzam, może, ale nie musi być możliwe.

– Innymi słowy, mam udawać, że nic się nie dzieje.

– Nie. Mówię, żeby pani pozwoliła mi wykonywać moją robotę. – Sięgnął po teczkę. – Dam pani znać, jeśli się czegoś dowiem.

*

– Nie mam pojęcia, dlaczego w ogóle do niego poszłam – powiedziała Maria w drodze do samochodu. Miała spiętą twarz. – I wiesz, co naprawdę mnie wkurza? – Nie potrzebowała odpowiedzi. – On ma rację. We wszystkim. I wiem, że ma rację. Gdyby jakiś detektyw przyszedł do mnie z taką sprawą, odprawiłabym go z kwitkiem. Nie mam niczego, co mogłoby być dowodem. Nawet jeśli wiem, że to on.

– Margolis to sprawdzi.

– I co z tego?

– On może być dupkiem, ale jest bystry. Zmusi Lestera, żeby powiedział coś obciążającego.

– A co potem? Uważasz, że Margolis go przekona, żeby przestał? Myślałam, że to koniec, kiedy się tu przeprowadziłam, ale wcale się nie skończyło. On wie, gdzie mieszkam, i moim zdaniem, to on zabił Copo. Może nawet był w domu moich rodziców!

Colin po raz pierwszy usłyszał, że Maria wiąże śmierć Copo ze wszystkim innym, co się wydarzyło, i jej oczywisty strach sprawił, że coś w nim drgnęło.

Trzeba to zatrzymać. Niech Margolis zrobi to, co zamierza, ale jemu to nie wystarczy. Najwyższy czas, pomyślał, żeby ktoś się dowiedział, do czego zmierza Lester.

*

Po odwiezieniu Marii do pracy Colin nałożył słuchawki, włączył muzykę i usadowił się przed komputerem.

Lester Manning.

Nazwisko pomogło mu skupić myśli i chciał się dowiedzieć o tym człowieku tyle, ile tylko możliwe.

Jedyny problem polegał na tym, że bez dostępu do rządowych baz danych albo oficjalnych akt niewiele mógł zrobić. W książce telefonicznej Karoliny Północnej nie figurował żaden Lester Manning. Nie mógł też znaleźć numeru jego komórki. Na Facebooku było dwóch Lesterów Manningów: jeden mieszkał w Aurorze w stanie Kolorado, drugi w Madison w stanie Wisconsin. Pierwszy był nastolatkiem, drugi mężczyzną po czterdziestce. Przeszukanie Instagramu, Twittera i Snapchata nic nie dało, podobnie jak wyszukiwanie ogólne w Google'u, gdy używał nazwiska i nazwy miasta Charlotte w różnych kombinacjach.

Parę stron obiecywało więcej informacji – numer telefonu, aktualny adres i tak dalej – za opłatą. Po namyśle wpisał numer swojej karty kredytowej i zaryzykował. Na szczęście wyskoczył adres w Charlotte.

Trochę więcej informacji uzyskał o Averym Manningu, łącznie z numerem telefonu w Charlotte. Avery Manning, doktor medycyny, i ten sam adres, co w przypadku Lestera.

Ojciec i syn mieszkają razem? A może to nieaktualna informacja?

Było też kilka krótkich artykułów o ojcu. Najnowszy potwierdzał to, co powiedziała Maria, że Manningowi zawieszono prawo wykonywania zawodu na osiemnaście miesięcy, najwyraźniej za niewłaściwe leczenie. Najważniejsza sprawa dotyczyła młodego mężczyzny, który popełnił samobójstwo. Z artykułu wynikało, że Manning źle zdiagnozował zespół nadpobudliwości psychoruchowej i nie kontrolował zażywania przez pacjenta adderallu. Inni pacjenci twierdzili, że pod jego opieką ich stan się pogorszył. Jeśli data zawieszenia była dokładna, to Avery Manning wciąż nie mógł praktykować.

Interesujące.

Było też zdjęcie: mężczyzna po pięćdziesiątce z rzadkimi jasnymi włosami i jasnoniebieskimi oczami na bladej, kanciastej, niemal kościstej twarzy. Według Colina mógłby uchodzić za grabarza. Nie był sobie w stanie wyobrazić, że przez godzinę siedzi naprzeciwko tego faceta, obnażając się psychicznie i licząc na współczucie.

Autor artykułu wspomniał o pracy Manninga z więźniami. Cytował, że według niego wielu więźniów jest socjopatami i że ich rehabilitacja jest niemożliwa. Humanitarne więzienie, twierdził doktor, jest najbardziej pragmatycznym rozwiązaniem problemu przestępczości i patologii. Poza komentarzem, że Manning uważał się za eksperta w sprawie zachowań przestępczych, Maria nie wspomniała o jego pracy w więzieniu. Colin zastanawiał się, czy w ogóle o tym wiedziała.

Dalsze poszukiwania doprowadziły go do nekrologu Eleanor Manning. Nie było słowa o samobójstwie, ale to go nie zdziwiło. Większość ludzi nie chce rozgłaszać czegoś takiego. Zwrócił uwagę na wzmiankę, że miała troje dzieci i że żyją jej mąż i syn. O Cassie wiedział, ale czy był jeszcze jakiś brat lub siostra?

Przejrzał kilka artykułów o Averym Manningu, zanim znalazł

odpowiedź w wywiadzie na temat depresji. Avery twierdził, że jego żona walczyła z depresją od śmierci ich syna Alexandra Charlesa Manninga, który zginął w wypadku samochodowym, kiedy miał sześć lat.

Alex. Cassie. Eleanor.

Tyle tragedii w jednej rodzinie. A Lester winił Marię za jedną, może nawet dwie śmierci.

Czy to wystarczający powód, żeby ją dręczyć i straszyć?

Tak. Pierwsze listy dały to jasno do zrozumienia. Podobnie jak model zachowania.

Niezależnie od chronologii Maria przeżywała te same lęki co Cassie. I jak Maria, Colin wiedział, jak potoczyły się losy dziewczyny.

Po wyjściu z więzienia Laws spotkał się z Cassie twarzą w twarz.

Cassie złożyła wniosek o zakaz zbliżania się.

Policja jednak nie mogła znaleźć Lawsa.

W końcu Cassie została uprowadzona i zamordowana.

Czy Lester miał podobne plany wobec Marii?

Ogromna przepaść dzieliła to, co dotychczas spotkało Marię, od ostatniego kroku. Nękanie to jedno, morderstwo zupełnie co innego, i wiedział o Lesterze za mało, żeby próbować odgadnąć, co może zrobić. To jednak nie oznaczało, że Maria musi ponosić jakiekolwiek ryzyko.

Poświecił kolejną godzinę na poszukiwania, ale nie dowiedział się niczego więcej. To tyle, jeśli chodzi o łatwiejszą część zadania – zdobywanie informacji, które może znaleźć każdy – i teraz się zastanawiał nad swoim następnym krokiem.

Co wiedział o Lesterze? I co mógł założyć?

Lester ma samochód. Przynajmniej korzystał z samochodu.

Nic wielkiego, oczywiście, ale jakie informacje mógłby zdobyć, gdyby miał numery rejestracyjne? Wystarczyło parę kluczowych słów wpisanych do wyszukiwarki, żeby wyskoczyło kilka firm z dostępem do wszystkich danych publicznych, łącznie z numerami rejestracyjnymi. Wychodziło drogo, ale dane mogły się przydać, więc zapisał sobie te strony na wszelki wypadek.

Coś jeszcze?

Tak, pomyślał. Jeśli przyjął poprawne założenie, Lester ukrywał się na dachu po drugiej stronie ulicy, kiedy obserwował Marię w pracy. Mógł też bez trudu obserwować ją, gdy wychodziła z domu i wracała, choćby tylko dlatego, że miała ustalony plan dnia. Mógł ją obserwować z kawiarni po drugiej stronie ulicy albo z zaparkowanego samochodu. Śledzenie Marii do restauracji i klubu nocnego byłoby bułką z masłem.

I?

Z rozmowy z Margolisem wynikało, że detektyw musi mieć dowód na nękanie Marii przez Lestera. Colin pomyślał, czy powinien jechać do Charlotte w nadziei, że dopasuje twarz do nazwiska. Może nawet zrobi zdjęcie, oczywiście pod warunkiem, że znajdzie Lestera. Ale przecież nawet to mogłoby nie wystarczyć. Kwiaciarz powiedział, że nie przyjrzał się facetowi, a Colin wątpił, czy rozpoznałaby go kelnerka. Nawet Maria nie rozpoznała go z bliska.

Na koniec Copo. Jej śmierć również pasowała do modelu zachowania. Im więcej o tym myślał, tym bardziej prawdopodobne wydawało się założenie, że Lester zabił Copo, żeby sprawić ból Marii i jej rodzinie. Ponieważ śledził Marię i wiedział, gdzie mieszkają jej rodzice. Co więcej, oznaczało to, że regularnie obserwował rodzinę. Skąd inaczej miałby wiedzieć, że Copo została w domu? Maria powiedziała, że Felix wszędzie ją ze sobą zabierał, nawet do restauracji. Że rodzice rzadko zostawiali suczkę w domu.

Ale jak Lester mógł obserwować dom?

Podwórko za domem Sanchezów było otoczone wysokim parkanem, a w tak zżytym sąsiedztwie czający się nieznajomy zostałby zauważony.

Faktycznie, jak?

Dwadzieścia minut później Colin jechał przez osiedle Sanchezów, próbując znaleźć odpowiedź na swoje pytanie.

W domu rodziców Marii panowały cisza i spokój, najwyraźniej nikogo nie było. W sąsiedztwie starszy mężczyzna przycinał róże w ogródku przed domem, jakiś facet wyjeżdżał z podjazdu, chodnikiem biegła kobieta.

Colin skręcił za rogiem, potem znowu, wjeżdżając na ulicę równoległą do tej, przy której mieszkali Sanchezowie, podwórka sąsiadowały ze sobą.

Tętniło tu życie. To jedno z tych środowisk, gdzie ludzie prawdopodobnie obserwują wzajemnie swoje domy.

Lester zdecydowanie zostałby zauważony.

Chyba że...

Colin zwolnił, gdy zbliżył się do domów, które stały za posesją Sanchezów, i wszystko stało się jasne.

Ten bezpośrednio za domem rodziców Marii był wystawiony na sprzedaż.

Co więcej, wyglądał na pusty.

*

Maria była pełna rezerwy, kiedy tego wieczoru odebrał ją z pracy. Rozmowa się nie kleiła. Najwyraźniej nie miała ochoty mówić o Lesterze czy Margolisie.

Chciała nocować u rodziców, więc zawiózł ją do domu i czekał na zewnątrz, gdy pakowała torbę z rzeczami na noc. Następnie pojechali do warsztatu, żeby mogła odebrać swoje auto, i czekał, aż odjedzie, zanim opuścił parking. Miał ochotę za nią pojechać, ale pomyślał, że to jeszcze bardziej ją zdenerwuje, więc tylko poprosił, żeby przysłała mu SMS-a, kiedy dotrze do domu rodziców. Piętnaście minut później dała mu znać, że jest na miejscu.

Choć nic nie powiedziała, przypuszczał, że przez całą drogę co chwila zerkała w lusterko wsteczne, zastanawiając się, czy Lester ją śledzi.

*

Colin zaczekał, aż minęła północ, i dopiero wtedy wrócił na osiedle, wciąż z głową pełną myśli o Lesterze Manningu.

Ubrany na czarno, zaparkował kilka przecznic dalej i ruszył w kierunku pustego domu. W plecaku miał latarkę, parę śrubokrętów i mały łom, choć przypuszczał, że jeśli Lester był tam kilka razy to – o ile nie był doświadczonym włamywaczem albo nie miał klucza – wejdzie przez to samo okno albo drzwi, z których skorzystał Lester. Wejście wciąż mogło być otwarte, chyba że zauważył to pośrednik handlu nieruchomościami. Sam Lester nie mógłby go zamknąć.

Po prostu wystarczy je znaleźć.

A jeśli Lester przypadkiem będzie tam tej nocy, wiedząc, że Marii nie ma w jej mieszkaniu?

Świerzbiły go ręce, żeby wymierzyć mu karę, ale postanowił w takim wypadku zadzwonić do Margolisa. Może poza nękaniem uda im się oskarżyć Lestera o bezprawne wkroczenie, a nawet o włamanie.

Ulica była cicha i pusta. Po obu stronach tu i ówdzie przez szczeliny w zasłonkach widział migotanie telewizorów, ale przypuszczał, że większość okolicznych mieszkańców już śpi.

Dotarł na miejsce i szybko sprawdził drzwi frontowe z kłódką szyfrową założoną na gałkę przez pośrednika. Na werandzie nie było uchylonych okien ani żadnych śladów włamania. Przeszedł wzdłuż ściany domu i bezszelestnie zakradł się przez płot na podwórko. Przyświecając sobie latarką, kolejno sprawdzał okna, szukając szczelin czy śladów podważania.

Znalazł je po drugiej stronie domu.

Okno sypialni, półtora metra nad ziemią, prawie, ale niezupełnie zamknięte. Zadrapania na ramie, bez wątpienia ślady po podważaniu moskitiery. Sam nie miałby problemów, żeby się wspiąć, ale Lester? Rozejrzał się po podwórku i zauważył stare plastikowe meble ogrodowe dla dzieci. Sądząc po czterech wgłębieniach w spłaszczonej, żółknącej trawie, niedawno został przestawiony.

Bingo.

Śrubokrętem podważył siatkę, szerzej otworzył okno i pchnął je na całą szerokość.

Podskoczył, podciągnął się i był w środku.

Szedł przez ciemny dom, notując, że układ pomieszczeń jest podobny do tego w domu rodziców Marii, z oknami w kuchni i w pokoju, z których roztaczał się dobry widok na tylną werandę Sanchezów. Ale w oknach nie było zasłon, więc Sanchezowie mieli taki sam, niemal idealny widok na ten dom, a Lester z pewnością nie chciał zostać zauważony.

W ten sposób pozostawała jedna możliwość.

Colin przeszedł krótkim korytarzem, skręcił do jedynej sypialni na tyłach domu. Tutaj w oknie z widokiem na werandę Sanchezów wisiały zasłonki. Zapalił latarkę, spojrzał na puszysty dywan.

Dostrzegł ślady w pobliżu okna. Odciski butów.

Lester Manning był tutaj.

Istniało ryzyko, że może wrócić.

*

Dopiero podczas jazdy do domu Colin zdał sobie sprawę, że przeoczył coś ważnego. Gdzie Lester zaparkował swoje auto?

Uznał za niemożliwe, żeby zaparkował na podjeździe pustego domu albo na ulicy przed czyjąś posesją. Za bardzo rzucałoby się w oczy, zwłaszcza że wielu ludzi lubi parkować przed swoimi domami. Jednocześnie prawdopodobnie nie chciałby zostawiać samochodu zbyt daleko.

Colin zawrócił i jechał przez osiedle, niepewny, co ma nadzieję znaleźć, aż natknął się na park porośnięty trawą, z małpim gajem i ławkami ustawionymi w cieniu dębów. Po drugiej stronie ulicy stało dziesięć, może dwanaście samochodów, a przy samym parku jeszcze więcej. Późna godzina sugerowała, że auta należą do ludzi, którzy mieszkają naprzeciwko.

Kolejny samochód mógł nie zwrócić niczyjej uwagi – idealne miejsce dla Lestera, i Colin był pewien, że ma rację. Wyjął komórkę z kieszeni, sfotografował samochody i tablice rejestracyjne. Chciał wiedzieć, do kogo należą. Gdy to zrobił, jego plany zaczęły się krystalizować.

Chciał wiedzieć, jak wygląda Lester.

Chciał znaleźć jego samochód i poznać numery rejestracyjne.

Chciał się dowiedzieć, czy Lester zatrzymał się w mieście, a jeśli tak, to gdzie.

Później spędzi kilka dni na obserwowaniu i dowiadywaniu się wszystkiego, co tylko można, o tym człowieku.

*

– Po co? – zapytał Evan, patrząc na niego spod przymrużonych powiek nad kuchennym stołem. Lily już spała w sypialni.
– Margolis powiedział, że potrzebuje dowodu. Dam mu dowód.
– Jesteś pewien, że nie robisz tego po to, żeby stłuc Lestera?
– Tak.
– Tak, to znaczy chcesz go stłuc, czy tak, to znaczy nie zamierzasz go stłuc, mimo że chcesz?
– Nie mam zamiaru nawet się do niego zbliżać.
– Doskonały pomysł. Ponieważ masz poważne problemy.
– Tak.
– I jak właściwie zamierzasz go znaleźć? Będziesz się tylko kręcić po parku i obserwować samochody?
– Prawdopodobnie.

– Ponieważ myślisz, że pewnego dnia Lester znowu tam zaparkuje?
– Tak.
– I chcesz wiedzieć, które samochody należą do mieszkańców, a które nie?
– Otóż to.

Evan umilkł na chwilę.
– Wciąż uważam, że byłoby lepiej, gdybyś zostawił to Margolisowi.

Colin pokiwał głową.
– Okay.

*

Nazajutrz po kilku godzinach snu Colin wrócił na osiedle Sanchezów z notatnikiem. Zaparkował kilka przecznic dalej i poszedł do parku. Czekając, ćwiczył na macie, którą zabrał z domu.

Było wcześnie, słońce jeszcze nie wzeszło, i samochody, które widział kilka godzin wcześniej, wciąż stały na swoich miejscach. Minęła ponad godzina, zanim pierwsza osoba wyszła z domu, wsiadła za kółko i odjechała. Colin zanotował markę, model i kolor. O wpół do ósmej zaczął się ożywiony ruch, trwający przez następne czterdzieści pięć minut. Później dwie kolejne osoby wsiadły do aut, a gdy Colin szykował się do wyruszenia na zajęcia, w pobliżu parku został jeden samochód – czerwony dwudrzwiowy hyundai – i dwa samochody naprzeciwko.

Pewnie to nic nie znaczyło, ale zanotował te informacje.

Pojechał okrężną drogą. Ulica była pusta, więc postanowił zaryzykować. Zatrzymał się kilkadziesiąt metrów dalej, ruszył w stronę domu na sprzedaż i zajrzał nad ogrodzeniem.

Zobaczył, że plastikowy stolik stoi dokładnie w tym samym miejscu, co kilka godzin temu. Okno też wyglądało na nietknięte. Jeśli Lestera tu nie było, to prawdopodobnie żaden z trzech pozostałych samochodów nie należał do niego. Na dziewięćdziesiąt dziewięć procent.

Na zajęciach był umiarkowanie zainteresowany wykładami i zmuszał się do robienia notatek. Przemyśliwał, czy powinien się udać pod ostatni znany adres Lestera Manninga w Charlotte, czy kontynuować obserwację pustego domu. Albo, jeśli Maria będzie nocować u siebie, czy tam powinien wypatrywać Lestera.

Wszystkie opcje wydawały się dobre, ale przebywanie w trzech miejscach naraz nie było możliwe.

A jeśli dokona niewłaściwego wyboru?

Wciąż miał w głowie ten problem.

*

Po zajęciach wrócił na osiedle Sanchezów. Czerwony hyundai stał w pobliżu parku, a dwa samochody po drugiej stronie ulicy zniknęły. Samotne auto wydawało się nie na miejscu. Odjeżdżając, przystanął przy pustym domu i zajrzał za ogrodzenie. Żadnych zmian.

Nic nie wskazywało na obecność Lestera. Miało to sens, bo ani Marii, ani jej bliskich nie było w domu.

*

Postanowił, że przez kilka dni będzie się trzymać jak najbliżej Marii. Jeśli Lester wciąż chce się zemścić, w końcu ją znajdzie, gdziekolwiek będzie. Colin wiedział, że musi być tam gdzie ona.

Zadzwonił do niej i zaprosił ją na kolację. Wyczuł, że trzyma się lepiej niż wczoraj, ale była spięta. Po pracy zabrał ją z mieszkania i pojechali do bistro niedaleko plaży, gdzie słuchali kojącego szumu fal.

Maria znów unikała rozmowy o Lesterze czy Margolisie. Skupiła się na sobie i planach założenia firmy przez Jill. Rozmowa o nowym przedsięwzięciu i kilka kieliszków wina poprawiły jej humor.

Colin zabrał ją do siebie, gdzie pogawędzili z Evanem i Lily, a później Maria w końcu chwyciła jego rękę. Przez cały wieczór była względnie opanowana, lecz wiedział, że nie ma ochoty wracać do swojego mieszkania.

*

Colin sprawdził pusty dom w środę rano, po czym skręcił do parku, zwracając uwagę na przyjeżdżające i odjeżdżające samochody. Dochodził do wniosku, że Lester albo porzucił punkt obserwacyjny, albo parkował samochód gdzie indziej. W środę wieczorem zaszła zmiana: czerwony hyundai zniknął spod parku.

Może to nic nie znaczyło, ale uznał, że nadszedł czas sprawdzić numery rejestracyjne. Okazało się to stratą czasu.

Jak w przypadku innych aut, właścicielem hyundaia okazał się mieszkaniec osiedla.

*

W czwartek rano Colin i Maria jedli śniadanie złożone z jajecznicy z białek, płatków owsianych i owoców. Maria powiedziała, że jest umówiona na kolację z Jill i Leslie, a potem zamierza nocować u rodziców.

– Martwią się o mnie – wyjaśniła, ale Colin znał też inną przyczynę. Wiedział, że wciąż nie jest gotowa wrócić do swojego mieszkania, zwłaszcza że z powodu jego pracy samotnie spędzałaby wieczory. – Myślę, że martwią się też o Serenę.

– Dlaczego?

– Bo im powiedziałam, że przez kilka nocy byłam u niej. Ty i ja nie jesteśmy po ślubie, a oni są staroświeccy. Wiem, że nie pochwalasz kłamstwa, ale teraz nie poradziłabym sobie jeszcze z wyrzutami mamy.

– Niczego nie powiedziałem.

– Wiem. Ale niemal słyszałam, jak myślisz, że powinnam być z nimi szczera.

Uśmiechnął się.

– Okay. Margolis się odzywał?

Pokręciła głową.

– Jeszcze nie. I nie jestem pewna, czy to dobrze, czy źle.

– Może nie ma żadnych wiadomości.

– To należałoby do kategorii tych złych. Jego zapał do zmierzenia się z problemem nie sprawia imponującego wrażenia. O ile wiem, nic nie zrobił.

Colin pokiwał głową, w duchu przyznając jej rację. Ona jednak nie to chciała usłyszeć, dlatego zmienił temat.

– Jutro jest wielki dzień.

– Z jakiego powodu?

– Czy nie składasz wypowiedzenia?

– Ach, tak. – Uśmiechnęła się. – Zgadza się, jutro, ale co dziwne, prawie o tym nie myślę, chyba że jestem z Jill. To wydaje się takie nierzeczywiste. Parę tygodni temu nie mogłabym sobie wyobrazić, że będę się przygotowywać do nowego startu.

– Co o tym sądzą rodzice?

– Mama jest podekscytowana, a tata cały w nerwach. Wie, jak ciężko jest zaczynać własną działalność. Poza tym lubi mówić ludziom, że pracuję dla kancelarii Martenson, Hertzberg i Holdman.

– Jak na razie.

– Tak. – Rzuciła lekko ironiczny uśmiech. – Jak na razie.

– Jakie są nastroje w biurze?

Wzruszyła ramionami.

– Trudno powiedzieć. Nie jest tak źle jak w zeszłym tygodniu, ale wciąż ponuro. Praca się piętrzy, a słyszałam szepty, że dużo ludzi myśli o odejściu. Jedna plotka goni drugą. Wczoraj mówiono, że firma jest bliska zawarcia ugody ze wszystkimi powódkami, jednak prawdopodobnie to tylko pobożne życzenia. Ze skarg wniesionych do komisji wynika, że Ken zachowywał się znacznie gorzej, niż myślałam.

– Mówiłaś o nim rodzicom?

– Absolutnie nie. Gdyby mój tata wiedział, dostałby szału. Latynoska krew może być równie gorąca jak czasami twoja.

– W takim razie postąpiłaś właściwie, nic mu nie mówiąc.

– Być może. Ale ty niczego nie zrobiłeś.

– Nie jesteś moją córką.

Roześmiała się.

– Tata wciąż jest w rozterce, jeśli chodzi o ciebie. Z powodu twojej przeszłości.

– Okay.

– I również z powodu twojego obecnego wizerunku.

– Okay.

– Wpadł nawet na szalony pomysł, że to ty mnie prześladujesz.

– Dlaczego miałby tak myśleć?

– Bo podobno widział twój samochód w okolicy, kiedy wczoraj rano wyszedł na spacer z psem. Wiem, że się o mnie martwi, ale czasami daje się ponieść.

Jak ja, pomyślał Colin.

20
Maria

Maria pocałowała Colina na pożegnanie na progu jego mieszkania. Zaproponował, że pojedzie za nią do biura, jak przez cały tydzień, ale powiedziała, że da sobie radę, i kazała mu ruszać na zajęcia. W chwili gdy to mówiła, wierzyła w swoje słowa, lecz w drodze do pracy ciągle się zastanawiała, czy Lester jej nie śledzi. Po raz pierwszy od przeprowadzki z Charlotte czuła, że jej serce kołacze bez wyraźnego powodu. Po paru sekundach miała kłopoty z oddychaniem, a jej pole widzenia się zawęziło.

Instynkt przejął nad nią kontrolę. Zdołała zjechać na pobocze i zatrzymać samochód, czując, że ciało odmawia jej posłuszeństwa.

Ucisk w piersi.

O Boże...

To nienormalne.

Nie mogła oddychać.

Pole widzenia wciąż się zawężało i powoli traciła zdolność jasnego myślenia.

Mam atak serca i potrzebuję pomocy.

Umrę w samochodzie.

Zadzwoniła komórka, ale dźwięk płynął jak przez mgłę, i po

sześciu sygnałach zapadła cisza. Chwilę później piśnięcie oznajmiło nadejście SMS-a.

Mięśnie klatki piersiowej tężały.

Brakowało jej powietrza.

Serce wciąż łomotało jak szalone. Narastało w niej przerażenie, podsycane przez świadomość, że zaraz umrze.

Oparła głowę o kierownicę, czekając na koniec.

Ale nie nastąpił.

Zamiast tego umierała powoli przez kilka minut, do chwili kiedy wszystko ustąpiło.

Po pewnym czasie zdołała podnieść głowę. Oddech się uspokoił i powróciło widzenie obwodowe. Serce wciąż biło w przyśpieszonym tempie, ale jakby spokojniej.

Kilka minut później poczuła się lepiej. Wciąż była roztrzęsiona, lecz czuła się zdecydowanie lepiej, i choć wydawało się to niemożliwe, zrozumiała, że to wcale nie był atak serca.

Wiedziała, że powróciły ataki paniki.

*

Minęło pół godziny, zanim poczuła się zupełnie normalnie, już w swoim biurze. Barneya nie było, ale zostawił jej nową sprawę – pewna rodzina pozwała szpital rejonowy z powodu zakażenia pałeczkami ropy błękitnej, co doprowadziło do śmierci pacjenta – a także śpiesznie skreśloną notatkę z prośbą, żeby znalazła odpowiednie przepisy na poparcie obrony.

Zastanawiała się nad każdym punktem, kiedy zadzwoniła komórka. Zerknęła na ekran, potem znowu, żeby sprawdzić, czy się nie pomyliła. Serena?

Odebrała.

– Cześć, co się dzieje?

– Nic ci nie jest?

– A dlaczego pytasz?
– Dzwoniłam wcześniej, ale nie odebrałaś – ćwierknęła Serena.
– Wybacz – powiedziała Maria, wracając myślą do ataku paniki. – Byłam w samochodzie. – Prawda, jeśli nawet nie cała. Zastanawiała się, co pomyślałby o tym Colin.
– Jak przebiega śledztwo?
– Jeszcze nic nie wiadomo.
– Dzwoniłaś do Margolisa?
– Jeśli dzisiaj się nie odezwie, zadzwonię.
– Ja pewnie już bym to zrobiła.
– Nie wątpię. Więc... co się dzieje?
– O co ci chodzi?
– Nigdy nie dzwonisz do mnie tak wcześnie. I dlaczego nie jesteś na zajęciach?
– Zaczynają się za parę minut. Po prostu muszę ci coś powiedzieć. Wczoraj wieczorem dostałam e-maila i się okazało, że jestem jednym z trojga finalistów starających się o stypendium. Przypuszczam, że kolacja u mamy i taty zrobiła dobre wrażenie... Chociaż nie jest to napisane wprost, myślę, że naprawdę mogę mieć *pole position*.
– *Pole position?*
– Tak. Wiesz, kiedy wznawiają wyścig, na przykład po kraksie, to najlepsza pozycja startowa.
– Wiem, co to jest. Jestem po prostu ciekawa, skąd ty to wiesz.
– Steve często ogląda wyścigi NASCAR. Zmusza mnie, żebym też oglądała.
– Więc naprawdę jesteście w związku?
– Sama nie wiem... Mam w jednej z grup naprawdę superchłopaka. Trochę starszy i spotyka się z moją siostrą, więc to może być problem...
– To jest problem.
– Cieszę się, że schowałaś dumę do kieszeni i pogadałaś z nim.

— To nie miało nic wspólnego z dumą.
— Duma albo to, że w klubie mogło dojść do bójki, wszystko jedno.
— Jesteś zwariowana, wiesz?
— Czasami — zgodziła się Serena. — Ale jak dotąd wychodzi mi to na dobre.

Maria się roześmiała.
— Cudowna wiadomość — powiedziała. — To znaczy o stypendium.
— Nie chcę sobie robić zbyt wielkich nadziei. Nie mów mamie ani tacie.
— To nie ja im powiedziałam zeszłym razem.
— Wiem. Nadal wierzą, że nocujesz u mnie w akademiku?
— Tak. I teraz moja kolej poprosić, żebyś im nie mówiła.

Serena się roześmiała.
— Nie pisnę słówka. Ale jestem pewna, że mama wie, że nocujesz u Colina. Oczywiście uprawia politykę „nie pytaj, nie mów", co oznacza, że prawdopodobnie temat nie wypłynie dziś wieczorem.
— Dziś wieczorem?
— Tak, dziś wieczorem.
— Co będzie dziś wieczorem?
— Żartujesz, prawda? Urodziny mamy. Rodzinna kolacja. Nie mów, że zapomniałaś.
— Ojej!
— No...
— Poważnie? Czy ty nigdy nie czytasz moich postów? Ani moich tweetów? Wiem, że masz dużo na głowie, ale jak mogłaś zapomnieć o urodzinach mamy?

Muszę odwołać kolację z Jill i Leslie, pomyślała Maria. Chyba zrozumieją.
— Będę.
— Zabierzesz Colina?
— Pracuje. A bo co?

– Bo się zastanawiałam, czy zaprosić Steve'a.
– Co ma jedno do drugiego?
– Proste. Uznałam, że jeśli tata będzie zajęty gromieniem wzrokiem Colina, nie będzie maglował Steve'a, i oboje z mamą pomyślą, że w porównaniu z Colinem jest cudowny.
Maria ściągnęła brwi.
– Mało śmieszne.
Serena się roześmiała.
– Trochę śmieszne.
– Rozłączam się.
– Do zobaczenia wieczorem!

*

Po zakończeniu rozmowy z Sereną Maria ruszyła do biura Jill. Była dziwnie podenerwowana. Nie sądziła, żeby Leslie poczuła się urażona – przecież nie robiła tego ze złej woli – ani że zacznie stawiać pod znakiem zapytania rekomendacje wystawione jej przez Jill. Kiedy powiedziała o tym przyjaciółce, Jill głośno się roześmiała.
– Żartujesz? Leslie nie dba o takie głupstwa.
– Na pewno?
– Oczywiście. To urodziny twojej mamy. Co miałabyś zrobić?
– Przede wszystkim pamiętać.
– Otóż to – docięła jej Jill i Maria się skrzywiła. Telefon znów zadzwonił, co ją zaskoczyło. Myśląc, że to Serena, już miała odrzucić połączenie, gdy stwierdziła, że nie kojarzy tego numeru.
– Kto to? – zaciekawiła się Jill.
– Nie jestem pewna – odparła Maria. Po kilku sekundach namysłu odebrała, modląc się, żeby to nie był Lester.
– Słucham?
To nie był Lester. Chwała Bogu. Wysłuchała rozmówcy.
– Tak – powiedziała w końcu. – Zaraz tam będę.

Rozłączyła się, ale nie schowała komórki, zamyślona. Jill widziała jej minę.
– Złe wieści? – zapytała.
– Nie jestem pewna – odparła Maria. Chyba nadszedł czas, żeby powiedzieć przyjaciółce o Lesterze Manningu, a także o dramacie ostatnich tygodni, nie wyłączając wzlotów i upadków w relacjach z Colinem. Jeszcze niedawno zwierzyłaby się jej bez mrugnięcia okiem, ale teraz rozmowa o tych osobistych sprawach z przyszłą szefową wydała się... ryzykowna, nawet gdyby Jiil i tak miała się o wszystkim dowiedzieć.
– Kto dzwonił?
– Glina... detektyw Margolis. Prosił, żebym się z nim spotkała.
– Policjant? Co się dzieje?
– To długa historia.
Jill patrzyła na nią przez dłuższą chwilę, po czym wstała zza biurka i podeszła do drzwi. Zamknęła je i odwróciła się.
– Co się dzieje? – powtórzyła.

*

Wyznanie wszystkiego okazało się łatwiejsze, niż przypuszczała. Wprawdzie Jill zostanie wkrótce jej szefową, ale przede wszystkim była przyjaciółką i w trakcie opowieści niejeden raz chwyciła ją za rękę, wyraźnie przejęta. Kiedy Maria ją zapewniła, że te sprawy nie wpłyną na jej zaangażowanie w tworzenie nowej firmy, Jill tylko pokręciła głową.
– W tej chwili masz ważniejsze zmartwienia – powiedziała. – Same poradzimy sobie z tym, co jeszcze zostało do zrobienia. Ty musisz się teraz zająć sobą, zakończyć tę sprawę i się od niej uwolnić. Poza tym przez pierwsze miesiące klienci raczej nie będą ustawiać się do nas w kolejce.
– Mam nadzieję, że to nie będzie trwało aż tak długo. Chyba nie dałabym rady. Dziś rano miałam atak paniki.

Jill milczała przez chwilę.

– Pomogę ci w każdy możliwy sposób. Wystarczy, że dasz znać, gdy będziesz czegoś potrzebowała.

Wychodząc z biura przyjaciółki, Maria znowu sobie uświadomiła, że bez względu na niższe wynagrodzenie odejście do firmy Jill jest nie tylko najlepszą możliwą opcją, ale chyba najlepszą decyzją zawodową w jej dotychczasowym życiu.

To jednak nie przyśpieszyło upływu czasu ani nie zmniejszyło ilości pracy. Myślenie o tym, co usłyszy od Margolisa, nie pozwalało jej się skupić nad poszukiwaniem materiałów potrzebnych do pozwu przeciwko szpitalowi. Czując narastającą frustrację, machnęła ręką na pracę i wysłała wiadomość do Colina.

Odpisał, że spotka się z nią na posterunku kwadrans po dwunastej.

Spojrzała na zegarek.

Wróciła do roszczenia, wiedząc, że musi dokładnie je przeanalizować.

Jeszcze dwie godziny do spotkania z Margolisem.

Czas wlókł się niemiłosiernie.

*

Kiedy wjechała na parking przy posterunku, Colin już czekał. Był w spodenkach i bawełnianej koszulce, miał okulary przeciwsłoneczne. Wysiadła z samochodu i pokiwała do niego ręką, mając nadzieję, że tym gestem zamaskuje zdenerwowanie, chociaż podejrzewała, że on i tak się zorientuje.

Pocałował ją lekko i otworzył przed nią drzwi. Marię opadło wrażenie déjà vu, gdy się rozejrzała. Jednak w odróżnieniu od pierwszej wizyty Margolis nie kazał im długo czekać. Ledwie usiedli, zobaczyła, że idzie w ich stronę z głębi budynku. Niósł teczkę. Skinieniem zaprosił ich do siebie.

– Chodźcie – powiedział. – Pogadamy tam gdzie wtedy.

Maria wygładziła spódniczkę i szła obok Colina, mijając ludzi pracujących przy biurkach i grupę skupioną wokół ekspresu do kawy. Margolis otworzył drzwi i wskazał im te same krzesła co wcześniej. Oboje zajęli miejsca, a on przeszedł na drugą stronę stołu.

– Mam się martwić? – zapytała Maria prosto z mostu.

– Nie. Krótko mówiąc, sądzę, że Lester nie będzie sprawiać kłopotów.

– Co to znaczy?

Margolis postukał piórem w teczkę, po czym wskazał kciukiem Colina.

– Wygląda na to, że wciąż się pani zadaje z tym wyjątkowo trudnym dzieckiem. Nie mam pojęcia, dlaczego pani nalega, żeby towarzyszył podczas rozmowy. Nie ma powodu, żeby tu siedział.

– Chcę, żeby tu był – oznajmiła. – I tak wciąż razem spędzamy czas. Szczęśliwie, mogę dodać.

– Dlaczego?

– Podoba mi się jego ciało i jest fantastyczny w łóżku – odparła, wiedząc, że to nie jego sprawa, i nie ukrywając sarkazmu.

Margolis uśmiechnął się drwiąco, bez cienia humoru.

– Zanim zaczniemy, pozwólcie, że przedstawię podstawowe zasady. Na początek, jest pani tutaj, ponieważ obiecałem, że przyjrzę się pani sugestiom i będę w kontakcie. Poza nękaniem ktoś pociął opony w pani samochodzie, więc jest to potencjalne śledztwo kryminalne i w takim wypadku prowadzone dochodzenia z reguły nie są omawiane. Jednak, ponieważ nie ma również podstaw do ubiegania się o zakaz zbliżania się i nawiązywania kontaktu, postanowiłem spotkać się z panią i poinformować o tym, co uznałem za stosowne. Ponadto proszę pamiętać, że Lester Manning, niepodlegający wspomnianemu zakazowi, jak wszyscy inni ma zagwarantowane prawo do prywatności. Innymi słowy, przekażę pani to, co uważam za ważne, ale niekoniecznie powiem wszystko, co wiem. Chcę również dodać, że większość informacji uzyskałem przez telefon. W paru sprawach pomógł mi mój kolega, detektyw policji w Charlotte, i szczerze mówiąc, nie jestem pewien, czy będę mógł go prosić o coś więcej. Już zrobił więcej, niż musiał, i podobnie jak ja, ma na głowie znacznie ważniejsze sprawy. Czy pani rozumie?

– Tak.

– Dobrze. Najpierw powiem, co zrobiłem, a następnie, czego się dowiedziałem. – Otworzył teczkę, wyjął notatki. – Mój pierwszy krok polegał na zebraniu podstawowych informacji, więc przestudiowałem odpowiednie akta policyjne. Zawierały raporty i zeznania powiązane z pierwszą napaścią na Cassie Manning, aresztowaniem i skazaniem Geralda Lawsa, dokumenty sądowe i informacje dotyczące morderstwa Cassie Manning. Później przejrzałem pani pierwsze doniesienie o nękaniu, to, które złożyła pani po otrzymaniu listów w Charlotte, i porozmawiałem z policjantem zajmującym się tą sprawą. Dopiero we wtorek wieczorem stwierdziłem, że wreszcie dobrze się w tym wszystkim orientuję.

Margolis przełożył notatki i mówił dalej:

– Jeśli chodzi o Lestera Manninga, mogę spokojnie powiedzieć to, czego prawdopodobnie może się pani dowiedzieć na własną rękę, zaglądając do akt publicznych. – Spojrzał na papiery. – Ma dwadzieścia pięć lat, jest stanu wolnego. Wykształcenie wyższe. Nie posiada nieruchomości i nie ma samochodów zarejestrowanych na jego nazwisko. Podaje taki sam numer telefonu i adres jak ojciec. Mimo to nie jestem pewien, ile czasu rzeczywiście spędza w domu rodzinnym.

Maria chciała zadać pytanie, ale Margolis uniósł rękę, żeby ją powstrzymać.

– Proszę pozwolić mi skończyć, dobrze? Za parę minut pani zrozumie dlaczego. Teraz mogę podzielić się z panią następnymi informacjami, ponieważ uważam, że są istotne w kwestii wystąpienia o zakaz nawiązywania kontaktu, ale nie wejdę w szczegóły, gdyż mogą, choć nie muszą, być istotne dla jakiejkolwiek sprawy kryminalnej, do której może dojść w przyszłości, rozumie pani? – Nie czekał na odpowiedź. – Od śmierci Cassie Lester miał pewne problemy z prawem. Został aresztowany cztery razy, ale za nic brutalnego czy niebezpiecznego. Drobiazgi: wtargnięcie na czyjś teren, wandalizm, stawianie oporu podczas zatrzymania. Tego typu rzeczy. Okazuje się, że Lester ma upodobanie do koczowania w pustych domach. W każdym razie oskarżenia w końcu wycofano. Nie wnikałem w przyczyny, ale w takich wypadkach zwykle chodzi o niską szkodliwość czynu.

Maria zauważyła, że Colin drgnął.

– Poza tym niewiele więcej mogłem się dowiedzieć, więc zadzwoniłem do doktora Manninga, ojca Lestera. Zostawiłem wiadomość i, co mnie zaskoczyło, oddzwonił po kilku minutach. Przedstawiłem się i powiedziałem, że liczyłem na rozmowę z jego synem. Muszę przyznać, że doktor Manning okazał się skłonniejszy do współpracy, niż się spodziewałem. Między innymi pod koniec naszej drugiej rozmowy udzielił mi zgody na przedstawienie pani jej przebiegu. Czy to pani nie dziwi?

Maria otworzyła i zamknęła usta, niepewna, co powiedzieć.

– Powinnam być zaskoczona? – zapytała w końcu.

– Ja byłem – powiedział Margolis – zwłaszcza biorąc pod uwagę, jak pani go opisała. Tak czy owak, kiedy zapytałem, czy wie, gdzie mogę znaleźć Lestera, zapytał mnie o powód, a ja odparłem, że to sprawa policji. Zareagował następująco, cytuję: „Czy ma coś wspólnego z Marią Sanchez?".

Margolis pozwolił, żeby słowa przez chwilę wisiały w powietrzu, zanim podjął:

– Kiedy go zapytałem, dlaczego wspomniał o pani, odparł, że nie po raz pierwszy oskarża pani Lestera o prześladowanie. Powiedział, że po śmierci jego córki wysunęła pani ten sam zarzut w związku z jakimiś niepokojącymi listami, które pani otrzymała. Powtarzał z uporem, że wtedy jego syn nie był niczemu winny i szczerze wątpi, żeby był odpowiedzialny za cokolwiek, co spotyka panią obecnie.

Poprosił również, bym pani przekazał, że choć jego zdaniem popełniła pani błąd, opowiadając się za złagodzeniem zarzutów, doskonale zdaje sobie sprawę, że odpowiedzialność za śmierć Cassie spada na Geralda Lawsa i że ani on, ani jego syn nie winią pani za to, co się stało.

– Kłamie.

Margolis zignorował jej komentarz.

– Powiedział, że obecnie nie przyjmuje pacjentów, i wyjaśnił, że pracuje w stanowym więzieniu w Tennessee. Od tygodni nie rozmawiał z Lesterem, ale Lester ma klucz do domu i od czasu do czasu zatrzymuje się w mieszkaniu nad garażem. Gdy zapytałem, co rozumie przez „od czasu do czasu", chwilę milczał, a kiedy znowu się odezwał, odniosłem wrażenie, że trąciłem czułą strunę. Powiedział, że „Lester trochę przypomina koczownika" i że czasami on nie ma pojęcia, gdzie syn sypia. Sądzę, że nawiązywał do jego nawyku koczowania w pustych domach. Naciskałem, więc dodał, że ostatnio trochę oddalili się od siebie i nie po raz pierwszy jego głos brzmiał niemal... przepraszająco. Przypomniał mi, że Lester jest dorosły i sam podejmuje decyzje, i że nic więcej nie może zrobić jako ojciec. Dodał, że jeśli Lestera nie ma w mieszkaniu nad garażem, to najlepiej szukać go w Ajax Cleaners, gdzie pracuje. To firma sprzątająca, świadcząca usługi dla licznych klientów. Nie miał pod ręką numeru, ale znalezienie firmy nie było trudne, więc moim następnym krokiem było przeprowadzenie rozmowy z właścicielem, niejakim Joem Hendersonem.

Margolis oderwał wzrok od notatek.

– Jak dotąd pani nadąża?

Kiedy Maria pokiwała głową, ciągnął:

– Z rozmowy z panem Hendersonem dowiedziałem się, że Lester nie jest pracownikiem etatowym, tylko wzywanym w razie potrzeby, gdy brakuje im personelu albo wyskoczy coś niespodziewanego.

– Jak się z nim kontaktują, skoro nie ma telefonu?

– Zadałem to samo pytanie. Działa to tak, że na swojej stronie internetowej w zakładce dla pracowników wstawiają posty z zapotrzebowaniem. Henderson powiedział, że łatwiej jest aktualizować listę zainteresowanych, którzy mają obowiązek zaglądać na stronę, niż wydzwaniać po ludziach. Odniosłem wrażenie, że sporo osób regularnie sprawdza listę. W każdym razie Lester zwykle pracował dwie, trzy noce w tygodniu, ale od kilku tygodni nikt go nie widział. Uznałem, że to ciekawe, więc parę razy zadzwoniłem do domu, ale nikt nie odebrał. W końcu wysłałem tam swojego kolegę i jego zdaniem w domu nie było nikogo co najmniej od tygodnia. Skrzynka na listy pęka od ulotek, gazety leżą na werandzie i tak dalej. Dlatego zadzwoniłem do doktora Manninga po raz drugi. I teraz się robi naprawdę interesująco.

– Ponieważ nie zdołał pan się z nim skontaktować?

– Wręcz przeciwnie – odparł. – Znowu nagrałem wiadomość i znowu oddzwonił po krótkim czasie. Kiedy go poinformowałem, że Lester nie przychodzi do pracy i że nie ma go w domu, jego zdziwienie ustąpiło zaniepokojeniu. Ponownie zapytał, dlaczego policja go szuka, nie powiedziałem, o co chodzi, tylko wspomniałem, że zajmuję się sprawą przebitych opon. Stanowczo oświadczył, że Lester nie zrobiłby czegoś takiego, że jego syn nie jest agresywny, a nawet boi się jakichkolwiek konfliktów. Przyznał się, że podczas poprzedniej rozmowy nie był zupełnie szczery, gdy mówił o synu. Kiedy zapytałem, co ma na myśli, odparł, że Lester... – Margolis sięgnął po kartkę z teczki – cierpi na zaburzenia urojeniowe, a konkretnie „urojenia prześladowcze typu paranoicznego". Przez długie okresy funkcjonuje normalnie, ale pojawia się moment, gdy zaburzenie wchodzi w ostrą fazę, która niekiedy trwa dłużej niż miesiąc. W wypadku Lestera przyczyną zaburzeń jest okazjonalne używanie narkotyków.

Margolis uniósł głowę.

– Doktor wszedł w szczegóły dotyczące przypadku syna, mówiąc znacznie więcej, niż potrzebowałem wiedzieć, ale zasadniczo sprowadza się to do tego, że kiedy zaburzenie z paranoi przechodzi w rzeczywiste urojenia, Lester przestaje się zachowywać normalnie. Wierzy, że jest poszukiwany i że policjanci nie powstrzymają się przed niczym, żeby do końca życia nie wyszedł z więzienia. Wierzy, że chcą mu zrobić krzywdę i nastawią przeciwko niemu innych więźniów. Te same urojenia dotyczą pani.

– To niedorzeczne. Lester mnie prześladował!

– Ja tylko powtarzam pani to, co powiedział doktor. Powiedział też, że Lester kilka razy był aresztowany. Zawsze dochodziło do tego w fazie ostrej i właśnie dlatego stawiał opór podczas aresztowania. Policjanci zwykle uciszali go za pomocą paralizatorów. Doktor Manning dodał, że syn został dwa razy pobity w areszcie przez innych zatrzymanych. Nawiasem mówiąc, to prowadzi do tego, co wcześniej mówiłem o moich przypuszczeniach dotyczących wycofania zarzutów. Za każdym razem Lester był nie w pełni władz umysłowych i podejrzewam, że z czasem stało się to jasne dla wszystkich.

Margolis westchnął.

– Ale wracając do doktora Manninga. Jak już mówiłem, sprawiał wrażenie zmartwionego i powiedział, że skoro Lestera nie ma w domu ani nie pokazuje się w pracy, to znaczy, że wszedł w fazę ostrą. W takim wypadku prawdopodobnie można go znaleźć w jednym

353

z dwóch miejsc: albo zaszył się w jakimś pustym domu, albo w szpitalu psychiatrycznym Plainview. W przeszłości Lester zgłaszał się tam wiele razy, częściej po śmierci matki. W testamencie zostawiła duży fundusz powierniczy, żeby pokrywać koszty leczenia. To droga sprawa, nawiasem mówiąc. Zadzwoniłem do szpitala, ale nie mogłem uzyskać żadnych informacji, więc znowu skontaktowałem się z kolegą i zapytałem, czy może tam pojechać. Zrobił to dziś rano, mniej więcej godzinę przed moim telefonem do pani. Rzeczywiście, Lester Manning jest pacjentem Plainview. Zgłosił się dobrowolnie i to właściwie wszystko, co mógł mi powiedzieć kolega. Gdy Lester usłyszał, że detektyw chce z nim rozmawiać o Marii Sanchez, po prostu... zaczął świrować. Mój kolega słyszał jego wrzaski z głębi korytarza i widział, jak kilku pielęgniarzy pędzi w tamtą stronę. Jak mówiłem, interesujące, prawda?

Maria nie była pewna, co powiedzieć. Usłyszała głos Colina.

– Kiedy został przyjęty do szpitala?

Patrzyła, jak Margolis przenosi na niego spojrzenie.

– Nie wiem. Kolega nie zdołał się tego dowiedzieć. Akta medyczne są poufne i personel nie może udzielać takich informacji bez zgody pacjenta. Ale mój przyjaciel ma głowę na karku i wypytał jednego z pacjentów. Facet mu powiedział, że jego zdaniem Lester przebywa tam od pięciu, sześciu dni. Oczywiście, biorąc pod uwagę źródło, może pani traktować tę informację z odrobiną sceptycyzmu.

– Innymi słowy, jest możliwe, że Lester przebił opony i zostawił listy.

– Albo że był w szpitalu i jeśli tak, najwyraźniej nie on jest sprawcą.

– To na pewno Lester – powiedziała Maria z przekonaniem. – Nie wiem, kto inny mógłby to zrobić.

– A Mark Atkinson?

– Kto?

– Chłopak Cassie. Jemu też się przyjrzałem. Okazuje się, że być może zaginął. A może nie.

– Co to znaczy?

– Jestem dopiero na etapie wstępnym, ale mogę pani powiedzieć, że matka Marka Atkinsona zgłosiła zaginięcie syna około miesiąca temu. Po rozmowie z detektywem i tuż przed telefonem do pani zadzwoniłem do niej, żeby uzyskać więcej informacji, i nadal nie jestem pewien, jak mam to rozumieć. Powiedziała, że w sierpniu przysłał jej e-maila z wiadomością, że poznał w sieci dziewczynę, że odchodzi z pracy i wybiera się do Toronto, aby ją poznać osobiście. Napisał też, żeby się nie martwiła, że czynsz opłacił z góry, a inne rachunki będzie regulować drogą elektroniczną. Kobieta mówi, że dostała od niego jeszcze dwa wydrukowane listy, w których pisał, że podróżuje samochodem z tą dziewczyną, jeden ze stemplem z Michigan i drugi z Kentucky, ale według niej listy są, cytuję, „niejasne, dziwne i bezosobowe, zupełnie nie takie, jakie napisałby mój syn". Poza tym nie miała z nim żadnego kontaktu i utrzymuje, że zaginął. Mówi, że na pewno by do niej zadzwonił albo przysłał SMS-a, a skoro tego nie zrobił, to znaczy, że coś mu się stało.

Nowe informacje sprawiły, że Marii zakręciło się w głowie. O mało nie zsunęła się z krzesła. Nawet Colin wydawał się zbity z tropu.

Margolis przenosił spojrzenie z niej na niego i z powrotem.

– Tyle ustaliłem. Jeśli chce pani znać moje plany, zamierzam jeszcze raz zadzwonić do dobrego doktora i zapytać, czy może pociągnąć za jakieś sznurki, aby się dowiedzieć, kiedy Lester został przyjęty do szpitala. A jeszcze lepiej, niech poprosi syna o udzielenie lekarzom pozwolenia na podanie mi tej informacji. W zależności od tego, zajmę się sprawą Marka Atkinsona lub nie. Powiem szczerze, to kupa niewdzięcznej roboty i powtarzam, nie wiem, ile czasu będę mógł jej poświęcić.

– To nie Atkinson – powtórzyła Maria. – To Lester.

– Jeśli tak, to na razie bym się tym nie martwił.
– Dlaczego pan tak uważa?
– Bo, jak powiedziałem, Lester jest w szpitalu – odparł rzeczowo.

*

– To nie ma sensu – powiedziała Maria do Colina. Stali na parkingu, słońce wyzierało zza rzadkich chmur. – Nigdy nie poznałam Marka Atkinsona. Nigdy z nim nie rozmawiałam. I o ile wiem, nigdy go nie widziałam. Dlaczego miałby mnie nękać? Nawet nie spotykał się z Cassie w czasie, kiedy Laws poszedł do więzienia. Pojawił się dopiero później. To nie ma żadnego sensu.
– Wiem.
– I dlaczego, u licha, Lester miałby myśleć, że się na niego uwzięłam?
– To urojenia.
Odwróciła wzrok, jej głos opadł do szeptu.
– Nienawidzę tego uczucia. To znaczy czuję się tak, jakbym wiedziała jeszcze mniej niż wcześniej, zanim tu przyjechałam. Nie mam pojęcia, co robić ani nawet co myśleć o tym wszystkim.
– Ja też nie jestem pewien, jak to rozumieć.
Pokręciła głową.
– Zapomniałam ci o czymś powiedzieć. Musiałam odwołać kolację z Jill i Leslie, ponieważ dzisiaj są urodziny mamy. Będę u rodziców, gdy ty będziesz w pracy.
– Chcesz, żebym przyjechał po ciebie po zmianie?
– Nie. Wtedy już skończymy kolację. Tata przyrządza posiłek... to jedyna okazja w roku, kiedy naprawdę gotuje... ale nic wielkiego. Kolacja tylko dla nas czworga.
– Zostaniesz na noc czy wracasz do siebie?
– Chyba wrócę do siebie. Najwyższy czas, nie sądzisz?
Colin milczał przez chwilę.

– Może tam się spotkamy? Czekaj u rodziców, a ja zadzwonię do ciebie po pracy.

– Naprawdę tego chcesz?

– Oczywiście.

Westchnęła.

– Przykro mi, że gdy tylko zaiskrzyło między nami, wydarzyły się te dziwne rzeczy. Przykro mi, że cię w to wszystko wciągnęłam.

Pocałował ją.

– Nie chciałbym, żeby było inaczej.

21
Colin

Po powrocie do domu Colin wyjął z plecaka laptopa i położył go na kuchennym stole. Był podobnie jak Maria zdezorientowany całą sytuacją i instynkt mu podpowiadał, żeby dowiedzieć się jak najwięcej.

Pierwszy krok to zrozumienie sposobu myślenia Lestera Manninga, a raczej zrozumienie, na czym polegają urojenia prześladowcze typu paranoicznego. Chciał zapytać o to Margolisa, ale nie na tym polegała jego rola na spotkaniu, a Maria nie zapytała. Na szczęście znalazł w internecie dziesiątki stron poświęconych temu zaburzeniu i przez półtorej godziny dowiedział się całkiem sporo.

Sądził, że choroba jest podobna do schizofrenii, ale choć takie symptomy jak halucynacje i urojenia występują w obu wypadkach, u pacjenta diagnozowana jest albo schizofrenia, albo zaburzenia urojeniowe. Dowiedział się, że do objawów schizofrenii często należy tak zwana sałata słowna i urojenia typu paranoidalnego, czyli o zupełnie nieprawdopodobnej treści – pacjent wierzy, że umie latać albo czytać w myślach innych ludzi bądź słyszy głosy kontrolujące jego poczynania. Urojenia paranoiczne – na które cierpiał Lester – dotyczą zdarzeń, które naprawdę mogłyby mieć miejsce.

Jeśli Lester rzeczywiście cierpiał na zaburzenie urojeniowe, rzeczywiście mógł wierzyć, że stał się celem obławy policyjnej. To miało sens. Według Avery'ego Manninga policjanci razili go paralizatorami i zamykali w areszcie, gdzie był bity przez innych zatrzymanych. W końcu zarzuty przeciwko niemu zostały oddalone, co być może utwierdziło go w przekonaniu, że w ogóle nie powinien był trafić za kratki.

Colin, przyjmując prawdopodobieństwo za jedyne kryterium, uznał, że urojenia dotyczące Marii też mają sens. Maria nie tylko nie ochroniła Cassie, ale – jeśli rzeczywiście nie napisał tych listów, jak utrzymywał doktor Manning – bez żadnego powodu nasłała na niego policję. I to dwukrotnie...

Margolis miał rację, mówiąc, że osoba z zespołem urojeniowym może funkcjonować normalnie, chociaż wszystko zależy od stopnia zaburzenia. Spektrum urojeń może sięgać od czegoś tak prostego jak nierealne pomysły do zakłóceń w postrzeganiu rzeczywistości bliskich omamom, które są charakterystyczne dla psychozy. Następne dwa artykuły informowały, że natężenie i częstość występowania urojeń nie są stałe. Urojenia mogą się nasilać pod wpływem pewnych narkotyków, o czym Avery Manning wspomniał Margolisowi.

Wszystko, co Colin przeczytał, miało sens i rozumiał, że Lester naprawdę jest przekonany o prawdziwości swoich urojeń, ale pewne ich aspekty po prostu do niego nie pasowały. Skoro panicznie bał się Marii, to czy doręczyłby jej róże? Czy zamówiłby dla niej drinka? Jeśli nawet uznałby jedno i drugie za gałązki oliwne, dlaczego miałby dołączać wiadomości? Dlaczego miałby jej dokuczać, jeśli chciał, żeby go zostawiła w spokoju? I dlaczego w ogóle miałby przyjeżdżać do Wilmington? Czy nie chciałby przebywać jak najdalej od niej?

Początkowo Colin nie mógł zrozumieć, dlaczego Margolis zawracał sobie głowę sprawdzaniem Marka Atkinsona. W końcu doszedł do wniosku, że detektyw jest dość bystry, żeby dostrzec te same sprzeczności i się zastanowić, jak je ze sobą pogodzić. Właśnie dlatego zadzwonił do matki Atkinsona i od tego momentu historia stała się jeszcze bardziej zagmatwana.

Być może zaginął. A może nie?

Informacje podane przez Margolisa były ogólnikowe, ale celne. Po krótkim poszukiwaniu Colin znalazł w serwisie Pinterest plakat o zaginięciu, bez wątpienia umieszczony tam przez matkę Atkinsona. Poza tym nie natknął się na nic więcej. Mógłby przeprowadzić takie same poszukiwania jak wtedy, gdy sprawdzał Lestera Manninga, ale czy miałoby to sens? Według Margolisa wszelkie informacje, które mogły okazać się pomocne, były nieścisłe, począwszy od daty wyjazdu Marka Atkinsona do Toronto – albo zaginięcia.

A może, jeśli nie zaginął, to się ukrywa?

Colin miał wrażenie, że Margolis brał pod uwagę taką możliwość. Zbieżność wypadków w czasie była zbyt wyraźna, żeby ją zbagatelizować. Ale stanowisko Marii też było zasadne. Dlaczego Atkinson miałby ją wziąć na cel? Twierdziła, że nigdy go nie spotkała.

Zamykając komputer, Colin wciąż rozmyślał nad licznymi pytaniami. W końcu doszedł do wniosku, że musi przewietrzyć umysł, a znał na to tylko jeden sposób.

*

Przebiegł dziesięć kilometrów do siłowni i przez godzinę podnosił ciężary, a potem przez pół godziny uderzał w ciężki worek. Nie było treningów grupowych i w sali panował względny spokój. Daly poświęcał mu chwile uwagi, kiedy to było konieczne, i przez parę minut trzymał worek, ale poza tym większość czasu siedział w biurze.

Colin pobiegł do domu, wziął prysznic, przebrał się i pojechał do pracy. Za kierownicą rozmyślał nad tymi samymi pytaniami, które dręczyły go wcześniej. Może był przewrażliwiony, ale z jakiegoś powodu nie mógł się pozbyć uczucia, że stanie się coś złego.

22
Maria

Po spotkaniu z Margolisem Maria wróciła do biura. Wciąż kręciło jej się w głowie od tego wszystkiego. Wstąpiła do Jill, chcąc przekazać najświeższe wiadomości, ale przyjaciółka jeszcze nie wróciła z lunchu. To jej przypomniało, że przecież sama nic nie jadła, lecz myśl o jedzeniu budziła w niej niechęć.

Stres. Jeśli ten stan się utrzyma, będzie musiała odnowić garderobę, kupić wszystko o numer mniejsze lub oddać rzeczy do przeróbki. Ubrania już robiły się za luźne.

Barney wreszcie był w swoim gabinecie, choć trzy godziny spędził za zamkniętymi drzwiami, przyjmując jedną praktykantkę po drugiej. Założyła, że przeprowadza rozmowy kwalifikacyjne, szukając kogoś na miejsce Lynn. Jej zdaniem powinno to nastąpić dawno temu, z powodu nawału pracy, więc wolała mu nie przeszkadzać, mimo że miała do niego kilka pytań związanych ze sprawą szpitala. Robiła właśnie notatki na temat skargi, gdy usłyszała pukanie do drzwi. Uniosła głowę. W drzwiach stał Barney.

– Cześć, Mario. Moglibyśmy przejść do mojego biura? – zapytał.

– Cześć, Barney – powiedziała. Zgarnęła papiery i schowała je z powrotem do teczki, czując ulgę. – Bogu dzięki. Miałam nadzieję, że porozmawiam z tobą o tej skardze. Zastanawiałam się nad różnymi podejściami i zanim naprawdę zacznę się wgłębiać, chciałam mieć pewność, czy dobrze rozumiem, co planujesz.

– Możesz na razie odłożyć tę sprawę – powiedział. – Później się nią zajmiemy. Przyjdziesz do mnie? Musimy o czymś porozmawiać.

Mimo uprzejmości w jego tonie brzmiało coś, co zbudziło jej czujność. Bez względu na to, o czym Barney chce rozmawiać, pomyślała, to nie będzie nic przyjemnego.

Szedł pół kroku za nią, jakby dając do zrozumienia, że chce uniknąć nawet lekkiej pogawędki. Zrównał się z nią dopiero przed drzwiami gabinetu. Zawsze dżentelmen – nawet gdy zamierzał przykręcić śrubę, a co do tego nie miała wątpliwości – otworzył przed nią drzwi i wskazał fotel z wysokim oparciem, ten najdalej od okna, przed którym stało jego biurko. Dopiero kiedy podeszła bliżej, zobaczyła, kto siedzi na drugim fotelu. Stanęła jak wryta.

Ken.

W tym czasie Barney wchodził za biurko. Maria nie ruszyła się z miejsca, nawet kiedy nalewał wody do trzech szklanek z dzbanka na swoim biurku.

– Proszę – powiedział, zachęcając ją, żeby usiadła. – Nie ma się czym martwić. Zebraliśmy się tutaj na przyjacielską rozmowę.

Powinnam od razu mu powiedzieć: „nie, dziękuję", i wyjść, pomyślała. Do czego zmierzają? Chcą mnie zwolnić? Jednak odezwały się głęboko zakorzenione nawyki – szacunek dla starszych, posłuszeństwo wobec szefa – i czuła się niemal jak zaprogramowany robot, zajmując miejsce.

– Napijesz się? – zapytał Barney. Kątem oka widziała, że się jej przygląda.

– Nie, dziękuję – odparła. Mogę jeszcze wyjść, powiedziała sobie, ale...

– Jestem wdzięczny, Mario, że do nas dołączyłaś – rzekł z nieco silniejszym akcentem i nieco wolniej niż zwykle. W ten sam sposób przemawiał w sali sądowej. – Z pewnością się zastanawiasz, dlaczego cię zaprosiliśmy. Otóż...

Weszła mu w słowo:
– Mówiłeś, że musimy o czymś porozmawiać. We dwójkę.

Barney lekko się wzdrygnął, najwyraźniej zaskoczony, że mu przerwała. Po chwili się uśmiechnął.
– Słucham?
– Powiedziałeś, że my musimy porozmawiać, jakby chodziło tylko o ciebie i o mnie. Nie mówiłeś, że będzie tu ktoś jeszcze.
– Oczywiście – powiedział znowu gładkim głosem. – Masz rację. Poprosiłem, żebyś przyszła do mnie. Przepraszam, wyraziłem się nieściśle.

Dał jej chwilę na odpowiedź – bez wątpienia spodziewając się, czegoś w rodzaju „ależ nic się nie stało" – ale Colin prawdopodobnie nic by na to nie powiedział, więc ona też zachowała milczenie. Uczę się, pomyślała.

Barney rozłożył ręce.
– W takim razie przypuszczam, że powinniśmy przejść do rzeczy, bez marnowania czasu na zbędne wstępy. Nie chciałbym, żebyś przez to spotkanie musiała dłużej zostać w pracy.
– Okay. – Uśmiechnęła się w duchu.

Znów nie tego się spodziewał, ale był mistrzem w błyskawicznym odzyskiwaniu panowania nad sobą. Odchrząknął.
– Z pewnością słyszałaś w biurze plotki dotyczące potencjalnych zarzutów, które kilka pracownic wysuwa przeciwko Kenowi Martensonowi.

Czekał, ale tym razem się nie odezwała.
– Mam rację? – zapytał w końcu.

Zerknęła na Kena, potem na Barneya.
– Nie jestem pewna.
– Nie jesteś pewna, czy słyszałaś plotki?

— Och, słyszałam.
— W takim razie czego nie jesteś pewna?
— Nie jestem pewna, czy zarzuty są zasadne, czy nie.
— Mogę dać ci słowo, Mario, że nie są.
Odczekała parę sekund.
— Okay.
Colin, pomyślała, byłby z niej dumny. Co więcej, teraz zaczynała rozumieć, jak używanie tego prostego słowa wpływa na zmianę układu sił w gabinecie. Albo przynajmniej narzuca rozmowie taki ton, jaki chciała, nawet jeśli Barneyowi się to nie podobało. Nie wpadał w zachwyt, ale był profesjonalistą na tyle, żeby maskować swoje odczucia przez przeciąganie samogłosek i mówienie w intonacji typowej dla jego wypowiedzi na sali sądowej.
— Firma zamierza energicznie walczyć z tymi zarzutami w sposób, jaki uzna za najlepszy. To obejmuje drogę prawną. Oczywiście dobrze wiesz, że kiedy chodzi o reputację, w sprawach tego typu zwykle dąży się do ugody, żeby uniknąć długiej, kosztownej i dekoncentrującej procedury sądowej. W tym szczególnym przypadku każda potencjalna ugoda będzie stanowić odzwierciedlenie nie tyle prawdziwości zarzutów, ile raczej straty czasu i pieniędzy, a także niedogodności spowodowanych przez walkę z oskarżeniami. Oczywiście jakakolwiek ugoda, o ile do niej dojdzie, będzie poufna.
Maria pokiwała głową, myśląc: Właśnie przechodzimy do rzeczy. Dlaczego mnie tu zaprosił?
— Jestem pewien, że nie muszę omawiać z tobą nieposzlakowanej reputacji Kena. Ci, którzy go znają najlepiej, tacy ludzie jak ty czy ja, wiedzą, że dobro firmy zawsze stało na pierwszym miejscu w jego myślach i działaniach. Zawsze był gotowy do największych poświęceń i po prostu nie jest możliwe, żeby naraził na ryzyko firmę czy swoją reputację. Zarzuty, mogę dodać, są absurdalne. W ciągu jego niemal trzydziestoletniej kariery prawnika żadne oskarżenia o molestowanie

seksualne nigdy nie ujrzały światła dziennego w żadnej sali sądowej. Trzy dziesięciolecia ciężkiej pracy są zagrożone, ponieważ na świecie nie brakuje ludzi, którymi zwyczajnie kieruje chciwość.

Oskarżenia nigdy nie ujrzały światła dziennego, ponieważ zawsze dochodziło do ugody, pomyślała Maria.

– Niestety, wszędzie tam, gdzie są duże pieniądze, zawsze znajdą się tacy, którzy uważają, że mają do nich prawo. W niektórych wypadkach bezczelnie kłamią, w innych zniekształcają prawdę, wymyślając historyjki, które pasują do ich planu. Kiedy indziej ludzie po prostu błędnie interpretują zachowanie, które skądinąd jest nieszkodliwe. W moim przekonaniu w tym, co się stało, jest po troszę tego wszystkiego, i to spowodowało, mówiąc kolokwialnie, podsycanie emocji. Niektórzy ludzie, te zachłanne rekiny, wyczuli krew w wodzie i chcą mieć pewność, że dostaną swój udział, ponieważ wierzą, że im się należy. Ale nasza sprawiedliwa Konstytucja nie mówi, że wolno zabierać czyjąś własność tylko dlatego, że komuś się wydaje, że powinna należeć do niego. Chciwość. To okropna cecha i zbyt wiele razy widziałem skrzywdzonych z jej powodu dobrych ludzi, nawet w swojej rodzinie. Moi sąsiedzi, wspaniali, pobożni ludzie zostali zrujnowani przez chciwców. Ale będąc u schyłku życia, odczuwam do nich mniej gniewu, a więcej litości. Ich życie jest puste i są przekonani, że mogą zapełnić tę pustkę pieniędzmi z kieszeni innych. Jednak w tym wypadku, ponieważ stawką jest reputacja Kena, a także dobre imię naszej kancelarii, czuję się w obowiązku dopilnować, żeby zarówno on, jak i firma mieli najlepszą obronę.

Jest dobry, pomyślała Maria, nawet kiedy sam zniekształca prawdę. Potrafiła zrozumieć, dlaczego sędziowie przysięgli go lubią.

– Oczywiście jestem pewien, że tobie również zależy na uczciwości i zachowaniu znakomitej renomy naszej kancelarii. Ale muszę ci powiedzieć, Mario, że jestem przerażony. Boję się o innych pracujących tu ludzi. O twoich współpracowników. O twoich przyjaciół. O młode małżeństwa z kredytami hipotecznymi i rachunkami za ogrzewanie. O ich dzieci. Czuję, że mam wobec nich obowiązek wykorzystać wszystkie umiejętności, jakie dał mi dobry Bóg, w nadziei, że prawda, sprawiedliwość i dobro przeważą nad złem i chciwością. Ale jestem też starym człowiekiem i już się nie orientuję, jak to wszystko wygląda w dzisiejszych czasach, więc co mogę wiedzieć?

Kiedy Barney ściszył głos po zagraniu kartą „głębokiego zatroskania", Maria o mało nie zaczęła bić brawa. Zachowała twarz pokerzysty. Po chwili Barney westchnął i podjął:

– Znam cię, Mario, i wiem, że podzielasz moje obawy. Jesteś zbyt dobrym człowiekiem, żeby się nie martwić o swoich przyjaciół i współpracowników. I wiem, że będziesz chciała im pomóc, ponieważ, tak jak ja, nie chcesz wypaczania sprawiedliwości. Wszyscy w naszej firmie muszą stanąć jak jeden mąż przeciwko tym bezwzględnym chciwcom, którzy doszli do błędnego przekonania, że mają prawo do twoich ciężko zarobionych pieniędzy, mimo że sami nie kiwnęli palcem, żeby je zarobić.

Pokręcił głową.

– Mario, chcemy tylko tego, żeby prawda wyszła na jaw. To wszystko. Prosta, szczera, miła Bogu prawda. I właśnie dlatego tu jesteś. Ponieważ potrzebuję twojej pomocy.

Nareszcie mówi do rzeczy, pomyślała Maria.

– Prosimy, żebyś zrobiła to samo, o co prosimy wszystkich pracowników. Chcemy, żebyś podpisała oświadczenie pod przysięgą, które po prostu stwierdza prawdę: że darzysz Kena najwyższym szacunkiem i że w czasie swojej pracy w firmie nigdy nie widziałaś ani nawet nie słyszałaś, żeby angażował się w coś, co pod jakimkolwiek względem mogłoby zostać uznane za molestowanie seksualne. W odniesieniu do ciebie i wszystkich naszych pracownic, które również prosimy o zapewnienie, że nigdy nie czuły się molestowane, w żaden sposób, ani razu.

Przez chwilę Maria mogła tylko na niego patrzeć. Zauważyła, że Kenowi opadły ramiona. Zanim zdążyła się odezwać, Barney mówił dalej:

– Oczywiście nie musisz tego robić. W końcu decyzja należy wyłącznie do ciebie. Nie ma powodu, żeby ktoś brał na siebie odpowiedzialność za życie kogoś innego w tej firmie. Zależy mi tylko na tym, żebyś postąpiła właściwie.

Barney skończył. Spuścił wzrok, jego mowa ciała wyrażała pokorę. Barney: orędownik sprawiedliwości w świecie, którego już nie rozumiał, dźwigający brzemię, które ktoś przecież musiał dźwigać. Nic dziwnego, że odnosił takie sukcesy.

Marii nie przychodziło na myśl nic, co mogłaby powiedzieć. Barney był przekonujący, ale kłamał, i o tym wiedział. I wiedziała, że Barney wie, że ona wie, że kłamie, co znaczyło, że to wszystko było grą. Bez wątpienia chciał, żeby Ken siedział w jego gabinecie za karę: „Czy rozumiesz, do jakiego poziomu musiałem się zniżyć, żeby cię bronić?". Ken jak dotąd nie odezwał się nawet słowem.

A jednak...

Czy to uczciwe, żeby wszyscy w kancelarii – niewinni – zostali ukarani? Z powodu jednego idioty? I jakich pieniędzy domagają się te kobiety? Ken ją molestował, ale jakoś to przeżyła. Za parę tygodni prawdopodobnie puści to wszystko w niepamięć. Może nawet z czasem cała afera stanie się tematem żartów. Ken to palant, ale przecież się nie obnażał ani nie próbował jej obmacywać w korytarzu, kiedy byli na konferencji. Był zbyt niepewny siebie, zbyt żałosny, żeby posunąć się do czegoś takiego. Przynajmniej nie z nią. Ale co z innymi, które molestował?

Nie miała pewności i czując, że musi grać na zwłokę, odetchnęła głęboko.

– Zastanowię się.
– Oczywiście – powiedział Barney. – Jestem ci wdzięczny za zrozumienie. I pamiętaj, wszyscy w firmie, twoi współpracownicy i przyjaciele, chcą, żebyś postąpiła właściwie.

*

Siedząc za biurkiem, Maria zmuszała się do patrzenia na pozew przeciwko szpitalowi, ale co jakiś czas powtarzała w myślach rozmowę i zastanawiała się, co zrobić. Zastanawiała się, jak postąpiłby Colin...
– Jesteś.
Zagubiona w myślach, uniosła głowę i zobaczyła Jill.
– O, cześć...
– Gdzie byłaś? – zapytała przyjaciółka. – Zajrzałam tu przed chwilą, ale cię nie zastałam.
– Barney chciał ze mną pomówić.
– Domyślam się – powiedziała Jill, zamykając za sobą drzwi. – Jak poszło spotkanie z detektywem?
Maria przekazała jej to, czego się dowiedziała od Margolisa. Podobnie jak ona, Jill też nie była całkiem pewna, co o tym myśleć. Zadała takie same pytania i była tak samo zdezorientowana.
– Nie wiem, czy to dobre, czy złe wiadomości – powiedziała w końcu. – Teraz to wszystko jest bardziej pogmatwane, niż było rano.
To nie mój jedyny problem, pomyślała Maria.
– O czym teraz myślisz?
– O co ci chodzi?
– Twój wyraz twarzy się zmienił.
– Och... myślałam o spotkaniu z Barneyem.
– I?
– Ken tam był.

Jill pokiwała głową.
- Z powodu procesu?
- Jasne.
- Niech zgadnę. Mówił tylko Barney... i roztaczał swój urok Południowca, napomykał o właściwym postępowaniu?
- Dobrze go znasz.
- Ze smutkiem przyznam, że tak... Czego się dowiedziałaś?
- Chce, żebyśmy stanęli jak jeden mąż.
- Taaak... ale co to dokładnie znaczy?
- Chcą, żebym podpisała oświadczenie, które zasadniczo mówi, że nigdy nie widziałam, żeby Ken robił coś złego, że zawsze zachowuje się profesjonalnie i że nigdy mnie nie molestował.
- Barney poprosił, żebyś to podpisała, czy może nalegał?
- Poprosił. Co więcej, dał do zrozumienia, że decyzja należy wyłącznie do mnie.
- To dobrze.
- Tak sądzę.
- Sądzisz?
Kiedy Maria nie odpowiedziała, Jill spojrzała na nią uważnie.
- Nie mów mi, że jest coś więcej. Coś, o czym nie powiedziałaś mi rano?
- No cóż...
- Niech zgadnę. Ken ciebie też napastował?
Maria uniosła głowę.
- Skąd wiesz?
- Nie pamiętasz naszego lunchu? Po tym jak pływałeś z Colinem na desce. Wypytywałam cię wtedy, czy w pracy wszystko w porządku? Wiedziałam, że byłaś z Kenem na konferencji, a pracuję tutaj dość długo, by dobrze wiedzieć, co w trawie piszczy. Przysięgałaś, że wszystko jest dobrze, ale miałam swoje podejrzenia.
- Dlaczego nic nie powiedziałaś?

Jill wzruszyła ramionami, jakby mówiąc: „Naprawdę muszę odpowiedzieć?".
– Tutejsza polityka biurowa jest do dupy. Dlatego Leslie i ja już ich skreśliłyśmy. Pamiętam, jak po lunchu pomyślałam, że moje podejrzenia są uzasadnione, ale wtedy nie chciałam ci podsuwać żadnego pomysłu. Oczywiście to straszne, jednak muszę przyznać, że byłam też zadowolona. Wiem, jak przykre jest słuchanie takich słów. To musi brzmieć okropnie w ustach przyjaciółki.
– Co to znaczy, że byłaś zadowolona?
– Gdybyś uwielbiała tu pracować, nie byłabyś taka chętna, żeby zaryzykować z nami. Oczywiście, wtedy nie miałam pojęcia o potencjalnych procesach.
– Miło, że moja przyszłość leży ci na sercu.
– Jesteś silną kobietą, Mario. Szczerze mówiąc, myślę, że jesteś bystrzejsza niż Ken. Wiedziałam, że znajdziesz sposób, żeby go trzymać na dystans.
– Powiedziałam mu, że mój chłopak, zawodnik MMA, jest zazdrośnikiem.
Jill się roześmiała.
– Otóż to. O wiele sprytniejsza niż Ken. Ale wróćmy do spotkania z Barneyem i Kenem, naszym znakomitym wodzem. Więc Barney poprosił, żebyś podpisała oświadczenie, a ty mu powiedziałaś, że nad tym pomyślisz.
Maria aż otworzyła usta ze zdumienia.
– Skąd możesz wiedzieć, co mu powiedziałam?
– Bo znam Barneya. Jest mistrzem w maskowaniu tego, co oczywiste, w pokazywaniu, że stoi po stronie sprawiedliwości, po czym dodaje porcyjkę poczucia winy na wypadek, gdybyś się wciąż wahała. Ważne, żebyś odłożyła to wszystko na bok i pomyślała o tym, co naprawdę się stało. Nawiasem mówiąc, co się stało?

Maria pokrótce opowiedziała o konferencji. Jill nawet nie uniosła brwi. Ale kiedy doszła do późniejszych spotkań z Kenem, Jill skamieniała.

– Chwileczkę – powiedziała. – Czym innym są teksty typu „moja żona mnie nie rozumie", a czym innym dotykanie twoich piersi.

– Ściślej mówiąc, obojczyka... no, może ciut niżej. Nie...

– Jednak jego zamiary były oczywiste? I chciał pójść z tobą na lunch, żeby rozwinąć kwestię „grania w zespole"?

– Tak. Ale go powstrzymałam i nie posunął się dalej. Nie...

– Chodź ze mną – powiedziała Jill, sięgając do klamki.

– Dokąd?

– Do Barneya i Kena.

– Daj spokój... przecież i tak odchodzę. W zasadzie nie dotykał moich piersi ani nie...

– Barney nie zna szczegółów. Poza tym jestem pewna, że celem spotkania była nie tyle próba chronienia firmy, ile powstrzymanie cię od dołączenia do innych kobiet i złożenia skargi do komisji.

Maria pokręciła głową.

– Nie zamierzam tego robić.

– Na pewno?

Maria pomyślała o Barneyu i o innych pracownikach firmy. Ken zachowywał się okropnie i bardzo ją to wtedy stresowało, ale puszczenie tego w niepamięć i parcie do przodu było dla niej ważniejsze niż drążenie sprawy.

– Tak, jestem pewna. I tak odchodzę.

– Nie sądzisz, że Ken powinien za to zapłacić? Przynajmniej trochę? Za cały stres, na jaki cię naraził?

– Może. Ale, jak powiedziałam, nie chcę z tym iść do komisji.

Jill się uśmiechnęła.

– Oni o tym nie wiedzą.

– Co przez to rozumiesz?
– Dokładnie to, co powinno być powiedziane. I cokolwiek planujesz, mówienie zostaw mnie. Ani piśnij, pamiętaj.

*

Zanim się zorientowała, co się dzieje, Jill maszerowała w kierunku gabinetu Barneya, a ona pędziła za nią, żeby dotrzymać jej kroku. Jill bez ceregieli otworzyła drzwi i wparowała do środka, a Maria za nią.

Barney i Ken, którzy zajmowali te same miejsca co kilka minut temu, byli zaskoczeni tym nagłym wejściem.

– O co chodzi? Mamy spotkanie... – zaczął Barney.

– Mogłabyś zamknąć drzwi, Mario? – Jill mówiła spokojnie i uprzejmie, ale tonem nieznoszącym sprzeciwu. Maria zdała siebie sprawę, że nigdy jej takiej nie widziała.

– Nie słyszałaś, Jill? – zapytał Barney.

– Sądzę, że ty powinieneś wysłuchać mnie.

– Za pięć minut mamy rozmowę kwalifikacyjną z następną praktykantką.

– Powiedz jej, że będzie musiała zaczekać. Chcę, żebyś wysłuchał, co mam do powiedzenia. O procesie, i to dotyczy was obu.

Ken zachował milczenie. Maria dostrzegła, że bledzie. Barney patrzył na nią przez chwilę, po czym sięgnął po telefon. Słuchała, jak robi to, co poleciła mu Jill. Wstał po odłożeniu słuchawki.

– Pozwól, przesunę fotel spod okna... – zaczął, ale Jill pokręciła głową.

– Postoimy – oznajmiła.

Jeśli Ken nic nie rozumiał, Maria nie miała wątpliwości, że Barney doskonale wie, o co chodzi. Dostrzegła, że leciutko uniósł brwi, i założyła, że szybko kalkuluje. Większość ludzi w takiej sytuacji chciałaby usiąść, on jednak rozumiał wartość patrzenia rozmówcom w oczy na tym samym poziomie, jeśli nawet Ken nie miał o tym pojęcia. Wyprostował się.

– Powiedziałaś, że ta sprawa dotyczy kancelarii?

– Ściślej mówiąc, powiedziałam, że dotyczy was obu. Ale tak, w sumie również kancelarii.

– W takim razie cieszę się, że przyszłaś – rzekł jedwabistym głosem, przeciągając samogłoski. – Niedawno rozmawialiśmy z Marią o tych bezpodstawnych zarzutach, o których z pewnością wiesz, i jestem przekonany, że Maria zrobi co trzeba dla wszystkich zainteresowanych.

– Nie powinieneś być taki pewny – poradziła mu Jill. – Chciałam, żebyście wy dwaj dowiedzieli się pierwsi. Maria przed chwilą mnie powiadomiła, że Ken Martenson zachowywał się wobec niej niestosownie, w sposób, jaki każda ława przysięgłych uzna za molestowanie seksualne, i że bierze pod uwagę złożenie skargi do komisji jako wstępu do złożenia pozwu.

– To nieprawda! – wybuchnął Ken. Były to pierwsze słowa, jakie tego dnia Maria usłyszała z jego ust.

Jill odwróciła się w jego stronę i spokojnym tonem podjęła:

– Powiedziałeś jej, że powinna bardziej się przyłożyć do pracy w zespole. Że jeśli będzie cię miała w swoim narożniku, to to jej pomoże, kiedy będzie się starała o zostanie wspólnikiem. A potem ją obmacywałeś.

– Nie zrobiłem niczego takiego!

– Dotykałeś w niestosowny sposób jej szyi i piersi.

– Tylko... tylko dotknąłem ramienia.

– Więc przyznajesz, że jej dotykałeś? I nie zabrałeś rąk, choć wyraźnie była niechętna?

Ken zrozumiał, że lepiej się zamknąć, i przeniósł spojrzenie na wspólnika. Jeśli Barneya rozzłościło to, co powiedziała Jill, niczego po sobie nie pokazał.

– Maria nie wspomniała o molestowaniu seksualnym na naszym dzisiejszym spotkaniu. Nigdy mi nie mówiła o czymś takim. Ani razu przez wszystkie miesiące pracy w kancelarii.

– Dlaczego miałaby to robić? Wiedziała, że będziesz go krył. Tak jak wcześniej, kiedy inne sprawy o molestowanie zakończyły się ugodą.

Barney odetchnął przeciągle.

– Jestem pewien, że doszło do nieporozumienia i będziemy mogli rozwiązać to po przyjacielsku. Nie ma powodu uciekać się do pogróżek.

– Nie uciekam się do pogróżek. Prawdę mówiąc, powinieneś być wdzięczny, że tu przyszłyśmy, dzięki temu nie będziesz zaskoczony.

– Jestem wdzięczny – zgodził się. – Sądzę, że omówimy sprawę w bardziej uprzejmy sposób, jeśli usiądziemy. Chciałbym posłuchać, co ma do powiedzenia Maria.

– Nie wątpię. Przeczytasz jej szczegółowe oświadczenie, gdy zostanie złożone. Na razie ja mówię w jej imieniu.

Ken szeroko otworzył oczy, a Barney tylko patrzył na Jill.

– Rozumiesz, że nie możesz reprezentować Marii z powodu oczywistej sprzeczności interesów?

– Jestem tutaj jako jej przyjaciółka.

– Nie jestem pewien, czy to ma znaczenie.

– Zacznijmy więc od tego, że Maria i ja odchodzimy z firmy. Nie miałyśmy zamiaru informować cię już dzisiaj, ale skoro Maria może dodatkowo złożyć skargę, uznałam, że lepiej mieć to za sobą.

Po raz pierwszy nawet Barney nie był pewien, co powiedzieć. Przeniósł spojrzenie na Marię, potem znowu na Jill.

– Powiedziałaś, że obie odchodzicie z firmy?

– Tak.

– Gdzie będziecie pracować?

– Nie o tym rozmawiamy. W tej chwili rozmawiamy o pozwie, który zamierza złożyć Maria. Wszyscy wiemy, że zarzuty wysunięte przez Lynn i inne poszkodowane są poważne. Chyba możesz sobie wyobrazić, jaką zyskają wagę, kiedy Maria do nich dołączy?

– Przecież ja nic nie zrobiłem – wymamrotał Ken.

Barney tylko spiorunował go wzrokiem.

– Myślisz, że ktoś w to uwierzy? – odparowała Jill. – Po tym wszystkim, co inne poszkodowane powiedzą w sądzie? Ale oczywiście do tego nie dojdzie, o czym wiedzą wszyscy w tym pokoju. Takie sprawy niemal zawsze kończą się ugodą. Chociaż nie jestem pewna, czy Maria na tym poprzestanie. Była naprawdę zdenerwowana, kiedy ze mną rozmawiała. Nie będę jej pełnomocnikiem, ale podejrzewam, że może pociągnąć sprawę możliwie jak najdalej.

Barney wygładził marynarkę.

– Zakładam, że jesteście tutaj nie tylko po to, żeby nas powiadomić, że Maria ma zamiar złożyć skargę albo że zamierzacie odejść z firmy. Zakładam, że przyszłyście, ponieważ chcecie w jakiś sposób załatwić tę sprawę.

– Dlaczego tak sądzisz?

– Niczego nie zyskujesz, uprzedzając nas o zamiarze wniesienia skargi do komisji.

– Może po prostu drzemią we mnie resztki lojalności wobec kancelarii.

– Może.

– A może po prostu chciałam, żeby Ken wiedział, że poza zrujnowaniem firmy i utratą oszczędności prawdopodobnie będzie musiał sprzedać ten swój śmieszny samochodzik, zanim Maria z nim skończy.

Ken jęknął cicho. Barney go zignorował.

– Jak możemy to rozwiązać?

– Na początek, Maria chce mieć w tym roku sześć tygodni urlopu.

– Dlaczego, skoro zamierza odejść?
– Ponieważ ma długą listę rzeczy, które chce zrobić przed śmiercią. Ponieważ Ken jest dupkiem. Ponieważ wczoraj widziała tęczę, kiedy szła w pobliżu ogrodu z włączonymi zraszaczami. Ponieważ przez ciebie musi pracować wieczorami i w weekendy i odkąd tu jest, nie miała dnia wolnego. Chodzi mi o to, że nie ma znaczenia, dlaczego tego chce. Chce i na tym koniec.
– W pierwszym roku pracy zatrudnieni mają prawo tylko do tygodniowego urlopu.
– W takim razie zrób wyjątek. Płatny urlop, pamiętaj, wypłacony z ostatnią pensją.

Ken chciał coś powiedzieć, ale Barney uniósł rękę, żeby go powstrzymać.

– Coś jeszcze?
– Tak. Dwutygodniowe wypowiedzenie? Nie obowiązuje. Maria jest w pracy ostatni dzień i więcej tu nie przyjdzie. Dostanie wynagrodzenie również za te dwa tygodnie.

Barney miał taką minę, jakby właśnie zjadł coś obrzydliwego.

– To wszystko? Łącznie wynagrodzenie za dwa miesiące?
– Niezupełnie. Za szkody moralne domaga się zadośćuczynienia. Powiedzmy... kwoty w wysokości trzymiesięcznego wynagrodzenia.
– W zamian za co? – zapytał cicho Barney.
– Będę musiała to z nią omówić, ale jestem pewna, że nigdy nie usłyszysz od niej o odbiegającym od normy zachowaniu Kena. Żadnych roszczeń, żadnych procesów. Sprawa zostanie zamknięta i każdy pójdzie w swoją stronę.

Barney milczał, prawdopodobnie zastanawiając się, jak daleko Maria może się posunąć. Jill go przejrzała.

– Ona nie blefuje, Barney. Wiesz, jaki jest Ken. Wiesz, jak postępował z innymi kobietami, i wiesz, że molestował seksualnie Marię. Co więcej, wiesz, że nie mówimy o jakichś astronomicznych sumach. W gruncie rzeczy Maria proponuje ci prezent, ponieważ, choć pogardza Kenem, dla ciebie ma wielki szacunek.

– A oświadczenie?

– Nawet nie próbuj – przestrzegła go Jill. – Maria nie zamierza kłamać. Jednak nie napisze oświadczenia o tym, co rzeczywiście miało miejsce. To zdarzenie po prostu pójdzie w niepamięć.

– A jeśli zostanie wezwana do złożenia zeznań przez drugą stronę w procesie?

– Wtedy będzie na Jowiszu, więc nie ma powodów do zmartwień.

– Słucham?

– Och... – Jill się uśmiechnęła. – Pomyślałam, że wkraczamy do krainy fantazji.

– Fantazji?

– Oboje wiemy, że nie będzie zeznawać. Ponieważ nie pozwolisz, żeby sprawy zaszły tak daleko. Zakończysz sprawę ugodą. Musisz, bo inaczej proces będzie cię kosztować fortunę, nawet jeśli wygrasz.

Barney zerknął na Kena, potem przeniósł spojrzenie na Jill.

– Mogę spytać, jakie są twoje żądania? Skoro ty także odchodzisz z firmy?

– Tylko jedno, i nie chodzi o pieniądze – odparła. – W zamian przepracuję tu jeszcze parę tygodni, jak planowałam, tak, żeby żaden z moich klientów nie zauważył zmiany, a potem odejdę.

– Jakie to żądanie?

– Chciałabym, żebyś wydał na moją cześć małe przyjęcie w biurze. Nic wystawnego, wystarczy ciasto w porze lunchu, ale miałabym okazję pożegnać się ze wszystkimi jednocześnie. Oczywiście, jak sądzę, wszyscy tu obecni zdają sobie sprawę, że nie należy rozgłaszać naszego odejścia. Pozostali wspólnicy muszą wiedzieć, ale nie chcę siać paniki i spowodować masowej ucieczki pracowników. Wierz mi lub nie, mam nadzieję, że dojdzie do ugody i zakończysz tę sprawę tak szybko i cicho, jak to tylko możliwe. Jest tu wielu dobrych ludzi.

Może Barney podzielał odczucia Jill, ale Maria zauważyła, że się wzdrygnął, unosząc rękę do podbródka.

– Pięciomiesięczna odprawa dla Marii to za dużo. Jestem pewien, że wspólnicy będą temu przeciwni. Trzy miesiące prawdopodobnie zdołam przeforsować...

– Nie interpretuj błędnie mojej troski o innych jako okazji do negocjacji, ponieważ nie negocjujemy. To jednorazowa propozycja typu korzystasz albo nie, która przestaje być aktualna w chwili, kiedy stąd wyjdziemy. Zaraz potem Maria siądzie nad skargą do komisji. Naprawdę. Bądźmy szczerzy, prosi o znacznie mniej, niż będziesz musiał zapłacić innym. W gruncie rzeczy powinieneś jej dziękować, a nie szukać sposobu na obniżenie kwoty.

Barney nie śpieszył się z odpowiedzią.

– Będę musiał porozmawiać ze wspólnikami – rzekł wreszcie. – Nie mogę samodzielnie podjąć takiej decyzji.

*

– Pięciomiesięczna odprawa?! – krzyknęła Maria. Stały na parkingu niedaleko jej samochodu. Przed kilkoma minutami Maria zapakowała do pudełka nieliczne drobiazgi osobiste – głównie zdjęcia rodziny oraz parę tych, które zrobiła podczas pływania na desce – i wyniosła je do bagażnika. Na prośbę Barneya nie pożegnała się z nikim ani też nikt nie zauważył niczego niezwykłego, gdy wychodziła. Jill na nią czekała.

Przyjaciółka się uśmiechnęła.

– Nieźle, co?

Prawdę mówiąc, Maria była oszołomiona. Koniec z Kenem, koniec z weekendami, które poświęcała na spełnianie żądań Barneya, a do tego pięciomiesięczne wynagrodzenie prosto na jej konto. Nigdy, przenigdy nie miała takich pieniędzy. To, co właśnie się stało, przypominało wygraną w zdrapce.

– Wciąż jestem w szoku.
– Prawdopodobnie mogłabym wyciągnąć więcej.
– To w zupełności wystarczy. Czuję się winna, że aż tyle.
– Nie rób sobie wyrzutów, bo wierz mi lub nie, byłaś molestowana seksualnie. Może w twoim wypadku nie było to takie oczywiste jak u innych, ale byłaś. Zasłużyłaś na te pieniądze. I wierz mi, że w tej chwili Barney oddycha z ulgą, w przeciwnym razie nie stałybyśmy tutaj, urządzając sobie małe święto.
– Bardzo ci dziękuję.
– Nie musisz. Gdybyś była na moim miejscu, zrobiłabyś dla mnie to samo.
– Nie jestem nawet w przybliżeniu tak dobra jak ty. Naskoczyłaś na Barneya. I wygrałaś.
Jill uśmiechnęła się skromnie.
– Chcesz wiedzieć, co jest jeszcze bardziej szalone?
– Co?
– Leslie jest o niebo lepsza ode mnie.
Te słowa sprawiły, że Marii zakręciło się w głowie.
– Jeszcze raz dziękuję, że zaryzykowałaś, stawiając na mnie.
– Proszę bardzo. Ale dokładnie wiem, co biorę.
Maria skinęła ręką w stronę budynku.
– Dziwnie jest myśleć, że jutro nie idę do pracy. I że najprawdopodobniej nigdy więcej nie przekroczę progu tej kancelarii. To się stało tak... szybko.
– Jak to się mówi o bankructwie? Z początku powoli, a potem jak lawina?
Maria pokiwała głową.
– Chyba tak. Nie podoba mi się, co próbował zrobić Barney, ale nie życzę mu źle.
– Barney jest jednym z tych prawników, o których nie musisz się martwić. Nic mu nie będzie, bez względu na wszystko. A tak

między nami, nie byłabym zaskoczona, gdyby on też odszedł z kancelarii.

– Dlaczego miałby to zrobić?

– Bo może. A ty chciałabyś pracować z Kenem?

Maria nie odpowiadała, ale przecież nie musiała. Jill miała rację. Gdy wciąż próbowała ogarnąć wypadki tego dnia, nagle pomyślała o Lesterze Manningu i o tym, co powiedział Margolis. Skrzyżowała ręce na piersi.

– Co zrobiłabyś na moim miejscu? W związku z Lesterem? – zapytała.

– Myślę, że wiesz za mało, żeby wyciągnąć jakieś wnioski. Wiem, że prawdopodobnie ci to nie pomaga, ale...

Nie dokończyła, a Maria nie mogła mieć do niej żalu, bo przecież nawet ona nie potrafiła dopasować części tej układanki.

*

Na drogach panował duży ruch, gdy Maria jechała do Mayfaire, ekskluzywnego centrum handlowego. W drodze próbowała oswoić się z myślą, że jutro nie pójdzie do pracy, ani w poniedziałek. Ostatni raz coś takiego wydarzyło się wtedy, gdy odeszła z prokuratury w Charlotte...

Pokręciła głową, odsuwając to wspomnienie. Dobrze wiedziała, dokąd doprowadzi, a nie chciała myśleć o Lesterze, o chłopaku Cassie ani o tym, co powiedział jej Margolis, ponieważ ten tok rozumowania też prowadził donikąd. Chyba że chciała mieć kompletny mętlik w głowie. Koniec z Kenem, pomyślała zdumiona. Koniec weekendów, które mógłby jej zepsuć Barney. Za dwa tygodnie rozpocznie pracę z Jill. Dostanie pięciomiesięczną odprawę. Wątpiła, czy w kwestii zawodowej sytuacja mogłaby być lepsza, i to się prosiło o świętowanie, może nawet zakupowe szaleństwo. Może odda samochód w rozliczeniu i weźmie coś bardziej szpanerskiego – byle nie czerwoną corvette – ale gdy tylko przemknęło jej to przez głowę, wiedziała, że to mrzonki. Była zbyt oszczędna i nie miała zamiaru wyjaśniać tacie, dlaczego kupiła samochód, zamiast spłacić część długu zaciągniętego na studia prawnicze albo otworzyć konto inwestycyjne. Albo po prostu oszczędzać, skoro prawdopodobnie za parę lat będzie musiała mieć pieniądze na udziały, aby zostać wspólnikiem.

Wypadki dnia przyćmiły sugestię, że pewnego dnia naprawdę może zostać wspólnikiem w kancelarii – może nawet niedługo po trzydziestce. Kto mógłby to przewidzieć?

Gdy dotarła do Mayfaire, zapadał zmierzch. Napisała do Sereny, że będzie w domu przed siódmą, ale żeby z uwagi na nią nie opóźniali kolacji.

Po chwili otrzymała odpowiedź. „Ja też się trochę spóźnię. Nie ścierpiałabym, gdyby cię ominęła choćby część błyskotliwej rozmowy!".

Maria się uśmiechnęła. Wysłała SMS-a do rodziców, informując ich, kiedy się zjawi, a potem ruszyła do sklepu Williams-Sonoma. Mama zawsze marudziła, gdy wydawali na nią pieniądze, zwłaszcza dzieci, więc wybranie czegoś wyjątkowego stanowiło nie lada wyzwanie. Maria doszła do wniosku, że skoro nie kupi nowego samochodu, może trochę zaszaleć, kupując garnki i rondle. Mimo posiadania restauracji i zamiłowania do gotowania, mamie nigdy nie przyszło do głowy, żeby kupić nowe garnki. Wszystkie były z czasów, kiedy Maria chodziła do podstawówki, a może nawet jeszcze starsze.

Zaszalała nawet bardziej, niż zamierzała. Naczynia wysokiej jakości były drogie, ale wcale nie żałowała wydanych pieniędzy. Rodzice zapłacili za prywatne szkoły, za samochód, który dostała na szesnaste urodziny i którym jeździła, dopóki nie dorobiła się obecnego, za cztery lata studiów w college'u i połowę studiów prawniczych, a ona ani razu nie zrobiła niczego takiego. Wiedziała, że mama będzie narzekać – tata nic nie powie – ale zasłużyła na prezent.

Wstawiła garnki do bagażnika obok pudełka z rzeczami z biura. Na szczęście ruch się zmniejszył. Wysłała Serenie wiadomość, że będzie za piętnaście minut, a potem sobie przypomniała, że jeszcze nie powiadomiła Colina, co się dziś stało w kancelarii. Wciąż odczuwała potrzebę świętowania, a z kim lepiej niż z nim? Później, u niego albo u niej... Kto by przypuszczał, że pieniądze mogą być takim afrodyzjakiem?

Wiedząc, że prawdopodobnie już stoi za barem, napisała SMS-a z pytaniem, czy może do niej zadzwonić w wolnej chwili. Pewnie będzie w pracy do dziesiątej albo jedenastej, więc wystarczy jej czasu na powrót od rodziców do domu, zapalenie świeczek, może nawet na kieliszek wina. Wiedziała, że świętowanie skończy się późną nocą, ale Colin nie ma rano zajęć, a ona nie musi iść do pracy, więc czy to ważne?

Położyła komórkę na fotelu pasażera i ruszyła do domu rodziców. Skręciła w osiedle, zastanawiając się, ile razy w życiu pokonała ten zakręt. Może dziesiątki tysięcy, pomyślała, i to ją zdumiało. Zdumiewało ją również samo osiedle. Ludzie wprowadzali się i wyprowadzali, ale domy wydawały się nietknięte zębem czasu i każdy róg przywoływał wspomnienia: stragany z lemoniadą albo jazda na rolkach, fajerwerki wystrzeliwane na podjazdach w Dzień Niepodległości. Halloween. Powroty do domu z koleżankami. Zadzwoniła komórka, przerywając napływające wspomnienia. Maria spojrzała na ekran, zobaczyła, że to Colin, i odebrała z uśmiechem.

– Cześć. Nie przypuszczałam, że wolno ci dzwonić w pracy.

– Nie powinienem, ale zobaczyłem twoją wiadomość. Poprosiłem drugiego barmana, żeby zastąpił mnie na chwilę. Wszystko w porządku?

– Tak, świetnie – odparła. – Dojeżdżam do rodziców.

– Myślałem, że już tam jesteś.

– Musiałam najpierw kupić mamie prezent i to trwało wieki – wyjaśniła. – Posłuchaj... nigdy nie zgadniesz, co się dzisiaj stało.

- Znowu zadzwonił Margolis?
- Nie. Chodzi o pracę – odrzekła. Zbliżając się do domu rodziców, opowiedziała mu, co zaszło. – A to oznacza, że jestem bogata.
- Na to wygląda.
- Kupiłam mamie parę fantastycznych garnków.
- Założę się, że będzie zachwycona.
- Kiedy tylko upora się z wyrzutami sumienia. Ale tak naprawdę dzwonię, żeby ci powiedzieć, że chciałabym, żebyś dziś do mnie przyjechał.
- Czy już nie uzgadnialiśmy, że przyjadę? I że zadzwonię, jak skończę pracę?
- Tak, ale kiedy o tym mówiliśmy, nie byłam w nastroju do świętowania. Teraz jestem i chciałam cię zawczasu ostrzec.
- Przed czym?
- Cóż, teraz gdy jestem bogata, mogę mieć większe wymagania wobec ciebie. To znaczy, natury fizycznej.

Roześmiał się, więc Maria przyjęła, że spodobała mu się jej sugestia.
- Okay.

Zobaczyła samochód Sereny zaparkowany przed domem rodziców. Chodniki po obu stronach były puste, w domach paliły się światła, migotały ekrany telewizorów, rodziny relaksowały się po długim dniu.
- Cokolwiek robisz, nie pozwól, żeby oczekiwanie przeszkodziło ci w pracy. Nie wybaczyłabym sobie, gdybyś przeze mnie miał problemy z szefem.
- Postaram się.

Zatrzymała się za autem Sereny i wyłączyła silnik.
- I jeszcze jedno. Pamiętasz, co powiedziałam Margolisowi? Kiedy zapytał, dlaczego wciąż z tobą jestem?
- Tak.

Wysiadła i podeszła do bagażnika.
- Po prostu chcę, żebyś wiedział, że mówiłam poważnie.

Znów się roześmiał.
– Okay.
Otworzyła bagażnik.
– Niestety, muszę kończyć. Potrzebuję obu rąk, żeby to wszystko zanieść.
– Rozumiem. A ja muszę wracać do pracy.
– Aha, zanim pójdziesz...
Gdy spojrzała na pudła, kątem oka dostrzegła ruch i odwróciła się. Jakiś mężczyzna szedł szybko przez jezdnię w jej stronę. Przez ułamek sekundy nie wiedziała, jak zareagować. Okolica była spokojna. Nigdy nie słyszała o włamaniu czy choćby domowej awanturze, która wymknęła się spod kontroli, i nigdy się nie bała. Tylko parę metrów dzieliło ją od drzwi frontowych domu rodziców, przy ulicy tak bezpiecznej, że w ciepłe letnie noce biwakowała na podwórku. A jednak zdecydowany krok nieznajomego spowodował, że zjeżyły jej się włoski na karku, ponieważ instynktownie wyczuła, że to obcy.

W ciemności ledwie go widziała, ale w tej chwili światło z salonu rodziców padło na jego twarz. Zobaczyła błysk metalu w jego ręce i na widok broni ogarnął ją strach. Nie mogła się ruszyć, prawie nie mogła oddychać. Jak przez mgłę usłyszała, że Colin wypowiada jej imię.

Powtórzył je po raz drugi czy trzeci, zanim głęboka troska w jego głosie wyrwała ją z odrętwienia.
– On tu jest – szepnęła.
– Kto? – zapytał Colin. – Co się dzieje?
– Ma broń.
– Kto ma broń?
– Lester Manning – odparła. – Jest przy domu.

23
Colin

Szok wywołany słowami Marii spowodował skok poziomu adrenaliny, co wywołało reakcję „walcz lub uciekaj". Colin usłyszał niewyraźny krzyk Lestera i połączenie zostało przerwane.

Lester.

Colin wyskoczył z pokoju na zapleczu i minął bar. Przemknął między stolikami i gośćmi, wciskając przycisk powtórnego wybierania.

Usłyszał pocztę głosową.

Jeszcze raz.

Znów poczta głosowa.

Maria jest w niebezpieczeństwie.

Słyszał, jak za plecami barman wykrzykuje jego imię. Kelnerki wyglądały na zdezorientowane, a gdy wybiegał za drzwi, kierownik zapytał, dokąd się wybiera.

Lester ma broń.

Colin skręcił za róg budynku, poślizgnął się na lekko zapiaszczonym chodniku. Odzyskał równowagę i pognał w głąb ulicy, obmyślając najkrótszą drogę do domu rodziców Marii.

Miał nadzieję, że ruch nie będzie duży.

Miał nadzieję, że samochód zapali.

Proszę, niech zapali.

Podczas jazdy zadzwoni na policję.

Wyminął starszą parę i pędził, już widząc samochód.

Uciekały cenne sekundy.

Lester mógł wepchnąć Marię do swojego samochodu i odjechać, jak Gerald Laws z Cassie...

Dwadzieścia minut drogi do jej rodziców.

Wyrobi się w dziesięć. Może mniej.

Może już być za późno...

Dobiegł do samochodu. Wskoczył za kierownicę, wsunął kluczyk do stacyjki, uważając, żeby nie zalać silnika. Stare camaro z rykiem zbudziło się do życia. Colin wystartował, patrząc na jadące przed nim pojazdy.

Zmniejszył odległość od jadącego przed nim auta i zerknął na komórkę. Jedną ręką gorączkowo wybrał numer policji i usłyszał pytanie dyżurnego, co się stało.

Powiedział, że mężczyzna z pistoletem zagraża pewnej kobiecie Marii Sanchez. Niejaki Lester Manning, który ją prześladował, teraz zaskoczył ją przed domem rodziców...

Nie mógł sobie przypomnieć numeru posesji, ale podał imiona rodziców Marii, nazwę ulicy i najbliższej przecznicy. Przedstawił się i dodał, że jest w drodze. Kiedy dyżurny zaczął go przekonywać, żeby nie interweniował i pozwolił policji zająć się problemem, natychmiast się rozłączył.

Pędził tuż za jadącym przed nim autem. Sąsiedni pas był zablokowany przez czarnego range rovera, który niemal przekraczał dozwoloną prędkość. Colin zjechał na pas awaryjny i przemknął wzdłuż ciągu pojazdów, po czym znów wjechał na jezdnię. Dodał gazu i po paru sekundach natknął się na pick-upa i białego minivana jadące obok siebie. Wyprzedził obydwa, znów na pasie awaryjnym, tym razem prawie nie zwalniając.

Dotarł do zjazdu na most i ostro szarpnął kierownicę, skręcając z piskiem opon. Jadąc pasem awaryjnym, wyprzedzał kolejne auta i gdy w końcu ujrzał przed sobą długi odcinek drogi o mniejszym natężeniu ruchu, wcisnął gaz do deski. Adrenalina wyostrzyła mu refleks, jego ciało było idealnie zsynchronizowane z samochodem.

Przyśpieszał, pędząc sto trzydzieści, sto czterdzieści pięć, sto sześćdziesiąt kilometrów na godzinę. Zobaczył czerwone światło i zapalające się światła stopu samochodów przed nim. Nie chciał się zatrzymywać, więc wjechał na ścieżkę rowerową. Przemknął przez lukę na skrzyżowaniu, dodając gazu, lawirując między pojazdami albo korzystając ze ścieżki rowerowej. Pokonał zakręt i znowu przyśpieszył. Jechał w kierunku długiej linii pojazdów. Nie mając innej możliwości, przejechał przez parking stacji paliw z prędkością prawie pięćdziesięciu kilometrów na godzinę, zmuszając ludzi do uskakiwania mu z drogi.

Policja już jedzie... ale może nie zdążyć na czas.

Jego umysł pracował gorączkowo. Czy Lester już wepchnął Marię do samochodu, a jeśli tak, dokąd mógł ją zabrać...

Albo czy już jej nie zastrzelił?

Następy zakręt, tym razem w lewo, i po raz pierwszy Colin musiał się zatrzymać na ruchliwym skrzyżowaniu. Trzasnął pięścią w kierownicę, po czym, wstrzymując oddech, rzucił się między pojazdy. Widział, jak jakiś kierowca hamuje i mija go o centymetry.

Gdy pędził setką przez osiedle mieszkaniowe, wypatrując dzieci, psów, przechodniów, domy zlewały się w jedną smugę.

Kolejny zakręt. Opony zapiszczały i tyłem camaro zarzuciło w lewo i prawo. Colin walczył o zapanowanie nad kierownicą. Po obu stronach ulicy parkowały samochody, ograniczając widoczność, więc niechętnie, ale musiał zwolnić. Niedaleko przed sobą dostrzegł parę z wózkiem na chodniku. Po drugiej stronie jezdni jakiś dzieciak grał z tatą w piłkę. Jakiś facet spacerował z psem na długiej rozwijanej smyczy...

Następny zakręt i pusta droga z lepszą widocznością. Colin znowu przyśpieszył, w końcu rozpoznając osiedle Sanchezów.

Jazda zajęła mu dziewięć minut.

Z maksymalną prędkością wszedł w ostatni zakręt... i o mało nie uderzył w toyotę camry, która zbliżała się szybko środkiem drogi. Odruchowo skręcił w prawo, podobnie jak ten drugi, tyłem znowu zarzuciło z piskiem opon. Poczuł kolejny zastrzyk adrenaliny, serce łomotało mu w piersi. W przelocie ujrzał przerażone miny dwóch mężczyzn o szeroko otwartych oczach, gdy samochody mijały się w odległości centymetrów. Zbyt blisko. O wiele za blisko. Mocno chwycił kierownicę, odzyskując kontrolę nad autem. Mało brakowało.

Był prawie na miejscu. Jeszcze jeden zakręt, a będzie na ulicy Sanchezów. Nacisnął pedał hamulca dopiero tuż przed skrzyżowaniem.

Strach przejmował kontrolę.

Modlił się, żeby nie było za późno.

Ścinając zakręt, usłyszał za sobą syrenę. W lusterku wstecznym ujrzał błyskające światła na dachu radiowozu, który wchodził w ten sam zakręt. Zwolnił tylko nieznacznie, ale radiowóz szybko się zbliżał. Colin usłyszał piśnięcie megafonu.

– Zatrzymaj się!

Nie ma mowy, pomyślał. Bez względu na to, co się ze mną stanie.

24
Maria

Maria nie mogła oderwać wzroku od pistoletu... ani od osoby, która go trzymała.

Lester Manning.

Margolis nie miał racji. Lester nie przebywa w szpitalu. Czekał tu na nią. Sparaliżowana, bezwolnie patrzyła, jak wyrywa telefon z jej ręki. Grymas wykrzywiał jego twarz, czyniąc ją ledwo rozpoznawalną.

– Żadnych rozmów! – krzyknął, aż podskoczyła. Miał nerwowy, piskliwy głos. – Żadnej policji!

Zmysły miała wyostrzone, więc gdy się cofnął, ogarnęła wszystko jednym spojrzeniem: rozczochrane włosy, złachmaniona płócienna kurtka, spłowiała czerwona koszula i podarte dżinsy. Ciemne plamy źrenic i szybko unosząca się klatka piersiowa. W jej głowie zbiegły się słowa: zaburzenia urojeniowe, faza ostra, urojenia prześladowcze.

Pistolet. Trzymał pistolet.

Jej rodzice są w domu, Serena też. Jej bliskim grozi niebezpieczeństwo, jest ciemno, w okolicy ani żywego ducha...

Powinna rzucić się do ucieczki, gdy tylko go zobaczyła, powinna popędzić do drzwi i zamknąć je za sobą, ale stała, jakby jej nogi należały do kogoś innego...

– Wiem, co zrobiłaś! – syknął.

Słowa płynęły szybko, ledwie zrozumiałe. Gdy wciąż się cofał, zobaczyła, że ekran komórki się rozjaśnia, i usłyszała dzwonek. Colin. Lester drgnął, spojrzał na telefon. Patrzyła, jak odrzuca połączenie. Po chwili znowu zabrzmiał dzwonek. Lester ściągnął brwi, wciskając guzik, i przemówił do komórki, jakby była żywa.

– Mówiłem, żadnych telefonów! Ani policji! – Potem wymamrotał: – Myśl trzeźwo. To nie jest prawdziwe. – Ręce mu się trzęsły, gdy wyciszał telefon i wpychał go do kieszeni kurtki. – Nie przyjadą.

Boże, błagam, żeby Colin wezwał policję, pomyślała. Policja już jedzie, zaraz tu będą. Przetrwam, dopóki się nie zjawią. Będzie inaczej niż z Cassie. Jeśli choćby mnie dotknie, zacznę wrzeszczeć i walczyć jak szalona.

Ale...

Margolis powiedział, że Lester czasami może normalnie funkcjonować. Przecież miał pracę i jakoś sobie radził. Poza tym, kiedy go poznała, był... dziwny, ale nie wyglądał na chorego psychicznie, nawet gdy wyraźnie walczył z emocjami. Może zdoła przemówić mu do rozumu... Po prostu musi zachować spokój.

– Cześć, Lester – zaczęła, starając się mówić łagodnie, grzecznie.

Podniósł wzrok, błysnęły ogromne źrenice.

Nie, nie ogromne. Rozszerzone. Jest na prochach?

– „Cześć, Lester"? To wszystko, co masz do powiedzenia?

– Chcę, żebyś wiedział, że przykro mi z powodu Cassie...

– Nie, nie, nie! – przerwał jej, podnosząc głos. – Nie wypowiadaj jej imienia. Umarła przez ciebie!

Odruchowo uniosła ręce, spodziewając się, że się na nią rzuci, ale odsunął się o jeszcze jeden krok. Gdy czekała na to, co on zrobi, zrozumiała, że Lester sprawia wrażenie nie tyle rozgniewanego, ile... przestraszonego?

Albo obłąkanego. Doprowadzenie go do wybuchu jest ostatnią rzeczą, jakiej jej trzeba.

Spuściła wzrok, serce jej łomotało. Słyszała ciężki oddech Lestera, gdy mijały długie sekundy. Cisza się przedłużała, aż w końcu pociągnął nosem.

– Nie – powiedział łagodniejszym tonem. Słyszała, że jego oddech wreszcie zwalnia, i kiedy znowu się odezwał, głos miał drżący, ale opanowany.

– Są bezpieczni – podjął, kiwając głową w stronę domu. – Twoi rodzice. Widziałem ich przez okna. Patrzyłem, jak twoja siostra wchodzi do środka. Od ciebie zależy, co będzie dalej.

Wzdrygnęła się na te słowa, ale zachowała milczenie. Jego oddech zwalniał wskutek czegoś, co wydawało się świadomym wysiłkiem, jego spojrzenie ani przez chwilę nie było niepewne.

– Przyszedłem pogadać. Musisz wysłuchać, co mam do powiedzenia. Tym razem mnie wysłuchasz, prawda, Mario?

– Tak.

– Lekarze mi mówią, że to nie jest prawdziwe – wyjaśnił. – Powtarzam sobie, że nie jest prawdziwe. Ale potem przypominam sobie prawdę. O Cassie i o mojej mamie. I co im zrobili. I wiem, że ty to zaczęłaś. Lekarze mogą mi mówić, że to nie jest prawdziwe i że zmyślam, ale znam prawdę. Powiedz mi. Rozmawiałaś o mnie, mam rację?

Kiedy nie odpowiedziała, zobaczyła, że napina mięśnie szyi.

– Daruj sobie kłamstwa. Pamiętaj, już znam odpowiedź.

– Tak – szepnęła.

– Znowu rozmawiałaś o mnie z policją.

– Tak – powtórzyła.

– Dlatego dziś rano przyszedł detektyw.

Gdzie jest Colin? – zastanawiała się. I policja? Nie była pewna, czy lada moment nie wyprowadzi Lestera z równowagi...

– Tak.

Odwrócił głowę, krzywiąc się.

– Kiedy się poznaliśmy, chciałem ci wierzyć, jak zapewniałaś, że dokładasz wszelkich starań i że Cassie będzie bezpieczna. Później doszedłem do przekonania, że dla ciebie Cassie była nikim. Tylko kolejnym nazwiskiem, kolejnym nikim. Ale wcale nie była nikim. Była moją siostrą, a twoje zadanie polegało na tym, żeby ją chronić. Nie zrobiłaś tego. A później...

Mocno zacisnął powieki.

– Cassie opiekowała się mną, kiedy mama była zbyt chora, żeby wstać z łóżka... Robiła dla mnie rosół z makaronem, razem oglądaliśmy telewizję i czytała mi książki. Wiedziałaś o tym? Nie była nikim. – Wytarł nos grzbietem ręki. Jego głos brzmiał prawie dziecinnie. – Ostrzegaliśmy cię, co się stanie, ale nie słuchałaś. Po śmierci Cassie moja mama nie mogła już dłużej żyć. Przez ciebie się zabiła. Wiedziałaś o tym? Powiedz prawdę.

– Tak.

– Wiesz o nas wszystko, prawda, Mario? Wiesz wszystko o mnie.

– Tak.

– I nasłałaś na mnie policję po śmierci Cassie.

Bo przysyłałeś listy. Bo mi groziłeś.

– Tak.

– A twój chłopak... Jest twoim chłopakiem, prawda? Ten wielki facet w klubie? Widziałem, jak się wściekł, kiedy podesłałem ci drinka. Chciał mnie skrzywdzić, prawda?

– Tak.

– I dzisiaj rano znowu nasłałaś na mnie policję.

Bo przebiłeś opony! Bo mnie nękałeś.

– Tak.

Lekko się wyprostował.

– Właśnie to powiedziałem lekarzom. Wszystko. Oczywiście mi nie uwierzyli. Nikt nigdy mi nie wierzy, jednak ty przynajmniej

jesteś szczera. Wiedziałem, ale teraz wiem naprawdę... i czuję zmianę w całym ciele. Rozumiesz, Mario, prawda?
Nie.
– Tak.
– Przejmuje władzę... chodzi mi o strach. Niezależnie od tego, jak bardzo próbujesz go zwalczyć, przejmuje kontrolę, wyciska z ciebie życie. Jak teraz. Wiem, że się mnie boisz. Może tak bała się Cassie po tym, jak ją zawiodłaś? – Patrzył na nią, czekając na potwierdzenie.
– Tak.
Patrzyła, jak uderza pistoletem w udo.
– Potrafisz sobie wyobrazić, co się wtedy czuje? Gdy się straci siostrę? I mamę? I gdy ludzie tacy jak ty nachodzą mojego tatę? A potem mnie?
– Nie mogę sobie wyobrazić, jakie to musiało być straszne.
– Nie, nie możesz! – krzyknął.
W tej samej chwili Maria usłyszała płynące z daleka ciche zawodzenie syreny policyjnej. Lester zesztywniał, gdy zrozumiał, co się dzieje.
– Powiedziałem: żadnej policji. Powiedziałem: żadnej policji! – Miał chrapliwy głos, zdradzający uczucie między strachem a niedowierzaniem. Zrobił krok w jej stronę.
– Nie wrócę! Słyszysz? Nie wrócę!
Maria się cofnęła, wciąż z uniesionymi rękami.
– Okay...
– Oni mnie krzywdzą! – wrzasnął, robiąc kolejny krok. Miał wypieki na policzkach, gdy odwrócił się do niej twarzą. – Rażą mnie prądem! Zamykają w klatce z bydlakami, którzy mnie biją. A oni nic nie robią! Wyśmiewali się ze mnie, dla nich to była tylko zabawa! I myślisz, że nie wiem, kto ich do tego namawia?
Boże... Lester traci...
– Ty! – ryknął, dygocąc z wściekłości.

Maria się cofnęła, próbując zachować stałą odległość między nimi. Przenosiła spojrzenie z Lestera na pistolet i z powrotem. Szedł ku niej, gdy się cofała. Tuż za plecami miała drzwi garażu.

– Ty wezwałaś policję! Wciąż wracasz, ale tym razem nie pozwolę, żeby ci to uszło na sucho!

Teraz Serena na pewno go usłyszała, pomyślała Maria. Albo rodzice. Lada chwila otworzą drzwi, Lester odwróci się i ucieknie...

W białym szumie pędzących myśli usłyszała, że do pierwszej syreny dołączyła druga, dalej. Oba radiowozy się zbliżały. Lester zacisnął zęby, jego oczy zapłonęły bólem, jakby został zdradzony. Przesunął palec w kierunku spustu. Poczuła impuls.

Uciekaj, UCIEKAJ!

Odwróciła się, obiegła samochód i popędziła przez trawnik do domu. Usłyszała, jak Lester z zaskoczeniem wykrzykuje jej imię. Usłyszała stęknięcie, gdy ruszył za nią, ocierając się o karoserię.

SZYBCIEJ!

Dziesięć metrów, może pięć.

Drzwi się otworzyły i na werandę padł prostokąt światła. Maria była pewna, że Lester depcze jej po piętach.

Uciekaj!

Rzuciła się przed siebie, ku światłu. Czuła, że Lester wyciąga rękę. Serena wychodziła na werandę. Maria widziała ją jak w zwolnionym tempie.

Zabije nas obie...

Stojąc w blasku światła przed otwartymi drzwiami, Serena nie rozumiała, co się dzieje. Z konsternacją patrzyła na siostrę biegnącą w stronę werandy.

Czy to jego palce dotykają moich pleców?

Maria zmusiła się do jeszcze szybszego biegu, wkładając w to wszystkie siły.

– Mario?!

Maria dopiero po chwili zrozumiała, że siostra wykrzyknęła jej imię. Już prawie...

Udało się.

Pchnęła Serenę do domu i zatrzasnęła drzwi.

– Co ty wyprawiasz?! – krzyknęła zdumiona Serena.

Maria zamknęła drzwi na klucz, złapała siostrę za rękę i mocno szarpnęła.

– Odejdź od drzwi! – wrzasnęła. – On ma broń!

Serena potknęła się i o mało nie upadła.

– Kto ma broń?

– Lester!

Ciągnąc siostrę do kuchni, Maria spostrzegła mamę stojącą przy piecu, wyraźnie przestraszoną zamieszaniem. Ale gdzie jest tata... Obracała głowę z boku na bok...

Boże...

Gdzie jest tata?

– Czekaj... Lester? Lester tu jest? – zapytała Serena za jej plecami.

– Na zewnątrz! – krzyknęła Maria, spoglądając na rozsuwane szklane drzwi w nadziei, że tata jest na werandzie. – Lester Manning! Facet, który mnie prześladował!

Lada moment wpadnie przez drzwi...

Zabije mnie i ich, a potem siebie...

Zupełnie jak Gerald i Cassie...

Z ogromną ulgą zobaczyła, że tata siedzi przy stole na werandzie, ze Smokeyem na kolanach.

Serena i mama zasypywały ją pytaniami.

– Cicho! – poleciła im. – Obie! – Rozsunęła tylne drzwi. – Chodź tutaj! – syknęła do ojca. Zareagował natychmiast, podnosząc się z pieskiem na ręce.

Serena i mama umilkły. Maria pilnie nasłuchiwała – skrzypnięcia drzwi, brzęku wybijanej szyby.

Cisza.

Serena wlepiała w nią oczy, na jej twarzy malował się strach. Rodzice patrzyli na nią z otwartymi ustami.

Wciąż nic.

A jeśli Lester nadejdzie od tyłu?

W ciszy Maria znowu słyszała wyjące syreny. Teraz brzmiały na tyle głośno, że było je słychać w domu.

– Nie rozumiem – odezwała się Serena drżącym głosem, przez łzy. – Lester cię gonił? Gdzie?

– W ogrodzie – odparła Maria. – Przecież go widziałaś. Już prawie mnie miał.

Siostra z zakłopotaniem pokręciła głową.

– Widziałam, że biegniesz, ale za tobą nikogo nie było – powiedziała. – Widziałam kogoś biegnącego w głębi ulicy...

– Miał broń i mnie ścigał!

– Nie – sprzeciwiła się Serena. – Wcale cię nie ścigał.

Zanim Maria zdążyła zrozumieć sens jej słów, zawodzenie syren wypełniło wnętrze domu, a czerwone i niebieskie światła miarowo błyskały na ścianach.

Policja, pomyślała. Dzięki Bogu.

W tej chwili drzwi frontowe otworzyły się z hukiem.

Maria krzyknęła.

25
Colin

Colin przeanalizował sytuację i stwierdził, że nie zrobił niczego złego. Poziom adrenaliny w organizmie opadał, co sprawiało, że czuł się wyczerpany i roztrzęsiony, ale trudno było pominąć fakt, że leży na brzuchu z rękami skutymi na plecach, pilnowany przez dwóch wściekłych funkcjonariuszy, mając w perspektywie długi wyrok więzienia.

Może jednak powinien zjechać na pobocze i przepuścić policjantów, którzy jechali za nim.

A może nie powinien hamować z wizgiem opon za radiowozem, który już stał przed domem Sanchezów, podczas gdy gliniarze podchodzili do drzwi. I może nie powinien ich zignorować, kiedy zażądali, żeby się zatrzymał i pozwolił im zająć się sprawą. Gdyby podjął inne decyzje, gliniarze prawdopodobnie nie wyciągnęliby broni, a on nie musiałby się zastanawiać, czy rzeczywiście mogą do niego strzelić.

Na jego korzyść świadczyło to, że nawet ich nie dotknął, gdy wyważył drzwi, ale żaden z nich nie był w nastroju do słuchania, kiedy próbował im powiedzieć o pustym domu i o parku, czyli o miejscach, do których być może uciekł Lester. Wszyscy czterej byli zbyt wkurzeni. Przyłapali go na lekkomyślnej jeździe z nadmierną prędkością, ignorowaniu poleceń wydawanych przez stróżów prawa. Nie zamierzali poprzestać na wypisaniu kilku mandatów i puszczeniu sprawy w niepamięć. Aresztowali go, co oznaczało, że układ zostanie unieważniony.

Jego prawnicy będą walczyć. Co do tego nie miał wątpliwości, ale więcej niż prawdopodobne, że sędzia o wszystkim się dowie. Sędzia – o czym świadczyła jego decyzja – był sprawiedliwy i rozsądny, ale postawione przez niego warunki były jasne. Do tego dochodził fakt, że Margolis będzie opowiadał się za stałym umieszczeniem go wśród niebezpiecznych i agresywnych, więc nieszczęście wisiało w powietrzu.

Więzienie.

Nie bał się, że go zamkną. Z reguły dobrze sobie radził w miejscach, nawet zamkniętych, gdzie obowiązywały ściśle określone zasady i gdzie istniała wyraźna hierarchia. Umiał o siebie zadbać, nie wściubiać nosa w cudze sprawy, w razie potrzeby patrzeć w inną stronę i trzymać język za zębami. Wiedział, że po jakimś czasie takie życie stanie się czymś normalnym. Przetrwa, w końcu go uwolnią i rozpocznie wszystko na nowo. Ale...

Maria nie będzie na niego czekać, a on nigdy nie zostanie nauczycielem.

Nie chciał o tym myśleć. Gdyby po raz drugi znalazł się w tej samej sytuacji, bez wahania zrobiłby to samo. Prześladowca Marii pojawia się z pistoletem? Trzeba ją ratować. Proste. Skąd mógł wiedzieć, że Lester zniknie przed jego przybyciem?

Przypuszczał, że gdyby gliniarze go wysłuchali, Lester już byłby pod kluczem. Ale minęły cenne minuty, kiedy zakładali mu kajdanki i odczytywali prawa, a gdy ochłonęli, najpierw wysłuchali chaotycznej relacji Marii, a później Felixa, który powiedział, że nie zamierza wnosić oskarżenia w związku z wyważonymi drzwiami i pękniętą futryną. Serena i Carmen przez cały czas płakały. O wiele za późno dwóch gliniarzy wyruszyło radiowozem na poszukiwania Lestera. Maria, gdy jej prośby o uwolnienie Colina spotkały się z obojętnością, poprosiła, żeby zadzwonili do detektywa Margolisa.

Zaskoczony tym Colin zamknął oczy, mając nadzieję, że detektyw będzie zajęty.

Chwilę później jeden z policjantów oznajmił, że Margolis jest w drodze.

Detektyw będzie zachwycony. Bez wątpienia błyśnie jednym z tych swoich pełnych samozadowolenia uśmieszków, wygłaszając tyradę w stylu „Od początku cię ostrzegałem", z wyuczoną pewnością siebie.

Jednak niczego nie żałował. Maria i jej bliscy byli bezpieczni i tylko to miało znaczenie. To i powstrzymanie Lestera od ponownej wizyty... Maria powiedziała policjantom, że Lester wpadł we wściekłość, gdy tylko usłyszał syreny. Do tego momentu uspokajała go, ostrożnie prowadząc spokojną rozmowę. Ściślej mówiąc, pozwalała Lesterowi mówić to, co mu chodziło po obłąkanej głowie, i tylko przytakiwała. Ale co będzie następnym razem? Czy Lester da się tak łatwo ugłaskać? Może po prostu ją porwie i zabierze w takie miejsce, gdzie policja ich nie znajdzie?

Na tę myśl zrobiło mu się niedobrze i chciał się skopać za to, że sam nie sprawdził szpitala. Jak Lester się wydostał? Jeśli dzisiaj rano, kiedy usłyszał o wizycie detektywa, zaczął mieć urojenia i szaleć, dlaczego nie włożyli mu kaftana bezpieczeństwa? Czy w ogóle nadal stosują takie metody?

Jeszcze jedna rzecz nie dawała mu spokoju. Skąd Lester wiedział, że Maria tu będzie? Może przejechał obok kancelarii, a potem obok mieszkania Marii, i stwierdził, że jej nie ma, ale... W rozmyślaniach przeszkodził mu najpierw blask reflektorów, potem pomruk zwalniającego samochodu. Usłyszał podjeżdżające, a następnie zatrzymujące się auto i po kilu sekundach odgłos otwieranych i zamykanych drzwi.

Margolis.

*

– Miałeś kiedy to uczucie, że Gwiazdka przyszła prędzej niż zwykle? – zapytał Margolis, kucając obok Colina, wciąż skutego i leżącego na ziemi. Podchodząc do Marii, niemal się o niego potknął i właściwie nad nim przeskoczył. – Bo myślę, że właśnie dostałem prezent pod choinkę.

Colin milczał. Cokolwiek by powiedział, zwróciłoby się to przeciwko niemu.

– Chodzi mi o to, że jestem nie dalej niż dziesięć minut drogi stąd, jadę coś przekąsić, i nagle dostaję telefon z pilną wiadomością, że jestem tu potrzebny. I kogo widzę, jak nie mojego starego kumpla Colina? Muszę powiedzieć, że od długiego czasu nie widziałem, żebyś tak dobrze wyglądał.

Colin dostrzegł odbicie szerokiego uśmiechu Margolisa w jego wypucowanych na wysoki połysk butach.

– Co zrobiłeś? Wdałeś się w kłótnię ze swoją przyjaciółką? Może pchnąłeś mamę albo tatę, kiedy próbowali interweniować? Albo rzuciłeś się na jednego z policjantów, gdy się zjawili i próbowali cię uspokoić? – Wypluł wykałaczkę, pozwalając jej spaść w trawę niebezpiecznie blisko twarzy Colina. – Równie dobrze możesz przerwać tę zabawę w króla ciszy i udzielić mi odpowiedzi. I tak się zaraz dowiem.

Colin wypuścił powietrze.

– Naruszenie zasad ruchu drogowego – powiedział.

Margolis z zaskoczenia przekrzywił głowę.

– Żartujesz? – Colin nie odpowiedział i detektyw uśmiechnął się złośliwie. – Muszę przyznać, że tego się nie spodziewałem. Ale posłuchaj... wezmę to za dobrą monetę. Pozwól, że porozmawiam z twoją dziewczyną... o ile nadal tak ją nazywasz, rzecz jasna. Jeśli nawet nie tknąłeś jej palcem, nie wygląda mi na kobietę, która co weekend odwiedza swojego mężczyznę w więzieniu, żeby służyć mu wsparciem. Nadmienię, że zawsze byłem niezły w ocenianiu charakterów.

Colin patrzył, jak detektyw się prostuje, odwraca i rusza w kierunku Marii. Odchrząknął.

– Mogę wstać?

Margolis chwilę spoglądał na niego przez ramię, po czym wzruszył ramionami.

– Nie wiem. Możesz?

Podpierając się głową, Colin uniósł biodra, jednym płynnym ruchem podciągnął pod siebie kolana, kucnął, a potem wstał.

Margolis skinął na jednego z policjantów, który zrobił krok w jego stronę. Znowu się uśmiechnął.

– Jestem pewien, że widząc, jak się poruszasz, wszyscy faceci w pierdlu będą chcieli z tobą zatańczyć. Ale coś ci powiem... może tu zaczekasz, a ja się dowiem, o co chodzi.

Przywołał dwóch policjantów. Colin patrzył, jak rozmawiają po cichu. Jeden kilka razy wskazał kciukiem Marię, drugi skinął głową w jego stronę. W tym czasie wielu sąsiadów już stało na trawnikach albo na ulicy, wyciągając szyje, żeby lepiej widzieć. Colin nie był jedynym, który to zauważył. Margolis odbył krótką rozmowę z rodziną i wszyscy ruszyli do domu. Detektyw skinął ręką, każąc mu do nich dołączyć, co zaskoczyło Colina.

W salonie Maria opowiedziała wszystko od początku, łącznie z opisem ubrania Lestera, tyle że tym razem mniej chaotycznie. Rodzice i siostra stali za nią, chyba bardziej zdenerwowani niż ona, a dwaj policjanci, którzy aresztowali Colina, zajęli miejsca po obu stronach drzwi frontowych. Colin patrzył, jak Margolis robi notatki,

Serena od czasu do czasu wtrącała coś od siebie. Dopiero gdy Maria skończyła, detektyw zadał jej pytanie:
– Czy bezpośrednio groził pani bronią?
– Trzymał ją w ręce.
– Ale nie uniósł? Nie wycelował w panią?
– Co za różnica? – zapytała Maria. – Zjawił się pod domem z pistoletem. Musi pan go aresztować.

Margolis uniósł rękę.
– Proszę mnie źle nie zrozumieć. Jestem po pani stronie. Biorąc pod uwagę, że się przyznał do przysłania pani róż do biura i zamówienia drinka i że panią nachodził, nie ma wątpliwości, że uzyska pani zakaz zbliżania się i nawiązywania kontaktu. Nie przypuszczam, żeby jakiś sędzia odrzucił wniosek. Zadzwonię, żeby się dowiedzieć, czy można to przyśpieszyć. Pytam panią o pistolet, ponieważ próbuję ustalić, czy w dodatku nie naruszył ustawy o broni palnej.
– Jest chory umysłowo. Nie ma prawa do legalnego posiadania broni w tym stanie.
– Może.

Marii rozbłysły oczy.
– Dziś rano był w szpitalu psychiatrycznym. Przynajmniej tak mi pan powiedział.
– Nie mam powodu sądzić, że go tam nie było, i proszę mi wierzyć, że sprawdzę, czy mój znajomy detektyw miał rację. Ale skoro mowa o chorobach umysłowych, trzeba na to spojrzeć z punktu widzenia prawa. Dotychczas nie miałem dostępu do jego akt medycznych, a w wypadkach, kiedy był aresztowany, zarzuty zostały oddalone. Nie jestem pewien, czy rzeczywiście wydano orzeczenie o jego stanie psychicznym. Istnieje różnica między dobrowolnym zgłoszeniem się do szpitala a przyjęciem wbrew własnej woli.
– Dzieli pan włos na czworo – powiedziała Maria z wyraźną

frustracją. – Mówiłam panu, jak się zachowywał. Rozmawiał z komórką, na litość boską. Ma urojenia i groził mi pistoletem!
– Jest pani pewna?
– Czy słyszał pan choćby jedno zdanie, które powiedziałam?

Margolis wyprostował się, wyraźnie urażony.

– Dla jasności, z pani słów wynika, że nie uniósł broni ani do niczego pani nie zmuszał. A kiedy pani uciekała do domu, on pobiegł w przeciwnym kierunku.

Maria milczała przez sekundę i Colin dostrzegł błysk niepewności w jej oczach.

– A co z przebitymi oponami i kradzieżą mojego telefonu?
– Czy powiedział, że przebił pani opony?
– Nie, ale... – Maria spojrzała na niego. – Dlaczego pan to robi? Dlaczego pan szuka dla niego wymówek? Wygląda to tak, jakby próbował pan znaleźć jakikolwiek powód, żeby go nie aresztować.
– Przeciwnie. Próbuję znaleźć coś, co będzie miało ręce i nogi. Nie ma sensu go aresztować, jeśli nie będzie można go zamknąć.
– Ma pistolet! Czy to nic nie znaczy?
– Znaczyłoby, gdyby próbował go ukrywać. Albo pani groził. Według pani nie zrobił ani jednego, ani drugiego.
– To... obłęd.
– To prawo. Oczywiście, jeśli nie ma pozwolenia na broń, mogę to wykorzystać. Ale to za mało, żeby zatrzymać go na dłużej. Podobnie rzecz się ma z kradzieżą komórki.
– A co z przebitymi oponami?
– Przyznał się do tego? – zapytał ponownie Margolis.
– Nie, ale...

Detektyw westchnął.

– Wiem, że to dla pani frustrujące, ale naprawdę próbuję pomóc. Szukam czegoś, co mogłoby dać podstawy do aresztowania pod zarzutem na tyle poważnym, żeby nieprędko wyszedł na wolność.

– No dobrze. Wcześniej się pomyliłam. Teraz sobie przypominam, że we mnie celował. Przez cały czas trzymał mnie na muszce.

Margolis uniósł brew.

– Zmienia pani wersję wydarzeń?

– Poprawiam ją.

– W porządku. – Pokiwał głową. – Ale zanim pójdziemy tą drogą, powinna pani zdawać sobie sprawę również z tego, że cała ta sytuacja może być bardziej skomplikowana, niż się pani wydaje.

– Co to znaczy?

– Nie mam prawa wyjawiać tych informacji na wczesnym etapie dochodzenia. Na razie musi pani wystarczyć to, że badam sprawę pod wieloma względami.

Pod wieloma względami? – powtórzył Colin w myśli.

Maria rzuciła mu pytające spojrzenie, potem odwróciła głowę w stronę Margolisa, gdy ktoś zapukał do drzwi. Jeden z policjantów, którzy szukali Lestera, wetknął głowę do domu. Detektyw przeprosił i wyszedł na zewnątrz. Po dłuższej chwili wrócił. Dwaj policjanci weszli razem z nim i stanęli blisko drzwi.

– Funkcjonariusze mówią, że nie mogli go znaleźć. Parę razy przeszukali okolicę i rozmawiali z kilkoma napotkanymi osobami. Nikt go nie widział.

Colin otworzył i zamknął usta. Margolis to zauważył.

– Masz coś do powiedzenia?

– Zastanawiałem się, czy sprawdzili park – powiedział. – I dom przy równoległej ulicy za tą posesją.

Margolis spojrzał na niego uważnie.

– Dlaczego?

Colin powiedział o swoich odkryciach, a także o podejrzeniach dotyczących pustego domu i szpiegowskich poczynań Lestera. Wspomniał również, gdzie według niego Lester parkował samochód. Wypytywany przez detektywa, przyznał się, że był na osiedlu późną nocą i wczesnym rankiem i że sprawdzał tablice rejestracyjne. Słuchając tych rewelacji, rodzice Marii mieli takie miny, jakby zrobiło im się niedobrze, natomiast Margolis wbijał w niego kamienny wzrok.

– Teraz mi to mówisz? Że przez cały czas bawiłeś się w prywatnego detektywa?

Colin ruchem głowy wskazał policjantów.

– Mówiłem tym glinom, kiedy mnie aresztowali, gdzie może być Lester. Nie chcieli słuchać.

Przez chwilę panowała cisza. Jeden z policjantów przestąpił z nogi na nogę.

– Ale nie pobiegł w kierunku parku – powiedziała cicho Serena. – Ani tamtego domu.

– Słucham? – zapytał Margolis.

– Park leży kilka ulic w tamtą stronę – wyjaśniła, wskazując w kierunku kuchni. – O ile nie wybrał dłuższej drogi wokół kwartału, to nie biegł też w stronę tamtego domu. Biegł w przeciwnym kierunku.

Margolis przetrawił informacje, po czym ich przeprosił, żeby porozmawiać z policjantami, z których dwóch szybko odeszło. Jakieś pół godziny za późno, pomyślał Colin.

Margolis zwrócił się do Marii.

– Załóżmy, że Lester przyjechał tutaj autem. Skoro nie ma pojazdów zarejestrowanych na jego nazwisko, sprawdzą, czy skradziono dzisiaj jakieś samochody i czy można powiązać kradzieże z Lesterem. Oczywiście mógł tu wrócić i zabrać auto albo po prostu uciec na własnych nogach, ale najważniejsze, że, moim zdaniem, nic pani nie grozi. Zamierza pani wrócić do siebie?

– Zostanie z nami – oświadczył stanowczo Felix. – Serena też.

Margolis wskazał kciukiem przez ramię.

– Ma pan wyłamane drzwi.

– Mam parę desek w garażu. Zabiję drzwi, a jutro je naprawię.

– Mają państwo alarm?
– Tak, chociaż nieczęsto go używamy.
– Niech go pan dzisiaj włączy, nawet jeśli będzie trzeba zrobić obejście do drzwi frontowych. Proszę zabezpieczyć wejście i na wszelki wypadek opuścić wszystkie rolety.
– A co z ochroną policyjną? – zapytała Serena. – Zostawi pan kogoś przy domu?
– Tego nie mogę zrobić – odparł Margolis. – Proszę zrozumieć: cięcia budżetowe, za mało ludzi, ograniczona liczba nadgodzin czy choćby to, że nie ma wystawionego zakazu zbliżania się. Ale zadzwonię do szefa i postaram się załatwić, żeby co jakiś czas przejeżdżał tędy patrol.
– A jeśli Lester wróci?
– Uważam, że to mało prawdopodobne.
– Dlaczego pan tak uważa?
– Ponieważ boi się policji, a musi założyć, że domu będzie pilnować policjant.
– Chyba że jest obłąkany i ma to w nosie.
– Wcześniej uciekł – powiedział Margolis i chyba zdał sobie sprawę, jak nonszalancko to zabrzmiało, bo szybko dodał: – Wiem, pani Sanchez, że jest pani przerażona i zdenerwowana. Rozumiem. Dopilnuję, żeby patrole co godzina krążyły po okolicy. Kto wie, może dopisze im szczęście i go znajdą. Jeśli tak, sprowadzą go na posterunek, a wtedy zapakuję go do pokoju przesłuchań i zobaczymy, co uda mi się zrobić. Jutro złoży pani wniosek o zakaz zbliżania się, a jeśli Lester spróbuje go złamać, zostanie aresztowany. I z tego się nie wywinie.

Colin wyczytał sprzeczne emocje na twarzy Marii. Spojrzała na policjantów stojących w pobliżu drzwi, po czym odetchnęła przeciągle.
– Możemy porozmawiać na osobności?

Margolis przytaknął po chwili namysłu. Skinął na policjantów, a ci po cichu wyszli z domu. W tym czasie Serena i jej rodzice przeszli do kuchni. Maria westchnęła.

– Co z Colinem?

Margolis popatrzył na niego.

– Jak to co?

– Miałam nadzieję, że porozmawia pan z policjantem, który go aresztował. Może pan go przekona, żeby wlepił Colinowi mandat i puścił go wolno. Zamiast aresztować.

Mina Mrgolisa wyrażała niedowierzanie.

– Dlaczego miałbym to robić? Z tego, co wiem, jechał setką na terenie zabudowanym. Niemal doprowadził do zderzenia kilka przecznic stąd i nie chciał się zatrzymać. – Pokręcił głową. – Później, kiedy tu dotarł, nie wykonał polecenia policjantów, którzy kazali mu się zatrzymać, i tylko pogorszył sytuację.

– Groziło mi niebezpieczeństwo. Pan postąpiłby tak samo, gdyby pan uważał, że osobę, która pana kocha, może spotkać krzywda.

– Powinien pozwolić, żeby policja się tym zajęła. Prowadził w taki sposób, że stanowił zagrożenie dla życia innych.

– Lester miał pistolet, na litość boską!

– To kolejny powód, żeby pozwolić policji się tym zająć.

– To niesprawiedliwe i dobrze pan o tym wie! – krzyknęła Maria, tracąc panowanie nad sobą. – Chce pan go posłać do więzienia? Za przekroczenie prędkości?

Zrobiłem znacznie więcej, pomyślał Colin. Policjanci widzieli tylko ostatnie dwie minuty mojej jazdy.

– On podejmował decyzje – powiedział Margolis. – Proszę nie zapominać, że policjanci musieli wyciągnąć broń. Mogła pani zostać ranna. Ktoś z pani rodziny mógł zostać ranny.

– Ale gdy zobaczył, że jestem bezpieczna, posłuchał ich i natychmiast się podporządkował. Nie podnosił głosu, nie stawiał oporu. Naprawdę chce pan zrujnować mu resztę życia? Bo śpieszył mi na ratunek?

– To nie moja sprawa. – Margolis wzruszył ramionami.

– Nie. Ale mam wrażenie, że pana posłuchają. – Oparła ręce na biodrach, zmuszając go do spojrzenia jej w oczy. – Wiem, że pan nie ufa Colinowi i że jest pan przekonany, że powinien przebywać w więzieniu. I gdyby szarpał się z policjantami, stawiał opór czy zrobił jakieś inne głupstwo, nie prosiłabym pana o interwencję. Jednak nic takiego się nie stało, a pan nie wygląda na nierozsądnego czy mściwego. – Zawahała się. – Mam nadzieję że nie jest to mylne wrażenie. Proszę...

Przez nieprawdopodobnie długą chwilę Margolis tylko na nią patrzył. Nagle bez słowa ruszył do drzwi.

*

Pięć minut później Colin stał przy kanapie, z roztargnieniem pocierając nadgarstki ze śladami po kajdankach.

– Dzięki, że przyszłaś mi z pomocą – powiedział.

– Nie ma za co.

– Wciąż nie mogę uwierzyć, że cię posłuchał.

– Ja mogę. Wiedział, że postępuje właściwie. A policjant, który cię aresztował, wcale nie był taki zły. Sądzę, że po wysłuchaniu całej historii stanął po twojej stronie.

Colin wskazał drzwi.

– Przepraszam za to. Z przyjemnością zapłacę za szkody.

– Akurat tym mój tata się nie przejmuje. Jest za bardzo wściekły, że Lester szpiegował rodzinę, żeby się martwić o drzwi.

– Jak mogę pomóc?

Skinęła na niego i poszli do garażu, skąd wrócił z deskami, młotkiem i gwoździami. Maria pomagała przytrzymywać deski, a kiedy Colin je przybił, podeszła do niego. Objęła go i przez długi czas trzymała w ramionach, zanim w końcu się odsunęła.

– Co teraz zrobisz?

– Zadzwonię do szefowej – odparł. – Dam jej znać, gdzie jestem, i dowiem się, czy mnie zwolniła. Później będę chyba czuwać na zewnątrz do rana. Chcę być tutaj na wypadek, gdyby Lester się pojawił.

Pokiwała głową.

– Jak sądzisz, o co chodziło Margolisowi, gdy mówił, że bada sprawę pod wieloma względami? Przecież Lester przyznał się prawie do wszystkiego...

Colin wzruszył ramionami.

– Nie mam pojęcia. Może chodzi o chłopaka Cassie, Marka? Ponieważ przepadł bez śladu? – Powiedział Marii, czego się dowiedział.

Rodzice Marii weszli do pokoju. Carmen podała szklankę wody Colinowi, a Felix obejrzał drzwi.

– Przepraszam za to – powiedział Colin, trochę strapiony. – Mówiłem Marii, że zapłacę.

Felix pokiwał głową.

– Dobra robota. Solidna. – Zrobił krok w kierunku Colina, napotykając jego spojrzenie, i twarz mu złagodniała. – Chciałem podziękować, że tu przyjechałeś, kiedy uznałeś, że Marii coś grozi. I za wezwanie policji.

– Nie ma sprawy.

Carmen stanęła przy mężu. Colin spostrzegł, że Serena czai się w kuchni, słuchając.

– Kiedy się poznaliśmy, chyba źle cię osądziłem – mówił Felix. – Maria mi powiedziała, że z tobą czuje się bezpieczna. Teraz mogę zrozumieć dlaczego.

Na te słowa Maria wsunęła rękę w dłoń Colina.

– Słyszałem, jak mówiłeś Marii, że chcesz dziś czuwać na zewnątrz. Na wypadek, gdyby Lester wrócił.

– Tak.

– To nie w porządku.

Colin patrzył na niego w milczeniu.

– Powinieneś być w domu, nie na zewnątrz. Jako nasz gość.

Poczuł, jak Maria ściska jego rękę i na przekór wszystkiemu nie mógł się powstrzymać od uśmiechu.

– Okay.

*

Colin krążył po domu, najpierw zerkając przez rolety w oknie od frontu, a potem wyglądając przez okna w kuchni.

Ani śladu Lestera.

Margolis dotrzymał słowa. Radiowóz przejechał obok domu cztery razy, dwa w czasie, gdy rodzina jeszcze czuwała, i dwa po tym, jak wszyscy poszli spać. Maria siedziała z Colinem do pierwszej. Przed pójściem do łóżka Felix mu powiedział, że wstanie o czwartej, żeby go zmienić, aby mógł się przespać.

Czas był dla Colina błogosławieństwem. Pozwalał mu przemyśleć wszystko, co się stało tego wieczoru. Wciąż miał więcej pytań niż odpowiedzi, ponieważ nic nie miało sensu. Na przykład, jeśli Lester sobie uroił, że Maria go prześladuje, to strach powinien trzymać go od niej z daleka, a nie przyciągać.

Ale czy w gruncie rzeczy Lester nie przyznał, że od początku ją nękał?

I dlaczego Margolis powiedział Marii, że bada sprawę pod wieloma względami?

Dręczyły go również inne pytania. Dlaczego Lester przyznał się do wysyłania kwiatów i zamówienia drinka, ale nie do przebicia opon? Czy rzeczywiście przyjechał samochodem, a jeśli tak, to skąd go wziął? I skąd wiedział, że Maria będzie w domu, skoro ona sama zapomniała o urodzinach mamy?

Im więcej miał informacji, tym bardziej był zdezorientowany.

– Przez ciebie się denerwuję – powiedziała Maria. – Zaraz wydepczesz ścieżkę w podłodze.

Colin obejrzał się i zobaczył ją w korytarzu, ubraną w piżamę.

– Obudziłem cię.

– Nie. Zasnęłam na krótką chwilę.

– Która godzina?

– Parę minut po trzeciej – odparła. Podeszła do kanapy i poklepała miejsce obok siebie. Kiedy Colin usiadł, oparła głowę na jego ramieniu, a on ją objął. – Powinieneś spróbować się przespać.

– Twój tata wstanie za godzinę.

– Przypuszczam, że nie śpi. Pewnie przewraca się z boku na bok jak ja. – Pocałowała go w policzek. – Cieszę się, że tu jesteś. Moi rodzice też są zadowoleni. Tuż przed pójściem do łóżka przeprosili mnie za to, jak wcześniej cię traktowali.

– Nie ma powodu przepraszać. Byli bardzo wyrozumiali, zwłaszcza gdy wyważyłem drzwi.

Wzruszyła ramionami.

– Szczerze mówiąc, to zrobiło wrażenie. Zazwyczaj drzwi zatrzymują ludzi, ale ciebie nawet nie spowolniły. Rodzice czują się lepiej, wiedząc, że tu jesteś.

Pokiwał głową. Księżycowa poświata wpadała przez szczelinę w roletach, zalewając pokój srebrzystym blaskiem.

– Chciałem ci powiedzieć, że podziwiam cię za to, jak sobie poradziłaś z Lesterem. Nie każdy zachowałby spokój w takiej sytuacji.

– Wcale nie byłam spokojna. Umierałam ze strachu. Za każdym razem, gdy zamykałam oczy, widziałam jego twarz. To było takie... dziwne. Wciąż miałam wrażenie, że bał się mnie bardziej niż ja jego, chociaż to on miał pistolet.

– Ja też tego nie rozumiem.
– Szkoda, że policja go nie znalazła. Dreszcz mnie przechodzi na samą myśl, że on wciąż gdzieś tam jest... śledząc, obserwując, knując w ukryciu. Co mi z zakazu zbliżania się, jeśli go nie doręczą? Albo jeśli znowu się zjawi, zanim to zrobią? Myślałam o wyjeździe z miasta, ale jeśli podąży za mną? Albo mnie wytropi? Nawet ja nie wiedziałam, że tu dzisiaj będę, więc skąd on wiedział? I skąd wiedział, że będę w barze?
– Też się nad tym zastanawiam.
– Co mam zrobić? Po prostu chcę czuć się... bezpiecznie.
– Mam pewien pomysł. Może jest trochę wydumany, ale...
– Jaki pomysł?
Powiedział jej.

26
Maria

Maria spała na kanapie, kiedy Colin pocałował ją na pożegnanie i szepnął, że wróci o ósmej. Była mgliście świadoma, że wyszedł przez drzwi garażowe. Zasnęła, co później ją zdziwiło, i przespała kilka godzin, dopóki nie zbudziły jej hałasy domowników.

Przy kawie powiedziała rodzicom i siostrze o planie Colina. Słuchali z zaskoczeniem. Rodzice chcieli, żeby została z nimi, bo dzięki temu mogliby mieć na nią oko, ale zrozumieli racje Colina i pogodzili się z jej decyzją, prosząc tylko, żeby była z nimi w kontakcie.

Colin zjawił się około ósmej z komórką na kartę i pojechał za Marią do jej mieszkania. Tam wzięła prysznic, włożyła dżinsy, białą koszulkę i czarne tenisówki i spakowała torbę z rzeczami na noc. O dziewiątej byli w sądzie, gdzie Maria wypełniła formularz wniosku o zakaz zbliżania się i nawiązywania kontaktu. Margolis dotrzymał słowa. Urzędnik powiedział, że sędzia otrzyma go do podpisu przed pierwszą sesją tego dnia.

Używając komórki na kartę, Maria wysłała Margolisowi swój numer i poprosiła, żeby ją informował o wszelkich postępach dotyczących Lestera Manninga.

Ku jej zaskoczeniu, Margolis zadzwonił niespełna godzinę później z prośbą, żeby się z nim spotkała w kawiarni.

– To tylko kilka przecznic od sądu. Poza tym będziemy mogli porozmawiać prywatnie – powiedział tajemniczo.

Zrobiło się jej lżej na sercu po złożeniu wniosku i postanowiła zgodzić się na pomysł Colina. Po raz pierwszy od czasu, kiedy to się zaczęło, będzie działać, nie tylko reagować. Chociaż nie było gwarancji, że dostarczą Lesterowi nakaz sądowy, przejęcie inicjatywy sprawiło, że czuła się tak, jakby panowała nad sytuacją.

W kawiarni usiadła z Colinem w kącie, skąd było widać drzwi.

Kiedy Margolis w końcu przyszedł po półgodzinie, wystarczyła sekunda, żeby ich zauważył. Gdy szedł między stolikami, Maria zwróciła uwagę, jak materiał źle dopasowanej sportowej marynarki napina się na jego bicepsach. Wyglądało na to, że on też spędza wiele czasu w siłowni.

Przystanął przy kasie, żeby zamówić kawę, a następnie wsunął się do boksu i usiadł naprzeciwko nich. Kiedy spojrzał na Colina, Maria pomyślała, że jest nieco mniej wrogo nastawiony niż zwykle.

Ale może ponosiła ją wyobraźnia.

– Były jakieś problemy z wnioskiem?

– Nie – odparła. – Dziękuję panu za pomoc. Spodziewali się mnie.

Pokiwał głową.

– Sędzia Carson będzie dzisiaj w sądzie. Zostawiłem wiadomość urzędnikowi, więc nie powinno być komplikacji. Jeśli się nie odezwą, proszę dać mi znać.

– Jasne – odparła.

Podszedł kelner z kawą. Margolis zaczekał, aż odejdzie, i dopiero wtedy się odezwał.

– Jak minęła noc?

– Nie spałam dobrze, jeśli o to pan pyta. Ale przynajmniej Lester nie wrócił.

Znowu pokiwał głową.

– Żaden patrol też go nie widział, sprawdziłem. W końcu go

znajdą, nie ma obawy. Faceci tacy jak on wyróżniają się i sprawiają, że ludzie robią się nerwowi, a wtedy dzwonią telefony. Jestem przekonany, że ktoś da nam znać, kiedy zacznie się rzucać w oczy.

– O ile wciąż jest w mieście – zaznaczyła. – Równie dobrze może już być w Charlotte. Albo Bóg jeden wie gdzie.

– Jeśli tak, na pewno nie w szpitalu. Sprawdziłem dziś rano. Powinna też pani wiedzieć, że rano poprosiłem kolegę, żeby przejechał obok domu Manninga. Ani śladu Lestera.

Kiwnęła głową.

– Tak na marginesie – kontynuował – rozmawiałem z biurem szeryfa i zgodzili się doręczyć zakaz Lesterowi, kiedy go znajdziemy. To naprawdę dobra wiadomość. Nie zawsze jest tak łatwo. A nie wybaczyłbym sobie, gdyby po zlokalizowaniu Lestera nie doręczono zakazu, bo nie miałby kto tego zrobić, i Lester znowu rozpłynąłby się w powietrzu.

– Więc jaki jest plan? – zapytała Maria. – Czekać, dopóki się nie pojawi?

– Nie jestem pewien, czy jest inna możliwość. Po prostu próbuję robić wszystko, co się da w tej sytuacji.

– Czy dlatego chciał się pan dziś ze mną spotkać? Żeby mi powiedzieć, że nie można go znaleźć?

– Nie – odparł Margolis. – Pojawiło się parę ciekawych informacji i chciałem się nimi z panią podzielić.

– Myślałam, że nie wolno panu rozmawiać o dochodzeniu.

– Zgadza się. To oznacza, że nie mogę powiedzieć pani wszystkiego, co wiem. Chciałem spotkać się z panią również dlatego, że potrzebuję pomocy.

– Pomocy?

– Tak, ponieważ im wnikliwiej badam tę sprawę, tym mniej elementów do siebie pasuje. Mam nadzieję, że pani pomoże mi je poukładać.

Witaj w moim świecie, pomyślała Maria.

Margolis mówił dalej:

– Weźmy pod uwagę sytuację z zeszłej nocy. Mówiłem pani, że ROZPATRZĘ możliwe naruszenie przepisów dotyczących broni. Ale jak wszystko inne w tej sprawie, to, co wydawało się oczywiste, wcale takie nie jest. Zacznijmy od tego, że Lester nie ma pozwolenia na broń. Nie posiada legalnie zakupionej broni, co uważam za doskonałą wiadomość, ale okazało się, że jego ojciec, Avery Manning, ma pozwolenie na pistolet kupiony rok temu.

– I?

– Problem polega na tym, że Lester i Avery, ojciec i syn, mają ten sam adres. Pożyczenie komuś broni, jeśli ma się na nią pozwolenie, nie jest sprzeczne z prawem. Dlatego nie mogę się na tym opierać, chyba że Avery Manning nie dał Lesterowi zgody. Jest jeszcze więcej komplikacji.

– Na przykład?

– Avery Manning przyszedł do mnie dziś rano. – Detektyw umilkł, jakby dając jej czas na przyswojenie tych słów, i dopiero po chwili podjął: – Dlatego się spóźniłem, nawiasem mówiąc. Uznałem, że lepiej się z nim spotkać przed rozmową z panią. Nastąpił kolejny zwrot.

– Jaki?

– Pistolet nie był prawdziwy.

– Słucham?

Margolis podniósł łyżeczkę i mieszał kawę, kontynuując:

– Zacznę od początku. Usiedliśmy i od razu sobie pomyślałem, że doktor Manning wygląda jak półtora nieszczęścia, co nabrało sensu, gdy mi powiedział, że właśnie przyjechał z Tennessee. Był wyraźnie zdenerwowany. Wyżuł chyba całą paczkę gum, jedną po drugiej. Nie próbował przejąć kontroli nad rozmową, co mnie zaskoczyło, gdyż pamiętałem, jak go pani opisała. Zapytałem, co mogę dla niego zrobić, a on natychmiast odrzekł, że Lester opuścił Plainview i że on się martwi, że syn może panią nachodzić. Prosił, bym panią ostrzegł i powiedział, że jeśli się pojawi, powinna pani zadzwonić na policję. Wyjaśnił, że Lester wszedł w fazę ostrą, że od lat walczy z chorobą i tak dalej, i tak dalej... mniej więcej to samo, co mi powiedział wcześniej.

Margolis pociągnął łyk kawy.

– Ale wczoraj nawet nie był pewien, czy jego syn jest w szpitalu. Powiedział, że jako najbliższy krewny został powiadomiony o zdarzeniu, gdy tylko personel się zorientował, że Lester zniknął. Kiedy się nie stawił na umówione spotkanie z pracownikiem socjalnym, personel przez kilka godzin przeszukiwał cały obiekt, zanim stało się jasne, że opuścił teren szpitala. Wtedy zadzwonili do doktora Manninga.

– Jak to w ogóle możliwe? To szpital psychiatryczny. Nie obserwują pacjentów?

– Według doktora Manninga Lester bywał tam na tyle często, że poznał ustalony porządek dnia i personel. Administrator podkreślił, że nie było powodu mu nie ufać. Zgłosił się do szpitala dobrowolnie i nigdy wcześniej nie uciekał. Przypuszczają, że po prostu się wymknął w czasie wolnym. Albo skorzystał z czyjegoś samochodu, albo ktoś go podwiózł, i tak się dostał do Wilmington. Najwyraźniej miał gdzieś ukryty pistolet. – Margolis wzruszył ramionami. – Co mogę powiedzieć? Jest paranoikiem.

– Jeśli doktor Manning chciał mnie ostrzec, dlaczego nie zadzwonił, jak tylko się o tym dowiedział?

– Zadzwonił – odparł Margolis. Maria po jego minie poznała, że jest tym równie zaskoczony jak ona. – Wczoraj w nocy nagrał wiadomość na moją pocztę głosową. Niestety odsłuchałem ją dopiero rano, już po spotkaniu z nim. Zresztą nie jestem pewien, czy dałoby to coś dobrego. Zadzwonił już po pani spotkaniu z Lesterem.

Maria pokiwała głową.

– W każdym razie powiedziałem doktorowi Manningowi, że Lester nie tylko zjawił się pod domem pani rodziców, gdzie na panią czekał, ale również miał pistolet. W tym momencie doktor Manning jeszcze bardziej się zdenerwował. Jak trochę ochłonął, oświadczył, że pistolet Lestera nie mógł być prawdziwy.

– Nic dziwnego, że tak powiedział.

– Pomyślałem to samo. Zapytałem, skąd może być pewny. Odparł, że ma dwie sztuki broni palnej: starą śrutówkę z czasów dzieciństwa, być może zepsutą, i pistolet, o którym pani mówiłem i który trzyma w zamkniętej kasecie w bagażniku swojego samochodu. Dodał, że nigdy nie zostawiał go w domu, gdzie mógłby wpaść w ręce Lestera.

– Wiem, co widziałam!

– Nie wątpię, ale proszę pozwolić mi skończyć – powiedział Margolis. – Doktor Manning powiedział, że Lester nie ma prawdziwego pistoletu, tylko wiatrówkę, pistolet pneumatyczny, który mu kupił, gdy był nastolatkiem. Przypuszcza, że był w jednym z pudeł na strychu wraz z innymi rzeczami syna. Jest prawdopodobne, że syn go stamtąd zabrał. Dlatego pytam, czy jest możliwe, że Lester trzymał wiatrówkę.

Maria spróbowała przypomnieć sobie broń, ale nie była w stanie odtworzyć szczegółów.

– Nie wiem – odparła. – Dla mnie wyglądał jak normalny pistolet.

– Nic dziwnego. Ten sam kolor, ta sama wielkość, było ciemno, pani była przestraszona. Kto wie? Ale to może wyjaśniać, dlaczego Lester go nie uniósł. Ponieważ myślał, że może pani zauważyć, że średnica wylotu lufy jest za mała.

Maria pomyślała, zanim pokręciła głową.

– To wciąż nie oznacza, że pistolet Lestera nie był prawdziwy. Mógł go kupić na targu broni. Albo na ulicy. To nie jest niemożliwe.

– Zgadza się – przyznał Margolis. – Od tej chwili niczego nie wykluczam.

– I skąd pan wie, że doktor Manning mówił prawdę o pistolecie?

– Stąd, że pokazał mi go po naszej rozmowie, przed odjazdem. Tak, był w zamkniętej kasecie w bagażniku. – Kiedy Maria nie skomentowała, mówił dalej: – Powinna pani wiedzieć coś jeszcze.

– Co takiego?

Margolis sięgnął do teczki i wyjął formularz przyjęcia do szpitala psychiatrycznego Plainview. Przesunął go po stole.

– Lester Manning przebywał w szpitalu tej nocy, kiedy przebito opony pani samochodu. Otrzymałem to faksem z Plainview dziś rano. Widzi pani, kiedy został przyjęty do szpitala.

Mimo że Maria miała przed sobą dokument, nie mogła uwierzyć własnym oczom.

– Na pewno jest prawdziwy?

– Tak. Doktor Manning przy mnie wystosował prośbę i kilka minut później odebrałem faks bezpośrednio ze szpitala.

– Czy Lester nie mógł się wymknąć? Jak wczoraj?

– Nie tamtej nocy. Z akt wynika, że przez całą noc był w swoim pokoju. Personel zaglądał do niego co pół godziny.

Maria milczała. Margolis napił się kawy.

– Między innymi dlatego chciałem się z panią spotkać. Jeśli ktoś inny przebił opony, to kto? Kiedy zadałem to pytanie doktorowi Manningowi, zaproponował, żebym wziął pod lupę Marka Atkinsona.

– Dlaczego?

– Ponieważ być może Atkinson próbuje wrobić Lestera.

– To nie ma sensu.

– Możliwe... chyba że Atkinson znał Lestera i miał powód. I być może tak było. To Lester poznał Cassie z Atkinsonem.

Maria przez dłuższą chwilę przyswajała sobie tę informację.

– Lester i Atkinson się znali?

– Obaj pracują dla tej samej firmy sprzątającej, a przynajmniej pracowali. Według doktora Manninga po śmierci Cassie Lester i Atkinson się pokłócili. Lester oskarżył Atkinsona, że nie ochronił jego siostry, kiedy zjawił się Laws, nazwał go tchórzem i doszło do bijatyki. Incydent nie został zgłoszony, ale to nic nie znaczy. W większości wypadków w takiej sytuacji nie wzywa się policji. Krótko mówiąc, według doktora Manninga Atkinson był bardzo wkurzony.

– I wie pan to na pewno?

– Nie, jeśli chodzi o bójkę. Ale jest prawdą, że Lester i Atkinson razem pracowali. Po naszej wczorajszej rozmowie zadzwoniłem do matki Atkinsona, a później do firmy sprzątającej. O to mi chodziło, nawiasem mówiąc, kiedy powiedziałem, że badam sprawę pod wieloma względami. Ponieważ zaintrygował mnie wyjazd Atkinsona z miasta, gdy tylko się o tym dowiedziałem. Mogę się zgodzić z pomysłem, że uciekł, żeby spotkać się z kobietą swoich marzeń... faceci bywają tacy głupi... ale dlaczego nie kontaktował się ze swoją matką, wyjąwszy kilka listów? Drukowanych z komputera? Żadnych telefonów czy SMS-ów do matki ani do przyjaciół? Akurat w czasie, kiedy spotykają panią te wszystkie dziwne rzeczy? To mi nie grało.

– Nadal nie rozumiem, dlaczego Atkinson miałby mnie nękać. Jak mówiłam, nigdy go nie poznałam.

– Możliwe, że jest zły z tego samego powodu, co Lester? Ponieważ Laws wyszedł z więzienia i zabił Cassie? Może zrzuca winę na panią?

– Może – powiedziała powoli. – Ale... to Lester mnie śledził. Przysłał kwiaty, zamówił drinka. To Lester zjawił się w nocy pod moim domem...

– Zgadza się. I wszystko to sprawia, że się zastanawiam, czy doktor Manning się nie mylił, mówiąc o relacjach syna z Atkinsonem. Jeśli ma rację i Atkinson próbuje wrobić Lestera, to dlaczego Lester robi wszystko, żeby mu pójść na rękę? Zwłaszcza kiedy weźmie się pod uwagę wczorajszą noc? Jeśli jednak odrzuci się tę koncepcję, pozostaje parę innych możliwości. Pierwsza jest taka, że Lester skądś się dowiedział, że Atkinson zamierza panią prześladować, i postanowił wziąć udział w jego przedsięwzięciu. Oczywiście to prowadzi do pytania, jak poznał plany Atkinsona, co z kolei otwiera nową puszkę Pandory. Jeśli to też odłożymy na bok, istnieje trzecia możliwość.

Maria spojrzała na Margolisa, niemal bojąc się usłyszeć, co zaraz powie.

– A jeśli – podjął w końcu – Lester i Atkinson współpracują? I wzajemnie zapewniają sobie alibi?

Milczała, zastanawiając się nad tym.

– Wiem, co pani myśli – powiedział Margolis. – Również dla mnie brzmi to jak szaleństwo, ale z trzech wyjaśnień tylko to jedno wydaje się sensowne.

– Przede wszystkim nadal nie jestem pewna, dlaczego pan sądzi, że Atkinson jest w to zamieszany. Może Lester zapłacił jakiemuś bezdomnemu albo dzieciakowi, żeby przebił opony i zostawił list, ponieważ wiedział, że ma idealne alibi. Wszystkie inne okoliczności wskazują, że najprawdopodobniej działa sam.

– Nie wszystkie – zaznaczył Margolis. – Widzi pani, zgodnie z sugestią Colina sprawdziłem rejestracje samochodów parkujących w pobliżu parku. Jeden z nich przykuł moją uwagę.

– Dlaczego?

– Ponieważ jest zarejestrowany na Marka Atkinsona.

*

– Czy ma to dla ciebie sens? – zapytała Maria po wyjściu Margolisa. – Współpraca Lestera i Atkinsona?

– Nie mam pojęcia – odparł Colin.

Pokręciła głową.

– To Lester. Sam. Dam sobie rękę uciąć. – Nawet w jej uszach brzmiało to tak, jakby próbowała przekonać samą siebie. – A jeśli współpracują, dlaczego samochód Atkinsona stał w pobliżu parku? Jak uciekli? Lester nie ma auta.

– Jak wczoraj zasugerował Margolis, może ukradł samochód.

Pokręciła głową.

– To takie zagmatwane. Cała sprawa przypomina rosyjskie matrioszki. Otwórz jedną, a w środku znajdziesz drugą i tak dalej. Co mam teraz zrobić? Co będzie, jeśli detektyw znajdzie jakieś dowody na udział Atkinsona? Też mam wystąpić do sądu o zakaz zbliżania się i nawiązywania kontaktu?

– Być może do tego dojdzie.

– A jeśli jego też nie uda im się znaleźć? Nawet matka nie wie, gdzie jest jej syn. Co dobrego wyniknie z wydania zakazu, jeśli nie zdołają go doręczyć?

Colin nie odpowiedział, ale odgadł, że Maria nie potrzebuje jego odpowiedzi. Miała gonitwę myśli, jej słowa płynęły bezwiednie.

– Bóg jeden wie, gdzie jest Lester, ale sytuacja jest taka sama. Co da zakaz, jeśli go nie znajdą?

– Znajdą.

– Jak?

Zamiast odpowiedzieć, Colin sięgnął po jej rękę.

– Uważam, że na razie najlepiej będzie trzymać się planu, zwłaszcza że być może jest ich dwóch.

– Bo myślisz, że we dwóch łatwiej im jest mnie śledzić?

– Tak. I dopóki naprawdę nie będziemy wiedzieli, co się dzieje, możemy tylko zapewniać ci bezpieczeństwo. Nic więcej nie możemy zrobić.

*

Po odstawieniu samochodu Marii na parking przy jej domu pojechali do centrum handlowego Independence Mall w Camaro, wybierając okrężną trasę bocznymi drogami i nagłymi zakrętami.

Chociaż żadne z nich nie spostrzegło nikogo podejrzanego w lusterku wstecznym, woleli nie ryzykować.

W centrum handlowym przez czterdzieści minut chodzili po sklepach, trzymając się za ręce i oglądając różne rzeczy. Od czasu do czasu wracali po własnych śladach, przyglądając się twarzom mijanych ludzi, ale Maria nie była pewna, czy to coś da. Wiedziała, jak wygląda Lester, ale Atkinson stanowił dla niej tajemnicę. Rankiem Colin zalogował się do komputera i otworzył Pinterest, żeby jej pokazać listę osób zaginionych. Uważnie przyjrzała się zdjęciu Atkinsona, zastanawiając się, czy jest aktualne. Miał pospolitą twarz, taką, która wtapia się w tłum, i oczywiście mógł zmienić kolor włosów. Albo zapuścić wąsy, albo ogolić głowę. Teorie Margolisa kłębiły się w jej głowie.

Atkinson próbuje wrobić Lestera. Lester próbuje wrobić Atkinsona. Lester i Atkinson współpracują. A może Lester pracuje sam, podczas gdy Atkinson uciekł z dziewczyną. Czy w takim wypadku samochód miał jakiekolwiek znaczenie?

Kto wie? Każda koncepcja poddawana logicznej analizie rozsypywała się gdzieś po drodze.

W końcu zgodnie z planem poszli do sklepu z odzieżą damską. Maria zdjęła z wieszaków kilka bluzek, udając, że starannie je wybiera. Colin stanął obok niej i lekkim tonem skomentował wybór. Punktualnie w południe poszła w stronę przymierzalni.

– Będę za parę minut, Colinie! – zawołała.

Gdy weszła do przymierzalni, z jednej z kabin wyjrzała Lily. Maria weszła do niej, zwracając uwagę na jej strój: czerwone tenisówki, dżinsy, czerwona bluzka i goździk we włosach. W ręce trzymała duże okulary przeciwsłoneczne i kluczyki na kółku. Na podłodze leżała granatowa torba na ramię i reklamówka z domu towarowego.

– Och, skarbie... niech Bóg ma cię w swojej opiece – powiedziała Lily, ujmując jej ręce. – Wiem, że to dla ciebie strasznie stresujące i nie wyobrażam sobie, jakim cudem zachowujesz zdrowe zmysły, nie mówiąc o tym, że wyglądasz równie fantastycznie jak wtedy, kiedy cię poznałam. Gdybym była na twoim miejscu, dostałabym wysypki ze strachu.

Wątpię, pomyślała Maria. Lily była dziewczyną, która prawdopodobnie nigdy w życiu nie miała nawet jednego pryszcza. Ale miło było to usłyszeć.

– Dziękuję – powiedziała. – Wiem, że proszę o wiele...

– Ależ skąd! – zaprzeczyła Lily. – Nie chcę słyszeć ani słowa więcej. Jesteś moją przyjaciółką, a tak właśnie postępują przyjaciółki, zwłaszcza w takich okropnych sytuacjach.

– Nie widziałam Evana.

– Przed chwilą poszedł do restauracji. Pewnie je coś niezdrowego, ale biorąc pod uwagę, jaki jest kochany w związku z tym wszystkim, przysięgłam nie prawić mu kazań o złych nawykach żywieniowych.

– Myślisz, że się uda?

– Oczywiście – zapewniła ją Lily. – Ludzie zwykle widzą to, co spodziewają się zobaczyć. Nauczyłam się tego na zajęciach teatralnych. Miałam najcudowniejszą nauczycielkę, nawiasem mówiąc. Ale o tym porozmawiamy później. Zaczynajmy, dobrze? Colin i Evan patrzą na zegar. – Podała Marii torbę na ramię, okulary przeciwsłoneczne i kluczyki do swojego samochodu. – Peruki i ubranie są tutaj – powiedziała. – Jestem pewna, że będzie idealnie pasować. Sądzę, że mamy ten sam rozmiar.

Niezupełnie, ale prawie, pomyślała Maria.

– Skąd tak szybko wzięłaś peruki?

– Ze sklepu z perukami. A skądby indziej? Może nie są idealne, było za mało czasu, ale wystarczą do naszych celów.

Maria przejrzała zawartość torby.

– Oddam ci za to wszystko...

– Nie, nie trzeba. Może to, co powiem, zabrzmi okropnie, ale cała ta dzisiejsza intryga w stylu szpiegowskim jest naprawdę ekscytująca. Przypomina mi bal maskowy w country clubie moich rodziców. Dobrze, zaczynajmy... Nie zapomnij o goździku. To szczegół, na jaki ludzie zwracają uwagę. Wyślę SMS-a do Evana. Zjawi się za parę minut...

Maria wyszła z kabiny i wślizgnęła się do sąsiedniej. W torbie znalazła takie samo ubranie, jakie miała na sobie Lily, a także jasną perukę i goździk. Przebrała się, założyła perukę i przez minutę przyzwyczajała się do swojego nowego wyglądu. Zatknęła goździk mniej więcej w to samo miejsce co Lily i założyła okulary przeciwsłoneczne. Z bliska ani trochę nie przypominała przyjaciółki, ale z daleka, może...

Włożyła czerwone tenisówki i dokładnie kwadrans po dwunastej wyszła z przebieralni. Evan ruszył w jej stronę.

– Cześć, Lily – powiedział. – Znalazłaś coś, co się ci spodobało?

Maria kątem oka zobaczyła, że Colin udaje zainteresowanie komórką. Pokręciła głową. Evan pochylił się i pocałował ją w policzek, potem ujął jej rękę. Wyszli ze sklepu nieśpiesznym krokiem i skierowali się do wyjścia z galerii.

Samochód Lily stał w drugim rzędzie. Maria wcisnęła guzik na pilocie, żeby odblokować drzwi, po czym usiadła za kierownicą. Evan zajął miejsce obok niej. Spojrzała na zegarek.

Maria wiedziała, że Lily wyjdzie ze sklepu ubrana tak, jak ona wcześniej, w ciemnej peruce. Colin weźmie ją za rękę, poprowadzi do innego sklepu i do przebieralni, gdzie Lily przebierze się w swój poprzedni strój. W końcu wyjdzie z centrum handlowego z Evanem. Colin tymczasem sam pójdzie do swojego samochodu, jakby Marii wcale nie było w centrum.

Prawdopodobnie wszystko to nie jest konieczne, pomyślała. Ale wiedziała, że kluczowym słowem jest „prawdopodobnie". Być może śledziło ją dwóch ludzi, więc oboje z Colinem nie chcieli ryzykować, i obojgu zależało, żeby znalazła się tam, gdzie nikomu nie przyjdzie na myśl jej szukać, gdzieś, gdzie nigdy nie była.

W domu Lily.

Maria uruchomiła samochód i ruszyła. Nikt nie wyszedł za nią z centrum handlowego, żaden inny samochód nie ruszył z miejsca. Okrążyła centrum, kierując się wskazówkami Evana, następnie przystanęła, żeby mógł wysiąść i wrócić do Lily.

– Dzięki – powiedziała.

– Cieszę się, że mogę pomóc – odrzekł. – I pamiętaj, będziesz absolutnie bezpieczna. Niedługo przywieziemy z Lily twoje rzeczy.

Pokiwała głową, wciąż zdenerwowana. Minutę później opuściła teren centrum, wjeżdżając na główną drogę. Posłuszna nowemu nawykowi, kilka razy skręciła w przypadkowe ulice i co chwila spoglądała w lusterko wsteczne, czując, że zdenerwowanie w końcu ustępuje.

Nikt jej nie śledził. Była tego pewna.

No, prawie pewna.

Ostatnio nic nie wydawało się pewne.

*

Budynek, w którym mieszkała Lily, stał prawie dwa kilometry od Krabowego Pete'a. Miał prywatny ogrodzony parking. Z okien salonu roztaczał się malowniczy widok na ocean. Wnętrze, urządzone w tonacji bieli, żółci i błękitu – nic dziwnego w takim miejscu – wydawało się przytulne i wygodne. Maria przez jakiś czas patrzyła na plażę, po czym zasunęła żaluzje i usiadła na kanapie.

Wyciągnęła się z westchnieniem, myśląc, że krótka drzemka dobrze jej zrobi. W tej chwili zadzwonił telefon, który dał jej Colin. Odebrała i rozpoznała głos Margolisa.

– Kilka rzeczy. Dzwoniłem do detektywa w Charlotte, mojego kolegi, i nagrałem mu wiadomość, żeby sprawdził, czego się można dowiedzieć o Atkinsonie albo u jego matki, albo w jego mieszkaniu, więc ten punkt mamy już odhaczony. Co ważniejsze, rozpatrzono pozytywnie zakaz zbliżania się do pani. Czekam na papiery.

– Dziękuję – powiedziała, nie dodając tego, co oczywiste, że muszą znaleźć Lestera, żeby doręczyć mu pismo. I że może trzeba wystąpić o drugie dla Atkinsona. Kiedy się rozłączyła, zadzwoniła do Colina, żeby go o tym poinformować, a potem do rodziców. Musiała uspokajać zamartwiającą się mamę, a kiedy wreszcie zakończyła rozmowę, znów poczuła ogromne zmęczenie. Jakby biegała przez kilka dni, co właściwie było prawdą.

Zamknęła oczy, ale sen nie chciał nadejść. Rozmowa z Margolisem, choć krótka, przywołała kolejne pytania. W końcu wyczerpanie zwyciężyło i zadowolona poczuła, że zasypia.

27
Colin

Po zakończeniu rozmowy z Marią Colin zabrał jej torby z samochodu, nałożył słuchawki i słuchał muzyki, ustawiając jej laptopa na stole w jadalni. Chciał coś sprawdzić i chociaż mógł wspomnieć o tym pomyśle Marii czy Margolisowi, gdy byli w kawiarni, postanowił zachować go dla siebie. Był to daleki strzał, ale teraz, gdy obowiązywał zakaz zbliżania się, doszedł do wniosku, że sprawdzenie niczemu nie zaszkodzi. Ewentualny udział Atkinsona nie miał znaczenia. Najważniejsze było znalezienie Lestera.

Pomysł wpadł mu do głowy tego dnia rano. Pocałował Marię na pożegnanie i poszedł do samochodu, próbując uporządkować fakty: nakaz sądowy na nic się nie zda, jeśli nie znajdą Lestera; najważniejszy jest czas; Lester jest niebezpieczny; pojawił się z bronią i przeraził Marię i oczywiście zabrał jej komórkę...

Jej komórkę...

Nagle przypomniał sobie tę noc, kiedy pierwszy raz zobaczył Marię. Noc, kiedy padało, a on zatrzymał się na poboczu... bała się go, bo miał twarz zmasakrowaną po walce... zapytała, czy może pożyczyć jego komórkę, ponieważ nie wie, gdzie ma swoją. Zachowywała się trochę chaotycznie, ale co ona wtedy powiedziała?

„Nie zgubiłam jej... Jest albo w biurze, albo zostawiłam ją u rodziców, ale będę pewna dopiero wtedy, gdy sprawdzę w laptopie... używam tego czegoś, co się nazywa «znajdź mój iPhone». To znaczy aplikacji. Mogę namierzyć komórkę, ponieważ jest zsynchronizowana z moim komputerem".

Co oczywiście znaczyło, że on też może namierzyć jej komórkę. Zaskoczyło go, że Margolis o tym nie pomyślał. A może pomyślał i już to sprawdził, tylko że nic nie zyskał, bo Lester albo wyrzucił telefon, albo go wyłączył, albo padła bateria. A może uznał to za informacje, którymi nie powinien się dzielić. Działo się tyle rzeczy, że nie można było wykluczyć, iż ta sprawa została przeoczna.

Colin nie chciał robić sobie zbyt wielkich nadziei – szanse, że pomysł się uda, były nikłe i dobrze o tym wiedział – ale parę kliknięć później serce mu załomotało, kiedy zrozumiał, co widzi. Telefon wciąż był włączony, bateria działała, co mu pozwoliło zlokalizować komórkę. Znajdowała się w domu przy Robins Lane w Shalotte, miasteczku na południowy wschód od Wilmington w pobliżu Holden Beach, czterdzieści pięć minut drogi stąd. Colin przez dłuższy czas patrzył na wskazaną lokalizację, żeby się przekonać, czy komórka zmieni położenie.

Nie zmieniła. Strona umożliwiała również prześledzenie wcześniejszych lokalizacji i parę kliknięć później wiedział, że dotarła prostą drogą z domu Sanchezów do domu przy Robins Lane.

Interesujące. Bardzo interesujące, ale wciąż żaden dowód. Może Lester wiedział, że można namierzyć komórkę, i w trakcie ucieczki wrzucił ją do czyjegoś samochodu albo na skrzynię pick-upa. A może ją wyrzucił i ktoś przypadkiem ją znalazł.

Nie ma pewności, ale warto sprawdzić...

Zastanawiał się, czy zadzwonić do Margolisa, lecz uznał, że lepiej najpierw się upewnić. Shalotte leżało w innym hrabstwie, więc nie chciał marnować detektywowi czasu, jeśli trop prowadzi donikąd...

Odruchowo się wzdrygnął, gdy ktoś poklepał go po ramieniu. Odwrócił się i zobaczył Evana. Zdjął słuchawki.

– Chcesz zrobić to, czego się domyślam? – zapytał Evan.
– Co tutaj robisz? Nie słyszałem, jak wchodziłeś.
– Pukałem, ale nie odpowiadałeś. Zajrzałem. Zobaczyłem cię przy laptopie Marii. Zastanawiałem się, czy planujesz coś głupiego. Postanowiłem zapytać.
– To wcale nie jest głupie. Namierzyłem telefon Marii.
– Wiem – powiedział Evan, wskazując komputer. – Widzę, co jest na ekranie. Kiedy na to wpadłeś?
– Dziś rano. Po wyjściu z domu rodziców Marii.
– Sprytne. Dzwoniłeś już do Margolisa?
– Nie.
– Dlaczego?
– Bo wszedłeś. Nie miałem okazji.
– No to zadzwoń teraz – ponaglił go Evan. Kiedy Colin sięgnął po telefon, jego przyjaciel odetchnął przeciągle. – O to mi chodziło, kiedy się zastanawiałem, czy planujesz coś głupiego. Bo wcale nie miałeś zamiaru do niego zadzwonić, prawda? Chciałeś sprawdzić to sam.
– To nie musi być Lester.
– Tak? Niech Margolis się tym zajmie. W najgorszym wypadku przynajmniej odzyska telefon Marii. Pozwól Margolisowi robić, co do niego należy. Musisz do niego zadzwonić.
– Zadzwonię. Jak tylko będę wiedział, na czym stoję.
– Wiesz, co myślę – powiedział Evan. – Kłamiesz.
– Nie kłamię.
– Może nie okłamujesz mnie, ale w tej chwili, jak sądzę, okłamujesz samego siebie. To nie ma nic wspólnego z marnowaniem czasu Margolisowi. Prawda jest taka, moim zdaniem, że chcesz być w środku całej sprawy. Myślę, że chcesz zobaczyć Lestera i dopasować

twarz do nazwiska. Myślę, że jesteś wkurzony. Poza tym przywykłeś do załatwiania spraw po swojemu. Chcesz być bohaterem, jak wtedy, gdy robiłeś zdjęcia z dachu albo jak wczorajszej nocy, gdy wyłamałeś drzwi w domu rodziców Marii, mimo że policja już była na miejscu.

Colin w duchu przyznał, że Evan może mieć rację.
– I?
– Popełniasz błąd.
– Jeśli się dowiem, że to Lester, zadzwonię do Margolisa.
– A jak chcesz się dowiedzieć? Chcesz zapukać do drzwi i zapytać, czy Lester jest w domu? Zakraść się i podglądać przez okna? Liczyć, że wyjdzie umyć samochód? Wsunąć liścik pod drzwi?
– Coś wykombinuję, kiedy tam będę.
– Aha, doskonały plan – warknął Evan. – Bo kiedy bierzesz sprawy w swoje ręce, zawsze wychodzi na dobre, co? Może pamiętasz, że Lester miał pistolet? I że być może dasz się wciągnąć w coś, czego mógłbyś uniknąć? Albo że możesz pogorszyć sytuację? A co będzie, jeśli Lester cię zauważy? Może się wymknąć tylnymi drzwiami i potem będzie jeszcze trudniej go znaleźć.
– A może już planuje ucieczkę i będę mógł go śledzić.
Evan położył dłonie na oparciu fotela.
– Nie zdołam ci tego wyperswadować, prawda?
– Nie.
– W takim razie zawiozę Lily do domu i pojadę z tobą.
– Nie.
– Dlaczego nie?
– Bo nie ma powodu, żebyś jechał.
Evan puścił oparcie fotela, wyprostował się.
– Nie rób tego – powiedział. – Dla własnego dobra zadzwoń do Margolisa. – Chcąc zaakcentować swoje stanowisko, zabrał laptopa

Marii i schował go do torby. Zabrał też jej inne rzeczy i wyszedł z mieszkania Colina, zatrzaskując za sobą drzwi.

Colin patrzył za nim bez słowa.

*

Piętnaście minut później, w samochodzie, jadąc do Shalotte, Colin rozmyślał o tym, co powiedział Evan.

Dlaczego jedzie sam? Dlaczego nie zadzwonił do Margolisa? Co ma nadzieję osiągnąć?

Jak sugerował Evan, charakter sprawy stał się osobisty. Chciał w końcu dopasować twarz do nazwiska. Chciał zobaczyć faceta na własne oczy. Chciał patrzeć, jak Margolis wręcza mu nakaz, a później znaleźć sposób, żeby go mieć na oku, nawet jeśli o tym też nie powie Margolisowi. Nadszedł czas, pomyślał, żeby Lester zaczął oglądać się przez ramię, zamiast patrzeć przed siebie.

Oczywiście, jeśli to Lester...

A jednak Evan przypomniał mu o ryzyku, jeśli przeczucie okaże się prawdziwe. Evan był dobry w takich sprawach i Colin wiedział, że musi zachować największą ostrożność. Jeden błąd dzielił go od więzienia i obiecał sobie, że ograniczy się wyłącznie do obserwacji. Nawet gdyby Lester przeszedł tuż obok jego samochodu, nie tknie go. Mimo to był podenerwowany, adrenalina robiła swoje.

Zmusił się, żeby oddychać powoli i miarowo.

Jechał przez Wilmington od jednego czerwonego światła do drugiego, w końcu dotarł do autostrady. Wstukał do komórki numer domu przy Robins Lane i kierował się wskazówkami. Parę minut po czternastej pokonywał ostatnie zakręty, jadąc przez osiedle robotnicze, które z pozoru przypominało osiedle rodziców Marii. Tylko z pozoru. Tu domy były mniejsze i źle utrzymane, trawniki zaniedbane, gdzieniegdzie widział tablice przed domami do wynajęcia.

Wszystko to sugerowało tymczasowość. Miejsce, w którym ludzie zajmują się swoimi sprawami i nie zostają długo.

Albo chcą się ukryć?

Być może.

Zaparkował przed małym bungalowem do wynajęcia, dwa domy od tego, którego szukał, za starym zdezelowanym kombi. Z tego miejsca widział niewielką werandę, drzwi frontowe i bok domu z zasłoniętym oknem wychodzącym na posesję sąsiadów. Zza rogu wystawała maska niebieskiego samochodu, ale nie rozpoznał marki.

Czy ktoś jest w domu?

Na pewno. Według Margolisa samochód Atkinsona był w parku, przynajmniej kilka godzin temu.

Żałował, że nie ma przy sobie laptopa Marii. Przydałby mu się, żeby sprawdzić, czy telefon wciąż tu jest. Zastanawiał się, czy nie zadzwonić do Evana i nie poprosić go o sprawdzenie, ale Evan skorzystałby z okazji, żeby znów wygłosić kazanie, a on nie był w nastroju do wysłuchiwania kazań. Poza tym było bardziej niż możliwe, że Evan już jechał do mieszkania Lily z rzeczami Marii. A to oznaczało, że Colin może tylko obserwować dom z nadzieją, że Lester w końcu wyjdzie.

Chociaż z drugiej strony, o czym przypomniał mu Evan, wciąż nie był pewien nawet tego, jak Lester wygląda.

*

Colin spojrzał na zegarek. Dochodziła trzecia. Obserwował dom od godziny. Nie dostrzegł ruchu za zasłonkami. Nikt nie wyszedł. Niebieski samochód stał na swoim miejscu.

Na jego korzyść przemawiało to, że chyba nikt z sąsiadów nie zwrócił na niego uwagi i że ulica była cicha. Dwoje ludzi minęło jego samochód. Przebiegła gromada dzieciaków, kopiąc piłkę. Pojawił się listonosz i nadzieje Colina wzrosły – może gdy zajrzy do skrzynki, pozna nazwisko osoby mieszkającej w tym domu – ale listonosz się nie zatrzymał.

To było dziwne. Przystawał przy każdym innym domu.

Z drugiej strony, to nie musiało nic znaczyć.

A może znaczyło, że mieszkaniec domu nie odbiera poczty, bo jest ona przesyłana gdzie indziej.

Dało mu to do myślenia.

*

Czas płynął powoli. O czwartej Colin zaczął się niecierpliwić. Walczył z pragnieniem zrobienia... czegokolwiek. Znowu się zastanawiał, czy nie zadzwonić do Margolisa. Czy warto zaryzykować, pukając do drzwi. Był przekonany, że nie da się ponieść emocjom. Przynajmniej nie za bardzo.

Został w samochodzie, oddychając głęboko, powoli. Drgnął, kiedy pisnęła komórka. Evan.

„Co robisz?".

Colin odpisał: „Nic".

*

Minęła kolejna godzina. Piąta, słońce schodziło coraz niżej, wciąż jasne, ale zapowiadające zmierzch. Colin zastanawiał się, kiedy, o ile w ogóle, w domu zapalą się światła. Z każdą godziną coraz łatwiej było uwierzyć, że nikogo tam nie ma.

Znowu sygnał komórki, znowu Evan.

„Będę za minutę", przeczytał. „Jestem prawie przy twoim samochodzie".

Colin zmarszczył czoło, obejrzał się przez ramię i zobaczył podchodzącego Evana. Przyjaciel wsiadł, zamknął drzwi, potem otworzył okno.

– Wiedziałem, że tu będziesz. Jak tylko cię zostawiłem, wiedziałem, co zamierzasz zrobić. A potem okłamałeś mnie w SMS-ie? Że nic nie robisz?

– Nie kłamałem. Nic nie robię.

– Przyjechałeś. Obserwujesz dom. Wypatrujesz Lestera. To coś.

– Nie, jeśli go nie widziałem.

– Więc jaki jest plan?

– Wciąż nad tym pracuję – odparł Colin. – Co u Marii?

– Spała na kanapie, kiedy weszliśmy. Gdy się zbudziła, Lily zaczęła jej opowiadać o naszych ślubnych planach. Sądzę, że ciebie też mogę wtajemniczyć, zwłaszcza że Lily potrafi mówić o tym godzinami...

W tej chwili Colin dostrzegł ruch na werandzie bungalowu. Otworzyły się drzwi. Wyszedł mężczyzna, niosąc jakąś puszkę.

– Na dół – syknął Colin, opuszczając się na fotelu. – I nie ruszaj się.

Evan odruchowo wykonał polecenie.

– Dlaczego?

Colin nie odpowiedział, powoli uniósł głowę, żeby mieć lepszy widok. Mężczyzna wszedł na werandę, zostawiając otwarte drzwi. Colin patrzył, przywołując w myśli twarz Atkinsona. To nie on. Zdecydowane nie on, stwierdził, i próbował sobie przypomnieć, co Maria mówiła o ubraniu, jakie Lester miał wczorajszej nocy. Spłowiała czerwona koszula i podarte dżinsy?

Tak. Ten człowiek ma na sobie taki strój.

Lester?

Na pewno, pomyślał, czując skok adrenaliny. Lester jest w bungalowie. Nawet nie zmienił ubrania.

Po chwili Lester się odwrócił i wszedł do domu, zamykając za sobą drzwi.

– To on? – zapytał szeptem Evan.

– Tak. To on.

– Teraz zadzwonisz do Margolisa, prawda? Jak obiecałeś?
– Okay – odparł Colin.

*

Podczas rozmowy telefonicznej, po zmyciu Colinowi głowy za tajenie informacji, Margolis warknął, że już jedzie i postara się być jak najszybciej. Przykazał, żeby nie śledzić Lestera ani nikogo innego, skoro o tym mowa, jeśli wyjdzie z domu. Zapowiedział, że on się tym zajmie i jeśli Colin choćby wysiądzie z samochodu, Margolis znajdzie powód, żeby go skuć, ponieważ ma powyżej uszu jego udawania, że wie, co robi. Na zakończenie rzucił kilka soczystych słów. Kiedy Colin zakończył rozmowę, Evan na niego popatrzył.

– Czy nie ostrzegałem, że nie będzie zachwycony?
– Okay.
– I to cię nie rusza?
– Czemu miałoby mnie ruszać?
– Bo facet sprawi, że twoje życie będzie jeszcze bardziej żałosne.
– Tylko wtedy, jeśli zrobię coś, co wpakuje mnie w kłopoty.
– Jak wtrącanie się w sprawy policji?
– Siedzę w swoim samochodzie. Zadzwoniłem i przekazałem mu informacje. Nie wtrącam się. Jestem potencjalnym świadkiem. Powiedział mi, co mam robić, i to robię.

Evan poruszył się niespokojnie.

– Mogę normalnie usiąść? Cierpną mi nogi.
– Nie mam pojęcia, dlaczego nadal się kulisz.

*

Czterdzieści minut później Margolis zatrzymał się obok samochodu Colina, nie wyłączając silnika, i opuścił szybę.

– Nie mówiłem, żebyś się wyniósł stąd w cholerę? – zapytał.

– Nie – odparł Colin. – Nie mówił pan. Zakazał mi pan wysiadania z samochodu i śledzenia Lestera.

– Specjalnie się mądrzysz?

– Nie.

– Bo mówisz jak przemądrzalec. Wczoraj wieczorem zadałem sobie sporo trudu, żebyś nie został aresztowany, a ty rano „zapomniałeś" powiedzieć o swoim pomyśle? Żeby znowu grać samozwańczego stróża prawa?

– Maria panu powiedziała, że Lester zabrał jej iPhone'a. Łatwo go zlokalizować. Uznałem, że prawdopodobnie pan już to zrobił.

Wyraz twarzy Margolisa świadczył, że przeoczył to, co oczywiste. Odzyskując pewność siebie, warknął:

– Wierz albo nie, mój świat nie kręci się wokół ciebie i twojej dziewczyny. Mam inne sprawy. Duże sprawy. Takie, do jakich przywykłem.

Jasne, pomyślał Colin.

– Odzyska pan telefon Marii?

– Jeśli Lester go ma. Nie mam na to dowodów innych niż twoje słowo.

– Parę godzin temu tam był – wtrącił Evan. – Sprawdziłem przed wyjazdem.

Margolis wlepił w niego oczy, wyraźnie zirytowany, po czym pokręcił głową.

– Odzyskam jej telefon – powiedział. – A teraz jazda stąd. Obaj. Nie potrzebuję was tutaj, nie chcę was tutaj. Przejmuję sprawę.

Podniósł szybę, zwolnił hamulec, ruszył i zatrzymał się przed bungalowem. Colin obserwował, jak wysiada, przez chwilę patrzy na dom, obchodzi samochód i idzie chodnikiem.

Gdy wszedł po schodach na werandę, odwrócił się w jego stronę i dał znak kciukiem, przypominając, że pora się zmywać.

Niech mu będzie, pomyślał Colin. Przekręcił kluczyk, który wciąż tkwił w stacyjce, i usłyszał ciszę. Silnik był martwy. Nawet nie drgnął. Spróbował jeszcze raz, z tym samym rezultatem.

Trup.

– Niech zgadnę – odezwał się Evan. – Twój wóz nawalił.

– Może dzisiaj.

– Margolis nie będzie zadowolony.

– Nie mogę nic zrobić.

Rozmawiał z Evanem, koncentrując uwagę na Margolisie, który jeszcze nie zapukał do drzwi. Detektyw przeszedł na koniec werandy, patrząc na samochód stojący na podjeździe. Kiedy się odwrócił, Colin zobaczył zaskoczenie na jego twarzy. Margolis zbliżył się do wejścia, uniósł rękę, żeby zapukać, ale tego nie zrobił. Po długiej chwili przekręcił gałkę i uchylił drzwi.

Czy ktoś zawołał: „Proszę wejść, otwarte?".

Margolis coś powiedział, wyjął odznakę, pchnął drzwi i zniknął...

– Chodź do mojego wozu – powiedział Evan. – Odjedźmy, zanim wyjdzie. Wiem, że cię nie cierpi, i nie chcę, żeby znienawidził cię jeszcze bardziej. Albo mnie, skoro o tym mowa. Wygląda na wrednego.

Colin milczał. Myślał o minie Margolisa tuż przed zapukaniem do drzwi. Detektyw coś zobaczył, coś, co nie miało sensu? Coś, co go zaskoczyło? Coś, czego się nie spodziewał?

I dlaczego Lester go zaprosił, skoro był paranoikiem i panicznie bał się policji?

– Coś jest nie w porządku – powiedział. Myśl napłynęła automatycznie, wypowiedział ją niemal bezwiednie.

Evan na niego spojrzał.

– O czym ty mówisz? – zapytał.

W tej samej chwili Colin usłyszał głośny huk broni palnej, dwa strzały, jeden po drugim.

Sięgał do klamki, kiedy Margolis tyłem wypadł na werandę, w zakrwawionej koszuli i marynarce, zaciskając rękę na szyi. Potknął się, stoczył ze schodów i upadł na chodnik.

Colin już wysiadał z samochodu... kierowany instynktem... biegł w kierunku Margolisa... przyśpieszał z każdym krokiem... patrzył, jak detektyw kuli się na ziemi...

Lester wyszedł na werandę, wrzeszcząc coś niezrozumiale z pistoletem w ręce. Uniósł broń, wymierzył w Margolisa. Jego twarz wyrażała strach i wściekłość, ręka mu się trzęsła. Znowu wrzasnął, opuścił pistolet, z powrotem uniósł...

Colin pędził w stronę domu przez trawnik sąsiadów. Przeskoczył przez krzak, zbliżał się do werandy, do Lestera, skupiony na celu. Jeszcze kilka sekund.

Lester celował w Margolisa. Miał czerwoną twarz i przekrwione oczy. Nie panował nad sobą. Wrzeszczał.

– To nie moja wina! Ja nic nie zrobiłem! Nie wrócę do więzienia! Wiem, co robi Maria!

Szedł do schodów, zmniejszając odległość, celując w detektywa z pistoletu trzymanego w rozedrganej dłoni. Dostrzegł ruch kątem oka, nagle się odwrócił, wymierzył w Colina...

Za późno.

Colin przeskoczył przez balustradę, szeroko rozpostarł ręce i zderzył się z Lesterem. Pistolet wyleciał w powietrze i upadł na werandę.

Colin ważył dwadzieścia kilogramów więcej niż Lester. Poczuł, jak chłopakowi pękają żebra, gdy upadli. Lester wrzeszczał z bólu, chwilowo sparaliżowany.

Colin działał szybko, zsunął się z niego, chwycił go za gardło i wykręcił mu rękę. Lester się szamotał i wił, z szyją uwięzioną między przedramieniem a bicepsem. Colin mocno uciskał arterie szyjne w klasycznym duszeniu, gdy Lester szaleńczo próbował się wyrwać.

Po chwili jego oczy zapadły się w głąb czaszki i znieruchomiał.

Colin trzymał go jeszcze parę sekund, aż Lester stracił przytomność. Wtedy się podniósł i podbiegł do Margolisa.

Detektyw oddychał, ale już się nie ruszał, twarz miał białą jak kreda. Colin próbował ocenić sytuację. Margolis dostał dwa razy, w brzuch i szyję, tracił mnóstwo krwi.

Colin ściągnął koszulę i przedarł ją na pół, gdy podszedł przerażony Evan.

– Kurwa mać! Co robimy?

– Dzwoń! – krzyknął Colin, próbując zapanować nad paniką, wiedząc, że musi myśleć jasno. – Dzwoń po karetkę! Już!

Nie znał się na ranach postrzałowych, ale wiedział, że jeśli nie zatamuje krwawienia, Margolis będzie bez szans. Rana szyi wyglądała gorzej, więc zaczął ją uciskać. Krew natychmiast przesiąkła przez koszulę. Przycisnął ranę na brzuchu, z której płynęła krew, tworząc powiększającą się kałużę na chodniku.

Twarz Margolisa robiła się chorobliwie szara.

Colin słyszał, jak Evan krzyczy do telefonu, że postrzelono policjanta, że muszą wysłać ambulans, natychmiast.

– Pośpiesz się, Evan! – ponaglił go. – Potrzebuję twojej pomocy!

Evan zakończył rozmowę, patrząc na Margolisa z taką miną, jakby zaraz miał zemdleć. Colin kątem oka dostrzegł, że Lester przekręcił głowę. Już przytomniał.

– Bierz kajdanki! – krzyknął. – Dopilnuj, żeby Lester nie uciekł!

Evan, wciąż wlepiając oczy w Margolisa, wyglądał, jakby wrósł w ziemię. Colin czuł, że krew przesącza się przez materiał koszuli. Czuł ciepło pod ręką, palce miał czerwone i śliskie.

– Evan! – ryknął. – Kajdanki! Przy pasku Margolisa! Piorunem!

Jego przyjaciel potrząsnął głową i odpiął kajdanki.

– Wracaj tu szybko. Potrzebuję twojej pomocy!

Evan podbiegł do Lestera, zatrzasnął obrączkę na jego nadgarstku i przyciągał go bliżej balustrady, żeby zamknąć drugą wokół słupka. Lester jęknął, odzyskując przytomność. Evan zbiegł po schodach i padł na kolana obok Margolisa, szeroko otwierając oczy.

– Co mam robić?

– Zajmij się raną na brzuchu... pod moją ręką. Naciskaj, mocno! Krwotok malał, ale oddech Margolisa stawał się coraz płytszy... Evan wykonał polecenie. Colin oburącz uciskał ranę na szyi. Po kilku sekundach usłyszał syreny. Narastający chór syren. Pragnął, żeby nadjechali jak najszybciej, ale w jego głowie kołatała się tylko jedna myśl: Nie umieraj. Cokolwiek zrobisz, nie umieraj...

Lester znowu jęknął i zamrugał. Miał mętny wzrok.

Pierwszy przybył zastępca szeryfa, a zaraz za nim policjant z posterunku w Shalotte. Oba samochody zatrzymały się pośrodku ulicy z piskiem opon, z błyskającymi światłami. Mężczyźni wyskoczyli z samochodów i biegli w ich stronę z bronią, niepewni, co się dzieje.

– Detektyw Margolis został ranny! – krzyknął do nich Colin. – Postrzelił go facet przykuty do poręczy! – Obaj spojrzeli na werandę. Colin zmuszał się, żeby panować nad głosem. – Pistolet leży tam. Musimy uciskać rany. Sprawdźcie, czy jedzie karetka... stracił mnóstwo krwi i nie wiem, jak długo wytrzyma!

Policjant wszedł na werandę, a zastępca szeryfa pobiegł do samochodu. Przez radio krzyknął, że policjant został ranny i żeby jak najszybciej przysłali ambulans. Colin i Evan zaciskali ręce na ranach. Evan doszedł trochę do siebie, nie był już taki blady.

Po kilku minutach przyjechał ambulans, dwóch ratowników wyciągnęło nosze. Za nimi przyjechali kolejni zastępcy szeryfa i policjanci, pojazdy tłoczyły się na ulicy.

Ratownicy zajęli się Margolisem, zwalniając Colina i Evana. Detektyw wyglądał jeszcze gorzej. Nie reagował i ledwo oddychał, gdy położyli go na noszach. Ratownicy działali szybko. Zapakowali nosze do ambulansu, jeden wskoczył za kierownicę, drugi został z tyłu, z Margolisem. Ambulans odjechał z eskortą policji, syreny wyły, a potem świat powoli wrócił do normalności.

Colin czuł się roztrzęsiony, zaczynał odreagowywać. Ręce miał pokryte lepką, zasychającą krwią. Przód koszuli Evana wyglądał tak, jakby został zanurzony w czerwonej farbie. Evan odszedł na bok, pochylił się i zwymiotował.

Jeden z zastępców szeryfa podszedł do bagażnika, wrócił z dwiema białymi koszulkami, jedną podał Colinowi, drugą Evanowi. Przed złożeniem zeznania Colin sięgnął po komórkę, żeby zadzwonić do Marii i powiedzieć jej, co się stało.

Ale przez cały czas myślał tylko o Margolisie.

*

Godzinę później niebo ściemniało, zapadła noc. Policjanci i zastępcy szeryfa tłumnie oblegali bungalow. Przybyli także detektyw z Wilmington i szeryf.

Lester awanturował się, mówił od rzeczy, wrzeszczał i stawiał opór podczas aresztowania. W końcu policjanci zdołali wsadzić go do radiowozu i pojechali do aresztu.

Colin złożył zeznania, przesłuchiwany kolejno przez szeryfa, policjanta z Shalotte i detektywa Wrighta z Wilmington. Po nim przyszła kolej na Evana. Obaj przyznali, że nie mieli pojęcia, na co się zanosi, kiedy Margolis wszedł do domu. Wiedzieli tylko tyle, że chwilę potem padły strzały. Colin powiedział, że Lester mógł dobić Margolisa, lecz tego nie zrobił.

Gdy zostali zwolnieni, Colin zadzwonił do Marii, żeby jej powiedzieć, że jedzie do domu się przebrać. Chciał, żeby razem z Lily pojechały do szpitala, gdzie się spotkają. Rozmawiając z nią, usłyszał, jak policjant mówi detektywowi Wrightowi i szeryfowi, że w domu nikogo nie ma i że wygląda na to, że Lester mieszkał tam sam.

Po zakończeniu rozmowy z Marią Colin spojrzał na bungalow, zastanawiając się, gdzie jest Atkinson. I dlaczego, skoro Lester był paranoikiem, wpuścił Margolisa do domu.

– Gotów? – zapytał Evan, wyrywając go z zamyślenia. – Chcę się stąd wynieść, żeby wziąć prysznic i zmienić ubranie.

– Tak – powiedział Colin. – Okay.

– Co zrobisz z samochodem?

Colin spojrzał na camaro.

– Później się tym zajmę. Teraz nie mam na to siły.

Evan musiał wyczytać coś z jego twarzy.

– Jesteś pewien, że jazda do szpitala jest dobrym pomysłem?

Dla Colina był to nie tyle wybór, ile konieczność.

– Chcę wiedzieć, czy Margolis się z tego wykaraska.

28
Maria

Po rozmowie telefonicznej z Colinem Maria miała mętlik w głowie, próbując poskładać wszystko, co się stało.

Colin wytropił Lestera. Lester postrzelił Margolisa. Lester celował z pistoletu do Colina. Colin powalił Lestera, Colin i Evan ratowali życie detektywa. Margolisa zabrał ambulans. Lester stawiał opór podczas aresztowania, wrzeszcząc, że wie, co zrobiła Maria.

Lester.

Od początku wiedziała, że to on, że to jego należy się obawiać, i wciąż musiała sobie przypominać, że jest już za kratkami. Tym razem nie zniknął ani nie uciekł, tym razem go złapali, postrzelił policjanta i w żaden sposób już nie uprzykrzy jej życia.

Co z Atkinsonem? – zapytał głos w jej głowie.

Nie chciała o tym myśleć. Wciąż nie była pewna, jak to rozumieć. Nic nie pasowało...

Zbyt wiele. To, co się stało, było wystarczająco przytłaczające. A to, że Colin i Evan brali w tym udział, było niemal nie do zniesienia.

Maria pomyślała, że Lily przeżywa to samo. Ma ten sam szalony natłok emocji. Odkąd kilka minut temu przyjechały do szpitala, prawie się nie odzywała i bez przerwy wypatrywała samochodu

Evana. Maria miała wrażenie, że Lily musi zobaczyć, dotknąć, objąć swojego narzeczonego, żeby mieć namacalny dowód, że naprawdę jest cały i zdrowy.

A Colin...

Oczywiście wytropił Lestera na własną rękę. Oczywiście rzucił się na niego, nie zważając na pistolet. Oczywiście powalił Lestera i nic mu się nie stało. Teraz Lester był pod kluczem, i choć czuła ulgę, towarzyszyła jej również złość. Poza tym martwiła się o Margolisa i trudno jej było zrozumieć, jak Lester zdołał go pokonać. Przecież mówiła detektywowi, że Lester jest niebezpieczny, że ma broń. Dlaczego Margolis jej nie słuchał? Dlaczego nie zachował większej ostrożności? Jak mógł dać się postrzelić? Maria nie rozumiała, podobnie jak Colin. Podczas rozmowy powiedział jej, że nie jest pewien, czy Margolis przeżyje jazdę do szpitala. Musi przeżyć, pomyślała. Gdy czekała na Lily, kilku policjantów weszło do szpitala i żaden nie wyszedł, co na pewno oznaczało, że żyje.

Za bardzo się bała, żeby zapytać.

Kiedy Evan wreszcie wjechał na parking, Maria ledwie mogła myśleć. Pobiegły z Lily w kierunku samochodu i jak tylko Colin wysiadł, zarzuciła mu ręce na szyję, mocno do niego przywarła.

Poszli we czwórkę do szpitala, zapytali o Margolisa i pojechali windą na piętro. Skierowano ich do poczekalni na oddziale chirurgii, gdzie zobaczyli policjantów i parę osób, najpewniej przyjaciół i rodzinę. Poważne, ponure twarze natychmiast odwróciły się w ich stronę.

Evan przysunął się do Colina.

– Może nie powinniśmy tu być – zasugerował.

Twarz Colina nic nie wyrażała.

– Nie zostałby postrzelony, gdybym do niego nie zadzwonił.

– To nie twoja wina.

– On ma rację, Colinie – dodała Lily. – Lester to zrobił, nie ty.

Mimo jej słów Maria wiedziała, że Colin wciąż próbuje przekonać o tym samego siebie, lecz niezupełnie w to wierzy.

– No dobrze – powiedział Evan. – Czy jest tu ktoś, kogo można zapytać o stan Margolisa? Nie widzę pielęgniarki...

– Tam. – Colin wskazał mężczyznę po czterdziestce z krótko ostrzyżonymi siwymi włosami. Mężczyzna ich zobaczył i ruszył w ich stronę.

– Kto to? – szepnęła Maria.

– Detektyw Wright – odparł Colin. – Składałem przed nim zeznanie. Evan też.

Wright się zbliżył i wymienił uścisk dłoni z Colinem i Evanem.

– Nie spodziewałem się was tutaj.

– Muszę wiedzieć, co z nim – powiedział Colin.

– Przyjechałem parę minut temu. Jeszcze nie ma żadnych wiadomości od chirurga poza tym, że wciąż się trzyma. Jak wiecie, był w złym stanie, kiedy go przywieźli. – Colin pokiwał głową, a Wright wskazał w głąb poczekalni. – Wiem, że wiele przeszliście, ale czy zaczekacie chwilę? Ktoś o was pytał. Chce z wami porozmawiać.

– Kto? – zapytał Colin.

– Żona Pete'a, Rachel.

Maria patrzyła, jak wyraz twarzy Colina łagodnieje.

– Nie jestem pewien, czy to dobry pomysł.

– Proszę – powiedział Wright. – Najwyraźniej to dla niej ważne.

– Okay – odparł Colin po dłuższej chwili milczenia.

Wright zaprowadził ich na drugą stronę poczekalni i przystanął przed atrakcyjną ciemnowłosą kobietą otoczoną przez kilka osób. Wskazał na Colina i Evana. Rachel Margolis natychmiast przeprosiła towarzyszące jej osoby i podeszła. Maria dostrzegła, że kobieta płakała, miała zaczerwienione oczy, lekko rozmazany makijaż. Sprawiała wrażenie, że ledwie nad sobą panuje.

Wright dokonał prezentacji i Rachel lekko się uśmiechnęła. Jej uśmiech nie wyrażał niczego oprócz smutku.

– Larry mi powiedział, że ratowaliście życie mojemu mężowi.

– Naprawdę jest mi przykro z powodu tego, co go spotkało – powiedział Colin.

– Dziękuję. Ja... – Pociągnęła nosem i otarła oczy. – Chciałam podziękować wam obu. Za zachowanie spokoju, wezwanie karetki. Za tamowanie krwi. Ratownicy powiedzieli, że gdybyście tego nie zrobili, Pete nie miałby żadnych szans. Gdyby was tam nie było... – Mówiła przez łzy, jej słowa płynęły z głębi serca. Współczucie ściskało Marię za gardło. – Jeszcze raz... – Odetchnęła urywanie, próbując się opanować. – Chcę, żebyście wiedzieli, że jest twardy, na pewno nic mu nie będzie. Jeden z największych twardzieli, jakich...

– Ma pani rację – zgodził się Colin, ale Maria miała wrażenie, że Rachel Margolis go nie usłyszała, bo tak naprawdę mówiła do siebie.

*

Czas mijał. Maria siedziała obok Colina, gdy czekali na wiadomości. Evan i Lily parę minut wcześniej poszli do restauracji. Maria słuchała, jak rozmowy powoli ustępują szeptom z powodu zaniepokojenia. Ludzie wchodzili i wychodzili.

Colin był bardziej milczący niż zwykle. Od czasu do czasu podchodził do nich jakiś mundurowy czy detektyw, żeby mu podziękować i uścisnąć rękę. Był uprzejmy, ale Maria wiedziała, że nie czuje się dobrze, wciąż winiąc się za to, co się stało, nawet jeśli nikt inny nie podzielał jego zdania.

A jednak zaskoczyło ją tak głębokie poczucie winy. Od początku było jasne, że Colin i Margolis odnoszą się do siebie z pogardą. Był to swego rodzaju paradoks i chętnie wyciągnęłaby Colina na zewnątrz, żeby go zmusić do rozmowy o tym, co czuje, ale wiedziała, że chce sam przeanalizować swoje emocje. Pochyliła się ku niemu.

– Nie będzie ci przeszkadzało, jeśli wyjdę na korytarz? Chcę zadzwonić do rodziców. I do Sereny. Na pewno się zastanawiają, co się dzieje.

Kiedy skinął głową, pocałowała go w policzek i wyszła z poczekalni. Poszła w głąb korytarza, szukając miejsca, które zapewniłoby jej odrobinę prywatności. Rodzice wydawali się równie zmartwieni jak wszyscy tutaj i poprosili ją, żeby przyjechała do domu z Colinem, a także Evanem i Lily. Mama prosiła w taki sposób, że trudno jej było odmówić. Po wszystkim, co się stało, Maria też chciała zobaczyć rodzinę.

Wróciła do poczekalni i zastała Colina tam, gdzie go zostawiła. Wciąż niewiele mówił, ale gdy usiadła obok niego, sięgnął po jej rękę i mocno ją ścisnął. Lily i Evan wrócili z restauracji, a niedługo potem wreszcie zjawił się chirurg.

Maria patrzyła, jak Rachel Margolis idzie mu na spotkanie z detektywem Wrightem u boku. W poczekalni zapadła cisza, wszyscy się martwili, wszyscy chcieli wiedzieć. Nawet z daleka było słychać głos lekarza.

– Przeżył operację – oznajmił – ale obrażenia są bardziej rozległe, niż się spodziewaliśmy. Znaczna utrata krwi skomplikowała sytuację i przez chwilę było źle. Obecnie stan pacjenta jest stabilny. Poważny, ale stabilny.

– Kiedy mogę go zobaczyć? – zapytała Rachel Margolis.

– Będę go obserwować przez kilka godzin. Jeśli będzie tak, jak mam nadzieję, pozwolę pani na kilkuminutowe odwiedziny.

– Przeżyje, prawda?

Pytanie za milion dolarów, pomyślała Maria. Chirurg chyba się go spodziewał, bo powiedział tym samym profesjonalnym tonem:

– Jak mówiłem, stan pani męża został ustabilizowany, ale musi pani zrozumieć, że nadal jest krytyczny. O wszystkim zadecydują następne godziny. Mam nadzieję, że jutro będę mógł pani udzielić bardziej konkretnej odpowiedzi.

Rachel Margolis przełknęła ślinę.

– Chciałam tylko wiedzieć, co mam powiedzieć synom, kiedy wrócę do domu.

Synom? – pomyślała Maria. Margolis ma dzieci?

Twarz chirurga złagodniała.

– Proszę powiedzieć im prawdę. Że ich ojciec przeżył operację i że niedługo będzie wszystko wiadomo. Proszę zrozumieć, pani Margolis, pocisk poważnie uszkodził tchawicę. Pani mąż jest podłączony do respiratora...

Maria nie mogła dłużej słuchać, gdy zaczął szczegółowo opisywać obrażenia. Odwróciła wzrok i usłyszała głos Colina.

– Chodźmy – szepnął, niewątpliwie myśląc to samo co ona. – To nie nasza sprawa. Dajmy im trochę prywatności.

Wstali, Evan i Lily także, i razem wyszli na korytarz. Maria ich zatrzymała, żeby powiedzieć o rozmowie z rodzicami oraz przekazać ich prośbę.

– Wiem, że wszyscy jesteście zmęczeni i że Lily i Evan byli niedawno w restauracji, ale mama zrobiła dla nas kolację i...

– Okay – przerwał jej Colin. – Muszę jeszcze wrócić po samochód, ale to może zaczekać.

– Nie musisz nic tłumaczyć – dorzucił Evan. – Rozumiemy.

*

Maria pojechała z Colinem samochodem Evana, a Evan z Lily w jej samochodzie. Przed domem czekali na nich Serena z rodzicami. Gdy Maria wysiadła, siostra otoczyła ją ramionami.

– Mama i tata odchodzili od zmysłów. Mama godzinami siedziała w kuchni, a tata bez przerwy sprawdzał drzwi i okna. Trzymasz się?
– Kiepsko – wyznała Maria.
– Myślę, że po tym wszystkim nie zaszkodzą ci długie wakacje.
Maria roześmiała się wbrew sobie.
– Zapewne.

Uściskała rodziców, po czym przedstawiła im Evana i Lily. Lily sprawiła jej niespodziankę – a także rodzicom i Serenie – rozmawiając z nimi po hiszpańsku, jakkolwiek z południowym akcentem. Ponieważ drzwi wciąż były zabite deskami, weszli przez garaż do kuchni, gdzie zajęli miejsca przy stole, który wkrótce zapełnił się potrawami.

Przy kolacji Maria opowiedziała bliskim o spotkaniu z Margolisem, a Colin zdał relację z tego, co było później. Milkł co parę zdań, żeby Maria mogła przetłumaczyć je mamie. Evan dodał kilka szczegółów, zwłaszcza gdy opisywał starcie z Lesterem.

– On jest w więzieniu, prawda? – zapytał Felix, kiedy Colin skończył. – I nie wyjdzie?

– Wariat czy nie, postrzelił gliniarza – powiedział Evan. – Jestem pewien, że nigdy nie wyjdzie na wolność.

Felix pokiwał głową.
– To dobrze.

– A co z Atkinsonem? – wtrąciła Serena. – Mówiliście, że współpracował z Lesterem.

– Nie wiem. Margolis się tym zajmował. Podobno się znali, ale według mnie nic tu nie pasuje – odparła Maria.

– W takim razie kto przebił opony?

– Może Lester zapłacił jakiemuś dzieciakowi. Wiedział, że szpital zapewni mu alibi.

– A samochód w parku?

– Może Lester go pożyczył. – Maria wzruszyła ramionami. – Nie wiem.

– A jeśli Atkinson tu jest? Co zrobicie?

– Nie wiem – powtórzyła Maria, słysząc frustrację w swoim głosie. Wiedziała, że wciąż wiele pytań pozostaje bez odpowiedzi, nawet po tym wszystkim, ale... – To Lester mnie niepokoił. To on mnie zastraszył i bez względu na to, czy działał w zmowie z Atkinsonem, czy nie, wiem jedno: już nigdy tego nie zrobi i...

Kiedy Maria zawiesiła głos, Serena pokręciła głową.

– Wybacz, że wypytuję. Po prostu wciąż jestem...

– Zmartwiona – dokończył za nią Felix.

I ja, pomyślała Maria. I Colin, ale...

Stłumiony sygnał komórki wyrwał ją z zadumy. Serena wyjęła telefon i odsłuchała wiadomość na poczcie głosowej. Jej mina wyrażała jednocześnie nadzieję i zmartwienie.

– Kto to był? – zapytał Felix.

– Charles Alexander – odparła.

– Nie za późno na dzwonienie? Chociaż może to ważne.

– Jutro spróbuję go złapać.

– Nie, zadzwoń teraz – poradziła Maria, zadowolona, że coś oderwało jej uwagę od trosk. – Jak mówi tata, to może być ważne. – Nie chciała myśleć o Atkinsonie. Nie bardziej niż o Lesterze, i w tej chwili nie miała siły odpowiadać na uciążliwe pytania. Z trudem ogarniała ostatnich parę godzin...

Serena przez chwilę się wahała, zanim wcisnęła przycisk. Przy stole zapadła cisza, gdy wyszła z kuchni z telefonem przy uchu.

– Charles Alexander? Słyszałem to nazwisko? – szepnął Colin.

– Prezes fundacji stypendialnej, o której ci mówiłam – odszepnęła Maria.

– Co się dzieje? – zapytał Evan, a Lily się pochyliła, żeby też słyszeć. Maria krótko wyjaśniła, o co chodzi. Serena z uśmiechem wróciła do pokoju.

– Naprawdę? – mówiła. – Dostałam?

Maria zobaczyła, że mama sięga po rękę taty.

Serena tymczasem rozmawiała, już nie ściszając głosu.

– Oczywiście. Nie ma problemu... Jutro wieczorem... o siódmej... Bardzo panu dziękuję...

Kiedy zakończyła rozmowę, rodzice wyczekująco popatrzyli na córkę.

– Chyba słyszeliście, prawda?

– Gratulacje! – krzyknął Felix, wstając od stołu. – Cudownie! – Carmen podeszła do córki, mówiąc, jaka jest dumna, i przez następne kilka minut wszyscy się ściskali. Zaniepokojenie ustąpiło miejsca czemuś cudownemu. Maria pragnęła, żeby to uczucie trwało bez końca.

*

Po kolacji Colin, Evan i Lily pożegnali się i pojechali po samochód Colina. Carmen i Felix wyszli z psem na spacer. Maria i Serena zmywały naczynia.

– Denerwujesz się przed wywiadem? – zapytała Maria.

Serena pokiwała głową, wycierając talerz.

– Trochę. Z reporterem będzie fotograf. Nie cierpię, gdy ktoś robi mi zdjęcia.

– Poważnie? Jesteś królową selfie.

– Selfie to co innego. Są dla mnie i dla moich przyjaciół. Nie umieszczam ich w gazecie.

– Kiedy ukaże się artykuł?

– Mówi, że w poniedziałek – odparła Serena. – Wtedy informacja zostanie ogłoszona oficjalnie.

– Będzie bankiet czy prezentacja?

– Nie jestem pewna. Zapomniałam spytać. Byłam za bardzo podekscytowana.

Maria z uśmiechem umyła talerz i podała go siostrze.

– Kiedy się dowiesz, daj mi znać. Chcę tam być. Jestem pewna, że mama i tata też będą chcieli.

Serena postawiła wytarty talerz na innych.

– Zasypywałam cię pytaniami... Wybacz, byłam nachalna. Nie myślałam.

– Nic nie szkodzi – zapewniła ją Maria. – Chciałabym na wszystkie odpowiedzieć, ale po prostu nie znam odpowiedzi.

– Zatrzymasz się tu na jakiś czas? Wiesz, że mamie i tacie na tym zależy.

– Tak, wiem. Zatrzymam się, ale muszę jechać do siebie po parę rzeczy.

– Myślałam, że już się spakowałaś. Przecież miałaś zostać u Lily.

– Zamierzałam tylko przenocować, więc będę potrzebować więcej ubrań. Poza tym muszę zabrać samochód.

– Podwieźć cię teraz?

– Nie, dzięki. Colin mnie zabierze, kiedy wróci.

– A kiedy wróci?

– Nie wiem. O wpół do dwunastej? Może za kwadrans dwunasta?

– Późno. Nie jesteś zmęczona?

– Padam z nóg – wyznała Maria.

– W takim razie nie będę... – zaczęła Serena i nagle urwała. Spojrzała na Marię. – Och... mniejsza z tym. Kapuję.

– Co kapujesz?

– Zgadzam się. Tak, zdecydowanie musisz jechać z Colinem. Zapomnij, że pytałam. Głupia jestem.

– O czym ty mówisz?

– Wiedząc, że przez następnych parę dni będziesz pod czujnym okiem naszych rodziców... i że Colin nie tylko znalazł Lestera, ale go powalił, i że nie ma w tym nic seksownego... i że musisz od-

reagować po niesłychanie stresującym dniu... powiedzmy, że całkowicie rozumiem, dlaczego chcesz z nim pobyć sam na sam.
– Mówiłam ci. Po prostu muszę wziąć parę rzeczy.
– Coś konkretnego?
Maria się roześmiała.
– Masz kosmate myśli.
– Wybacz. Nie mogłam się powstrzymać. Ale sama przyznaj. Mam rację, prawda?
Maria nie odpowiedziała, nie musiała. Obie znały odpowiedź.

29

Colin

Lily pojechała do swojego mieszkania przy plaży, a Colin z Evanem najpierw do Walmartu – supermarketu czynnego przez całą dobę, gdzie dostał wszystko, czego potrzebował – a potem do Shalotte. Evan zaparkował za camaro. Colin podniósł maskę i odpiął klemy akumulatora.

– Myślisz, że to akumulator? Od długiego czasu miałeś kłopoty z autem.

– Nie wiem, co innego mogłoby to być? Wymieniłem stacyjkę i alternator.

– Nie zacząłeś od akumulatora?

– Zacząłem. Założyłem nowy kilka miesięcy temu. Może to szmelc.

– Żebyś wiedział, nie przywiozę cię tu jutro, jeśli go nie odpalisz. Jadę do Lily i mamy zamiar spędzić cały dzień w łóżku. Chcę zobaczyć, jakie wrażenie zrobię na niej jako bohater. Myślę, że uzna, że jestem jeszcze bardziej pociągający niż dotychczas.

Colin się uśmiechnął, poluzował klemy, wyjął stary akumulator i wstawił nowy.

– Chciałem cię o coś spytać – kontynuował Evan. – I pamiętaj, pyta ktoś, kto widział, jak zrobiłeś wiele głupstw. Ale dzisiaj? Nie miałem pojęcia, w jaki sposób dopadłeś Lestera. Z trawnika? Przez poręcz? Z góry? Przecież w tym czasie celował do ciebie z pistoletu... Wiesz, to wszystko sprawia, że mam wątpliwości, czy jesteś przy zdrowych zmysłach. Do licha, coś ty sobie myślał?

– Nie myślałem.

– No właśnie. To tylko jeden z twoich licznych problemów. Naprawdę powinieneś zacząć myśleć, zanim cokolwiek zrobisz. Przecież ci mówiłem, żebyś tam nie jechał.

Colin uniósł głowę.

– Do czego zmierzasz?

– Do tego, że mimo swojej głupoty i możliwej choroby umysłowej naprawdę byłem dzisiaj z ciebie dumny. I nie tylko dlatego, że ratowałeś życie Margolisowi.

– Dlaczego?

– Bo nie zabiłeś Lestera, kiedy miałeś okazję. Mogłeś go rozerwać na kawałki albo udusić. Ale tego nie zrobiłeś.

Colin docisnął klemy.

– Mówisz, że jesteś ze mnie dumny, bo go nie zabiłem?

– Dokładnie to mówię – potwierdził Evan. – Zwłaszcza że prawdopodobnie mogłoby ci to ujść płazem. Postrzelił glinę. Był uzbrojony i niebezpieczny. Nie wyobrażam sobie, żeby ktokolwiek mógł cię oskarżyć, gdybyś dał się ponieść. Dlatego pytam, dlaczego go nie zabiłeś.

Colin po chwili namysłu pokręcił głową.

– Nie wiem.

– Kiedy będziesz wiedział, daj mi znać. W moim wypadku odpowiedź byłaby oczywista, bo ja nigdy nikogo bym nie zabił. Nie leży to w mojej naturze. Nie byłbym w stanie, ale ty jesteś inny. I jeśli jesteś ciekaw, muszę ci też powiedzieć, że tę wersję Colina szanuję znacznie bardziej niż starą.

– Zawsze mnie szanowałeś.

– Zawsze cię lubiłem, ale też zawsze trochę się ciebie bałem. To różnica. – Evan wskazał akumulator, chcąc zmienić temat. – Gotów?

Colin wsiadł za kierownicę. Nie był pewien, czego się spodziewać, więc zaskoczyło go, kiedy samochód odpalił po pierwszym przekręceniu kluczyka. W tym momencie jego wzrok padł na bungalow. Zobaczył, że połowa trawnika i weranda są otoczone taśmą policyjną.

– I tak się sprawy mają – powiedział Evan. – Wiesz, że prawdopodobnie nawali, gdy będziesz jechał do Marii. Po prostu na złość. Staraj się trzymać z dala od kłopotów, dobrze? Wydaje się, że ostatnio same cię szukają.

Colin nie odpowiadał. Patrzył na bungalow. Po paru sekundach zrozumiał, że coś się zmieniło od czasu jego odjazdu. A raczej coś zniknęło. Możliwe, że policja zabrała to jako dowód. Może były tam krople krwi, a może gdzieś utkwił jeden z pocisków i postanowiono przeprowadzić testy balistyczne...

– Czy ty w ogóle mnie słuchasz? – zapytał Evan.

– Nie.

– Na co się gapisz?

– Pamiętasz, o co pytała Serena? – zapytał Colin. – Czy Atkinson bierze w tym udział?

– Pamiętam, bo co?

– Sądzę, że to bardzo prawdopodobne.

– Bo jego samochód stał w pobliżu parku? A Lester nie mógł przebić opon?

– Nie tylko dlatego. Myślę o samochodzie, który widziałem tu wcześniej, na podjeździe za domem.

Evan się obrócił, cofnął o krok, żeby lepiej widzieć.

– Jaki samochód? – zapytał w końcu.

– Otóż to – mruknął Colin, wciąż się zastanawiając. – Zniknął.

Colin wrócił do domu Sanchezów tuż przed północą. Maria siedziała z rodzicami w salonie. Patrzył na nią, gdy wstała. Powiedziała coś po hiszpańsku do mamy – najpewniej, że niedługo wróci – i razem wyszli do samochodu.
– Gdzie jest Serena?
– Poszła spać.
– Też zostaje?
– Tylko na tę noc. Rodzice prosili, żeby ci przekazać, że ty też możesz zostać. Oczywiście, ponieważ musiałbyś spać na kanapie, powiedziałam, że pewnie wolisz jechać do domu.
– Mogłabyś do mnie dołączyć.
– Kusząca propozycja, ale...
– Nie ma sprawy. – Kiedy podeszli do samochodu, otworzył jej drzwi.
– Co nawaliło? – zapytała, gdy wsiadła.
– Akumulator.
– Więc miałam rację? To chyba znaczy, że powinieneś częściej mnie słuchać.
– Okay.

*

Podczas jazdy do jej mieszkania Colin opowiedział o samochodzie, który zniknął.
– Może policja go zabrała.
– Może.
– Myślisz, że Atkinson po niego wrócił?
– Nie wiem. Jutro zadzwonię do detektywa Wrighta. Nie muszą mi powiedzieć, ale mogą, zważywszy, że ratowałem Margolisa do chwili przyjazdu karetki. Tak czy owak, będą wiedzieli.

Odwróciła się twarzą w stronę okna, gdy jechali prawie pustymi ulicami.

– Wciąż nie mogę uwierzyć, że Lester do niego strzelił.
– Gdybyś tam była, uwierzyłabyś. Nie panował nad sobą. Jakby pękł.
– Myślisz, że coś z niego wydobędą?

Colin pomyślał nad tym.

– Tak. Kiedy minie mu ta faza. Nie mam pojęcia, ile czasu to potrwa.
– Wiem, że nie może mi nic zrobić, ale...

Maria urwała, wzbraniając się przed wypowiedzeniem nazwiska Atkinsona, ale też nie musiała. Colin nie ryzykował. Jechał okrężną drogą, wyczulony na podejrzane samochody. Maria wiedziała, co robi, i nie miała zastrzeżeń.

Krótko po północy wjechali na miejsce zarezerwowane dla gości kompleksu budynków mieszkalnych. Colin się rozglądał, ale wszędzie panowała cisza i spokój, kiedy szli po schodach do jej mieszkania.

Nagle oboje zamarli.

W tej samej chwili zobaczyli, że klamka została urwana, a drzwi są lekko uchylone.

*

Mieszkanie było zdemolowane.

Colin patrzył, jak Maria chodzi oszołomiona, bez przerwy płacząc, i oglądał zniszczenia. Narastała w nim wściekłość.

Rozpruta kanapa, fotele i poduszki. Przewrócony stół w jadalni, połamane krzesła. Strzaskane lampy. Podarte zdjęcia. Zawartość lodówki rozrzucona po całej kuchni. Jej rzeczy. Jej dom. Zbezczeszczony. Przewrócony do góry nogami. Zrujnowany.

W sypialni rozcięty materac, przewrócona toaletka, rozbite szuflady, strzaskana lampa. Na podłodze walały się puste pojemniki po czerwonej farbie w sprayu. Niemal każda sztuka odzieży w szafie była pobrudzona farbą.

Tak wygląda wściekłość, pomyślał Colin. Ktokolwiek to zrobił, nie panował nad sobą, podobnie jak Lester, może jeszcze mniej. Wściekłość, którą poczuł Colin, wyrwała się spod kontroli. Chciał stłuc faceta, chciał go zabić...

Maria głośno wciągnęła powietrze, jej szloch stawał się histeryczny. Kiedy Colin ją obejmował, zobaczył słowa wypisane farbą na ścianie w sypialni.

„Będziesz wiedziała, co się wtedy czuje".

*

Colin zadzwonił pod 911, a następnie do Wrighta. Nie spodziewał się, że detektyw odbierze, ale zgłosił się po drugim sygnale. Gdy Colin mu powiedział, co się stało, Wright zapewnił, że zaraz przyjedzie, że chce zobaczyć zniszczenia.

Na prośbę Marii Colin zadzwonił do jej rodziców i chociaż upierali się, że przyjadą, Maria kręciła głową. Dobrze ją rozumiał. W tej chwili nie poradziłaby sobie z ich lękami i troskami, nie w takiej sytuacji. Ledwie się trzymała. Powiedział Sanchezom, że Maria musi porozmawiać z policją, i obiecał, że się nią zaopiekuje.

Kilka minut później zjawili się dwaj policjanci i wysłuchali lakonicznego zeznania Marii. Miała niewiele do powiedzenia. Więcej szczęścia dopisało im z jednym z sąsiadów, który wyszedł, żeby sprawdzić, co się dzieje. Colin słuchał, jak facet mieszkający obok mówi, że kilka godzin temu wracał do siebie i jest pewien, że drzwi nie były uchylone. Zobaczyłby światło. Niczego nie słyszał poza głośną muzyką. Zastanawiał się nawet, czy nie poprosić o ściszenie, ale muzyka szybko ucichła.

Gdy Maria powoli odzyskiwała panowanie nad sobą, Wright omawiał z policjantami zeznania jej i sąsiada. Później porozmawiał z Marią i Colinem. Maria miała kłopoty z zebraniem myśli. Colin powtórzył większość tego, co powiedział Wrightowi w Shalotte, przez cały czas walcząc z pragnieniem walnięcia w coś pięścią.

Chciał znaleźć Atkinsona nawet bardziej niż Lestera.

I chciał go zabić.

*

Dochodziła druga, kiedy Wright oznajmił, że są wolni, i zszedł z nimi do samochodu Colina. Colin wiedział, że Maria nie jest w stanie prowadzić, a ona nie oponowała. Przy samochodzie detektyw uniósł rękę. Patrzył na Colina podobnie jak Margolis.

– Chwileczkę – powiedział. – Nie mam pojęcia, dlaczego wcześniej tego nie skojarzyłem, ale już wiem, kim pan jest.

– Kim jestem?

– Facetem, który według Pete'a powinien siedzieć w więzieniu. Facetem, który wdaje się w bijatyki. Tłucze ludzi bez litości.

– Już nie.

– Lester Manning może mieć na ten temat inne zdanie. Co nie znaczy, że dbam o to, co myśli.

– Wie pan, kiedy policja skończy na górze? – zapytała Maria. – Kiedy będę mogła wrócić?

– Poza aktem wandalizmu nie dokonano tu przestępstwa – odparł Wright. – Ale technicy się nie śpieszą. Przypuszczam, że najwcześniej jutro przed południem. Powiadomię panią, dobrze?

Maria skinęła głową. Colin żałował, że nic więcej nie można dla niej zrobić, ale...

– Wie pan, czy policja zabrała samochód, który stał przy bungalowie? – zapytał. – Tam, gdzie Lester postrzelił Margolisa?

Wright ściągnął brwi.

– Nie mam pojęcia. A co?

Colin mu powiedział.

Detektyw wzruszył ramionami.

– Całkiem możliwe, że go zabrali, ale sprawdzę. – Popatrzył na Marię, potem na Colina. – Wiem, że oboje jesteście zmęczeni i chcecie już stąd odjechać, ale czy znacie przypadkiem nazwisko detektywa z Charlotte, z którym pracował Pete?

– Nie – odparł Colin. – Nie podał nazwiska.

– W porządku. Popytam. Nietrudno będzie znaleźć odpowiedź. Ostatnie pytanie. Gdzie zamierza pani nocować?

– U moich rodziców – odparła. – Dlaczego pan pyta?

– Tak właśnie myślałem – powiedział Wright. – Dlatego spytałem. Po czymś takim ludzie zwykle nocują u przyjaciół albo u rodziny. Jeśli chce pani znać moje zdanie, nie jestem pewien, czy to dobry pomysł.

– Dlaczego?

– Ponieważ nie wiem, do czego jest zdolny ten Atkinson, i to mnie niepokoi. Facet wyraźnic się na panią uwziął, a stan mieszkania świadczy, że jest nie tylko niebezpieczny, ale i wściekły. Wpadł w szał. Może jednak spędzi pani tę noc gdzie indziej.

– Na przykład?

– Może w Hiltonie? Znam tam parę osób i załatwię pani pokój, a także ochronę policji, choćby tylko na dzisiaj. To był ciężki dzień i oboje potrzebujecie odpoczynku. Nie mówię, że coś się stanie, ale ostrożność nigdy nie zawadzi, prawda?

– Margolis twierdził, że nie uda mu się zapewnić mi ochrony – powiedziała cicho Maria.

– Mówiłem o sobie. Będę czuwał pod drzwiami. Jestem po służbie, więc to nic wielkiego.

– Dlaczego chce pan to zrobić? – zapytał Colin.

Wright odwrócił się w jego stronę.

– Bo ocalił pan życie mojemu przyjacielowi – rzekł krótko.

30
Maria

W samochodzie Maria zadzwoniła do rodziców, żeby przekazać im wiadomości, a potem z roztargnieniem patrzyła na jadące przed nimi auto detektywa, gdy pilotował ich do hotelu, kilka przecznic od jej mieszkania.

Wright musiał wszystko załatwić podczas krótkiej jazdy, bo na ladzie recepcji czekał na nich klucz. Pojechał z nimi windą i poprowadził na koniec korytarza, gdzie tuż obok drzwi stało składane krzesło. Podał im klucz.

– Zostanę tutaj tak długo jak wy, więc się nie martwcie.

Dopiero gdy wsunęła się do łóżka obok Colina, zdała sobie sprawę, jaka jest wyczerpana. Przed paroma godzinami wyobrażała sobie, że będą się kochać, ale teraz była zbyt zmęczona i wyglądało na to, że Colin czuje się dokładnie tak samo. Położyła głowę na jego ramieniu, przytuliła się i pławiła w jego cieple, dopóki nie zasnęła.

Kiedy otworzyła oczy, światło słoneczne sączyło się przez szczelinę w roletach. Przewróciła się na drugi bok. Colin już wstał i czyścił zęby w łazience. Usiadła z drgnieniem, myśląc, że jej rodzice na pewno odchodzą od zmysłów.

Sięgnęła po telefon. Serena przysłała wiadomość.

„Colin dzwonił i powiedział, że śpisz. Opowiedział, co się stało. Przyjedź do domu. Tata się wszystkim zajął!"
– Maria zmarszczyła brwi.
– Colin?! – zawołała.
– Chwileczkę – wymamrotał, wsuwając głowę do pokoju. Miał usta pełne pasty i trochę na palcu. Przepłukał usta i podszedł do łóżka.
– Czyściłeś zęby palcem?
Usiadł obok niej.
– Nie zabrałem szczoteczki.
– Mogłeś użyć mojej.
– Zarazki – powiedział, mrugając. – Długo spałaś. Już dzwoniłem do twoich rodziców.
– Wiem, Serena mi napisała. Co się dzieje?
– Niech to będzie niespodzianka.
– Nie wiem, czy jestem gotowa na więcej niespodzianek.
– Ta ci się spodoba.
– Długo nie śpisz?
– Od paru godzin, ale wstałem dwadzieścia minut temu.
– Co robiłeś?
– Myślałem.
Nie było powodu pytać, o czym. Znała odpowiedź. Po wspólnym prysznicu ubrali się i spakowali swoje rzeczy. Wyszli i natknęli się na Wrighta siedzącego na składanym krześle.
– Napijemy się kawy? – zapytał.

*

– Na początek – zaczął Wright – może pani wrócić do mieszkania. Technicy skończyli pracę. Uznałem, że będzie pani chciała tam zajrzeć, żeby zabrać jakieś rzeczy. Ubrania, przybory toaletowe i tak dalej.

Jeśli cokolwiek ocalało, pomyślała Maria.

– Znaleźli coś?

– Nie zostały żadne dowody z wyjątkiem puszek po farbie, ale nie ma na nich odcisków palców. Atkinson miał rękawiczki. Co do próbek włosów, to zajmie więcej czasu i bez żadnych gwarancji. Analiza DNA z włosa jest trudna, jeśli nie ma on cebulki.

Maria pokiwała głową, próbując odsunąć od siebie wspomnienia tego, co widziała w swoim mieszkaniu.

– Przeprowadziłem też inne rozmowy telefoniczne – mówił Wright, mieszając kawę ze śmietanką i cukrem. Maria zwróciła uwagę na worki pod jego zaczerwienionymi oczami. – Na razie nikt nie rozmawiał z Lesterem. Przebywał na posterunku niespełna dziesięć minut, kiedy zjawił się jego prawnik, a niedługo później ojciec, obaj z tymi samymi żądaniami. Nie mogli się z nim dogadać. W tym czasie Lester leżał przypięty pasami do wózka, bo uznano go za niebezpiecznego dla siebie i otoczenia. Wciąż jest pod wpływem środków uspokajających. Panuje jednomyślna opinia, że brakuje mu piątej klepki. Policjanci mówią, że gdy zobaczył celę, kompletnie mu odbiło.

– To znaczy?

– Wrzeszczał. Szamotał się z policjantami. Próbował ich gryźć. A kiedy go zamknęli, zaczął kopać drzwi, walić głową w ścianę. Istny obłęd. Wystraszył nawet innych więźniów, więc musieli go przenieść. Wezwali lekarza, który dał mu coś na uspokojenie. Trzeba było pięciu ludzi, żeby go utrzymać, i właśnie wtedy zjawił się prawnik. Oskarżył chłopaków o naruszenie praw obywatelskich, ale wszystko jest nagrane, więc nikt się nie martwi, że Lester wytoczy komuś sprawę. Chciałem, żebyście wiedzieli. Lester nic nie zrobi, bez względu na to, co mówi jego prawnik. Postrzelił policjanta. Jedyny problem polega na tym, że nikt nie mógł z nim porozmawiać.

Maria pokiwała głową, czując się odrętwiała.

– Jak się ma...
– Pete? – Wright wszedł jej w słowo. – Przetrzymał noc. Jego stan wciąż jest krytyczny, ale stabilny, i funkcje życiowe się poprawiają. Rachel ma nadzieję, że dziś odzyska przytomność... chirurg mówi, że to możliwe... ale wciąż obowiązuje zasada „poczekamy, zobaczymy". Rano Rachel spędziła z nim trochę czasu. Ich chłopcy też. Oczywiście było to dla nich straszne. Jeden ma dziewięć, drugi jedenaście lat. Pete jest ich bohaterem. Po kawie pojadę do szpitala. Zobaczę, czy mnie do niego wpuszczą, a jak nie, to chociaż posiedzę z Rachel.

Maria milczała. Wright obrócił kubek na stoliku.

– Sprawdziłem też, co się stało z samochodem, który stał w pobliżu bungalowu. Tak, ja również go widziałem. Odpowiadając na wczorajsze pytanie, policja nie skonfiskowała auta. Ani nikt z biura szeryfa. Co znaczy, że Atkinson zjawił się po odjeździe policji i go zabrał.

– Może – mruknął Colin.

– Może? – zapytał Wright.

– Może był tam od samego początku. Może wymknął się tylnymi drzwiami, kiedy z Evanem ratowaliśmy Margolisa. Przyczaił się gdzieś na pewien czas, a potem wrócił. To może też wyjaśniać, jakim cudem Margolis dał się postrzelić. Wszedł, spodziewając się jednej osoby, a został zaskoczony przez dwie.

Wright bacznie mu się przyjrzał.

– Kiedy Pete o panu mówił, nie odniosłem wrażenia, że pana lubi.

– Ja też go nie lubię.

Detektyw uniósł brew.

– To dlaczego pan go ratował?

– Nie zasłużył na śmierć.

Wright przeniósł spojrzenie na Marię.

– Zawsze jest taki?

– Tak – odparła z cierpkim uśmiechem, po czym zmieniła temat. – Nadal nie rozumiem, jak ani dlaczego Lester i Atkinson współpracowali, żeby mnie nękać...

– Jest coś więcej – powiedział, unosząc dłoń, by ją powstrzymać. – To druga rzecz, o której chciałem z wami porozmawiać. Rozmawiałem z detektywem w Charlotte, z którym pracował Pete. Nazywa się Tony Roberts, nawiasem mówiąc, i kiedy mu powiedziałem, co spotkało Pete'a, usłyszałem, że Pete dzwonił do niego wczoraj z prośbą, żeby sprawdził tego Atkinsona, ale Roberts jeszcze tego nie zrobił. Oczywiście wiadomość o postrzeleniu Pete'a nadała prośbie zupełnie nowy wymiar. Roberts natychmiast zadzwonił do matki Atkinsona, przyjechał po nią i razem pojechali do mieszkania jej syna. Przekonała administratora budynku, żeby wpuścił detektywa. W aktach wciąż jest zgłoszenie zaginięcia, nawet jeśli dotąd nikt jej nie wierzył, a ona jest najbliższą krewną. W każdym razie, z radością pozwoliła, żeby Roberts pomógł szukać jej syna. Kiedy weszli do mieszkania, trafił w dziesiątkę. Mama nie była już tak zachwycona. Znajdował się tam laptop Atkinsona i Roberts do niego zajrzał.

– I?

Spojrzał na Marię.

– Pliki poświęcone pani. Mnóstwo informacji. Przeszłość, akta szkolne, informacje o pani rodzinie, gdzie kto pracuje i mieszka, pani rozkład dnia. Nawet wzmianka o Colinie. I zdjęcia.

– Zdjęcia?

– Setki. Na spacerze, w sklepie, z wiosłem na desce. Nawet w pracy. Wydaje się, że obserwował panią i śledził od długiego czasu. Szpiegował panią. Roberts zabrał laptopa jako dowód, mimo gwałtownych protestów pani Atkinson. Gdy zobaczyła, co w nim jest, próbowała wycofać swoją zgodę na wejście, ale było za późno. Roberts miał laptopa w rękach. Obrońcy pewnie podniosą krzyk, lecz zgłoszono zaginięcie, matka wyraziła zgodę, a dowód leżał na widoku. Co więcej, Roberts dysponuje nagraniem, jak mówiła, że chce, żeby zajrzał do komputera. Kiedy nakłonimy Lestera do mówienia, będziemy mieć punkt wyjścia. Z prawnikiem czy bez, zacznie mówić. Wariaci zwykle gadają jak najęci, zwłaszcza w okresach jasności umysłu, ponieważ wtedy odzywają się wyrzuty sumienia.

Maria nie była pewna, czy taka jest prawda, ale...

– Dlaczego Atkinson chciał mnie skrzywdzić?

– Na to nie mogę odpowiedzieć w pełni. W laptopie były również informacje dotyczące Cassie Manning, ale o tym, że ona była jego dziewczyną, pewnie pani wie.

– Wie pan, gdzie jest Atkinson?

– Nie. Rozesłaliśmy list gończy, ale nie jestem pewien, czy to coś da. Powtarzam, mam nadzieję, że Lester zacznie mówić, ale oczywiście nie wiadomo, kiedy to nastąpi. Może dziś, może jutro, może za tydzień. Poza tym wciąż będziemy mieć do czynienia z prawnikiem i ojcem Lestera, którzy będą mu powtarzać, żeby nic nie mówił. To prowadzi do pytania, gdzie pani chce spędzić następnych kilka dni. Na pani miejscu nie byłbym pewien, czy zostać w Wilmington.

– Dzisiaj jadę do rodziców – odparła. – Na pewno nic mi się nie stanie.

Wright zrobił powątpiewającą minę.

– Pani decyzja – powiedział. – Tylko proszę zachować ostrożność. Ze słów Robertsa wynika, że Atkinson jest nie tylko niebezpieczny, ale prawdopodobnie równie obłąkany jak Lester. Podam pani mój numer telefonu. Niech pani dzwoni, jeśli coś wyda się pani dziwne albo coś się zdarzy, dobrze?

*

Jeśli Wright miał zamiar ją wystraszyć, to mu się udało. Ale po ostatniej nocy Maria i tak by się bała, dopóki Atkinson nie zostanie schwytany.

Wsiedli do samochodu. W drodze do domu rodziców Marii Colin sięgnął po telefon.

– Do kogo dzwonisz?

– Do Evana – odparł. – Chcę zapytać, czy jest dzisiaj zajęty.

– Dlaczego?

– Bo jak cię podrzucę do rodziców, chciałbym wrócić do twojego mieszkania, żeby zrobić porządek. Może pomalować ścianę.

– Nie musisz tego robić.

– Wiem, ale chcę. Lepiej, żeby nic ci nie przypominało o tym zdarzeniu, kiedy tam wrócisz. Poza tym pewnie zacząłbym świrować, gdybym siedział z założonymi rękami.

– Ale to zajmie cały dzień...

– Nie aż tyle. Może parę godzin. Twoje mieszkanie nie jest duże.

– Może powinnam jechać z tobą. To nie twój obowiązek.

– Nie potrzeba ci dodatkowego stresu. Powinnaś zostać z rodziną.

Miał rację i miło z jego strony, że zaproponował, ale mimo to zamierzała odmówić.

– Proszę – powiedział. – Chcę to zrobić.

Jego ton spowodował, że niechętnie, ale się zgodziła. Colin zadzwonił, włączając tryb głośnomówiący. Maria nie była zaskoczona, gdy komórkę Evana odebrała Lily.

– Jesteśmy tu oboje. Nawet nie próbuj prosić, żebyśmy nie przyjeżdżali. I tak nie mamy żadnych planów na popołudnie. Chcemy pomóc.

W tle Maria usłyszała głos Evana.

– W czym?

– W sprzątaniu mieszkania Marii. Mam fantastyczne spodenki, wprost nie mogłam się doczekać, żeby je włożyć! Są ciut za krótkie i strasznie obcisłe, ale wydają się idealne na tę okazję.

Evan milczał przez chwilę.

– O której? – zapytał w końcu.

Kiedy się rozłączyli, Maria popatrzyła na Colina.
– Lubię twoich przyjaciół.
– Są naprawdę super – zgodził się.

*

Dwie przecznice przed osiedlem rodziców Maria zrozumiała sens wiadomości Sereny.

W parku wujek Toto grał w piłkę z wujkiem Jose i jej małymi kuzynami, i kiedy wujowie pomachali do niej, wiedziała, że tak naprawdę jej strzegą.

Pedro, Juan i Angelo, jej kuzyni, siedzieli na krzesełkach ogrodowych przed domem, a kilku młodszych kuzynów grało w piłkę na ulicy. Znajome samochody stały wzdłuż obu stron drogi aż do rogu.

Boże, pomyślała, jest tu cała rodzina. I choć ostatnio przeżywała piekło, nie mogła się nie uśmiechnąć.

*

Mimo niechęci Colina pociągnęła go do domu. Kręciło się tam trzydzieści, czterdzieści osób, a na podwórku stało ze dwadzieścia. Mężczyźni i kobiety, chłopcy i dziewczęta...

Podbiegła do nich Serena.
– Obłęd, nie? Tata zamknął dziś restaurację! Dasz wiarę?
– Nie musiał ich tu ściągać...
– Tata nikogo o to nie prosił. Sami się zjawili, kiedy usłyszeli, że coś ci może grozić. Sąsiedzi na pewno się zastanawiali, co jest grane. Tata obszedł domy i wyjaśnił, że mamy spotkanie rodzinne. Od dzisiaj w okolicy zawsze będzie rodzinny patrol, oczywiście bardziej dyskretny, dopóki Atkinson nie trafi za kratki. Ustalili dyżury.

– Robią to dla mnie?
Serena się uśmiechnęła.
– U nas to normalka.

*

Colin zdołał się wyrwać dopiero po półgodzinie – każdy chciał go poznać, nawet jeśli wielu z nich umiało się z nim przywitać tylko po hiszpańsku. Odprowadzając go do samochodu, Maria doszła do wniosku, że mimo wszystko jest zadowolona.
– Wciąż uważam, że powinnam jechać z tobą – powiedziała.
– Wątpię, czy rodzice cię puszczą.
– Pewnie nie – zgodziła się. – Tata na pewno w tej chwili patrzy przez okno. Tak na wszelki wypadek.
– W takim razie raczej nie mogę cię pocałować?
– A żebyś wiedział – odparła. – I dopilnuj, żeby Evan i Lily przyjechali na kolację, dobrze? Chcę, aby reszta mojej rodziny też ich poznała.

*

Colin wrócił do domu Sanchezów o wpół do szóstej. Kilku członków rodziny poszło, ale większość została. Lily od razu poczuła się w swoim żywiole, podczas gdy Colin i Evan mieli trochę niepewne miny.
– Niesamowity pokaz jedności i miłości – oznajmiła Lily i uściskała Marię, kiedy ta podeszła. – Nie mogę się doczekać, żeby poznać każdego członka twojej zadziwiającej rodziny!
Jej hiszpański z południowym akcentem oczarował wszystkich, tak jak wcześniej Marię. Krewni stłoczyli się wokół niej i Evana, a Maria pociągnęła Colina na werandę z tyłu domu.
– Jak poszło? – zapytała.

– Muszę jeszcze raz pomalować ścianę, ale podkład pokrył spray. Pozbyliśmy się wszystkiego, co zostało zniszczone, i odłożyliśmy to, co można oczyścić. Nie jestem pewien, co można zrobić z ubraniami. – Kiedy pokiwała głową, zapytał: – Masz jakieś wiadomości o Margolisie? Albo od Atkinsona?
– Nie – odparła. – Przez cały dzień sprawdzałam pocztę.
Rozejrzał się.
– Gdzie jest Serena?
– Wyszła chwilę przed twoim przyjazdem. Dzisiaj ma rozmowę i musiała się przygotować. – Maria sięgnęła po jego rękę. – Wyglądasz na zmęczonego.
– Nic mi nie jest.
– Było więcej pracy, niż się spodziewałeś, prawda?
– Nie, ale miałem trudności z powstrzymaniem furii.
– Tak – mruknęła. – Ja też.

*

Po rozmowach z rodziną Sanchezów Lily i Evan dołączyli do Marii i Colina przy stole na werandzie.
– Dziękuję za posprzątanie mieszkania – powiedziała Maria.
– Żaden problem – zapewniła ją Lily. – Muszę dodać, że mieszkacie w cudownym miejscu. Zastanawiamy się z Evanem nad przeprowadzką do centrum, ale Evan uparcie twierdzi, że nie wyobraża sobie życia bez koszenia trawnika.
– Teraz tego nie robię – wtrącił Evan. – Colin strzyże. Nie cierpię kosić trawnika.
– Daj spokój, przecież tylko się droczę. Ale powinieneś wiedzieć, że mężczyzna pracujący fizycznie może być całkiem atrakcyjny.
– Jak sądzisz, co dzisiaj robiłem?
– Właśnie o to mi chodzi – powiedziała. – Wyglądałeś pociągająco, gdy przestawiałeś meble.

Drzwi się otworzyły i Carmen wniosła na werandę nakrycia dla każdego, a potem półmiski z potrawami i zastawiła połowę stołu. Nie dość, że sama gotowała przez cały dzień, to jeszcze większość krewnych przyniosła jedzenie.

– Mam nadzieję, że zgłodnieliście – powiedziała po angielsku. Jedzenia było za dużo. Jak zawsze. Colin się tego spodziewał, ale Evan i Lily wyglądali na przerażonych.

– Jesteś cudowna, mamo – powiedziała Maria, nagle wdzięczna za tę milczącą demonstrację miłości. – Kocham cię.

31
Colin

Po kolacji Colin wyszedł na trawnik przed domem, aby spędzić samotnie trochę czasu. Pozdrowił uprzejmym gestem dwóch wujów, którzy siedzieli na krzesełkach zwróconych w stronę ulicy, a oni w odpowiedzi pokiwali głowami. Odruchowo odtwarzał w pamięci obraz zniszczeń w mieszkaniu Marii i próbował powiązać te zdarzenia z Atkinsonem i Lesterem.

Ci dwaj kiedyś razem pracowali. Lester poznał Atkinsona ze swoją siostrą. Maria była przekonana, że to Lester przysyłał jej listy, ale doktor Manning sugerował, że odpowiedzialny jest Atkinson.

Zniknięcie Atkinsona krótko po tym, jak ktoś zaczął prześladować Marię, wydawało się nieprawdopodobnym zbiegiem okoliczności. Przypuszczalnie to on przebił opony w samochodzie Marii, ale kto zabił Copo? Lester postrzelił Margolisa. Atkinson zabrał auto spod bungalowu i później zdemolował mieszkanie Marii. Biorąc pod uwagę ogrom informacji znalezionych w komputerze Atkinsona, jego udział w prześladowaniu Marii wydawał się oczywisty, ale Colinowi wciąż nie dawały spokoju pewne szczegóły.

Doktor Manning wspomniał o kłótni swojego syna z Atkinsonem. Powiedział, że przestali się przyjaźnić, więc kiedy się pogodzili i znowu zaczęli sobie ufać? Który z nich był prowodyrem? Dlaczego doktor Manning się upierał, że Atkinson próbuje wrobić Lestera, chociaż wydawało się jasne, że pracowali razem? Jeśli tak, dlaczego mieliby przyjeżdżać dwoma samochodami do domu Sanchezów w noc ataku Lestera na Marię?

A jednak... gdy Colin sprzątał mieszkanie Marii, wrócił myślą do wcześniejszej rozmowy z detektywem Wrightem i zrozumiał, że wciąż nie ma ewidentnego dowodu, że to Atkinson zdemolował mieszkanie. Nie było też żadnego jednoznacznego dowodu na to, że przebił opony. Mimo zawartości komputera Maria nie miała z nim nic wspólnego, nawet go nie widziała. Od początku utrzymywała, że udział Atkinsona jest dla niej mało wiarygodny, a to oznaczało...

Co?

Załóżmy, że Atkinson naprawdę pojechał na spotkanie z jakąś kobietą. A jeśli Lester wiedział, że tamten to zrobił? Mógł umieścić pliki w jego komputerze i zabrać mu samochód. Mógł – jak Maria podkreśliła wczoraj w nocy – komuś zapłacić za przebicie opon. Może nawet za zdemolowanie mieszkania. To byłoby perfekcyjne... o ile się wierzyło, że Lester jest zdolny do przygotowania tak misternego planu. Colin w to nie wierzył, sądząc po zachowaniu Lestera w bungalowie i na posterunku. Jeśli Atkinson faktycznie zawiózł Lestera z powrotem do Shalotte po wizycie pod domem Sanchezów, musiał być w pobliżu. Musieli współpracować. Colin przypuszczał, że Lestera spłoszyły syreny. Atkinson też musiał je słyszeć, co spotęgowało jego panikę, więc zabrał Lestera i obaj uciekli. Jechali szybko, prawdopodobnie nie zważając na ryzyko, podobnie jak on, ale w przeciwnym kierunku...

Jak samochód, z którym o mało się nie zderzył ledwie kilka przecznic od domu Sanchezów?

Colin miał wrażenie, jakby klucz przekręcał się w zamku. Wytężył pamięć, żeby dokładnie sobie przypomnieć, co widział. Samochód pędzi z naprzeciwka, skręca w ostatniej chwili, pojazdy mijają się o centymetry. Dwóch mężczyzn z przodu. Jaki samochód?

Toyota camry.

Niebieska.

Sięgnął po telefon i zadzwonił do detektywa Wrighta, który odebrał po drugim sygnale.

– Ma pan jakieś wiadomości o Margolisie? – zapytał Colin.

– Jest poprawa, przynajmniej tak mówią, chociaż ciągle stan jest krytyczny i nie odzyskał przytomności. Co u was?

– W porządku. Maria jest bezpieczna.

– Gdzie spędzi noc?

– Tutaj. Ma dobrą ochronę.

– Skoro pan tak mówi. W jakiej sprawie pan dzwoni?

– Myślę, że Atkinson jeździ niebieską toyotą camry. Względnie nową.

– Dlaczego pan tak sądzi?

Collin przedstawił mu swój tok rozumowania.

– Nie ma pan przypadkiem numerów?

– Nie.

– W porządku. To niewiele, ale rozpuszczę wici. Każdemu zależy na znalezieniu tego faceta. Im szybciej, tym lepiej.

Colin się rozłączył, teraz już pewien, że tamtego wieczoru Lester jechał niebieską toyotą camry. Był o tym przekonany, nawet jeśli nie mógł wyjaśnić dlaczego. Zakładał, że jego podświadomość wyprzedziła świadomość w rozumowaniu, że na wszystkie pytania są odpowiedzi, tylko trzeba je znaleźć.

*

– Co tutaj robisz? – zapytał Evan, podchodząc do Colina na trawniku.

– Myślę – odparł Colin. Było wpół do szóstej. Zmierzch ustępował ciemności nocy, jesienne powietrze zapowiadało ochłodzenie.

– Sam to zgadłem. Widziałem, jak dym ulatuje ci z uszu.

Colin się uśmiechnął.

– Przed chwilą rozmawiałem z detektywem Wrightem – wyjaśnił i powtórzył rozmowę. – A ty co tu robisz?

– Carmen jest słodka, ale jej jedzenie ostre. Lily poprosiła, żebym przyniósł jej gumę do żucia ze schowka, bo chce ochłodzić usta. Jeśli spytasz, po prostu chce, żeby jej oddech pachniał świeżą miętą, ponieważ nieświeży oddech nie przystoi damie. – Wzruszył ramionami. – Nawiasem mówiąc, jak to wszystko odbierasz? Chodzi mi o rodzinę Marii.

– Uważam, że są wspaniali.

– Trochę dziwne, co? Cała liczna rodzina przybywa, żeby zadbać o jej bezpieczeństwo?

Colin pokiwał głową.

– Wątpię, czy moi najbliżsi by się pokazali.

Evan uniósł brew.

– Nie gadaj. Gdyby było źle, nawet twoja rodzina zwarłaby szyki.

– I przyjaciele – powiedział Colin. – Dzięki za dzisiejszą pomoc. Wiem, że chciałeś spędzić dzień w łóżku z Lily.

– Nie ma sprawy. – Evan wzruszył ramionami. – I tak nic by z tego nie wyszło. Nie mogę przestać myśleć o Margolisie, co psuje mi nastrój. Nie mogę zrozumieć, jak to się stało, że Lester go zaskoczył.

Colin przystanął.

– Wtedy na werandzie, jak według ciebie wyglądał? Na zaskoczonego?

– Na wkurzonego – powiedział Evan. – Bo nie odjechaliśmy.

– A jak wyglądał wcześniej?

– Nie mam pojęcia, stary – odparł Evan, kręcąc głową. – Wszystko jest takie pokręcone, naprawdę nie jestem pewien, co dokładnie się działo. Usłyszałem strzały i zobaczyłem, że rzucasz się jak wariat, ale później... tylko krew. Jestem tak skołowany, że nawet nie pamiętam, po co tu przyszedłem.

– Po gumę dla Lily – przypomniał mu Colin.

– A tak. Zgadza się. Miętowa świeżość. – Evan ruszył w kierunku samochodu i nagle się odwrócił, żeby spojrzeć na przyjaciela. – Chcesz listek?

– Nie.

Ale doktor Manning z pewnością by nie odmówił...

Colin nie miał pojęcia, dlaczego przypomniał sobie o tym, jak Margolis opisywał natrętne żucie gumy przez Manninga. Po namyśle pokręcił głową. Postanowił wrócić do domu i dołączyć do rodziny Marii. Byli cudowni, musiał przyznać. Zwieranie szyków. W czasie kryzysu rodzina często jest wszystkim, co się ma. Do licha, nawet doktor Manning pośpieszył na odsiecz Lesterowi. Rozmawiał z Margolisem, zjawił się na posterunku, natychmiast ściągnął prawnika, ponieważ Lester nie był w stanie tego zrobić.

Ale... skąd doktor Manning wiedział o aresztowaniu syna? Wright powiedział, że prawnik zjawił się kilka minut po przywiezieniu Lestera na posterunek. Colin z doświadczenia wiedział, że tak szybkie ściągnięcie prawnika jest niemal niemożliwe, szczególnie w piątkowy wieczór. Co oznaczało, że doktor Manning musiał wiedzieć o aresztowaniu Lestera na długo przed odstawieniem jego syna na posterunek. Niemal jakby tam był...

I zaparkował swój samochód na podjeździe?

Nie, pomyślał Colin. Margolis rozpoznałby samochód. Widział go wczoraj rano, kiedy doktor pokazywał mu pistolet w bagażniku. I gdyby stało tam auto doktora Manninga, Margolis prawdopodobnie byłby...

Zaskoczony?

Colin stanął jak wryty. Nie. To niemożliwe. Ale...

Rodziny zwierają szyki... Syn i ojciec... Lester i doktor Manning... Doktor Manning nerwowo żujący gumę podczas rozmowy z Margolisem...

Colin po omacku szukał odpowiedzi, jakiegoś zapomnianego szczegółu... I?

Czy nie widział opakowań po gumach rozrzuconych na dachu budynku naprzeciwko biura Marii?

Oddech uwiązł mu w piersi. To nie Atkinson i Lester. To ojciec i syn zwarli szyki. Nagle kaskada odpowiedzi przemknęła mu przez głowę równie szybko, jak formułował pytania.

Dlaczego Margolis nie zachował większej ostrożności, stojąc przed drzwiami bungalowu?

Ponieważ zobaczył, że jest tam Avery Manning.

A pistolet Lestera?

Doktor Manning powiedział Margolisowi, że to pistolet pneumatyczny.

Dlaczego Margolis wszedł do środka?

Ponieważ doktor Manning go zawołał, zapewniając, że wszystko jest w porządku.

Pasuje, wszystko pasuje, pomyślał Colin, w końcu widząc jasny obraz sytuacji.

Lester został aresztowany.

Tylko dlatego, że Colin tam był i go powalił. W przeciwnym wypadku mógłby uciec.

Lester może zacząć mówić.

Prawnik wynajęty przez doktora Manninga dopilnuje, żeby do tego nie doszło.

Doktor Manning zostawił wiadomość dla Margolisa, nalegając, żeby ostrzegł Marię...

Po fakcie – zbyt późno, żeby miało to jakieś znaczenie.

A Atkinson?

Mężczyzna, któremu nie udało się przeszkodzić w uprowadzeniu Cassie przez Lawsa? Który według Manninga również zasługiwał na karę?

Laptop Atkinsona... zdjęcia, pliki...

Wszystko to czyniło z niego idealnego kozła ofiarnego.

Colin już sięgał po telefon, prawda była tak oczywista, że nie rozumiał, jak mogli jej nie dostrzec.

Kto miał wiedzę i umiejętności niezbędne do manipulowania Lesterem?

Doktor Manning, psychiatra.

Jak w ogóle wypłynęło nazwisko Atkinsona?

Od doktora Manninga.

I to, w jaki sposób Laws nękał Cassie?

Doktor Manning znał wszystkie szczegóły.

Colin usłyszał głos w komórce. Wright sprawiał wrażenie zajętego i zestresowanego.

– Znowu pan – powiedział. – Co się stało?

– Niech pan sprawdzi, czy doktor Manning ma niebieską toyotę camry.

Wright się zawahał.

– Chwileczkę. Dlaczego?

– Niech pan każe to sprawdzić, a ja będę mówić – poprosił Colin. – Proszę to zrobić. To ważne.

Usłyszał, że Wright wydaje komuś polecenie. Colin powiedział mu o wszystkim. Kiedy skończył, Wright milczał przez chwilę.

– To wydaje się trochę naciągane, nie sądzi pan? – powiedział. – Ale jeśli ma pan rację, Margolis udzieli wyjaśnień, gdy tylko odzyska przytomność. Poza tym... – Zdawało się, że zmaga się z wątpliwościami.

– Tak?

– Nie wygląda na to, żeby doktor Manning próbował się ukrywać. Jest daleki od tego. Wczoraj był na posterunku, a dzisiaj w szpitalu...

– Był w szpitalu? – zapytał Colin, czując narastający strach.

– Rozmawiał z Rachel. Chciał przeprosić za to, co zrobił jego syn, i pytał, czy będzie mógł porozmawiać z Pete'em, żeby jego też przeprosić.

– Nie pozwólcie mu zbliżać się do Margolisa! – krzyknął Colin. Strach zmieniał się w panikę.

– Spokojnie – odparł Wright. – Manning go nie widział. Nawet ja go nie widziałem. Na OIOM wpuszczają tylko rodzinę...

– Manning poszedł tam, żeby go zabić! – przerwał mu Colin. – Jest lekarzem... Wie, co zrobić, żeby śmierć wyglądała na naturalną.

– Nie sądzi pan, że to dość pochopne wnioski?

– Nie Lester strzelał do Margolisa! Strzelał doktor Manning! Lester trzymał go na muszce, ale nie mógł pociągnąć za spust. Jeśli mi pan nie wierzy, sprawdźcie ręce Lestera pod kątem śladów prochu.

– To nic nam nie powie. Za późno. Testy z każdą godziną są coraz mniej wiarygodne...

– Wiem, że mam rację!

Wright milczał przez długą chwilę.

– No dobrze... a co z komputerem Atkinsona?

– Atkinson nie żyje – oświadczył Colin z nagłym przekonaniem. – Doktor Manning go zabił. Zaaranżował wszystko tak, aby wyglądało, że Atkinson wybrał się w podróż, zabrał jego samochód, umieścił dowody w komputerze, zrobił go pierwszym podejrzanym i wszystko zaplanował.

Wright nic nie powiedział. Po chwili ciszy Colin usłyszał stłumioną rozmowę. Czuł narastającą frustrację. W końcu Wright znowu się odezwał, sprawiając wrażenie lekko oszołomionego.

– Doktor Manning – zaczął powoli – ma niebieską toyotę camry i... muszę iść... chcę sprawdzić, czy ten samochód stał w pobliżu bungalowu...

Rozłączył się w połowie zdania.

*

Colin wbiegł do domu, żeby powiedzieć o wszystkim Marii. Wciąż siedziała na werandzie od strony podwórka, z Evanem i Lily, rodzicami, gromadką ciotek i wujów. Gdy dzielił się z nimi swoimi odkryciami, Maria słuchała w milczeniu. Pod koniec zamknęła oczy i choć te rewelacje wyraźnie ją przeraziły, odgadł, że poznanie prawdy w pewien sposób przyniosło jej ulgę. Krewni siedzieli bez słowa, czekając na jej reakcję.

– Okay – powiedziała w końcu. – Co dalej?

– Przypuszczam, że Wright wyśle list gończy za doktorem Manningiem, a później zrobi wszystko to, co robią gliniarze, kiedy szukają podejrzanego i prowadzą śledztwo.

Maria pomyślała o tym.

– A co z modelem zachowania? – zapytała. – To znaczy, jeśli doktor Manning chciał, żebym doświadczyła tego, co Laws zrobił Cassie, dlaczego miałby demolować moje mieszkanie? Musiał wiedzieć, że po czymś takim jeszcze trudniej będzie mnie dopaść. I dlaczego Lester mnie nie porwał, kiedy miał okazję, żeby...

Mnie pobić, może spalić żywcem, a potem odebrać sobie życie – tego nie musiała dodawać. Colin pamiętał, co zrobił Laws, ale wiedział, że doktor Manning nie miał najmniejszego zamiaru się zabić. Chciał, żeby znaleziono zwęglone zwłoki Atkinsona, co zamknęłoby sprawę na dobre, a on byłby poza wszelkimi podejrzeniami, wolny. Colin mógł tylko pokręcić głową.

– Nie wiem – powiedział.

*

Minęła siódma, wieczór robił się coraz ciemniejszy, nad horyzontem wisiał jedynie wąski sierp księżyca.

Gdy rodzina pod przewodnictwem Felixa zaczęła obradować, jakie jeszcze podjąć środki, żeby zapewnić Marii większe bezpieczeństwo, Colin wyszedł do kuchni i wyjął szklankę z szafki. Chciało mu się pić, a poza tym chciał być sam, żeby się zastanowić nad pytaniami Marii.

Podszedł do lodówki, wsunął szklankę pod dystrybutor wody. Napełnił ją, opróżnił do połowy jednym długim łykiem i znów napełnił, błądząc wzrokiem po drzwiach lodówki. Wisiały tam zdjęcia Marii i Sereny z minionych lat, jakiś wiersz, świadectwo bierzmowania Marii i wykonany kredkami rysunek tęczy z imieniem Sereny starannie wykaligrafowanym w rogu. Niektóre pamiątki pożółkły na brzegach. Jedyną nowością był list, który Serena dostała z Fundacji Charles'a Alexandra. Wisiał w górnym rogu, częściowo zasłaniając widokówkę z Katedrą Metropolitalną w Meksyku. Gdy spojrzał na nagłówek, przyszła mu do głowy myśl, że wygląda dziwnie znajomo.

Jednak...

Pytania Marii sprawiły, że opadły go wątpliwości. Dlaczego doktor Manning miałby demolować jej mieszkanie? Jeśli chciał, żeby doświadczyła tego wszystkiego, co Cassie, dlaczego odszedł od schematu? I dlaczego napisał w sypialni: „Będziesz wiedziała, co się wtedy czuje", skoro to spowodowało, że się ukryła i stała nieosiągalna? Możliwe, że doktor Manning spanikował albo stracił kontrolę po aresztowaniu Lestera. Colin chciał w to wierzyć, próbował się zmusić, a jednak nie potrafił. Miał wrażenie, że coś przeoczył. Albo pominął kawałek układanki, albo doktora Manninga już nie obchodziło, czy zdoła dopaść Marię...

Ale dlaczego miałoby go nie obchodzić?

Odwrócił się od lodówki, wypił kolejny łyk wody, pocieszając się myślą, że nawet bez odpowiedzi na to pytanie Maria nie tylko jest bezpieczna, ale będzie bezpieczna do czasu aresztowania doktora Manninga. Colin i jej rodzina tego dopilnują. Nadali pojęciu zwierania szyków zupełnie inne znaczenie. Do licha, wszyscy tu są, strzegąc jej...

I w tej chwili zrozumiał, że się myli. Nie wszyscy tu są. Jednej osoby brakuje... i doktora Manninga rzeczywiście nie obchodzi, czy zdoła dopaść Marię...

Ponieważ od samego początku nie miała być najważniejszym elementem w końcówce jego gry.

Odpowiedzi kłębiły się w głowie Colina. Wyłaniał się jasny obraz... nazwisko na papierze firmowym, dlaczego wydawało się takie znajome... dlaczego mieszkanie Marii zostało zdemolowane... skąd Lester wiedział o urodzinach Carmen... prawdziwy sens słów wypisanych na ścianie w sypialni...

„Będziesz wiedziała, co się wtedy czuje".

Wypadł z kuchni, upuszczając szklankę, przemknął przez salon i popędził krótkim korytarzem do sypialni Marii. Znalazł jej torby. W tej na ramię zobaczył laptopa. Wyjął go i włączył, myśląc: Nie, nie, nie... Boże, proszę, obym się mylił...

Otworzył wyszukiwarkę i wpisał nazwę fundacji, która przyznała Serenie stypendium... chciał to zobaczyć... modlił się, żeby się wyświetliła...

Nie wyświetliła się żadna strona, tylko informacja, że strona została zdjęta i nazwa domeny nie jest dostępna.

Nie, nie, nie...

Wpisał nazwisko Avery'ego Manninga i rozpoznał te same linki, które sprawdzał po pierwszym spotkaniu Marii z Margolisem. Pamiętał ten, który prowadził do zdjęcia doktora. Kliknął i popędził z laptopem do salonu. Zastał tam Carmen. Felixa nie było.

– Carmen! – krzyknął, mając nadzieję, że zrozumie, co jej powie.

Krewni spojrzeli na niego zaniepokojeni. Colin ich zignorował.

Zignorował też przerażoną minę Carmen. Kątem oka spostrzegł, że rozsuwają się drzwi na werandę. Zobaczył w nich Marię. Już stał przy Carmen. Podniósł laptopa i wskazał fotografię.

– Poznajesz go? – zapytał głośno i szybko. Strach przeradzał się w panikę. – Czy to ten człowiek przyszedł do was na kolację? Czy to prezes fundacji?

Carmen kręciła głową.

– *No sé... No entiendo... Habla más despacio, por favor.*

– Co się dzieje? – zapytała Maria. – Colinie, co ty robisz? Przestraszyłeś ją!

– To on! – krzyknął.

– Kto?! – wrzasnęła Maria. Jego strach był zaraźliwy.

– Co się dzieje? – Felix przybiegł z werandy, a za nimi Evan, Lily, kolejni krewni...

– Spójrz na niego! – polecił, zwracając się do Carmen, i wskazując zdjęcie. Ściszył głos, bez powodzenia próbował mówić spokojnie. – Spójrz na zdjęcie! Prezes! To on? Czy to on przyszedł do waszego domu na kolację?

– *¡Mira la foto, Mamá!* – przetłumaczyła Maria, podchodząc do niej. – *¿Es ésto el director de la fundación? ¿Quién vino a la casa para la cena?*

Przerażona Carmen przenosiła spojrzenie z Colina na Marię, w końcu podeszła, żeby się przyjrzeć zdjęciu na ekranie. Po chwili zaczęła szybko kiwać głową.

– *¡Sí!* – wykrzyknęła, wyraźnie bliska płaczu. – Charles Alexander! *¡Él es el director! ¡Él estaba aquí en la casa!*

– Colin! – krzyknęła Maria, łapiąc go za ramię. Odwrócił się i zatrzymał na niej spanikowane spojrzenie.

– Gdzie Serena? – zapytał. – Gdzie ona jest?

– Na wywiadzie, przecież wiesz... Co się stało?

– Gdzie jest ta rozmowa? Gdzie się odbywa?

– Nie wiem. Pewnie w biurze fundacji...

– Gdzie jest biuro? – krzyknął Colin.
– W śródmieściu... na nabrzeżu – wyjąkała Maria. – W starszej dzielnicy handlowej, nie na starówce. Powiedz mi, co się dzieje!

Opuszczone budynki, pomyślał Colin. Przejęte budynki. Ogień... Myśli spadały jak tasowane karty... Doktorowi Mannigowi wcale nie zależało na tym, żeby dopaść Marię... Maria musi się dowiedzieć, co się wtedy czuje... Ponieważ chodziło nie tylko o to, żeby doświadczyła strachu, jaki czuła Cassie, ale także o ukaranie, sprawienie, żeby poczuła to samo, co doktor Mannning i Lester, gdy zamordowano kogoś, kogo kochali.

O Boże...

– Dzwoń na policję! – krzyknął. – Dzwoń!
– Colin! – wrzasnęła Maria. – Mów, o co chodzi!
– Avery Manning udawał, że jest Charlesem Alexandrem! – zawołał Colin, wiedząc, że czas ucieka, że nie może sobie pozwolić na szczegółowe wyjaśnienia. – Doktor Manning miał syna o imionach Alexander Charles. Nie ma żadnej fundacji. Ani stypendium. Doktor Manning to wymyślił – syknął. – Nie ty byłaś celem... celem jest Serena. Jest z nim teraz i muszę wiedzieć gdzie, zanim...

Maria zrozumiała wszystko w jednej chwili. Miała zdrętwiałą twarz, gdy Colin złapał ją za rękę i pociągnął za sobą do drzwi prowadzących do garażu. Ledwie słyszał, jak krzyczy przez ramię:

– *¡Llame a la policía! Emergencia! ¡Llame a nueve-uno-uno!*

Wybiegli z garażu i popędzili do jego samochodu. Maria wsiadała, a on obiegał maskę, kiedy usłyszał krzyk Evana, że oni też jadą.

Wskoczył za kierownicę, każąc Marii zadzwonić do detektywa Wrighta. Szybko przekręcił kluczyk, dodał gazu i z piskiem opon ruszył sprzed domu. W lusterku wstecznym dostrzegł zapalające się reflektory, Evan z Lily i krewni ruszali za nimi.

– O której Serena ma rozmowę? – zapytał, gdy Maria czekała z komórką przy uchu.

– Nie pamiętam... Może o siódmej?
– Jaki jest adres?
– Raz odbierałam ją spod biura, ale nie wiem...

Colin wcisnął gaz do deski. Silnik ryknął i samochód się zatrząsł, wchodząc w pierwszy zakręt... Colin walczył z myślą, że może już być za późno. Przeklinał się, że nie wpadł na to wcześniej. Reflektory w lusterku wstecznym malały, kiedy prędkościomierz pokazywał sto dwadzieścia, potem sto trzydzieści kilometrów.

Wcisnął pedał hamulca, wskakując na główną drogę przy wtórze pisku opon nadjeżdżającego pojazdu. Niezrażony, znowu przyśpieszył. Miał mglistą świadomość, że Maria krzyczy do telefonu, rozmawiając z detektywem Wrightem.

Przyśpieszał, zbliżając się do stu sześćdziesięciu kilometrów. Z wrażeniem déjà vu skręcał na ścieżkę rowerową i zwalniał, ale nie zatrzymywał się na czerwonych światłach. Trąbił, błyskał światłami i przejeżdżał przez parkingi, gdy uciekały cenne sekundy.

Maria zakończyła rozmowę z Wrightem i teraz gorączkowo wciskała wybieranie, z każdą chwilą coraz bardziej spanikowana.

– Serena nie odbiera!
– Dowiedz się, kiedy wyszła z akademika! – krzyknął Colin.
– Ale... jak?
– Nie wiem!

Zmienił pas, przejechał na czerwonym świetle, spojrzał w lusterko wsteczne. Świateł Evana już nie było widać. Mocno ścisnął kierownicę, wściekły na siebie, że był taki głupi, nie widząc tego, co oczywiste. Myślał o Serenie i powtarzał sobie, że zdąży ją uratować.

Zdąży. Musi zdążyć.

Charles Alexander. Alexander Charles. Widział imiona w komputerze. W połączeniu z tym, co wisiało na lodówce, stało jak byk w cholernym nagłówku! Poza tym przy kolacji Serena podała nazwisko rzekomego prezesa! To było oczywiste, a on się nie połapał.

Dlaczego dodanie dwóch do dwóch zajęło mu tyle czasu? Jeśli coś się stanie Serenie dlatego, że był tak cholernie głupi...

Jak przez mgłę słyszał, że Maria wykrzykuje imię Steve'a do telefonu... Słyszał, jak pyta, kiedy Serena wyszła... słyszał, jak mówi, że się spóźniła i wyszła za dwadzieścia siódma...

– Która godzina? – zapytał. Pędził z taką prędkością, że nie mógł sobie pozwolić na to, aby choć na sekundę oderwać oczy od drogi. – Sprawdź w telefonie!

– Siódma dwadzieścia...

Może Serena jeszcze nie przybyła na miejsce...

Albo już tam jest...

Colin zacisnął zęby, mięśnie szczęki napięły się boleśnie. Jeśli Serenie coś się stanie...

Będzie polował na doktora Manninga, dopadnie go nawet na końcu świata. Ten człowiek zasłużył na śmierć. Świadomość Colina zawężała się, kiedy czuł głębokie, wręcz namacalne pragnienie, żeby go zabić.

Wciąż narastała w nim wściekłość, gdy prędkościomierz wskazał sto dziewięćdziesiąt. Mógł myśleć tylko o jednym: szybciej, szybciej...

32
Maria

Colin jechał tak szybko, że widok za oknem się rozmywał. Maria miała zapięty pas, a mimo to kiwała się na boki, ilekroć skręcał, hamował albo przyśpieszał. Mogła myśleć wyłącznie o Serenie. Że to ona od samego początku była celem. A on się z nią bawił... Wymyślone stypendium. Rozmowy. Powolne zdobywanie jej zaufania... Ale przez cały czas planował. Śledził Serenę. Tropił ją. Nie tylko osobiście, także na portalach społecznościowych. Przyszedł wtedy na kolację, ponieważ wiedział, że Marii tam nie będzie... Serena rozgłosiła całemu światu wiadomość o jej randce. Wiedział, że zjawi się na urodzinach mamy, ponieważ Serena napisała o tym w poście. Porządkując fakty i wydarzenia, Maria czuła narastającą panikę, która zaczynała żyć własnym życiem. Miała coraz większe kłopoty z oddychaniem, jakby coś ściskało jej płuca. Próbowała siłą woli odpędzić te doznania. Z doświadczenia wiedziała, że ma atak paniki, ale wciąż myślała o Serenie. A jeśli już jest za późno? A jeśli doktor Manning już ją porwał i robi jej to, co zrobiono Cassie?

W wyobraźni ujrzała zdjęcia z miejsca zbrodni i ucisk w piersi się zwiększył, prawie uniemożliwiając oddychanie. Powtarzała sobie, że to tylko atak paniki, ale gdy bez powodzenia spróbowała zaczerpnąć powietrza, wiedziała, że się myli. To nie atak paniki. Było inaczej niż ostatnim razem. Nagle poczuła palący ból w piersi, rozprzestrzeniający się w dół lewego ramienia.

Boże, pomyślała. Mam atak serca.

Colin wcisnął hamulec i pęd rzucił ją do przodu, a chwilę później w bok, kiedy wszedł w zakręt. Uderzyła głową w szybę. Ledwie zarejestrowała ból. Myślała tylko o ucisku w piersi i o tym, że nie może oddychać. Chciała krzyknąć, lecz z jej ust nie wydobył się żaden dźwięk. Była mgliście świadoma piśnięcia komórki oznajmiającego nadejście SMS-a, ale myśl o tym natychmiast zniknęła, świat powoli czerniał po bokach.

– Mario?! Co się dzieje?! – krzyknął Colin. – Dobrze się czujesz?!

Mam atak serca! – próbowała powiedzieć, gdy zaczęły jej opadać powieki. Umieram! Ale słowa nie płynęły. Nie mogła oddychać, serce się poddawało i choć słyszała Colina powtarzającego jej imię, brzmiało to tak, jakby krzyczał jednocześnie z dala i pod wodą. Dlaczego on nic nie robi, dlaczego jej nie pomaga? Musi wezwać pogotowie, zawieźć ją do szpitala...

Natłok myśli został przerwany, kiedy nagle się wyprostowała i poczuła nacisk na ramię. Chwilę później zaczęła dygotać.

– Zapanuj nad tym, Mario! – polecił Colin. – Masz atak paniki!

To nie jest atak paniki! – wrzasnęła w duchu, walcząc o każdy oddech i gorączkowo się zastanawiając, dlaczego on jej nie pomaga. Tym razem to naprawdę, nie rozumiesz?

– Mario! Posłuchaj mnie, Mario! – krzyczał Colin. – Muszę wiedzieć, dokąd pojechała Serena! Jest z nią teraz Manning! Potrzebuję twojej pomocy! Serena potrzebuje twojej pomocy!

Serena...

Maria odruchowo otworzyła oczy na dźwięk imienia siostry i kurczowo uczepiła się tego dźwięku, skupiła się na nim, ale było za późno...

– Mario!

Tym razem to dźwięk jej imienia nią wstrząsnął. Pomyślała: Colin do mnie mówi. Serena. Doktor Manning. Udało jej się nie zamknąć oczu, chociaż nadal nie mogła oddychać i miała zawroty głowy. Ale... Serena... Boże, Serena potrzebuje...

Pomocy.

Każda komórka przypominała jej o rychłej śmierci, zacierając rzeczywisty obraz sytuacji. Walczyła o odzyskanie jasności umysłu. Zmuszała się do myślenia o siostrze. Wiedziała, że jadą na nabrzeże, żeby ocalić Serenę, i że jej telefon wibruje, sygnalizując nadejście SMS-a.

Odwróciła aparat ekranem do góry i skupiła wzrok. Jakoś zdołała przeczytać wiadomość...

„Wybacz. Wyłączam komórkę. Idę na rozmowę. Życz mi szczęścia!"

Serena. Serena żyje, a oni pędzą na ratunek. Maria zmusiła się do zrobienia długiego, spokojnego oddechu, potem następnego. Atak paniki, to wszystko, pomyślała. Dam sobie radę...

Ale organizm wciąż się buntował, mimo że w głowie trochę pojaśniało. Drżały jej ręce, miała zdrętwiałe palce. Zdołała trafić w przycisk ponownego wybierania, ale dodzwoniła się na pocztę głosową. Colin tymczasem krzyczał do niej zza kierownicy, nawet gdy wchodził z poślizgiem w kolejny zakręt...

– Mario! Dobrze się czujesz? Powiedz mi, że wszystko będzie dobrze!

Chociaż zabrało to chwilę, zrozumiała, że są na South Front Street i jadą we właściwym kierunku.

– Nic mi nie jest – wymamrotała, wciąż posapując, zdumiona, że w ogóle może mówić, i uświadamiając sobie, że oddychanie już jest niemożliwe. – Daj mi chwilę.

Colin szybko na nią zerknął i znów spojrzał na drogę, wciskając pedał gazu.

– Daleko jeszcze? – zapytał. – Muszę wiedzieć, gdzie ona jest.

– Nie wiem – odparła wciąż słabym głosem, jej ciało próbowało powrócić do normalnego stanu. – Parę przecznic – wysapała, nękana przez zawroty głowy.

– Jesteś pewna? Czy jest pewna? Spojrzała w głąb ulicy, żeby się upewnić.

– Tak.

– Po lewej czy prawej?

– Po lewej – odpowiedziała. Wytężyła siły, podciągnęła się wyżej na fotelu. Drżała na całym ciele.

Colin przemknął przez kolejne skrzyżowanie. Patrząc przez okno, Maria zauważyła od strony rzeki kilka szop i hangarów, ciemnych i pogrążonych w cieniu. Światło latarni ulicznych prawie nie rozpraszało mroku. Prędkość powoli spadała, gdy Colin zdjął nogę z pedału gazu, przejechali przez następne skrzyżowanie. Tutaj architektura się zmieniła. Przeważały budynki o płaskich dachach w zabudowie szeregowej, jedne w lepszym stanie, inne w gorszym. Na niektórych piętrach paliły się biurowe światła, ale większość okien była ciemna, a samochody na ulicy stały w większych odstępach. Nie było ruchu w żadnym kierunku. Kiedy jechali do kolejnego skrzyżowania, okolica nagle zaczęła wyglądać znajomo i Maria wiedziała, że są blisko. Walczyła z nagłym wybuchem złości i poczucia winy, że dostała ataku paniki w najgorszym momencie, kiedy Serena najbardziej jej potrzebowała.

Przypomniała sobie, że już tu była, i mimo trwającego buntu organizmu zmusiła się do długich oddechów, omiatając wzrokiem budynki. Trudno było rozpoznać ten właściwy, ponieważ nie poświęciła mu większej uwagi, kiedy była tu po raz pierwszy. Niejasno pamiętała, że Serena stała na skrzyżowaniu, że z drugiej strony ulicy gapiło się na nią kilku robotników... Zmrużyła oczy, dostrzegając rusztowanie na narożnym budynku, a potem, naprzeciwko, samochód Sereny...

– Tutaj! – krzyknęła, wskazując ręką. – Trzypiętrowy ceglany budynek na rogu!

Colin natychmiast podjechał i ostro zahamował. Wyskoczył z samochodu i pobiegł, nie czekając na Marię, gdy szarpała klamkę, wściekła, że jej zbuntowane ciało musi dojść do siebie. Nie miała na to czasu. Nie teraz. Nie teraz! W końcu otworzyła drzwi, zmusiła się, żeby wysiąść, i ruszyła.

W tym czasie Colin już dobiegł do drzwi holu. Zobaczyła, że je szarpie, potem dźga palcem w domofon. Kiedy spojrzała w górę, zobaczyła siedem czy osiem oświetlonych biur na różnych piętrach. Colin bębnił pięścią w szybę. Z mowy jego ciała odgadła, że się zastanawia, czy nie wyłamać drzwi, ale instynktownie wiedziała, że Sereny tu nie ma. Ani doktora Manninga. Nie popełniłby takiego błędu. Był zbyt ostrożny i skrupulatny, a w budynku przebywało zbyt wiele osób, zbyt wielu potencjalnych świadków, zbyt wiele rzeczy mogło pójść nie po jego myśli. Przypuszczała, że doktor Manning czekał na Serenę przed wejściem, prawdopodobnie z wymyśloną historyjką, na przykład o pękniętej rurze i konieczności odbycia rozmowy gdzie indziej. Wiedziała, że zależy mu na odosobnionym miejscu, gdzie będzie miał pewność, że nikt go nie znajdzie. Miejscu, które spłonie.

– Colin! – krzyknęła. Wypadło słabo. Chciała pomachać rękami, lecz ból głowy powrócił w nagłym ataku, aż się potknęła. – Colin! – zawołała ponownie. Tym razem ją usłyszał i podbiegł.

– W drzwiach jest zamek szyfrowy! Na liście nie ma żadnej fundacji, więc po kolei wciskałem guziki, ale nikt nie otwiera.

– Sereny tam nie ma – wykrztusiła. – Manning zabrał ją gdzie indziej. Tu jest za dużo ludzi, jeszcze pracują.

– Jeśli wsiadła do jego samochodu...

– Napisała, że idzie na rozmowę.

– W takim razie gdzie jest jego samochód? Nie widzę go.

– Sprawdź za rogiem – wychrypiała, wciąż walcząc z zawrotami głowy. – Prawdopodobnie tam zaparkował. Jeśli szuka jakiegoś odludnego miejsca, pewnie ją zabrał do jednej z szop czy hangarów nad rzeką. Pośpiesz się! – ponagliła go, czując się tak, jakby zaraz miała zemdleć. – Idź! Zadzwonię na policję... – I do rodziców, krewnych, Lily, do każdego, kto może wskoczyć do samochodu i przyjechać tu za nami, pomyślała.

W tym czasie Colin już się cofał w kierunku skrzyżowania, niepewny, chcąc jej wierzyć, ale...

– Skąd wiesz, że tam będą?

– Ponieważ... – zaczęła, zastanawiając się, kiedy przyjedzie policja, myśląc o chacie nad jeziorem, gdzie została zamordowana Cassie, przypominając sobie szopy i hangary tak charakterystyczne w tej części Cape Fear – tam poszedłby Laws.

33
Colin

Intuicja Marii nie myliła. Colin zobaczył niebieską toyotę camry zaparkowaną w pobliżu budynku. Minął samochód, nie zwalniając. Przed sobą widział zachwaszczone pole, ciągnące się ku błotnistym brzegom rzeki Cape Fear: czarna pustka, jałowe odbicie bezksiężycowej nocy.

Ulica przeszła w żwirową drogę, która się rozwidlała. Jedna odnoga prowadziła do małej zaniedbanej przystani z rdzewiejącą wiatą nad zbieraniną łodzi za niskim ogrodzeniem. Druga wiodła do dwóch rozpadających się, podobnych do stodół budynków, które stały blisko brzegu może pięćdziesiąt metrów jeden od drugiego. Wyglądały na opuszczone, ze spękanymi deskami i łuszczącą się, wyblakłą farbą, otoczone przez chwasty i kępy kudzu. Colin zwolnił, gorączkowo próbując odgadnąć, dokąd Manning zabrał Serenę. Nagle spostrzegł snop światła sączący się ze szczelin między deskami budynku po lewej. Światło pojawiało się i znikało.

Światło latarki?

Skręcił z drogi na pole, trawa i chwasty miejscami sięgały mu do kolan. Biegł co sił w nogach, mając nadzieję, że nie jest za późno. Wciąż niepewny, co zrobi ani co zastanie.

Gdy dotarł do budynku, w którym widział światło, przywarł do ściany. Z bliska poznał, że kiedyś była tu chłodnia, zapewne służąca rybakom, którzy ładowali bloki lodu na łodzie, dla zachowania świeżości połowów.

Po tej stronie nie było drzwi, tylko zabite deskami okno, z którego sączyła się nikła strużka migoczącego światła. Ruszył na drugą stronę, od rzeki, mając nadzieję, że po drodze znajdzie drzwi, gdy nagle usłyszał krzyk...

Serena...

Dźwięk go zelektryzował. Skręcił za róg. Drzwi po tej stronie były zabite gwoździami. Przebiegł obok nich, skręcił, zobaczył następne zabite deskami okno. Została ostatnia możliwość. Wyjrzał zza rogu i natychmiast zobaczył drzwi, których szukał. Sięgnął do klamki, stwierdził, że są zamknięte. W tej samej chwili rozległ się krzyk Sereny.

Cofnął się, uderzył podeszwą buta obok klamki. Idealne, mocne i szybkie trafienie. Futryna pękła i drzwi uchyliły się ze skrzypnięciem. Kopnął jeszcze raz i otworzył je na całą szerokość. W ułamku sekundy zobaczył Serenę przywiązaną do krzesła pośrodku słabo oświetlonego pomieszczenia. Obok niej stał doktor Manning z latarką w ręce. W kącie dostrzegł zarys ciała leżącego wśród rdzewiejących puszek farby. Serena miała posiniaczoną, zakrwawioną twarz. Oboje krzyknęli zaskoczeni, gdy Colin wpadł do środka. Nagle snop światła uderzył go prosto w oczy.

Oślepiony i zdezorientowany, biegł dalej w kierunku, w którym przed chwilą widział doktora Manninga. Rozpostarł ręce, ale Manning miał przewagę i uskoczył. Colin poczuł, jak ciężka metalowa latarka uderzyła go w grzbiet dłoni. Usłyszał trzask pękających kości. Szok i przeszywający ból spowolniły jego reakcję. Kiedy Serena krzyknęła, obrócił się, chcąc uderzyć Manninga barkiem, lecz było za późno. Latarka trzasnęła go w skroń, wszystko zrobiło się czarne. Jego ciało zwiotczało, nogi się pod nim ugięły. Upadł, podczas gdy jego umysł wciąż próbował zrozumieć, co się stało. Instynkt i doświadczenie nagliły, żeby się szybko podniósł. Po latach treningu ruchy powinny być automatyczne, ale ręce i nogi odmawiały posłuszeństwa. Poczuł kolejny mocny cios w czaszkę, ból przeszył go na wskroś. Myślał niespójnie, nie rejestrował niczego poza bólem i dezorientacją.

Czas rozpadł się na kawałki. Przez bezustanne dzwonienie w uszach słyszał czyjś niewyraźny płacz i krzyk... błaganie... głos kobiety... i mężczyzny...

W jego głowie zapadł zmierzch. Ból zalał go jak fala.

Jęki przedarły się przez odrętwienie. Kiedy rozpoznał swoje imię, w końcu zdołał otworzyć oko. Widział wszystko jak przez mgłę, nic, tylko mglisty sen, ale nagle zobaczył Marię przywiązaną do krzesła. Dzięki temu w końcu zrozumiał, co się stało i gdzie jest.

Nie, nie Marię. Serenę.

Ale nie mógł się ruszyć. Wciąż niezdolny skupić myśli, dostrzegł doktora Manninga, który szedł wzdłuż ściany w głąb pomieszczenia, trzymając czerwony pojemnik. Serena wciąż krzyczała. Nagle Colin poczuł zapach benzyny. Poskładanie tego wszystkiego zajęło mu chwilę. W otępieniu patrzył, jak Manning rzuca kanister. Zobaczył błysk, a potem zapałkę lecącą łukiem ku ziemi. Usłyszał syk zapłonu, jak rozpałki wylanej na węgle. Zobaczył płomienie liżące ściany, stare deski były suche jak pieprz. Wzrosła temperatura. Dym gęstniał.

Próbował poruszyć rękami, nogami. Nic, tylko odrętwiający paraliż. W ustach czuł metaliczny smak. Zobaczył niewyraźny zarys sylwetki Manninga, który przebiegał obok niego w kierunku wyważonych drzwi.

Płomienie sięgały pod sufit. Krzyki Sereny były przerażające. Zakasłała, raz i drugi. Zmuszał się do ruchu i zastanawiał, dlaczego ciało nie chce współpracować. W końcu lewa ręka posłuchała. Potem prawa. Wsunął je pod siebie i spróbował się podnieść, ale pogruchotane kości się przemieściły. Wrzasnął z bólu i opadł na ziemię. Ból zmienił złość w furię, która podsyciła agresję i żądzę zemsty. Dźwignął się na ręce i kolana, powoli wstał. Był oszołomiony, ledwie się trzymał na nogach. Zrobił krok i się potknął. Gryzący dym szczypał go w oczy, płynęły łzy. Krzyki Sereny przeszły w niepohamowany kaszel. Colin prawie nie mógł oddychać. Płomienie rozlewały się po ścianach wokół nich. Narastało gorąco, dym robił się czarny, palił go w płucach. Z trudem zrobił kilka kroków i spojrzał na plątaninę sznurów, którymi Serena była przywiązana do krzesła. Wiedział, że nie rozwiąże ich jedną ręką. Rozejrzał się, mając nadzieję, że zobaczy nóż. Siekierę. Coś ostrego...

Usłyszał głośny trzask, a potem huk, gdy dach chłodni nagle się zapadł. Iskry strzelały we wszystkich kierunkach. Belka runęła kilka kroków od nich, potem następna, jeszcze bliżej. Płomienie zdawały się mnożyć na trzech ścianach, żar stał się taki intensywny, że Colin miał wrażenie, jakby jego ubranie płonęło. Panikując, chwycił krzesło z Sereną i dźwignął, czując wybuch bólu w złamanej ręce. Biel rozbłysła mu za oczami i spotęgowała wściekłość. Umiał radzić sobie z bólem, wiedział, jak go wykorzystywać i czerpać z niego siłę, ale nie mógł zacisnąć dłoni.

Nie mógł wynieść Sereny, a nie miał innych możliwości. Pięć, może sześć długich kroków dzieliło ich od drzwi. Chwycił zdrową ręką oparcie krzesła, obrócił je i zaczął wlec w kierunku wyjścia. Musi tam dotrzeć przed płomieniami. Szarpał i ciągnął, każde szarpnięcie sprawiało, że ból przenikał rękę i głowę.

Wytoczył się na zewnątrz. Dym i żar podążały za nimi. Serena musi się znaleźć w bezpiecznej odległości, z dala od dymu. Nie zdoła jej wlec przez pole czy błoto. Spostrzegł pas żwiru i ruszył w tamtą stronę, w kierunku sąsiedniego budynku. Za nimi chłodnia stała w płomieniach; ryk ognia narastał, potęgując dzwonienie w uszach. Colin szedł dalej. Zatrzymał się dopiero wtedy, gdy żar zmalał.

Serena kasłała. W ciemności jej skóra wydawała się prawie biała. Wiedział, że potrzebuje pomocy medycznej. Potrzebowała tlenu. Najpierw musiał ją uwolnić. Nie widział niczego, czego mógłby użyć do przecięcia sznurów. Przez chwilę się zastanawiał, czy znalazłby coś w drugim budynku. Już ruszył w tamtą stronę, kiedy zobaczył, że ktoś wychodzi zza rogu i przyjmuje pozycję do strzału. Lufa połyskiwała w blasku płomieni...

Strzelba, o której wspomniał Margolis, ta, o której Manning powiedział, że jest zepsuta...

Colin kopnął krzesło Sereny i skoczył, żeby ją osłonić. W tej samej chwili usłyszał huk. Strzał padł z czterdziestu metrów, niemal osiągając cel, ale Manning strzelił za wysoko. Drugi strzał był bardziej precyzyjny. Colin poczuł, jak śrut rozdziera mu ramię i łopatkę, popłynęła krew. Znów zakręciło mu się w głowie i walczył o zachowanie przytomności, gdy przez łzy patrzył, jak Manning biegnie do swojego samochodu.

Nie mógł ruszyć za nim. Sylwetka Manninga malała, a on nie mógł nic zrobić. Zastanawiał się, dlaczego jeszcze nie ma policji, i miał nadzieję, że go złapią.

Jego myśli przerwał huk. Płomienie nagle wystrzeliły przez dach chłodni, żywe i trzaskające, ich dźwięk był niemal ogłuszający. Część ściany eksplodowała, płonące kawałki drewna i iskry leciały w ich stronę. Słyszał płacz Sereny, przerywany atakami kaszlu. Zrozumiał, że wciąż są w niebezpieczeństwie, za blisko ognia. Nie mógł pociągnąć jej dalej, ale mógł pomóc. Zmusił się, żeby wstać. Musi dotrzeć tam, gdzie ktoś go zobaczy. Zrobił kilkadziesiąt chwiejnych kroków, tracąc dużo krwi. Lewa ręka zwisała bezużytecznie, przeszywana niemiłosiernym bólem.

Manning dobiegł do samochodu i zapalił światła. Toyota ruszyła, pędząc prosto na niego.

I Serenę.

Colin wiedział, że nie zdoła uciec, nawet nie zdoła uskoczyć. Serena była jeszcze bardziej bezradna, a Manning dokładnie wiedział, gdzie ona jest.

Zgrzytając zębami, Colin pokuśtykał przed siebie, aby jak najszybciej zwiększyć odległość dzielącą go od Sereny. Miał nadzieję, że Manning pojedzie za nim. Miał nadzieję, że Manning ucieknie. Ale reflektory wciąż były skierowane na Serenę. Nie wiedząc, co innego mógłby zrobić, zatrzymał się i zamachał zdrową ręka, próbując przyciągnąć uwagę Manninga.

Pokazał mu środkowy palec.

Toyota natychmiast skręciła w jego stronę, przyśpieszając. Dystans szybko się zmniejszał. Z płonącej chłodni wciąż dobiegał niesamowity huk ognia. Colin oddalał się od Sereny, wiedząc, że ma tylko kilka sekund, wiedząc, że zaraz umrze. Samochód był tuż-tuż, gdy nagle ziemię przed nim zalało światło innych reflektorów.

Ledwie widział rozmytą sylwetkę pędzącego priusa, który z ogłuszającym hukiem walnął w toyotę, pchając ją w kierunku ognia. Toyota uderzyła w narożnik chłodni, prius pchał ją coraz dalej. Dach budynku runął, płomienie skoczyły jeszcze wyżej ku niebu.

Colin próbował pobiec, lecz nogi się pod nim ugięły. Krew płynęła z ran i gdy upadł, znów dostał zawrotów głowy. Słyszał syreny rywalizujące z rykiem ognia. Przypuszczał, że pomoc przybyła za późno, że nie przeżyje, ale to nie miało dla niego znaczenia. Nie mógł oderwać oczu od priusa. Patrzył, czy drzwi się otworzą, czy opuści się szyba. Wiedział, że Evan i Lily mogą uciec z pożaru, ale szanse malały z każdą chwilą.

Musi do nich dotrzeć. Spróbował wstać. Kiedy oderwał głowę od ziemi, o mało nie zemdlał. Sądził, że widzi czerwone i niebieskie światła migoczące w bocznych ulicach i zbliżające się jasne reflektory. Słyszał spanikowane głosy nawołujące Serenę i jego. Chciał krzyknąć, żeby się pośpieszyli, że Evan i Llily potrzebują pomocy, ale z jego gardła wydobył się tylko chrapliwy szept.

Usłyszał Marię, jak wykrzykuje jego imię. Podbiegła do niego.

– Jestem! Trzymaj się! Ambulans już jedzie!

Nie mógł odpowiedzieć. Wszystko zaczęło wirować. Widział oderwane, bezsensowne obrazy. W jednej chwili prius zniknął w płomieniach, w następnej, kiedy zamrugał, zobaczył tył auta. Wydawało mu się, że widzi, jak otwierają się drzwi po stronie pasażera, ale kłęby dymu były zbyt gęste, nie dostrzegł żadnego innego ruchu. Niczego nie mógł być pewien. Poczuł, że traci przytomność, zapadała ciemność. W ostatnich chwilach świadomości modlił się, żeby dwoje jego najlepszych przyjaciół jakimś cudem przeżyło.

Epilog

Kwiecień zawsze sprawiał jej niespodziankę. Wychowała się na Południu i wiedziała, czego się spodziewać, ale i tak zaskakiwało ją kilka cudownych dni, idealnych dni, kiedy wydawało się, że wszystko jest możliwe. Bezchmurne błękitne niebo witało się z zielonymi trawnikami, które przez całą zimę były zbrązowiałe, i wszystko nagle wybuchało kolorami. Derenie, wiśnie i azalie obsypywały się kwieciem, białe tulipany kwitły w starannie wypielęgnowanych ogrodach. Poranki były chłodne, ale dni ciepłe, gdy jasne słońce coraz wyżej wędrowało po niebie.

Dzisiaj był jeden z tych ulotnych wiosennych dni i gdy Maria stała na zadbanym trawniku, widziała, jak radośnie uśmiechnięta Serena z ożywieniem rozmawia z grupką znajomych. Trudno było uwierzyć, że jeszcze niedawno wcale się nie uśmiechała, że miesiącami nękały ją koszmary, a kiedy patrzyła w lustro, widziała siniaki i skaleczenia, dzieło Manninga. Zostały jej dwie blizny – w pobliżu oka i na linii włosów – ale już bladły. Maria przypuszczała, że w przyszłym roku nikt ich nie zauważy, chyba że będzie wiedział, gdzie szukać. Ale blizny oznaczały również, że będą pamiętać tę koszmarną noc i że wspomnienia zawsze będą bolesne.

Dwa tygodnie po tych wydarzeniach detektyw Wright i wracający do zdrowia Pete Margolis spotkali się z Marią i przyznali, że Colin miał rację we wszystkim. W spalonej chłodni znaleziono szczątki Atkinsona. Testy balistyczne wykazały, że pocisk w jego głowie został wystrzelony z pistoletu, który był w posiadaniu Lestera. Ogień uniemożliwił określenie czasu zgonu, ale śledczy podejrzewali, że nastąpił wkrótce po zniknięciu Atkinsona. Manning przechowywał jego ciało w garażu w Charlotte, w dużej zamrażarce, o czym świadczyły zamarznięte kosmyki włosów ofiary. Sprawdzenie konta bankowego doktora ujawniło liczne wypłaty, przy czym wiele pasowało do sum przelewanych na konto Atkinsona na zapłatę rachunków i potwierdziło wynajęcie bungalowu w Charlotte.

W samochodzie Atkinsona znaleziono odciski palców Lestera, a śledczy mieli nadzieję, że od niego uzyskają jeszcze więcej odpowiedzi. Stało się inaczej. Lester, po trzech dniach ścisłej obserwacji, został przeniesiony do celi, gdzie miał podlegać częstym kontrolom. Po południu spotkał się ze swoim prawnikiem, który potem oznajmił, że jego klient wydaje się całkiem świadomy, choć wciąż jest pod wpływem leków i doznanego wstrząsu spowodowanego stratą ojca. Lester zgodził się na przesłuchanie przez detektywów następnego dnia, pod warunkiem że będzie obecny prawnik. Wrócił do celi i zjadł przyniesiony mu posiłek. Nagrania wideo ujawniły, że strażnicy zaglądali do niego co piętnaście, dwadzieścia minut, ale i tak udało mu się powiesić na pasach z prześcieradła. Gdy go znaleźli, było już za późno.

Maria czasami się zastanawiała, czy Lester naprawdę był wspólnikiem, czy tylko kolejną ofiarą doktora Manninga. A może jednym i drugim. Pete Margolis po wyjściu ze śpiączki powiedział, że nie jest pewien, kto do niego strzelał. Doktor Manning zaprosił go do bungalowu, ale Margolis widział tylko lufę wysuniętą z przymkniętych drzwi szafy, kiedy padł strzał. Maria wiedziała na pewno tylko to, że Lester i doktor Manning nie żyją, i że żaden z nich więcej nie będzie jej prześladować. Ale mimo tego, co zrobili jej i Serenie, czasami współczuła rodzinie Manningów. Synek zginął w wypadku, starsza siostra została zamordowana, matka długo walczyła z depresją, zanim popełniła samobójstwo... Maria zastanawiała się, kim ona sama by się stała, gdyby to ją spotkały takie tragedie albo gdyby Serena zginęła tamtej nocy w chłodni.

Zerkając przez ramię, omiotła wzrokiem tłum zgromadzony na trawniku i w duchu podziękowała Bogu za to, co ma. Rodzice starali się hamować swoje zapędy nadopiekuńcze. Praca z Jill była ogromnie satysfakcjonująca. Część odprawy Maria wydała na umeblowanie mieszkania i zakup nowej garderoby – i została jej odrobina oszczędności. W ubiegłym tygodniu zajrzała do sklepu z aparatami fotograficznymi i zakochała się w koszmarnie drogim obiektywie UV. Woda robiła się coraz cieplejsza, pływanie na desce wzywało...

*

Ślub był imponujący, choć znając Lily, jej wyrafinowany gust i zdolności organizatorskie, Maria mogła się tego spodziewać. Jej domem zawsze będzie Wilmington, ale zdawała sobie sprawę, że Charleston zdecydowanie ma swoje uroki. Lily wyglądała zwiewnie w sukni ślubnej z gładkiego atłasu ozdobionego perełkami i delikatną koronką. Evan miał rozmarzone oczy, gdy patrzył na nią podczas składania przysięgi w kościele Świętego Michała. Najstarsza budowla sakralna w Charlestonie była ulubionym miejscem ślubów większości tamtejszej arystokracji, ale kiedy Lily przeciągle powiedziała: „Po prostu nie wyobrażam sobie, że ktoś chciałby brać ślub gdzie indziej", w jej ustach zabrzmiało to logicznie i szczerze, ani trochę nie snobistycznie.

W tę straszną noc Lily cudem wyszła bez szwanku. Evan miał mniej szczęścia. Doznał oparzeń drugiego stopnia na plecach i złamania nogi w kilku miejscach. Przez dwa miesiące nosił gips i do niedawna jeszcze utykał, szybko jednak wracał do formy, między innymi dzięki nowemu reżimowi ćwiczeń. Nie dorównywały one treningom Colina, ale zwierzył się Marii, że rzeźbi ramiona i ma nadzieję, że Lily to zauważy podczas podróży poślubnej na Bahamy.

Anioły nad nimi czuwały. Maria głęboko w to wierzyła, patrząc, jak oboje wysiadają z priusa, i choć niektórzy mogliby się śmiać z jej wiary, miała to w nosie.

Wiedziała swoje.

*

Zabawa trwała na całego, powaga w końcu ustąpiła miejsca świętowaniu. Lily zażyczyła sobie, żeby przyjęcie weselne odbyło się w przestronnym drugim domu jej rodziców na brzegu rzeki Ashley. Nie liczono się z kosztami. Na murawie stał ozdobiony tuzinami światełek podobny do pałacu biały namiot, dziesięcioosobowy zespół przygrywał do tańca, cateringiem zajmowała się jedna z najlepszych restauracji w mieście, a bukiety wiosennych kwiatów przypominały dzieła sztuki. Maria zdawała sobie sprawę, że nigdy nie będzie miała takiego wesela, nie było w jej stylu. Jej do szczęścia w zupełności wystarczą przyjaciele i rodzina – i może kilka piniat dla młodszych gości.

Co nie znaczy, że planowała ślub w bliskiej przyszłości. Temat jeszcze nie wypłynął, a nie miała zamiaru pytać Colin wprost. Pod wieloma względami ani trochę się nie zmienił, więc powiedziałby jej prawdę, a ona nie była pewna, czy jest gotowa poznać odpowiedź. Może rzuci sugestię, gdy nadarzy się okazja, ale czasami nawet na samą myśl o tym czuła zdenerwowanie.

Colin dopiero niedawno wrócił do tygodniowej rutyny ćwiczeń i czasami był sfrustrowany, że nie może robić tego, co kiedyś, łącznie z treningami MMA. Musi z tym zaczekać jeszcze co najmniej sześć miesięcy, tak stwierdzili lekarze. Śrut rozdarł mięsień ramienia. Zostały wyraźne blizny i być może trwały uraz. Przeszedł już jedną operację dłoni, a za kilka miesięcy czekała go następna. Początkowo lekarzy najbardziej niepokoiło pęknięcie czaszki, dlatego spędził cztery dni na OIOM-ie, w pobliżu Pete'a Margolisa.

Margolis był pierwszą osobą, która z nim rozmawiała, kiedy odzyskał przytomność.

– Mówią, że ocaliłeś mi życie – powiedział. – Ale nie myśl, że to w jakikolwiek sposób wpłynie na twój układ. Nadal będę miał cię na oku.

– Okay – wychrypiał Colin.

– Mówią też, że doktor Manning sprał cię na kwaśne jabłko i że to Evan go załatwił. Trudno to sobie wyobrazić.

– Okay – powtórzył Colin.

– Żona mi powiedziała, że do mnie zajrzałeś. Dodała, że byłeś uprzejmy. I że mój przyjaciel Larry uważa cię za całkiem bystrego.

Colinowi zaschło w gardle, więc tym razem tylko odchrząknął.

Margolis pokręcił głową i westchnął.

– Wyświadcz mi przysługę i trzymaj się z dala od kłopotów. I jeszcze jedno. – W końcu się uśmiechnął. – Dziękuję.

Od tamtej pory Colin ani razu go nie widział.

*

Maria wyczuła obecność Colina. Chwilę później ją objął. Wtuliła się w niego.

– Tu jesteś – powiedział. – Szukałem cię.

– Nad wodą jest tak pięknie. – Odwróciła się i otoczyła go ramionami.

– Mario? – szepnął w jej włosy. – Zrobisz coś dla mnie? – Kiedy się odsunęła i spojrzała na niego pytająco, wyjaśnił: – Chciałbym, żebyś poznała moich rodziców.

Szeroko otworzyła oczy.

– Są tutaj? Dlaczego nie powiedziałeś mi wcześniej?

– Chciałem najpierw porozmawiać z nimi. Zobaczyć, na czym stoimy.

– I?

– To dobrzy ludzie. Mówiłem im o tobie. Zapytali, czy mogą cię poznać, ale odparłem, że najpierw muszę spytać, co ty o tym sądzisz.

– Oczywiście, chętnie ich poznam. Dlaczego musiałeś mnie pytać?

– Nie byłem pewien, co powiedzieć. Nigdy dotąd nie przedstawiałem im dziewczyny.

– Nigdy? O rany. Czuję się wyjątkowa.

– I słusznie. Jesteś.

– Więc chodźmy się z nimi spotkać. Ponieważ jestem taka wyjątkowa, a ty masz fioła na moim punkcie i prawdopodobnie nie wyobrażasz sobie życia beze mnie. Być może nawet myślisz, że jestem tą jedyną, prawda?

Uśmiechnął się, nawet na chwilę nie odrywając od niej wzroku.

– Okay.

Podziękowania

Każda powieść to zadanie pełne wyzwań i ta nie była inna. Jak zawsze są ci, których pomoc i wsparcie były dla mnie bezcenne, gdy borykałem się z tymi wyzwaniami.

Chciałbym podziękować następującym osobom:
Cathy, która jest cudowną przyjaciółką. Zawsze będzie mi droga.

Naszym dzieciom – **Milesowi, Ryanowi, Landonowi, Lexie i Savannah** – za radość, jaką bez przerwy wnoszą do mojego życia.

Theresie Park, mojej bajecznej agentce literackiej, menedżerce i współproducentce, która zawsze gotowa jest mnie wysłuchać i dać konstruktywną radę, kiedy najbardziej tego potrzebuję. Nie jestem pewien, gdzie byłbym bez niej.

Jamie Raab, fantastycznej redaktorce, która czyni cuda z moimi rękopisami. Pracowaliśmy razem nad każdą książką i uważam się za wybrańca losu nie tylko z powodu jej doświadczenia, ale też niezachwianej przyjaźni.

Howiemu Sandersowi i Kei Khayatian, moim agentom filmowym w UTA, którzy są nie tylko wyjątkowi w tym, co robią, ale też twórczy, inteligentni i zabawni.

Scottowi Schwimerowi, mojemu prawnikowi od praw autorskich, będącemu jednym z moich najlepszych przyjaciół pod słońcem, który wzbogaca moje życie swoją obecnością.

Stacey Levin, która kieruje moją agencją produkcji telewizyjnej, zdumiewająco utalentowanej osobie z doskonałym instynktem i pasją do pracy. Dziękuję również **Erice McGrath** i **Coreyowi Hanleyowi** za ich talenty w tych samych dziedzinach. **Larry Salz** z UTA, mój agent telewizyjny, sprawia, że skomplikowana maszyneria pracuje tak gładko jak tylko to możliwe. Jestem wdzięczny za wszystko, co robicie.

Denise DiNovi, producentce *Listu w butelce*, *Nocy w Rodanthe*, *Szczęściarza*, *Dla ciebie wszystko*, kobiecie, z którą miałem szczęście współpracować, obdarzonej prawdziwym instynktem. Pracując z nią, byłem szczęściarzem. Dziękuję również **Alison Greenspan** za wszystko, co robiła z tymi niezapomnianymi projektami.

Marty'emu Bowenowi, producentowi *Najdłuższej podróży*, *Bezpiecznej przystani* oraz *I wciąż ją kocham* za wspaniałą pracę, kreatywność, poczucie humoru i przyjaźń. Nasze wspólnie spędzane chwile zawsze są przyjemne również dzięki **Wyckowi Godfreyowi**, który ściśle współpracuje z Martym.

Michaelowi Nymanowi, **Catherine Olim**, **Jill Fritzo** i **Michaelowi Geiserowi** z PMK-BNC, moim wydawcom, którzy są niezrównani w swojej pracy i stali się moimi bliskimi przyjaciółmi.

LaQuishe Wright – inaczej Q – która zajmuje się wszystkim, co jest związane z mediami społecznościowymi i nie tylko wykonuje niewiarygodną pracę, ale jest kimś, z kim po prostu lubię spędzać czas. **Mollie Smith** kieruje moją stroną internetową. Bez was nie byłoby możliwe informowanie ludzi o wszystkim, co się dzieje w moim świecie.

Michael Pietsch z Hachette Book Group zasługuje na moją wdzięczność za wszystko, co robi, żeby moje powieści odniosły sukces. Jestem zaszczycony współpracą z tobą.

Peterowi Safranowi, producentowi *Wyboru*, za entuzjazm i wiedzę, i za przyjęcie mojego zespołu do twojego ekscytującego świata.

Elizabeth Gabler, która robi wszystko z niesłychaną pasją, talentem i determinacją. Film *Najdłuższa podróż* był godny zapamiętania i piękny. Dziękuję również **Erin Siminoff** za nadzwyczajne oddanie, żeby ten projekt odniósł sukces. Uwielbiałem pracować z wami obojgiem.

Tuckerowi Tooleyowi, którego uważam za przyjaciela. Czuję się zaszczycony twoim niesłabnącym wsparciem dla mojej pracy.

Ryanowi Kavanaughowi i **Robbie Brenner** z Relativity Media, za liczne wspaniałe filmy tworzone na podstawie moich powieści. Współpraca z wami była fantastyczna.

Courtenay Valenti z Warner Brothers, za pomoc w zapoczątkowaniu mojej kariery w Hollywood. Próba dorównania ci, ilekroć jestem w mieście z nowym projektem, zawsze jest zabawna.

Emily Sweet z Park Literary Group, która zawsze podaje pomocną dłoń we wszystkim, co potrzeba. Wielkie dzięki za tymczasowe przejęcie sterów w mojej fundacji i za słuchanie, ilekroć zadzwonię.

Abby Koons z Park Literary Group za sprawne kierowanie moimi zagranicznymi prawami. Zawsze jestem świadom, że wykonujesz zdumiewającą pracę. Jesteś najlepsza i zawsze przyznam to jako pierwszy.

Andrei Mai z Park Literary Group za wszystko, co robi w sprawach sprzedaży detalicznej. Nasza współpraca była fantastyczna i muszę powiedzieć, że jestem pod wrażeniem twojego entuzjazmu i wytrwałości. Dziękuję również **Alexandrze Greene**, która nie tylko starannie czyta każdy kontrakt, ale ma niewiarygodny instynkt twórczy. Bez was obu nie byłbym dziś tam, gdzie jestem.

Wyrazy wdzięczności dla **Briana McLendona**, **Amandy Pritzker** i **Maddie Caldwell** z Grand Central Publishing – wasz entuzjazm i oddanie są dla mnie całym światem.

Pam Pope i **Oscarze Stevick**, moim księgowym, które są darem niebios pod wieloma względami, nie tylko w pracy, ale i w przyjaźni. Obie jesteście fantastyczne.

Tii Scott, mojej asystentce, która jest nie tylko przyjaciółką, ale także utrzymuje moje życie na odpowiednim torze. Doceniam wszystko, co robisz.

Andrew Sommersowi, który zawsze był moim powiernikiem i wykonuje ważną pracę za kulisami w moim świecie. Moje życie jest przez to lepsze. Dzięki również **Hannah Mensch** – za wszystko, co zrobiłaś w ubiegłym roku.

Michaelowi Armentroutowi i **Kyle'owi Haddad-Fondzie**, którzy wykonują zdumiewającą pracę w Nicholas Sparks Foundation. Bardzo dziękuję.

Tracey Lorentzen, która zawsze służy pomocną dłonią, kiedy najbardziej tego potrzebuję i tak, jak tego potrzebuję. Nie wiem, co bym bez ciebie zrobił.

Sarze Fernstrom, kiedyś w UTA, i **Davidowi Herrinowi**, mojej wyroczni w UTA, którzy mają wyjątkowy talent i zdolności, i wiele skorzystałem z ich doświadczenia.

Dwightowi Carlblomowi i Davidowi Wangowi, którzy kierują The Epiphany School of Global Studies i są fantastycznymi nauczycielami. Im również jestem wdzięczny.

Michaelowi „Stick" Smithowi, przyjacielowi, który zawsze słuchał i oferował wsparcie. Następne lata powinny być interesujące i zabawne, nie sądzisz?

Jeffowi Van Wie, przyjacielowi od czasów wspólnego mieszkania na studiach. Dzięki, że zawsze mogłem na ciebie liczyć.

Micah Sparksowi, mojemu bratu, który jest najlepszym bratem, o jakim można marzyć.

Davidowi Buchalterowi, który układa moje przemówienia, jest konsekwentnie niezrównany. Dzięki za wszystko.

Ericowi Collinsowi, który pomagał na takie sposoby, jakich nawet nie potrafię wyrazić. To samo odnosi się do **Jill Compton**. Dzięki.

Pete'owi Knappowi i Danny'emu Hertzowi, którzy zawsze robili, co mogli, żeby pomóc. Dzięki, chłopaki!

Innym przyjaciołom, z którymi zawsze z przyjemnością rozmawiam. Przyjaciołom, którzy sprawiają, że warto żyć: **Toddowi i Kari Wagnerom, Davidowi Geffenowi, Anjanette Schmeltzer, Chelsea Kane, Slade'owi Smileyowi, Jimowi Tylerowi, Pat Armentrout, Drew i Brittany Breesom, Scottowi Eastwoodowi i Britt Robertson**.

Polecamy najnowszą powieść Nicholasa Sparksa

WE DWOJE

Ukochaną osobę traci się powoli.

Kiedy w drugiej osobie wygasa chęć do budowania wspólnej przyszłości, nawet najczulsze gesty nie mogą uratować przed katastrofą. Przekonuje się o tym Russell Green, trzydziestodwulatek, który myślał, że ma wszystko. Bo codziennie mógł trzymać w ramionach ukochaną żonę i sześcioletnią córkę. Teraz nie potrafi powiedzieć, kiedy dokładnie jego życie zaczęło się rozpadać. Wie tylko, że z całej siły walczył, żeby na to nie pozwolić. I poniósł porażkę.

Russellowi przyjdzie zmierzyć się z nieznanym, pokonać własne słabości i wczuć się w rolę pełnoetatowego ojca. Czeka go wielki emocjonalny test, ale też... niespodziewane spotkanie, które odmieni jego przyszłość...